Rafael Eigner
Palmen und Phantomschmerz

TINTE
&
FEDER

## Das Buch

Benny Brandstätter ist zurück. Noch immer ist der gutaussehende Mediziner auf der Suche nach sich selbst und dem Sinn des Lebens. Nach einem Schicksalsschlag kündigt er seinen anspruchsvollen Job als Oberarzt, gönnt sich eine Auszeit, begibt sich auf Reisen und strandet in Costa Rica.

In seiner neuen Heimat gilt seine ganze Leidenschaft dem Surfen und dem gechillten *Pura vida* an der Karibikküste. Nicht ganz freiwillig hilft er an der örtlichen Klinik aus und findet schnell wieder Spaß an seinem Beruf als Arzt. Alles könnte so einfach sein, gäbe es nicht auch in diesem Paradies die größte und schönste Herausforderung für einen Mann, die Frauen.

Nach dem Bestseller »Kammerflimmern und Klabusterbeeren« erscheint jetzt der zweite Roman über Bennys amouröse Abenteuer. Ein neues Fest für Fans romantischer Komödien – auch, wenn man den Vorgänger nicht kennt.

## Der Autor

Unter dem Pseudonym Rafael Eigner verarbeitet ein Stuttgarter Notarzt seinen skurrilen Alltag als Mediziner und Single im schwäbischen Großstadtdschungel. Mit der romantischen Komödie »Palmen und Phantomschmerz« erscheint der zweite Roman über die Abenteuer von Benny Brandstätter.

Rafael Eigner

# Palmen und Phantom- schmerz

Roman

TINTE
&
FEDER

Deutsche Erstveröffentlichung bei
Tinte & Feder, Amazon Media EU S.à r.l.
5 Rue Plaetis, L-2338 Luxembourg
März 2017
Copyright © der deutschsprachigen Ausgabe 2017
By Rafael Eigner

Umschlaggestaltung: semper smile, München, www.sempersmile.de
Umschlagmotiv: © Andrii Stepaniuk /Shutterstock; © Cjwhitewine /
Shutterstock; © Airin.dizain /Shutterstock; © yyang /Shutterstock; ©
a1vector /Shutterstock
Lektorat: Rainer Schöttle
Korrektorat: Diana Schaumlöffel/DRSVS
Printed in Germany
By Amazon Distribution GmbH
Amazonstraße 1
04347 Leipzig, Germany

ISBN: 978-1-477-84857-9

www.amazon.de/tinteundfeder

Die Kunst der Medizin besteht darin,
den Patienten zu unterhalten,
während die Natur die Krankheit heilt.

*Voltaire*


Alles geben die Götter, die unendlichen
Ihren Lieblingen ganz,
Alle Freuden, die unendlichen,
Alle Schmerzen, die unendlichen, ganz.

*Johann Wolfgang von Goethe*


Danke, dass Du mir beständiger Schlüssel zu Benny bist –
ich muss meinem Benny nur den einmaligen Zauber einhauchen,
der hinter Deiner Fassade und in Deinen Abgründen versteckt ist.

Du füllst selbst die traurigsten Nächte mit Lachen
und meine hungrige Seele mit Musik und wilden Geschichten.
So schön, dass ausgerechnet Du in mein Leben geschneit bist
und vielem eine neue Bedeutung gegeben hast.

*Shine on, you crazy diamond!*
*Dudamdamdam Dedudamdam!*

# PROLOG

KNAPP DREI JAHRE nach der Beerdigung meines Vaters saß ich wieder auf einer Trauerfeier in der ersten Reihe. Meinen einzigen schwarzen Anzug, der seit Jahren für sämtliche Feierlichkeiten herhalten musste, hatte ich im Schrank gelassen. Ich trug meine Lieblingsjeans und ein oranges T-Shirt, das mir Ricky zu meinem ersten mit ihr zusammen erlebten Geburtstag geschenkt hatte. Vorne drauf war ein Foto von mir, auf dem ich freudestrahlend hinter dem Ruder eines Segelbootes stehe. Die Aufnahme war auf unserem ersten gemeinsamen Segeltörn im Mittelmeer entstanden. Darunter stand: *Oh, Captain! My Captain! Our fearful trip is done!* Ein Zitat aus einem Gedicht von Walt Whitman. Rickys erstes Geschenk an mich und eine Art Prophezeiung, wie mir schien.

Ich klammerte mich an die Gibson-Akustikgitarre zwischen meinen Beinen und starrte auf meine rechte Hand mit den beiden Eheringen am Ringfinger sowie dem Siegelring der Brandstätter-Dynastie am kleinen Finger. Mein jüngerer Bruder Björn, der mittlerweile sein immer spärlicher werdendes Haupthaar ganz kurz geschoren hatte, saß zu meiner Rechten, brav im Anzug und mit Krawatte, die ihm unsere Mutter gebunden hatte. Mama saß links von mir, ein Taschentuch in der einen

7

Hand zerknüllend, die andere Hand lag auf meinem Unterarm und tätschelte mich abwesend. Eine eher hilflose Geste.

Auf der anderen Seite des Ganges der Friedhofskapelle saßen Rickys Eltern, Birgit und Hans Koch, ihr jüngerer Bruder Jens mit seiner Frau Anja und ihre vierzehnjährige Tochter Mareike, ebenfalls in der ersten Reihe. Ich konnte weder Birgit noch Jens oder Mareike ansehen. Alle drei hatten die gleichen Augen – wirklich identisch – wie meine Frau Ricarda Brandstätter, geborene Koch. Dieses dunkle Olivgrün mit goldenen Sprenkeln darin, in dem sich das Sonnenlicht so schön verfing und sie von innen zum Leuchten brachte. Nachdem das echte Strahlen erloschen war, wollte ich keine Kopien davon ansehen müssen. Zudem konnte man die Stimme von Rickys Mutter nur schwer von der ihrer Tochter unterscheiden, was mir jedes Mal einen Stich versetzte, wenn Birgit sprach und ich sie dabei nicht sehen konnte. Das war so, als würde Rickys Stimme aus dem Jenseits plötzlich Dinge sagen, die so überhaupt nicht zu meiner Ricky passten.

Ihrem Vater, dem einzigen Menschen, der sie Ricarda nannte, sah Ricky kein Stück ähnlich, was mir den Umgang mit ihm zurzeit erleichterte. In einer stillen Minute hatte Ricky mir erklärt, warum keine Familienähnlichkeit zu sehen war.

»Du hast doch Medizin studiert, Brandstätter. Blutgruppe 0 plus Blutgruppe 0 gibt nie im Leben Blutgruppe A.«

»Aha, aha. Weiß der Herr Koch, dass er nicht dein Erzeuger ist?«

»Nope.« Wenn sie die Tatsache bedrückte, dass sie mit dem falschen Vater aufgewachsen war, so ließ sie es sich nicht anmerken. Aber auch das war ich von meiner verstorbenen Frau gewohnt, dass sie ein Pokerface hatte und man schon sehr genau hinsehen und -hören musste, um zu erkennen, was in ihr vorging.

»Du bist ein Kuckuckskind, Priscilla.«

»Genau. Wahrscheinlich im Vollsuff hinter der Turn- und Festhalle an Fastnacht gezeugt.«

»Das erklärt einiges.« Ich lachte und schüttelte den Kopf.

»Pft«, kam die vielsagende Antwort, und das damalige Fräulein Koch verlor kein Wort mehr über ihre zweifelhafte Abstammung.

Im Hintergrund spielte leise Musik. Ich hatte mir *Herr, deine Liebe ist wie Gras und Ufer, wie Wind und Weite und wie ein Zuhaus* gewünscht. Sonst wollte ich keine Musik auf dieser Trauerfeier haben, nur dieses eine Lied, das damals gelaufen war, als Ricky auf der Beerdigung meines Vaters plötzlich aufgetaucht war und wir uns das erste Mal wiedergesehen hatten.

Ich hatte über ein halbes Jahr auf unser erstes Treffen warten müssen. Das lange Warten hatte sich mehr als gelohnt. Seit diesem Tag hatte Ricky mich nie länger als wenige Tage allein gelassen. Sie hatte innerhalb eines Vierteljahres ihren Job auf Mallorca aufgegeben und war zu mir in meine Wohnung gezogen, die wir ein halbes Jahr später gegen eine geräumige Vierzimmerwohnung ausgewechselt hatten. Ricky saß als Immobilienmaklerin an der Quelle und hatte bei erster Gelegenheit ein besseres Domizil für uns angemietet, das wir wenige Monate später kauften, samt Hypothek und Bausparvertragsdarlehen. Szenen einer glücklichen, wenn auch kurzen Partnerschaft.

Drei Jahre mit Ricky waren unzählige, aber letztendlich nicht genug Nächte gewesen, in denen sie unter meine Decke gekrochen kam, ihren warmen Körper an meinen presste, bis ich sie in die Arme nahm und meine Nase tief in ihren Nacken und ihr Haar drückte und diesen einzigartigen Rickyduft einatmete. Auch nach all der Zeit, in denen unsere Berührungen Gewohnheit geworden waren, hatte mich die körperliche Wärme, die diese Frau ausstrahlte, in Erstaunen versetzt. Es war, als würde ein inneres Feuer in ihr glühen. Heute weiß ich, dass sie einfach den Energievorrat, den ein anderer Mensch über siebzig Jahre oder mehr verbrannte, in der Hälfte der Zeit verbraucht hatte. Rickys Leben war nie und in keiner Sekunde auf Sparflamme gelaufen, sondern beständig mit Spitzenverbrauch, als hätte sie gewusst, dass sie mit ihren Ressourcen nicht haushalten musste.

Rickys nächtliche Kuschelattacken, wie sie sie selbst nannte, hatten immer die gleiche Ursache: Albträume unterschiedlichster Art und Inhalts, die sie in den frühen Morgenstunden aus dem Schlaf schrecken ließen. Hinter den Grund, warum sie so häufig üble Träume verfolgten, war ich nie gekommen.

»Hast du wieder schlecht geträumt?«, nuschelte ich verschlafen in eines ihrer winzigen Mauseöhrchen, die es jetzt nicht mehr gab.

»Hm«, kam es leise zurück.

»Willst du es mir erzählen?«

»Mh, mh.«

Nach dieser Verneinung gab es drei mögliche Versionen, wie die Nacht weiterging.

*Version 1*: Ricky drehte sich um, zog mir das T-Shirt über den Kopf und presste ihr Gesicht an meine nackte Brust. Der Hautkontakt und mein Herzschlag beruhigten sie, und schließlich erzählte sie mir doch den Trauminhalt. Ich hörte ihr im Halbschlaf zu, fühlte, wie die Lippen beim Sprechen weich über meine Haut strichen, spürte ihren sanften Atem und das leichte Kitzeln ihrer Wimpern, wenn sie blinzelte. So aneinandergekuschelt schliefen wir wieder ein und wachten am Morgen in exakt der Position, in der wir eingeschlafen waren, wieder auf – Rickys Gesicht an meinen Oberkörper gepresst. Wenn Zeit war, glitt sie an mir hinunter und revanchierte sich auf wundervolle Art und Weise für meinen nächtlichen Beistand.

*Version 2:* Wir schliefen beide sofort wieder aneinandergeschmiegt ein. Meist war Ricky, die keinen Schichtdienst hatte und deshalb einfach mehr Schlaf bekam, vor mir wach. Sie schlüpfte leise aus dem Bett, machte uns in der Küche zwei Cappuccino, kam mit den Tassen ins Bett zurück und las neben mir, bis ich richtig wach war. Nachdem ich meinen ersten Schluck Kaffee getrunken hatte, erzählte sie mir den Trauminhalt in allen Details – mit bewegter Mimik und fuchtelnden Armen, wie es nun mal ihre Art war, alle Rollen mit Überzeugung spielend.

»Meinst du, ich bin gestört, weil ich so oft schlecht träume?«, hatte sie mich einmal leichtsinnig gefragt, und mit einem Seitenblick auf mein Grinsen über der Kaffeetasse fuhr sie fort, ehe ich antworten konnte: »Ach, halt die Klappe, Brandstätter, deine Meinung interessiert doch keinen.« So zärtlich und liebevoll war der Umgang zwischen Frau Ricarda Brandstätter und ihrem angetrauten Ehemann Dr. med. Benny E. Brandstätter gewesen, der mit nur einundvierzig Jahren frischgebackener Witwer war.

*Version 3:* Ricky spielte kleines Löffelchen und verstärkte hinterlistig leicht den Druck ihres Hinterns auf meinen ungeschützten, schlaftrunkenen Unterleib.

»Wehe, du nutzt meine Notlage aus und bekommst eine Erektion«, warnte sie mich.

»Was dann, Häschen?«

»Dann werde ich mit allen Mitteln dagegen einschreiten müssen.«

»Ah, du drohst mir, Weib!«

»Jupp.«

»Zu spät, Häschen. Das Unvermeidliche ist schon geschehen.«

»Tja, ich habe dich gewarnt.«

»Ich schäme mich ja auch dafür.«

Mit Ricky zu schlafen, war wie Tiefseetauchen. Wir versanken ineinander verschlungen in eine andere, neue Welt, in der es nur uns beide gab. Wir beatmeten uns gegenseitig, schmeckten und befühlten uns in einem rauschähnlichen Zustand, bis wir kurz nacheinander zusammen in einer Art Explosion wieder an die Oberfläche kamen. Schwer keuchend und immer noch trunken voneinander – wie zwei Delfine, schwerelos in ihrem Element. Zu meinem Pech war Ricky jedes Mal die Erste, die wieder zu Atem und Sinnen kam, um mir mit frechem Grinsen und den Worten »Das wird schon wieder!« den Kopf zu tätscheln. *This must be underwater love* – wie in dem schrägen Song von Smoke City.

Mir fiel ein Abend ein, als ich von der Spätschicht nach Hause kam und ein heulendes Häufchen Elend auf dem Sofa im Wohnzimmer vorfand, das Nutella direkt aus dem Glas löffelte.

»Hast du wieder *Bambi* geguckt, Häschen?«, fragte ich noch im Türrahmen. Ricky schüttelte den Kopf, schniefte in ein Taschentuch, zerknüllte es und warf es zu den schätzungsweise dreißig anderen, die den Parkettboden aus bester deutscher Buche zierten. Die Heulorgie schien schon eine Weile zu gehen. Ich setzte mich neben meine Frau, nahm sie in den Arm und drückte meine Nase an ihre von Tränen feuchte Wange: »Was ist los? Weltschmerz?«

»Hm.« So viel Ricky auch plapperte, sobald sie richtig traurig oder sauer war, versiegte der ständige Redefluss zu einem Rinnsal.

»Lass mich raten. Du hast ein paar Kilo zugenommen?« Sie boxte mir mit der Faust hart auf den Oberarm. Nächster Versuch: »Die Spaghetti waren nicht *al dente*?«

»Meine Spaghetti sind immer *al dente*. Das weißt du genau.« Das klang erschreckend tonlos.

»Soll ich dir eine lustige Geschichte aus der Notaufnahme erzählen?«

»Hm.«

Das zweite *Hm* in einer Minute. Rickys Weltschmerz schien tiefer zu gehen. Ich holte Luft und erzählte von meinem letzten

Patienten an diesem Tag. Einem dreißigjährigen Sozialarbeiter, der mir allen Ernstes erzählt hatte, seine Freundin, von der er sich vor drei Tagen getrennt hatte, habe ihn verflucht, denn seitdem schrumpfe sein Penis. Ich murmelte mein legendäres »Aha, aha«, warf einen kurzen Blick auf das schwindende Elend und empfahl ihm für sein bestes Teil Tauchbäder in einem abgekühlten Sud aus Zwiebelschalen, Knoblauch und Oregano als altbewährtes Hausmittel gegen Flüche und böse Zauber. Den Urin einer trächtigen Katze als geheime Zutat verkniff ich mir jedoch, ich wollte es nicht übertreiben. Ricky lachte leise vor sich hin, aber nicht ganz so befreit, wie ich es erhofft hatte. Bei meinen Kollegen war die Story der Brüller des Tages gewesen. Ich bekam die *Bullshit-Wanderplakette* angeheftet, die ein Pflegedienstleiter hatte anfertigen lassen. Die Plakette durfte immer derjenige tragen, der aktuell die absurdeste Aufnahme vorweisen konnte.

Ich küsste meine Frau aufs Haar, das auch im tiefsten Winter nach Sommer und Sonne roch, und zog sie ein Stück näher an mich. »Komm, jetzt sag schon, was los ist.«

»Ich werde bald vierzig«, konstatierte der menschliche Trauerkloß leise und sehr verhalten.

»Willkommen im Klub.«

Im Hausflur hörte ich etwas scheppern. Clapton, unser schwarzer, einäugiger Kater, war durch die Katzenklappe hereingekommen. Er war mit uns von Stuttgart-Ost nach Botnang ins Grüne gezogen und belohnte uns für die Verbesserung seiner Wohnsituation fast täglich mit einem frisch gefangenen Mäusekadaver, den er uns lässig vor die Füße legte, ehe er was Anständiges aus der Dose fraß. Jetzt kam das kleine Monster ohne Beute auf uns zu, kuschelte sich zwischen uns auf die Couch und warf seinen Motor an. Ricky kraulte ihn abwesend zwischen den Ohren.

»Ich hätte so gerne Kinder mit dir gehabt, Benny«, sagte Ricky nach einer halben Ewigkeit, als ich am Wegdämmern

13

war. Die Botschaft machte mich unvermittelt wieder hell-wach.

»Das hätte ich mit dir auch gerne gehabt. Ich kann dir gar nicht sagen, wie gerne«, flüsterte ich und schluckte. »Bist du deswegen so traurig?«

»Hm.«

Ich musste unbedingt was gegen diese Einsilbigkeit tun, ein weiteres *Hm* in dieser Nacht hätte mir das Herz gebrochen. »Du musst auch mal die guten Seiten sehen. Am Schluss hätte das arme Kind dein bisschen Verstand und mein Aussehen geerbt. Das ist doch ein Kreuz für so ein kleines, unschuldiges Ding.«

Ich sah meine Frau an. Sie lächelte verhalten.

»Dein ganzer Mund ist mit Nutella verschmiert«, bemerkte ich.

Ricky zuckte mit den Schultern: »Wen stört's?« Ein kurzes Zucken der Mundwinkel und Schultern bei der Frau, die sonst mit der Gestik eines Händlers auf dem Hamburger Fischmarkt sprach.

»Mich«, antwortete ich, nahm ein frisches Papiertaschentuch aus der Packung, zerknüllte es und spuckte darauf. Woraufhin endlich Leben in meine bis dahin unheimlich stille Lebensgefährtin kam.

»Wehe, du wagst es!«, drohte sie mir und bekam diesen für mich unwiderstehlichen Killerblick, bei dem sie leicht schielte.

»Ach komm, stellen Sie sich nicht so an, Frau Brandstätter. Das haben wir doch alle mal durchmachen müssen in unserer Kindheit. Außerdem küsst du mich doch mit Zunge und nimmst Teile von mir in den Mund, die ich selbst nie in den Mund nehmen würde.«

»Wenn du dran kämst, würdest du an dem Teil ständig rumknabbern«, kam die Retourkutsche.

Ich probierte, mit dem Taschentuch an ihr Gesicht zu kommen. Ricky sprang auf und floh in den Flur. Ich rannte mit dem Taschentuch hinter ihr her, gefolgt von Clapton, der, im Gegensatz zu normalen Katzen, Radau und Randale liebte. Im Schlafzimmer holte ich meine Ehefrau ein und warf sie mit Gebrüll auf das Bett, Clapton kam hinterher. Während wir uns gegenseitig auszogen, verzog sich unser Kater diskret in die Küche, um sein Abendessen einzunehmen. Sex seiner Dosenöffner hatte Clapton schon immer gelangweilt.


MEINE MUTTER DRÜCKTE leicht meinen Oberschenkel und holte mich aus meinen bunten Tagträumen in die traurige Realität zurück. Vor mir stand Daniel Nowak, der junge Bestattungsunternehmer, der für die Ausrichtung der Trauerfeier zuständig war.

Er beugte sich aus der Hüfte zu mir herunter und flüsterte: »Herr Brandstätter, es tut mir leid, aber Ihr Auto steht falsch. Das müsste weggefahren werden. Wenn Sie mir den Schlüssel geben, erledige ich das für Sie.«

Ich fischte den Schlüssel zu Rickys Cabrio, mit dem ich von Stuttgart nach Heidelberg gefahren war, aus der Hosentasche und drückte ihn Daniel Nowak in die Hand.

Mama und Björn regten sich auf, wie kleinlich man im Badischen sei und Hinterbliebene während einer Beerdigung mit solchen Lappalien belästigte.

Meine Mutter hatte sich endlich damit abgefunden, dass ich ihr eine Schwiegertochter präsentiert hatte, mit der sie ihre Hoffnung auf Enkel begraben musste. Kurz nach unserer Hochzeit hatte sich auch mein Bruder Björn von seiner langjährigen Freundin getrennt und beschlossen, sich ab sofort nur noch seiner Karriere als Internist zu widmen.

Björn hatte Ricky von Anfang an gemocht und mir in der Hochzeitsnacht eröffnet: »Deine Auserwählte hat auf herrliche Art ein Rad ab, Bruderherz.« Ich nahm das als Kompliment.

Ich beteiligte mich nicht an den geraunten Hasstiraden auf die falschen Baden-Württemberger aus Sicht der Schwaben. Ich konzentrierte mich auf die nachtblaue Urne, die umgeben von einem Kranz aus Kerzen, die sich in ihr spiegelten, auf einem Bett aus schwarzem Samt stand. Rickys Urne, die in wenigen Minuten im Beisein ihrer Freunde und Angehörigen auf dem altehrwürdigen Bergfriedhof in Heidelberg in einer Urnenwand bestattet werden würde, ganz so, wie ihre Eltern das geplant hatten. Der Musterschwiegersohn hatte sich den Wünschen widerspruchslos gebeugt. Diese Beisetzung war nicht meine Veranstaltung, ich war nur Ehrengast.

Ich hatte auch in eine gemeinsame Todesanzeige in der hiesigen Tageszeitung eingewilligt und bestand lediglich darauf, dass hinter meinem Namen stehen sollte:

*Es war nichts als ein wenig Liebe, aber sie hat mein Herz erwärmt und in meiner Seele brennt sie noch wie eine große Sonne.*

Neben der Urne stand auf einem Ständer ein Foto von Ricky, das ich auf unserer Hochzeitsreise durch Australien gemacht hatte. Ein Bild, auf dem Ricky in einem schlichten, weißen Leinenkleid mit dünnen Trägern barfuß vor mir über den Strand lief. In dem Moment, in dem ich den Auslöser drückte, hatte sie sich mit dem Oberkörper umgedreht und in die Kamera gelächelt, die Arme weit schwingend, als wolle sie davonfliegen, das lange, offene Haar in Bewegung. Ricky, wie sie leibte und lebte. Falsch: Ricky, wie sie gelebt hatte!

Rickys Mutter hatte mich, als ich ihr das Foto gezeigt hatte, skeptisch mit diesen unechten, gealterten Rickyaugen angesehen und mit Rickystimme, der aber das Lebhafte des Originals fehlte, gefragt: »Meinst du nicht, wir sollten ein anständiges Foto nehmen, Benny?«

Trotz der optischen Ähnlichkeit waren Mutter und Tochter charakterlich zwei sehr gegensätzliche Menschen.

»Du weißt doch, dass es von deiner Tochter keine *anständi-*

*gen F*otos gibt«, hatte ich geantwortet.

Es war schwer, Ricky, deren Gesicht, Hände, Körper und Haare ständig in Bewegung waren, auf einem Foto festzuhalten. *Poetry in motion* hatte sie sich einmal treffend selbst beschrieben. Ich sah Ricky mit hochgestecktem Haar in ausgewaschenen Jogginghosen und einem meiner T-Shirts durch unsere Wohnung wirbeln. Musik vom Electric Light Orchestra und von Queen waren ihr Soundtrack zum Putzen gewesen. Ich konnte mit der orchestralen Rockmusik der Gruppen nichts anfangen und hatte ständig rumgemeckert, wenn die schwülstigen Geigen- und Synthesizerklänge aus allen Lautsprechern trieften.

Aber wenn meine Partnerin, die stimmlich ähnliche Höhen erreichte wie Freddy Mercury, nur nicht ganz so sauber gesungen, mit der *Biff*-Sprühflasche den Baktierenkulturen auf unserer Klobrille mit »*Who wants to live forever?*« entschlossen den Kampf angesagt hatte oder Spinnen mit dem Staubsauger entsorgte und dabei: »*It's a livin' thing – what a terrible thing to lose!*« schniefte, dann floss mein Herz vor Liebe über. Um im Text zu bleiben: »*No, I can't get it out of my head, now my old world is gone for dead.*«

Ich sah zu Birgit Koch hinüber. Rickys Mutter war statisch, fast steif in ihrer Mimik und ihren Bewegungen. Ausdruck dafür, dass in ihrem Kopf nicht das wunderbar bunte Chaos herrschte wie im Kopf ihrer Tochter. Schließlich hatten wir uns auf das Foto geeinigt, nachdem auch ihr Bruder Jens der Meinung gewesen war, es verkörpere Rickys Wesen.


DIE TRAUERMUSIK HÖRTE AUF. Weil Ricky Atheistin und mir kirchlicher Trost nicht wichtig war, gab es keinen Pfarrer. Christina Kupfer, Rickys Schulfreundin, trat stattdessen an das Pult, räusperte sich und las mit bewegter Stimme ein paar Zeilen von Annette von Droste-Hülshoff vor:

*»Tod ist überhaupt nichts.*
*Ich glitt lediglich hinüber in den nächsten Raum.*
*Ich bin ich und ihr seid ihr.*
*Warum sollte ich aus dem Sinn sein,*
*nur weil ich aus dem Blick bin?*
*Was auch immer wir füreinander waren, sind*
    *wir auch jetzt noch.*
*Spielt, lächelt, denkt an mich.*
*Leben bedeutet auch jetzt all das, was es auch*
    *sonst bedeutet hat.*
*Es hat sich nichts verändert, ich warte auf euch,*
*irgendwo sehr nah bei euch.*
*Alles ist gut.«*

Nichts war gut! Gar nichts würde je wieder gut sein! Meine schlaue Ricky hätte gewusst, dass dieses Zitat gar nicht von Frau Droste-Hülshoff war. Sie hätte das englische Original von Henry Scott Holland aus der Predigt *The King of Terrors* zitiert. Aber Ricky war nicht mehr da, um ihren Mitmenschen mit ihrer wunderbaren Besserwisserei auf die Nerven zu gehen. Ich versank in meiner Gedankenwelt, wie mir das seit einer Woche ständig und überall passierte. Ricky, die versierte, unerschrockene Küchenphilosophin, hatte mir erklärt, dass, wenn ein Mensch gestorben sei, es dessen Welt nicht mehr gäbe. Ich hatte in meiner charmanten Art erwidert, dass ich diese Theorie für völligen Schwachsinn halte. Nachdem Ricky nicht mehr da war, wurde mir von Tag zu Tag immer bewusster, dass es ihre Welt tatsächlich nicht mehr gab. Hätte sie mit mir kommunizieren können, hätte ich zu hören bekommen: »Na, Brandstätter, wer hatte jetzt mal wieder recht? Hä?«

Ricky konnte nerven wie keine andere Frau, aber seltsamerweise störte das nicht wirklich. Es war Teil ihres komplexen Charakters. Auf klare Ansagen wie »Nerv mich nicht!«

reagierte sie mit entwaffnenden Sätzen wie: »Mich aufzufordern, nicht zu nerven, bringt in etwa so viel, wie sich morgens um sechs vor die Sonne hinzustellen und sie aufzufordern, nicht mehr zu scheinen!« Dabei grinste sie selbstzufrieden. Jetzt, wo sie tatsächlich aufgehört hatte zu nerven, hätte von mir aus auch die Sonne aufhören können zu scheinen. Ich schluckte ein Schluchzen hinunter, das tief aus meiner Brust kam.

Es war jetzt genau acht Tage her, als mich Ricky bei der Arbeit in der Klinik auf dem Handy angerufen hatte. Es war zwei Tage vor ihrem neunundreißigsten Geburtstag gewesen, der gleichzeitig auch unser erster Hochzeitstag war und den wir zusammen auf einem Segeltörn in der Karibik verbringen wollten. Ricky hatte an dem Tag freigehabt und war mit den Vorbereitungen für den Urlaub beschäftigt gewesen. Der Flug nach Miami, wo wir die gecharterte Jacht übernehmen wollten, war für den nächsten Tag geplant.

Ich saß mit meiner Lieblings-MFA plaudernd in der Zentralen Aufnahme. Fatima war immer noch mit ihrem Muskelprotz zusammen und erwartete ihr zweites Kind. Für ihren Erstgeborenen, Deniz, waren Ricky und ich so was wie Pateneltern geworden. Ich hörte den vertrauten Klingelton, Waylon Jennings' *We Had It All*, der für Ricky reserviert war.

»Hey, du. Was gibt's? Hast du Sehnsucht?«, meldete ich mich flapsig. Als ich früh um halb sieben zur Arbeit gegangen war, hatte Ricky noch fest geschlafen. Ich hatte ihr einen Kaffee ans Bett gebracht und sie kurz auf die Stirn geküsst, weil der Rest ihres Körpers unter der Decke verborgen war. Mit Clapton auf den Fersen war ich aus der Wohnung gegangen.

Beim Ton, den meine Frau anschlug, als sie antwortete, stellten sich mir die Haare im Nacken auf. »Du, Benny, mir ist so schwindelig und ich habe brutale Kopfschmerzen. Ich sitze im Auto in der Mozartstraße und traue mich nicht weiterzufahren. Kannst du bitte kommen und mich abholen? Oder jemanden schicken, wenn du selbst nicht wegkannst?«

Ricky heulte und jammerte bei Kleinigkeiten gottserbärmlich. Eine simple Tetanusimpfung artete in ein altgriechisches Drama aus, bei dem die Hauptdarstellerin wehklagte und sich ganz dem Schmerz hingab, noch ehe er entstanden war. Wenn es meiner Frau richtig schlecht ging, wurde sie merkwürdig still, weil die talentierte Schauspielerin der wirklichen Ricky Platz gemacht hatte und jegliches Theater beendet war. Außerdem gehörte Ricky zu den wenigen Frauen, die so gut wie nie Kopfschmerzen hatten. Ich stand auf und Fatima sah mich alarmiert an.

Ich zuckte mit den Schultern. »Ist dir schlecht, Ricky?«

»Nein, nur schwindelig. Alles dreht sich. Vielleicht nehme ich mir ein Taxi, fahr nach Hause, werfe eine Tablette ein und leg mich etwas hin. Du holst das Auto später einfach ab, wenn du Feierabend hast.«

Die Mozartstraße war nur wenige Fahrminuten von der Margarinenklinik, in der ich in der Notaufnahme, mittlerweile als Oberarzt, arbeitete, entfernt.

»Bleib am Telefon, ich bin gleich bei dir«, versprach ich.

»Ja, danke, das ist lieb von dir«, kam flüsternd die Antwort.

»Ist es sehr schlimm?«

»Benny, mir geht es überhaupt nicht gut.« Ich konnte ihre Worte kaum noch verstehen, so leise sprach sie. »Ich habe rasende Kopfschmerzen und weiß nicht, wovon.«

Ich erklärte Fatima kurz die Situation und bat sie, in der Leitstelle einen Rettungswagen anzufordern, die sollten aber warten, bis ich drüben war, ich wollte unbedingt mitfahren. Ich machte mich auf den Weg und sprach weiter mit Ricky, um sie zu beruhigen. Sie selbst sagte nur noch wenig, ein Zeichen dafür, dass ernsthaft was nicht mit ihr stimmte. Ich begann zu laufen.

Mein Kollege Roland und Günter ohne H saßen bereits im Wagen, als ich ankam. Ich stieg hinten ein und wir fuhren los, noch ehe ich die Tür richtig geschlossen hatte.

»Ricky, wo genau bist du in der Mozartstraße?«

»Vor dem Lokal an der Ecke.«

Ich gab die Informationen an Günter weiter. »Ich bin gleich bei dir, Häschen, sei tapfer.«

»Das wäre schön.« Sie schwieg einen Moment und fuhr fort: »Benny?«

»Was ist, Häschen?«

»Irgendwie sind da überall Flecken, die immer größer werden. Ich sehe nur noch Grau und mir ist auch so kalt.«

»Hey, Frau Brandstätter, jetzt nicht Titanic spielen und im Eismeer verschwinden«, warnte ich Ricky. »Dein persönlicher Notarzt ist auf dem Weg, um dich zu retten. Im Porsche und mit Blaulicht, wie versprochen.« Ich bekam keine Antwort auf meine Frotzelei. Plötzlich war mir eiskalt. »Ricky?«

ALS WIR KURZE ZEIT SPÄTER ankamen, standen schon einige Passanten um den Wagen meiner Frau herum. Das Dach war unten. Lucio Dalla schluchzte: »*Te voglio bene assaje, ma tanto, tanto bene sai.*« *Ich hab dich lieb, ich hab dich so unglaublich lieb, weißt du?* Die Frau mit den grünen Augen, die dieses Lied so liebte, saß leblos hinterm Steuer. Ein Blick in die beidseits weiten, lichtstarren Pupillen zeigte, dass eine Reanimation keinen Sinn mehr gehabt hätte.

In dem Song sah Caruso den Mond hinter den Wolken hervorkommen und der Tod erschien ihm plötzlich süß. In der Morgensonne eines wunderschönen Oktobervormittags war der Tod nur traurig und schmerzhaft. Hundertmal gehört, aber zum ersten Mal konnte ich fühlen, wie sich die

Kette um mein Herz legte und das Blut in meinen Adern zum Schmelzen brachte.

Ich half dem Bestatter, Ricky in den Transportsarg zu heben, und richtete die Arme liebevoll neben ihrem Körper aus. Ich strich meiner toten Frau das Haar aus dem Gesicht. Ich stand hilflos daneben, als sich der Deckel über ihr schloss, und hielt ihre Lederjacke im Arm, die mir einer der Polizisten, die mittlerweile erschienen waren, in die Hand gedrückt hatte. Dann ließ ich mich kraftlos auf den Gehsteig niedersinken, bis Günter ohne H mich am Arm hochzog und mit Roland in den Notarztwagen verfrachtete. Meine Kollegen brachten mich nach Hause, blieben an meiner Seite, bis mein Bruder auftauchte. Irgendwann erkannte ich meine Mutter, die Rickys Eltern anrief, mir Suppe kochte, mich ins Bett brachte und mich eine Schlaftablette schlucken ließ. Sie machte mir am nächsten Morgen Kaffee, schmierte mir ein Brötchen mit meiner Lieblingsmarmelade, das gegen Abend noch unberührt auf dem Teller lag. Mama wich nicht mehr von meiner Seite und versuchte vergeblich, mir Nahrung einzuflößen, bis ich vor zwei Tagen gegen den Rat aller alleine nach Heidelberg gefahren war, um die Nacht vor der Trauerfeier bei Rickys Eltern zu verbringen. Meine Mutter war erst am Morgen mit Björn nachgekommen.

DIESES MAL HOLTE mich Björn aus meiner Gedankenwelt in die reale Welt zurück: »Hey, Benny, du bist dran.«

Ich packte meine Gitarre aus, setzte mich auf den Stuhl, den der umsichtige Bestattungsunternehmer neben die Urne gestellt hatte, und sang unser Lied: »*You were the best thing in my life that I can recall. You and me we had it all. It was so good, oh so good, when I was your man.*«

Sobald der letzte Ton verklungen war, stand ich auf, packte mein Instrument ein und verließ die Trauerfeier für meine

Frau, mit der ich drei wundervolle, erfüllte Jahre voller Lachen verbringen durfte. An der Tür der Kapelle drückte mir Daniel Nowak den Schlüssel zu Rickys Cabrio, in dem sie die letzten Minuten ihres zu kurzen Lebens verbracht hatte, wortlos in die Hand.

Wie alles, was mit Ricky zu tun hatte, war auch der Kauf dieses Autos mit einer Geschichte verbunden. Nichts im Leben war je langweilig gewesen mit Ricky an meiner Seite. Sie hatte so viel Lachen und Freude bei anderen Menschen provoziert mit ihrer exaltierten Art, ihrem vorlauten Mundwerk, ihrem warmherzigen Humor und ihrer liebenswerten Verpeiltheit, die jede Menge Intelligenz voraussetzte. Letzten Herbst hatte sie sich das Cabrio bei einem Gebrauchtwagenhändler um die Ecke herausgesucht. Sie hatte es im Vorbeifahren im Schaufenster stehen sehen und wollte unbedingt, dass ich am nächsten Morgen eine Probefahrt mit ihr machte. Ich tat ihr den Gefallen und so fuhren wir mit offenem Verdeck zu dritt durch das hügelige Stuttgarter Umland. Ricky saß am Steuer, der Verkäufer auf dem Beifahrersitz und ich hatte auf dem Rücksitz Platz genommen, neben Rickys Handtasche, die wie alle anderen ihrer Taschen das Fassungsvermögen eines begehbaren Wandschranks besaß.

Kurz bevor wir wieder in Botnang waren, hatte mein angetrautes Weib, das bis dahin begeistert von dem Objekt ihrer Begierde schien, gemault: »Der Wagen fährt sich ja ganz toll. Aber das Geklappere hinten geht mir echt auf den Zeiger. Da müssen Sie was dagegen tun.«

Der noch sehr junge Verkäufer drehte sich zu mir um und sah mich fragend an. Ich konnte in seinem Blick die unausgesprochene Bitte lesen: »Würden Sie Ihrer Frau sagen, wie blöd sie ist?«

Ich hob die Schultern und sah mir weiter die Landschaft an. Schließlich war er ja derjenige, der ein Geschäft machen wollte, nicht ich.

Ricky hatte unseren Blickwechsel im Rückspiegel beobachtet und fragte störrisch: »Was?«

Der Verkäufer ergab sich in sein Schicksal und antwortete schließlich mutig: »Das ist Ihre Handtasche, die da klappert, Frau Brandstätter.«

»Aaah sooo!«, tönte es lang gezogen aus meiner Lebensgefährtin, deren hübsches Köpfchen langsam und verständig auf und ab wippte. »Na, dann.«

Ich grinste vor mich hin. Auch wegen solcher Momente hatte ich diese Frau wirklich und wahrhaftig geliebt. Nur, solche Momente würde es unwiederbringlich keine neuen mehr geben und ich musste ab sofort von den kostbaren, vergangenen zehren, das wurde mir in dem Moment wieder einmal schmerzlich bewusst. Keine andere Frau an meiner Seite würde die Bedienung in der Bar mit wenigen Worten charmant davon überzeugen, dass ihr Röhrchen im *Aperol Spritz* zu lang sei und sie so unmöglich trinken könne, ohne bei jedem Zug aufstehen zu müssen. Das schilderte sie so unterhaltsam, dass ihre Reklamation keinen Unmut schürte, sondern die Bedienung gut gelaunt an den Tresen zurücklief und das Glas mit einer Auswahl Trinkhalme in unterschiedlicher Länge brachte. Ricky konnte in ihrer sympathischen Art und Weise immer und jederzeit eine Extrawurst verlangen und bekam diese auch meist gebraten und serviert.

Ich ging die paar Schritte durch den malerischen Bergfriedhof mit seinem alten Baumbestand und den historischen Grabstellen. Es war immer noch goldener Oktober wie aus dem Bilderbuch. Wäre alles nach Plan gegangen, wären Ricky und ich in diesem Moment durch die Karibik geschippert, hätten Delfinen beim Schwimmen zugesehen, wären händchenhaltend über schneeweiße Strände geschlendert, hätten zahllose Flaschen Wein zum Abendessen getrunken und selbst geangelten Fisch gegessen. Du machst Pläne und das Schicksal lacht sich schlapp darüber und lässt stattdessen den Menschen, der dir alles bedeutet, an einem geplatzten Aneurysma im Kopf sterben. Ironischerweise stehst du als ausgebildeter Notfallmediziner daneben und könntest verzweifeln, weil du trotz all der Jahre Studium, Praxis, unzähligen Fort- und Weiterbildungen der Frau an deiner Seite nicht helfen konntest. Wozu all die Mühe, fragte ich mich seit diesem Tag mehrmals täglich.

Von Weitem öffnete ich das Verdeck mit der Fernbedienung des Schlüssels. Auf dem Beifahrersitz stand ein grasgrüner Plastikeimer mit Deckel, der früher einmal Teichfischfutter enthalten hatte. Ich lachte kurz auf. Das hätte Ricky gefallen. Ich schob die Gitarre unter das Windschott auf den Rücksitz und setzte mich dahin, wo meine Frau gestorben war. Was sich überhaupt nicht merkwürdig anfühlte, sondern mir Nähe zu ihr vermittelte. Ich schnallte den Eimer neben mir auf dem Beifahrersitz fürsorglich an.

»So, Häschen, wir beide fahren jetzt in die Schweiz, und wenn wir zurückkommen, bist du ein richtiger Diamant.« Ich startete den Wagen und spürte, wie Tränen heiß über meine Wangen liefen. *Shine on, you crazy diamond.*

# Surf & Turf

Ich sass in meinem Patio, den ich, wegen der menschlichen Plagegeister, rundum mit schweren Eisengittern zugebaut und wegen des tierischen Ungeziefers zusätzlich mit feinem Insektenschutzdraht hatte verkleiden lassen. Der großzügige Raum wurde nach dem Kauf des Hauses über dessen gesamte Breite zum Meer hin angebaut. Links und rechts waren Mauern, nach hinten war der Raum offen bis auf die bereits erwähnten Schutzgitter. So waren der weiße Strand, das karibische Meer, meine Palmen und die Hängematte von jedem Punkt aus immer gut zu sehen. Geschützt vor unliebsamen Besuchern und den gelegentlichen schweren tropischen Regenschauern war es möglich, Tag und Nacht im Freien zu sitzen und bei Nacht alle Lichter anzulassen. Ich bevorzugte schummrige Beleuchtung aus diversen Tischlampen oder von Kerzen. Meine Bestellliste bei Besuchern aus dem guten alten Deutschland enthielt immer Duftkerzen und Teelichter.

Wellen, Dünung und Brandung waren ideal gewesen, ich konnte die letzte Stunde bis Sonnenuntergang ausgiebig surfen. Mein Brett lehnte frisch geschrubbt in einer Ecke des Patios. Der Vorteil eines Junggesellendaseins – man darf alles in Reichweite stehen lassen, ohne auf das mehr oder weniger ausgeprägte Dekobedürfnis des weiblichen Teils des Haushalts Rücksicht nehmen zu müssen.

Ricky hatte meine *Reviermarkierungssocken* immer gekonnt lässig aus dem Handgelenk in eine Ecke unseres Wohnzimmers geschleudert, wo sie so lange liegen blieben, bis ich sie endlich in die Wäsche gab. Weggeräumt hatte sie die Dinger nie. Socken waren in meiner neuen Wahlheimat bei permanent über zwanzig Grad Lufttemperatur und einer Luftfeuchtigkeit von über sechzig Prozent Geschichte. Leider war auch Ricky, die geschickte Sockenwerferin, Geschichte – die schönste meines bisherigen Lebens.

Durch die Gittertür sah ich Gomez, meinen dunkelbraunen Labradormischling, mit wippenden Schlappohren vom Strand hochlaufen. Ich öffnete ihm und wurde freundlich begrüßt. Ich richtete sein Fressen in der Küche, mischte etwas Wasser unter das Trockenfutter und stellte den Napf auf den Boden. Gomez schlang alles in atemberaubender Geschwindigkeit herunter, obwohl Gwen, meine betagte Hundedame, die ihm sonst das Fressen streitig machte, nicht da war. Gwen war ein durch und durch sozialer Hund, sie hatte tagsüber meist im Dorf zu tun und kam erst spät nachts von ihren Streifzügen nach Hause, wenn überhaupt.

Ich legte *Hurra! Hurra! So nicht* von Gisbert zu Knyphausen in den CD-Player, drehte meinen allabendlichen Joint, holte mir ein Glas chilenischen *Montes Alpha* aus der Küche und setzte mich rauchend auf die Couch. In spätestens zwei Stunden würde ich so tief und vor allen Dingen traumlos schlafen. Meine Träume, bis letzten Oktober kunterbunt, handlungsreich und oft erotischer Natur, hatten sich alle verflüchtigt. Zurück war nur ein einziger geblieben, der in vielen Variationen ständig neu geträumt wurde. Rickys Silhouette auf dem Bootssteg im Gegenlicht, von der untergehenden Sonne in Gold getaucht, ihr Profilbild für ihre Nachrichten-App. In meinen Träumen fing sie Feuer in den Fingerspitzen ihrer erhobenen Hände. Spätestens, wenn die Flammen ihre Haare erreichten und daran hochzüngelten, wachte ich schweißgebadet und weinend auf. Es dauerte oft Stunden, bis ich nach einem solchen Traum wieder in den Schlaf fand.

Ich schenkte mir zusätzlich einen *Octomore* ein. Mein Vorratsschrank an allerfeinsten Single Malt Whiskys war auch in der alkoholischen Diaspora von Costa Ricas Karibikküste immer gut gefüllt. Dies verdankte ich meinem neuen Freund, Manuel Higuera, dem sämtliche Bananenstauden und Ananaspflanzungen im Umkreis gehörten und der regelmäßig außer Landes geschäftlich zu tun hatte und Duty Free Shops sowie Spirituosenhandlungen weltweit plünderte. Um in den Genuss einer Flasche zu kommen, musste ich nur an seinen gelegentlichen Pokerrunden teilnehmen, etwas Geld verlieren, und bekam als Dank die eine oder andere Flasche mit. *Take one for the road, my friend.*

Gomez hatte sich mittlerweile vor das Sofa gelegt, sah mich vorwurfsvoll aus seinen treuen braunen Augen an, als ich den Joint anzündete, und verschloss vor so viel menschlicher Unvernunft seine Augen.

*»Wieder geht ein Tag zu Ende und die Dämmerung zieht rauf. Leise zittern ihm die Hände und der Säufermond geht auf...«*

Mein Hund interessierte sich nicht für meine gekonnte Udo-Lindenberg-Adaption. Ich hörte auf zu singen, nahm genüsslich einen tiefen Zug und machte ebenfalls die Augen zu.

Die Brandung war wie immer laut und deutlich zu hören. Das vertraute, unablässige Rauschen des Ozeans konnte ich nach einem Dreivierteljahr an- und abschalten und hörte es bewusst gar nicht mehr. Ich merkte nur, dass etwas fehlte, wenn ich gelegentlich woanders übernachtete und ohne die vertraute Geräuschkulisse einschlafen musste. Mir ging es wie Menschen, die neben einer Kirche wohnen und das Glockengeläut nicht mehr registrieren.

Tatsächlich war Manzanillo, der Ort, an dessen Rand mein Haus lag, ein Teil des Refugio Nacional de Vida Silvestre Gandoca-Manzanillo, ein Nationalpark, der 1985 eingerichtet worden war. Neubauten waren auch außerhalb der Fünfzig-Meter-Flutlinie verboten und somit war mein Haus ein Kleinod mit unverbaubarem Blick inmitten einer paradiesischen Umgebung. Der Nationalpark mit seinen unberührten Sandstränden und Regenwäldern zog sich bis zur Grenze Panamas. Das Korallenriff, das dem Schutzgebiet vorgelagert war und bei einem Meter Meerestiefe begann und fünf Kilometer weiter in einem Barriereriff endete, kannte ich mittlerweile wie meine Westentasche. Man konnte ganz gut vor meinem Grundstück schnorcheln, allerdings waren die Tauchbedingungen nicht immer ideal, nach Gewittern war die Sicht oft sehr schlecht und es gab starke *Riptides*. Diese unberechenbaren Brandungsrückströmungen durfte man nicht auf die leichte Schulter nehmen, wenn man nicht mitten im Atlantik landen wollte.

Ich wartete auf die Stunde, in der die Flut am höchsten war und die meterhohen Wellen laut auf den flachen, weitläufigen Strand klatschten und die Brandung nicht mehr nur zu hören, sondern im ganzen Haus zu spüren sein würde. Manchmal klirrten sogar die Gläser im Schrank. Dann würde auch das Marihuana wirken und es Zeit sein, mich die paar Schritte zu meinem Bett zu schleppen und unter das dünne Laken zu legen. Das Letzte, was ich hörte, war das dumpfe Donnern und Grollen des Atlantiks vor meiner Haustür. Gab es Schöneres? Ja, hatte es gegeben, aber das war unwiederbringlich vorbei.

Mein Handy klingelte nach dem zweiten Zug aus der Tüte. Früher hatte ich Claptons *Cocaine* als Klingelton gehabt. Jetzt erklang ein anderes Lied von Mr. Eric Clapton, *Tears in Heaven*. Weil ich mir diese Frage seit einigen Monaten immer wieder stellte: Würde es ein Wiedersehen in einer anderen Dimension zwischen meiner verstorbenen Frau und mir geben? Würden wir da weitermachen, wo wir in diesem Leben aufgehört hatten? Würde sie mit mir gealtert sein und wenn nicht, würde Priscilla ihren in die Jahre gekommenen Elvis erkennen und mögen?

Am anderen Ende der Leitung war Hernando, der costaricanische Besitzer des kleinen Supermarktes im Ort. Hernando war das Dorfoberhaupt, und ohne sein Wissen und seine Zustimmung geschah nichts.

»¡*Buenas Noches, Ben!*«, meldete er sich auf Spanisch, das ich ganz gut verstand und ganz leidlich, wenn auch mit üblem schwäbischen Akzent, sprach. »Ich habe hier eine einsame Backpackerin, die noch nach einem Zimmer sucht, aber alle Betten sind belegt heute Nacht. Willst du sie haben?«

Der kleine Ort an der Karibikküste war die letzte Haltestelle für den Überlandbus vor der Grenze zu Panama. Eine Station vorher, in Puerto Viejo de Talamanca, wo es mehr Unterkünfte gab, stiegen gewöhnlich die meisten Touristen bereits aus. In dem beschaulichen Manzanillo sah die Bettenlage nicht ganz so rosig aus und der Reisende hatte ein Problem, bis der nächste Bus am Morgen zurückging. Das Dorf lag inmitten des Naturschutzgebiets und Hotelneubauten waren verboten. Für ein Taxi hatten die wenigsten Backpacker Geld übrig. Aber im freundlichen Costa Rica half man sich gegenseitig, auch den Touristen. Hier ließ man keinen auf der Straße oder am Strand pennen, der nicht wollte. Zur Not erbarmte sich einer der Bewohner und nahm die gestrandete Person bei sich auf oder fuhr sie zurück nach Puerto Viejo.

»Wie sieht sie aus?«

»Ben, du kennst mich. Habe ich dir jemals eine Unattraktive geschickt, mein Freund?«

»Ja. So ziemlich jede zweite, mein Freund.«

»Rede doch keinen Unsinn! Das stimmt nicht! Was kann ich dafür, dass du auf blonde Skelette stehst?«

Ich schloss aus Hernandos offener Art, dass die Lady entweder kein Spanisch verstand oder sich außer Hörweite befand.

»Woher kommt sie?«

Ich hörte den Ladenbesitzer kurz in seinem seltsam akzentuierten Englisch nachfragen, dann meinte er: »Honolulu.«

»Da haben wir es! Die sind doch alle fett. Wie dieser Sänger, den es dahingerafft hat.«

»Nein, das ist sie nicht, eher das Gegenteil. Was ist, holst du sie ab oder nicht?«

»Ja, gut, ich komme.«

»Bis gleich. *Pura vida.*«

»*Ebbe*«, entgegnete ich den landestypischen Gruß auf Schwäbisch, löschte den zu einem Viertel gerauchten Joint, schnappte mir die Autoschlüssel und machte mich mit Gomez im Schlepptau auf den Weg.

Ursprünglich hatte ich das frühere Wohnzimmer meines Häuschens als separates Gästezimmer mit eigenem Eingang, Bad und Kochgelegenheit für gelegentliche Besucher aus der alten Heimat eingerichtet. Meine Mutter, mein Bruder und einige Freunde machten davon regen Gebrauch. Wie konnte man einen Bekannten mit Haus in der Karibik unter Palmen am Strand ignorieren? Man kam so auch recht schnell zu ganz vielen neuen Freunden. Alte Bekannte, die einen in der Schule nicht mit dem Arsch angesehen oder sogar gedisst hatten, mutierten plötzlich zu ziemlich besten Freunden – zumindest ihrer Meinung nach. Wenn das Zimmer nicht belegt war, nahm ich gestrandete Backpackerinnen gegen kleines Geld auf. Von manchen verlangte ich für die zwei, drei Nächte, die sie zu Gast bei mir waren, überhaupt keinen materiellen Ausgleich, wenn sie weiterzogen. Eiserne, selbst gebastelte Brandstätterregel: *Don't take their money after you nipped their honey!*

Ich hätte das Zimmer nicht vermieten müssen. Das Haus,

in dem ich residierte, war dank der Umsicht meiner verstorbenen Frau, die in Finanzangelegenheiten ein Fuchs gewesen war, bezahlt. Außerdem besaß ich eine gut vermietete Vierzimmerwohnung in einer von Stuttgarts Toplagen sowie eine kleine Rücklage aus einer Lebensversicherung, die ich für Rickys Ableben ausgezahlt bekommen hatte. Ricky hatte mich am Tag vor unserer standesamtlichen Trauung praktisch gezwungen, eine Lebensversicherung mit ihr als Begünstigter abzuschließen. Als ich die Summe sah, vermutete ich üble Absichten seitens meiner nagelneuen Gattin, aber da sie die gleiche Police zu meinen Gunsten abgeschlossen hatte, konnte ich nachts doch beruhigt schlafen. Aber ich wäre nicht ich gewesen, hätte ich nicht beim nächsten Essen, das Ricky für mich gekocht hatte, scherzhaft vorm ersten Bissen gefragt, ob ich das unbeschadet essen könne, oder ob ich mit einem Giftattentat rechnen müsse.

Es kam ausnahmsweise keine freche Retourkutsche, sondern Ricky meinte sehr ernst: »Benny, wenn du nicht mehr da bist, bricht für mich eine Welt zusammen. In dem Fall möchte ich wenigstens keine finanziellen Sorgen haben.«

So war sie gewesen, pragmatisch bis ins Blut, mit einem riesigen Schuss Romantik.


Ich hielt mit meinem Jeep Laredo, Baujahr 1983, den ich im Internet in den USA gekauft hatte und der erst vor wenigen Wochen mit einem von Manuel Higueras Bananenfrachtern eingetroffen war, vor Hernandos Laden an. Der Wagen war komplett restauriert worden und sah aus wie aus dem Laden – eigentlich zu schade für die hiesigen Straßenverhältnisse, aber ein Mann braucht das eine oder andere Spielzeug. Meinen alten Toyota, den ich bis dahin gefahren hatte, benutzte jetzt meine Haushälterin als *Dienstwagen*. Ihre erste Tat war gewesen, einen Aufkleber auf der hinteren Stoßstange anzubringen: *Yo freno por los animales.* Diese Aussage wunderte mich und jeden, der Yoani jemals auf der Straße im Auto begegnet war. Yoani bremste für nichts und niemanden, nahm keine Rücksicht auf rechts vor links und überholte quasi mit Autopilot ohne Sicht. Meine Perle verwandelte sich hinter dem Steuer eines Autos in eine rücksichtslose, geistesgestörte Selbstmordattentäterin.

Das Mädchen aus Honolulu saß, braun gebrannt, das lila gefärbte Haar, an dessen Wurzeln man die dunkelblonde Originalfarbe erkennen konnte, in einem Dutt im Nacken zusammengehalten, vor dem Laden auf Mama Miras Besucherstuhl. Nach sieben Uhr abends hatte Hernandos Großmutter, die sonst den Laden bewachte, Feierabend. Ihr dunkelblauer Plastikstuhl war verwaist. Die junge Amerikanerin hatte ein hübsches Gesicht. Mit Frisuren und Make-up war in der feuchten Hitze der Karibikküste nicht viel zu machen. Selbst wasserfeste Mascara machte in diesem Klima in kürzester Zeit schlapp. Das war an sich nicht schlecht, weil die Mädels nicht tricksen konnten und man nie Gefahr lief, neben Miss Germany einzuschlafen und neben Miss Wanne-Eickel-Ost aufzuwachen. *Pura vida.* Die Hawaiianerin sah extrem gechillt aus und ich vermutete esoterische Wurzeln.

Als ich ihr die Hand reichte, stand das zierliche Persönchen neben dem riesigen Rucksack in einer geschmeidigen Bewegung auf. Ich tippte auf Yoga oder Sonstiges, was Körperbeherrschung verlangte. Ich verfrachtete das schwere Gepäckstück auf den Rücksitz neben Gomez und ließ meinen Gast einsteigen. Auf der kurzen Rückfahrt bewunderte ich die festen, goldbraunen Schenkel unter einem ziemlich kurzen Rock. Wir führten das übliche Übernachtungsgastgespräch: *Woher, wieso, weshalb, wie lange? Toll, das Land! Nett, die Leute! Pura vida! Ebbe!*

Cindy hatte als Lehrerin gearbeitet, war vor siebenundzwanzig Jahren in Kapstadt zur Welt gekommen und im Alter von zwölf von ihren amerikanischen Eltern nach Honolulu verschleppt worden. Sie startete eine zweite Karriere als Feuertänzerin, weil sie seit frühester Jugend Ballettunterricht gehabt hatte und Tanzen ihre wahre Berufung war. Bingo! Hatte der Herr Brandstätter mal wieder recht gehabt mit seiner Körperbeherrschungstheorie. Ich hörte mir zwar an, was Cindy erzählte, aber ernsthaft war ich nicht daran interessiert, woher die Mädels kamen und wohin sie weiterzogen. Mir war wichtiger, ob sie regelmäßig duschten, ihre Zähne putzten, sich rasierten und dass sie keine übertragbaren Geschlechtskrankheiten hatten. Ich brauchte keine Konversation, denn die Meisterin der bereichernden, endlosen Gespräche war verstummt. Ich wollte puren, ungezügelten Sex in allen erdenklichen Variationen und danach einschlafen.

Cindy beabsichtigte, drei Nächte zu bleiben, ehe es nach Panama weitergehen sollte. Die erste Nacht gehörte ihr zur Regeneration, Körperpflege und zum Vertrauen-in-ihren-Herbergsvater-Fassen.

Nach wenigen Minuten Fahrt stoppte ich, um Gwen, meine Terriermischlingshündin, die vom Rüden der Hidalgos unzüchtig beschnüffelt wurde und darüber ziemlich aufgebracht war, aufzulesen. Gwen kam zwar von der Straße, hatte aber Stil und Geschmack und war zudem kastriert. Ich hob sie ebenfalls auf den Rücksitz, neben Gomez, der sie wie üblich ignorierte. In der *Casa* Brandstätter galt die Regel: *Haushaltsmitglieder werden weder gegessen noch gepoppt!*

Ich warf beim Einsteigen einen Blick auf Cindys perfekten, freiliegenden Bauchnabel, den ein Piercing samt silberner Kette zierte sowie eines dieser silberfarbenen Kurzzeittattoos, die voll im Trend waren. Von jeher kein Freund von Piercings und Tattoos bei Menschen beiderlei Geschlechts, hatte ich mich bei den Mädels, die auf meiner Couch unter mir oder über mir landeten, daran gewöhnt. Kaum eine der Backpackerinnen kam ohne Bemalung auf der Haut oder einen Ring oder Stift durch den einen oder anderen Körperteil aus. Wo ich jedoch ausstieg und *Chico*, mein bestes Teil, bis zur Bedeutungslosigkeit schrumpfte, waren Intimpiercings und Schmuck an den Nippeln. Zungenpiercings waren mir egal, weil ich die Mädels eh nicht küssen wollte. Cindy hatte einen schmalen Ring an der Unterlippe.

Am Haus angekommen, half ich Cindy mit dem schweren Rucksack und zeigte ihr das Zimmer. Gwen, das alte Muttertier, die jeden Besucher sofort in ihr Rudel aufnahm und bis zur Abreise bewachte, trottete hinter uns her. Ich erklärte der US-Amerikanerin, wie die Dusche, ein Durchlauferhitzer, der nur dann warmes Wasser erzeugte, wenn nur eine ganz geringe Wassermenge durchlief, funktionierte, und bat sie, entgegen den hiesigen Gebräuchen das Klopapier nicht in den Papierkorb zu werfen, sondern in die Toilette. Ich leistete mir vollständig abbaubares Toilettenpapier, weil ich keine Lust hatte, tütenweise gebrauchtes Papier bis zur nächsten Müllabfuhr vorm Haus gestapelt zu haben.

»Und trink das Wasser hier nicht!«, ermahnte ich die übermüdete Backpackerin, ehe ich mich für die Nacht verabschiedete. »Im Kühlschrank stehen zwei Flaschen Trinkwasser, falls du in der Nacht Durst bekommen solltest.«

Cindy bedankte sich und setzte sich aufs Bett. Gwen lag in einer Ecke und wollte nicht mit mir hinüber in meinen Teil des Hauses gehen. Unser Gast war sichtlich von Gwens Fürsorge gerührt und übertrug dieses auf ihr Herrchen. Gomez war nicht an dem Besuch interessiert und folgte mir ins Haus, wo ich meine angefangene Tüte fertig rauchte und mir dazu einen *Octomore* mit ein wenig Eis genehmigte.

»Gomez, frag mich mal, wann ich das letzte Mal Sex hatte«, forderte ich meinen Hund auf. Er sah mich mit seinen treuen, braunen Augen an und wedelte neugierig mit dem Schwanz.

»Morgen!« Ich lachte leise vor mich hin. Gomez legte den Kopf wissend auf seinen Pfoten ab.


In meiner neuen Heimat war ich zum Frühaufsteher mutiert,

weil es gewöhnlich kurz nach Sonnenaufgang mit die besten Wellen zum Surfen gab. Ein *Sunrise Ride* war immer wieder ein absoluter Höhepunkt. Surfen hatte die Musik als Passion abgelöst. Einen Wecker brauchte ich nicht mehr. Ich schlief nicht mehr in einem völlig verdunkelten Zimmer mit Ohrstöpseln, sondern mitten in der lebhaften, lauten Natur der Karibikküste. Mein Körper wusste zuverlässig, wann die Sonne aufging.

Ich fütterte zuerst Gomez in der zum Patio hin offenen Küche und genehmigte mir einen Kaffee. Als ich mit der Tasse in der Hand zurück in den Patio ging, um einen Blick hinunter auf den Strand und die Brandung zu werfen, trottete Gomez hinter mir her. Ich ließ ihn zur Tür hinaus. Die Hunde in Costa Rica waren, wie die Bevölkerung, freundlich und sehr sozial, egal, wie schlecht es ihnen ging. Gomez hatte zahllose Freunde im Ort, mit denen er seine Tage und oft auch die Nächte verbrachte. Als er außer Sichtweite war, kam Gwen schwanzwedelnd auf mich zugelaufen und stürmte durch die noch offene Tür in die Küche, wo ihr Fressnapf stand.

Wenn Gwen da war, konnte ihr Adoptivkind Cindy nicht weit sein. Richtig, die Feuertänzerin lag in meiner landestypischen Hängematte mit Fransenbordüren an beiden Seiten. Das gute Stück hatte ich gleich nach meinem Einzug malerisch zwischen zwei Palmen aufgespannt. Die Hängematte war einer meiner Lieblingsplätze zum Chillen. Ich ging die paar Schritte zu meinem Übernachtungsgast hinüber. Die junge Frau lag mit dem Blick aufs offene Meer, um ihr linkes Fußgelenk war eine weiße Muschelkette gebunden. Ich trug selbst eines der geflochtenen bunten Bändchen, die man in Puerto Viejo an jeder Ecke kaufen konnte. In der Mitte war eine Muschel eingearbeitet. Cindys Fußkettchen klingelte bei der kleinsten Bewegung, was mir am Abend zuvor gar nicht aufgefallen war.

»Guten Morgen. Gut geschlafen?«, fragte ich auf Englisch, um die Konversation ins Rollen zu bringen.

Es folgte das übliche »*Ja, nein, sehr gut, die Hitze, unge-wohnte Geräuschkulisse, Gwen hat auf mich aufgepasst, wie süß, das Meer beruhigt, die Zikaden nerven, der Jetlag.*« Cindy hatte wirklich einen sehr geschmeidigen, gertenschlanken Körper und lag, verführerisch wie eine Schlange, hingegossen in mei-ner Hängematte, die ich insgeheim den *Mädchenfänger* nannte.

»Surfst du?«

»Ein wenig. Nicht besonders gut.«

»Bist du an einer kostenlosen Unterrichtsstunde interes-siert? Oder hast du andere Pläne für den Morgen?« Hatte ich die Mädels erst mal halb nackt auf dem Brett im Wasser, waren Berührungen wie selbstverständlich und an der Art und Weise, wie meine Surfschülerinnen darauf reagierten, wusste ich recht schnell, ob es anschließend was für *Chico* zu tun gab oder auch nicht.

»Gerne. Jetzt gleich?«

»Die Wellen sind ideal für Anfänger, jede Menge Weißwas-ser.«

Ich deutete mit der Tasse in meiner Hand aufs offene Meer vorm Haus. Ein Stück weiter war am Strand ein öffentlicher Parkplatz. Dort dümpelten ein paar *Early Birds* hinter der Bran-dungslinie und warteten auf die perfekte Welle, die es heute meiner Meinung nach eher nicht geben würde. Umso besser konnte ich mich dem perfekten *Ride* im Hause widmen.

Cindy trug eine Bikinihose unter ihrem Rock, das knappe Top bedeckte ihre kleinen Brüste gerade so. An sich wäre es ganz sinnvoll gewesen, ein T-Shirt zu tragen, um sich Bauch und Oberarme nicht unnötig am Brett wund zu reiben, aber für meine Zwecke war wenig Kleidung ideal.

»Gib mir eine Viertelstunde. Ich muss noch das Board fer-tig machen für dich. Bis gleich am Strand«, schlug ich vor.

Cindy nickte begeistert, zog den Rock aus, legte ihn in die Hängematte und ging mit federndem Schritt und wiegendem

Hintern durch den pudrig weichen, weißen Sand hinunter bis zur Wasserlinie, wo ich wenig später mit dem frisch gewachsten Anfängerbrett und meinem Profiboard hinzukam. Cindy hatte einen umwerfenden Körper – leicht gebräunt, durchtrainiert und ohne ein Gramm Fett. Eigentlich empfahl ich Anfängern Trockenübungen, um die Balance und das Körpergefühl zu verbessern, aber was sollte ich einem Mädel, das sein ganzes Leben Ballett getanzt hatte, in der Beziehung noch beibringen?

In den nächsten beiden Stunden kamen wir uns in dem handwarmen Wasser körperlich näher, als dies mit jeder anderen Sportart, außer vielleicht Ringen, möglich gewesen wäre. Cindy fühlte sich überall festelastisch an. Wir lachten viel und sie schluckte jede Menge Salzwasser. Gwen beobachtete unser Treiben im Wasser vom Schatten einer Kokospalme aus. Die Hündin ließ ihre geliebten Rudelmitglieder keinen Moment aus den Augen. Ich wusste, Gwen fühlte sich nicht wohl, wenn sie tatenlos zusehen musste, wie immer wieder einer ihrer Schützlinge im Wasser verschwand. Sie unterdrückte ihre Sorgen tapfer und winselte nicht mehr, wie zu Anfang, als sie bei mir eingezogen und ich für Stunden auf dem Wasser gewesen war.

»Lust auf ein Frühstück?«, fragte ich, als wir mit den Brettern zurück ins Haus gingen, und ärgerte mich darüber, dass ich *Frühfick* dachte. Das war genauso uncool wie zum Bleistift *genital* statt *genial* zu sagen. Aber manchen Schwachsinn, den man aufgeschnappt hatte, bekam man nie wieder aus dem Kopf.

Cindy nickte. Ich stellte mich kurz unter die Außendusche, zog trockene Sachen an und machte zum zweiten Mal an diesem Morgen Kaffee, während Cindy in ihrem Zimmer duschte. Sie war Veganerin und fragte nach Kräutertee, den ich nicht hatte. Sie trank stattdessen Orangensaft. Meine berühmten Pancakes, die Eier enthielten, konnte ich mir somit sparen. Ich schob zwei Scheiben Toast in die Maschine und schnitt eine Mango und eine Wassermelone auf. Cindy kam durch die Patiotür ins Haus und bot mir ihre Hilfe an. Während ich ihr zeigte, wo die Teller standen, sahen wir uns tief in die Augen. An dieser Stelle küssten sich die Protagonisten im Film entweder lang und innig oder sie sahen verlegen zur Seite.

Dies war kein Film und für mich kamen beide Optionen nicht infrage. Ich wollte zwar umgehend Körperkontakt mit der feuertanzenden Schlangenfrau, also ging wegsehen nicht, aber ich wollte sie auch nicht küssen, und das war der Haken. Ich hatte im Laufe der letzten Monate Erfahrung damit gesammelt, die Kussszene geschickt zu überspringen, und saugte wenig später stattdessen an Cindys perfekten kleinen Brüsten und den harten Nippeln. Sie schmeckte dezent nach Ahornsirup. Der Rest war ein Kinderspiel beziehungsweise eben keines. Cindy hatte dank ihres guten Muskeltonus und ihres ausgezeichneten Balancegefühls beim Surfen recht schnell Fortschritte gemacht. Das, was jetzt kam, musste ich ihr nicht beibringen. Im Gegenteil, das jahrelange Tanzen hatte sie mit einer Beckenbodenmuskulatur ausgestattet, die *Chico* das Gefühl gaben, nicht nur tief in der Frau zu stecken, sondern regelrecht in sie hineingezogen zu werden. *Chico* und ich waren begeistert.

AM FOLGENDEN ABEND meinte das vorübergehende Objekt meiner Begierde, sie könne noch ein paar Tage länger bleiben.

»Das wäre schön, aber ich bekomme ab morgen Besuch von Freunden aus Deutschland, da brauche ich das Zimmer«, log ich.

»Aber ich könnte doch bei dir schlafen, wir sind doch sowieso die meiste Zeit zusammen. Ich verstehe nicht, warum ich nachts immer in mein Zimmer muss.«

Bei mir schlafen konnte niemand außer Gomez und Gwen und selbst diese auf dem Bettvorleger.

»*Sorry*, aber das sind Freunde mit kleinen Kindern.«

Cindy sah enttäuscht auf den Boden. »Schade, mir gefällt es so bei dir.«

»Ja, macht mir auch Spaß mit dir.« Das war nicht gelogen, aber mehr als drei Tage hatte ich noch keine Besucherin bei mir geduldet, egal wie gut ausgebildet die Beckenbodenmuskulatur war.

»Und wenn ich mich klitzeklein mache?« Die Feuertänzerin sah mich kokett an, drückte sich an mich, glitt an meinem Körper hinunter und kümmerte sich rührend um *Chico*, der sofort seinen Aggregatzustand änderte.

Ich schloss die Augen und stöhnte genüsslich. »So klein kannst du dich gar nicht machen, dass ich keine Lust auf dich hätte. Wie soll das gehen mit drei kleinen Kindern im Haus? Hier ist doch alles offen.«

Cindy, die *Chico* wie ein Mikrofon in der Hand hielt, murmelte in meinen Penis: »Am Strand, im Wasser?«

Da kam das Mädel aus Hawaii und wusste nicht, dass Beischlaf am Strand oder im Salzwasser eine raue Angelegenheit war, die nur in Träumen und Filmen richtig genossen werden konnte. Ich zog Cindy hinter mir her zur Couch und sorgte dafür, dass sie sich die nächste Zeit nicht mehr laut über unsere gemeinsame Zukunft äußern konnte. Im letzten Jahr hatte ich festgestellt, dass es mich antörnte, wenn ich beim Sex etwas aggressiver sein konnte. Einen leicht dominanten Zug hatte ich seit jeher gehabt, und es dauerte lange, bis ich mich bei einer Frau fallen lassen konnte. *Benny Controlletti.*

CINDY HATTE DAS SURFEN schnell wieder aufgegeben. Als ich am nächsten Morgen mit dem Brett unterm Arm zum Haus zurückkam, werkelte sie in der Küche und bereitete unser veganes Frühstück aus Obst und Obst vor. Spätestens ab morgen würde wieder der Duft von gebratenem Fleisch durch das Haus wehen.

Ich stellte mich und mein Brett unter die Außendusche und verzog mich anschließend ins Schlafzimmer, um mir trockene Kleidung anzuziehen. Mehr als Shorts und ein Shirt brauchte ich nicht mehr. Ich ging barfuß und genoss die gespeicherte Wärme der Fliesen an meinen vom Meerwasser ausgekühlten Füßen. Seit ich in Costa Rica war, zog ich Schuhe nur im Notfall an. Ich setzte mich an den gedeckten Tisch und hörte beim ersten Schluck Orangensaft die Tür gehen. Gwen eilte sofort schwanzwedelnd in Richtung Flur und Gomez verzog sich mit eingezogenem Schwanz in die letzte Ecke hinter die Couch.

»Ah, Gwendolina, mein Baby. *Mamacita* hat dir leckere Sachen mitgebracht«, tönte es in einem tiefen Alt auf Spanisch vom Flur her.

Schließlich stand sie im Durchgang zum Wohnzimmer in der ganzen Pracht ihrer ein Meter fünfundfünfzig. Yoani Rizada, sechsundfünfzig Jahre alt. Meine Haushälterin war erzkatholisch, glücklich geschieden, stolze Mutter von vier erwachsenen Söhnen, die es alle beruflich zu was gebracht hatten, verheiratet waren und ihr fünf Enkeltöchter geschenkt hatten. Sie trug als Gimmick eine Brille mit dicken Gläsern, die ich insgeheim als Laserbrille bezeichnete, weil Yoani damit Dinge sah, die ein normaler Mensch nicht registrieren konnte – wie ein einzelnes, langes Frauenhaar auf einem Fußboden von siebzig Quadratmetern und den Inhalt geschlossener Schubladen, wenn sie in ihren Augen so verbotene Dinge wie Kondome, Zigarettenpapier oder gar Marihuana enthielten.

Yoani bedachte mich mit einem knappen Kopfnicken. Als sie Cindy aus ihrem ureigenen Revier, der Küche, kommen sah, verdrehte sie die Augen gen Himmel und murmelte: »*¡Madre de Dios!*«

Dann betrat die *Tica* mit den zehn Plastiktüten, die sie mitgebracht hatte, ihren Arbeitsplatz und begann demonstrativ klappernd ihr Werk. Als hätte sie geahnt, dass Cindy Veganerin war, briet Yoani, nachdem alle Einkäufe verstaut waren, Hühnerteile in Öl an. Es zischte und roch verführerisch. Ich bekam Pfützchen auf der Zunge und Cindy einen leicht angewiderten Zug um den Mund. Das Fleisch würde nach dem scharfen Anbraten in einer Blechform stundenlang bei schwacher Hitze im Backofen vor sich hin schmoren, bis es von den Knochen fiel. Trotz der langen Garzeit war das Huhn nicht trocken, sondern saftig und butterzart.

Meine costaricanische Küchenhexe hatte bisher noch keinen meiner weiblichen Übernachtungsgäste gemocht. Die *Tica* hatte die Kunst, diese zu ignorieren und um sie herum ihre Arbeit zu verrichten, so perfektioniert, dass sie mühelos in einem deutschen Baumarkt als Abteilungsleiterin hätte anfangen können.

GEGEN MITTAG FUHR ICH die grazile Cindy, deren Wunsch zu bleiben bei dem Geruch von gebratenem Tier ziemlich schnell nachgelassen hatte, in den Ort und wartete, bis eine halbe Stunde später der Überlandbus mit ihr als Passagier in Richtung Panama abfuhr.

Ich lief die paar Schritte von der Haltestelle bis zum Supermarkt. Mama Mira saß bereits seit sieben Uhr in ihrem verblassten, ehemals dunkelblauen Plastikstuhl. Trotz der Hitze hatte sie ihren schmächtigen Körper in ein babyrosa Strickjäckchen gehüllt. Ihre schwarzen Ballerinas mit der Samtschleife waren immer die gleichen, nur die Farbe des Rockes wechselte gelegentlich von Schwarz zu Dunkelblau. Mama Mira begrüßte mich mit einem zahnlosen Lächeln und einem kaum verständlichen »¡*Buenos Días, Señor!*«. Mama Mira war seit Jahren hochgradig dement. In Deutschland wäre sie mit ihrem senilen Tremor und der Inkontinenz mit ziemlicher Sicherheit in einem Pflegeheim gelandet. Hier hielt sie vorm Familiengeschäft täglich Wache, begrüßte Stammkunden und Touristen gleichermaßen freundlich und freute sich, wenn man ihr Süßigkeiten schenkte.

Im Laden, der einzigen Einkaufsmöglichkeit im Ort, tummelte sich das bunte Gemisch aus Einheimischen, Backpackern, Surfern, esoterisch angehauchten Aussteigerinnen, Künstlern, Rastafaris, Alt- und Junghippies. Wenn du Pink Floyd im Ohr hast, ist das wie in einem Land zu Beginn meiner Zeit. Meine Mutter fühlte sich hier jedes Mal ein wenig in ihre Studienzeit in Berlin zurückversetzt. Nur jetzt Peace und Esoterik plus Environment.

Ich erstand ein Eis sowie je ein Päckchen Tabak und Zigarettenpapier, das zu den wenigen Dingen gehörte, die mir Yoani – neben Alkohol und Kondomen – nicht besorgte, weil ich damit Joints drehte. Diese waren wie der Alkohol und die Verhüterli Teufelswerk, welches die überzeugte Katholikin auch nicht mit dem Geld eines anderen käuflich erwerben wollte.

Das Eis drückte ich Mama Mira beim Gehen in die Hand, worauf diese wie ein Honigkuchenpferd zu strahlen begann und meine Wange mit ihrer knochigen, zittrigen Hand dankbar streichelte. Weder Hernando, der Besitzer, noch sonst jemand von Interesse war zu sehen und so fuhr ich mit meinen wenigen Einkäufen zurück nach Hause. Ich tröstete mich mit dem Brathuhn, das im Backofen schmorte. Orale Ersatzbefriedigung nannte man so was wohl.

Mir ging es gut. Für alle meine körperlichen Bedürfnisse war bestens gesorgt. Ich hatte zwei Tage Sex vom Feinsten gehabt. Yoani war eine begnadete Köchin. Ich wohnte da, wo andere Urlaub machten. Ich musste nichts tun, um mir meinen Unterhalt zu finanzieren. Mein Haus war abbezahlt, die Eigentumswohnung in Stuttgart ebenfalls. Ich hatte mit Anfang vierzig immer noch volles Haar und eine gute Figur. Mein Lächeln war filmreif und mein Charme umwerfend. Ich war sozusagen eine gute Partie und beliebt in dem Ort, in dem ich lebte. Trotzdem war ich tieftraurig und wusste nicht, wie ich etwas daran ändern sollte.

Der Atlantik donnerte und stampfte vorm Haus, unbeeindruckt von den kleinen Sorgen eines unbedeutenden Menschen. Ich warf einen Blick auf mein Handy. Erstaunlich, wie viele Menschen an meinen zweiundvierzigsten Geburtstag gedacht hatten. Keine Nachricht von Priscilla, die jetzt da wohnte, wo es kein WLAN gab, sonst hätte sie ihrem Elvis ein paar witzige, freche und vor allen Dingen liebevolle Zeilen zum Geburtstag geschrieben.

# TISCH & SITTEN

Wenn ich Abwechslung von der einheimischen Küche brauchte – die hauptsächlich aus Reis, Bohnen, Geflügel und Fisch in den unterschiedlichsten Zubereitungsarten bestand – und mir nach internationaler Küche war, musste ich nur wenige Schritte am Strand entlanggehen, ins Restaurant meines neuen Freundes Rainer Schiller.

Rainer war zehn Jahre älter als ich, betrieb ein kleines, aber feines Ressorthotel mit erstklassigem Restaurant und war mein einziger Nachbar. Der Hotelier besaß einen ausgewählten Weinvorrat und eine noch ausgewähltere Ehefrau, die auf den hübschen Namen Raya Delgado Schiller hörte und die ich tief in meinem abgrundtiefen Inneren heiß und innig begehrte. Raya war zweiunddreißig, stammte aus La Paz und joggte fast jeden Morgen an meinem Haus vorbei, wenn ich auf dem Surfbrett draußen auf dem Meer dümpelte. Das Wippen ihres zu einem Pferdeschwanz gebundenen glatten, dunkelbraunen Haares löste in mir regelmäßig wohlige Gefühle aus, für die ich mich schämte. Erstens, weil Rainer mein bester Freund auf diesem Kontinent war, und zweitens, weil ich Ricky gegenüber ein schlechtes Gewissen hatte. Junge Backpackerinnen zu knallen war eine Sache, eine Frau mit allen Sinnen zu begehren eine andere.

Ich war zu Beginn einer Mittelamerikareise in Rainers Lodge gelandet und hatte bei einem Strandspaziergang das Haus am Meer bemerkt, das nur wenige Gehminuten neben dem Hotel lag. Es sah unbewohnt aus und Rainer erzählte mir, dass der Besitzer, ein US-Amerikaner, es verkaufen wolle. Rainer telefonierte mit der Immobilienfirma und machte für den nächsten Tag einen Besichtigungstermin aus. Eine Woche später konnte ich zur Miete in mein Traumhaus einziehen und mit Rainers Hilfe gehörte es mir drei Monate später ganz und gar.

Unsere Eigentumswohnung hatte ich vor Antritt meiner Weltreise aufgelöst. Die Möbel und den ganzen Kleinkruscht, der mir etwas bedeutete, weil er voller Erinnerungen steckte, hatte ich bei meiner Mutter im Keller untergestellt. Rickys Cabrio und Clapton, unser Kater, wurden ebenfalls im Haus meiner Mutter geparkt. Ich hatte ein Maklerbüro beauftragt, Mieter zu suchen, und kam so auf monatliche Einnahmen, die mir in Costa Rica reichten, um ein bequemes, sorgenfreies Leben zu führen. Zudem war die Wohnung nach Rickys Tod schuldenfrei. Risikolebensversicherung auf eine Hypothek nannte man das. Meine Gattin hatte darauf bestanden, eine abzuschließen. Ich wäre nie im Traum darauf gekommen, etwas derartig Reaktionäres zu tun, profitierte aber von ihrer Umsicht.

Meinen Job als Oberarzt an der Margarinenklinik hatte ich aufgegeben, weil ich nicht mehr in der Lage gewesen war, kranken oder verletzten Menschen, die in der Notaufnahme bei mir landeten, mit Überzeugung und ohne über Gebühr sarkastisch oder zynisch zu werden zu helfen. Ich hatte ihn zweifellos erreicht, diesen einzigartigen Moment, an dem dein Sarkasmus so ausgereift ist, dass die Leute denken, du wärst dumm.

Ich delegierte nur noch an die Assistenzärzte und scheute mich, irgendeine Entscheidung zu treffen, was in einer Notaufnahme, wo schnelles, aber dennoch überlegtes Handeln angesagt war, nicht akzeptabel sein konnte. Ich zog meine Konsequenzen, ehe es einer meiner Vorgesetzten tat, kündigte und ging auf Weltreise, die ich in Nicaragua begann. Costa Rica war meine zweite und, so wie es aussah, vorerst meine letzte Station.

Rainer hatte mir auch Yoani vermittelt. Sie war die Tante seines besten Zimmermädchens und auf der Suche nach einer Anstellung gewesen, nachdem sie sich von ihrem gewalttätigen Mann getrennt hatte. Die *Tica* kümmerte sich seit dem ersten Tag in ihrer ruppigen, renitenten Art um mich.

Ich verbrachte viele Abende mit Rainer, der bei meinem Einzug etwas einsam gewesen war, weil seine Frau in La Paz bei der Familie weilte. Er führte mich in die sonntägliche Immigrantenrunde ein und machte mich mit Manuel Higuera bekannt, dem Bananenmogul aus Limón. Die beiden halfen mir gemeinsam, unbeschadet durch die Mühlen der costaricanischen Bürokratie zu gelangen und aus meinem Touristenvisum eine dauerhafte Aufenthaltsgenehmigung zu machen.

Eines schönen Tages war Raya wieder zurück aus Bolivien. Rainer lud mich zur Feier des Ereignisses zum Abendessen in ihrer privaten Küche ein. Es gab gemischten Salat mit Avocadospalten als Vorspeise, als Hauptgang Rinderfilet mit Yuccagemüse und als Nachtisch hatte die Frau des Hauses Vanilleeis selbst gemacht. Das Essen schmeckte genial, der chilenische Rotwein, den Rainer auftischte, nach mehr. Die Gastgeberin war ebenfalls perfekt und sah in ihrem hautengen, beigefarbenen Etuikleid und den megageilen Sandalen mit Zehnzentimerabsätzen ebenfalls zum Anbeißen aus, war aber für mich unerreichbar.

An diesem Abend ging ich nach Hause und erwog ernsthaft, den Lagerbestand an Schlaftabletten, den ich aus Deutschland mitgebracht hatte, mit meinem Whiskyvorrat runterzuspülen.

Mein Vater hatte sich vor drei Jahren in einem Hotelzimmer das Leben mit einer ähnlichen Mischung genommen, nachdem bei ihm Bauchspeicheldrüsenkrebs in einem inkurablen Stadium diagnostiziert worden war. Das Bild, wie ich als Notarzt meinen Papa in einem Hotelbett in der Stuttgarter Innenstadt leblos in seinem Erbrochenen vorgefunden hatte, schwebte wie ein Standbild vor meinem inneren Auge. Georg Brandstätter war in dieser Nacht im Schockraum in meinem Beisein gestorben.

Nur die Tatsache, dass Gomez mich unentwegt besorgt beobachtet hatte und Sam Cooke mir mit souliger Stimme versprach, dass sich etwas verändern würde, verhinderte, dass ich damals die Absicht, meinen Erzeuger als Vorbild für meine Lebensplanung zu nehmen, nicht in die Tat umgesetzt hatte. *It's been too hard living, but I'm afraid to die, 'cause I don't know what's up there, beyond the sky. It's been a long, a long time coming, but I know a change gonna come, oh yes it will.* Ich betrank mich bis zur Besinnungslosigkeit und machte am nächsten Tag mit üblem Hangover weiter wie gehabt. Ich stand auf und begann aufs Neue den täglichen Kampf mit den Dämonen, die mich am Tag zuvor so müde und kraftlos gemacht hatten.

Ich saß an einem kleinen Einzeltisch am Rande der Restaurantterrasse, gönnte mir ein Fünfhundert-Gramm-Filetsteak von überglücklichen einheimischen Rindern, die in der Provinz Guanacaste unter idealen Weidebedingungen aufwuchsen, und trank eine Flasche *Barón de Ley Reserva 2011* dazu, den ich aus unserem Stuttgarter Lieblingssteakhouse kannte. Jeder Schluck eine vollmundige Erinnerung an gemeinsame Abende mit Ricky – ich würde mich wohl nie daran gewöhnen, alleine und in Schweigen essen zu müssen.

Das Restaurant war an diesem Samstagabend bis auf den letzten Platz besetzt. Rainers Küchenchef, ein beleibter Belgier, der mich an Obelix erinnerte und der in Europa in ein paar Gourmettempeln sein Handwerk gelernt und perfektioniert hatte, sorgte mit seinen Kochkünsten dafür, dass nicht nur Hotelgäste hier aßen, sondern auch die eher übersichtliche Schickeria der Karibikküste.

Die schillerndste Runde scharte sich um Señor Rodriguez Chen. Señor Chen war ein etwa sechzigjähriger, sehr distinguiert auftretender *Tico* chinesischer Abstammung, der immer korrekt im hellbeigen Nadelstreifenanzug mit Weste und Seidenschal herumlief. Es wurde allgemein bezweifelt, dass die kleine Wäscherei, die er mit seiner Frau Shixin in Limón betrieb, so ertragreich war, dass der Besitzer sich davon einen Maserati GranTurismo und die fetten Brillanten, die seine Gattin spazieren trug, leisten konnte.

Wie üblich war er auch an diesem Abend in Begleitung seiner Dauerfreundin Penélope. Señorita Cruz Montalbán, siebenundzwanzig, mit Absätzen einen halben Kopf größer als ihr rundlicher, kahlköpfiger Liebhaber, hatte spektakuläre Beine und Möpse, die einmal pro Jahr um eine Cupgröße wuchsen. Penélope war das, was ich aus Thailand unter dem Begriff *Ladyboy* kannte – auch sie war mit Gold und Diamanten behängt. Offiziell war die rassige Schönheit Señor Chens Sekretärin, obwohl unwahrscheinlich war, dass sie mit den übertrieben langen, künstlichen Fingernägeln auch nur ein fehlerfreies Wort auf einer herkömmlichen Tastatur tippen konnte. Aber das gehörte wohl nicht zu ihren primären Aufgaben. Die prachtvolle schwarze Mähne, die sie mit ihren Killernägeln ständig durchkämmte, war meiner Meinung nach ursprünglich auf dem Kopf einer Asiatin gewachsen und hatte Señor Chen sicher eine Stange Geld gekostet.

Die anderen fünf Herren, die am Tisch saßen, sahen aus, wie man sich mittelamerikanische Drogenbosse in seinen klischeebeladensten Träumen vorstellte. Offenes Hemd bis zum Bauchansatz, Brusthaartoupet und an Hals, Finger und Armgelenken glitzerte es gülden. Die einheimische Unterwelt hatte tellergroße Wiener Schnitzel, eine Spezialität des Hauses, gegessen. Alle, bis auf Penélope, rauchten zum Nachtisch kubanische Zigarren und tranken *Lepanto*, einen weichen, spanischen Edelbrandy, dazu.

Die einzige Person am Tisch, die Frauenkleidung trug, vernichtete mit gelangweiltem Gesichtsausdruck bereits die zweite Flasche *Dom Pérignon* und hatte einen deutlichen Astigmatismus entwickelt. Sie fasste ihr Glas mit zwei spitzen Fingern an, spreizte den kleinen Finger übertrieben ab und nippte geziert an dem teuren Blubberwasser. Wenn man schon auf *The Lady is a Vamp* machte, dann sollte man nicht unbedingt Miss Piggy als Vorbild nehmen, dachte ich mir.

Rainer schwänzelte dienstfeifig um die illustre Tischgesellschaft herum und hatte mich nur kurz begrüßt, als ich vor dem Essen einen trockenen *Martini* an der Bar getrunken hatte. Raya war zu meinem Leidwesen nirgends zu sehen.

Diego, Señor Chens Bodyguard, saß im grauen, sehr spacken Zweireiher an der Bar, trank Mineralwasser mit einer Scheibe Limone und beobachtete aufmerksam die Szenerie. Das muskelbepackte Securityanhängsel war ein weiteres, sicheres Zeichen dafür, dass sein Chef nicht nur von schmutziger Wäsche lebte, sondern daneben noch das eine oder andere schmutzige Geschäft betrieb. Ich grüßte den Kolumbianer mit einem Nicken, nachdem wir kurz Augenkontakt gehabt hatten. Er hob sein Glas zum Gruße und verzog keine Miene.

Mein geschäftstüchtiger Hoteliersfreund stand mit der Rechnung, die höchstwahrscheinlich im vierstelligen Dollarbereich lag und um die sich die betuchten Herren zankten, am Tisch, als Penélope ohne Vorwarnung in wilde Zuckungen ausbrach und von ihrem Stuhl auf den Steinboden kippte. Die Herren am Tisch sahen dem Schauspiel erschrocken zu und wichen mit ihren Stühlen ein Stück zurück. Der Wäschereibesitzer schien peinlich berührt, dass seine todschicke Begleiterin sich in aller Öffentlichkeit sabbernd auf dem Boden wälzte. Das war wohl zu viel Gesichtsverlust. Die anderen Gäste im Restaurant hatten mit Essen aufgehört und beobachteten das Schauspiel hilflos. Diego war blitzschnell an den Tisch gerannt und baute sich schützend vor seinem Herrchen auf.

»Kümmere du dich um sie«, lautete die knappe Ansage seines Arbeitgebers und die noble Gesellschaft verließ geschlossen das Restaurant.

Diego tat das, was man mit Krampfenden auf keinen Fall tun sollte, er versuchte, Penélope an den Schultern auf dem Boden festzuhalten.

Ich schluckte den letzten Bissen hinunter und stand auf. Penélope hatte die Augen offen, das Zeichen dafür, dass der Krampfanfall nicht vorgetäuscht, sondern echt war.

»Lass sie los!« Es konnte nicht gut ausgehen, wenn einhundertdreißig Kilo Muskelmasse eine so zarte Person, deren Körper während des Krampfanfalles zwar ungeahnte Kräfte aufbrachte, aber deswegen nicht unkaputtbar war, mit Gewalt festhielt.

Der unbelehrbare Bodyguard hörte nicht auf mich und drückte zusätzlich noch mit einem Knie auf den Brustkorb der armen Penélope. Ich hörte im Geiste Rippen in Serie brechen und Silikonkissen platzen, aber gegen Diego hatte ich körperlich keine Chance.

Rainer, der seine Stammgäste persönlich zu ihren Luxuskarossen gebracht hatte, stand jetzt neben mir und meinte auf Deutsch: »Mist, ausgerechnet die Tussi meines zahlungskräftigsten Kunden. Der lässt sich doch hier nie wieder blicken.«

Ich sah auf die Uhr meines iPhones. Krampfanfälle gingen in der Regel nie länger als zwei, drei Minuten, und wenn man keine Medikamente dagegen dabeihatte, wartete man den Anfall am besten ab und versuchte, Platz zu schaffen, damit sich der Krampfende nicht verletzte.

Hinter mir rief eine Frau: »Ist denn kein Arzt hier?«

Niemand reagierte auf die Frage. Penélope hatte aufgehört zu krampfen und lag jetzt schwer atmend auf dem Rücken. Ihren engen Satinrock zierte ein dunkler Fleck auf der Vorderseite. Diego hatte endlich losgelassen. Rainer hatte mittlerweile die Regie übernommen und brachte sie unter wortreichen Erklärungen, warum er das tat, in eine stabile Seitenlage. Der Vollblutgastgeber teilte mit den Umsitzenden seine Überlegungen, was als Nächstes zu tun sei, nämlich abwarten und weiter essen, ehe alles kalt werden würde, und dass es auf den Schreck einen Drink aufs Haus gäbe. Alle Gäste widmeten sich wieder den Speisen auf ihren Tellern.

»Passt ihr mal auf, ich mache die Runde mit einer Flasche *Marc de Champagne* zur Beruhigung.« Diego zischte er an: »Sieh zu, dass du sie umgehend hier wegbringst. Was muss die auch so viel saufen, wenn sie es nicht verträgt?«

Diego nickte und informierte seinen Chef per Handy, was Sache war. Dann erklärte er mir: »Ich trage sie ins Auto und fahre sie nach Hause.«

Ich schüttelte den Kopf. »Warte lieber ab, bis sie wieder voll da ist, der Champagner ist nicht schuld an ihrem Zustand. Das war ein waschechter Krampfanfall.« Als sich die Vigilanz nach wenigen Minuten verbesserte, kniete ich mich neben sie und fragte: »Hast du das öfter?«

Penélope sah mich verwundert an. »Was ist passiert? Ich glaube, ich habe mir auf die Zunge gebissen. Ich blute und mein Arm tut weh.« Sie sah an sich herunter und stellte fest, dass sie sich eingenässt hatte. Dem verräterischen Geruch nach, der sich langsam ausbreitete, war das nicht ihr einziges fäkaltechnisches Problem.

»Du hattest einen Krampfanfall.«

Señorita Cruz blickte sich suchend um. »Wo ist Rodriguez?«

Diego klärte sie auf. Die Verlassene schluchzte jetzt ungebremst, versuchte, sich mit ihren Fünfzehn-Zentimter-High-Heels von Jimmy Choo aufzurappeln, und stieß den Bodyguard, der ihr helfen wollte, unsanft zurück. »Ich nehme ein Taxi.«

Daraufhin erklärte ihr Diego in seiner knappen Art, dass er den Auftrag habe, sie heil nach Hause zu bringen, und dass es zu dieser Option keine Alternative gäbe.

Penélope sah mich mit dem Blick eines verletzten Hundes an: »Ich kann so nicht auf die Straße.« An den Innenseiten ihrer Oberschenkel liefen verdächtige braune Schlieren hinunter. Die Perücke war verrutscht und man sah den krausen Haaransatz an der Stirn.

»Dann müssen wir dich wohl etwas herrichten«, verkündete ich und bugsierte die Lady mit Diegos Hilfe in ein freies Hotelzimmer, das uns Rainer aufschloss.

Diego baute sich breitbeinig in der Zimmertür auf.

»Besorge mal bitte noch ein paar Handtücher und irgendwas zum Anziehen für die Dame, Rainer.«

Der Hotelier war froh, dem Gestank, den Penélope verbreitete, entfliehen zu können, und ließ mich mit dem Gspusi unseres manisch dekadenten *China Man* zurück. Dieses setzte sich auf eines der beiden Queensize-Betten und stöhnte vor Schmerz.

»Rodriguez verzeiht mir diesen Auftritt nie«, schluchzte das Häufchen Elend und starrte vor sich hin auf den Boden. »Ihm sind Tischmanieren sehr wichtig.«

»Dafür scheint Loyalität nicht gerade seine Stärke zu sein«, konstatierte ich. »Kann ich mal deine Zunge sehen?«

Penélope sah mich mit einem Ausdruck an, als hätte sie mich eben erst bemerkt, streckte aber gehorsam die Zunge heraus. Die Bissmale waren seitlich und gingen nicht besonders tief. »Das ist das erste Mal, dass du einen Krampfanfall hattest?«

Der Blick der Fakefrau ging an mir vorbei. Aha, aha.

»Epilepsie?«, riet ich.

»Ich wollte nicht, dass Rodriguez es erfährt, sonst hätte er mich nie zu seiner Freundin gemacht. Er hasst schwache Menschen. Ich habe nur sehr selten Anfälle.«

Von draußen hörte ich Diegos tiefen Bass: »Der Boss hat angerufen, wir sollen uns beeilen.«

»Ruf zurück und sage, dass seine Vorzimmerdame dank deines Einschreitens verletzt ist und es noch eine Weile dauert, bis sie reisefertig ist.« Und zu Penélope: »Die Zunge ist so weit in Ordnung. Das heilt wieder. Hast du Schmerzen beim Atmen? Den Arm würde ich mir gerne noch ansehen.«

Die dunkelhaarige Schönheit mit dem ausgeprägten Adamsapfel holte tief Luft. »Nein, da tut nichts weh, bis auf die Schulter. Bist du Arzt oder so was?«

»So was.«

Der Arm war eindeutig aus der Schultergelenkpfanne und musste eingerenkt werden. Ich setzte die Verletzte seitlich auf den Stuhl vorm Fenster.

»Jetzt tut es kurz weh«, warnte ich die Patientin und reponierte den Arm über der Stuhllehne mit einer leichten Rotation nach außen. Penélope hatte während der Behandlung nur kurz mit der Wimper gezuckt und ließ sich danach widerstandslos ins Bad führen.

Mit den Worten: »Du kannst schon mal duschen, ich schaue nach, wo deine Ersatzkleider bleiben«, verließ ich den Raum, machte aber auf dem Absatz kehrt, als ich Penélope einen spitzen Schrei ausstoßen hörte.

Als ich zurückkam, wusste ich, was sich alle Bewohner des Küstenabschnittes von Limón bis Manzanillo fragten: »Hat Penélope Cruz Montalbán äußere männliche Geschlechtsmerkmale oder nicht?«

Sie hatte definitiv. Mein zweiter Blick fiel auf die künstlichen Brüste, von denen eine aussah wie ein zu stark aufgepumpter Luftballon und die andere wie eine eingedrückte Coladose.

»Mein Implantat ist kaputt«, heulte der Hermaphrodit.

»Tut mir leid, da kann ich dir auch nicht weiterhelfen, da muss wohl ein Schönheitschirurg ran.«

Mit einer Jogginghose von Raya, die ihr nur bis zum Knöchel ging, und einem T-Shirt von Rainer übergab ich Penélope, die ohne Absätze und mit hängenden Schultern gar nicht mehr so groß wirkte, ihrem Leibwächter. Den Reinigungsbeutel mit den versifften Designerklamotten drückte ich Diego in die Hand.

»Ich soll sie nach Hause bringen, meinte der Boss.«

»Sie muss unbedingt in ein Krankenhaus. Ich habe den ausgekugelten Arm zwar wieder gerichtet, aber die Schulter muss geröntgt und untersucht werden. Ich weiß ja nicht, wie sehr dein Boss an dir hängt, aber du hast eines seiner Lieblingsspielzeuge kaputt gemacht. Ich habe keine Ahnung, ob das Implantat nur verdreht ist oder beschädigt wurde bei deinem Einsatz vorhin.«

Die Sekretärin, die bislang apathisch und teilnahmslos neben mir hergeschlurft war, bekam plötzlich diesen giftigen Blick, der bei Frauen immer Ärger bedeutete. »Das bezahlst du mir!«, zischte sie Diego an und rauschte hoch erhobenen Hauptes Richtung Ausgang. Seltsam, wie zuverlässig Frauen (oder wer sich dafür ausgab), die am Boden zerstört schienen, plötzlich wieder zu neuen Kräften kamen, wenn sie einen Schuldigen für ihre Misere gefunden hatten. Ich wollte nicht in Diegos Haut stecken.

Rainer lud mich zu einem Absacker an der Bar ein. Die anderen Gäste waren mittlerweile alle in ihren Hotelbetten oder gegangen.

»Du warst mit ihr im Bad?«, fragte er mit funkelnden Augen.

»Jupp.«

»Und, wie sieht sie aus?«

»Arztgeheimnis.«

»Tu doch nicht so, nur weil du im Erste-Hilfe-Kurs beim Führerschein aufgepasst hast, du Streber.«

Ich hatte Rainer erzählt, dass ich aufgrund eines Todesfalles in der Familie zu etwas Geld gekommen war und deshalb nicht mehr arbeiten musste. Er zog daraus den falschen Schluss, dass mir mein Vater bei seinem Ableben ein Vermögen hinterlassen hatte und ich auch zu dessen Lebzeiten von Beruf *Sohn* gewesen war. Mir war seit Rickys Tod egal, was andere von mir dachten, und ich hatte mir nie die Mühe gemacht, seine Meinung zu korrigieren.

»Hast du jemals was Richtiges gelernt?«, fragte der Hotelier nun.

»Sonnenstrahlen einfangen.« Ich lächelte still vor mich hin, trank meinen *Whisky Sour* in einem Zug leer und ging am Strand entlang nach Hause.

Der Vollmond stand silbern über dem Ozean und spiegelte sich auf der Wasseroberfläche. In dem breiten Lichtstreifen sprang ein riesiger Mantarochen aus dem Wasser, schwebte eine Sekunde und tauchte elegant in sein Element zurück.

Mir spukte eines von Rickys Lieblingsliedern im Kopf herum. *The Whole of the Moon* von Mike Scott. »*You came like a comet, blazing your trail, too high, too far, too soon, you saw the whole of the moon*«, sang ich leise vor mich hin und fragte mich zum abertausendsten Mal, ob der Schmerz über Rickys Verlust je aufhören würde.

# Pneumonie & Priester

Als ich mit dem Brett unterm Arm zum Haus hochging, hörte ich Yoani herumwerkeln und sich ausgiebig mit Gwen unterhalten. Die Hündin verfolgte meine Haushälterin auf Schritt und Tritt, weil sie wusste, dass sie von niemandem sonst so viel Zuwendung in Form von Leckerbissen bekam. Seit einer Woche wurde die gewohnte Geräuschkulisse von üblem Husten, der von Tag zu Tag tiefer aus Yoanis Bronchien zu kommen schien, begleitet. Das mit bloßem Ohr zu hörende Rasseln war neu und klang besorgniserregend.

»Was machst du gegen deine Erkältung? Das Gehuste kann man ja nicht mit anhören«, bemerkte ich einfühlsam.

»Nichts. Wenn ich sie ignoriere, geht sie schneller vorbei«, kam die Antwort recht kurzatmig aus der kleinen, kompakten Frau.

»Das ist natürlich auch eine Einstellung. Aber mir wäre es lieber, du würdest dir ein paar Tage Ruhe gönnen. Du klingst nicht gut und siehst auch nicht sonderlich fit aus.«

»Wer soll dann den ganzen Dreck wegmachen?«

»Das kann ich auch mal eine Weile selbst machen. Außerdem – so schmutzig ist es hier auch wieder nicht.«

Meine Haushälterin winkte theatralisch ab und hustete heftig.

»Nimm wenigstens was dagegen.«

»Ach was! Das kostet nur unnötig Geld und hilft nicht viel.« Die sture Zwergenfrau schleppte sich, mit einem Besen bewaffnet, von der Küche in den Patio, wo sie keuchend eine Pause einlegte.

Ich sah mir Yoani genauer an. Sie hatte einen feinen Schweißfilm auf der Oberlippe, das Haar klebte feucht an der Stirn. Ihre dunkle Hautfarbe wirkte fahl, die Atmung war flach. Ich ging in mein Schlafzimmer und kramte in einer großen Alukiste, die ich, seit ich hier wohnte, nicht mehr geöffnet hatte.

Yoani holte den Bohnenauflauf mit Kochbananen, eines meiner Lieblingsgerichte, aus dem Ofen. Eigentlich war die Portion für vier Personen gedacht, aber ich machte die Auflaufform regelmäßig innerhalb eines Tages nieder. Gott sei Dank verbrannte das Surfen Kalorien ohne Ende, sonst hätte man mich bei der Diätlage schon rollen können.

Ich trat vor Yoani: »Mach mal deine Bluse auf!« Ich steckte das Stethoskop in die Ohren.

Die gute Christin sah mich, den Auflauf in den behandschuhten Händen haltend, mit vor Entsetzen geweiteten Augen an. »¡Madre de Dios! Willst du mir auch an die Wäsche? Einer Mutter von vier Kindern und Großmutter von fünf Enkeln?«

»Das ist ein Stethoskop, ich möchte dich nur untersuchen. Deine Wäsche kannst du von mir aus anbehalten.«

Yoani stellte den Auflauf auf der Küchenarbeitsplatte ab und kniff ihre Augen voller Misstrauen zusammen. »Warum tust du so, als seist du Arzt, he? Bekommst du so all die Frauen rum?«

»Ich *bin* Arzt und dein Husten gefällt mir ganz und gar nicht. Also, mach schon! Bluse auf! Deine Temperatur würde ich auch gerne noch messen.«

»Niemals!«

»Dann bist du gefeuert.«

»So ein Ding kann man überall kaufen«, kam es trotzig zurück.

»Kann man nicht!« Konnte man doch, aber ich hatte keine Lust, mit Yoani zu diskutieren.

Diese folgte nach kurzer Bedenkzeit endlich meiner Aufforderung, öffnete im Zeitlupentempo ihre Blümchenbluse und ließ mich dabei keinen Moment aus den Augen. Ich war versucht *You Can Leave Your Hat on* vom guten alten Mr. Cocker als Begleitmusik zu singen, aber Yoani hatte den Blick eines (zugegebenermaßen sehr kleinen) Raubtieres drauf, das in die Enge getrieben worden war.

Ich setzte das Stethoskop an. »Tief ein- und ausatmen.«

Linksseitig war das typische Rasseln einer Lungenentzündung zu hören. Yoani schnaufte schwer und setzte zu einer Frage an.

Ich kam ihr zuvor: »Sei still, sonst messe ich die Temperatur rektal.« Ich konnte ein Grinsen nur schwer unterdrücken und steckte das Thermometer in ihr Ohr. Es piepste sofort und zeigte 39,2 Grad an, nicht sonderlich berauschend.

»Du hast eine astreine Lungenentzündung und Fieber.«

»Wer sagt das?«

»Ich.«

»Hm …« Immer noch war die *Tica* voller Skepsis, die man ihr deutlich ansah.

»Nix hm. Wir beide fahren jetzt nach Puerto Viejo in die Apotheke«, sagte ich sehr bestimmt. »Dann gehst du nach Hause ins Bett.«

Obwohl es in Puerto Viejo eine kleine Apotheke gab, besorgten sich die meisten Einheimischen die Medikamente gegen die kleinen Übel des Alltags im Supermarkt, wo man Aspirin und Ähnliches einzeln abgepackt für wenig Geld kaufen konnte. Ich zeigte Señor Zuela, dem betagten Apothekenbesitzer, meinen Arztausweis und bekam ohne Probleme Antibiose für Yoani.

Diese war stolz wie Oskar, dass ihr Arbeitgeber kein Nichtsnutz und Tagträumer, sondern ein ausgebildeter Mediziner war. Es dauerte genau zwei Tage, bis der ganze Küstenabschnitt bis Limón wusste, dass Ben Brandstätter einen Doktortitel der Medizin besaß.

Obwohl ich in ihrer Achtung gestiegen war, las Yoani mir im Auto die Leviten: »Du bist also ein richtiger Arzt, he? Dann liegst du den ganzen Tag faul auf deiner Haut und tust nichts außer surfen und mit den jungen Weibern rummachen? Wissen deine Eltern, wie du dein Talent vergeudest? Die haben dir schließlich diese teure Ausbildung finanziert. Wenn du mein Sohn wärst ...«

Yoani ließ das Ende offen und ich war heilfroh, dass meine richtige Mutter und sie überhaupt nicht kompatibel waren. Nach dem ersten Kennenlernen hatte Yoani immer, wenn meine Mutter zu Besuch weilte, zufällig bei einem ihrer Söhne zu tun. Bei vieren fand sich immer einer, der sie just in dieser Zeit brauchte. Nicht auszudenken ... Die beiden hätten sich bestimmt öfter gegen mich verschworen und mir das Leben schwer gemacht.

»Schämst du dich nicht?«, legte meine Ersatzmutter nach. »Oder hast du in der Lotterie gewonnen, dass du dir so ein Lotterleben leisten kannst?«

Ich musste nicht lange nachdenken. Nein, ich schämte mich nicht. Jemand anderes als ich hatte für das Leben, das ich jetzt führte, hart bezahlt – nämlich mit dem eigenen Leben. Ich hatte Medizin in der Regelstudienzeit studiert und war meinen Eltern dabei nur minimal auf der Tasche gelegen, weil ich nebenher immer selbst Geld verdient hatte. Danach hatte ich über viele Jahre in diversen Kliniken im Schichtdienst gearbeitet. Ich hatte jede mögliche Weiterbildung besucht und immer versucht, auf dem neuesten Stand zu sein. Ich war sogar Oberarzt geworden, als mir mit einem Schlag bewusst geworden war, dass ich trotz all meines Wissens und meiner Kenntnisse völlig hilflos sein konnte. Ich war als ausgebildeter Notfallmediziner am Ende mit meiner Kunst gewesen und hatte meine Frau nicht retten können. Aber über die schwersten Stunden meines Lebens sprach ich nicht. Kein einziges Wort mit niemandem.

Ich hatte nicht in der Lotterie gewonnen, ich hatte nur die recht hohe Versicherungssumme, die mir der Tod meiner Frau eingebracht hatte, irgendwann schwarz auf weiß auf meinem Kontoauszug gesehen. Mit einem sechsstelligen Plusbetrag auf dem Girokonto kannst du bei keiner Bank in Deutschland kein ruhiges Leben mehr führen. Du wirst wöchentlich angesprochen, endlich was dagegen zu tun, dass deine Kohle tatenlos vor sich hin lümmelt. Ich wollte dieses Geld jedoch nicht anrühren, bis sich mir die Möglichkeit bot, dafür ein Stück vom Paradies zu erwerben, und da lebte ich jetzt. Leider war es nicht das gleiche Paradies, in dem Ricky lebte. Deswegen hatte ich kein schlechtes Gewissen, sondern empfand permanent eine tiefe Traurigkeit über den Verlust meiner Partnerin. Wie anders wäre das Leben in Costa Rica gewesen, hätte ich es mit Ricky teilen können. *Pura vida?*

Ich kaschierte den schmerzlichen Gedanken und übersetzte eine Liedzeile aus einem Lieblingslied meiner Oma Ruth: »*Wenn du noch eine Mutter hast, dann danke Gott dafür!*«

Yoani sah mich misstrauisch an. »Hast du dir das eben ausgedacht?«

»»*Ich habe auch Ehrfurcht vor schneeweißen Haaren*««, verkündete ich mit ernster Miene und war das erste Mal in meinem Leben dankbar für die vielen Stunden, die ich gezwungen war, bei meinen Großeltern passiv dem Süddeutschen Rundfunk und der Lieblingssendung meiner Großmutter, *Sie wünschen, wir spielen,* zuzuhören.

»Ich weiß nicht, worauf du anspielst, meine Haare sind nicht gefärbt.« Yoani strich über ihre praktische Kurzhaarfrisur in Rabenschwarz. Typische freudsche Fehlleistung.

»Dann frage ich mich, warum dein Dienstwagen jeden Freitagnachmittag stundenlang vor *Juanita's Beauty Parlor* geparkt steht?«

»Maniküre«, log meine Haushaltshilfe frech, ballte ihre Hände zu Fäusten, damit ich die bis auf den Ansatz abgekauten Nägel nicht sehen konnte, und verzog sich ohne ein weiteres Wort in die Küche.

Dieser Punkt ging eindeutig an den attraktiven Witwer mit dem enzyklopädischen musikalischen Hintergrund.


NACH EINER WOCHE von mir verordneter Zwangspause erschien Yoani wieder an ihrem Arbeitsplatz. Sie machte mich zur Begrüßung erst mal rund, wie verwahrlost und mager ihr Baby Gwen und wie heruntergekommen das Haus sei. Wegen meines nicht ausgeübten Berufes fiel kein Wort mehr.

Für Samstagabend hatte überraschenderweise Luis Sanchez, der katholische Dorfpfarrer, der die drei Gemeinden Cahuita, Puerto Viejo und Manzanillo betreute, seinen Besuch bei mir telefonisch angemeldet. Ich rätselte über den Anruf – was mochte der katholische Hirte von mir eingefleischtem Atheisten wollen? Das Leben an der Karibikküste hielt jedoch wenig Abwechslung bereit und ich freute mich über den unerwarteten Besuch. Luis war ein recht bodenständiger Priester, der seine Aufgabe sehr ernst nahm und seinen Gemeindemitgliedern nicht nur mit Worten, sondern auch mit Taten half, wenn es nötig war. Vielleicht wollte er Geld sammeln für ein neues Kirchendach oder eine richtige Orgel statt der alten Yamaha-Heimorgel, die in einer Ecke der kleinen Kirche stand und sprichwörtlich aus dem letzten Loch pfiff. Ich hatte das Gotteshaus zwar noch nie betreten, aber da bei den Gottesdiensten die Tür immer weit offen stand und die für die Karibik typischen Fenster mit den einzeln kippbaren Glasscheiben den Schall ungehindert durchließen, waren die endlosen rhythmischen Gesänge der Gemeinde, die mit jeder Minute ekstatischer wurden, im halben Ort zu hören. Mit getragener geistlicher Kirchenmusik, wie ich sie aus Deutschland kannte, hatte das rein gar nichts zu tun.

Luis erschien nur eine halbe Stunde zu spät, für costaricanische Verhältnisse also überpünktlich. Er hatte einen Gast dabei, der sich mir als Frieso Klokjes, Pfarrer in der Missionsstation in Limón, vorstellte.

Frieso war ein riesiger, sehr blasser, hagerer Mann mit angegrautem Bart und Kassenbrille. Der Gottesdiener schien doppelt so viele Zähne wie ein normaler Mensch im Unterkiefer zu haben. Sie standen aus Platzmangel kreuz und quer, auch teilweise hintereinander. Wie bei einem Hai, kam mir die Assoziation. Pater Frieso war vor einem Jahr von Peru hierher versetzt worden, um die Missionsstation in Limón, die aus einer Kirche, einem Health Post und einem Kinderhort bestand, wieder auf Vordermann zu bringen, nachdem sein costaricanischer Vorgänger das mit dem *Pura vida* zu wörtlich genommen und sich mit Nichtstun und leben und leben lassen begnügt hatte. Friesos Wiege war in Amsterdam gestanden und sein Spanisch hatte einen eigenartigen Akzent.

Nach der Begrüßung bot ich Bier und Whisky an und stellte gesalzene Kochbananenchips auf den Esstisch. Luis sagte Ja zum Bier, wollte aber keinen Whisky. Der Hirte aus Holland machte im Laufe des mehrstündigen, sehr kurzweiligen Besuches eine halbe Flasche *Bunnahabhain* nieder. Nach einer Stunde Small Talk deckten meine geistlichen Besucher endlich ihre Karten auf. Frieso war beständig auf der Suche nach ehrenamtlichen Mitarbeitern für seine Missionsstation, weil die Mittel, die von der katholischen Organisation, der das alles gehörte, kamen, sehr beschränkt waren. Aha, aha, anscheinend hatte Yoani fleißig Werbung für mich gemacht bei ihren samstäglichen Kirchenbesuchen. Ich selbst erzählte den beiden Gottesvertretern nicht viel über mich, wurde aber mit Informationen über die Missionseinrichtung überschüttet.

»Ich kann mir sehr gut vorstellen, dass du hervorragend in unser kleines Team passen würdest«, meinte Frieso, nicht mehr ganz klar in seiner Aussprache. So wie er getrunken hatte, war es erstaunlich, dass er überhaupt noch fließend Spanisch sprechen konnte. Bei mir verursachte ein erhöhter Alkoholpegel im Blut einen radikalen Abbau meiner sowieso eingeschränkten fremdsprachlichen Talente. Ich versprach zum Abschied, es mir mit der Mitarbeit zu überlegen.

Ich ging ins Haus zurück, nachdem der Wagen mit den beiden auf der Straße verschwunden war, drehte mir einen Joint und verfluchte mich dafür, dass ich Yoani untersucht hatte, anstatt sie ihrem Schicksal zu überlassen. Das hatte ich nun von meiner Gutmütigkeit.

SONNTAGABEND WAR Immigrantentreffen im *Irish Pub* in Puerto Viejo. Der Wirt war ein ein Meter neunzig großer, irischer Hüne wie aus dem Bilderbuch samt Vollbart und Oberarmen wie meine Oberschenkel. Hätte ich eine Rolle in einem Film über einen keltischen Stammesfürsten samt Langschwert und Helm besetzen müssen, so wäre meine erste Wahl auf Shane O'Reilly gefallen.

Ich war einer der Ersten, die an diesem Abend eintrafen, und nahm an der langen Holztheke Platz.

»*Guinness?*«, kam die unvermeidliche Frage. Ohne meine Antwort abzuwarten, stellte Shane mir eine eisgekühlte Dose *Pilsen* auf den Bettvorleger aus Frottee, der als Ersatz für Bierdeckel, die in der feuchten Hitze aufgequollen und schimmelig geworden wären, diente. Nach und nach trudelten einige der anderen Zugereisten ein. Ich war der Neuling in der bunten

Truppe, die mich von Anfang an sehr herzlich in ihrer Mitte aufgenommen hatte. Costa Rica im Allgemeinen und Puerto Viejo im Besonderen war ein Schmelztiegel für Menschen jeglicher Couleur und ein sicherer Hafen für Individualisten. Der Ort war ein Mekka für Alleinreisende.

Shanes Pub war mit seinen ochsenblutroten Wänden, dem über die Jahre blank polierten Holztresen, den schweren Stühlen aus Gusseisen und dem ausgestopften Bullenschädel über dem Eingang eher eingerichtet wie eine Bodega als wie ein Irish Pub. Der Vorbesitzer war ein Argentinier mit Hang zum Stierkampf gewesen.

Die überdachte Veranda war nicht nur von Rauchern besetzt. Hinter der Bar waren große Schiefertafeln angebracht, auf denen Shane mit weißer Kreide sein Credo hinterlassen hatte:

> *Alcohol! Because no great story started with someone eating a salad …*
> *Farts are just the ghosts of the things we eat …*
> *Instagram your meal and receive a free concussion …*
> *Bill-dodgers and buggers will end on Shane's Wall of Shame …*

In einer Ecke war eine kleine Bühne gezimmert. Die beiden Wände dahinter waren originell dekoriert. Shane, der nicht zimperlich im Umgang mit seinen Mitmenschen war, hatte die Angewohnheit, von Gästen, die sich danebenbenahmen oder die Zeche nicht zahlen konnten, vor dem Rauswurf mit Nachdruck den linken Schuh zu verlangen, und bekam ihn in den meisten Fällen auch. Das Beutestück wurde als Mahnung für andere mit zwei Dachlattennägeln an die Wand hinter der Bühne genagelt. Die Schuhe waren eine ideale Schalldämmung und der Pub hatte dadurch ungewollt eine tolle Akustik.

Der Nächste in der Runde war Joey Franklin, fünfundvierzig, der texanische Hefeteigkünstler, der in seiner winzigen Backstuben-Kiosk-Kombi die besten Zimtschnecken produzierte, die ich je gegessen hatte. Das bedeutete etwas, schließlich war ich der Enkel des besten Bäckers in einer schwäbischen Kleinstadt. Die Backstube meines Großvaters war riesig gewesen. Joey buk seine Waren in einem winzigen Raum und verkaufte sie direkt über den Tresen. Der Mann aus der tiefsten Provinz war ein Freak, wie mehr oder weniger alle Auswanderer, die hier lebten. Er hatte die USA vor zehn Jahren aus politischen und ökonomischen Gründen verlassen. Joey besaß eine Vorliebe für Hemden mit floralem Großdruck und filterlose Zigaretten, die er in solchen Mengen wegpaffte, dass seine Schneidezähne nikotinverfärbt waren. Was so ein richtiger Raucher ist, der mag sein Essen auch gerne entsprechend gewürzt. Letzten Monat hatte Joey sich aus seiner alten Heimat einen riesigen *Smoker* bringen lassen. Das Ding sah aus wie eine rostige Tonne mit Rauchabzug und war ein kulinarisches Wunderwerk, in dem ganze Hähnchen, Spareribs und andere Schweinereien stundenlang im Rauch vor sich hin garten. Dadurch wurde das Fleisch butterzart und bekam diesen einzigartigen Rauchgeschmack, den auch ich schätzte.

Eine Stunde nach mir traf Peter *Gonzo* Smith ein. Wie üblich trug der junge Waliser ein zu langes und zu großes Jeanshemd und völlig abgewetzte Jeans, ein Hosenbein aus unerfindlichen Gründen immer zweimal hochgekrempelt, sowie ausgelatschte Birkenstocksandalen. Seinen Kopf zierte eine ausgebleichte Che-Guevara-Gedächtnismütze, unter der Dreadlocks der Sorte *most dreadful* hervorquollen. Sie ähnelten kleinen, verfilzten Tieren, die schon seit Wochen tot und von der Sonne ausgetrocknet waren. Er erinnerte mich an Dobro, meinen ehemaligen Nachbarn in Stuttgart. Beide waren extreme Kiffer, aber Dobros Dreadlocks waren makellos gestylt und der Schwabe spielte um Klassen besser Gitarre als Gonzo.

Gonzo verdiente sich seinen Unterhalt mit dem Weiterverkauf von Dope an die Touristen. Dobro hatte sich ein Zubrot mit selbst gezogenem Hanf verdient. Sonntagabends ab acht spielte Gonzo bei Shane Gitarre und sang dazu, bis ihm der Strom abgestellt wurde. Beides tat er mehr schlecht als recht, weshalb ihn der Wirt nicht bezahlte, sondern ihm nur seine Getränke spendierte plus ein Essen pro Abend. Der Immigrantenstammtisch sammelte auch Geld – eher aus Sympathie denn aus Würdigung seiner künstlerischen Talente. Da diese sehr bescheiden waren, warfen nur wenige Touristen etwas in den offenen Gitarrenkasten. Weil der magere junge Mann in uns allen den Beschützerinstinkt weckte, traute sich auch keiner, ihm zu sagen, was für ein beschissener Gitarrist er war. Es war schon hohe Kunst, Stücke wie *Heroes* von David Bowie mit nur einem Akkord zu spielen. Die meisten seiner Songs erkannte ich nur aufgrund des Textes.

Gonzo bestellte ein *Imperial*, trank einen Schluck und nahm die Dose mit auf die kleine Bühne in der Ecke des Lokals. Dann tat er so, als würde er die völlig zerspielte Gitarre stimmen, und begann mit Springsteens *American Skin (41 Shots)*. Dazu klampfte er unbeirrt und stur seinen A-Dur-Akkord. Ich war selbst kein begnadeter Gitarrist, aber bei dieser Vorstellung musste ich innerlich stöhnen.

Shane hatte mir bei meinem ersten Besuch erklärt, dass Gonzo bei ihm Musik mache und dafür Essen und Getränke umsonst bekäme. Ich musste Shane damals korrigieren: »Der macht keine Musik, der quält ein Instrument.«

Als Nächstes war *Unchain my Heart* dran. Joey brachte es kopfschüttelnd auf den Punkt: »Mann, Cocker und Bowie sind doch schon eine Weile tot. Warum muss Gonzo sie jeden Sonntagabend auf der Bühne erneut sterben lassen?«

Das verstand keiner von uns. Wir wandten unsere Aufmerksamkeit dem Wirt zu, der einen Witz über einen Mann erzählte, der sich zwischen drei Frauen nicht entscheiden konnte und als Entscheidungshilfe jeder zehntausend US-Dollar in die Hand drückte. Die erste wollte das Geld nicht annehmen. Die zweite nahm es und kaufte mit der Hälfte zwei Tickets für eine Karibikkreuzfahrt für sich und den edlen Spender. Die dritte legte die Kohle in einem Aktienfonds an und hatte nach kurzer Zeit daraus achtzigtausend Dollar gemacht, wovon sie dem Typen die Hälfte abgab.

»Was glaubt ihr, *guys,* welche der Kerl genommen hat?«

Ich kannte den Witz schon und antwortete: »Die mit den größten Titten selbstverständlich.«

Gelächter. Shane gab mir High Five und spendierte eine Runde *Wodkashots.*


GONZO SPIELTE *House of the Rising Sun,* als Rainer Schiller, mein bester Freund in Costa Rica, die Szenerie betrat. Rainer klopfte mir auf die Schulter und nahm auf dem Barhocker neben mir Platz. Nun begann Gonzo, *No Woman, No Cry* zu vergewaltigen, spielte beharrlich seinen Single-Akkord und versuchte, die richtigen Töne zu treffen, was gar nicht so einfach war, wenn man schon mal grundsätzlich in der falschen Tonart sang.

Am hintersten Tisch in der Ecke saßen ein paar jüngere britische Touristen. Britische Touristen erkannte man zuverlässig an ihrer schweinchenrosa Hautfarbe, die im Laufe des Aufenthalts immer ungesunder aussah. Alle anderen Touristen wurden mit der Zeit braun wie ein guter Braten, Engländer erinnerten eher an Pökelfleisch und besaßen jenseits der dreißig meist eine Wampe, die sich unter oft zu engen oder zu kurzen T-Shirts deutlich abzeichnete. Die ziemlich alkoholisierten Inselbewohner grölten bei Gonzos Vortrag laut mit.

Rainer meinte: »Ich würde meine Frau dafür geben, wenn

hier endlich mal gescheite Musik zu hören wäre.«

*Deine Chance, Brandstätter!,* schoß es mir durch den Kopf. Rauf auf die Bühne und Schluss mit dem Gejaule und ab durch die Mitte mit der schönen Raya. Aber ich sagte: »Shane plant einen Karaokeabend unter der Woche, um das Geschäft anzukurbeln. Vielleicht findet sich da mal der eine oder andere gute Sänger, dem du deine Frau opfern kannst.«

# SUSHI & SOULFOOD

ICH WAR AUF DEM WEG zu Manuel Higueras Ranch in den Bergen über Limón. Normalerweise trafen wir uns alle paar Wochen abends zu einer größeren Pokerrunde, die bis in die frühen Morgenstunden ging. Heute hatte er mich alleine zum Mittagessen eingeladen. Ich hatte dankend angenommen. Der Unternehmer war meine intellektuelle Bastion in Costa Rica.

Der Kunstliebhaber war sowohl optisch als auch mental ganz weit weg vom Klischee, das man im Allgemeinen von einem mittelamerikanischen Multimillionär hatte, dem der halbe Landstrich von Panama bis weit über Limón hinaus gehörte. Manuel war erst siebenundzwanzig gewesen, als sein Vater vor zehn Jahren bei einem Flugzeugabsturz in Nicaragua ums Leben gekommen war. Seitdem führte er die lukrativen Geschäfte mit den Bananen, Ananas und Avocados. Darüber hinaus gehörten ihm zahlreiche Immobilien in Mittel- und Nordamerika in profitabler Lage.

Ich bog in die breite Privatstraße ab, die von der Hauptstraße hinauf zu der riesigen Ranch der Higueras führte. Der unverheiratete Obstgroßhändler residierte hier alleine mit einem Heer von Angestellten. Seine US-amerikanische Mutter war nach dem Tod des Vaters wieder ganz in die Staaten gezogen und lebte abwechselnd in Palm Beach und New York. Ich kannte Manuels Mutter nur von den zahlreichen Fotografien, die überall in dem weitläufigen Wohnzimmer herumstanden. Julia Rize Higuera war eine bildschöne Frau und sah aus wie Audrey Hepburn in ihren Glanzzeiten. Das Auffallendste waren Julias saphirblaue Augen, die aus jeder Fotografie hervorstachen. Sie hatte ihr gutes Aussehen und diese unverwechselbaren Augen ihrem einzigen Sohn vererbt. Manuels Vater war ein untersetzter typischer *Tico* gewesen, dem man selbst auf den Fotos ansah, dass er über Macht und Geld verfügte.

Nach einigen Fahrminuten durch dichten Wald, in dem ein Tukan sich lautstark aufregte, kam ich an ein großes schmiedeeisernes Tor, das sich wie von Zauberhand öffnete, als ich darauf zufuhr. Das ganze Gelände der Higueras war kameraüberwacht. Kurz vorm Haupthaus, das erst vor wenigen Jahren völlig umgebaut worden war und jetzt ein modernes, nach allen Seiten offenes Anwesen war, kam mir Jesús, unser Vorzeigepolizist, auf seinem Motorrad entgegen. Ich hob grüßend die Hand. Er ignorierte meinen Gruß und erhöhte stattdessen sein Tempo. Der Weg war von der natürlich dichten Vegetation der Karibikküste umsäumt, erst kurz vorm Haus wich das üppige Grün einem angelegten tropischen Garten, wie man ihn von Luxushotels in aller Welt kannte.

Ein Angestellter führte mich in das weitläufige Innere des riesigen Hauses, das wie mein eigenes, bescheideneres Haus im Erdgeschoss nach drei Seiten offen und von verschiedenen, teilweise überdachten, Terrassen umgeben war. Nur brauchte man in der Lage keinen Gitterschutz, hier oben wehte ständig ein Lüftchen, das tierisches Ungeziefer abhielt. Dank der meterhohen, mit Stacheldraht bewehrten Mauern musste Manuel sich vor ungebetenen menschlichen Gästen nicht fürchten.

Man hatte zu jeder Tageszeit die Wahl, in der Sonne oder im Schatten zu sitzen, unter freiem Himmel oder unter Dach.

Von jeder Stelle bot sich ein atemberaubender Blick auf das karibische Meer in der Ferne. Vor der Hauptterrasse lag ein riesiger Pool, dessen äußerster Rand in den Horizont überzugehen schien. Der Pool war nicht nur Zierde. Manuel war ein begeisterter und sehr guter Schwimmer, der jeden Morgen mindestens eine halbe Stunde schwamm, ehe er mit dem Tagwerk begann. Dafür hatte er einen weiten Weg bis zum Meer, tröstete ich mich.

Der Herr des Hauses kam mir lächelnd auf der überdachten Terrasse entgegen und sein Angestellter verzog sich diskret. Ich hatte das Gefühl, dass überall in diesem Haus versteckte Öffnungen im Boden waren, wie auf einer Theaterbühne, in denen die Angestellten bei Nichtgebrauch verschwanden. Egal wie lange man sich bei Manuel aufhielt, es lief einem nie einer der Angestellten über den Weg, ohne dass dieser in dem Moment eine sinnvolle Aufgabe erfüllte.

Mein Gastgeber war kaum größer als ich. In seiner Freizeitkleidung, die aus einem locker sitzenden, weißen, unbedruckten T-Shirt mit tiefem V-Ausschnitt, lässigen beigen Shorts, einem silbernen Kreuz an einem schwarzen Lederband und einer verkehrt herum sitzenden Baseballmütze bestand, hätte man in ihm eher das Mitglied einer etwas in die Jahre gekommenen *Boygroup* vermuten können als einen gewieften Geschäftsmann. Er kam barfuß auf mich zugelaufen, nahm mich in die Arme und küsste mich auf beide Wangen, wie er das seit dem ersten Treffen immer tat.

Manuel war ein schöner Mensch mit vollem mittelblonden Haar, das er in einem modischen Sidecut trug, einem perfekt getrimmten Bart und diesen verträumten blauen Augen seiner Mutter mit den dichten Wimpern. Sport war ihm sehr wichtig und das sah man ihm auch an. Um ehrlich zu sein, hätte ich mein linkes Ei geopfert, um Manuels Körper mein Eigen zu nennen – dieser gut definierte Sixpack und die Armmuskulatur mit deutlich sichtbaren Adern. Etwas mehr Pectoralis statt Penis, das wäre es gewesen, Brandstätter. Ich grinste bei dem Gedanken.

Mein Freund strahlte latent etwas Geheimnisvolles und Rätselhaftes aus. Ich hatte immer das Gefühl, er sagte nie alles, was er dachte, sondern hielt das Wesentliche hinter einem permanent angedeuteten Lächeln verborgen. Ich liebte meine Besuche bei diesem belesenen, gebildeten Mann mit dem feinen Humor, mit dem ich stundenlang über Philosophie und Rotweine diskutieren, aber auch in Serie alte Folgen von *Two and a Half Men* anschauen und dabei zwei Sixpacks Heineken niedermachen konnte – rülpsen eingeschlossen. Ich erinnerte mich an die erste Begegnung mit ihm, als Rainer mich zu einer der Pokerrunden mitgenommen hatte und dieses Prachtexemplar von Mann auf mich zukam, mir die Hand gab und unvermittelt in gefakte Tourettespasmen verfiel und mich mit *Asshole* und Schlimmerem beschimpfte. Es war jammerschade, dass er so wenig Zeit hatte, weil ihn seine Geschäfte zwei Drittel des Jahres im Ausland festhielten.

Wir nahmen auf einem der beiden riesigen Sofas aus handschuhweichem Leder Platz, die in dem Wohnzimmer, das locker zweihundert Quadratmeter hatte, die einzigen Möbelstücke waren. Zwischen den Sofas lag ein hochfloriger cremeweißer Teppich, der nach sehr viel Geld aussah. Der Rest der Einrichtung bestand aus mannshohen, glasierten Tongefäßen, die in dekorativen Gruppen beisammenstanden, Designer-Stehlampen und großflächigen, abstrakten Gemälden an den Wänden. Alles war in Weiß-, Beige- und Schlammtönen gehalten – modern und ultraschick, aber gleichzeitig sehr wohnlich. Ricky hätte dieses Haus geliebt und innerhalb einer Woche alles umgestellt.

»Was hat Gottes Sohn bei dir gemacht? Hast du gefehlt?«, fragte ich und nahm Jorge, dem Butler, das Wasser mit einer Limettenscheibe, das er mir auf einem Tablett hinhielt, ab.

Anscheinend gehörte das Glas zum Begrüßungsstandard eines ausgebildeten Butlers. Ich trank es immer brav leer, um den guten Jorge, der in England sein Handwerk auf einer richtigen Schule gelernt hatte, nicht zu enttäuschen. Jorge trug tatsächlich weiße Baumwollhandschuhe und hielt eine Hand auf dem Rücken, als er mir das Tablett reichte. Bei meinem ersten Besuch hatte ich den Geschäftsmann gefragt, wie er mit so viel Servilität umgehen konnte, und bekam zur Antwort, dass er Profis schätze und man sich schnell daran gewöhne. Mein betuchter Freund hatte Jorge von seinem Papa geerbt, und ihn entlassen ging aus Loyalität nicht. Nach wenigen Besuchen im Hause Higuera war Jorge auch für mich ganz normal.

»Hast du ihn gehen sehen?«

Manuel bekam von Jorge ein Glas Cola mit einer Zitronenscheibe und ganz viel Eis gereicht. Meiner Einschätzung nach trank er den Tag über mindestens zwei Liter dieses Gebräus.

»Ich habe zumindest versucht, ihn zu grüßen, aber Jesus wird mich nie lieben«, bemerkte ich ironisch und erntete einen dieser geheimnisvollen Blicke Manuels mit kurzem Zucken des linken Mundwinkels.

»Du bist doch hoffentlich meinetwegen hier und nicht wegen Jesús.«

»Das stimmt auch wieder.«

»Ich habe eine Überraschung für dich. Trink aus. Wir müssen ein Stück übers Grundstück fahren.«

Ich hatte keine Ahnung, wie viele Hektar das Anwesen hatte, aber ich wusste, dass außer dem Haupthaus noch eine Garage für mehrere Autos, ein Versorgungsgebäude, in dem die Angestellten wohnten, sowie ein Pferdestall dazugehörten. Wir verließen das Haus durch den Vordereingang und ich fragte mich, wie viele Kilometer Manuel täglich zurücklegte, um die Dinge zu tun, die bei mir zu Hause nur wenige Schritte benötigten. Am Eingang holte er aus einer Kammer, die in etwa so groß war wie mein Schlafzimmer, ein paar Havaianas und zog sie an. Wir stiegen in einen der beiden Golfwagen, die neben dem Eingang standen.

Manuel fuhr los und meinte: »Du wolltest doch mal wieder richtig gutes Sushi essen, hast du bei unserem vorletzten Pokerabend erwähnt.«

Ich konnte mich nicht mehr daran erinnern, was ich Mittwoch vor einigen Wochen so alles von mir gegeben hatte, als wir fünf Mann hoch gepokert hatten und ich zum ersten Mal, seit ich an der Runde teilnahm, etwas gewonnen hatte.

»Du erinnerst dich nicht mehr?« In seiner Stimme klang Enttäuschung mit. »Sushi und Soulfood?«

»Doch, klar, jetzt, wo du es sagst«, log ich.

»Gut, denn du hast mich damit auf eine Idee gebracht.«

In dem Moment kam die Lichtung mit dem Hubschrauberlandeplatz in Sicht.

»Hey, du wirst doch nicht mit mir nach Tokio zum Sushi essen fliegen?«, scherzte ich.

Manuel lachte. »Nein, das wäre dann doch zu viel Klischee à la *Pretty Woman*.«

»Ich würde mich auch nicht so recht wohlfühlen, wenn ich in ein hautenges Kleid und Overknees schlüpfen müsste, ehe du mit mir ausgehst.«

Wir passierten den kleinen Landeplatz, fuhren ein Stück durch dichten Urwald, bis sich eine Lichtung auftat. Mir blieb die Spucke weg. Vor uns lag ein nach allen Regeln der Kunst angelegter japanischer Zengarten, in dessen Mitte sich ein kleiner, asiatisch anmutender Pavillon befand.

»Was ist das denn? Hast du Japan einfliegen lassen?«

Der Bananenmogul hielt den Golfwagen an, und wir betraten den frisch geharkten Kiesweg, der sich zum Pavillon hinschlängelte. Linker Hand war ein kleiner Teich angelegt, in dem riesige Kois schwammen.

»Ich dachte mir auch, dass es schön sei, mal wieder richtig gutes Sushi zu essen, und da ich ein Mann mit Stil bin und diese wunderschönen Gärten liebe …« Mein Gastgeber ließ das Ende des Satzes offen.

»Da kommt doch jetzt keine Geisha, die mir den ganzen Abend zu Willen ist, oder?«

»Nein, ich habe mich für was anderes entschieden.«

Auf der hölzernen Terrasse zogen wir unsere Schuhe aus und betraten das exklusive Gartenhäuschen durch eine offene Schiebetür. Es war, als würde man ein traditionelles japanisches Lokal betreten, samt Kochplatte mit zwei japanischen Köchen dahinter. Es folgte ein Mittagessen der Sonderklasse mit fliegenden Messern und ultrafrischen Zutaten. Das Sushi war dabei nur eine leckere Nebensache.

Wir aßen und erzählten wilde Geschichten aus unserem Leben, bis wir beide nicht mehr konnten. Mittlerweile saßen wir nicht mehr vor den Kochplatten, sondern hatten uns auf zwei Matten in eine Ecke gelegt und tranken lauwarmen *Sake* aus winzigen Porzellanschälchen.

»Hat es dir geschmeckt, Benny?«

Mein Seelenverwandter war der einzige Mensch, der mich in Mittelamerika bei meinem richtigen Vornamen nannte. Ich wusste nicht, woher er diesen überhaupt kannte.

»Das kann man wohl sagen.« Ich rollte mich auf den Rücken und streckte meinen vollen Bauch in die Luft. »Die Überraschung war fast perfekt«, zog ich ihn auf.

»Was heißt hier *fast* perfekt? Was hat dir gefehlt?«

»Na ja, ein romantischer Sonnenuntergang mit einem *Ardbeg* aus dem ultimativen Mörderjahrgang 1976 wäre der gelungene Abschluss.«

»Warte ab, der Tag ist noch nicht zu Ende, Benny.«

Ich lachte. »Stimmt auch wieder.«

Manuel stand auf und entschuldigte sich. Als er weg war,

musste ich, satt und angetrunken, eingeschlafen sein. Ich wachte auf, als jemand meinen Unterarm berührte. Ich sah in Manuels irritierend blaue Augen. In meinem Wasserfarbenkasten hatte es eine ähnliche Farbe gegeben, *Azurblau* stand darüber. Ich entschuldigte mich, dass ich kurz weggenickt war.

Mr. Blue Eyes lachte und meinte: »Kurz ist gut.«

Ich sah auf mein Handy und traute meinen Augen nicht. Ich hatte fast eine Stunde fest geschlafen. »Oh, Mist, ich bin vielleicht ein undankbarer Gast.« Ich rappelte mich auf und strich meine Haare glatt.

»Macht nichts, Benny. Es ist schön, dass du dich so wohl bei mir fühlst. Fertig für Programmpunkt zwei?«

»Ich habe alle Zeit der Welt, das weißt du.«

»Dann komm!«

Wir zogen die Schuhe wieder an, stiegen in den Elektrowagen und fuhren zum Landeplatz. Jetzt stand ein Techniker in orangem Overall neben dem schwarz-gelben Helikopter und wartete auf uns.

»Angst vorm Fliegen?«, fragte mein Chauffeur, als er den Golfwagen anhielt.

»Eigentlich nicht«, meinte ich todesmutig. Ich war als Notarzt ein einziges Mal in einem Hubschrauber mitgeflogen und mir war diese Art der Fortbewegung nicht wirklich geheuer. Ich wusste, dass Manuel die Lizenz zum Fliegen eines Helikopters besaß, und hoffte inständig, dass diese nicht gekauft war, sondern ehrlich erworben.

»Lass uns nach Westen fliegen, die Sonne putzen.«

Wenige Minuten später hoben wir tatsächlich ab und flogen bei bester Sicht über die Zentralkordilleren, vorbei am Turrialba, aus dessen Krater eine dünne Rauchfahne aufstieg und bei dessen Anblick mir der Begriff *majestätisch* einfiel.

An der Pazifikküste, auf der Halbinsel Nicoya, nannte Manuel ein nicht unwesentlich kleineres Haus als das an der

Ostküste sein Eigen – ebenfalls mit Landeplatz im Hinterhof. Man gönnt sich ja sonst nichts.

Kurz vor der Landung scherzte ich: »Wenn du jetzt noch das mit dem *Ardbeg* hinbekommst, ziehe ich tatsächlich ein Etuikleid an und tanze mit dir in die untergehende Sonne.«

Wieder erwartete uns unauffälliges Personal mit einem Glas Wasser für mich und Manuels Eis mit Zitrone und Cola. Bis zum Sonnenuntergang war noch eine gute halbe Stunde Zeit, die wir auf der luftigen Terrasse verbrachten.

»Stell dich mal hierher«, wies Manuel mich an und baute sich vor mir auf.

Ich erhob mich ächzend von meinem Stuhl und tat, wie mir geheißen. Manuel nahm eine längliche Holzkiste, die die ganze Zeit auf einem Sideboard auf der Terrasse gestanden hatte, in die Hand und hielt sie vor mich hin. Mit wissendem Lächeln öffnete er den Deckel und hielt die geöffnete Kiste vor mich hin. Ich traute meinen Augen nicht. Vor mir lag tatsächlich eine Flasche meines Lieblingswhiskys, die genauso alt war wie ich selbst. Ich griff hinein, Manuel schloss schnell den Deckel und ich zog meine Hand lachend zurück.

»Oh Mann, das ist jetzt aber echt schwul. Wir spielen tatsächlich *Pretty Woman*.«

»Aber es macht doch Spaß, nicht wahr? Ich freue mich schon auf dich im Etuikleid«, erinnerte er mich an meinen Spruch von vorhin.

Danach verzogen wir uns mit der Flasche, die ein Vermögen gekostet haben musste, an den Strand und sahen dem einzigartigen Schauspiel zu, wie sich die gelbe Sonnenscheibe langsam im Meer in Nichts aufzulösen schien.

»Das ist der romantischste Abend, den ich seit vielen Jahren hatte, und das ausgerechnet mit einem Mann«, meinte ich, nachdem die Flasche halb geleert war.

»Geht mir ähnlich. Ich hatte schon lange nicht mehr so viel Spaß.«

»Was hat der Stoff gekostet?« Ich hob mein Glas mit dem über vierzig Jahre alten Whisky.

»Das sage ich nicht. Außerdem war das der kleinste Teil der Transaktion. Der Transport war wesentlich teurer.«

Bei einer Frau hätte mich dieses Sphinxlächeln wuschig gemacht. Bei Manuel machte es mich unsicher. Ich mochte diesen Mann sehr und war über seine körperliche Präsenz erstaunt.

»Dann wollen wir mal jeden Tropfen genießen.«

Manuel schwieg und blickte versonnen auf den Ozean, dessen Wellen sich donnernd und grollend vor unserer Nase am Strand brachen. Diese Geräuschkulisse war einer der Gründe, warum ich in Costa Rica sesshaft geworden war.

»Warum hat ein Mann wie du keine Frau?«, unterbrach ich die Stille.

»Die wollen alle nur mein Geld. Frauen sind generell überbewertet, Benny.«

»Da kann ich dir nur recht geben, *hermano*.« Wir gaben uns High Five. »Woher kennst du eigentlich meinen richtigen Vornamen?«

Mein Gastgeber sah in sein Glas. »Du wirst mich jetzt hassen«, meinte er.

»Nope, wer mir einen solchen Tag beschert hat und so einen edlen Whisky mit mir teilt, den kann ich nicht hassen.«

»Ich habe Auskünfte über dich eingeholt.«

»Hoppla.« Jetzt war ich doch etwas betreten und trank einen Schluck des teuren Alkohols als Übersprunghandlung.

»Das tue ich bei allen neuen Bekannten, ehe ich sie zu Freunden mache. Ich hoffe, du verstehst meine besondere Situation.«

»Ich verstehe, aber ob ich es gut finde, weiß ich nicht. Was weißt du noch von mir?« Ich fühlte mich plötzlich ernüchtert.

»Alles, sogar deine Hobbys.« Manuel vergrub seine nackten Füße in dem weichen, warmen Sand und stellte den Whiskybecher dazwischen.

Ich lachte leise in mich hinein. Laut meiner verstorbenen Frau waren meine Hobbys *Leistungspimpern* und *Wettkampfpoppen.* Aber so Intimes konnte auch der beste Privatdetektiv nicht herausfinden. Solche Dinge waren sicher in mir verschlossen.

»Woran denkst du gerade, Elvis?«

Ich sah erstaunt hoch und schluckte. »Du nennst mich besser nie wieder so!« Meine Stimme klang brüchig und die Kette um mein Herz zog sich schmerzhaft zusammen.

»Bitte entschuldige. Ich wusste nicht, dass dein zweiter Vorname tabu ist.«

»Ist schon okay, du kannst es ja nicht wissen.«

»Doch, ich glaube es zu wissen. Leider. Es ist, weil Priscilla tot ist, nicht wahr?«

Ich sah in diese unergründlichen Augen, die jetzt tiefblau waren. Mir fehlten die Worte.

Manuel sprach weiter: »Ich hätte nicht damit anfangen sollen, es geht mich schließlich nichts an. Willst du jetzt gehen?«

Ich überlegte eine Weile und schüttelte den Kopf. »Nein, möchte ich nicht. Es gibt in diesem Land nicht sonderlich viele Menschen, die einen Heli haben und mich mitfliegen lassen.«

Manuel lachte befreit. »Danke.« Nach kurzem Schweigen fuhr er fort: »Du würdest mir sehr fehlen, mein Freund. Ich habe den Tod meines Vaters bis dato auch nicht verwunden. Er war mein bester Freund und Vertrauter. Das lag wohl daran, dass er erst zwanzig war, als sie mich bekommen haben. Er war gerade siebenundvierzig Jahre alt, als er gestorben ist.«

Ich hielt mein Glas hin und mein millionenschwerer Gastgeber schenkte aus der Flasche nach, die neben ihm im Sand halb verbuddelt war.

»Ricky durfte noch nicht mal vierzig werden. Dabei wollte ich mit ihr diesen runden Geburtstag in New York feiern, weil sie den Film *Frühstück bei Tiffany* so gut fand. Morgens mit Donut und Kaffee im Pappbecher warten, bis sie aufmachen, und irgendeine Kleinigkeit kaufen als Geburtstagsgeschenk.«

Wir schwiegen beide eine ganze Weile und hingen unseren Gedanken nach.

»Noch was, Benny.«

»Hast du in meinem Haus Überwachungskameras anbringen lassen?«

»*Damn,* warum ist mir die Idee nie gekommen? Kann man ja nachholen. Nein, ich bin schwul.«

»*Holy Shit!*« Ich lachte laut auf. »Sag jetzt bloß noch, du stehst auf mich.«

»Voll.«

»Du bist so krank im Kopf!« Seit ich denken konnte, löste Alkohol in mir gute Laune und distanzlose Bemerkungen aus. Nicht jeder konnte das ertragen. »Deine Recherchen müssten doch ergeben haben, dass ich durch und durch heterosexuell veranlagt bin. Wenn nicht, solltest du dein Geld zurückverlangen.«

»Jammerschade um so einen Mann wie dich.«

»Stimmt, wir wären ein schönes Paar.«

Der weltoffene *Tico* lachte auf. »Das stimmt allerdings. Vor allen Dingen, wenn du ein Etuikleid und Overknees trägst.« Er trank einen Schluck Whisky und fuhr fort: »Ich bin schon seit Langem in einer festen Beziehung, wenn dich das beruhigt.«

»Das ist mehr, als ich von mir behaupten kann, du Glücklicher!«

»Was machen wir jetzt?«

»Jetzt gehst du in deine bescheidene Hütte und siehst zu, dass du in einem der hundert Kühlschränke Nahrung findest. Ich brauche unbedingt etwas Anständiges für den Magen.« Wie üblich, wenn ich reichlich betankt war, konnte ich nicht aufhören zu lachen.

»Das ist alles, was du zu meinem Geständnis zu sagen hast?« Manuel sah mich mit diesen Frauenaugen ungläubig an.

»Du bist nicht mein Typ, viel zu viele Haare am Körper. Schau dir mal deine Arme an!«

»Oh Mann, ich hatte so Schiss, dir das zu erzählen.«

»Können wir für den Fortbestand unserer Freundschaft mal was klarstellen: Bei mir braucht man keinen Schiss davor haben, was man mir erzählt, sondern vor dem, was man mir verschweigt.«

»Benny?«

»Hm?

»Das ist mir für diese Uhrzeit und meinen Alkoholpegel zu verfickt philosophisch.«

»Ab mit dir in die Küche, falls du weißt, wo die ist, und besorg uns was zu futtern. Mit viel Fett und tierischem Eiweiß. Ich will Männeressen. Nicht so einen schwulen Mist wie am Mittag.«

Manuel lachte, weil er wohl zwischen den Zeilen lesen konnte, wie alle Menschen, die es mit mir aushielten. Ich legte mich auf den Rücken und sah den tiefschwarzen Sternenhimmel an. Weil es nur wenig Lichtmüll gab, waren Unmengen mehr Sterne zu sehen als in Industrieländern, wo der Himmel nicht mehr richtig dunkel wurde. Die Teelichter der Göttin blinkten und glitzerten ungetrübt durch Luftverschmutzung und künstliche Lichtquellen. Meine Göttin saß hoffentlich auch da oben und sah wohlwollend lächelnd auf ihren Hasen herunter. Ich hob mein Glas: »*Here's to you, Priscilla, my girl.*«

MEIN FREUND UND ICH verbrachten noch zwei Tage in seinem Haus an der Pazifikküste, surften, schlürften feinste Spirituosen, hörten Musik und genossen unsere gemeinsame Zeit. Ich erwog kurzfristig, homosexuell zu werden. Bei meiner Rückkehr musste ich mich erst wieder an die geschrumpfte Dimension meines Häuschens gewöhnen.

# HOSTIEN & HIRTEN

SONNTAGABEND, Jour fixe im *Irish Pub*. Zeit für völlig sinnfreie Männergespräche bei Bier, billigem irischen Whisky und unverdaulichem, fettigem Essen, das einem noch am Morgen danach schwer im Magen lag.

Gonzo klampfte bereits *American Skin (41 Shots)* vom guten alten Mr. Springsteen. Jérôme, ein französischer Hardcoresurfer, der sein BWL-Studium vor fünf Jahren unterbrochen hatte, um ein paar Monate in Costa Rica surfen zu gehen, und sich seitdem seinen Unterhalt als Surflehrer verdiente, um der perfekten Welle nachzureisen, saß mit Moritz, dem pickeligen, bayerischen Praktikanten aus Rainers Lodge, bereits an der Bar. Die beiden unterhielten sich übers Surfen, worüber sonst? Als ich dazustieß, unterbrachen sie ihr Gespräch kurz, um dann über die beste App für die Wellenvorhersage weiterzukonferieren. Mich interessierte so was nicht, ich surfte, weil ich die sportliche Herausforderung und die Bewegung im Wasser liebte. Ich konnte stundenlang träumend im Wasser dümpeln und den Horizont nach dem perfekten Wellenset absuchen und die wenigen Sekunden, wenn die Schwerkraft aufgehoben war, genießen. Surfen war die einzige Möglichkeit für einen Menschen, übers Wasser zu gehen. Es war eine Passion, aber ich musste mich nicht darüber unterhalten, ich musste es nur tun, sooft es irgend ging.

»*Guinness?*«, fragte Shane.

Ich sah den Wirt einen Moment an – er stellte mir seufzend ein *Pilsen* vor die Nase und erzählte mir von seinem jüngsten Sprössling, Conan, der mit seinen elf Monaten gestern die ersten eigenen Schritte getan hatte. Der Ire war wie seine Frau Shannon erzkatholisch, und so wurde im Hause O'Reilly ohne jegliche Verhütung mehrmals wöchentlich der Geschlechtsakt vollzogen. Dieser Tatsache verdankten vier kleine, männliche O'Reillys ihr Leben.

Am runden Tisch in der Ecke saßen ein paar Backpacker aus Deutschland, die sich lautstark über ihre Reiseerfahrungen unterhielten. Die typischen, austauschbaren, langweiligen Gespräche der Touris, die ich schon so oft gehört hatte. Jetzt galt es nur nicht aufzufallen und sich als Deutscher zu outen, sonst hätte ich sie den ganzen Abend am Hals. Der verhängnisvolle Standardsatz war: *Geil, du lebst hier! Hast du nicht ein paar Insidertipps für uns?*

Meine Interessenlage änderte sich schlagartig, als eine weibliche Backpackerin Anfang zwanzig von der Toilette kam und sich zu den fünf Typen an den Tisch setzte. Sie trug knappe Shorts über schlanken, gebräunten Beinen, ein Oberteil, das den flachen Bauch mit dem sehr gelungenen Nabel freiließ, und billige Plastik-Flip-Flops. Die hellblond gefärbten Haare hatte sie lässig zu einem Knoten hochgebunden. Ihr Nacken mit den von der Sonne ebenfalls blond gefärbten, feinen Härchen sah zum Anbeißen aus. Ich war begeistert und urplötzlich voll deutsch-nationaler Gesinnung. Ich beschloss, zum Tisch hinüberzuwechseln, um meine Landsleute zu begrüßen, von denen einer sogar Schwabe zu sein schien, den vertrauten Klängen, die aus seinem Mund kamen, nach zu urteilen. Das Mädel sprach dialektfrei und sah wie eine Krankenschwester aus. Seltsamerweise begegnete ich in Costa Rica mehr aufgeschlossenem weiblichem Pflegepersonal als zu meiner aktiven Zeit in diversen deutschen Kliniken. Wahrscheinlich weil immer gut die

Hälfte der Schwestern in Costa Rica weilte. Hier waren sie zudem nicht blass, gestresst und übernächtigt, sondern braun gebrannt und völlig gechillt. Das Wichtigste war, ich musste, wenn ich keine Lust mehr auf sie verspürte, nicht mehr länger mit ihnen zusammenarbeiten, sondern sie zogen auf Nimmerwiedersehen weiter. In dem Moment, als ich mit der Bierdose in der Hand aufstehen wollte, spürte ich eine kräftige Hand auf meiner Schulter, die mich auf meinem Hocker festhielt. Vor meinem Auge schwebte ein großes, silbernes Kruzifix auf schwarzer, zerknitterter Hemdbrust.

»Schön, dich hier zu treffen, mein Sohn«, tönte es von oben herab in einem kräftigen Männerbass.

Jetzt war mein Papa schon seit einigen Jahren tot und er hätte mich auch zu Lebzeiten nie mit *mein Sohn* angesprochen, schon gar nicht mit holländischem Akzent. Ich sah nach oben in das blasse, bärtige Gesicht des Missionsleiters, der neulich meinen *Bunnahabhain* niedergemacht hatte.

»Ja, grüß Gott, der Herr Pfarrer! Welch Überraschung!«

»Sag Frieso, mein Sohn.«

»Fein, ich dachte schon, ich müsste Papa sagen.«

»Nicht nötig.«

»Darf ich dich auf einen Drink einladen?« Ich hatte als katholisch aufgezogener Junge immer noch das Gefühl, einem Geistlichen gegenüber verpflichtet zu sein. Ich fragte mich, ob man in dem Job tatsächlich eine Geldbörse bei sich trug?

»Da sag ich doch nicht Nein.« Frieso bestellte ebenfalls ein *Pilsen* sowie zwei *Jameson*, diesen flachen, irischen Whisky, auf den der Wirt des Pubs schwor. Der irische Riese brachte die Getränke und sah mich fragend an. Ich fühlte mich genötigt, die beiden bekannt zu machen.

»Darf ich vorstellen: katholischer Spiritueller aus Holland, katholischer Spiritueller aus Irland.«

Frieso und Shane, beides gestandene Kerle knapp über ein Meter neunzig, der eine Haut und Knochen, der andere ein einziges Muskelpaket mit Fettschicht, gaben sich die Hand praktisch auf Augenhöhe. Ich fühlte mich plötzlich klein und unbedeutend mit meinen etwas unter ein Meter achtzig.

»Nette Kneipe«, meinte der Priester und wir stießen mit den Whiskygläsern an. »Ich war noch nie hier.«

Ich trank den Whisky in einem Zug aus – es gab Getränke, die verdienten es nicht, genossen zu werden. Im Augenwinkel sah ich, dass die blond gefärbte Deutsche mich beobachtete. Ich musste den Seelenhirten schnell loswerden, um was für mein Seelenheil zu tun.

»Auf Durchreise?«, heuchelte ich Interesse vor.

»Ich bin sozusagen im Auftrag des Herrn unterwegs, mein Sohn.«

»Das mit dem *mein Sohn* können wir nicht abstellen?«

»Können wir, mein Sohn. Jederzeit. Wenn wir wollen.«

»Aha, aha, und wann wollen wir?«

»Das wird sich im Laufe der Unterhaltung herausstellen.« Der katholische Pfarrer trank einen Schluck, stieß auf und fügte übertrieben deutlich hinzu: »Mein Sohn.« Frieso hatte für einen Diener Gottes ein wahrhaft teuflisches Grinsen drauf. Im nächsten Satz deckte er seine Karten auf: »Ich dachte, du meldest dich bei mir.«

Ich nippte an meinem Bier und meinte: »Zu viel zu tun. Die Geschäfte laufen blendend.«

Apropos Geschäfte, mein deutsches Objekt der Begierde kam jetzt an die Bar, stellte sich zwischen mich und Moritz, der in meinem Rücken saß. Ich spürte ihren Oberarm warm an meinem Latissimus. Oh Mann, das war alles nur noch eine Sache von wenigen Sätzen und noch weniger Drinks, hätte ich mich nicht in kirchlicher Obhut befunden.

»Das habe ich mir gedacht und deswegen kam ich hierher, mein Sohn. Von wegen wenn der Berg nicht zum Propheten kommt.« Der niederländische Schluckspecht bestellte eine weitere Runde *Jameson* bei Shane, ohne vorab die Frage zu klären, wer zahlte. Wenn er genauso Durst hatte wie letzten Samstag bei mir zu Hause, konnte der Abend teuer werden. Ich hätte viel lieber das Mädchen in meinem Rücken mit Spirituosen abgefüllt.

»*So jemand nicht will arbeiten, der soll auch nicht essen.* Brief des Paulus an die Thessalonicher.« Frieso sah mich mit selbstgefälligem Grinsen an.

»Ich dachte immer, *den Seinen gibt's der Herr im Schlaf*«, gab ich zu bedenken.

»*Ein fauler Mensch ist gleich wie ein Stein, der im Kot liegt.* Jesus Sirach 22,1«

»Von dem kenne ich zufällig auch was: *Ehre den Arzt mit gebührlicher Verehrung, dass du ihn habest zur Not. Denn der Herr hat ihn geschaffen, und die Arznei kommt von dem Höchsten, und die Könige ehren ihn.*« Den Satz hatte ich während des Studiums gelesen, auswendig gelernt und ab und zu als Anmachspruch bei den Studienanfängerinnen benutzt.

Der Pfarrer kniff die Augen zusammen: »*Wer viel geredet und hält nicht, der ist wie Wolken und Wind ohne Regen.* Sprüche 25.*«

Shane brachte die Gläser und unterbrach unseren Schlagabtausch. Mir wären sowieso die Bibelzitate ausgegangen und ich hätte verloren.

»Sag mal, haben die Hostien in deiner Heimat wirklich Käsegeschmack?«, wollte unser Wirt wissen.

Der katholische Sprücheklopfer lachte sein dröhnendes Lachen: »Wir stanzen die aus Scheiblettenscheiben. Was glaubst du, wie sonst die Löcher in den Käse kommen?«

Das blonde Geschoss verstärkte seinen Druck in meinem Rücken. Sie fühlte sich vielversprechend und geschmeidig an. Der Herr der Käsehostien drückte mir ein Bier in die Hand, das er nachbestellt hatte, weil sein Whisky schon wieder alle war. Die Maus zog mit einem *Wodka-Cranberry* ab.

Der Geistliche stellte sich als äußerst anhängliche Seele heraus. Er wich mir den ganzen Abend nicht von der Seite. Er begleitete mich, nachdem ich die Zeche für uns beide gezahlt hatte, zum Auto und lehnte sich an die Tür.

»Bis nächsten Sonntag oder meldest du dich früher bei mir, mein Sohn?«

»Schau'n wir mal, was die Woche so bringt.« Ich war besoffen und distanzlos. »Nachdem du mir heute Abend das Geschäft vermasselt hast, weiß ich nicht, ob ich überhaupt noch mit dir rede, *Daddy*.«

Frieso legte erneut dieses teuflische Haifischgrinsen auf, das so gar nicht zu dem braven Kassenbrillengestell passen wollte und seine doppelt besetzte untere Zahnreihe bloßlegte. »Die sinnliche Deutsche, die an deinem Rücken geklebt hat?«

»Das war jetzt ziemlich unchristlich, Vater!«

»Ich freu mich auf deinen Besuch.« Mit diesen Worten zog der Retter der verlorenen Seelen in Richtung seines Gottesmobils, einem in die Jahre gekommenen, verbeulten Defender, ab.

# Kirche & Küche

Ich musste alleine zu Bett gehen – weder Gomez noch Gwen waren zu sehen. Ich schlief am nächsten Morgen aus und verzichtete auf das frühmorgendliche Surfen. Mit Hangover der Schwerkraft trotzen, war nicht mein Ding. Gegen sechs ging ich auf die Toilette, tat etwas gegen meinen Durst, ließ meine beiden Hunde, die vor der Tür lagen, herein und fütterte sie mechanisch im Halbschlaf.

Kurz nach zehn klapperte es unüberhörbar in der Küche. Yoani duldete keine Langschläfer. Lauter als sie hätte müssen, unterhielt sie sich mit Gwen, die nicht schwerhörig war, darüber, dass die Sitten in diesem Haushalt immer mehr verrohten. Wenn ich ihr spanisches Stakkato richtig verstand, war es etwa so, dass Gwen und sie die einzigen anständigen Mitglieder dieses Haushaltes waren, weil sie eben *kein* Glied besaßen. Der arme Gomez, der keiner Fliege etwas zuleide tun konnte, musste in Sippenhaft für die Untugenden seines Herrchens mit büßen und bekam von Yoani nie Leckerli.

Ich stand auf und schlurfte in die Küche Richtung Kühlschrank. Yoani schälte Zwiebeln, ohne zu heulen, was schon sehr verdächtig war. Ich hätte im Mittelalter Frauen nicht ins Wasser geworfen, um zu sehen, ob sie untergingen oder ob sie oben schwammen – ich hätte sie Zwiebeln klein hacken lassen als Hexenprobe. Meine Küchenhexe warf mir einen vernichtenden Blick durch ihre Laserbrille zu.

»Kann ich das Schlafzimmer gefahrlos betreten, um zu putzen, oder wartet eine böse Überraschung auf mich?«, fragte die gläubige *Tica* mit verächtlichem Unterton.

»Weder der Antichrist noch sonst was mit Hufen, Klauen oder künstlichen Fingernägeln anwesend.«

»Du sollst nicht immer solche Scherze machen!« Die zu kurz geratene Frau schälte weiter Zwiebeln und hackte diese anschließend, ohne eine einzige Träne zu vergießen.

Ich machte mir eine Tasse Kaffee mit der französischen Durchdrückmaschine. Heißes Wasser stand immer auf dem Herd, wenn Yoani im Haus war. Ich hatte zwar noch nie gesehen, wozu sie es brauchte, aber es köchelte zuverlässig in einem Topf auf dem Gasherd. So wie in Westernfilmen, wenn eine Geburt anstand, immer heißes Wasser und weiße Tücher gebraucht wurden. Ich hatte während meiner Ausbildung zum Mediziner einige Geburten live und in Farbe mitgemacht, aber nie hatte jemand heißes oder kaltes Wasser oder weiße Tücher dazu benötigt.

»Wozu brauchst du eigentlich heißes Wasser?«, erlaubte ich mir zu fragen.

»Lenk nicht vom Thema ab«, kam schroff die Antwort.

Ich dachte kurz nach, welches Thema wir durchgehechelt hatten, aber Yoani kam mir zuvor: »Ich war gestern in der Kirche.«

Das war nichts Neues. Meine erzkatholische Haushälterin verbrachte jede Menge Zeit in Gotteshäusern.

»Schön, ich hoffe, du hast beim Chef da oben ein gutes Wort für mich eingelegt.«

Yoani, die mittlerweile eine rote Paprika klein schnitt, drehte sich zu mir um und fuchtelte mit der fünfzig Zentimeter langen Kochmachete, mit der sie alles im und ums Haus herum zerschnippelte, drohend vor meiner Nase herum. »Versündige dich nicht am Herrn!«

»Tue ich doch nicht. Im Gegenteil, der Herr hat sich das eine oder andere Mal an mir versündigt, wenn ich mein Leben so rekapituliere.«

»Wie kannst du so etwas behaupten, he?« Die Laserbrille ließ Giftpfeile durch.

»Ich dachte, ihr Christen vergebt so gerne, weil es so geschrieben steht. Vergebt auch euren Sündigern und seid furchtbar und wehret euch.«

»Ich habe mit dem Pfarrer gesprochen«, meinte Yoani humorlos.

»Kann ja nichts schaden.« Dann fiel es mir ein und ich fügte voller Stolz hinzu: »Ich übrigens auch. Gerade gestern. Ich denke, ich habe mir für mindestens zwanzig lässliche Sünden Ablass gekauft in Form von geistigen Getränken.«

»¡*Madre de Dios!* Was redest du immer für einen Blödsinn! Ich habe mit dem Pfarrer über dich gesprochen.« Sie widmete sich mit ihrem Mordwerkzeug wieder dem unschuldigen Gemüse. Mein wunderbares Wortspiel war an Yoanis Pragmatismus verpufft.

»Aha, aha. Und, was ist, werden mir meine Sünden vergeben, oder nicht?«

»Er hat erzählt, du willst nicht helfen.«

Daher wehte der Wind. »Ich habe lediglich gesagt, dass ich es mir noch überlegen werde.«

Sie drehte sich wieder zu mir um, das Schwert der Gerechtigkeit erneut vor meiner Nase schwenkend. »Du bist Arzt und du hast Zeit. Du kannst helfen. Stattdessen vergeudest du deine Zeit auf dem Wasser und auf ungewaschenen Weibern.«

»Moment, das stimmt so nicht. Ich stelle die immer zuvor unter die Dusche, ehe ich …«

Yoani bewegte blitzschnell ihre Hand und schnitt mir das Wort sprichwörtlich ab. Das Messer roch nach frischen Zwiebeln. »Kein Wort mehr! Nimm dir lieber ein Beispiel an Jesús!«

»Der hat seinen Job kurz nach der Ausbildung auch hingeschmissen, wenn ich recht informiert bin, und ist pilgernd und bettelnd durch's Gelobte Land gezogen mit noch so ein paar abgerissenen, arbeitslosen Typen.«

»Du weißt genau, welchen Jesús ich meine! Der hat einen anständigen Beruf und hilft trotzdem beim *Padre* in seiner freien Zeit.«

Natürlich wusste ich, dass sie Jesús Domenico Nuria, unseren politisch überaus korrekten Vorbildpolizisten mit maximaler Pigmentierung, meinte. Jesús machte seinem Vornamen alle Ehre und war der allerguteste Gutmensch, der mir je über den Weg gelaufen war. Wahrscheinlich weil ich in seinen vielbeschäftigten Augen, die stets hinter einer verspiegelten Pilotenbrille verborgen waren, ein arbeitsscheuer Nichtsnutz war, verachtete mich Jesús und bedachte mich mit Strafzetteln, wann immer sich eine Gelegenheit dazu bot.

»Hat dir schon mal jemand gesagt, dass du niedlich bist, wenn du dich aufregst?« Ich grinste meine Haushälterin verbindlich an.

»¡*Madre de Dios*!« Yoani wandte sich wieder dem Gemüse zu. Die rote Paprikaschote war mittlerweile eher Paste als Stückchen. »Diesem Mann ist nichts heilig. Ich kündige!«

»Ist gut. Wann gehst du?«

»Ich mache noch dieses Essen fertig, dann bin ich fort. Für immer.«

Es verging kaum eine Woche, in der Yoani mir nicht aus den unterschiedlichsten Gründen den Dienst quittierte oder ich sie rauswarf. Ich stellte meine Tasse in die Spüle und mich unter die Dusche. In frischen Shorts und T-Shirt fragte ich Yoani, die das Gemüse anbriet, ob sie etwas aus dem Dorf brauche.

»Streichhölzer und Toilettenpapier und kauf dir etwas Verstand bei Hernando.«

»Weil es so was in Costa Rica gibt«, meinte ich.

Im Hinausgehen hörte ich die Antwort meiner gottesfürchtigen Hexenköchin: »Für Frauen schon immer!«


ICH STELLTE MEINEN JEEP gegenüber dem Supermarkt ab. Der Besucherstuhl neben Mama Mira war von Alvarez, dem Taxifahrer, besetzt, der ein Sandwich aß und ein *Imperial* dazu trank. Mama Mira unterhielt sich mit ihm in ihrem schwer verständlichen spanischen Singsang und lutschte Butterkekse. Ich grüßte beide und betrat den Laden. Bei den gekühlten Getränken stand die blonde Schnecke von gestern Abend, die selbst der katholische Geistliche unter *sinnlich* verbucht hatte. Die Deutsche hatte ihren Rucksack neben sich stehen und holte eine Flasche *Ice Tea* aus einem der Kühlschränke mit den von innen beschlagenen Scheiben.

»Geht es weiter?«, fragte ich ins Blaue hinein, nahm mir ebenfalls einen *Ice Tea*, obwohl ich den eigentlich nicht mochte, und lächelte mein Mörderlächeln, wie es Ricky immer bezeichnet hatte. Meine Frau hätte mich umgebracht, wüsste sie, wofür ich mein Lächeln, das sie so schön gefunden hatte, jetzt permanent missbrauchte.

»Oh, du bist auch Deutscher?« Die Worte perlten aus dem hübschen Mund mit den winzigen Zähnen, dafür sah man viel rosa Zahnfleisch.

»Schlimmer noch, Schwabe.«

»Das hört man gar nicht.«

»Nur, wenn ich erregt bin.«

Sie grinste frech: »Na, dann werde ich schauen, ob ich das nicht mal zu hören bekomme.«

Ich fühlte ein vertrautes Ziehen im Unterleib. Mir fiel ein, dass ich dringend Verhüterli brauchte. In Hernandos Laden traute ich mich nicht, welche zu kaufen. Yoanis Spitzel waren überall und Kondome waren Teufelswerk, bis irgendein Papst sich endlich mal erbarmen würde, die nützlichen Gummitütchen zu legalisieren.

»Eigentlich wollte ich noch ein paar Tage bleiben, aber ich hab mich mit den blöden US-Tussis im Dorm nicht verstanden.«

Herrlich, eine Zicke, sehr schön. Die waren mir die Liebsten, weil selten langweilig.

»Wie wär's mit einem Einzelzimmer mit Bad?«

»Wär schon geil, kann ich mir aber nicht leisten.«

»Sag doch so was nicht. Ich wüsste ein Einzelzimmer für sieben Dollar die Nacht.« Meine Preise variierten je nach sexueller Bedürftigkeit des Herbergsvaters und Attraktivität des Übernachtungsgastes.

»Das geht ja tatsächlich. Wo ist das?«

»Bei mir.«


EINE HALBE STUNDE später traf ich mit Streichhölzern, Klopapier, frischem Obst, einer Flasche *Ice Tea* und Ilka Breitner, dreiundzwanzig Jahre jung, wasserstoffblond und langbeinig, in meinem Domizil ein. Yoani war noch anwesend, also parkte ich Ilka im Gästezimmer und lieferte brav meine Einkäufe ab. Meine Haushälterin wirbelte im Wohnzimmer mit dem Besen herum, der ihr verdächtig gut stand. Mal sehen, wann sie damit abhob. Ich musste nicht lange warten.

»Sieht so Verstand aus? He?«, tropfte es giftig aus der kleinen Frau.

»Nee, Verstand war aus. Habe mich für Brust und Beine entschieden.«

»*¡Idiota!* Ist die wenigstens schon achtzehn?«

»Die sind alle immer schon achtzehn.«

»Es wird Zeit, dass du endlich eine gescheite Frau findest, im passenden Alter. Sonst kündige ich!«

»Hast du nicht vorhin bereits gekündigt?« Ich nahm einen Löffel aus der Schublade und probierte von dem scharfen Hackfleisch mit Gemüse und Reis, das auf dem Herd stand.

»Doch, habe ich.«

»Was machst du dann noch hier?«

»Ist das Essen fertig oder nicht?«

»Schmeckt schon ziemlich perfekt«, murmelte ich kauend.

»Ah, du hast weder von Frauen noch von Essen eine Ahnung.«

Ich machte mir einen Teller voll und aß am Tisch, bis Yoani ihre Sachen gepackt und sich verabschiedet hatte, und legte mich für ein halbes Stündchen aufs Ohr, meinen Hangover auskurieren.


ILKA SASS, als ich nach dem Aufwachen gewohnheitsmäßig vom Patio aus die Wellen beobachtete, in meiner Hängematte. Wenn sich eine Anschaffung in diesem Haushalt gelohnt hatte, dann die vierzig Dollar für die große, geknüpfte Hängematte. Sie war eine wirkungsvolle Frauenfalle. Früher oder später lagen sie alle freiwillig darin. Ich musste sie nur noch ein wenig einwickeln, ehe ich an ihnen knabbern durfte.

Ich ging mit zwei eisgekühlten Bier zu Ilka und drückte ihr eine Dose in die Hand. Noch ehe ich fragen konnte, ob ich mich zu ihr legen durfte, machte sie bereitwillig Platz an ihrer Seite. Das Schöne an einer Hängematte war, man konnte unmöglich zu zweit darin liegen, ohne Körperkontakt zu haben. So kam der attraktive, verwitwete Mediziner im Vorruhestand recht schnell und unkompliziert zu seiner wöchentlichen Portion Geschlechtsverkehr mit Aussicht auf Fortsetzung.

Ilka war aus Wuppertal und wollte später was mit Medien

machen. Das wollten fast alle, die nicht Krankenschwestern waren, und selbst die hätten viel lieber was mit Medien gemacht. Sie aß kaum etwas, trank nur wenig und lag meist mit ihrem Smartphone in der Hängematte, nutzte mein WLAN und wollte zweimal am Tag pimpern.

Ilka redete insgesamt nur wenig und sparte dabei noch an Worten, aber unsere seltenen Dialoge hatten satirisches Potenzial.

Ilka: »Kann ich noch 'n Bier?«

Ich: »In dem Satz fehlt ein Verb.«

Ilka: »Bitteeeee!«

Ich: »Bitte ist eine Partikel.«

Ilka: »Orrrrr! Du Assi!«

Wenn sie in ganzen Sätzen sprach, waren diese kurz und prägnant und wurden gerne recycelt: »Laber nicht! Laberst du? Du laberst!«

Ilka erinnerte mich nackt an *Malibu Barbie,* mit der mich meine zehn Jahre ältere Cousine immer spielen ließ. Ina war aus ihrer Barbiesammlung zwar herausgewachsen, aber die Anziehpuppen saßen in ihren besten Klamotten in der Kombination aus Bett und Schrankwand in Inas Jugendzimmer aufgereiht. Meine Eltern betrachteten meine Begeisterung für die Mattel-Puppen und ihre Accessoires so lange mit Argwohn, bis Klein-Benny sich sehr nachhaltig für die Mädels der Serienhelden zu interessieren begann. Also Erika Eleniak statt David Hasselhoff und Heather Thomas statt Lee Majors.

Kurzum, Ilka hätte sehr lange bleiben können, hätte sie am vierten Tag nicht gegen das Gebot verstoßen: *Du sollst nicht splitterfasernackt herumlaufen im Hause des Herrn, wenn seine Haushälterin anwesend ist!*

Yoani schrie wie ein Indianer auf Kriegspfad, als ihr Ilka im Wohnzimmer, am ganzen Körper frisch rasiert, ungeniert über den Weg lief. »*¡Ey, ey, ey! ¡Madre de Dios!* Ben!«

Ich eilte mit einem Bettlaken ins Wohnzimmer, hüllte Ilkas haarlosen Körper darin ein und fuhr sie eine halbe Stunde später zum Laden in den Ort. Ich konnte mir nicht leisten, Yoani wegen einer Exhibitionistin zu verlieren. Ilka fühlte sich verarscht, weil ich wegen der *blöden Alten* so ein Theater machte. Ich hatte keine Lust zu diskutieren und machte mich schnellstmöglich auf den Rückweg. Im Gepäck die Lieblingsleckerli meiner Perle, Oreos mit weißem Überzug.

Meine bestechliche Haushälterin nahm das Versöhnungsgeschenk gütig an und verkündete kauend, mit dem Ausdruck einer Operndiva, die man gezwungen hat, mit dem Hausmeister als Dirigenten zu proben: »Ich kündige. Endgültig! Dieser Haushalt ist von Grund auf verdorben und entweiht! So kann ich nicht arbeiten.«

»Dann bestell den Pfarrer oder Dorfschamanen oder wen auch immer.« Mir kam die berühmte Szene aus *Der Exorzist* in den Sinn.

Yoanis Augen verengten sich hinter der Laserbrille zu Schlitzen: »Ich bleibe unter einer Bedingung.«

Ich seufzte: »Die wäre?«

»Wenn du endlich Gutes tust!«

»Gut, ich opfere deiner Muttergottes oder einer anderen Heiligen deiner Wahl eine Schüssel Reis mit Bohnen – von mir aus können wir auch ein Huhn schlachten.«

Ich hatte mir gleich nach dem Einzug ein paar Hühner samt potentem Hahn zugelegt, um immer im Genuss frischer Eier zu sein und bei Gelegenheit ein biologisch aufgezogenes, glückliches Huhn verspeisen zu können. Aber diese unberechenbaren Mistviecher legten ihre Eier an für mich unauffindlichen Stellen. Irgendwann stolzierten die dämlichen Hühner mit ihrem frisch geschlüpften Nachwuchs, der in den ersten Tagen immer aussah wie flauschige, laufende Eier, an meiner Nase vorbei. Sie grinsten höhnisch in der absoluten Gewissheit, dass ich ihnen keine Feder krümmen konnte.

»Rede nicht immer solchen Blödsinn! Du gehst zur Mission nach Limón und hilfst denen!«

»Niemals.«

»54 000 Colones.«

»Wofür das denn?«

»Das ist mein Restlohn für diesen Monat.«

»Wenn ich mich nicht irre, kommt man für Erpressung auch in die Hölle«, erwiderte ich und verzog mich mit einem Buch in meine Hängematte, bis Gottes Stellvertreterin in meinem Haushalt Feierabend hatte.

# PERSONAL & PATIENTEN

NOTGEDRUNGEN FUHR ICH am übernächsten Tag nach Puerto Limón, in dessen beiden Häfen die gesamte Bananen- und Ananasernte des Umlandes in Containern nach überallhin verschifft wurde. Limón war ein ziemlich heruntergekommener Ort mit über sechzigtausend Einwohnern und einer ähnlich hohen Mordrate wie der Ballungsraum San José mit seiner Population von fast anderthalb Millionen Menschen.

Gesellschaftlich war Limón ein multikultureller Schmelztiegel aus den Nachfahren der italienisch-, chinesisch- und karibikstämmigen Arbeiter, die im späten neunzehnten Jahrhundert die Eisenbahnstrecke von San José nach Puerto Limón gebaut hatten. Der Bevölkerungsanteil mit afrokaribischen Wurzeln war dank einer Reisebeschränkung, die dieser Gruppe bis Mitte des letzten Jahrhunderts auferlegt worden war, sehr hoch. Auch nach Aufhebung des Reiseverbots durch die Regierung blieben sie in Puerto Limón und Umgebung. Sie sprechen zum Teil immer noch Mekatelyu, ein verkorkstes, karibisches Englisch, kochen kreolisch und pflegen ihre eigene Auslegung des katholischen Glaubens, angereichert durch jede Menge Hexenzauber und Voodookult.

Bei der Gelegenheit konnte ich in Limón meinen Vorrat

an Kondomen auffrischen, volle Gasflaschen für Herd und Grill besorgen sowie Hundefutter und andere Dinge kaufen, die in den hiesigen Niederlassungen nordamerikanischer Supermarktketten wesentlich billiger waren als in Hernandos kleinem *Supermercado*.

Die Missionsstation lag am Rande eines Barrios, das nicht unbedingt durch Luxusimmobilien glänzte, und bestand aus drei unterschiedlich großen, zweckmäßigen Flachdachbauten. Der gesamte Gebäudekomplex war von einem hohen Maschendrahtzaun umgeben, der von Stacheldraht gekrönt war. Schöne neue Welt, in der man Kindertagesstätten und Gotteshäuser vor Einbrechern schützen musste. In der Nachbarschaft verbrannte jemand Müll. Ich sah hinter den Häusern eine dunkle Rauchwolke aufsteigen und es roch nach kokelndem Gummi. Der übliche Wachhund döste im Schatten eines Jacarandabaumes und schien freizuhaben. Auf jeden Fall schlug er nicht an, sondern blinzelte nur kurz, als ich meinen Jeep parkte.

Das einstöckige Gebäude des Health Posts lag gleich neben dem Eingang. Gegenüber befand sich der zweistöckige Kinderhort, dessen Front mit bunten, großflächigen Wandgemälden verziert war. Beim Betreten des Gebäudes schlug mir sofort der altbekannte Geruch von Desinfektionsmitteln entgegen. An der einen Wand eines langen, breiten Flurs saß eine Reihe Patienten auf schlichten Holzbänken und wartete. Auf der anderen Seite erstreckte sich eine weiße Resopaltheke, hinter der eine Frau mittleren Alters saß, die zu mir hochsah.

»*¡Buenos Días!*«, begrüßte sie mich freundlich und fragte, wie sie mir helfen könne. Ihre Brille rutschte ständig auf der glänzenden Nase nach vorne und wurde ebenso oft mit dem Zeigefinger wieder zurückgeschoben. Auf dem Namensschild stand Rosa Sánchez León.

Ich grüßte zurück, nannte meinen Vornamen, den ich in Costa Rica von Benny auf Ben verkürzt hatte. Mein Nachname war für die hiesige Bevölkerung mit seinem Umlaut und dem *Sch* eine Zumutung. Ich fragte nach *Padre* Frieso. Der Geistliche musste telefonisch herzitiert werden, was einige Zeit in Anspruch nahm. Ich sah mir solange die wartenden Patienten an. Hauptsächlich Frauen mit Kindern unter zehn und zwei ältere Männer. Eine der jungen Mütter schien mit Übelkeit und Krämpfen zu kämpfen zu haben und wand sich auf ihrem Stuhl. Ein paar Kinder saßen malend an einem Tisch. Eine andere Frau wartete mit schlafendem Säugling auf dem Schoß in einer Ecke. Sie hatte eine frische Platzwunde über dem rechten Wangenknochen und ein älteres Hämatom unter dem linken Auge. Die Verletzte lächelte mir verzagt zu, als sie meinen Blick bemerkte.

In einer Ecke fegte ein sonnengegerbter *Tico* in grünem Arbeitsoverall und einem roten Che-Guevara-T-Shirt, das bestimmt schon bessere Zeiten gesehen hatte, den Boden. Der kleine, drahtige Mann hatte eine glimmende, filterlose Kippe zwischen den Lippen hängen, an der er zwischendurch zog. Wie es aussah, störte sich niemand daran, dass im Health Post geraucht wurde. Sein Alter war, wie das der gesamten Landbevölkerung, sehr schwer einzuschätzen. Die harte Arbeit in den Plantagen, ungesunde Ernährung und der übermäßige Alkohol- und Tabakkonsum ließ die Menschen vorzeitig altern. Er sah kurz zu mir herüber, schenkte mir ein Lächeln, das einige Zahnlücken freigab, und widmete sich anschließend wieder seiner Arbeit. So typisch für Costa Rica: einander zulächeln und grüßen, statt sich schweigend anzustarren. *Pura vida.*

Frieso kam freudestrahlend auf mich zu, das Haifischgebiss deutlich sichtbar. Er stellte mich Rosa und allen wartenden Patienten als zukünftigen Hoffnungsträger des Health Posts vor, was allseits mit fröhlichem Gejohle und Applaus begrüßt wurde. Ich fühlte mich mal wieder von dem klerikalen Schlitzohr mit Kreuz um den Hals überrumpelt.

Anschließend führte Frieso mich durch die überschaubaren Räumlichkeiten. Im Grunde war alles vorhanden, was man brauchte, um eine Allgemein- beziehungsweise Notfallambulanz zu betreiben und kleinere Operationen vorzunehmen. Ein Raum war für gynäkologische Untersuchungen und Geburten eingerichtet. Das Ultraschall- sowie das Röntgengerät waren zwar vorsintflutlich, aber laut Frieso ständig im Einsatz. Es gab ein winziges Labor mit einem mager gefüllten Apothekenschrank. Was fehlte, war Personal. Außer der Frau am Empfang und dem besenschwingenden Faktotum hatte ich niemand Weiteres sehen können. Meine Frage, wer denn die wartenden Patienten versorge, brachte den Seelenhirten das erste Mal seit Beginn unseres Rundgangs zum Schweigen.

Der Missionsleiter verschränkte die Hände auf dem Rücken und wippte auf den Fußballen. »Das ist unser größtes Problem. Rosa ist ausgebildete Krankenschwester und macht alles, was so anfällt. Was wir nicht stemmen können, schicken wir ins Hospital. Montags ist eine Gynäkologin ein paar Stunden hier. An den Vormittagen übernimmt ein Chirurg aus den USA, der in Cahuita wohnt, die Allgemeinversorgung. Der wäre bereit, auch kleinere Eingriffe zu machen, wenn wir denn einen Anästhesisten hätten.«

»Ja, wäre schon gut, wenn man das könnte«, erwiderte ich.

»Ich habe dich gegoogelt, mein Sohn.«

»Upps, na dann.«

»Willkommen im Team des Herrn!«, sagte der holländische Riese mit dem teuflischen Haifischgrinsen.

»Ihr Gottesanbeter arbeitet aber auch mit allen Mitteln«, meinte ich.

»Gott war der Erste, der drahtlos Nachrichten übermittelte. *Es werde Licht!* war praktisch der erste Tweet.«

»Aha, aha!«

»Immerhin zwei Milliarden Follower und seit über zweitausend Jahren in der *Timeline*.«

»Frieso?«

»Ja, mein Sohn?«

»Du meinst doch das alles nicht ernst, was du so von dir gibst?«

»Und wenn?«

»Hätte ich dir einen guten Psychiater im Netz gesucht.«

Frieso zwinkerte mir zu, führte mich weiter durch die Station und zeigte mir den kleinen OP. Rosa nähte der jungen Mutter die Platzwunde am Wangenknochen.

Frieso und ich hatten unsere Unterhaltung auf Spanisch geführt, jetzt wechselte er unvermittelt ins Englische. »Das ist Señora Trochez. Sie fällt extrem oft die Treppe herunter oder stößt sich wo an.«

»*Shit happens*«, erwiderte ich.

Frieso betrachtete mich eindringlich und meinte: »Das Problem ist, sie wohnt in einem einstöckigen Haus.«

»Aha, aha.«

»Es gibt in dieser Gegend kaum zweistöckige Häuser, schon gar nicht auf dem Land, aber unglaublich viele Frauen, die Treppen hinunterfallen.«

»Dagegen kann man nichts tun?«

»Darüber denke ich schon die ganze Zeit nach, die ich hier bin. Aber ohne Ergebnis.«

»Was ist mit unserem Vorzeigepolizisten? Kann der nicht Abhilfe schaffen?«

»Ich habe festgestellt, wenn ich den schicke, stürzen die Frauen noch öfter. Deshalb habe ich es nach wenigen Versuchen gelassen. Es gehört wohl zum guten Ton, seine Frau im Suff zu verprügeln. Sonst gilt man nicht als richtiger Mann.« Frieso zuckte mit den Achseln und führte mich weiter durch die Räume.

Als ich den Health Post verließ, hatte sich über dem Atlantik eine massive Wolkenfront formiert, die nichts Gutes verhieß. Noch ehe ich im Auto saß, entlud sich ein schweres tropisches Gewitter. Der rudimentäre Scheibenwischer meines Jeeps schaffte die Sturzbäche, die über die Scheibe liefen, gerade so, und ich fuhr halb blind zurück nach Hause.

# Silikon & Sonnenstrahlen

Einen Tag vor Heiligabend fuhr ich spontan mit Jérôme quer übers Land an die Pazifikküste. Die Wellenvorhersage für das Wochenende für Playa Hermosa war traumhaft. Normalerweise reiste ich den Wellen nicht hinterher. Die Vorhersagen las nicht nur ich, sondern der Rest der Surfergemeinde ebenso. Die Gleichung war: *Gute Wellenvorhersage gleich überfüllte Strände.* Aber ich wollte Weihnachten entfliehen und dachte, das ginge am besten im Umfeld von Surfbegeisterten, denen die Feiertage egal waren, wenn das perfekte Wellenset auftauchte.

Wir mieteten uns in einer Surflodge direkt am Strand ein. Jérôme wollte aus Kostengründen ein Doppelzimmer mit mir teilen, was bei ihm bedeutete, ich würde den Komplettpreis zahlen und er das Zimmer umsonst mitbenutzen. Ich wollte aus unterleibstechnischen Gründen ein Zimmer für mich alleine. Daraufhin verkündete meine sparsame Reisebegleitung, er brauche kein eigenes Zimmer, er würde schon jemanden finden, der ihn bei sich schlafen ließe. Seine Tasche stellte er trotzdem bei mir ab und benutzte *mal eben* mein Bad.

Nachdem wir eingecheckt hatten, machten wir unsere Boards fertig und rannten barfuß zum Strand. Ich war aufgewachsen mit *Baywatch* und hatte immer gedacht, Hasselhoff und Co. waren deshalb ständig gerannt, weil sie Leben retten mussten und jede Sekunde zählte. Mittlerweile wusste ich, dass man ab einer bestimmten Uhrzeit über die heißen Strände nur noch rennen konnte, weil man sich sonst die Fußsohlen verbrannte. Wieder eine Illusion aus der Kindheit durch Lebenserfahrung zerstört. Die Wellen waren gigantisch und draußen mussten ein paar richtige Surfcracks sein, wenn man nach den Fotografen mit Teleobjektiven am Strand gehen konnte. Es war sogar ein ferngesteuerter Modellhubschrauber mit Kamera unterwegs. *Tubes* waren an der Tagesordnung und selbst ich hatte es geschafft, zweimal in einer zu reiten.

Nachdem die Sonne spektakulär im Pazifik verschwunden war und die Zikaden ihr Konzert angefangen hatten, landeten wir auf einer wilden Poolparty im benachbarten Hotel. Wir schlossen uns drei offenherzigen Brasilianerinnen an, von denen ich zwei auf mein Zimmer mitnahm. Die dritte ließ Jérôme bei sich nächtigen. Die Mädels trugen Bikinis, deren Gesamtstoff maximal ein Geschirrhandtuch ergeben würde. Ihre künstlich prallen Brüste fühlten sich merkwürdig an, aber wenn die beiden gegenseitig daran herumspielten, hatte das seinen eigenen Reiz. Meine Performance auf dem Brett litt unter der ungewohnten Doppelbelastung, weil meine Beinmuskulatur dann doch etwas in Mitleidenschaft gezogen wurde. Dafür war die Leistung im Bett überirdisch. Ich war stolz auf *Chico* und mich.

Maria und Alessandra gaben am Sonntagabend ihre Abschiedsvorstellung, nachdem wir in einer Bar ziemlich viele Cocktails gekippt und zu monotonen Salsatiteln die Hüften verrenkt hatten. Das heißt, die Mädels tanzten – ich diente als Pole-Dance-Stange und musste mich kaum bewegen. Als ich gegen Morgen aufwachte, lag die mit dem Leberfleck auf der linken Hüfte mit dem Kopf in meinem Schoß und die ohne Leberfleck, dafür mit Schmetterlingstattoo über der linken Arschbacke, klebte an meinem Rücken. Ich löste mich vorsichtig und ging zur Toilette. Auf dem Rückweg checkte ich mein Handy.

20:18 Nachricht von Joey
Miss you, Buddy! Where are you?

Meine Mutter klagte in einer längeren Nachricht, dass das Geschäft schlecht ginge und ihr schlaflose Nächte bereite. Eine weitere Nachricht war von Raya, die ich in meinen Kontakten ganz poetisch unter *Sonnenstrahl* gespeichert hatte.

Sonnenstrahlen hatten mir als Kind schon viel bedeutet, weil Frederick, die Feldmaus aus einem meiner Lieblingskinderbücher von Leo Lionni, eben diese für kalte Wintertage sammelte. Auf die Frage, warum ich mein Zimmer nicht aufgeräumt habe, hatte ich meiner Mutter erklärt, dass das Wetter zu schön sei, um aufzuräumen, und ich lieber wie Frederick Sonnenstrahlen einfangen wolle.

Dass eine Frau in meinem neuen Leben aufgetaucht war, deren Vorname *Sonnenstrahl* bedeutete, nahm ich als Zeichen.

21:12 Nachricht von Raya
Ben, bist du in der Nähe? Ich stehe vor deinem Haus!

Raya hatte mir noch nie zuvor geschrieben. Vor allem nicht an einem Sonntagabend, wo sie hätte davon ausgehen müssen, dass ich mit ihrem Mann in Shanes Pub saß und mich betrank.

Ich sah auf die Uhr. Verflucht, das war jetzt über zwölf Stunden her. Ich antwortete:

08:12 Nachricht an Sonnenstrahl
Hi, ich bin an der Pazifikküste. Kurzer Surftrip. Sorry, dass ich nicht da war. Was gibt es?

Raya meldete sich auf meine Nachricht nicht mehr. Am Abend fragte ich bei Joey nach, ob Rainer beim Stammtisch gewesen wäre.

18:13 Nachricht von Joey
Yes, er kam gegen halb acht. War völlig angepisst. Hat viel getrunken und kaum gesprochen. Hast nix verpasst!

MEIN ERSTES WEIHNACHTEN und Silvester ohne Ricky hatte ich mit unserem Kater alleine auf dem Sofa in Stuttgart verbracht. Ich hatte Clapton an allen Feiertagen mit seiner Leibspeise, roher Barbarie-Entenbrust, gefüttert. Mir selbst hatte ich die teuersten Flaschen Rotwein, die ich im Keller gefunden hatte, gegönnt. Dafür beschied ich mich beim Essen mit diversen Tüten gesalzener Kartoffelchips und diesen asiatischen Instant-Nudelgerichten für dreißig Cent, die man nur mit heißem Wasser überbrühen musste. Ich wollte nicht, dass die Feiertage, außer für Clapton, der es verdient hatte, dass man ihn verwöhnte, etwas Feierliches an sich hatten. Ich ging nicht ans Telefon und beantwortete keine albernen »Happy Holidays«- und »Frohes neues Jahr«-Nachrichten, sondern igelte mich völlig ein, bis sich am Neujahrsmorgen mein Bruder Björn samt seiner Freundin mit dem Schlüssel, den sie von meiner Putzfrau geholt hatten, Eintritt verschafften und zwei Tage bei mir blieben. Björn spielte *Game of Thrones* auf meiner Playstation, während ich mit Tanja irrwitzige Pastasoßen- und Nachtischkreationen in der Küche entwickelte.

Das zweite Weihnachten als Witwer verbrachte ich mit zwei megascharfen Brasilianerinnen an einem wunderschönen Strand und Silvester mit meinen neuen Freunden in Shanes Pub.

Das Leben ging definitiv weiter, und nachdem Plan A so

grandios gescheitert war, versuchte ich die nächsten Buchstaben des Alphabets.

RAYA JOGGTE ZWEI-, DREIMAL die Woche frühmorgens am Strand. Ich saß dann meist schon draußen auf meinem Brett und wartete die ideale Welle ab. Auch heute hatte sie ihr langes, dunkelbraunes Haar zu einem Pferdeschwanz gebunden. Sie trug Shorts, ein ärmelloses T-Shirt sowie Laufschuhe. Der Pferdeschwanz wippte im Takt ihrer Schritte. Raya war ein sportlicher Typ und auch wenn sie sich aufbrezelte, war sie für hiesige Verhältnisse eher under- als overdressed. Die einheimische Damenwelt zeigte gerne, was sie hatte, und scheute nicht davor zurück, mit allen Mitteln etwas zum Zeigen zu bekommen. Der neueste Trend waren grotesk aufgepolsterte Hintern, passend zu den nagelneuen Doppel-D-Brüsten. Die sportliche Bolivianerin hatte das mit ihrer Figur und dem fast perfekten Gesicht nicht nötig. Sie war bildhübsch und wusste es. Sie winkte mir beim Vorbeilaufen kurz zu. Ich winkte ebenfalls und paddelte an Land, als ich sah, dass Raya bei ihrem üblichen Wendepunkt, der entwurzelten Kokospalme, umdrehte.

Wir trafen uns an der Wasserlinie und mein Herz schlug wie verrückt, als Raya keuchend vor mir stand, die braun gebrannte Haut mit einer dünnen Schweißschicht überzogen.

Sie sprach zuerst: »¡Hola, Ben! ¿Qué tal?«

»Danke, mir geht es ganz gut. Und dir?«

Die Frau meiner Träume zögerte einen Moment, ehe sie lächelnd antwortete: »Ja, auch ganz gut.«

»Das mit Sonntag neulich tut mir leid.«

»Muss es nicht, das war nur so eine spontane Idee von mir. Ich war laufen und dachte, ich könnte dich besuchen. Wo wir doch schon so lange Nachbarn sind.«

»Schade, dann schau doch ein anderes Mal herein, würde

mich freuen.«

»Ja, gerne, wenn's mal wieder passt.«

Ich setzte alles auf eine Karte: »Jetzt würde es passen. Lust auf eine Tasse Kaffee?«

Die Antwort kam umgehend: »Warum nicht?«

Ich war aufgeregt, als Raya mein Haus betrat. Ich hatte Herzklopfen und schweißnasse Hände – das war ich nicht mehr gewohnt von mir.

Sie sah sich neugierig um, als ich uns zwei Cappuccino machte. »Du wohnst schön, sehr schön. Für einen Mann.«

»Danke, ich habe mir auch viel Mühe gegeben mit der Einrichtung. Obwohl ich ein Mann bin.«

Raya lachte und nahm die Tasse aus meiner Hand. Es war mir unglaublich wichtig, dass sie sich bei mir wohlfühlte. Wir setzten uns auf die Couch und tranken den Kaffee. Ich beobachtete über den Tassenrand hinweg, wie sie mit kleinen Schlucken, die Augen niedergeschlagen, trank, als bedürfe es ihrer vollen Aufmerksamkeit, dies zu tun. Raya sah hoch und unsere Blicke trafen sich. Sie lächelte und biss sich auf die Unterlippe. Ihr linker oberer Schneidezahn war an einer Ecke ein winziges Stück abgesplittert. Ein perfekter Fehler in dem ansonsten makellosen Gesicht mit den hohen, flachen Wangenknochen, an denen sicher ein bolivianischer Ureinwohner beteiligt gewesen war.

Ich stellte meine Tasse ab: »Was war los, Sonntagabend?« Wenn ich eines aus dem frühen Ableben meiner Frau gelernt hatte, war es, keine Zeit mehr im Leben zu verlieren. Jede Sekunde konnte die allerletzte sein.

Raya senkte den Blick und stellte ihren Kaffee ebenfalls auf den Tisch. Ich sah, wie zwei dicke Tränen über ihre Wangen kullerten und auf ihren nackten Schenkeln landeten. Ich schluckte und sie sah mich mit tränenfeuchten Augen an. Ich nahm sie tröstend in die Arme. Ihr Haar roch nach Sonne und der salzigen Meerluft.

Nach wenigen Minuten hörte sie auf zu weinen, stand abrupt auf und meinte: »Es tut mir leid, Ben. Ich hätte mich nicht so gehen lassen dürfen.«

»Ist schon in Ordnung. Wenn ich dir helfen kann, lass es mich wissen.«

Raya sah mich an. Sie war im Stehen nur wenig größer als ich im Sitzen. Ihre Wimpern waren von Tränen feucht. Sie schniefte leise. Mein Herz schmerzte bei ihrem Anblick. Sie küsste mich leicht auf die Wange, wobei sie meinen Kopf ganz sanft in beide Hände nahm. Ich lächelte gequält vor unterdrücktem Verlangen, das mehr seelischer als körperlicher Natur war. Dann ging meine Besucherin durch die Patiotür hinaus. Ich stand auf und sah ihr nach, bis sie aus meinem Blickfeld verschwunden war.

Es war an der Zeit, meine verstorbene Frau zurate zu ziehen. Ich blickte in den Himmel, wo Ricky sich mit Sicherheit eine zweistöckige, geräumige Wolke gemütlich eingerichtet hatte. Mein Dekohäschen, wie ich sie liebevoll betitelt hatte, würde niemals auf einer Wolke ohne Sofakissen, Windlichter und Kuscheldecke hausen. Von ihr stammte die These, dass Gott eine Frau sein müsse. Ein Mann hätte den Himmel niemals mit so vielen kleinen Sternen verziert, dem hätten Sonne und Mond gereicht. Die Göttin zündet jeden Abend ihre Millionen Teelichter an und pustet sie morgens aus, hatte Ricky eines schönen Sommerabends mit relativ viel Prosecco im Blut verkündet und weiter philosophiert, dass der Göttin deswegen das Geschick der Erde etwas aus dem Griff geraten war.

»Die hat doch sonst für nichts mehr Zeit, Hase!«, hatte meine beschwipste Gattin genuschelt.

»Gib mir mal ein Zeichen, Priscilla, Baby. Dein Elvis ist ratlos.«

Ich suchte den Horizont nach einer ungewöhnlichen

Erscheinung ab. Der Himmel war wolkenlos und wie blank geputzt. Das karibische Meer brach sich in weißer Gischt, und weit und breit war nichts Ungewöhnliches zu sehen. Die Göttin schlief anscheinend – müde vom Auspusten am frühen Morgen.

Ich räumte die Tassen weg und brachte sie in die Küche. Auf dem Fliesenboden vor dem Waschbecken saß regungslos ein winziger schwarzer Skorpion. Rickys Sternzeichen. Mich überfiel urplötzlich ein heftiger Weinkrampf und ich setzte mich neben das Tier: »Ich brauch wieder jemanden für mich, Ricky. Ich halt das nicht mehr aus, so ganz alleine. Du bist schon so lange weg.« Ich schluchzte leise. Gwen kam aus dem Schlafzimmer getrottet, wo sie gerne schlief, weil es dort kühler war als im Rest des Hauses, und legte sich neben mich. Ich kraulte meine Hündin zwischen den Ohren, gab ihr etwas Futter und ging eine Runde surfen – meine einzige Möglichkeit, dem Himmel nahe zu sein.

Als ich zurückkam, war der Skorpion verschwunden.

# ANÄSTHESIE & ANARCHIE

ZWEI WOCHEN NACH meinem Besuch im Health Post hatte ich meinen ersten Arbeitstag. Ich kam eine Stunde vor Beginn der offiziellen Sprechstunde, trotzdem saßen schon zwei Patienten geduldig wartend auf den Bänken. Rosa begrüßte mich mit einer Tasse Kaffee und selbst gebackenen Keksen, die entfernt nach Kokosnuss schmeckten und staubtrocken waren. Pater Frieso sei verhindert, weil er zu einer letzten Ölung im Barrio musste und danach einen Termin in der Stadt hatte. Rosa bekreuzigte sich und erklärte mir mit ihrer leisen, aber festen Stimme das System, nach dem die Patienten behandelt wurden, sowie was wie wo und wann erfasst werden musste. Im Vergleich zu dem riesigen zusätzlichen Papierkram in einer deutschen Klinik, in dem, neben dem Patienten selbst, Krankenkassenauflagen, Qualitätssicherung und Verwaltungsvorgaben eine immense Rolle spielten, war es hier ganz einfach. Man behandelte den Patienten, hielt handschriftlich alles in einer Akte fest, Rosa erstellte eine Rechnung, der Patient bezahlte bar oder versprach, alles im Laufe der Zeit abzuzahlen, und ging mit einer Rechnung, die er abstottern musste, nach Hause. Die mit einer Kette am Tresen befestigte Spendendose führte ebenfalls ein stiefmütterliches Dasein – der Schlitz war mit einem feinen Spinnennetz überzogen.

Während Rosa mir die wenigen Formulare, die ich kennen musste, erklärte, lief ein Mann Ende vierzig, der mich in seinem grasgrünen, hautengen Profi-Radlerdress – Rucksack, Sportsonnenbrille und Fahrradhelm – an ein verärgertes Chamäleon mit Marschgepäck erinnerte, grußlos vorbei und verschwand in dem Zimmer am Ende des Flurs, das ich als Kombination von Umkleide und Büro in Erinnerung hatte.

Ehe ich fragen konnte, sagte Rosa, die kurz hochgesehen hatte, als der bis auf seine Kleidung völlig farblose Mann an der Anmeldung vorbeigegangen war: »*Doctor Chandler. Cirujano. Estadounidense.*« Rosa tendierte offensichtlich nicht zu weitschweifigen Erklärungen.

»Aha, aha.« Das war wohl der plastische Chirurg aus den USA, mit dem ich zukünftig zusammenarbeiten würde und den mir Frieso als *kompetent, aber schwierig im Umgang* verkauft hatte.

Nach wenigen Minuten kam mein neuer Kollege, jetzt in grüner Arbeitskluft, die blassen Füße mit viel zu langen Nägeln in Birkenstocksandalen, an den Tresen zurück: »Warren H. Chandler. Ich denke, es macht Sinn, wenn wir die heutige Sprechstunde zusammen abwickeln. Wir können gleich anfangen.«

Noch ehe ich antworten konnte, hatte sich der Arzt die oberste Akte genommen und war mit dem Patienten, der eine Hand in einem blutigen Lappen eingewickelt hatte, in der ersten Behandlungskabine verschwunden.

Ich sah Rosa an, die sich mal wieder die Brille auf der glänzenden Nase zurückschob. »*Loco*«, bemerkte sie und machte ergänzend das internationale Zeichen mit dem rotierenden Zeigefinger an der Schläfe.

Ich stand auf und trottete ebenfalls in den kleineren der beiden Behandlungsräume. Der sechzigjährige Hafenarbeiter hatte sich, als er sein Hausdach reparieren wollte, an einem

Blech einen tiefen Schnitt am Handballen zugezogen. Warren säuberte die Wunde gewissenhaft.

Ich nutzte die Gelegenheit, um mir den Kollegen etwas näher zu betrachten. Ich kannte diesen asketischen Typ Mann mit durchtrainiertem Körper ohne ein einziges Gramm Fett und militärisch kurz geschnittenen Haaren zur Genüge. In Deutschland promovierten solche Typen, wurden Privatdozent, Hals-Nasen-Ohren-Arzt oder Gymnasiallehrer mit der Kombination Biologie und Sport – die ganz Harten nahmen zusätzlich noch Latein. Sie hörten auf Namen wie Ulf Raminski-Schüssler und waren in mindestens einem Verein oder einer politischen Organisation engagiert und Bundeswehrreservisten.

Laut Yoanis Gerüchteküche hatte der US-Amerikaner eine florierende Schönheitsklinik in Florida besessen, ehe er mit einer minderjährigen Patientin in flagranti ertappt worden war, deren Vater zu allem Überfluss ein einflussreicher US-Senator war. Danach wurde die Klinik von den *oberen Zehntausend*, von denen sie bisher sehr gut gelebt hatte, boykottiert und Doktor Chandler hatte die Konsequenzen gezogen.

Der versierte Chirurg vernähte schweigend die Wunde, verpasste dem Patienten eine Tetanusspritze und schickte mich zu Rosa, einen Impfpass ausstellen. Bis kurz nach zwölf hatten wir ohne größeren verbalen Austausch zwanzig weitere Patienten behandelt. Schließlich verabschiedete sich der wortkarge Kollege, weil er pünktlich seine Mahlzeiten einhalten musste. Wozu er sich in das Gemeinschaftsbüro zurückzog und die Tür hinter sich schloss, als würde er dort geheime Riten praktizieren.

Der Wartebereich war immer noch gut besetzt, einige der Patienten hatten ebenfalls ihre Proviantbeutel ausgepackt und verputzten munter die unterschiedlichst riechenden Mitbringsel. Mein Verdauungstrakt, der außer Rosas' trockenen Keksen noch nichts zu tun bekommen hatte, knurrte laut und vernehmlich. Ich hatte mir, als ich aus dem Haus ging, überhaupt

116

keine Gedanken darüber gemacht, was ich später essen sollte.

Die Anmeldung war verwaist. Aus dem kleinen Labor hinter der Anmeldung hörte ich Salsaklänge. Ich spähte durch die offene Tür und sah Rosa und Pablo in der Ecke am Tisch sitzen. Jeder hatte einen Teller Linsen mit Reis und eine Scheibe Brot vor sich und starrte auf einen kleinen Fernseher, der auf dem Kühlschrank stand und Tag und Nacht lief.

»Ben, möchtest du auch mit uns essen? Das ist aus der Küche im Kinderhort, die kochen mittags immer. Sehr gut«, lud mich die Krankenschwester ein. Schon hatte sie ihren Teller abgestellt und schöpfte mir aus dem Topf, der vor ihr stand, großzügig in einen Plastikteller mit Kermit in der Mitte.

Weit gereist und weltoffen probierte ich so ziemlich alles, was mir in den jeweiligen Ländern von den Einheimischen angeboten wurde, und so lehnte ich den orangen Plastikteller nicht ab. Der Hausmeister sah mich mit vollen Backen kauend aufmunternd an und wedelte mit dem Löffel, um mich zum Essen zu animieren. Ich hatte Pablo noch nie ein Wort sprechen hören, wünschte mir aber, dass er nicht ausgerechnet in diesem Moment damit anfangen würde. So gerne ich mich beim Essen unterhielt, so sehr hasste ich es, wenn jemand mit vollem Mund sprach.

Das einfache Linsengericht schmeckte sehr würzig. »*¡Muy bien!*«, lobte ich es.

Rosa erzählte mir nebenbei die kompletten Lebensgeschichten der beiden Köchinnen Julia und Pina aus dem Kinderhort. Pablo nickte ab und an zustimmend. Er hatte die Angewohnheit, sein Brot mit den Backenzähnen abzureißen.

Ich nahm mir noch einen Nachschlag aus dem tomatenroten Emaillekochtopf mit den weißen Punkten, der auf dem Tisch stand, und fragte: »Doktor Chandler ist nicht sehr gesprächig?«

Woraufhin Pablo mit einem Stück Brot in der Hand die

gleiche Bewegung wie Rosa ein paar Stunden zuvor machte. Aha, aha. Der werte Kollege war wohl nicht sonderlich beliebt. Ich beschloss, Öl ins Feuer zu gießen. »Warum isst er alleine und nicht mit uns?«

Rosa war mittlerweile fertig, wischte den Teller mit dem letzten Stück Brot aus und antwortete beim Kauen: »Der isst und trinkt nichts, was andere gemacht haben.«

Pablo keckerte in sein unrasiertes Kinn.

Rosa beugte sich zu mir vor und flüsterte verschwörerisch: »Er hat Angst, dass er vergiftet wird. Er schuldet einem Mafiaboss in den USA viel Geld, das er beim Pokern verloren hat. Deswegen ist er auch auf der Flucht und hat sich hier versteckt. Warren Chandler ist auch nicht sein richtiger Name, den kennt niemand.«

Das war jetzt schon das zweite Gerücht, das ich über unseren Chirurgen gehört hatte. Ich war neugierig, was wirklich hinter dem zackigen Asketen steckte. Pablo sammelte das Geschirr ein und machte sich damit auf den Weg zurück in den Hort.

»Pablo spricht auch nicht gerade viel«, bemerkte ich, als ich mich neben Rosa an die Zentrale setzte, um darauf zu warten, dass der Kollege sein einsames Mahl beendet hatte.

»Pablo spricht nie. Er versteht alles, aber er sagt nichts. Wenn er dir was mitteilen möchte, tippt er es auf seinem Handy und lässt es dich lesen. Man sagt, er sei als Kind vom Baum gefallen und habe sich die Zunge abgebissen. Da er nicht aus der Gegend, sondern aus Puntarenas ist, weiß das niemand so genau.«

Der kleine Health Post hatte nicht viel Personal, aber dafür schien es so ziemlich das Verschrobenste zu sein, was der kleine mittelamerikanische Staat zu bieten hatte. Langsam verstand ich, warum Frieso der Überzeugung war, ich würde prima in das Team passen. Der versoffene, promiskuitive Arzt mit der obskuren Vergangenheit.

Warren stand jetzt hinter uns und nahm sich die nächste Akte, eine Patientin in mittleren Jahren, die eine schwere Bronchitis plagte.

KURZ NACH DREI UHR am Nachmittag hatten wir keine Patienten mehr. Mein Kollege schlug vor, dass wir uns kurz zusammensetzen und besprechen sollten, wie wir weiterhin vorgehen würden. Neben der allgemeinmedizinischen und Notfallbehandlung wollten wir regelmäßig kleinere operative Eingriffe unter Vollnarkose durchführen.

Ich besorgte mir einen Kaffee bei Rosa und nahm gegenüber von Warren an dem kleinen Schreibtisch im Umkleidebüro Platz. Der Chirurg trank etwas Undefinierbares aus einer Edelstahl-Thermoskanne. Die Papiere, Kugelschreiber und Gegenstände auf dem Schreibtisch waren pedantisch in einer Reihe kerzengerade am oberen Rand der Tischplatte ausgerichtet. Ich stellte meine Kaffeetasse ab, rückte den Rezeptblock dafür zur Seite und spielte mit einem Bleistift. Der ärztliche Leiter rückte den Rezeptblock wieder gerade und erklärte mir, wie er sich so die weitere Zusammenarbeit mit mir vorstellte. Man merkte dem Mann an, dass er bereits in leitender Position gearbeitet haben musste. Seine knappen Ansagen im Befehlston waren strukturiert und ließen keinen Widerspruch zu.

Mir stießen die Linsen auf. »Sorry«, entschuldigte ich mich, als mir der Arzt einen Blick zuwarf, als hätte ich ihm frei auf den Schreibtisch gekübelt. »Das Mittagessen war übrigens lecker. Die *Cocineras* haben es echt drauf«, versuchte ich die Stimmung zu lockern.

»Ich esse kein tierisches Eiweiß«, erklärte Warren und brachte den Bleistift, den ich achtlos auf die Schreibtischplatte zurückgelegt hatte, in Ausgangsposition.

Hülsenfrüchte mit Reis enthielten zwar kein tierisches

Eiweiß, aber ich wollte nicht am ersten Tag schon klugschei-
ßern. »Veganer?«

»Ich nehme keinerlei veränderte Nahrungsmittel zu mir.
Nur Rohkost. Das Beste, was man seinem Körper antun kann.«

Ich schnappte mir den Bleistift erneut und biss nachdenklich auf seinem hinteren Ende rum. »Lieber hundert Jahre ohne
Genuss als achtzig voller Sinnenfreuden?«

Ich legte den angenagten Bleistift in eine völlig andere Ecke
des Schreibtisches. Der zwanghafte Pedant verfolgte meine
Hand mit den Augen, schluckte und fegte den Bleistift mit dem
Rezeptblock in den Mülleimer.

»Wir müssen uns aus Platzgründen diesen Schreibtisch
wohl oder übel teilen«, hob er an, »aber ich möchte Sie bitten,
meine Ordnung zu respektieren. Es kann lebenswichtig sein,
dass die Dinge immer an ihrem Platz sind, wenn man sie im
Notfall braucht.«

»Sie sind der Chef.«

»Dann sehen wir uns nächste Woche wieder. Gleiche Zeit.
Wenn Sie keine weiteren Fragen haben, ich muss los. Ich fahre
nach Cahuita mit dem Rad und schwimme anschließend meine
täglichen fünf Kilometer im Meer«, verkündete Doktor Chandler mit einem Anflug von Stolz.

*Aha, aha.* Da hatten wir doch den eitlen Fleck auf der reinen
Weste des Schönheitschirurgen. Mein sportlicher Kollege stand
auf und ging in den kleinen Nebenraum mit der Duschkabine,
um sich umzuziehen. Ich warf einen Blick auf den Schreibtisch
und vertauschte den Rezeptblock mit dem Notizblock. Ein
wenig Anarchie meinerseits konnte der Zusammenarbeit mit
Warren nicht schaden.

# GITARREN & GÄSTE

SAN JOSÉ WAR verkehrstechnisch ein Albtraum. Die Hupe war in diesem Land nicht nur für Notfälle gedacht, sondern ein ebenso wichtiges Feature wie die Bremse – das heißt, statt zu bremsen, hupte man lieber. Links von mir fuhren schwere Laster, rechts von mir auch, von hinten drängte sich ein Motorradfahrer durch, dem ein Motorroller gegen die Fahrtrichtung entgegenkam, und trotzdem fand an jeder größeren Ampelanlage ein Verkäufer oder Fensterputzer Platz, mich zu belästigen. Von frittierten Kochbananen über Wassermelonen fürs Abendessen bis zu Lotterielosen oder Kugelschreibern konnte man alles im Verkehrsstau nebenbei erwerben. Ein rundum offenes Auto war nicht das richtige Fortbewegungsmittel in dem hektischen, lauten Verkehrsgetümmel. Die stinkenden Abgase legten sich nach kurzer Zeit wie ein zäher Film auf die Schleimhäute.

Ich war gestresst und viel zu spät dran, weil auf der Straße, die von Limón übers Gebirge in die Hauptstadt führte, ein beladener Betonmischer vor mir gefahren war, der erst kurz vor Ende der Steigungsstrecke an einer Baustelle gehalten hatte.

Dobro, mein ehemaliger Nachbar aus Stuttgart, wartete bereits vor der Ankunftshalle zwischen den umherirrenden Neuankömmlingen, die Shuttlebusse von Hotels und Autovermietungen oder Taxis suchten, und rauchte eine Zigarette – zumindest hoffte ich, dass es eine normale Kippe war. Ich betätigte die Lichthupe und fuhr rechts ran. Dobro packte seinen Rucksack, warf ihn auf die Rückbank des Jeeps, sprang selbst auf den Beifahrersitz und saß bereits, ehe alle vier Räder stillstanden.

»Alter, was für ein Scheißland. Ich schwitze«, meinte der Neuankömmling zur Begrüßung.

Hätte ich solch eine Haarpracht mein Eigen genannt, wäre mir auch heiß gewesen. Dabei war es in San José recht kühl im Vergleich zu den Temperaturen an der Karibikküste, aber das würde mein Gast sicher bald selbst herausfinden.

»Schön, dass du da bist«, sagte ich.

»Hey, Alter, cool. Lässt du dir auch 'ne Rastamähne wachsen?«, bemerkte Dobro.

»Nee, nur keinen Bock, zum Friseur zu gehen.«

Seit Rickys Tod hatte ich mir die Haare, die ich bis dahin immer in einem gepflegten Sidecut getragen hatte, nicht mehr schneiden lassen. Sie waren mittlerweile kinnlang. Ich war optisch eine gelungene Mischung zwischen Kurt Cobain und *The Dude* Lebowski. Wenn es zu heiß war, band ich die Haare auch schon mal zu einem Pferdeschwanz zusammen.


DOBRO BRAUCHTE auf der Fahrt bis zu meinem Haus zwei Pitstops.

»Ich habe am Flughafen noch zwei einheimische Bierchen gezischt, bis du endlich gekommen bist, Bunny«, erklärte Dobro, der mit richtigem Namen Frédéric-Fabian Becker hieß. »Kann man zur Not echt trinken, den Stoff.«

Der gelernte Landschaftsgärtner bestaunte die üppige Vegetation, die gleich hinter San José beginnt und erst auf der anderen Seite der Bergkette, im karibischen Tiefland, von endlosen monotonen Ananas- und weiter Richtung Küste von Bananenplantagen abgelöst wird. Dobro kannte die lateinischen Bezeichnungen vieler Gewächse, die hier wild wuchsen und in Deutschland als Zimmerpflanzen verkauft wurden, und klärte mich über den Unterschied zwischen Koch- und Dessertbananen auf.

»Aber alles die Gattung *Musa × paradisiaca.*«

»Aha, aha.« Jetzt wusste ich es.

Die Obststände am Straßenrand, die hiesigen Kioske, waren allesamt geschlossen, einige Bars in den Orten, durch die wir kamen, hatten noch offen. Die ersten Containerabstellplätze kündigten an, dass es nicht mehr weit bis Puerto Limón war. Als wir bei Limón das erste Mal den Atlantik sahen, gestand der coole Hobbyrastafari: »Wahnsinn, Alter. Das ist das erste Mal, dass ich am Meer bin.«

»Gibt's nicht!«

»Gibt's wohl. Immer nur Österreich mit den Eltern, und dann war es uncool, Stuggi zu verlassen, außer es ging nach *Good Old Amsterdam* oder Berlin.«

»Amsterdam liegt doch praktisch am Meer.«

»Aber nicht die *Coffeeshops,* Bunny.«

»Apropos, wie läuft der Handel?«

»Wir haben expandiert. Beliefern jetzt auch den Speckgürtel, *woisch.* Musste mir ja irgendwie die Kohle für diesen Trip verdienen. Was glaubst du, was ein Landschaftsgärtner verdient? Lächerlich, sage ich dir.«

Die Fahrt von Limón nach Puerto Viejo führte über eine frisch asphaltierte Straße, teilweise durch dichten Regenwald. Am Straßenrand standen Bretterbuden, in denen die schlecht bezahlten Arbeiter der Bananenplantagen wohnten oder besser hausten. Wenn ich daran dachte, in welchem Luxus mein Freund Manuel, dem die Anbaufelder gehörten, lebte, überkam mich regelmäßig das schlechte Gewissen.

Mein früherer Dopelieferant zog prüfend die Luft durch

die Nase: »Hier riecht's aber verdächtig, Bunny. Nach der Deluxe-Mischung der Pizza Spezial aus *Lammbock,* wenn du mich fragst.«

»Kickt besser als Mehmet Scholl«, zitierte ich den legendären Satz aus dem Film und Dobro gab mir High Five.

DAS TRUBELIGE, LAUTE PUERTO VIEJO schlief ausnahmsweise und war ungewöhnlich still, nur ein paar streunende Hunde waren zu sehen. Wir erreichten ungestört mein Haus, das ziemlich genau in der Mitte zwischen Puerto Viejo und Manzanillo lag. Vom Meer, dem puderweißen Sand und den malerischen Palmen war nichts zu sehen in der mondlosen Nacht.

»Was ist das für ein Lärm, Alter?«, fragte Dobro, nachdem wir ausgestiegen waren und ich ihn in sein Zimmer gebracht hatte. »Donnert das?«

»Das ist das Meer. Die Brandung ist heftig. Wenn Ebbetiefstand oder Fluthochstand ist, klingt das wie Donnergrollen. Daran wirst du dich schnell gewöhnen. Ich kann nicht mehr einschlafen ohne.«

Ich zeigte meinem Gast sein Zimmer, mahnte ihn, das Wasser nicht zu trinken, und nahm ihn mit auf einen Absacker in den privaten Teil meines Hauses. Der Rastafari war vom langen Flug und der Zeitumstellung erschöpft, erzählte aber viel vom *FAQ,* unserer Stammkneipe im Nachbarhaus, von Frau Winterberg, unserer Vermieterin, die immer noch um Clapton trauerte. »Die ganze Katzeklappe für umesonschd eibaud«, machte er deren hohes Mäusefalsett gekonnt nach.

»Gibt's was zu rauchen?«, fragte mein Gast schließlich. »Ich bin zwar hundemüde, aber ich brauche was zum Runterkommen.«

»Ist machbar.« Ich holte die Dose aus dem obersten Schrankfach und drehte uns einen Joint, den wir uns, wie in alten Zeiten, auf dem Sofa teilten.

»Fick die Henne, Alter! Geiles Zeug. Aber kein Wunder, bei den idealen Freilandbedingungen«, meinte der Mann mit dem grünen Daumen anerkennend. »Würde ich mir gerne in echt ansehen. Vielleicht kann ich noch was lernen.«

»Müsste sich machen lassen.« Fast jeder Bewohner des Küstenstreifens, der ein Stückchen Erde sein Eigen nannte, baute mehr oder weniger viele Hanfpflanzen darauf an.

Frederic-Fabian sah sich prüfend im Patio um. »Wo hast du deine Gitarren, Caruso?«

»Ich hab nur die Gibson mitgenommen. Der Rest ist bei meiner Mutter im Keller eingelagert.«

»Wo ist die?«

»Im Westflügel.« Ich deutete mit dem Joint auf den offenen Durchgang zum Schlafzimmer.

Dobro stand auf und kam mit meiner Konzertgitarre zurück. »Verstärker?«

»Nope.«

Schließlich nahm Herr Becker, der seinen Spitznamen seinen virtuosen Künsten auf dem gleichnamigen Instrument verdankte, die Gitarre auf den Schoß und fing an zu klimpern. »Die ist ja völlig *out of tune*. Wie kann man darauf spielen?«

»Ich habe noch nie gespielt, seitdem ich hier bin.« In Wahrheit hatte ich das letzte Mal auf Rickys Trauerfeier Musik gemacht.

Dobro hatte das Teil in kürzester Zeit gestimmt und schlug einen sauberen G-Dur-Akkord an. Mir standen Pfützchen in den Augen, als ich ihn so vertraut da sitzen sah und spielen hörte. Er spielte das Intro zu *Starry, Starry Night* von Don McLean. Ich lächelte unter Tränen und nahm einen tiefen Zug.

»Hey, Bunny, seit wann hast du so nah am Wasser gebaut?« Dobro unterbrach sein Spiel kurz, um mir den Joint abzunehmen.

»Das wirst du morgen früh selbst sehen.«

Er gab mir die Tüte zurück und spielte weiter die traurigen, getragenen Akkorde. So ruppig Dobro im Umgang mit Menschen war, so zärtlich fasste er eine Gitarre an und spielte darauf, als würde er ein lebendiges Wesen streicheln und liebkosen. Ich beneidete ihn um diese Fähigkeit, die dazu führte, dass man schlichtweg verzaubert war, wenn er anfing zu spielen. Mein Gitarrenspiel war viel technischer und liebloser.

»Du hast dich überhaupt nicht verändert, Alter«, meinte er mitten im Lied.

Ich lächelte mein Verlegenheitslächeln. Das stimmte ganz und gar nicht. Ich war nicht mehr der Alte. In mir war kein Stück mehr ganz oder an seinem gewohnten Platz. Ich war jetzt nicht mehr Dr. med. Benny E. Brandstätter, sondern nur noch Ben Brandstätter, zu mehr reichte es nicht mehr. Anstatt zu widersprechen, begann ich mit belegter, ungeübter Stimme leise zu singen. Dobro spielte noch sehr verkiffte Versionen von *Lay Lady, Lay* von Bob Dylan und *Nights in White Satin* von den Moody Blues. Da beide Songs höchstwahrscheinlich unter dem Einfluss von Drogen entstanden sind, klang es sehr authentisch. Meine Stimme klang von Stück zu Stück sicherer und ich traute mich, lauter zu werden.

Endlich wirkte das Cannabis. Es war weit nach Mitternacht und die natürliche Müdigkeit setzte langsam auch mir zu. Ich begleitete Dobro in sein Zimmer. Er drückte mich an der Tür. Ich war gerührt und hielt ihn länger fest, als ich hätte müssen. Dann lösten wir uns verlegen voneinander und gingen ins Bett.


MEIN DIGITALER RADIOWECKER in Poporange, der mich seit meiner frühesten Jugend überallhin begleitete und neben sämtlichen Betten, die ich jemals besessen hatte, gestanden hatte, zeigte 8:06 Uhr, als ich nach einer traumlosen Nacht für meine Verhältnisse sehr spät aufwachte, weil ich Stimmen hörte. Ich ging erst zur Toilette und fand Yoani und Dobro in der Küche stehend vor, wo sie sich fließend auf Spanisch unterhielten, jeder eine Tasse in der Hand. Sie grüßten mich beiläufig, ohne ihr Gespräch, in dem es um den Anbau und die Verarbeitung von Yuccapflanzen ging, zu unterbrechen. Ich holte ein Glas aus dem Schrank und drückte bei meiner neuesten technischen Errungenschaft, einer schweineteuren italienischen Kaffeemaschine, mit der ich erst letzte Woche das billige Durchdrückgerät ersetzt hatte, auf *Latte*.

Jedes Mal, wenn das Mahlwerk laut knirschend seine Arbeit begann, erschrak die Küchenhexe für gewöhnlich und jammerte: »¡*Madre de Dios!* Was für eine Teufelsmaschine.« Heute überhörte sie den Höllenlärm. Selbst als der Milchaufschäumer zischte und brodelte, war von meiner Haushälterin kein Ton zu hören. Gwen, die Verräterin, stand zwischen den beiden und sah abwechselnd von einem zum anderen hoch – voller Stolz auf ihr neues, verbessertes Rudel. Yoani scherzte lebhaft mit meinem Besucher, der anscheinend jetzt auch ihr gehörte. Sie ging, ohne mich eines Blickes zu würdigen, einen Schritt zur Seite, als ich nach der Zuckerdose griff, die hinter ihr auf der Küchenarbeitsplatte stand. Ich hätte durchsichtig sein können.

»Woher kannst du so gut Spanisch?«, fragte ich Dobro, nachdem ich den ersten Schluck getrunken hatte und das trockene Kratzen im Hals dank der heißen, cremigen Flüssigkeit einem warmen Wohlgefühl gewichen war. Der erste Schluck Kaffee am Morgen, ein kleines, wiederholbares Glück.

»Leistungskurs Gymnasium ab der zehnten Klasse. Ich kann nicht nur Pflanzen und Musik, Alter.«

»Ich hör's.« Ich hatte während meines Studiums einige Spanischkurse belegt und mir zur Auffrischung eine persönliche Lehrerin in meiner ersten Woche in Nicaragua geleistet, die nicht nur meinen Sprachschatz außerordentlich erweitert hatte.

Dobro und Yoani übernahmen wieder das Gespräch und

der geduldete Gastgeber erlaubte sich zu fragen, wie es mit Frühstück aussah.

Yoani sah ihren neuen Schützling an: »Was möchtest du zum Frühstück essen, *Cariño*?«

*Cariño* überließ es großzügig der Köchin, weil bestimmt alles *delicioso* schmecken würde, was diese zubereitete. Ich wandte mich von dem Schmierentheater ab und zog mich zu Gomez, der ebenfalls vom Rest des Haushalts ignoriert wurde, in den Patio zurück. Die Wellen waren zwar vielversprechend, aber ich musste mich um meinen Gast kümmern.

Beim Frühstück ging die Neckerei zwischen Yoani und Dobro weiter. Gwen wuselte aufgeregt von einem zum anderen, ihr Glück nicht fassen könnend. Erst als Yoani den Frühstückstisch abgedeckt und mich aufgefordert hatte, ihrem Liebling ja alles zu zeigen, was an der Küste sehenswert war, ließ sie ab von ihm und widmete sich ihrer Arbeit im Haus.

Dobro gedachte, vierzehn Tage bei mir zu bleiben. Anschließend wollte er für weitere zwei Wochen nach Panama. Wie alle Kinder seit Janoschs Kinderbuch, war auch er mit dem Spruch aufgewachsen: *Oh, wie schön ist Panama!* Vorher war Panama für deutsche Kinder ein unbekanntes Land gewesen, durch das ein bedeutender Kanal ging, seitdem war es das Gelobte Land. Ich persönlich fand Costa Rica wesentlich schöner als Panama, aber Bär und Tiger waren, im Gegensatz zu mir, nie da gewesen, sondern besaßen nur ihren Traum von Panama.

Dobro verbrachte den Vormittag staunend am Atlantik, der mannshohe Wellen produzierte, die selbst mich beeindruckten. Surfen wollte er nicht, dafür in der Hängematte chillen und in der Brandung baden, Gwen immer im Gefolge. Yoani hatte ihm noch, ehe sie ging, ihren Bohnen-Kochbananen-Auflauf gemacht, den wir zu Mittag gemeinsam aßen. Im Anschluss zeigte ich Dobro den Ort. Ich stellte ihn Mama Mira vor, mit der er sich ausgiebig unterhielt, während ich bei ihrem Enkel meine Post abholte.

Auf der Weiterfahrt nach Puerto Viejo fragte ich Dobro: »Über was hast du dich denn mit Mama Mira unterhalten?«

»Über dich.«

»Hör auf!« Ich hatte außer *Señor* und *Buenas Días* noch nie ein verständliches Wort aus dem Mund der Seniorin kommen hören.

»Sie hat mir erzählt, dass du ihr gefällst, und wenn sie vierzig Jahre jünger wäre, würdest du nicht mehr solo sein. Heißer Feger, das alte Mädchen.«

»Quark! Die brabbelt doch nur noch unverständliches Zeug.«

»Da irrt der Herr aber gewaltig. Sie meinte, du würdest ständig Weiber abschleppen und mit zu dir nach Hause nehmen. Deshalb sei dein Ruf im Dorf auch völlig am Boden. Kein anständiges Mädchen würde was mit dir anfangen wollen.« Er überlegte kurz und fuhr fort: »Komisch, die alte Winterberg war ähnlicher Meinung.«

»Wie schön, dass du auch international so gut mit den alten Ladys kannst.«

»*Ebbe!*«


PUERTO VIEJO MIT seiner Lässigkeit war wie geschaffen für Dobro. Nach Sonnenuntergang aßen wir bei Mama Hanna, die in einer kleinen, offenen Bretterbude in einer Seitenstraße hervorragende kreolische Gerichte für kleines Geld auf den Tisch brachte. Dobro lobte die Ceviche und die Fischsuppe und hatte die Köchin schnell von sich begeistert.

Am Abend saßen wir satt und zufrieden bei einem eisgekühlten Bier auf meiner Couch. Ich hatte zu Ehren des hohen Besuches alle Kerzen angezündet. Gwen bewachte stolz ihr neues

Riesenbaby, nur Gomez war von unserem gemeinsamen Ausflug noch nicht zurückgekehrt. Ihn langweilte Besuch in der Regel.

»Warum sitzen wir eigentlich hinter Gittern und nicht am Strand in der Freiheit, Alter? Können wir morgen Abend ein Lagerfeuer machen? Mit Fisch überm Feuer grillen, *House of the Rising Sun* singen und so?«, fragte Dobro.

»Können wir gerne. Aber nicht *House of the Rising Sun*. Ich kann das Lied nicht mehr ertragen. Das muss ich mir jeden Sonntagabend in meiner Stammkneipe vom schlechtesten Gitarristen aller Zeiten anhören. Ich bekomme mittlerweile schon Krämpfe, wenn jemand einen Satz mit *There is …* anfängt. Das mit den Gittern ist besser wegen des vielen Ungeziefers, das sich draußen herumtreibt.«

»Ah, komm, so schlimm kann es nicht sein.« Der Vollblutmusiker stand auf und nahm die Gitarre, die vom Vorabend noch am Sofa lehnte. »Warum spielst nicht selber und singst, Caruso?«

Ich zuckte mit den Schultern. In Stuttgart hatte ich mit Dobro, der einer der besten Gitarristen war, die ich jemals gehört hatte, oft vor kleinem oder größerem Publikum gespielt beziehungsweise gesungen. Seit Rickys Tod interessierte mich selbst gemachte Musik nicht mehr. Ich hörte nach wie vor meine CDs oder lud mir Titel aus dem Internet runter, sang aber nicht mehr mit, wie ich das früher immer getan hatte. Meine Stimme war dementsprechend eingerostet. Dobro stimmte ein paar Akkorde an und sah mich auffordernd an.

Ich schüttelte mit dem Kopf. »Wir haben doch erst gestern …«

»*Just to please me*, Bunny.« Der schwäbische Plagegeist verzog das Gesicht zu einem breiten Grinsen und begann absichtlich völlig atonal zu singen: »*The sun ain't gonna shine anymore, the moon ain't gonna rise in the sky, tears are always clouding your eyes, when you're without love, Ba-ha-ha-by*« – eine Schnulze der Walker Brothers.

Ich tat ihm den Gefallen und sang mit: »*Lonely without you, Baby. Oh I need you, I can't go o-ho-ho-on!*«

Plötzlich fand auch Dobro die richtigen Töne. Als wir geendet hatten und ich uns zwei frische Dosen Bier holen wollte, klatschte jemand vorm Haus in der Dunkelheit. Ich schaltete die Tausend-Watt-Strahler an, die ich aus Sicherheitsgründen rings um das Haus verteilt hatte, und sah Raya in der Hängematte schaukeln. Ihre grazilen Beine und zierlichen Füße mit den dunkelbraun lackierten Nägeln baumelten seitlich herunter.

Dobro musste sie auch gesehen haben, denn er meinte: »Ungeziefer! Auf jeden Fall!«

»Hey«, sprach ich Raya an, »das ist ja mal eine Überraschung. Willst du nicht zu uns hereinkommen? Ich gebe ein Bier aus.«

Raya trug ein türkisfarbenes Kleidchen mit Spaghettiträgern. Darunter blitzte ein magentafarbener BH von dieser gefütterten Sorte, die eine Größe dazu schummelte. Raya kam barfuß auf uns zu, ihre Flip-Flops ließ sie unter der Hängematte stehen. Sie sah einfach umwerfend schön aus. Mein Herz begann zu rasen.

»Wer von euch beiden singt so toll?«, wollte meine Herzdame wissen, als sie an mir vorbei ins Haus ging.

Wir deuteten gegenseitig auf uns. Raya lachte hell. Sie gab Dobro die Hand und nahm neben ihm auf der Couch Platz. Raya wollte kein Bier, ein Rotwein wäre ihr lieber, meinte sie. Ich öffnete eine Flasche Merlot aus Argentinien und holte zwei Gläser. Dobro machte sich nichts aus Wein, er blieb beim *Pilsen* aus der Dose.

Raya nahm das halb volle Glas aus meiner Hand, die beiden dünnen, goldenen Reifen an ihrem Arm schlugen hörbar aneinander. In den Ohren trug sie winzige goldene Ringe. An ihrem Ringfinger glänzte der breite Ehering mit dem Solitär. Sie trank einen Schluck und lobte meinen Weingeschmack, worüber ich mich wie ein kleiner Junge freute. Alles an Raya erschien mir wichtig.

»Darf ich mir ein Lied wünschen?«, fragte sie, nachdem sie das Glas abgestellt und die Beine unter sich gezogen hatte, wie das meine Mutter immer tat. Ich war gerührt, konzentrierte mich auf das Etikett der Weinflasche und knubbelte an einer losen Ecke, um die aufsteigenden Tränen und den Kloß in meinem Hals zu unterdrücken. Dobro hatte recht, ich hatte unglaublich nahe am Wasser gebaut.

Dobro antwortete für uns: »Mal sehen, ob wir es spielen können.«

»*Hymn?*«

Mich schüttelte es – *Hymn* war eines der schmalzigsten Lieder, das ich kannte, aber was tat ein Mann nicht alles für die Frau, die er zu lieben glaubte. *Für die Frau, die man liebt, hebt man sich, ohne mit der Wimper zu zucken, gerne einen Bruch, wenn sie auf den Arm möchte*, war die Devise meines Karatelehrers Ernst gewesen, eines der großen Vorbilder meiner Jugend.

Dobro wollte wissen: »Wieso kennt so ein Baby wie du was von Barclay James Harvest?«

Wobei der Dreadlockman selbst erst sechsundzwanzig war, also um einiges jünger als Raya. Aber wer es so mit den älteren Semestern hatte, für den zählte alles unter fünfzig wahrscheinlich als Küken.

»Meine Mutter ist aus Pittsburgh und sie hat immer solche Musik gehört. Ich bin mit Alan Parsons Project, Uriah Heep und Bruce Springsteen aufgewachsen.«

»Pink Floyd?«, fragte ich voller Hoffnung, etwas mehr nach meinem Geschmack singen zu können.

»Genau. *Shine on you, crazy diamond.*«

Sie sprach diesen tiefgründigen Satz mit Pause an der falschen Stelle. Der Erbsenzähler, der ich nun mal war, fragte sich, ob sie den Sinn verstanden hatte.

Ich verabschiedete mich für einen Moment auf die Toilette. Das waren eindeutig zu viele Zeichen für diesen Abend, Häschen, dachte ich in Richtung Himmel und drehte den Ring mit dem Band aus Brillanten an meinem rechten Ringfinger. Gerade dieses Lied hatte für Ricky und mich eine tiefere Bedeutung gehabt. Ich hielt mein Gesicht unter den eiskalten Wasserstrahl, bis ich mich wieder gefangen hatte. Erst dann ging ich wieder hinüber zu meinen Gästen, die sich angeregt unterhielten.

Dobro klimperte anschließend lustlos *Hymn,* das mit seinen zwei Akkorden keine Herausforderung für einen solch genialen Gitarristen war. Wir sangen gemeinsam, ich etwas verhalten, denn ich wollte Raya gegenüber nicht angeben mit meinen Gesangskünsten. Trotz aller Zurückhaltung sah mich Raya mit diesem ungläubigen Blick an, den mir viele Menschen zuwarfen, wenn sie mich das erste Mal singen hörten. Ricky hatte es so ausgedrückt: »Brandstätter, du hast eine Stimme, als hätte man Elvis mit Cash gekreuzt und Cher hätte das Kind ausgetragen.« Meine Frau war ein Genie gewesen, was bildhafte Umschreibungen betraf.

Raya sang fleißig mit. Ihre Stimme klang dünn und sie traf viele Töne nicht annähernd. Das war auch das Einzige, neben ihrem grenzwertigen Musikgeschmack, was mich an Raya störte: Sie hatte, wie viele Frauen aus Mittel- und Südamerika, eine schrille Kopfstimme. Nicht auszudenken, hätte sie zu allem optischen Überfluss noch eine samtene, rauchige Stimme besessen. Dobro, der Musik sehr ernst nahm, warf mir ab und zu einen verstörten Blick zu, wenn unser Gast allzu sehr danebenlag. Mir machte es nichts aus, dass meine Angebetete falsch sang. Ich war überglücklich, sie auf meinem Sofa zu haben, und mehr zählte im Moment nicht.

Dobro spielte Raya zuliebe noch *Lady in Black* von Uriah Heep, dann hatte er anscheinend genug von Softrock aus den Siebzigern, wechselte zu Bruce Springsteens *The Rising* und übertönte mit seinem vollen Bass Rayas Gepiepse.

Bald war die erste Flasche Rotwein geleert. Als ich mit der zweiten aus der Küche kam, fragte ich: »Musst du nicht zu

Hause sein an einem Samstagabend?«

»Nein, das muss ich nicht.« Die Frau meines Freundes streckte mir das leere Glas entgegen und ich füllte nach.

»Wird Rainer dich nicht vermissen?« Ich erinnerte mich an ihren letzten Besuch, der in Tränen geendet hatte.

»Rainer ist geschäftlich in San José bis morgen Mittag.« Sie nahm einen Schluck und sah mich geheimnisvoll über den Rand des Glases an.

Ich schluckte trocken und trank ebenfalls. Dobro blieb Springsteen treu und spielte *My Hometown*. Ich stimmte ein. Raya musste passen und kuschelte sich in die Sofaecke. Ich fühlte seit Monaten wieder so etwas wie ein Glücksgefühl in mir aufkeimen. Dobro da zu haben war Zucker im Kaffee, Raya war das Sahnehäubchen.

Nach diesem Lied streckte der Dreadlockman sich theatralisch und verkündete: »*Compañeros*, ich bin saumüde. Der Jetlag haut mich um.« Er stand auf, nickte Raya zu und boxte mich spielerisch in den Bauch. »Viel Spaß noch, euch beiden Schönheiten.« Schon war er verschwunden. Gwen entschied, dass Dobro ihre Aufmerksamkeit dringender brauchte als Raya und ich.

»Wenn das Konzert vorbei ist, werde ich besser auch aufbrechen«, meinte Raya, machte aber keinerlei Anstalten aufzustehen.

»Wer sagt denn so was? Das war nur die Vorgruppe. Jetzt kommt der Hauptakt«, meinte ich grinsend, schenkte Raya Wein nach und nahm die Gitarre selbst zur Hand. Ich begann mit *Here Without You, Baby* von 3 Doors Down. Dobro hatte nur Lieder gespielt, die relativ einfach zu singen waren, jetzt wollte ich Raya zeigen, wo der Frosch die Locken hat, und wählte als nächstes Lied *Right Here Waiting* von Richard Marx.

»Der Hauptakt gefällt mir ausnehmend gut«, meinte meine Besucherin recht zweideutig.

Ich lächelte so breit wie schon lange nicht mehr.

Raya fragte nach der Toilette. Ich probierte solange auf der Gitarre herum und suchte die Griffe für *Your Body Is a Wonderland* von John Mayer, mein altbewährter Frauenverführungssong. Ich hörte das Wasser in der Spülung laufen und anschließend im Waschbecken. Die Wände meines Hauses waren, der hiesigen Bauweise entsprechend, sehr dünn. Dann war eine gefühlte Ewigkeit nichts mehr zu hören, bis die verräterische Feder in meinem Bett quietschte. Hatte irgendeine höhere Instanz doch meine Gebete erhört? Ich stellte die Gitarre ab und ging die paar Schritte bis zum Durchgang ins offene Schlafzimmer, wo ich wartete, bis sich meine Augen an die Dunkelheit gewöhnt hatten. Entweder ich träumte oder Rayas zierliche Gestalt lag nackt auf meinem Bett und hob sich dunkel von den weißen Laken ab.

»Zugabe«, hörte ich sie leise sagen.


Es war ein seltsames Gefühl, wieder eine Frau leidenschaftlich zu küssen. Raya schmeckte süß wie eine reife Mango und küsste gut. Ich verlor mich im Moment, bis mir einfiel: »Ich habe keine Kondome mehr im Haus.«

»Gut, ich möchte dich nämlich richtig spüren. Bitte«, sagte die Frau, die unter mir lag und meinen steifen Penis mit ihrer Hand in sich einführte. Mein Verstand, der noch vor Sekunden einigermaßen funktioniert hatte, hatte bedingungslos dem Körper kapituliert. Ich half nach und war endlich am Ziel meiner geheimsten Wünsche.

Gegen halb vier wachte ich auf, weil Raya im Schlaf sprach. Spanisch der Modulation nach, aber kein verständliches Wort. Ich drehte mich um und beobachtete sie im hellen Mondlicht, das durch die Ritzen der geschlossenen Läden fiel. Ihre Augen flatterten unter den Lidern mit den langen, dichten Wimpern. Mir fiel ein Zitat von Oscar Wilde ein:

*A dreamer is one who can only find his way by the moonlight,*
*and his punishment is that he sees the dawn before the rest of the world.*

Was würde meine Strafe dafür sein, dass ich diese Nacht mit Raya verbringen durfte? Wenn ich eines gelernt hatte, dann, dass man für alles im Leben bezahlen musste. Ich anscheinend immer mit Zinsen und Säumniszuschlag. Ich strich Raya eine Haarsträhne aus dem Gesicht. Sie schlug die Augen auf und sah mich an. Ich lächelte. Sie nahm meinen Kopf in beide Hände und zog mich zu sich herüber. Wir küssten uns erneut lange und innig und meine Hände waren überall auf ihrem Körper, während Raya mich keine Sekunde losließ und mir tief in die Augen sah. Ihre Haut war seidenweich und von einem dünnen Schweißfilm überzogen. Die Brüste der Südamerikanerin schmeckten leicht salzig und nach den Vanillecremefüllungen von Donuts.

Es DÄMMERTE BEREITS, als ich durch ein Geräusch geweckt wurde. Raya kam angezogen aus dem Bad. Nach dem Licht im Schlafzimmer zu urteilen, war die Sonne kurz zuvor aufgegangen. Ich stützte mich auf einen Arm auf. Raya setzte sich auf die Bettkante und nahm erneut meinen Kopf in die Hände. Erstaunlich, wie schnell man sich an manche Gesten gewöhnte. Eigentlich mochte ich es nicht, wenn jemand meinen Kopf so massiv kontrollierte, aber bei der hübschen Bolivianerin fühlte es sich richtig an, vermittelte mir sogar eine Art Geborgenheit. Sie beugte sich zu mir hinunter und küsste mich sanft auf den Mund.

»Danke«, flüsterte sie und stand auf.

Ich hielt ihre Hand fest: »Kommst du bald wieder?«

Sie lächelte, löste ihre Hand aus meinem Griff und verschwand aus meinem Blickfeld. Ich hörte ihre nackten Füße auf dem Fliesenboden tapsen, und die Patiotür fiel krachend ins Schloss. Stöhnend ließ ich mich zurückfallen und zog das Kissen, auf dem Raya geschlafen hatte, über meinen Kopf. Ich sog ihren Duft ein und wusste nicht, ob ich lachen oder heulen sollte. Sex mit Gefühlen war ohne Zweifel eine andere Hausnummer als der pure Akt, gleich, wie erregt ich dabei war.

»Hey, Alter. Ihr habt vielleicht geiles Ungeziefer hier.«

Ich legte das Kissen zur Seite und sah Dobro im Durchgang stehen.

»Möchtest du auch eine Tasse Kaffee, Schatz?«, fragte er mit Unschuldsmiene.

»Warum bist du schon wach? Hast du mal auf die Uhr gesehen?«

»Habe ich öfter. Dein verfickter Hahn hat das mit dem Sonnenaufgang nicht wirklich kapiert. Der kräht schon seit halb zwei. Kann man den nicht grillen und essen? Ich habe mich in die Hängematte verzogen und mir das Erscheinen des Planeten persönlich angesehen. Als das Haus ungezieferfrei war, habe ich mir einen köstlichen Kaffee bereitet. Wann gibt es Frühstück, Liebling?«

Ich stöhnte: »Gib mir eine Viertelstunde unter der Dusche, dann mache ich dir was.«

»Danke, mein Herzblatt, sehr aufmerksam. Ist aber das Geringste, was du tun kannst, nachdem du gleich am ersten Abend mit 'ner anderen gevögelt hast.«

»Ich mach dir Pancakes mit Mangostückchen drin.«

»Schon verziehen, Mäuschen.« Im Hinausgehen sang der Meister der Schnulzen lauthals: »*You're trying hard not to show it, but baby, baby I know it, you've lost that lovin' feelin', whoa, that lovin' feelin', now it's gone … gone … gone … woah.*«

DOBRO WOLLTE SICH einen Kindheitstraum erfüllen und am Strand reiten.

»Wie der Marlboro-Mann, Alter!«

Ich fuhr mit ihm zu Pedro Queseda, der kurz vor Cahuita eine kleine Pferderanch betrieb. Pedro hatte an diesem Vormittag nichts weiter zu tun und begleitete uns kurz entschlossen. Wir genossen den Ritt am Strand und wechselten bald vom gemächlichen Schritt in den Trab. Wegen Dobro, der noch nicht besonders fest im Sattel saß, verzichteten wir auf Galopp. Trotzdem hatten wir schnell das Gefühl von Freiheit und Abenteuer, das einem auf dem Rücken eines Pferdes unweigerlich überkommt. Vor allen Dingen an einem Traumstrand, hinter dem ein üppiger, schier undurchdringlicher Regenwald beginnt, in dem sogar Jaguare lebten.

Nachdem wir durch einen seichten Fluss mit rostfarbenem, eisenhaltigem Wasser gekommen waren, ließ uns Pedro absteigen und die Pferde an einer entwurzelten Mangrove festmachen. Ein paar Kormorane, die auf einem kleinen Felsen ihr Gefieder trockneten, ließen sich durch uns nicht stören. Zwei Fregattvögel schwebten elegant über dem Wasser. Pedro führte uns auf einem schmalen Trampelpfad ein Stück in den dichten Urwald hinein. Schon beim ersten Schritt hüllte uns das überlaute Geräusch hunderter Zikaden ein. Jede einzelne davon klang wie ein durchdrehender Elektromotor – in der Masse war es, als hätte man eine massive Klangwand vor sich. Ich war das gewohnt, Dobro mit seinem feinen Gehör hielt sich erst die Ohren zu, ergab sich aber dann dem ungewohnten Lärm, der wie alle natürlichen Geräuschquellen bald nicht mehr als störend empfunden wird.

Unter einem hohen Baum machten wir auf Pedros Zeichen halt. Der *Tico* sah sich den Baumwipfel genauer an und deutete nach oben auf einen quer hängenden Ast. Ich wusste, was ich zu suchen hatte, und entdeckte gleich den verdächtigen weißen

Strich in all den Grün- und Braunschattierungen des Baumes. Ein Dreifinger-Faultier bewegte sich gemächlich an einem Ast entlang.

Dobro erkannte das Tier schließlich auch und außer einem »Mann, Alter! Dass ich das noch erleben darf!« war nichts mehr von ihm zu hören.

Pedro kramte ein Taschenfernglas aus seiner Hosentasche und ließ uns durchsehen. Das Faultier war Mama, der Nachwuchs hatte sich im Bauchfell festgekrallt und trank.

Auf dem Rückweg fanden wir eine handtellergroße Spinne, die unbeweglich in ihrem wagenradgroßen Netz auf Beute lauerte. Als wir wieder aufsaßen, schwebte ein gigantischer, türkisfarbener Morphofalter an unseren Nasen vorbei. Ich war diese wunderschönen Insekten mittlerweile gewohnt, aber staunte trotzdem immer wieder darüber, dass sich ein so großes, leuchtend buntes Tier ganz ohne Lärm zu machen bewegen konnte, und hatte immer wieder das Gefühl, einer optischen Täuschung erlegen zu sein.

Dobro ging es wohl ähnlich: »Alter Falter, war das Vieh gerade echt? Ist ja wie bei *Avatar* im Kino. Bockstark.«


NACH EINER GUTEN STUNDE Ritt am Strand erreichten wir das Restaurant von Carmelita Vega, das an der Verbindungsstraße von Limón nach Puerto Viejo lag und dank einer breiten Schneise im ansonsten dichten Wald einen direkten Blick auf die offene karibische See bot. Weil Sonntagmittag war, waren fast alle Tische mit Einheimischen besetzt. Ein paar Gäste kannte ich vom Sehen. Pedro kannte alle und begrüßte jeden mit Handschlag und stellte uns stolz vor, was eine geraume Zeit in Anspruch nahm, aber an der Karibikküste unumgänglich war. Was für ein Unterschied zum anonymen Umgang miteinander in einer Großstadt wie Stuttgart. Ich fühlte mich in meine Kindheit zurückversetzt, wo jeder im Ort wusste, wer ich war: Benny, der älteste Sohn von der Sigrid vom Handarbeitsladen und der Enkel von der Bäckerei Rieger.

Wir Schwaben bestellten *Plato del Día*, das preiswerte Tagesgericht aus Reis und Bohnen, in Kokosmilch gekocht, gegrilltem Huhn, Süßkartoffeln sowie kleinen Maisteigfladen mit Kochbananen, zu denen es Guacamole gab. Pedro entschied sich für einen ganzen Rotbarsch, der auf einem glänzenden Bananenblatt mit Yuccagemüse serviert wurde. Sowohl die Küche an der Küste als auch unsere Köchin selbst hatte starke kreolische Einflüsse. Dobro kippte jede Menge von dem selbst eingelegten süß-sauren Gemüse, das in einem Einmachglas auf dem Tisch stand und höllisch scharf war, über sein Essen.

Der Landschaftsgärtner fachsimpelte mit Pedro, der eine kleine, aber ertragreiche Marihuanaplantage betrieb, eingebettet im Regenwald hinter der Ranch, über die Aufzucht des einschlägigen Krautes unter Freilandbedingungen. Das Feld war zwar gegen Blicke gut geschützt, aber wenn er das Zeug auf dem Dachboden trocknete, verriet ihn der einschlägige Duft. Die Cops, die für den Landstrich von Limón bis zur Grenze Panamas zuständig waren, drückten gegen Bares meist beide Nasenflügel zu – andernfalls hätte ein Teil der Landbevölkerung im Knast sitzen müssen. Viele Familien verdienten sich ein kleines oder größeres Zubrot mit dem Anbau von Hanf. Man konnte es den Menschen, die einen harten, aber schlecht bezahlten Alltag auf den Obstplantagen hatten, nicht verdenken. Dobro als Fachmann war begeistert von Pedros Schilderungen.

Nach dem Essen genehmigten wir uns noch ein Bierchen, ehe wir uns auf den Heimritt machten. Dobro traute sich jetzt Galopp zu; wir waren in der Hälfte der Zeit zurück auf der Ranch und fühlten uns wie richtige Männer. Alle Helden meiner Kindheit waren zu Pferde unterwegs gewesen: Zorro, Robin Hood, Clint Eastwood und die drei Musketiere sowieso.

Zu Hause wollte mein Gast sich frisch machen. Ich warf das erste Mal wieder einen Blick auf mein Handy. Keine Nachricht von Raya.

17:30 Nachricht an Sonnenstrahl
Es war sehr schön, dass Du da warst. Komm bald wieder.
17:31 Nachricht an Sonnenstrahl
Bitte!

»Was machen wir am Abend, Bunny? Lagerfeuer am Strand?«, wollte Dobro, dessen Auffrischaktion nur fünf Minuten gedauert hatte, wissen.

»Das können wir morgen machen. Für heute gibt's einen anderen Plan. Sonntagabend ist Immigrantenstammtisch bei Shane in Puerto Viejo. Da lernst du meine neuen Freunde kennen.«

»Von mir aus, wenn es was zu essen gibt.«

»Sag bloß, du hast schon wieder Hunger?«

»Mann, Alter, diese Meerluft macht mir voll Appetit! Wann geht's los?«

Ich hatte mir in Costa Rica abgewöhnt, eine Armbanduhr zu tragen. Wenn ich einen Termin hatte, stellte ich mir den Timer am Handy, ansonsten war es egal, wie spät es war. Wenn man sein Leben nach den Gezeiten sowie Sonnenauf- und -untergang richtete, waren so kleinliche Einteilungen eines Tages wie Minuten und Sekunden irrelevant, außer sie bezeichneten den Wellenabstand.

»Wenn du Hunger hast, lass uns fahren.« Das Handy auf dem Küchentisch vibrierte. Endlich eine Nachricht von Raya.

17:43 Nachricht von Raya
Wir müssen vorsichtig sein, Ben!

Mehr hatte sie mir nicht geschrieben. Ich schluckte meine Enttäuschung hinunter und machte mich mit Dobro und Gomez auf den Weg nach Puerto Viejo.

Im Ort sprang mein Hund aus dem Wagen und trottete Richtung Strand davon.

Ehe wir mein Stammlokal betraten, ermahnte ich Dobro: »Du verlierst kein Wort über meinen nächtlichen Besuch gestern, verstanden? Sonst hätte ich echt ein Problem.«

»Kennst mich doch, Alter. Wenn jemand verschwiegen ist, dann ich.«

»Apropos verschwiegen, wenn du im Pub rumposaunst, dass ich singen kann, setze ich dich im Urwald aus.«

»Warum machst du so ein Gewese um deine Talente, Caruso? Aber von mir aus, wenn mich einer fragen sollte: Du kannst weder gut singen noch ficken!«

»So deutlich muss es auch wieder nicht sein. Ich habe einfach keine Lust, jeden Sonntag als Beschallung dienen zu müssen«, versuchte ich zu erklären.

»Das hat dich doch sonst nicht gestört.«

»Tut es aber jetzt. Anderes Land, andere Zeiten.«

»Meine Fresse, du hast dich voll verändert, Bunny.«

Endlich hatte es Dobro auch erkannt, an Benny Brandstätter war nichts mehr an seinem alten Platz und vieles hatte leider noch keinen neuen Platz gefunden. Man hätte ein Warnschild vor mir aufstellen müssen: *Under construction!*

Wie zu erwarten, waren wir die ersten *Einheimischen* an diesem frühen Abend. Nachdem ich Dobro mit Shane bekannt gemacht hatte, bestellte er sich auch hier das Tagesgericht. Wieder Bohnen mit Reis – dieses Mal mit frischem Koriander, Fisch und Kochbananenchips. Ich wollte nur ein Bier und von den knusprigen Kochbananenfladen mit Guacamole, die Philomena, Shanes kreolische Köchin, so knusprig hinbekam wie sonst niemand im Umkreis. Nicht mal Yoani, aber das durfte ich meiner Küchenhexe nicht sagen, wenn ich weiter regelmäßig in den Genuss ihrer Kochkünste kommen wollte. Yoani duldete keine Göttinnen neben sich. Dobro probierte von meinem Essen und bestellte sich nach dem ersten Bissen selbst eine Portion nach.

Nach und nach trudelte die ganze Mannschaft ein, bis auf Rainer, der immer der Letzte war, weil er erst wegkonnte, wenn im Hotel alles fürs Abendessen fertig war. Ich war nervös, was das Wiedersehen mit dem Freund betraf, dessen Frau ich am Vorabend sehr unkameradschaftlich beglückt hatte.

Kurz vor acht kam Gonzo, aß eine Kleinigkeit und betrat mit einem Bier die winzige Eckbühne. Er tat so, als stimme er die Gitarre, und legte los. *American Skin* von Bruce Springsteen, sein üblicher Introsong. Gonzo war nicht nur Sänger und Überlebenskünstler, sondern besaß jede Menge globalpolitisches Sendungsbewusstsein. Ich lächelte vor mich hin und beobachtete aus dem Augenwinkel Dobro, der mit Joey, dem Bäcker, Rezepte für Brownies austauschte. Der junge Schwabe hatte sich in den letzten Tagen als absolute Wundertüte entpuppt. In Stuttgart war mir nie klargeworden, was der Landschaftsgärtner so alles draufhatte neben Gärten anlegen und allerfeinstes Dope produzieren. Wegen der angeregten Konversation hörte er Gonzos Vortrag nur mit halbem Ohr zu. Aber es war dem Gesicht des Gitarrenvirtuosen deutlich anzusehen, wie seine Verwirrung im Laufe des Songs zunahm. Schließlich sah er ungläubig über seine Schulter zur Bühne und warf mir einen Blick zu, den ich mit Mörderlächeln erwiderte.

Die versammelten Touristen, hauptsächlich ein paar zugekiffte und reichlich betrunkene Backpacker Anfang zwanzig aus den unterschiedlichsten Herkunftsgebieten, die sich mit einer

Flasche *Tequila* die Kante gaben, klatschten frenetisch Beifall und johlten.

»Alter, habe *ich's* an den Ohren oder die Kids?«, kam endlich die Frage. »Das Stück spielt der Typ aber noch nicht lange, oder?«

»Na ja, zumindest schon so lange, wie ich hier bin.«

Anschließend ließ Gonzo mal wieder den armen Joe Cocker sterben und sang *Unchain my Heart*.

Jetzt hörte Dobro konzentriert zu. Joey hatte seine Aufmerksamkeit einer Backpackerin gewidmet, die ihn erkannt hatte als den Produzenten der *awesome cinnamon rolls*. Man stellte fest, dass man aus Texas kam, und schon war alles in Butter. Gleiche Herkunft war in Costa Rica gleichbedeutend mit *Freund fürs Leben*, bis sich nur Stunden oder Minuten später die Wege wieder trennten.

Dobro schüttelte seine prachtvolle, dunkelblonde Rastamähne, die so perfekt hierher passte: »Mann, Caruso, wie hältst du das aus?«

Ich hob meine Bierdose: »*Booze, man!*«

»Ach was, so viel kannst doch nicht mal du saufen, dass du das mit anhören kannst. Du musst doch masochistisch veranlagt sein.« Um auf Nummer sicher zu gehen, kippte Dobro den Inhalt seiner Bierdose hinunter und bestellte zwei neue auf seine Rechnung.

Schließlich machte Gonzo den entscheidenden Fehler, verging sich am heiligen Bob Marley und spielte *No Woman, No Cry*.

Der Vollblutmusiker stand nach wenigen Akkorden auf und streckte mir die offene Handfläche entgegen: »Autoschlüssel!«

»Wo willst du hin? Du kennst doch kein Schwein! Trink halt noch etwas, dann hörst du das auch nicht mehr.«

»Autoschlüssel!«, wiederholte er, und als ich sie ihm zögernd rausrückte: »Bin gleich wieder zurück, Schatz, musst dir keine Sorgen wegen mir machen.«

»Ich mach mir auch mehr Sorgen um mein Auto als um dich. Das Teil ist eine Rarität. Die werden so nicht mehr gebaut.« Der Laredo war das erste Auto, zu dem ich eine Art Beziehung hatte. Alle Vorgänger waren reine Fortbewegungsmittel gewesen. Ehe er in meinen Besitz gelangt war, war der Wagen in den USA rundum restauriert worden und stand da wie frisch vom Fließband gerollt. Er hatte ein Schweinegeld gekostet, aber ich musste ja nicht mehr sparen.

»Kein Problem, du weißt, wie ich fahre.«

Ich lachte. Das stimmte. Der Rastafarischwabe fuhr so langsam und bedächtig wie ein Rentner auf Sonntagsausflug. Genau das konnte bei all den irren Rasern, die sich auf den costaricanischen Straßen tummelten, gefährlich sein.

Eine gute halbe Stunde später hielt mein Jeep wieder vor dem Pub. Dobro stieg aus, nahm die Gibson vom Rücksitz und betrat damit die Bühne, wo sich Gonzo zwischen zwei Stücken einen Schluck genehmigte.

»Mach mal 'ne Pause, Mann«, forderte Dobro den überraschten Gonzo auf, stöpselte dessen Gitarre aus dem Verstärker und meine dafür ein. Gonzo war zu verblüfft, um etwas zu sagen. Er blieb ratlos auf seinem Barhocker sitzen und harrte der Dinge, die da kamen.

»*No offense*«, meinte Dobro, als er Gonzo das Mikrofon vor der Nase wegnahm und vor seinen eigenen Hocker stellte. Dann begann er mit seiner Version von *Johnny B Goode,* gefolgt von mehreren Stücken von Bob Marley und Peter Tosh.

Bei *Buffalo Soldier* betrat Rainer mit finsterer Miene den Laden und setzte sich auf den freien Stuhl neben mich.

»*Guinness?*«, fragte der Wirt.

»Shane, lass die Scherze, der Tag war hart genug. Bring mir ein anständiges Bier!«

Ich nickte Rainer zu. Zum Glück spielte Dobro so laut, dass eine Unterhaltung schlecht möglich war. Alle Aufmerksamkeit im Pub war auf die Bühne gerichtet, ein absolutes Novum.

»Haben wir Zuwachs bekommen?«, fragte Rainer nach dem

ersten Schluck. Seine Miene war gleich wesentlich entspannter und ich wurde auch ein wenig lockerer.

»Ist ein Freund von mir aus Stuttgart.«

»Wenigstens mal eine gute Nachricht. Der ist klasse, der Junge.«

»Was gibt's Neues?« Ich hoffte, Rainer hatte keine Ahnung, was kürzlich passiert war. Er schien mir, seitdem ich mit Raya geschlafen hatte, wie Nitroglyzerin. Eine falsche Bewegung und er konnte hochgehen.

»Immer dasselbe. Weiber. Sobald die den Ring am Finger haben, spinnen sie rum.«

Ehe er ins Detail gehen konnte, betrat Baby Clara, Joeys angetrautes, costaricanisches Weib die Bar und sah ihren Gemahl mit der texanischen Backpackerin in trauter Zweisamkeit an der Theke stehen. Clara begann sofort und ohne zu fragen, Joey eine heftige Szene zu machen.

»Da, was ich gesagt habe. Sei froh, dass du ungebunden bist.«

Dobro unterbrach sein Programm und überließ Gonzo wieder die Bühne, nachdem er die Gitarren umgestöpselt hatte.

Er stellte sich hinter Rainer und mich an den Tresen. Shane reichte ihm das Gagenbier hinüber und bedankte sich: »Dein Essen geht auch aufs Haus. Seit Jahren nicht mehr so gute Musik hier gehabt.«

»Siehst du, Bunny, die sind doch ganz dankbar. Was stellst du dich so an?«

# VULKANE & VERMISCHTES

DIE FOLGENDEN TAGE verbrachte ich damit, Dobro Land und Leute zu zeigen. Wir machten das gewünschte Lagerfeuer am Strand, wozu außer Yoani auch noch Joey und Clara eingeladen waren. Wir grillten frischen Fisch, den ich am Vormittag beim Schnorcheln harpuniert hatte. Joey hatte frisches Bananenbrot mitgebracht. Dobro hatte mittags im Laden bei Hernando zwei Packungen Marshmallows erstanden. Eine hatte er der zahnlosen Mama Mira spendiert, die die Schaumbällchen wunderbar lutschen konnte. Die andere Packung wurde auf Holzstäbchen überm Feuer gegrillt.

»Bockstarker Nachtisch, Leute«, meinte mein Gast überglücklich.

Es war wie im sprichwörtlichen Paradies. Dobro hatte schnell kapiert, was mich in Costa Rica festhielt und trotz meiner tiefen Trauer, die ich immer noch über Rickys Tod empfand, einigermaßen zufrieden sein ließ.

Am nächsten Tag brachen wir sehr früh zu unserer kleinen Rundreise auf, die wir in dem ländlich pittoresken Gebiet um den Vulkan Poás mit den ausgedehnten Kaffeeplantagen und Erdbeerfeldern an den Berghängen begannen. Wir hatten Glück: Die Caldera des Vulkans lag an diesem Tag nicht im Nebel und wir genossen einen ungetrübten Blick auf den imposanten Krater. Leider zogen auch die Schwefelgaswolken, die nach faulen Eiern rochen, ungehindert an unseren Nasen vorbei.

Dobro befand: »Voll der *Earth Porn,* Bunny, aber gegen die stinkenden Blähungen sollte mal einer dringend was tun.«

Wir fuhren durch tropische Trockenwälder in die heiße, dürre Ebene mit den Viehranches an der Grenze zu Nicaragua. Wir stiefelten frühmorgens in Fleecejacken zum Vulkan Rincon hoch, über die dünn bewachsene Hochebene mit blubbernden Schlammtöpfen, und sahen einer marodierenden Truppe Nasenbären zu, wie sie einen Mülleimer im Nationalpark plünderten.

»Boah, sind die Viecher ungepflegt. In der Wilhelma sehen die immer so sauber und manierlich aus.« Manchmal merkte man, dass der coole Rastaman im Heimatland der Kehrwoche und gepflegten Vorgärten groß geworden war.

Müde und zufrieden badeten wir nachmittags in heißen Thermalquellen und rieben uns gegenseitig mit angeblich gesundem Vulkanschlamm ein. Durch die natürlichen Basaltbecken lief ein kleiner Fluss und über uns erstreckte sich das dichte grüne Dach des Regenwaldes samt seiner lärmenden Tierwelt.

»Endgeil, Alter. Du kriegst mich nie wieder in so ein dämliches deutsches Spaßbad mit Rutsche, vollgepinkeltem Blubberpool und abgestandener Chlorbrühe!«, meinte Dobro, als wir den Schlamm im kühlen Gebirgsfluss abwuschen und einem Trupp Blattschneiderameisen zusahen, deren *Highway* am Ufer entlangführte.

Wir besuchten die pazifische Küste mit ihren ausgedehnten Palmölplantagen, dem genialen *Surfbreak* und den traumhaften Sonnenuntergängen.

Wenige Tage später übernachteten wir mit direktem Blick

auf den Vulkan Arenal und trieben mit dem amerikanischen Besitzer der Lodge auf einem breiten Fluss in riesigen, aufgeblasenen Gummireifen gemächlich durch den Regenwald. Wir sahen Tukane und Affen in den Bäumen, die sich lautstark aufregten über den ungewohnten Besuch in ihrem Revier. Einmal hörten wir sogar das weit entfernte, unheimliche Rufen eines Brüllaffen.

Abends aßen und tranken wir das, was die jeweilige Gastronomie hergab – Dobro hatte sein tägliches Bier gegen *Coco Loco* ausgetauscht und löffelte aus den leer getrunkenen Kokosnüssen sorgfältig jedes Fitzelchen Fruchtfleisch heraus.

»Voller mittelkettiger Fettsäuren das Zeug. Davon nimmst ab wie ein Abreißkalender«, klärte mich das Stoffwechselwunder aus Stuttgart auf, das sich meiner Schätzung nach am Tag Kalorien im fünfstelligen Bereich zuführte. Dobro saugte, nagte oder schlürfte beständig an irgendetwas auf dieser Rundreise.

Wir unterhielten uns mit Einheimischen und Backpackern aus aller Herren Länder. *Pura vida,* wie es so typisch für dieses mittelamerikanische Land war, das seinen Bürgern einigermaßen Wohlstand und Sicherheit gab und an dem es seine Besucher gerne teilhaben ließ. *Pura vida* war mehr als ein Touristenslogan – die beiden Worte drückten die Lebenseinstellung der *Ticos* aus.

Raya hatte sich nicht mehr gemeldet, was mich in stillen Momenten, die es mit Dobro kaum gab, zum Grübeln brachte und einen leichten Schatten auf unsere Unternehmungen warf.

Die restliche Zeit blieben wir an der Küste. Dobro probierte Surfen, chillte aber lieber in der Hängematte und wartete geduldig darauf, dass ein Trupp Braunpelikane, seine erklärten Lieblingsvögel, knapp über der Wasseroberfläche vorbeiflog.

»*Pelicanus occidentalis!* Wie Frachtschiffe in der Luft,

Bunny«, meinte der kiffende Naturfreund und freute sich, wenn die großen Vögel vor seinen Augen kopfüber mit angelegten Flügeln ins Meer stürzten und mit gefülltem Schnabel wieder auftauchten.

Die Tage und Nächte verbrachten wir mit essen, trinken, rauchen und Musik machen. Jetzt, wo ich wieder regelmäßig sang, war mir bewusst geworden, wie sehr es mir gefehlt hatte.

»Deine Stimme klingt wieder runder, Caruso«, meinte Dobro am Abend, als wir eines seiner geliebten Lagerfeuer am Strand machten. Langsam ging das Treibholz aus. Mein Besucher mit Kehrwochenhintergrund konnte stundenlange Exkursionen unternehmen, um brennbare Materialien anzuschleppen. So sauber und gepflegt war der naturbelassene Küstenabschnitt in Tausenden von Jahren noch nie gewesen. *Adopt a beach!*

»War wohl etwas eingerostet.«

»Hatte mir schon Sorgen gemacht, du hättest sie verloren.«

»Nee, nur vergessen.«

»Gut, Alter. Das ist schon mehr als ein Talent, das ist eine Gabe, Caruso!«, mahnte Frédéric-Fabian mich ungewohnt ernst.

Schließlich teilten wir uns einen Joint und gingen früh zu Bett, wie alle Weltklassesurfer. Dobro wollte Sonntagabend noch mit in den Pub, weil er Shane eine Abschiedsvorstellung versprochen hatte.

Mit meiner Gibson und Gomez auf dem Rücksitz machten wir uns am nächsten Tag kurz nach Sonnenuntergang auf den Weg.

Dieses Mal hatte Gomez keine eigenen Pläne und begleitete uns in den Pub, wo er sich in einer Ecke unter einen Stuhl legte und ein Nickerchen machte. Dobro bestellte die halbe Speisekarte rauf und runter. Ich wollte ein Bier und ein paar mit scharf gewürztem Hackfleisch gefüllte Empanadas. Kurz vor acht traf

Gonzo ein und wurde von Shane informiert, dass heute nach einer halben Stunde für ihn Schluss sei, weil Dobro den Rest des Abends spielen würde. Gonzo konnte gut damit leben, nur das Vorprogramm zu sein, und spulte sein Programm herunter. *41 Shots* mit einem Akkord.

Joey, der keinen Schritt mehr ohne Baby Clara an seiner Seite machen durfte, meinte trocken: »Oh Mann, nur ein einziger gezielter Schuss und es wäre Ruhe!«

Dobro und ich grinsten zustimmend und aßen weiter. An einem der anderen Tische saß eine Gruppe pinkfarbener Engländer, einer davon vernehmlich ein Schotte, mit jeder Menge Edelstahl im Gesicht. Der schrägste, mit glänzender Glatze, hatte beide Ohrläppchen so geweitet, dass er ohne Mühe durch die Ringe hätte eine Bierdose schieben können. Als Notarzt hatte ich schon viele üble Verletzungen gesehen, aber diese freiwillige Selbstverstümmelung tat selbst mir weh und verursachte mir Übelkeit. Die Engländer begannen bei Gonzos zweitem Stück zu buhen, einer warf eine leere Dose auf die Bühne. Gonzo war zugegeben grottenschlecht, aber er war ein Freund und es ging nicht, dass dahergelaufene Metallwarengesichter ihn beleidigten. Da setzte sofort die Dorfsolidarität ein. Joey machte eine bissige Bemerkung in Richtung der Idioten, aber es nützte nichts. Die Vollpfosten hatten mittlerweile angefangen, obszöne Gesten und Geräusche zu machen, als Gonzo *It Must Have Been Love* von Roxette vergewaltigte.

Ich wollte schon aufstehen und zu der Gruppe rübergehen, als Shane in die Runde fragte: »Muss einer von euch Jungs pinkeln?«

Wir sahen uns gegenseitig an und zuckten mit den Schultern. Ein paar Tropfen gingen bei einem richtigen Mann immer.

Dobro sagte auf Deutsch: »Wie ein Brauereigaul«, und lieferte gleich die englische Übersetzung: *»Like a brewery horse«*.

»Nimm den Becher und gib mir eine Urinprobe.« Der

Wirt reichte Dobro einen Plastikbecher mit dem *Imperial*-Logo drauf. Das Fassungsvermögen war zweihundert Milliliter.

»Was soll das? Schwangerschaftstest?«, fragte Dobro grinsend.

»Nein, das brauche ich für einen Spezialmix. Muss nicht voll werden.«

Der Rastaman zuckte mit den Schultern und kam zügig mit dem gefüllten Becher in der Hand zurück, der danach unauffällig über den Tresen ging. Shane verschwand damit in der Küche und kam mit einem Tablett zurück, auf dem fünf Whiskygläser standen – jedes zwei fingerbreit mit bernsteinfarbener Flüssigkeit gefüllt. In einem Glas schwamm ein Klumpen Eis. Mit gekonntem Schwung aus dem Handgelenk stellte der Wirt das Tablett vor den Engländern auf dem Tisch ab, nahm sich das Glas mit dem Eis und meinte: »Ein Gruß aus meiner irischen Heimat. Geht aufs Haus, so Gäste wie euch hat man nicht alle Tage.«

Die Gäste mit einem IQ, der geringfügig über der Raumtemperatur lag, freuten sich über ihren Sonderstatus und nahmen sich johlend je einen Drink.

Der Ire hob sein Glas: »*Here's to you, my British friends!*«

Der Inhalt der Gläser wurde in einem Zug hinuntergekippt. Die britischen Freunde schüttelten sich. Der mit dem schottischen Akzent meinte: »Furchtbarer Stoff. Ihr Iren habt's einfach nicht drauf, gescheiten Whisky zu brennen!« Der Rest stimmte grölend zu.

Shane lachte unverbindlich, kam mit den leeren Gläsern an uns vorbei und meinte verschwörerisch: »Das liegt wohl an dem deutschen Destillat darin!«

»Das sind aber raue Sitten hier bei euch auf dem Land, Bunny.« Dobro ging mit Gitarre auf die Bühne und unterstützte Gonzo bei *House of the Rising Sun*. Dann hatte der Vollblutmusiker genug von Lagerfeuerromantik und einfachen Stücken und begann das geniale Intro von *Nothing Else Matters* zu spielen. Den Song hatte ich lange nicht mehr gehört. Ich wusste aus der Vergangenheit, dass Dobro es gnadenlos gut spielen konnte, aber weder er noch Gonzo hatten den Stimmumfang, um es singen zu können. Ich stutzte und bemerkte Dobros zufriedenes Grinsen. Er nickte mir zu.

Der Laden füllte sich zusehends, selbst die Metallwarenabteilung von der Insel hatte mit Buhen aufgehört.

Dobro klimperte immer noch die Anfangsakkorde als Untermalung für eine Ansage in astreinem Englisch, als wäre er in Oxford aufgezogen worden. Der Landschaftsgärtner entpuppte sich zu meiner Überraschung als Sprachgenie.

»*Hermanos*, wie manche von euch wissen, ist das mein allerletzter Abend in eurer schrägen *Community*. Weil ich mich so scheißwohlgefühlt habe, mache ich euch ein besonderes Abschiedsgeschenk. Ich verspreche euch, ihr werdet in der nächsten Stunde Musik lauschen, wie ihr sie noch nie gehört habt. Höllisch geile Gitarrenklänge und himmlischen Gesang.«

Bei diesen Worten grölten nicht nur die Engländer.

»Keine Sorge, ich werde nicht mehr singen, als ich muss, und Gonzo wird einen Abend lang schweigend seinen Akkord klampfen. Ihr könnt es nicht wissen, aber in eurer Mitte weilt ein musikalischer Schläfer, den ich kam zu wecken. Ich muss nur etwas vorsichtig sein, er ist eine scheue Seele.« Er sah zu mir. Ich schüttelte den Kopf. »Wie zu erwarten, ziert er sich ein wenig. Aber wenn wir alle zusammen rufen, kommt er vielleicht raus aus seinem Schuhkarton. Es ist zwar nicht Ben E. King, aber so was Ähnliches schon.«

Mittlerweile hatten meine Freunde wohl begriffen, wen Dobro mit seiner Ankündigung meinte, und sahen mich erwartungsvoll an. Noch ehe der ganze Schuppen meinen Namen unisono skandieren konnte, ging ich auf die Bühne. Gonzo überließ mir anstandslos den Barhocker vor dem Mikrofon und setzte sich einen Stuhl weiter. Ich nahm Platz und richtete unter Applaus das Mikrofon. Dobro spielte immer noch das Intro als Dauerschleife und wartete, bis ich anfing.

Ich sah auf den Boden, schließlich platzte in mir ein Knoten: »*So close, no matter how far. Couldn't be much more from the heart.*«

Als das Lied fertig war, war der Pub brechend voll. Vor den scheibenlosen, vergitterten Fensteröffnungen standen ebenfalls Zuhörer. Ewig nicht mehr gehört und Balsam für meine Seele: der Applaus, der folgte.

»Noch eins?«, fragte Dobro.

Ich zuckte mit den Schultern. Jetzt war die Katze aus dem Sack und ich hatte Blut geleckt. Dobro schlug in die Saiten und ich erkannte *Nothing Ever Happens* von Manfred Mann. Dobro sang dezent im Hintergrund den Refrain mit, das Publikum ab dem zweiten auch. Gonzo lieferte seinen A-Dur-Akkord, aber da seine Gitarre nicht mehr mit dem Verstärker verbunden war, spielte das keine große Rolle. Bei *I See Fire* von Ed Sheeran hatte Shane Pfützchen in den Augen, bei *Chicago* von Crosby, Stills, Nash & Young glitzerten Joeys Augen verdächtig. Bei Roberta Flacks *Killing Me Softly* war mir zum Heulen und ich hatte genug.

Danach folgten Schulterklopfen und Fragen über Fragen, warum ich nicht schon früher gesungen hätte und mir stattdessen Gonzos Mordanschläge auf ihre Lieblingslieder angehört hatte.

Der Wirt stellte mir einen Whiskybecher vor die Nase: »Geht aufs Haus, mein deutscher Freund.«

»Wessen Pisse ist das?«, fragte ich misstrauisch.

»*Mr. Talisker's.*« Der irische Hüne zwinkerte mir zu.

# Präferenzen & Präservative

Dobro REISTE am nächsten Morgen mit dem ersten Überlandbus nach Panama ab und wurde von Yoani und Gwen unter
Tränen verabschiedet. Erstere hatte zahlreiche Proviantpäck-
chen in Alufolie zurechtgemacht.

»Ist in Panama der Notstand ausgebrochen?«, bemerkte ich
anlässlich der wortreichen Übergabe der Marschverpflegung.

»Das sind doch alles Wilde da unten, die von anständigem
Essen keine Ahnung haben«, meinte meine Perle.

Nachdem Yoani am frühen Nachmittag auch gegangen
war, herrschte wieder Ruhe und Ordnung im *Casa Brandstätter*.
Der Herr des Hauses legte sich in die Hängematte, die jetzt
wieder ihm gehörte, und schlief sofort ein. Obwohl mein letzter
Schichtdienst lange zurücklag, hatte ich es immer noch nicht
verlernt, bei jeder Gelegenheit ein Nickerchen einlegen zu können.

Ich wachte vom Geschrei zweier vorüberfliegender Aras auf,
deren Gefieder blutrot im Abendlicht glänzte. Können diese
Viecher nie still sein, ärgerte ich mich. Ich setzte mich auf und
sah Raya am Strand laufen. Eine ungewohnte Zeit für sie. Ich
verfolgte das Objekt meiner Begierde mit den Augen. Sie joggte
nicht am Haus vorbei, sondern schlug den Weg zu mir ein und

kämpfte sich durch den lockeren Sand hinter der Wasserlinie. Die Frau meiner Träume lächelte mich an und ging wortlos an mir vorbei ins Haus. Ich stand auf und folgte ihr langsam.

Vor meinem Bett lagen Rayas Kleider und die Laufschuhe. Im Bad lief die Dusche. Ich zog mich ebenfalls aus und stellte mich hinter Raya unter den Wasserstrahl. Wir wuschen uns mit viel Seife gegenseitig den Schweiß vom Körper, legten uns klatschnass ins Bett und begannen, uns intensiv zu küssen und zu streicheln. Dieses Mal hatte ich genügend Kondome im Haus.

Als ich eine Packung öffnen wollte, nahm Raya sie mir aus der Hand: »Die brauchst du nicht, *Querido*, ich werde nicht schwanger.«

Ich wollte Raya und in dem Moment wäre es nicht schlimm gewesen, wäre aus unserer Vereinigung neues Leben entstanden. Im Gegenteil – ich konnte mir nichts Schöneres vorstellen, als einen kleinen Ableger mit Rayas Augen und meinem Lächeln in einigen Monaten seine ersten eigenen Schritte in meinem Haus machen zu sehen. Mit diesem Gedanken im Kopf fühlte es sich mit einem Mal nicht nur geil an, mit Raya zu schlafen – ich genoss das unbeschreibliche, einzigartige Gefühl tief empfundener Liebe, das mich immer überkam, wenn ich mich mit Kraft in einer Frau entleerte, die mir wirklich etwas bedeutete.

»Bleibst du zum Abendessen?«, flüsterte ich, als wir mit ineinander verschränkten Gliedern auf dem Bett lagen.

»Nein, ich kann nicht. Rainer ist in Limón und zum Essen zurück«, sagte Raya, stand auf und zog sich an.

Ich beobachtete die Südamerikanerin mit aufgestütztem Arm. Sie nahm zum Abschied wieder meinen Kopf mit dieser vertrauten Geste in beide Hände, sah mir lange in die Augen, ehe sie mich auf den Mund küsste. Mir kam ein Songtext in Erinnerung, in dem es hieß, dass man eine Frau erst wirklich liebt, wenn man die ungeborenen Kinder in ihren Augen sieht.

»Was ist das für eine Narbe über deinem Auge?«

»Nichts Besonderes«, belog ich Raya, lächelte dabei und schüttelte den Kopf. Ich lächelte immer, wenn ich unsicher war. Diese Narbe war etwas ganz Besonderes.

Raya machte Anstalten, mit dem Daumen darüberzustreichen. Ich drehte instinktiv den Kopf weg und sah an ihrem Ausdruck, dass sie gekränkt war.

»Nicht, bitte. Das tut weh.«

»Ich verstehe«, meinte Raya und stand auf.

Aber wie hätte sie verstehen können? Es war kein körperlicher Schmerz, der von der Berührung des feinen, kaum sichtbaren Narbengewebes ausging. Es hätte mir tief in der Seele wehgetan. Diese Narbe war der Schlüssel zum Glück und zu einer Geschichte, die ich mit Ricky geteilt hatte. Dieser winzige Teil meines Körpers war der Intimste an mir und gehörte ausschließlich meiner toten Frau. *Til the end of time my love.*

Ich ging mit Raya zur Patiotür und sah ihr hinterher, wie sie verschwand. Die Laufschuhe trug sie in der Hand. Dann holte ich mein Brett, wachste es und nutzte die Stunde bis zum Sonnenuntergang.

Zwei Tage später stand Raya mit einer Flasche *Lautus* aus der spanischen Bodega *Guelbenzu* vor der Patiotür, als ich zu Abend essen wollte. Ich hatte einen Hornhecht beim Schnorcheln harpuniert und briet mir die Steaks auf dem Gasgrill in der offenen Küche.

»Das riecht lecker. Ist für mich auch etwas übrig?«

»Klar.«

Ich legte noch ein Gedeck auf und holte zwei Rotweingläser aus dem Schrank. Raya öffnete geschickt die Flasche und schenkte uns ein. Der Wein duftete nach schwerem Waldboden und schmeckte intensiv nach Schwarzkirsche, unterlagert von dem schweren Aroma des Barriquefasses, in dem er ausgebaut worden war. Ein edles Stöffchen – die Frau, die ihn mir geschenkt hatte, lächelte mich über ihr Glas hinweg an. Die abgesplitterte Ecke an ihrem Schneidezahn war erotisch – alles an Raya war erotisch, die Art, wie sie dastand, den Po immer fest durchgedrückt, wie ihr Haar über ihre gebräunten Schultern fiel, dass ihr Mund nie fest geschlossen war, sondern immer leicht offen stand, und wie sich ihre Nasenflügel bewegten, wenn sie sprach und atmete. Ich war diesem Körper hoffnungslos verfallen und hatte ihn bereits ausgiebig erforschen können. Was meine Traumfrau dachte, fühlte und von mir hielt, war mir immer noch weitgehend unbekannt.

Raya aß mit kleinen Bissen das Steak sowie den Tomatensalat, den ich dazu gemacht hatte. Wir unterhielten uns über südamerikanische Rotweine, den Geschmack von schwarzen Johannisbeeren, Vanillearomen, Zimtduft und Kork. Die sinnliche Bolivianerin hatte Tourismus studiert und seitdem immer im Hotelgewerbe beziehungsweise der Gastronomie gearbeitet. Deswegen hatte sie auch die Flasche vorhin so gekonnt geöffnet. Nach dem Essen stand die Weinkennerin unvermittelt auf und begann den Tisch abzuräumen. Ich wäre gerne noch etwas sitzen geblieben und hätte weiter erzählt. Das Gespräch auf persönlichere Dinge als Essen und Wein gebracht. Es war erstaunlich, wie wenige Worte diese Frau benutzte. Meine gemeinsamen Mahlzeiten mit Ricky hatten uns nie daran gehindert, unsere unterhaltsamen Gespräche fortzuführen.

Ricky hatte die Angewohnheit gehabt, selbst mit vollem Mund zu sprechen. Ich hasste das und hatte sie wegen ihrer schlechten Kinderstube aufgezogen. Das hatte meine souveräne Frau nie gestört, sie hatte munter nach dem nächsten Bissen geantwortet, die Ellbogen absichtlich auf der Tischplatte liegend: »Reg dich nicht auf, Brandstätter. Dafür darfst du mal wieder beim Frühstück dein Messer unbeanstandet ablecken.«

Ricky war eine Wortjongleurin im besten Sinne, die mich ständig verbal herausgefordert hatte und mir nie eine Antwort schuldig geblieben war. Sie hätte jetzt, wenn nicht mit mir, mit einem der Hunde gesprochen, die in der Ecke lagen, oder zur Not auch mit dem Geschirr oder der Spülmaschine. Raya stellte die Teller schweigend und mit sparsamen Bewegungen in die Maschine, während ich den übrigen Fisch einpackte, in den Kühlschrank stellte und meine stumme Helferin aus den Augenwinkeln beobachtete. Als diese fertig war, nahm sie unsere beiden Gläser und die halb volle Flasche vom Tisch und verschwand damit im Schlafzimmer.

Dieses Mal war Raya bereits mit Duschen fertig, als ich nachkam. Sie lag auf dem Bauch und hatte Arme und Beine weit von sich gestreckt, die Augen geschlossen. Ich stellte mich ebenfalls kurz unter die Dusche, legte mich auf Raya und verdeckte ihren zierlichen Körper ganz mit meinem. Ich nahm ihre Hände, hielt sie fest und biss zärtlich in ihren Nacken.

Sie stöhnte auf und sagte mit rauer, belegter Stimme: »Fick mich, Ben. Bitte.«

Ich drückte ihre Arme fest auf die Matratze und tat, worum ich gebeten wurde, bis ich nicht mehr konnte und ich in ihr kam. Raya rollte unter mir weg, drehte sich auf die Seite und wir schliefen in Löffelchenstellung miteinander ein.


ALS ES HEFTIG an den Holzläden des Schlafzimmerfensters klopfte, schrak ich hoch. Raya lag immer noch in meinen Armen, draußen war es schon hell. Ich war es dank eines halben Lebens in Rufbereitschaft gewohnt, immer sofort voll da zu sein, egal, wann und wie ich geweckt wurde. Raya brauchte länger und sah benommen zu mir hoch, als ich meine Hose anzog. Verschlafen zog sie das Laken über sich.

Der Laden schepperte erneut. Ich hörte eine vertraute

Stimme Chris de Burgh imitieren: »*Open the door, let me in!*«

»Scheiße, Dobro. Ich bring dich um!«, fluchte ich und schloss die Haustür auf.

Dobro kam mit vollem Marschgepäck herein und verkündete im Flur: »*Fuck, man!* Panama ist nicht wirklich schön, voll die Pampa. Außerdem bin ich auf dieser verfickten Eisenbahnbrücke beinahe vor Angst gestorben, als der Bus drübergerattert ist. Hättest du mich nicht warnen können, dass das Teil vorsintflutlich ist? Ich bin deutsche Wertarbeit im Straßenverkehr gewohnt.« Er bemerkte meinen Gesichtsausdruck und fügte mit treudoofem Augenaufschlag hinzu: »Ich hatte einfach Sehnsucht nach dir, Schatz.«

Ehe ich antworten konnte, fiel die Patiotür mit dem typischen Klacken ins Schloss und Dobro nickte wissend: »Ah, ich verstehe! Ungezieferbefall! Sehr hartnäckig!«

Ich drehte mich um und meinte im Gehen: »Ach, halt die Klappe!«

»Begrüßt man so einen Freund, Alter?« Dobro kam hinter mir her gelatscht.

»Sei froh, dass ich dich nicht erschossen habe.«

»Ich hab dich auch lieb, Bunny! Echt wahr. Gibt's Frühstück?«

Yoani freute sich ein Loch in den Bauch, als sie wenig später kam und Dobro am Frühstückstisch bei seiner dritten Tasse Kaffee sitzen sah: »*¡Madre de Dios!*« Als hätte sie nicht genug eigene Söhne.

Mein Gast und ich nahmen unser gewohntes Leben wieder auf und ich wartete insgeheim sehnsüchtig auf Nachrichten von Raya, die nicht kamen.

Am nächsten Abend grillte ich unseren täglichen Fisch, als es von draußen brüllte: »Bunny, komm sofort her!«

»Ich kann nicht, Mann! Sonst brennt der Fisch an.«

160

»Alter, ist das widerlich!«

Ich nahm den Fisch vom Grill und eilte an Dobros Seite vor die Patiotür. Der stand mit einer Dose Bier in der Hand in der Dunkelheit. Schemenhaft konnte ich Gomez vor seinen Füßen ausmachen.

»Was gibt's?«

»Dein Hund frisst 'nen riesigen Leguan bei lebendigem Leib auf.«

Ich drehte mich auf den Fersen um. Ich kannte den Anblick, das Knacken und Knirschen, wenn Gomez diese Viecher zerbiss. Gnädigerweise immer zuerst den Kopf, dann den Rest.

Von der Tür rief ich: »Komm rein oder sieh weg!«

Dobro kam hinterhergeschlichen, schüttelte seine schwere Rastamähne, die er seit seiner Ankunft mit bunten Tüchern im Nacken zusammenhielt, weil er sonst vor Hitze eingehen würde, wie er meinte.

»Ich kann jetzt unmöglich was runterbringen.« Er setzte sich mit an den Tisch vor den leeren Teller und trank Bier.

Ich nahm mir von dem Fisch und dem Reis mit Paprika, den ich dazu gemacht hatte.

Dobro sah mir ein paar Sekunden beim Essen zu und meinte: »Will ja nicht undankbar sein«, und bediente sich ebenfalls.

»Na also, geht doch!«

»Schmeckt echt porno so ein Schuppentier frisch ausm Meer«, bemerkte Frédéric-Fabian kauend. »Sag mal, hast keine Angst, dass dich dabei mal ein Hai erwischt und du selbst zur Beute wirst?«

»Nö, du hörst doch, wenn einer angreift.«

»Wie, das hört man? Machen die dabei ein Geräusch?«

»Haie bewegen sich völlig lautlos, aber zum Glück hört man bei einem Angriff immer diese Musik, ehe man das Vieh sieht. Das weiß doch jeder.«

Dobro sah mich verständnislos mit in Falten gelegter Stirn an.

161

Ich sang: »*Du du. Du du. Du du. Du du du. Du du du du.*«
Dobro hörte auf zu kauen – wäre er eine veraltete Windows-Anwendung gewesen, hätte man in seinen Pupillen die sich drehende Sanduhr sehen können. Schließlich beendete er den Verarbeitungsvorgang und startete eine Sprachausgabe: »Krass, Alter, dass die Viecher unter Wasser Musik machen. Ich dachte, das ist nur bei Walen so.« Dobro schüttelte den Kopf und aß weiter.

Der Landschaftsgärtner war anscheinend kein Cineast und generell zu jung, um die berühmte Melodie aus dem Film *Der weiße Hai* zu kennen. Mir war nicht nach Aufklärung bildungsferner Randgruppen und ich behielt mein Wissen mal wieder für mich. Oscar Wilde und Robbie Williams hatten so recht: *Youth is wasted on the young.*

# PULVER & POLIZEI

KURZ VOR SEINER ABREISE gelüstete es Dobro noch mal nach den Kochkünsten von Señora Carmelita. Er hatte während seines Besuches Unmengen an Nahrung in sich hineingeschaufelt, aber gestern kopfschüttelnd verkündet, dass seine Hosen langsam zu weit würden, was mich wiederum den Kopf schütteln ließ. Ich wäre an seiner Stelle schon bei zwei Konfektionsgrößen weiter. Weil es Dobro eilte mit dem Essen und er keine überflüssigen Kalorien verbrennen wollte, ritten wir nicht zum Restaurant, sondern nahmen den Jeep.

Dobro genoss die Fahrt, die teilweise am Meer entlangführte. »Ich werde das alles voll fett vermissen, Bunny.«

Ein Kumpel hatte Dobro erzählt, die tägliche Aufnahme von Magnesium würde helfen, dass kiffen sich nicht nachhaltig negativ auf Hirnzellen auswirkte. Seitdem warf er jeden Tag eine kleine Alutüte mit Magnesium ein. Auf der Fahrt fiel ihm ein, dass er seine tägliche Dosis noch nicht intus hatte, und kramte aus einer der beiden riesigen Cargotaschen seiner kurzen Hose eine Aufreißpackung heraus. Er wollte das Pulver in sich schütten, als ich wegen eines Hundes, der unvermittelt auf die Fahrbahn gelaufen war, scharf bremsen musste. Woraufhin die volle Ladung zwischen Dobros Beinen auf den makellosen

Ledersitzen landete. Mein Beifahrer öffnete kurzerhand eine zweite Packung und schluckte den Inhalt.

Carmelita freute sich sichtlich über unseren Besuch, nicht zuletzt, weil wir an diesem Wochentag ihre einzigen Mittagsgäste waren. Dobro bestellte das Gleiche wie das letzte Mal und, oh Wunder, Carmelita wusste noch ganz genau, was der Herr hier vor Wochen gegessen hatte.

Dobro war begeistert: »*Woisch, des isch mein Land,* Bunny, mein Land!«

»Was glaubst du, warum ich hergezogen bin?«

»Ich dachte, um Steuern zu sparen.«

Ich verzog das Gesicht. »Hältst du mich für so materiell?«

»Scherz, Alter! Echt. Das mit deiner Ricky tut mir voll leid. Immer noch. War 'ne tolle Frau, obwohl sie schon so alt war.« Die Arroganz der Jugend hatte einen Namen. *Dobro.* »Taupe Wildlederstiefel *talking to pink* Plüschhausschuhe, *woisch no?*«

Ich lachte: »*Ebbe!*«

Wir tauschten beim Essen unsere Erinnerungen aus über die erste Begegnung mit Ricky, wobei diese Nacht immer noch ein dunkler Fleck in meinem Gedächtnis war. Ricky hatte mich am Straßenrand aufgelesen, nachdem ich in einer eisigen Januarnacht mit dem Fahrrad gestürzt war. Sie hatte mich zu mir nach Hause gebracht, wo ich noch in der Nacht die Platzwunde auf der Stirn selbst genäht hatte. Es tat gut, offen über Ricky zu reden, ohne jede falsche Rücksichtnahme. So, als würde sie jederzeit um die Ecke gebogen kommen, sich lachend zu uns setzen und unverfroren Bier aus meinem Glas trinken und von meinem Teller essen, ehe sie sich selbst etwas bestellte.

Carmelita brachte die Rechnung, die Dobro an sich nahm. Er fragte nach einem Glas von dem süß-sauer eingelegten, scharfen Gemüse und bekam eines geschenkt. Er versprach wiederzukommen und drückte Carmelita zum Abschied herzlich. Ich wusste, es war kein leeres Versprechen – Dobro war angefixt.

Wir waren gut drauf und sangen auf der Rückfahrt Songs mit, die ich vom Handy auf der überragenden Anlage meines Autos spielen ließ. Überall, wo Platz war, waren Lautsprecher vom Feinsten eingebaut. Bei *Running around my brain goes cocaine* drehte ich die Lautstärke voll auf. Ich bemerkte im Rückspiegel ein Motorrad schnell näher kommen, das sich bald als Polizeimotorrad herausstellte. Ich war mir keiner Schuld bewusst, stellte aber die Anlage etwas leiser, weil es weit und breit nur einen Motorradpolizisten gab. Dieser hörte auf den klangvollen Namen Jesús Domenico Nuria. Er betrachtete seinen Vornamen als Programm und war päpstlicher als der Papst *himself*.

Jesús überholte uns mit einem Affenzahn, verlangsamte sein Tempo und gab mit der rechten Hand Zeichen, zu stoppen. Ich hielt den Wagen am Straßenrand, machte die Zündung aus und schlug mit der Stirn mehrmals auf das Lenkrad.

Dobro fragte irritiert: »Alles okay, Alter?«

Ich zuckte mit den Schultern: »Jesus liebt mich definitiv nicht.«

»Oh, Scheiße! Was laberst du? Hast du etwa ohne mich gekifft?«

»Ich bin praktisch Robin Hood und das da ist der Sheriff von Nottingham.«

»Dann bin ich Lady Marian.« Dobro warf sein langes Haar wie Miss Piggy in ihren besten Zeiten über die Schulter zurück.

Langsam kam der schwarze Bilderbuchcop, für den jede Castingagentin in Hollywood eine fette Bonuszahlung bekommen hätte, auf uns zu – mit spiegelnder Pilotenbrille, gestärktem Hemd unter einer lässigen Lederjacke, in der ganzen Pracht seiner ein Meter fünfundachtzig in coolen Lederstiefeln. Jesús war der unerfüllte feuchte Traum fast aller Señoritas entlang der Karibikküste und bis weit ins Hinterland. Der Polizist hatte seinen Luxuskörper ganz dem Gesetz verschrieben und wohnte mit seinen dreiunddreißig Jahren immer noch im Hotel Mama. Sein Erzeuger war kurz nach der Geburt des kleinen Jesús in die USA abgehauen, ohne jemals einen Colón für sein Prachtstück von Sohn gezahlt zu haben.

Mir fielen Bruce Springsteens legendäre Zeilen aus Gonzos Lieblingsprotestsong, *American Skin,* ein: *You've got to understand the rules, if an officer stops you, promise me you'll always be polite.*

Ich fragte Dobro auf Deutsch: »Hast du irgendwas Illegales einstecken?«

»Na ja, manche Weiber meinen, mein Schniedel sei verboten.« Er lachte sich schlapp über seinen Witz.

»Mach mal lieber halblang mit Scherzen. Da kommt das Gesetz in seiner reinsten, unbestechlichsten Form auf uns zu.«

»Der schwarze Lutscher mit der Beule in der Hose?«

»Ein wenig mehr *political correctness, please.*«

Dobro kam nicht mehr dazu, seine Aussage zu korrigieren, denn Jesús stand bereits vor uns, unter der engen Motorradhose war tatsächlich ein erstaunliches Paket mittig zwischen den Beinen zu sehen.

Der solchermaßen ausgestattete Gesetzeshüter meinte völlig humorlos, aber dafür voll überkorrektem Sendungsbewusstsein: »Guten Tag, Señores. Fahrzeugpapiere und Führerschein, wenn ich bitten darf. Sollten Sie keinen costaricanischen Pass besitzen, bitte ein entsprechendes Ausweispapier eines anderen Landes mit gültigem Visum.«

Ich war wahrscheinlich der einzige Bewohner dieses Landstriches, der immer sämtliche Papiere griffbereit mit sich führte, selbst wenn er nur drei Kilometer zum nächsten Laden fuhr. Jesús der Gerechte hatte mir gleich zu Anfang meines Aufenthaltes einen gesalzenen Strafzettel ausgestellt, nachdem ich bei einer Routinekontrolle nichts dergleichen vorzuweisen gehabt hatte.

Obwohl Jesús meine Dokumente schon so oft gesehen hatte, dass er sie auswendig kennen musste, studierte der Polizist alles ausgiebig und meinte: »Darf ich Sie bitten, Señor Brandstätter, auszusteigen und sich neben den Wagen zu stellen?« Der *Tico* tat sich mit meinem Namen und dem Umlaut immer verdammt schwer, das *Sch* konnte er zu meiner heimlichen Freude überhaupt nicht aussprechen.

Während ich ausstieg, forderte der Hüter des Gesetzes Dobro auf, seinen Pass zu zeigen.

»Ja, wie dumm, der ist im Zimmer in meiner Herberge«, antwortete das Sprachtalent in seinem geschliffenen Kastilisch.

»Bitte aussteigen und neben den Wagen stellen.« Jesús sprach das schludrige Spanisch der Costa Ricaner, das ich mir auch angewöhnt hatte.

Während wir beide in der Mittagssonne herumstanden, inspizierte Jesús den Zustand der Reifen und besah sich das Innere und Äußere des Jeeps von allen Seiten. An der Beifahrerseite stutzte er und beobachtete alles genauer. Er nahm sogar kurz die verspiegelte Sonnenbrille vom Kopf, setzte sie aber sofort wieder auf, ehe Sonnenstrahlen seine empfindlichen Netzhäute zerstören konnten.

»Was will der Vollpfosten von uns?«, fragte Dobro auf Deutsch.

Ich antwortete auf Spanisch: »Selbstverständlich können wir Samstag gemeinsam in die Kirche gehen, mein Freund.«

Jesús zitierte mich mit einer Handbewegung zu sich und deutete auf das weiße Pulver auf dem Beifahrersitz: »Was ist das, Señor Brandstätter?«

Ich befeuchtete meinen Finger mit der Zunge und wollte ihn in das Pulver stupsen, um Jesús die Harmlosigkeit des Stoffes zu verdeutlichen.

Jesús hielt mich mit erhobener Hand zurück: »*¡Alto!* Hier wird kein Beweismaterial vernichtet!«

»Das ist Magnesium. Vitamine. Völlig unbedenklich. Rezeptfrei.«

»Das soll ich glauben?«

»Das ist die Wahrheit, also warum nicht?«

Ich fühlte mich in *True Romance* versetzt, einen meiner Lieblingsfilme als Heranwachsender, in dem ein Liebespaar von einem Polizisten gestoppt wurde, nachdem es im Streit einen Koffer voll Kokain im Wagen verstreut hatte. Im Film war die Szene amüsant, das *Remake* im richtigen Leben mit einer Tüte Magnesium nervte nur.

Dobro brachte es auf den Punkt: »Ich schmeiß mich fort, Bunny. Der Bimbocop glaubt doch nicht, das ist Kokain?«

Ein großer Fehler, denn Señor Nuria verstand offensichtlich nur das letzte Wort, das in allen Sprachen ähnlich klang. Der Supercop legte seine makellose Stirn in zwei äußerst dekorative Querfalten, was wohl Bedenken und Geschäftigkeit suggerieren sollte, und erklärte uns mit noch bierernsterer Miene als zuvor, dass der Wagen beschlagnahmt sei. Schließlich forderte er einen Einsatzwagen über Funk an und ließ uns weiter in der Gluthitze neben dem Wagen schmoren.

»Scheiße«, meinte ich, nachdem sich eine Viertelstunde nichts getan hatte, außer dass Jesús jede Menge Funksprüche mit MICIT-Miene (*most important cop in town*) durchgegeben hatte. Es waren zwischenzeitlich einige Wagen mit mir bekannten Gesichtern an uns vorbeigefahren, aber angehalten hatte keiner. Mit Jesús Domenico Nuria legte man sich nur ungern an.

»Denk positiv, Schatz«, erwiderte der Rastaman mit Straßenkontrollenerfahrung.

»Dann halt ›schöne Scheiße‹!«

Dobro lachte. »*Woisch, Alter, du bischt gar net so verkehrt. Nur dein Marketing ischt miserabel!*«

168

Nach einer gefühlten Ewigkeit traf ein Wagen mit zwei anderen, mir unbekannten Polizisten ein, die ebenfalls mit MICIT-Ausdruck um mein Auto herumschwirrten, bis wenige Minuten später ein Minibus ankam, der mit quietschenden Bremsen direkt daneben hielt. Es sprang ein extrem gechillter Polizist heraus, der einen extrem aufgeregten deutschen Schäferhund aus dem Laderaum befreite. Der Hund stürzte sich nach kurzer Besprechung zwischen seinem Herrchen und Jesús auf seine Aufgabe und sprang sabbernd und schnüffelnd mit seinen Dreckspfoten auf meinen empfindlichen Ledersitzen herum. Ich schoss in Gedanken einen Narkosepfeil nach dem anderen auf das Tierchen ab. Nachdem Kommissar Rex ausgiebig herumgesucht hatte, sah er sein Herrchen ratlos an. K9 hechelte in der Hitze und mir war ebenfalls zum Hecheln zumute.

Herr Becker, der wegen seines einschlägigen Aussehens in der schwäbischen Landeshauptstadt ständig in irgendwelche Polizeikontrollen geriet, hatte Routine und seinen Humor nicht verloren: »Der Kampfhund und die karibischen Bullen scheinen ziemlich ratlos.«

*Famous last words*, wie sich herausstellte, denn die ratlosen Polizisten hatten beschlossen, uns aufs Revier in Puerto Limón zu bringen, was sie uns mitteilten, ehe sie uns in den Wagen bugsierten. Ein Cop fuhr mit meinem Jeep hinterher. Das Pulver auf dem Beifahrersitz wurde sorgfältig mittels eines Blatt Papiers in eine Plastiktüte getan, nachdem der Sitz aus allen Winkeln fotografiert worden war. Ich war begeistert, dank der Beweismittelsicherung war mein heiliges Blechle wenigstens wieder sauber.

Auf der Wache nahm uns ein älterer Cop, der seinen Bauch blusig über der Uniformhose trug, freundlich in Empfang. Er fragte uns, ob wir mit einer Blutentnahme einverstanden seien.

Dobro sah mich an: »*¿Somos, mi corazón?*«

Ich warf einen Blick auf die Wanduhr im Polizeirevier, machte eine Überschlagsrechnung und antwortete mit dem selbstverständlichsten Gesamtkörperausdruck, der mir schlechtem Schauspieler zur Verfügung stand: »*¡Sí, claro!*«

Cannabis war nur bis zu zehn Stunden nach dem Konsum im Blut festzustellen. Unsere letzte gemeinsame Tüte hatten der Rastafari und ich vor mehr als zwölf Stunden geraucht.

Daraufhin führte uns der übergewichtige Polizist in einen kleinen, fensterlosen Verschlag am Ende eines Ganges, der mit seinen wenigen, überalterten Utensilien zur Blutentnahme eher aussah wie der heimliche Treffpunkt der hiesigen Junkieszene denn wie ein Arztzimmer. Wir durften auf der Liege Platz nehmen. Unser Aufpasser setzte sich gegenüber auf einen uralten Bürosessel mit verschlissenem Bezug, aus dem die Schaumstoffpolsterung herausquoll, und nahm sein Handy heraus. Es dauerte eine halbe Ewigkeit, bis ein sehr junger Mann hereinkam, der sich als Doktor Borras vorstellte.

»Ey, man merkt, dass man alt wird, wenn die Ärzte jünger sind als man selbst«, meinte Dobro wieder mal auf Deutsch.

Ich warf ihm einen bösen Blick zu, aber der Wachtmeister war wesentlich gechillter als Jesús. Ihm schien es egal, ob wir uns in einer für ihn unverständlichen Sprache austauschten. Die Blutentnahme bei Dobro war eine wüste Pfuscherei. Zuerst fand mein Kollege keine Vene, dann kam kein Blut. Beim nächsten Versuch kam das Blut zu schnell und einige Tropfen gingen auf Dobros Hose.

Der Besudelte meinte: »So dämlich, wie der sich anstellt, kannst wenigstens sicher sein, dass er kein Fixer ist, der Herr Doktor«, und lächelte bei den Worten überfreundlich.

Doktor Borras nahm das als Lob und lächelte Dobro ebenfalls wohlwollend an. Dann wandte er sich mir zu und band meinen Oberarm ab. Ich nahm ihm die Kanüle aus der Hand, und ehe er sich wundern konnte, hatte ich schon selbst eine Vene gefunden.

Dobro erklärte auf Deutsch: »*Glernt ischt halt glernt, woisch?*«

Der Nachwuchsquacksalber setzte erneut zu einem Lächeln an, als die Tür bis zum Anschlag aufgerissen wurde. Jesús kam herein, gefolgt von einem kleinen, dynamischen Typen mit dünnem Haar. Der teure, lichtgraue Anzug aus feinster Wolle und die geschmackvolle Seidenkrawatte waren ein extrem seltener Anblick an der Karibikküste.

Die Ausnahmeerscheinung stellte sich uns mit Handschlag vor: »Randall Ramirez Quepo. Ihr Anwalt, meine Herren.«

»*Better call Saul*«, bemerkte ich, weil der Typ mich an Saul Goodman aus meiner Lieblingsserie *Breaking Bad* erinnerte. Im Geiste hörte ich Chris Joss *Tune Down* spielen und fragte mich, ob eine Situation jemals so beschissen sein konnte, dass mir nicht die passende Hintergrundmusik dazu einfallen würde.

Nach einem kurzen Gespräch mit den anwesenden Vertretern des Gesetzes kassierte Randall die Blutproben ein. Unser Retter schob uns vor sich her aus dem Behandlungskabuff und geleitete uns vor die Tür des Polizeireviers, wo er uns in knappen Sätzen darüber informierte, dass er von Manuel Higuera beauftragt worden war, uns aus der Gefangenschaft zu befreien. Der Anwalt reichte mir seine Visitenkarte und meine Autoschlüssel und meinte, ich hätte Glück gehabt, dass er so schnell gekommen sei, die Polizei wäre drauf und dran gewesen, den Wagen zu zerlegen, um die Drogenverstecke zu finden. Die Idee war mir Gott sei Dank noch nicht gekommen, sonst hätte ich die ganze Angelegenheit nicht so locker überstanden. Mein liebevoll instand gesetzter Wagen von uniformierten Vandalen in seine Einzelteile zerlegt, die Vorstellung tat selbst im Nachhinein weh. Randall wünschte uns zum Abschied einen schönen Tag und stieg selbst in ein weißes sportliches Modell ein, das in unserer schwäbischen Heimatstadt gebaut worden war.

Ich fuhr den Laredo vom Parkplatz des Reviers und musste an Jesús vorbei, der breitbeinig vor dem Eingang zum Polizeirevier stand und uns demonstrativ mit seinem verspiegelten Blick verfolgte.

»Weißt du jetzt, warum Jesus mich nicht liebt?«

»*Claro*. Der Typ ist scharf auf dich, und weil du nicht auf ihn stehst, sondern auf Weiber, disst er dich.«

Ich sah Dobro an: »Willst damit sagen, Jesús ist vom anderen Ufer?«

»Alter, wenn jemand ein zuverlässiges Homoradar hat, dann ich! Wäre das erste Mal, dass ich falschliegen würde.« Der *Checker* blinzelte aufreizend mit den Augen und fügte hinzu: »Schatz.«

Plötzlich bekam der Besuch von Jesús bei meinem Freund Manuel vor einiger Zeit eine ganz andere Dimension.


Zu Hause versorgte ich meine beiden Hunde, die völlig ausgehungert waren. Anschließend rief ich Manuel Higuera auf dem Handy an.

Mein millionenschwerer Freund nahm den Anruf sofort entgegen. »*¡Hola, Benny!* Wieder in Freiheit?«, fragte er lachend.

»Dank deiner Hilfe, ja. Sonst würden wir noch im Kerker schmoren, mein Kumpel und ich.«

»Ich bin in New York. Wenn ich zurück bin, musst du mir die ganze Geschichte in Ruhe bei einer Flasche Whisky erzählen. Ich werde später mal in meinem Lieblings-Liquor-Shop in Tribeca vorbeischauen. Irgendwelche speziellen Wünsche?«

»Das mit dem *Ardbeg* meines Jahrgangs hatten wir ja schon. Wie willst du das toppen?«, scherzte ich.

»Keine Sorge, mir wird schon was ins Auge fallen.«

»Woher wusstest du Bescheid, dass ich in Not war?«

»Limón ist Bananenland und die Bananen gehören mir.«

Das klang lustig, war aber gar nicht scherzhaft gemeint. Mittelamerika war immer noch eine einzige Bananenrepublik.

Gut, wenn man die richtigen Leute kannte. Nach Jesús' Rolle in Manuels Leben wollte ich am Telefon nicht fragen, das würde ich mir für eine stille Stunde bei einem Gläschen Rotwein aufheben.

»Was bin ich dir für den Anwalt schuldig?«

»Nichts. Randall ist ein Firmenanwalt, der bekommt sein Geld, ob er was dafür tut oder nicht.«

Ich beendete kopfschüttelnd das Gespräch und ging zu Dobro, der mit Gomez und Gwen am Strand *Hol das Stöckchen* spielte.

# DIAMANTEN & GLASSPLITTER

DA WIR GENUG AUFREGUNG gehabt hatten, verbrachten Dobro und ich den Tag völlig gesetzeskonform im Haus und übten ein paar Lieder ein. Ich hatte mir *Jealous* gewünscht, das ich von Labrinth kannte. »*I'm jealous of the nights that I don't spend with you.*« Der Text passte wunderbar zu meiner derzeitigen Situation mit Raya, die erneut in der Versenkung verschwunden war. Für mich unerreichbar, obwohl sie in unmittelbarer Nähe wohnte.

Dobro kannte den Song nicht und googelte ihn. »Mann, der Typ sieht aus wie euer schwuler Dorfpolizist«, verkündete er. Er ersetzte das getragene Klavierspiel des Originals mit seinen Gitarrenkünsten, was gar nicht so einfach war bei der komplizierten Akkordfolge.

»Salz in den Wunden, die das Ungeziefer hinterlassen hat, Bunny. *Pervers, des woisch scho?*«, meinte der Hobbypsychologe, als er den Text zweimal gehört hatte. »Aber wenn wir es uns schon geben müssen, weiter so.«

Es folgte: *I Got It Bad and That Ain't Good.* Wie immer, wenn Dobro einen Titel perfekt beherrschte, machte er Sex mit seiner Gitarre – jeder Akkord wie das Stöhnen einer Frau, die erregt war.

»Kennst du *Delirium* von Andreas Bourani?«

Ich schüttelte den Kopf. »Das ist doch Kindermusik. Kann ich mir gleich Sido anhören.«

»Tz, tz, tz! Was für eine Bildungslücke tut sich da denn auf? Bourani ist 'ne ganz andere Spielklasse als Sido. Warte, die Lyrics bringen dich um, Caruso.«

Der Gitarrenvirtuose legte los und tatsächlich – der Text war ein weiterer Glassplitter ins Herz. »*Ich hör' dich in allen Liedern und kann nichts dagegen tun. Du bist mein Delirium.*« Die Melodie war eingängig und bei der dritten Wiederholung sang ich Dobro bereits an die Wand. »*Ich will mehr, mehr. Ich hab noch nicht genug von dir.*«

Dobro legte die Gitarre beiseite. »Ich weiß, Schatz, es wird schwer für dich werden, wenn ich wieder weg bin. Morgen habe ich übrigens einen Termin in dem Tattoostudio auf der Hauptstraße in Puerto Viejo. Ich lasse mir einen Gaul mit Flügeln aufs Schulterblatt tätowieren. Kleine Erinnerung an unseren gemeinsamen Ausritt.«

»Du meinst einen Pegasus?«

»Heißt das nicht Hermes, Liebling?«

»Nee, Hermes war was anderes mit Flügeln.«

»Des ischt doch mir scheißegal, wie des Vieh hoist, Hauptsach Flügl aufm Buckl«, schwäbelte mein Ex-Nachbar.

»Wenn es eine Erinnerung an mich werden soll, fände ich ein Einhorn in dezenten Pastelltönen angebrachter.«

Ich reichte Dobro die Tüte und er nahm beiläufig meine rechte Hand in seine.

Ich wollte sie wegziehen: »Bei aller Liebe, das geht aber jetzt doch zu weit.« Ich war angenehm betrunken, leicht bekifft, also mal wieder völlig albern. »Willst ficken?«

»Boah, Bunny, was bist du gefühllos. Ich finde, Beischlaf sollte was Besonderes, Magisches sein.«

»Na, dann: *Abrakadabra, simsalabim:* Ficken?«

»Da denkt man, ihr Mediziner habt Niveau, aber nichts ist.« Dobro blinzelte mir zu. »Nee, mal im Ernst von wegen schwul und so. Das mit deinem geflochtenen Fußkettchen samt Hippie-Muschel ist ja ok. Coole Surfersache! Aber die beiden goldenen Protzringe an deinen Fingern, Mann Alter, das ist voll daneben!«

Ich zog fester und Dobro ließ meine Hand los. Ich betrachtete meine rechte Hand ausgiebig. Weil das viele Bier und das Gras mich müde gemacht und milde gestimmt hatten und Dobro mir in den vergangenen Wochen nähergekommen war, als er es jemals in Stuttgart gewesen war, erklärte ich ihm: »Kleiner Finger Siegelring der Brandstätter-Dynastie. Praktisch ein Relikt aus der Bronzezeit. Den hat mir mein Erzeuger vererbt, weil ich der älteste Sohn bin. Ich würde ihn aber auch meiner jüngsten Tochter schenken. Scheiß auf Traditionen.«

»Okay, Tradition, verstehe. Aber der breite Ring mit den Brillis in der Mitte – des ischt voll Liberace.« Das Liberace kam schwäbisch ultrabreit. *»Like a Rhinestone Cowboy!«,* sang Herr Becker eine Zeile aus dem Song von Glen Campbell.

»Das sind unsere Eheringe, vom Goldschmied im Feuer für alle Zeiten unauflöslich zu einer Einheit geschmiedet«, erwiderte ich poetisch. »Keine Rheinkiesel, echte Diamanten. Sonderanfertigung.«

»Ich merk schon, die vielen schwülstigen Songtexte sind dir in den Kopf gestiegen. Nimm noch mal 'nen Zug.« Er reichte mir den Joint.

Ich betrachtete den Ring des Anstoßes. Die Brillanten, die in der Mitte ringsum gingen, glitzerten und funkelten verführerisch. Das hätte Ricky gefallen, eine Sonderanfertigung zu sein. Ich schluckte und sagte: *»A diamond is a piece of charcoal that handled stress exceptionally well.«*

»Was willst du mir damit sagen, Bunny?«

»Ricky war meine Frau – drei Jahre zuverlässige Begleiterin

durch Nacht und Tag. *She was my north, my south, my east and west*«, rezitierte ich mit schottischem Akzent frei eine Zeile des *Funeral Blues* von Auden. »Meinst du, ich hätte zugelassen, dass überhaupt nichts Greifbares von ihr übrig bleibt beziehungsweise in einer Betonwand in Heidelberg eingemauert wird?«

Dobro starrte wie gebannt auf den Ring. »Fett krass, Alter!«

»So was machen die in der Schweiz aus Asche.«

»Endgeil. Was war dann in der Urne, Bunny?«

Dobro war zusammen mit Holger, unserem Kneipenwirt, und dessen Frau bei Rickys Trauerfeier gewesen.

»Das war der wärmste Oktober seit Beginn der Wetteraufzeichnung. Der nette junge Bestatter hat noch mal mit seiner Familie gepflegt gegrillt.« Ich lächelte in Erinnerung an den froschgrünen Plastikeimer, der ursprünglich Teichfischfutter enthalten hatte.

»Du bist schon eine unglaubliche Marke, Caruso!«

»Es ist definitiv hart, ein Diamant in einer Welt voller Klosteine zu sein«, musste ich meinem Gast zustimmen.


AM NÄCHSTEN MORGEN stand Yoani, als ich vom Surfen kam, in der Küche und machte mit ihrer Kochmachete aus einem Stück toten Tiers sprichwörtlich Hackfleisch. Daraus schloss ich, dass es wohl Chili con Carne geben würde. Yoani drehte sich zu mir um, hörte auf, das Fleisch zu bearbeiten, und fuchtelte mit dem scharfen Messer, an dem Fleischfletzen hingen, vor meiner Nase herum. Ich beschloss, das Teil aus Sicherheitsgründen demnächst zum Surfen mitzunehmen und übers Brett gehen zu lassen.

»¡*Madre de Dios!*«, vernahm ich Yoanis zuckersüßes Stimmchen. »Du warst im Knast!« Hinter der Laserbrille funkelte es gefährlich.

»Nicht ganz richtig. Ich war auf einem Polizeirevier«, verbesserte ich sie und drückte bei der Teufelsmaschine auf *Latte*, nachdem ich ein Glas daruntergestellt hatte.

Yoani fürchtete sich nicht, sondern stemmte beide Hände entschlossen in die Hüften. Das konnte mit dem scharfen Hackebeil in der Hand leicht schiefgehen. Ich überlegte, wie ich es nähen würde, sollte sich Yoani ein Stück Hüftspeck absäbeln.

»Sei lieber vorsichtig mit deinem Schwert. Fettgewebe heilt schlecht, weil es miserabel durchblutet ist«, mahnte ich Yoani. »Das gibt eine hässliche, wulstige Narbe.«

»Ah, lenk nicht ab!« Die rundliche Frau kniff sich trotzdem prüfend in die linke Hüfte. »Hier ist kein Fett! Sag mir lieber, wie ich in einem kriminellen Haushalt weiterarbeiten soll, ohne meinen guten Ruf zu verlieren? He?«

Ich schüttete Rohrzucker in den Kaffee, steckte einen Trinkhalm in den Milchschaum und reichte es meiner Küchenhexe sozusagen als Friedensangebot. Sie nahm das Getränk automatisch entgegen. Ein Mensch, der an einem Röhrchen nuckelt, schlägt dich nicht und beschimpft dich nicht. Ich sollte mir dieses Rezept für den Weltfrieden patentieren lassen. Ich machte einen zweiten Latte für mich und beantwortete Yoanis Frage mit einer Gegenfrage: »Aus christlicher Nächstenliebe?«

»Du Verbrecher machst dich auch noch über mich und den *Herrn* lustig?« Yoani hatte ihren Deeskalationslatte abgestellt und war wieder im Angriffsmodus.

Ich nuckelte an meinem eigenen Halm in der Hoffnung, dass bei der Vierfachmutter das Kindchenschema greifen würde. Just in diesem Moment betrat der zweite Verbrecher in Boxershorts und oben ohne die Küche. Dobro hatte sich vor einigen Jahren über seinem Herzen ein Ersatzherz tätowieren lassen, das von Stacheldraht umflochten war und aus dem Blut über den Brustkorb und den Bauch tropfte. Wie das Getropfe in der Unterhose weiterging, war mir unbekannt. Zu meiner Überraschung begannen Yoanis Augen zu glitzern, aber nicht, wie zuvor bei mir, um boshafte Strahlen zu senden, sondern weil Tränen darin standen.

»¡*Madre de Dios!* Mein Junge. Waren die Polizisten gut zu dir?«

Dobro brummte etwas für mich Unverständliches auf Spanisch und nahm mir den halb getrunkenen Latte aus der Hand.

Seine Ziehmutter schien ihn verstanden zu haben und meinte: »Du brauchst jetzt etwas Anständiges zu essen. Setz dich, ich mach dir ein richtiges Frühstück, *Cariño*.«

Das Kindchenschema hatte perfekt funktioniert, allerdings anders als von mir vorhergesehen. Die Übermutter briet Eier und Speck, stellte eine riesige Portion vor ihr Lieblingskind und kratzte mir den Rest aus der Pfanne auf einen Teller. Yoani presste sogar frischen Orangensaft. Mir hatte sie gleich zu Beginn ihrer Tätigkeit erklärt, dass Orangen geschält und nicht gepresst gehören. Für Dobro gab es ein volles Glas, für mich ein halb leeres mit den Worten: »Wir brauchen frisches Obst. Die Orangen sind alle.«

»Wer zahlt das eigentlich alles?«, erlaubte ich mir zu fragen.

Dieses Mal schwebte nur Yoanis rechter Zeigefinger vor meinem Antlitz: »Sei froh, dass ich nicht kündige. Wer weiß, woher das Geld für das Haus und die Lebensmittel stammt. Alleine diese Kaffeemaschine muss eine Unsumme gekostet haben. Vielleicht klebt da Blut dran? Du kriminelles Subjekt hast den armen Jungen in den Schlamassel gezogen mit deinen verfluchten Zigaretten!«

Dobro schaufelte sein üppiges Frühstück mit der Unschuldsmiene des Jungen von der Zwiebackpackung in sich hinein.

»Frag mal deinen Ziehsohn, wie er sich die Reise hierher finanziert hat«, schlug ich vor. Ich hatte genug davon, das schwarze Schaf zu sein.

»Judas!«, zischte das Muttertier.

Ihr erklärter Liebling meinte: »Hey, Bunny, immer hübsch

daran denken: Was würde Jesus tun?« Er zwinkerte mir verschwörerisch zu.

Ich war sprachlos und schnappte mir mein Surfbrett aus
der Ecke: »Dann gehe ich jetzt übers Wasser!«

»Der *Herr* sei mit dir!«

»Der *Herr* und sein Sohn können mich mal«, maulte ich,
vorsichtshalber auf Deutsch.

»Was sagt er?«, fragte Yoani.

»Er wünscht sich, dass Jesus ihn liebt, also mit Abrakadabra
und Simsalabim«, übersetzte Dobro.

»*¡Madre de Dios!* Er wird doch nicht endlich auf dem richtigen Weg sein?«

# ABSCHIED & ANFANG

DIESES MAL WAR DOBROS ABSCHIED im Pub endgültig. Er hatte Yoani eingeladen, die herausgeputzt in einem hautengen Blümchenkleid mit gesmoktem Oberteil aussah wie eine Presswurst in Geschenkpapier. Ich hatte das Gefühl, dass diese Latinomädels einfach nicht merkten, dass sich ihr Körper im Laufe der Jahre nachteilig veränderte und es nicht dumm gewesen wäre, den Kleidungsstil der neuen, erweiterten Form anzupassen.

Dobro präsentierte bei der Gelegenheit jedem ungefragt sein neues Tattoo auf dem linken Schulterblatt, den geflügelten Gaul, den er *Hermasus* getauft hatte.

Stuttgarts Antwort auf Bob Marley hatte Gonzo in den vergangenen Tagen zwei neue Akkorde beigebracht. Wir sangen und spielten zu dritt, bis ein Neuseeländer mit einer Mundharmonika mitmischte und dessen Kumpel auf einer Holzkiste den Takt trommelte. In einer Pause sah ich Baby Clara, Joeys heißblütiges Weib, die für eine ganze Weile verschwunden war, mit einem Geigenkasten unterm Arm wieder in den Pub kommen. Ich vermutete Übles, als sie damit auf Joey zuging. Würde er jetzt, wo Gonzo mehrakkordig spielen konnte, seine Drohung mit dem gezielten finalen Schuss wahrmachen? Man hatte genug Gangsterfilme gesehen und wusste, was in so einem

Kasten drin war. Joey nahm den Koffer breit lächelnd entgegen und packte eine richtige Fidel aus.

Der Texaner kam auf Dobro und mich zu und meinte: »Da staunt ihr, was?« Joey zupfte die Anfangsakkorde von *Chicago*. Dobro ging auf die Bühne, nahm die Gitarre und stimmte ein. Ich griff zum Mikrofon und irgendwann grölten alle: »*We can change the world! Rearrange the world!*«

Yoani war ausnahmsweise stolz auf uns beide und zog sich jede Menge *Piña Coladas* hinein. Mein Röhrchenjunkie.

»Jungs, spielt doch mal anständiges deutsches Liedgut!«, lallte Rainer, der auch nicht mehr sonderlich nüchtern war. Aber wer war das an diesem denkwürdigen Abend schon? Raya war ebenfalls eingeladen gewesen. Ich hatte ihr eine Nachricht geschrieben. Sie hatte weder geantwortet noch war sie aufgetaucht, was mich traurig und ratlos machte. Ich verstand nicht, was so falsch daran gewesen wäre, hätte sie mit uns zusammen gefeiert.

Dobro spielte unmotiviert das bekannte Gitarrenintro zu *Griechischer Wein*. In h-Moll. Gonzo, der alte Waliser, musste passen, Moll hatte er noch nicht gehabt und Udo Jürgens war ihm kein Begriff. Während wir sangen, zeigte Rainer den Gästen, wie man Sirtaki tanzte. Yoani in ihrem geblumten Wurstpellenoutfit mittendrin.

Beim zweiten Refrain hatte Dobro genug von wehmütigen pseudogriechischen Klängen und klampfte *Volare*. Mit der Musikrichtung konnten die Anwesenden wesentlich mehr anfangen und wir veranstalteten ein spontanes Gipsy-Kings-Gedächtnisfestival. Danach war ich so vollgepumpt mit Endorphinen, dass ich Dobro die Gitarre aus der Hand nahm und den Abend mit dem Schmachtfetzen *Malagueña Salerosa* beendete.

LANGE NACH MITTERNACHT waren Joey, Baby Clara, Dobro und ich die Letzten, die aus dem Pub wankten. Joey und seine Angetraute mussten nur wenige Schritte bis zu der Wohnung über ihrem kleinen Laden laufen. Ich setzte mich auf die Stufen vor dem Pub.

Dobro stand barfuß neben mir, weil er im Überschwang der Gefühle freiwillig beide *Hurley*-Flip-Flops eigenhändig an die Wand hinter der Bühne genagelt hatte, als Zeichen dafür, dass er wiederkommen wolle. Er hatte sich eine Zigarette angezündet und sagte: »Schau mal, wer da glitzert.« Er zeigte zu meinem Laredo, der gegenüber am Straßenrand parkte.

Ich kniff die Augen zusammen, um besser sehen zu können. Tatsächlich stand die menschgewordene Verkörperung des Gesetzes mit verschränkten Armen an den Jeep gelehnt – lässig einen Zahnstocher im Mund und trotz der fortgeschrittenen Stunde die verspiegelte Sonnenbrille auf der Nase. Der Vorzeigecop hatte wohl zu viele Eastwood-Filme und Italowestern in seiner Jugend gesehen.

»Tja, mehr scheinen als sein, der Herr Wachtmeister«, meinte ich ebenfalls auf Deutsch. »Ich nenne ihn ab sofort nur noch *Dirty Jesus*.«

Dobro intonierte fröhlich und lautstark: »*I wear my sunglasses at night*«, und grüßte über die Straße: »Jo, Officer! So spät noch im Dienst? Das Böse schläft nie, was?«

Jesús kam ein paar Schritte auf uns zu: »Ich warne euch. Ihr denkt wohl, ihr könnt mit eurem Geld hier ins Land kommen und unsere Gesetze gelten für euch nicht.«

Ich kicherte, weil ich immer zwanghaft kichern musste, wenn ich besoffen und gut drauf war.

Mein gerechtigkeitsliebender Gast fühlte sich angegriffen: »Moment mal! Ich bin arm wie eine Kirchenmaus und wohne in einem Einzimmerappartement. Souterrain!«

Unser endemischer Jesús hob zu einer Antwort an, als Alvarez aus dem Pub kam, den Reißverschluss seiner Hose beim Laufen schließend.

»*Sorry, hermanos.* Hat etwas länger gedauert mit dem Pinkeln. In meinem Alter geht das nicht mehr so fix.« Schließlich sah er den Gesetzeshüter. »*¡Hola, Jesús!* Grüß die Mama von mir.«

Der Rastafarischwabe verabschiedete sich mit dem Peacezeichen und dem Satz »*See you later, ejaculator!*« von Jesús.

Wir gingen gemeinsam zum Taxi. Unser Fahrer hatte an diesem Abend mindestens genau so viel getankt wie wir, aber der Küstenabschnittspolizist hätte sich nie im Leben getraut, ihn einem Alkoholtest zu unterziehen. Bei mir hätte er es getan, hätte ich nur den Griff meiner Autotür berührt. So viel zur Gleichheit vor dem Gesetz im Bananenland.

Ehe wir einstiegen, fragte ich Dobro: »Hast du von dem Magnesium einstecken?«

Die Reiseapotheke in Menschengestalt kramte in ihren geräumigen Hosentaschen und zauberte eines der länglichen Alupäckchen hervor: »Jo, hast Glück gehabt, Schatz. Ist das letzte.«

Ich ging die paar Schritte zurück und drückte Jesús das Alutütchen zwinkernd in die Hand: »Da, bitte, *Señor Guardisto*«, erfand ich eine neue Bezeichnung für einen Polizisten. »Magnesium. *Bien para los nervios y los ojos, woisch?*« Mein Spanisch war unter Alkoholeinfluss extrem kreativ.

Das Taxi fuhr los mit kumuliert 6,8 Promille Blutalkohol, grob geschätzt, davon der Mann am Steuer mindestens 2,5 Promille. *Pura vida!*


DOBRO WOLLTE MIT dem Überlandbus zum Flughafen nach San José fahren, weil das der billigste und einfachste Weg war. Ich verabschiedete ihn zusammen mit Yoani, die ihm wieder so viel Proviant mit auf den Weg gab, dass er locker seine ganzen Mitpassagiere auf dem Langstreckenflug hätte verköstigen können. Wir warteten vor Hernandos Laden. Mama Mira winkte begeistert, als der Bus abfuhr. Anschließend ging ich mit Yoani, die schwer schniefte, einkaufen und nahm mein normales Leben wieder auf. Meine Hängematte gehörte wieder mir. Gomez lag darunter und freute sich, dass ihm sein Herrchen endlich mehr Aufmerksamkeit schenkte.

Ich spürte etwas Feuchtes auf meinen Lippen, das nach frischem Kokosnusswasser schmeckte. Ich öffnete die Augen und sah in Rayas Gesicht, die sich lächelnd über mich beugte und mir eine Flüssigkeit auf die Lippen träufelte. In der Hand hielt sie eine grüne Kokosnuss. *Halleluja,* meine wunderbaren erotischen Träume waren zurück! Jetzt nur nicht aufwachen und alles verderben.

Ich schloss die Augen und hörte Rayas schrille Stimme: »Hast du weißen Rum im Haus?«

»In der Küche«, murmelte ich im Halbschlaf. Als ich die Patiotür ins Schloss fallen hörte, öffnete ich die Augen. Raya ging durch das Wohnzimmer in die Küche. Ich folgte ihr im Halbschlaf und sah sie einen Schuss *Bacardi* in die offene Kokosnuss schütten und einen Trinkhalm einstecken. Sie kam auf mich zu, zog an dem Röhrchen und küsste mich. Ich trank gierig aus Rayas Mund und glaubte zu ertrinken. Ich packte sie an den Hüften und schob sie ins Schlafzimmer.

Der Traum meiner schlaflosen Nächte legte sich aufs Bett und zog mich hinterher. Ich zog sie langsam aus und glitt hinunter zu der Stelle, wo sie wie Austern und das Meer schmeckte, das ich so liebte. Aus Rayas Mund kam ein tiefes Grollen, das ich mit meinen Lippen erstickte.

»Ich kann zum Essen bleiben«, hörte ich meine Besucherin eine halbe Stunde später wieder einen vollständigen Satz sagen. Ihre Stimme klang heiser und rauchig, nicht mehr so grell und schrill wie vor unserem Mittagsnümmerchen.

»Das ist sehr schön«, flüsterte ich in ihr Ohr.

An diesem Abend kochten und aßen wir zusammen wie ein richtiges Paar. Raya war Sex pur – ich war ihr hoffnungslos verfallen und hätte sie mit Haut und Haaren verschlingen können.

Meine heimliche Besucherin verließ mich erst kurz vor Mitternacht. Ich schlief sofort ein und erwachte erst, als Yoani am nächsten Morgen klappernd zur Tür hereinkam.

# WALE & GESÄNGE

MIR WAR KLAR, dass ich träumen musste, als ich die schwere Harley Davidson in der großen Pause auf dem Schulhof des Gymnasiums unter den neidischen Blicken meiner Mitschüler und vor allem der Idioten aus der Parallelklasse, die mich aus unerfindlichen Gründen seit Monaten mobbten und mir bei jeder Gelegenheit das Leben schwer machten, abstellte.

Es musste ein Traum sein, denn Frau Richter, die verklemmte Biologielehrerin, trug einen hautengen schwarzen Lederrock mit geschnürtem Korsett sowie ein Paar kniehohe, schwarze Lederstiefel mit Plateausohlen, die jeden Glamrocker aus den Siebzigern hätte vor Neid blass werden lassen. Ich kannte Elvira Richter nur in Jeans, Hemdbluse und vernünftigem Schuhwerk.

Es konnte nur ein Traum sein, denn Ricky saß, nackt bis auf ein paar Birkenstocksandalen, hinter mir und klammerte sich an mir fest. Ich fühlte ihre Wärme durch die cognacfarbene Wildlederjacke mit den langen Fransen an den Ärmeln à la *Easy Rider*. Ricky war es durchaus zuzutrauen, völlig unbekleidet auf einem Motorrad mitzufahren. Auf einem meiner Lieblingsfotos saß meine Frau nach dem Abschlussball der Tanzschule mit fünfzehn im langen, trägerlosen Abendkleid, porno Sandalen und frechem Grinsen auf einer roten Suzuki. Aber meine Frau hätte nie im Leben freiwillig Birkenstocksandalen getragen, da war sie eisern gewesen.

Zudem verwirrten mich die wehmütigen Gesänge von Buckelwalen, die auf dem ganzen Schulhof deutlich zu hören waren. Ich stellte den Motor ab und spürte, wie Ricky ihren Griff löste und die vertraute Wärme verschwand. Ich fröstelte plötzlich und wachte auf. Es war bereits hell und ich hatte im Schlaf die dünne Decke aus dem Bett gestrampelt. Ein Blick auf den Wecker zeigte 6:42 Uhr. Die Wale sangen immer noch laut und vernehmlich in meinem Schlafzimmer. Zwar lag der Atlantik nur wenige Schritte von meinem Bett entfernt und die Brandung war nicht zu überhören, aber Walgesänge waren etwas völlig Neues.

Meine Liebe zum Meer und zu allem, was darin schwamm, war schon sehr früh geweckt worden. Ich hatte in meinem Jugendzimmer ein Zweihundert-Liter-Meerwasseraquarium, das ich hegte und pflegte. Wenn unsere Eltern meinen jüngeren Bruder Björn und mich zu den Großeltern abgeschoben hatten, um ihren billigen Vergnügen ohne lästige Kinder nachzugehen, hatte ich mit Begeisterung in den Bildbänden von Jacques Cousteau, die mein Großvater Hans in der massiven Regalwand aus deutscher Eiche im Wohnzimmer stehen hatte, geblättert. *Wale, gefährdete Riesen der See* und *Haie, herrliche Räuber der See* faszinierten und fesselten mich stundenlang, während die Restfamilie, die wesentlich materialistischer war als ich, Monopoly gespielt hatte. Von Cousteau stammte eine berührend poetische Beschreibung über den Paarungsakt bei Walen:

*Auf dem blauen Bett des Meeres*
*drängt sich Berg an Berg,*
*voller Begierde nach Leben.*

So was konnte nur jemand sagen, der eine tiefe Liebe für diese Geschöpfe empfand. Meine Begegnungen mit den Riesen der Meere, sowohl über als auch unter Wasser, waren Highlights gewesen und hatten mich mit ehrfürchtigem Staunen zurückgelassen. Walgesänge frühmorgens in meinem Haus zu hören, war jedoch sehr verstörend. Meine spontanen Differentialdiagnosen waren Tinnitus, akustische Epilepsie beziehungsweise Zustand nach jahrelangem Alkoholabusus.

Ich beschloss, initiativ den Druck von meiner Blase zu nehmen und dann eine Koffeintherapie einzuleiten. Das Plätschern meines Morgenurins im Porzellanbecken war eine gelungene Ergänzung zu den Tiefseegeräuschen. Ich hatte am Vorabend weder gekifft noch allzu viel getrunken – woher kamen dann die akustischen Halluzinationen? Das Heulen und Wehklagen übertönte sogar das Mahlwerk der italienischen Kaffeewundermaschine. Keiner meiner Hunde war zu Hause und ich ging mit der Kaffeetasse in der Hand in den Patio, um nachzusehen, ob vielleicht tatsächlich in der Nacht ein Buckelwal gestrandet war und um sein Leben rief. Links von meinem Haus lag in einiger Entfernung Rainers Ressorthotel, rechts davon erstreckte sich unberührter Strand, bis der Ort Manzanillo begann. Vor meinem Haus war normalerweise nichts als ein paar malerische Palmen, puderweißer Sandstrand und der Atlantische Ozean in all seiner Pracht. Ab und zu dümpelten ein paar einsame Surfer in den Wellen. Der Strand war normalerweise leer. An diesem Morgen war er bevölkert.

»*Wal, da bläst er!*«, hörte ich im Geiste meine politisch herrlich unkorrekte Frau die berühmten Zeilen aus *Moby Dick* adaptieren, wie sie das immer getan hatte, wenn sie sehr beleibte Menschen am Strand oder im Wasser erspäht hatte.

Direkt an der Wasserlinie saß ein adipöses Paar in den frühen Sechzigern, splitterfasernackt auf moosgrünen Badetüchern, im Lotossitz und meditierte mit Blick aufs Meer. Neben ihnen stand ein Ghettoblaster, aus dessen Lautsprechern die irritierenden Walgesänge kamen. Ich ging aus dem Haus, um mir das Schauspiel genauer anzusehen. Ich stellte mich in gebührendem Abstand mit meiner Tasse neben die menschlichen Wale und nahm das anmutige Bild in mich auf. Gomez kam mit einem Rudel Freunde vom Ort her auf mich zugerannt. Mein Hund begrüßte mich schwanzwedelnd, seine Kumpels beschnüffelten neugierig die Fremden, die daraufhin ihre Meditation sofort unterbrachen.

»Wilfried! Verscheuche die Köter!«, forderte das Wesen mit den schweren Hängebrüsten und der Brille das Wesen mit dem Vollbart und gut ausgebildetem Schlauchbootsyndrom in astreinem Hochdeutsch auf. Sie bedeckte ihre Blöße mit dem Handtuch, auf dem sie saß, als sie mich bemerkte. »Da ist ein Spanner, Wilfried!«

Wilfried drehte sich zu mir um und schien sich nicht entscheiden zu können, ob er zuerst etwas gegen die Köter oder gegen den Spanner tun sollte. Ich trank einen Schluck Kaffee und wartete. Die Hunde nahmen ihm die Entscheidung ab. Sie zogen ein Stück den Strand weiter runter und balgten sich um einen kleinen, toten Hammerhai, der in der Nacht angespült worden sein musste. Wilfried stand auf, wickelte das Badetuch um seine ausladenden Hüften und watschelte auf mich zu.

»Sprechen Sie Deutsch?«

Ich schüttelte den Kopf. Unverschämtheit! Ich sah mit den dunkelbraunen Haaren und Augen sowie der gebräunten Haut eher aus wie ein waschechter *Tico* denn wie ein Schwabe.

»*English?*«, probierte er weiter.

Ich schüttelte wieder den Kopf.

»*¿Español?*«

Na also, warum nicht gleich so? Ich schüttelte den Kopf und trank die Tasse leer.

»Angelika, der versteht mich nicht.«

190

Die Angesprochene war mittlerweile ebenfalls in ihr Badetuch gehüllt und stand plattfüßig neben ihrem Meditationspartner. Die Walmusik hatte sie vor dem Aufstehen abgestellt.

»*Français?*« Die Dame nahm die Sache selber in die Hand. Anscheinend hatte sie nicht besonders viel Vertrauen in ihren Auserwählten.

Ich hatte im Gymnasium Französisch als Fach nach zwei mühsamen, ziemlich vergeblichen Jahren abgewählt, also schüttelte ich abermals den Kopf.

»Irgendeine Sprache müssen Sie doch verstehen«, meinte sie und legte tadelnd ihre Stirn in zornige Horizontalfalten.

Ich beschloss, etwas umgänglicher zu sein und zu zeigen, dass ich auch ein paar Sprachen kannte: »*Suomi?*«, fragte ich mit einem Anflug von Stolz.

»Was ist *Swomi*, Wilfried?«

»Schwedisch. Obwohl mir der Mann überhaupt nicht nach einem Nordeuropäer aussieht.«

Ich probierte mein Glück ein zweites Mal: »*Magyar?*« Schließlich waren Finnisch und Ungarisch verwandte Sprachen.

Wilfried schüttelte unwirsch den Kopf und drohte auf Englisch: »Wir versuchen hier zu entspannen und die Ruhe zu genießen, da können Sie sich nicht daneben stellen und uns unverhohlen beobachten. Wenn Sie nicht verschwinden, holen wir die Polizei.«

Angelika nickte und zeigte auf eine Stelle neben meinem Haus und radebrechte in Spanisch. »*Ahí. Camping. Nuestro coche. No mirar. Policía. Vamos.*«

Da stand tatsächlich ein respektables Wohnmobil direkt an meiner Grundstücksgrenze.

»Das kapiert der doch nie, Schatz. Komm, lass ihn. Wir werden erst mal in aller Ruhe frühstücken und dann sehen wir weiter«, verkündete Wilfried.

Die beiden warfen mir einen vorwurfsvollen letzten Blick zu und verschwanden in ihrem fahrbaren Feriendomizil. Ich ging zurück in mein Haus, fütterte Gomez, verzog mich mit dem Board aufs Wasser und beobachtete aus der Distanz, wie meine neuen Nachbarn an ihrem Campingtisch frühstückten und später mit Fahrrädern Richtung Ort fuhren.

Mir kam eine Schnulze von Bette Midler in den Sinn, die ich schon ewig nicht mehr gehört hatte. *From a distance you look like my friend, even though we are at war. From a distance I just cannot comprehend what all this fighting is for.* Mehrere perfekte Wellensets hintereinander ließen mich meine neuen Nachbarn fürs Erste vergessen.

WARREN HATTE AN DIESEM TAG FREI, dafür schob ich bis zum späten Nachmittag Dienst im Health Post. Auf dem Heimweg machte ich bei Shane halt und nahm am Tresen Platz.

»*Guinness?*«, fragte der Wirt.

»Trau dich!«, antwortete ich und bekam anstandslos meine eisgekühlte Dose *Pilsen*. Joey, der heute ein *Magnum*-Gedächtnishemd in Knallrot-Weiß-Magenta trug, war vom Rauchen vor der Tür hereingekommen und setzte sich neben mich. Von den anderen Immigranten war noch keiner zu sehen. Ich spürte ein Vibrieren in der Hosentasche und warf einen Blick auf mein Smartphone. Meine Mutter hatte mir geschrieben.

»*Shit!*«, rief ich, nachdem ich die Nachricht gelesen hatte, auf die ich seit Tagen wartete.

»Was gibt's Doc?«, fragte Shane.

»Clapton ist tot.«

»Echt, der auch noch? Das ist aber ein Jammer. Ich wusste gar nicht, dass der krank war. Was hatte er denn? Schon wieder einer der Großen an Krebs gestorben?«

»Niereninsuffizienz.«

»Hätte man da nicht transplantieren können?«, mischte sich Joey ein.

»Nein, der Arzt meinte, es sei besser, man würde ihn einschläfern.«

»Einschläfern? Schon krass.« Der Ire schüttelte den Kopf.

»Einschläfern!?« Joey regte sich jetzt richtig auf und fuhr, ehe ich ihn bremsen konnte, mit hochroter Birne fort: »Die haben doch völlig einen an der Klatsche, meine Landsleute. Da lässt sich einer sein ganzes Leben nichts zuschulden kommen, und wenn er nicht mehr funktioniert, wie er soll, wird er euthanasiert. In welchen Zeiten leben wir denn? War schon eine gute Entscheidung, das Land, wo das Streben nach Glück in der Verfassung steht, zu verlassen. Da fehlen einem doch die Worte.«

Wir nickten alle zustimmend und Joey fuhr fort: »Genauso pervers wie zum Tode Verurteilte kurz vor der Hinrichtung wieder gesund pflegen, damit die ja alles mitbekommen.«

Der Texaner hatte wie viele seiner Landsleute sein gesamtes Wissen aus Fernsehserien – ich hatte die Folge von *Dr. House* ebenfalls gesehen.

Mittlerweile war Jérôme dazugekommen und fragte, was los sei und warum Joey sich so aufrege.

Shane erklärte bereitwillig: »Clapton ist tot.«

»Oh, Mist. Die Band da oben wird immer besser. Ich hoffe nur, Gonzo fühlt sich nicht verpflichtet, einen Gedächtnisabend einzulegen. Täte mir weh, die ganzen schönen Songs so verhunzt anhören zu müssen. Was hatte er?«

»Nierenversagen«, erklärte Joey. »Und stell dir vor, meine verfickten Landsleute lassen zu, dass man so einen begnadeten Künstler einfach einschläfert, wenn es nicht mehr läuft.«

»Ach, hör auf! Das gibt's doch nicht! Die haben den eingeschläfert? Wer behauptet denn so was?«, fragte Jérôme .

Alle sahen mich an und Joey meinte: »Sag's ihm, Ben!«

Ich nahm einen Schluck Bier, um das Grinsen zu unterdrücken: »Jupp, das stimmt, einfach so. Überdosis Ketamin.«

»Hat er das selbst so gewollt oder haben seine Angehörigen zugestimmt? Lag der im Koma, oder was? Dass die Ärzte da einfach mitgespielt haben. Ist schon schräg. Ich dachte, Sterbehilfe wäre verboten«, wunderte sich der Franzose.

»Kein Koma. Meine Mutter hat das so beschlossen.«

»Du meinst, Claptons Mutter?«, fragte Shane. »Lebt die denn noch?«

»Nee, *meine* Mutter«, antwortete ich.

»Was hat die mit Clapton zu tun?«, wollte Jérôme wissen.

»Die hat das letzte Jahr auf ihn aufgepasst.«

»Was? Deine Mutter hat Clapton gepflegt und du sagst keinen Ton?« Joey war schon wieder tiefrot angelaufen.

»Ich wollte das nicht an die große Glocke hängen«, meinte ich bescheiden und alle nickten verständnisvoll.

Schließlich betrat Rainer die Szene und fragte, warum so eine Grabesstimmung herrsche.

Die Antwort kam im Chor: »Clapton ist tot!«

Rainer sah mich an und boxte mir auf den Oberarm: »Hey, Ben, das tut mir echt leid um deine Katze. Ging jetzt doch recht schnell.«

Shane nahm mir meine halb getrunkene Dose Bier weg und meinte, ich solle mir eine neue Stammkneipe suchen. Joey verkündete, er brauche dringend eine Zigarette für die Nerven, und Jérôme nahm mich in den Schwitzkasten. Pure, unverstellte Liebe gibt es nur unter Männern.

DAS POLYGLOTTE PAAR saß, als ich sehr spät nach Hause kam, im trüben Schein einer Solarlampe auf ihren Campingstühlen. Jeder hatte einen E-Book-Reader in der Hand und las. Ich war traurig über den Tod meines tierischen Kumpels, der hoffentlich schon auf Rickys Dekowolke gefunden hatte, und genehmigte mir einen Joint sowie einen doppelten *Bunnahabhain*. Ich wählte die Playlist *Kid Kopphausen*, holte die Gitarre raus und sang die Titel mit. Bei *Das Leichteste der Welt* stand Wilfried äußerst schlecht gelaunt an der Patiotür und rüttelte daran. *Denn jeder Tag ist ein Geschenk, er ist nur scheiße verpackt*, sang Kid ohne mich weiter. Heute war offensichtlich das traute Paar im Wohnmobil die beschissene Verpackung. Ich machte die Musik leiser, blieb aber sitzen.

Der bärtige Deutsche war zu verärgert, um zu bemerken, dass ich gerade deutsches Liedgut akzentfrei gesungen hatte, und schrie mich auf Englisch an: »Es ist nach zweiundzwanzig Uhr und wir würden Sie bitten, meine Frau und ich, dass Sie die Musik auf Zimmerlautstärke herunterdrehen, sonst müssten wir wirklich die Polizei rufen wegen Ruhestörung, und dann müssten wir das von diesem Morgen auch erzählen.«

Wilfried begleitete jedes seiner Worte mit einer Geste, die dem vermeintlichen Sprachkretin vor ihm wohl beim Verständnis helfen sollte. Im Prinzip hätte ich gerne dabei zugehört, wie mein Landsmann dem einheimischen Jesús, der keine einzige Fremdsprache beherrschte, in seinem miserablen Spanisch zu erklären versuchte, warum ich ein schwedischer Spanner sei. Ich war müde und wegen Claptons Tod sentimental, die Sprechstunde war lang und anstrengend gewesen und ich wollte einfach nur meine Ruhe haben.

Wilfried war wutschnaubend abgezogen, ohne auf eine Antwort zu warten. Ich duschte, ließ noch Gwen herein und ging zu Bett, wo ich kurz nach Sonnenaufgang erneut von Walgesängen aufgeweckt wurde. Gwen saß aufgeregt mit gespitzten Ohren neben meinem Bett, sah mich ratlos an und lief in den Patio, wo sie wie ein einsamer Wolf im tiefsten kanadischen Winter zu heulen begann. Ich fluchte leise vor mich hin und stand auf. Gwen saß vor der Tür und fiepte ungeduldig. Als ich ihr öffnete, rannte meine musikalische Hündin wie von der Tarantel gestochen hinunter zu dem meditierenden Pärchen und jaulte den Ghettoblaster an. Ich ging in die Küche. Walgesänge und Hundegeheul stoppten im gleichen Augenblick. Ich machte mir lächelnd einen Cappuccino. Auf meine treuen Vierbeiner war Verlass.

Wenig später lief ich mit der Schnorchelausrüstung und der Harpune ans Wasser, um mir einen Fisch für das Abendessen zu besorgen. Wilfried und Angelika meditierten ohne Begleitmusik und ohne Gwen, dafür züchtig von Textilien bedeckt. Ich schlich mich in gebührendem Abstand vorbei und tauchte in meine zweite Heimat ab. Dieses Gefühl, wenn ich schwerelos Gast in einer anderen Welt sein durfte, war unbeschreiblich – es gab nicht viel, das schöner war.

Ich hatte zwei kleinere Zackenbarsche harpuniert und kam mit ihnen aus dem Wasser. Das Ehepaar saß immer noch am Strand und teilte sich eine Wassermelone. Ich nickte ihnen im Vorbeilaufen zu. Tauchen machte mich regelmäßig glücklich und weckte den Gutmenschen in mir.

»Hast du das gesehen, Wilfried? Nicht nur, dass er das Ruhebedürfnis und die Intimsphäre seiner Mitmenschen nicht respektiert. Er erlegt auch in einem Naturschutzgebiet Fische. Das ist doch sicher nicht erlaubt«, erboste sich Angelika.

»Ganz bestimmt nicht, Schatz. Ich denke, wir fragen nachher mal im Ort nach, was das für einer ist. Der ist sicher bei den Behörden kein Unbekannter.«

Ich nahm meinen Fang aus, entschuppte ihn und wollte gerade mit meiner Mutter skypen, als das Telefon klingelte.

»¡Hola, Ben!« Es war Hernando. »Hast du Besuch? ¿De Suecia?«

»Nein, ausnahmsweise bin ich mutterseelenalleine und ich kenne keine Schweden. Warum fragst du?«

»Hier waren zwei aufgebrachte Touristen, die ihr Wohnmobil am Strand stehen haben. Die haben was von einem schwedischen *bruto* gefaselt, der die ganze Nacht laut Musik gehört und die Frau belästigt hat. Bei der Musik habe ich sofort an dich gedacht, bei der Frau eher nicht. Die Señora liegt nämlich achtzig Kilogramm und dreißig Jahre über deinem Beuteschema.« Hernando gluckste lachend ins Telefon.

»Pfui, diese elenden Petzen!«

»Außerdem kann der Verbrecher angeblich nur Schwedisch.«

»*¡Qué disparate!*«

»Ich habe mich als Ortsvorsteher angesprochen gefühlt. Man möchte ja, dass sich die Gäste wohlfühlen.«

Ich erzählte Hernando von den Walgesängen, die mich seit gestern um kurz nach Sonnenaufgang aus den Federn holten, und dass meine sensible Gwen sich ebenfalls dadurch belästigt fühlte.

»Soll ich sie verjagen lassen, *hermano?*«, bot Hernando mir lachend an.

»Nein, musst du nicht, das erledige ich schon selber.« Ich hatte in diesem Land sehr schnell gelernt, wie man Probleme mit seinen Mitmenschen rasch und unbürokratisch löste.

Ich legte auf, rief Emile Santiago an und fragte, ob er meinen Termin eine Woche vorverlegen könne. Der Herr der toten Fliegen konnte und versprach, am nächsten Morgen pünktlich um acht vor meiner Tür zu stehen, er hätte eine Entzündung am Ohr, die ich mir unbedingt ansehen müsse.

Ich briet mir abends einen der Zackenbarsche, verzichtete ganz auf Musikhören, las still und leise und ließ meine mobilen Nachbarn ihren letzten Abend an meinem idyllischen Strand ungestört genießen.

# SCHÄDLINGE & STACHELROCHEN

WEIL ICH AM MORGEN kurzfristig die *Pest Control* im Haus gehabt hatte, die einmal pro Monat das Haus und die Büsche ringsum mit Ungezieferspray behandelte, war ich spät dran. Emile Santiago war nach getaner Arbeit einer gemeinsamen Tasse Kaffee gegenüber nicht abgeneigt. Der Schädlingsbekämpfer zeigte mir bei der Gelegenheit einen großen Abszess, der sein linkes Ohrläppchen in eine überreife Pflaume verwandelt hatte. Ich spaltete das Geschwür in meinem Bad und bekam dafür die heutige Ungeziefervernichtung geschenkt. Weiterhin versprach Señor Santiago mir für die Nachbehandlung eine Portion von dem Gras, das sein Schwager erst neulich geerntet hatte. Solche persönlichen Transaktionen, ohne Krankenkassenkärtchen und Bargeld, waren mir in Costa Rica in Fleisch und Blut übergegangen.

Der Nebeneffekt war, dass meine umweltbewussten Nachbarn, die gerade beim Frühstück saßen, als Emile seine Einnebelungsaktion begonnen hatte, empört ihre Sachen gepackt und mich endgültig verlassen hatten. Die Vertreibung aus dem Paradies hatte planmäßig und nachhaltig geklappt.

Der Wartebereich des Health Posts war wegen meiner Verspätung bis auf den letzten Platz besetzt. Nur würde nie jemand auf die Idee kommen, sich über eine lange Wartezeit zu beschweren oder ein Wort darüber verlieren, dass die Sprechstunde nicht pünktlich anfing. Viele nutzten den Aufenthalt, um Klatsch und Tratsch auszutauschen oder gemeinsam Nahrung aufzunehmen. Anstatt angemotzt zu werden, wurde ich beim Eintreten freudig begrüßt. Während ich mich umzog, hatte mir Rosa einen Kaffee auf die Theke der Anmeldung gestellt sowie ein Stück selbst gebackenes Bananenbrot aus dem Kinderhort. Ich bedankte mich, aß und trank, während ich die oberste Krankenakte studierte. Bertha Müller, eine dreiundsechzigjährige Deutsche, die in Cahuita ein respektables Anwesen am Meer besaß, das sie sich mit einer der ersten Telefonsex-Hotlines in Deutschland in den Achtzigerjahren verdient hatte. *Deep Throat Telsex.* Ich drehte mich suchend um, konnte aber die korpulente Deutsche, die mich regelmäßig wegen einer angeblichen Gürtelrose aufsuchte, nicht finden.

»Wo ist Miss Marple, Rosa?«

Die Schwester schob ihre Brille auf der Nase hoch und verdrehte die Augen. »Die liegt in Behandlungsraum 1. Sie war zu schwach, um sitzend zu warten.«

»Aha, aha.« Frau M. war im Normalfall aufgedreht wie das legendäre Duracell-Häschen, anscheinend waren gerade die Batterien alle. Ich verputzte den Rest des süßen Brotes und trank meinen Kaffee aus. Für Bertha Müller alias Miss Marple brauchte ich jede Menge Nervennahrung; ihr nüchtern zu begegnen, war nicht ratsam.

Die Patientin litt nicht nur unter einer psychogenen Gürtelrose, sondern hatte einen instabilen Kreislauf, unklare Oberbauchbeschwerden, Reizdarmsyndrom, diverse neurotische Störungen sowie gute hundert Kilo Übergewicht.

Unsere erste Begegnung war mir unvergesslich. Der Einfachheit halber hatte Frau Müller in dem Anamnesebogen angegeben, sie habe *Abdomen.* Ich war nach all den Patienten, die

*Rücken* hatten, von dieser Variante begeistert. Ihren *trockenen Reizhusten* hatte ich damals mit sehr viel trockenem Humor behandelt, was anscheinend bei der Dame sehr gut angekommen war, weil sie mich von da an monatlich heimsuchte.

Bertha Müller wies eine frappierende Ähnlichkeit mit Miss Marple in den Schwarz-Weiß-Filmen aus den Sechzigerjahren auf. Die Einmetersechzigfrau versuchte vergeblich, ihre Leibesfülle durch weite Leinengewänder zu kaschieren, die sie in mehreren Lagen um ihren Körper drapiert hatte. Wie ihr berühmtes Vorbild besaß auch sie eine Vorliebe für ulkige Kopfbedeckungen. Heute verhüllte nichts das rabenschwarz gefärbte Haar. Trotz Senk- und Spreizfüßen balancierte die korpulente Lady konsequent auf Schuhen mit Stilettoabsätzen.

»Bist du bereit?«, fragte ich Rosa, weil Miss Marple eine Patientin war, mit der ich freiwillig keine Sekunde alleine verbringen wollte. Die Dreifachkinnträgerin hatte mir bei der zweiten Behandlung recht eindeutige Angebote gemacht. Ich war so leichtsinnig gewesen und hatte ihre Frage, warum ich so grimmig dreinschaue, mit *leichten Kopfschmerzen* begründet. Daraufhin hatte Bertha mir großherzig eine entspannende Massage des Rückens inklusive der *Verlängerung* angeboten und angedeutet, dass ich nie wieder richtig arbeiten müsste, wenn ich ihr persönlicher Leibarzt werden würde. Ich fühlte mich noch zu jung und fit, um als *Toy Doc* einer wahrscheinlich untervögelten ehemaligen Sexbombe zu enden, und hatte dankend abgelehnt. Das hatte offensichtlich den Jagdinstinkt der Deutschen geweckt – seitdem machte sie mir bei jedem ihrer monatlichen Besuche Avancen.

Rosa folgte mir seufzend in den Behandlungsraum. Bertha Müller lag mit geschlossenen Augen auf der Liege und hatte sich schon mal fürsorglich frei gemacht. Miss Marple zog sich freiwillig immer bis auf die Unterwäsche aus, egal, wo es ihr wehtat, um ihre exklusiven Dessous zu präsentieren. Die Lady trug aktuell ein tomatenrotes Korsett mit schwarzer Spitze an den Säumen, das ihre Nippel gerade so bedeckte und einen Beinausschnitt bis fast zum Nabel hatte. In der Aufmachung erinnerte sie mich an Miss Kitty, die Puffbesitzerin aus der Westernserie *Rauchende Colts,* die mein Opa Hans heiß und innig geliebt hatte und die ich mit meinem Bruder zusammen nachmittags, wenn wir zu Besuch gewesen waren und alle in der Backstube oder im Laden zu tun hatten, auf Videokassetten angesehen hatten. Ich war Marshal Matt Dillon und Björn Festus.

Wie jede gute Pornodarstellerin ließ Miss Kitty Marple die hochhackigen Schuhe selbst im Bett an. Sie hatte die Augen geschlossen und eine Hand theatralisch über die Stirn gelegt. Ein Bein, im dezenten Netzstrumpf, war leicht angewinkelt und an das andere gelehnt. In einem Drehbuch hätte an dieser Stelle gestanden: *Patientin liegt lasziv dahingeräkelt auf der Behandlungsliege.* Aber das war reine Theorie. Bertha Müller war so unerotisch wie eine Scheibe Toast.

Rosa machte »Orrrrr!«, verdrehte die Augen so sehr, dass man fast nur noch das Weiße sehen konnte. Ich wusste, ich musste jetzt mindestens fünf Minuten irgendeinen Teil dieses Körpers eingehend untersuchen, damit wir eine Rechnung ausstellen konnten. Bertha Müller war eine der wenigen Patientinnen, die ihre Behandlung sofort und in Dollar bezahlte – Geld, das der Health Post gut gebrauchen konnte.

»Na, Frau Müller, was fehlt Ihnen heute denn? Haben wir wieder Abdomen?«

Miss Marple schlug ihre Reptilienaugen, deren Bemalung nicht mehr als *smoky,* sondern bereits als *verkohlt* zu bezeichnen war, in Zeitlupe auf. Die beiden tätowierten Augenbrauenbögen, die viel zu hoch auf der Stirn waren, hoben sich fast bis zum Haaransatz. Der Lippenstift war wahrscheinlich von Dior, was aber egal war, weil auch das teure Kosmetikprodukt Bertha Müller nicht helfen konnte, den üblen Ruhrpottslang, der aus ihrem Mund kam, zu überschminken. Miss Kitty Marple verwechselte ihre große Klappe gerne mit Eloquenz.

»Oh, Herr Doktor, ich habe Sie gar nicht reinkommen hören. Ich muss wohl etwas weggetreten gewesen sein.« Sie seufzte theatralisch. »Der Kreislauf. Mein Blutdruck ist sicher wieder viel zu niedrig.«

Bei übergewichtigen Frauen gab es einen ganz einfachen Trick, den Blutdruck kurzfristig zu erhöhen: Man musste sie einfach auf die Waage stellen, ihnen die angezeigten Kilo knallhart mitteilen und danach den Blutdruck messen.

»Aha, aha. Schwester Rosa wird Sie wiegen und die Vitalwerte erfassen. Ich kümmere mich so lange um den nächsten Patienten.«

Plötzlich kam Leben in Bertha, die ihre Felle wegschwimmen sah. »Wollen Sie mich denn nicht abhören?« Sie zog einen Schmollmund.

Glücklicherweise war ich früh in meinem Leben schmollmundresistent geworden, was mir den Umgang mit Frauen sehr erleichterte. In meiner Jugend hatten mich weibliche Wesen mit Schmollmund regelmäßig schwach werden lassen. Leider war ich mehrmals übel eingegangen, weil Schmollmund ziehen eine gewisse Charaktereigenschaft mit sich brachte, die einem das Leben außerhalb des Bettes sehr schwer machen konnte. Mit ziemlicher Sicherheit wurde aus dem verheißungsvollen, üppigen Schmollmund im Laufe einer Beziehung ein verhärmter Strich, aus dem Vorwürfe und Forderungen kamen.

Warum eigentlich nicht mal auf Bertha hören, dachte ich mir. Der Health Post konnte etwas zusätzliches Geld immer gebrauchen. »Doch, doch, das sollte man unbedingt. Außerdem benötigen wir ein großes Blutbild sowie ein EKG. Wir werden vorsichtshalber die Lunge röntgen und ein Abdomenultraschall machen.« Ich nahm ein Formular vom Schreibtisch, kreuzte alle Untersuchungen an, die zu verantworten waren, und ließ Bertha mit Rosa zurück, wohl wissend, dass mich in einer Stunde Warren ablösen würde, weil einige Narkoseaufklärungsgespräche für OPs, die am nächsten Tag geplant waren, anstanden.

Ich behandelte noch einen Handwerker, der eine Richtschnur mit so viel Kraft aus der Verankerung gezogen hatte, dass sich der Nagel, mit der sie im Putz befestigt war, zwischen der dritten und vierten Rippe in seinen Brustkorb gebohrt hatte. Zum Glück konnte ich sonografisch einen Pneumothorax ausschließen und die Wunde blutete nur minimal.

Dann war Zeit für die Narkoseanamnesen und ich überließ Miss Kittys Schicksal dem Kollegen mit dem völligen Unverständnis für Simulanten.


MEIN LETZTER PATIENT war Vicente Alonso Almunia, bei dem unser Chirurg am nächsten Tag einen Leistenbruch schließen sollte. Vicente Almunia war Besitzer einer kleinen Autowerkstatt in Cahuita und wollte lieber bei uns operiert werden als im Hospital in Limón, weil dort sein Onkel nach einer Magenoperation nicht mehr aus der Narkose aufgewacht war. Ich gab mir aus diesem Grund ausgesprochen viel Mühe mit dem Aufklärungsgespräch und stellte die üblichen Fragen nach Allergien, Vorerkrankungen und Medikamenten. Señor Almunia schien, bis auf die Inguinalhernie, kerngesund. Er hatte fast Idealgewicht und trank nach seinen Angaben, denen ich aber nicht ganz glaubte, nachdem ich mir die Leberwerte angesehen hatte, so gut wie keinen Alkohol.

Ich wollte mich schon verabschieden, als der Patient die Stirn in Falten legte und mich fragte: »Doktor, die Narkose machen Sie doch vor der OP, oder?«

»Ja, besser ist das.« Wieder einmal meldete sich dieser impulsive Schmerz hinter dem Augapfel, der mich immer überkam, wenn ich das Gefühl hatte, meine medizinischen Künste waren Perlen vor Patienten.

»Kann man da nicht mal eine Ausnahme machen?«

Ich fragte mich ernsthaft, ob mir Vicente überhaupt zugehört hatte die letzte Viertelstunde. Ich suchte im schmalen Gesicht des Automechanikers verzweifelt das verschmitzte Lächeln, das mir verkünden sollte, dass er nur Spaß machte. Ich fand jedoch keines.

Señor Almunia sprach weiter: »Wenn eine Narkose so riskant ist, warum macht man nicht erst die Operation und wartet ab, wie es gelaufen ist? Und macht erst dann die Narkose? Vielleicht braucht man sie anschließend überhaupt nicht mehr.« Er sah mich mit einem Blick an, als hätte er soeben den Dieselmotor neu erfunden.

»Das stimmt allerdings, nach der Operation dürfte ein Schmerzmittel reichen«, musste ich ihm beipflichten und widerstand der Versuchung, mit dem Kopf wiederholt auf den Tisch zu schlagen.

»Gut, dann möchte ich, dass das so gemacht wird. So kann ich morgens auch etwas essen, ehe ich komme. Ich gehe ungern nüchtern aus dem Haus. Ein gutes Frühstück ist sehr wichtig für einen richtigen Mann.« Er lachte und reichte mir zufrieden seine Hand. »Abgemacht?«

Ich war versucht, einfach einzuschlagen und dem Patienten vorzuschlagen, er solle sich beim Frühstück ordentlich einen ansaufen und ein Holzstück zum Draufbeißen mitbringen. Schließlich ging der Patientenwille immer vor. Resigniert begann ich noch einmal ganz von vorne und murmelte vor mich hin: »*Wat issene Dampfmaschin? Da stelle mer uns mal janz dumm.*«


HERNANDOS SCHWAGER RAOUL betrieb in Cahuita eine kleine Tauchbase, in der ich mich ab und zu nützlich machte. Dafür, dass ich auf die Touris mit aufpasste, durfte ich umsonst mit dem Boot raus und meine Tauchflasche auffüllen.

Raoul hatte, um sich etwas Geld dazuzuverdienen, ein paar Langustenkörbe vor der Küste versenkt. Ich war an diesem Morgen mit ihm rausgefahren, die Körbe leeren. Jetzt war ich auf dem Rückweg nach Hause, in einer Kühltasche im Fußraum der Beifahrerseite reiste eine ausgewachsene Languste mit – mein appetitlicher Lohn fürs Helfen.

Einer Languste verdankte ich eine der wenigen Gelegenheiten, bei dem meine schlagfertige Frau wenigstens für den Bruchteil einer Minute um eine Antwort verlegen war. Sie musste auf unserer Hochzeitsreise entlang Australiens Küsten auf den Whitsunday Inseln unbedingt eine Languste bestellen; ich hatte mich für Barramundi entschieden, einen typischen Speisefisch auf diesem Kontinent.

Als der Kellner mit unserer Order in der Küche verschwunden war, sah ich Ricky vorwurfsvoll an: »Wie kannst du eine Languste essen, Weib? Die armen Tiere leben doch noch, wenn sie umgebracht werden!«

Ricky blies ihre Backen auf, wie sie dies immer tat, wenn sie kurzfristig ratlos war, und hob an: »Da hast ja recht, aber die sind so lecker, Hase.«

»Pfui, wie kann man so grausam sein?«

Plötzlich verengten sich Rickys Kulleraugen zu schmalen Schlitzen: »Brandstätter, du bist so eine Arschgeige! Weil der Fisch auf deinem Teller aus Altersschwäche gestorben ist.«

Die Arschgeige grinste bei dem Gedanken an dieses gemeinsame Abendessen – manche Erinnerungen an Ricky taten nicht weh, sondern einfach gut. Ich war bestens gelaunt und voller Vorfreude auf das Meeresgetier. Kurz hinter Puerto Viejo klingelte mein Handy. Beim Anrufernamen bekam ich Kammerflimmern. *Sonnenstrahl ruft an.*

»¡Hola!«, rief ich fröhlich ins Telefon.

»¡Hola, Ben!«, vernahm ich die durchdringende Stimme

meiner Angebeteten. »Hast du Zeit, einen Rochenstich bei uns im Hotel zu behandeln?«

Verletzungen durch Stachelrochen waren an der Küste an der Tagesordnung. Leider berücksichtigten die meisten Surfer und Touristen nicht die Empfehlung, in den Sommermonaten durchs Wasser zu schlurfen, um nicht versehentlich auf eines dieser wunderschönen Tiere draufzutreten und gestochen zu werden. Die Wunden schmerzten wie Hölle. Das Gewebe schwoll an und es kam oft zu Sekundärinfektionen.

»Ist es was Schlimmeres?« Seitdem vor einigen Jahren dieser australische Fernseh-Crocodile-Dundee-Verschnitt durch einen Stachelrochenstich ins Herz getötet worden war, hatten viele Menschen übertriebene Angst vor den eleganten Fischen.

»Eigentlich nicht. Aber es ist der Sohn eines Stammgastes. Seine Mutter ist Ärztin und etwas heikel. Pauls Zwillingsbruder ist vor einigen Jahren im Urlaub auf den Bahamas am *Pearl-Harbor-Syndrom* gestorben. Es wäre mir lieber, du würdest es dir sicherheitshalber ansehen.«

»*Pearl-Harbor-Syndrom?*« Mir war dieses Krankheitsbild nicht geläufig; ich vermutete, es handelte sich um eine seltene Tropenkrankheit, und scherzte: »War er Amerikaner und wurde versehentlich von den Japanern aus der Luft beschossen?«

Raya antwortete völlig ernst und unbeeindruckt von meinem Geistesblitz: »Genau, die Familie kommt aus Boston. Aber es war kein Unfall, sondern was mit schlechtem Essen.«

Ich hätte mir selbst einen Mückenstich in Pearl Harbor angesehen, hätte Raya das von mir verlangt. »Ich bin praktisch vorm Hotel. Bin in wenigen Minuten da.«

Raya stand in einem adretten Businesskostüm an der Rezeption und lächelte, als sie mich sah. Mein Herz hüpfte vor Freude bei ihrem Anblick.

Das Hotel hatte hinter der Rezeption einen kleinen Raum mit einer Untersuchungsliege und einem Erste-Hilfe-Schrank.

Auf der Liege lag ein Jugendlicher mit ausgeprägter Himmelfahrtsnase, einen trendy *Bose*-Kopfhörer über den Ohren, und daddelte auf seinem Smartphone herum. Er schien nicht zu bemerken, dass wir im Raum waren.

Raya klärte mich auf. »Das ist Paul. Er spricht nicht viel mit anderen.«

»Warum nicht? Ist er Autist?«

Raya zuckte mit den Schultern. »Ich glaube, er ist nur ziemlich schüchtern.«

»Aha, aha.« Ich tippte Paul, der blass und mit seinen weißblonden Locken wie der junge Art Garfunkel aussah, auf die Schulter und bedeutete ihm in Gebärdensprache, er solle den Kopfhörer abnehmen.

Der Teenager tat mir den Gefallen, entblößte ein Paar Ohren, auf die selbst Dumbos Mutter stolz gewesen wäre, setzte ein strahlendes Lächeln auf und gab mir sogar die Hand: »Paul Charles Uberman der Dritte. Nett, Sie kennenzulernen.« Dann war Sendepause.

»Ben Brandstätter, der Erste und Einzige. Ich bin Arzt und soll mir deine Wunde ansehen.«

Der Patient deutete auf sein linkes Bein: »Ich bin beim Herausziehen des Kajaks unglücklicherweise auf das arme Tier getreten. Ich hoffe, ich habe es nicht verletzt.«

Die linke Wade war dick mit einem bereits durchgebluteten Verband umwickelt. Rochenstiche hatten die Tendenz, stark zu bluten. Ich besorgte mir eine Schere sowie Einmalhandschuhe aus dem Erste-Hilfe-Schrank und schnitt den Verband auf. Die Blutung hatte mittlerweile aufgehört, einen Fremdkörper konnte ich in der Wunde nicht erkennen.

»Ist dir übel oder schwindelig?«

Paul schüttelte den Kopf: »Nein, das tut nur höllisch weh.«

»Hast du schon ein Schmerzmittel genommen?«

»Nein, bislang noch nicht.« Ich kramte in dem Schrank,

nahm Ibuprofen, eine Flasche dreiprozentiges Wasserstoffperoxid sowie eine Einmalspritze. Raya verabschiedete sich, als sie Gäste an der Rezeption hörte.

»Vielen Dank für Ihre Hilfe, Mam«, bedankte sich der junge Mann höflich.

»Irgendwelche Allergien oder Unverträglichkeiten?« Ich wusste immer noch nicht, was es mit dem Todesfall seines Bruders auf sich gehabt hatte.

»Nein, Sir, ich vertrage alles.«

Bei der Anrede *Sir* überkam mich das spontane Gefühl, strammzustehen und zu salutieren. Paul der Dritte schien wirklich sehr gut erzogen zu sein. Ich gab dem Musterkind zwei Ibu. Paul spülte die Tabletten mit einem kräftigen Schluck aus der *Mountain Dew*-Dose hinunter.

»Raya hat mir erzählt, dein Zwillingsbruder sei am *Pearl-Harbor-Syndrom* gestorben?«

Paul lachte amüsiert auf: »Das hat sie echt gesagt? Wie süß. Genau so eine Frau möchte ich später auch mal haben.«

Da bist du nicht der Einzige, dachte ich mir und hakte subtil nach: »Bist du scharf auf sie?«

»Nein, ich bin asexuell«, meinte Paul sehr bestimmt. »John ist am *Boerhaave-Syndrom* verstorben, als er neun war. Das hat sie wohl falsch verstanden. Er hatte sich den Magen mit Fisch verdorben und musste ständig brechen. Das hat die Speiseröhre nicht mitgemacht und keiner wusste Bescheid, was los war. Das Kindermädchen und der einheimische Arzt waren völlig überfordert. Mein Bruder hat die Nacht nicht überlebt.« Dem überlebenden Geschwisterkind konnte man am Gesichtsausdruck nicht entnehmen, ob und inwieweit ihn diese Tatsache bedrückte.

»Aha, aha. Warum brauchst du überhaupt eine Frau, wenn du nichts mit ihr anfangen kannst?«

»Ich möchte eigene Kinder. Weil ich jedoch keinen Sex möchte, brauche ich eine Frau, die sich künstlich befruchten lässt und sich um den Nachwuchs und den Haushalt kümmert. Sonst hätte ich eine Leihmutter in Betracht gezogen.«

»Und du bist dir sicher, dass die Chefin des Hauses damit zufrieden wäre, hauptberuflich Babys auszutragen und hinterher großzuziehen?« Ich dachte an Rayas Besuche und unseren ungezügelten Sex, der ihr mindestens so viel Spaß machte wie mir.

»Wir haben uns neulich darüber unterhalten. Mrs. Delgado Schiller möchte unbedingt Kinder, wenn es sein muss, sogar *in vitro*.«

»Aha, aha.« Ich war verwirrt. Kinder waren zwischen Raya und mir nie ein Thema gewesen. Sie hatte mir ganz zu Anfang gesagt, sie würde nicht schwanger werden, weshalb wir ohne Kondom miteinander schliefen. Nachdem sie schon so lange mit Rainer verheiratet war, ohne Nachwuchs in die Welt gesetzt zu haben, musste ich annehmen, dass sie, wie auch immer, erfolgreich verhütete. Aber Raya sprach nie mit mir über Tiefgründiges und Persönliches. Wenn ich anfing, von mir zu erzählen, in der Hoffnung, dass sie aus dem Nähkästchen plauderte, küsste sie mich und brachte mich so zum Schweigen. Warum sprach sie mit einem wild- und weltfremden Teenager über so etwas Intimes?

»Woher weiß man in deinem Alter, dass man asexuell ist? Einfach keinen Bock zum poppen?«

»Richtig, das Bedürfnis habe ich nicht. Mein *Shrink* kennt und analysiert mich seit dem Tod meines Bruders. Er ist sich sicher, dass das so ist. Ich habe einen *Coach,* der mir seit zwei Jahren in allen Lebensfragen zur Seite steht, und der ist derselben Auffassung.«

Wenn er einen Psychoanalytiker und einen Lebensberater hatte, was trugen Pauls Eltern außer den finanziellen Mitteln zu seiner Erziehung bei? War das überfürsorglich oder einfach das Kind in professionelle Hände abgeschoben?

»Deine Mutter ist Ärztin?«

»Professorin für Medizin an der Harvard Medical School. Ich möchte später selbst Mediziner werden. Allerdings Herzchirurg. Nichts für ungut, aber Allgemeinmedizin ist was für Menschen, die alles wissen, aber nichts wirklich können.«

»Soll ich die Behandlung abbrechen und wir lassen einen Spezialisten aus den USA einfliegen?«

»Nein, ist schon gut. Ich wollte Sie nicht beleidigen, Sir.«

»Na, dann. Ich spüle die Wunde ganz profan mit Wasserstoffperoxid aus. Das brennt ziemlich, hilft aber, das Gift rauszubekommen, und beugt einer Infektion vor«, informierte ich das merkwürdige menschliche Wesen vor mir, das gelegentlich an seiner Dose *Mountain Dew* nuckelte.

Ich zog die 50-Milliliter-Spritze auf und drückte ab. Beim ersten Kontakt der Lösung mit der offenen Wunde jaulte Paul ungehemmt und bekam Pfützchen in den Augen. »*Sugar,* das brennt ja noch übler als vorher.«

Ich schüttelte ungläubig den Kopf. Paul war so gut erzogen, dass er noch nicht mal *Shit* über die Lippen brachte und das reichlich affektierte Ersatzwort dafür verwendete. »Deine Lebensplanung ist ja ziemlich ausgereift für einen Jungen in deinem Alter.«

Ich füllte den Spritzenkolben erneut.

»Ich werde die nächsten zwanzig Jahre meiner Karriere widmen und suche mir danach eine Partnerin, die mir vier Kinder schenkt, mich unterstützt und hinter mir steht. Ich möchte auf keinen Fall eine Frau wie Mutter, die nur an sich selbst und ihren Beruf denkt. Vater ist Scheidungsanwalt und hat nach der Trennung von Mutter eine Partnerin gewählt, die häuslich ist. Er ist der Auffassung, dass mein Bruder nicht hätte sterben müssen, wenn Mutter in diesem verhängnisvollen Urlaub bei uns gewesen wäre, anstatt für zwei Tage in die Staaten zurückzufliegen, um an einer Konferenz in Seattle teilzunehmen.«

Womit er wahrscheinlich gar nicht so falsch lag. Das *Boerhaave-Syndrom*, bei dem die Speiseröhre durch starkes Erbrechen riss, war sehr selten und führte unbehandelt fast immer zum Tod. Aber ich wollte mich nicht in Familienangelegenheiten einmischen.

»Dann mal viel Glück bei der Suche.«

»Ich denke, bei meinem wirtschaftlichen Hintergrund dürfte es kein Problem sein. Ich bin immerhin Alleinerbe.«

Ehe er seine *wirtschaftlichen* Hintergründe weiter erläutern konnte, rauschte eine blonde Mittfünfzigerin mit Farah-Fawcett-Gedächtnisfrisur im hellblauen, bodenlagen Raffgardinenkleid und mit breitkrempigem Strohhut in den kleinen Raum und stellte sich vor: »Daphne Sacks Uberman. Ist alles in Ordnung mit Paul?« Die moderne Ausgabe einer amerikanischen Südstaatenlady sah ihren verletzten Sohn nicht an.

»Ich habe die Wunde mit Wasserstoffperoxid ausgespült und Paul Ibuprofen gegeben. Ein Breitbandantibiotikum sollte man prophylaktisch zusätzlich geben. Wie sieht es mit dem Tetanusschutz bei Paul aus?«

»Paul ist umfassend geimpft. Ich habe Amoxiclav in meiner Reiseapotheke. Ich bin selbst Ärztin und lehre Medizin in Harvard. Was schulde ich Ihnen für die Behandlung?«

Daphne hatte noch immer keinen Augenkontakt mit ihrem Sprössling aufgenommen. Die *Rolex Yacht-Master* am Handgelenk und die fetten Solitäre an ihren Ohren ließen mich einen ungeraden, dreistelligen Dollarbetrag aus dem Blauen nennen. Die Dame zuckte nicht mit der Wimper, sondern fragte lediglich, ob ich Kreditkarten oder Schecks nehme. Sie rauschte mit ihrem Volantkleid wieder ab, um die Antibiose und meinen Scheck über dreihunderteinundzwanzig US-Dollar zu holen.

Ich spülte die Wunde ein letztes Mal und legte schweigend einen neuen Verband an. Paul III. hatte während des Auftrittes seiner Mutter mit seinem iPhone rumgespielt und die Kommunikation mit mir eingestellt.

Er erinnerte mich an meinen Klassenkameraden Marco Schneider, der zu allen Kindergeburtstagen eingeladen werden musste, weil er der Sohn des Bürgermeisters war. Marcos Vater war uralt und erzählte ständig vom Zweiten Weltkrieg. Seine Mutter war eine schüchterne, winzige Frau, die sich so vorsichtig durchs Leben bewegte, als würde sie auf rohen Eiern laufen. Marco schielte auf einem Auge und stank abartig nach Kölnisch Wasser, mit dem ihn seine Mutter wohl täglich desinfizierte. Er trug nie lässige Jeans und trendige Sneaker wie wir anderen, sondern *anständige* Hosen mit Bundfalten und Gesundheitsschuhe wegen seiner Einlagen.

Der Sonderling saß auf den Feten immer abseits in der Ecke und beteiligte sich weder am Topfschlagen noch am Flaschendrehen. Zu allem Elend hatte Frau Schneider die Angewohnheit, ihrem Sohn die mitgebrachten Geburtstagsgeschenke sehr individuell einzupacken. Marcos Mitbringsel waren immer in dem gleichen selbst gebatikten, knallbunten Seidentuch eingeschlagen, um das ein breiter, vollelastischer, dunkellila Damengürtel mit Schmetterlingsschnalle gewickelt war. Tuch und Gürtel musste Marco wieder mit nach Hause nehmen, für das nächste Geburtstagsgeschenk. Meine Mama fand Frau Schneiders Verpackungsvariante damals originell und nachahmenswert, schon alleine aus Gründen des Umweltschutzes. Mein nicht sonderlich geduldiges Mütterlein gab aber beim ersten Mal auf, als sie verzweifelt versucht hatte, eine Packung mit einem einzelnen Playmobil-Männchen in ein rot-weißes Palästinensertuch mit Quasten einzuwickeln. Ehe sie kapitulierte, hatte ich beschlossen, das Präsent auf dem Hinweg auszuwickeln und ganz ohne Verpackung zu überreichen. Ich würde mich auf keinen Fall mit den kreativen Anwandlungen meiner Mutter lächerlich machen. Dass der Sohn unseres Bürgermeisters nie auf die Idee gekommen war, genau das Gleiche zu tun, sondern sich mit der bescheuerten Verpackung stets aufs Neue blamierte, war ein eindeutiges Zeichen dafür, dass er ein völlig uncooler Spacko war.

In der schönen neuen, multimedialen Welt fielen solche grenzautistischen Kinder nicht mehr auf, weil sie, wie alle anderen, auf ihrem Handy ihr eigenes virtuelles Spiel spielten und mit dem Blick starr aufs Handy auf der Suche nach versteckten Pokémons durch die Straßen irrten, anstatt primitive, dafür aber kommunikative Kinderspiele mit Handschuhen, Kochgeschirr und eingewickelter Schokolade zu spielen. Marco war mittlerweile Topmanager bei einer Mineralölfirma, lebte in Kapstadt in einem riesigen Haus und hatte eine importierte ukrainische Schönheit geheiratet, wie mir meine Mutter neulich erst beim Skypen berichtete.

Beim Abschied sah der Patient kurz hoch, bedankte sich höflich und hatte mich in dem Moment, als ich aus der Tür ging, sicher schon vergessen. Raya war immer noch mit Gästen beschäftigt und sagte ¡adiós!, anstatt mich aufzufordern, noch etwas zu bleiben und ein Schwätzchen bei einer Tasse Kaffee mit ihr zu halten.

AUF DEM NACHHAUSEWEG versuchte ich mich an meine erste intensive Begegnung mit dem weiblichen Körper in Gestalt meiner Mitschülerin Jasmin Block zu erinnern. Obwohl ich mit meinen Kumpels stundenlang die Ratschläge von Dr. Sommer in der *Bravo* durchgehechelt hatte und theoretisch sämtliche Sexualpraktiken beherrschte, war der weibliche Körper taktil noch völliges Neuland gewesen, das es zu erobern galt.

Es war plötzlich überall viel zu viel Haut zu erkunden – ich war völlig verunsichert und wusste nicht so recht, wo ich zuerst hinfassen sollte. Brüste und ihre Verpackung waren damals eine riesengroße Herausforderung gewesen. Gar nicht so einfach, wenn die erste Freundin gefühlte Körbchengröße D hat. Da war der BH schon eine Nummer und nicht nur Zierde. War die Festung aus Elasthan, Stoff und fiesen Häkchen plus Ösen erst mal überwunden, stellte sich die Frage: Was tun mit den Brüsten? Streicheln, kneten, drücken, quetschen? Küssen? Mit der Zunge oder saugen? Man wollte ja nicht wie ein Säugling rüberkommen.

Während all des Gefummels und Geknutsches bereitete sich der Kopf verzweifelt auf das Endziel vor: Lieber herzhaft zustoßen, weil es dann nur einmal kurz wehtut, oder vorsichtig langsam reinrutschen? Ich hatte mich für die sanfte Methode entschieden. Mann sein war immer schon eine Herkulesaufgabe gewesen. Trotzdem war mir seit diesem aufregenden Sommernachmittag mit Jasmin in ihrem Jugendzimmer unter dem passenden *Like-a-Virgin*-Poster von Madonna die Lust an den rätselhaften, komplizierten Wesen mit Menstruationshintergrund niemals vergangen, im Gegenteil.

Ich holte mein iPad raus, bestellte mir im Gegenwert des soeben verdienten Schecks im Internet einen ferngesteuerten Helikopter und legte etwas drauf für eine *GoPro*-Kamera der neuesten Generation. Tage später bastelte ich mir aus meinen Einkäufen einen Aufklärungshubschrauber, um das Kind im Manne nicht verkümmern zu lassen und zu enden wie Paul Charles Uberman der Dritte und Letzte, wenn er keine Frau fand, die sich künstlich befruchten lassen wollte.

# Fotos & Frisuren

In der darauffolgenden Zeit war der Umgang mit Raya so, dass ich mich nach ihr sehnte und vor Verlangen verzehrte, sie mit Nachrichten und verbalen Nettigkeiten überschüttete und sie sich gelegentlich dazu herabließ, mir zu antworten, mich zu besuchen, mit mir zu vögeln und danach wieder zu Rainer ins Hotel zurückzukehren.

Meine Nachfrage, was es mit ihrem Kinderwunsch und der Bereitschaft zur künstlichen Befruchtung auf sich hatte und ob und wie sie verhütete, hatte sie mit zwei Sätzen vom Tisch gefegt: »Paul und seine Mutter sind zahlungskräftige Kunden, ich würde mich mit ihm selbst über die Aufzucht von Schweinen unterhalten, wenn er es möchte. Möchtest du die genaue Marke der Pille wissen, die ich nehme?« Sie sah mich völlig ernst an und zum ersten Mal in den letzten Monaten war mir bewusst, wie wenig Raya und ich zusammen lachten und wie wenig Humor diese Frau besaß.

Ich schnitt das Thema nicht mehr an, litt wie ein Hund und war überglücklich, solange wir zusammen waren. Meine Stimmungsschwankungen waren für alle deutlich zu spüren. Ich traute mich nicht mehr, die üblichen Backpackerinnen bei mir aufzunehmen und Spaß mit ihnen zu haben, weil Raya jederzeit hätte hereinschneien können. Idiotischerweise hatte ich das Bedürfnis, Raya körperlich treu sein zu wollen. Ich war wie besessen und fand keinen Weg heraus. Immer wenn ich so weit war, dass ich beschloss, die Sache mit ihr endgültig zu beenden, kam sie auf einen spontanen Besuch vorbei, bezauberte mich mit ihrem Lächeln und ihrem Körper und überließ mich wieder meiner Sehnsucht und Verzweiflung.

An diesem Abend war Raya kurz vor Sonnenuntergang gekommen. Ich hatte geduscht und wollte nach Puerto Viejo fahren, um bei Shane zu essen. Mir war nach Gesellschaft und Unterhaltung. Ich blieb. Der Sex war geil und wortlos gewesen und wir lagen hinterher schwer atmend im Bett. Während wir miteinander geschlafen hatten, war draußen ein heftiges Gewitter mit Blitz und schweren Donnerschlägen niedergegangen. Die Luft war schwül und unbeweglich, nur der Deckenventilator sorgte für ein wenig Abkühlung. Mein Magen knurrte vernehmlich und ich hätte viel gegeben, wenn ich Raya einfach hätte ins Auto packen und mit zu Shane nehmen können.

»Ich habe Hunger. Du auch?«

»Etwas. Rainer kocht nachher für uns.«

»Dann ist ja wieder bestens für dich gesorgt.«

Sie sah mich an: »Wie siehst du mit kurzen Haaren aus, Ben?«

»Anders.« Ich war gekränkt und Raya merkte es nicht einmal.

»Ich würde das gerne mal sehen. Es steht dir bestimmt sehr gut.« Raya stand auf und ging ins Bad, wo sie duschen und sich schnell anziehen würde, um wenige Minuten danach verschwunden zu sein. Ich kannte das Spiel und hasste es.

Ich lief nackt ins Wohnzimmer, kramte in ein paar Schachteln, die Fotos von früher enthielten, und fand eine Aufnahme von mir, die Ricky auf einer von uns gecharterten Jacht gemacht hatte. Ich mit zufriedenem Grinsen und Kurzhaarschnitt.

Raya kam angezogen herein, band sich das Haar im Gehen zu einem Pferdeschwanz und gab mir einen Kuss. »Bis bald, Ben.«

»Hier, ich mit kurzen Haaren.«

Meine Traumfrau nahm das Bild und warf einen Blick darauf: »Gefällt mir viel besser als mit diesen langen Zotteln.«

Sie gab mir das Foto zurück, anstatt es wie einen Schatz mit sich zu nehmen, es versteckt in ihrem Wäscheschrank zwischen den Höschen und BHs aufzubewahren und heimlich ab und zu einen sehnsuchtsvollen Blick drauf zu werfen. Ich war gekränkt und sah der Frau, aus der ich nicht schlau wurde, hinterher, wie sie mein Haus verließ und über den Strand zu ihrem Mann ging, mit dem sie später in aller Harmonie zu Abend essen und ins Bett gehen würde.

Unter der Dusche sang ich »*Night falls, I'm cast beneath her spell. Daylight comes, our heaven turns to hell. Am I left to burn and burn eternally?*« – einen Song, den Bono von U2 für Roy Orbison geschrieben hatte. Der gute Roy sang *She's a Mistery Girl* so hoch, dass seine Stimme leicht nach gequetschten Eiern klang, aber die getragene Melodie und der poetische Text verursachten bei mir immer wieder Gänsehaut. »*In the night of love words tangled in her hair, words soon to disappear. A love so sharp it cuts like a switchblade to my heart, words tearing me apart. She tears again my bleeding heart. I want to run, she's pulling me apart.*«

Anschließend fuhr ich nach Puerto Viejo und machte Halt in Raimundos Barber Shop. Der Laden war leer, Raimundo saß in dem Friseurstuhl und war eingenickt. Aus einem Radio in der Ecke schmalzte Rocío Dúrcal ihr berühmtes *Amor Eterno*. An den altrosa Wänden hingen zwei gerahmte, verblichene Frisurenposter, die Männlein und Weiblein mit Betonfrisuren aus den Sechzigerjahren abbildeten – ein Drittes zeigte Kinderfrisuren aus den Siebzigern.

Ich rief: »*¡Hola!*«

Der Friseur öffnete verschlafen und in Zeitlupe seine wässrigen Augen mit den ödematösen Lidern. »*En qué le puedo ayudar?*«

»Alles ab!«

Raimundo, der mich an den verstorbenen äthiopischen Kaiser Haile Selassie erinnerte, warf mir einen fragenden Blick zu, als er auf dem Stuhl für mich Platz machte. Ich zeigte mit zwei Fingern an, wie kurz, und der Barbier begann sein Werk mit der Schermaschine. Eine Viertelstunde später blickte mich ein völlig Fremder aus dem Spiegel an, der jederzeit eine Rolle als Sträfling in einer Neuverfilmung von *Papillon* hätte bekommen können.

Nach diesem Kahlschlag fuhr ich zurück nach Hause und grillte ein Steak. Mir war nicht mehr im Geringsten nach Gesellschaft und flachen Tresengesprächen. Nach anderthalb Flaschen Rotwein und drei doppelten *Isle of Islay* fiel ich wie erschlagen ins Bett, in dem die Laken immer noch so lagen, wie Raya sie zurückgelassen hatte. Ich machte ein *Selfie* im Liegen, legte jede Menge Leidenschaft und Verlangen in meinen Gesichtsausdruck und schickte es an Raya.

23:46 Nachricht an Sonnenstrahl
So sehe ich mit kurzen Haaren aus …


AUCH AM NÄCHSTEN MORGEN war noch keine Antwort gekommen. Ich verzichtete aufs Surfen und blieb dafür lieber etwas länger liegen, stand aber auf, als ich Yoanis Wagen vorfahren hörte. Ich machte uns zwei Cappuccino und wartete in der Küche. Von Yoani faul im Bett ertappt zu werden, traute man sich besser nur in Notfällen.

Meine Perle kam mit Gwen im Gefolge herein – wie üblich

beladen mit Einkaufstüten. Als sie mich sah, ließ sie alles fallen, fasste sich mit beiden Händen an den Hals und schrie: »*¡Madre de Dios! ¡Socorro! ¡Socorro!*«

»Was ist los?«

»Du hast mich zu Tode erschreckt! Ich dachte, du wärst ein Einbrecher oder Vergewaltiger. Du siehst aus wie ein entflohener Häftling.«

»Aha, aha.« Yoani kannte *Papillon* anscheinend auch.

»Was hast du wieder angestellt? He?«

Ich fuhr mit einer Hand über die kurzen Stoppeln auf meinem Schädel. Es fühlte sich an wie bei einem flauschigen Tierchen. »Was passt dir nicht? Du hast doch immer genervt, ich solle mir endlich die langen Haare abschneiden lassen.«

Yoani hatte sich so weit erholt, dass sie die Tüten aufhob, auf der Küchenarbeitsplatte abstellte und ihre Tasse Cappuccino nahm. »Ich habe gesagt, dass du dir eine *vernünftige* Frisur machen lassen sollst. Das ist doch keine Frisur! Das ist …« Sie ruderte mit der freien Hand und fand anscheinend keine passenden Worte mehr.

»Ich find's praktisch.«

»*¡Idiota!* So findest du nie eine Frau«, meinte Yoani.

»Ich will gar keine mehr. Ich werde jetzt schwul. Die passende Frisur habe ich dafür ja.«

»Achte auf deine Worte oder gehe aus meiner Küche!« Die Laserstrahlen trafen mich wieder.

Ich hatte keine Lust, auf meine Worte zu achten, verließ demonstrativ die Küche und machte mich mit Gomez auf den Weg in den Ort, nur um wenig später von Mama Mira mit vorgehaltener Hand wegen meines Aussehens ausgelacht zu werden. Ich hatte es begriffen, dieser Haarschnitt war bei Frauen nicht der *Burner*. Hernando behauptete, er hätte mich nur erkannt, weil Gomez dabei war.

Ich las eine französische Backpackerin auf, die vorm Laden

auf der Treppe saß und hart gekochte Eier schälte. Lourdes war achtundzwanzig, aus Bordeaux und seit einem halben Jahr in Mittelamerika unterwegs. Sie hatte Sommersprossen auf der Nase und einen großen, herzförmigen Leberfleck unter der linken Brust, wie ich einen Tag später feststellte. Sie fragte sich, wie ich wohl mit längeren Haaren aussah.

# ANALES & AMÜSANTES

Ich hatte am Vortag bei einer freischaffenden Prostituierten aus dem Hafengebiet Gonorrhoe sowie eine Chlamydieninfektion diagnostiziert.

Die Dame hatte in einem hysterischen Anfall ihre Kolleginnen und einen Teil ihrer Stammkunden per WhatsApp informiert und den Health Post als Anlaufstation für heilbringende Maßnahmen angegeben. Dementsprechend voll war die Sprechstunde gewesen. Warren hatte sogar auf seine ausgedehnte Mittagspause verzichtet und seine Biomöhren nebenbei im Stehen verzehrt.

Ich hatte die Nase voll von triefenden Genitalien und Abstrichen und war neidisch auf meinen amerikanischen Kollegen, der sich eine Platzwunde am Kinn eines Surfers unter den Nagel gerissen hatte und ewig daran nähte. In Stuttgart hatte ich mal eine bekannte deutsche Sängerin einer Punkrockband mit Chlamydien in der Notaufnahme behandelt. Neben der Tatsache, dass ich von da an wusste, dass die toughe Lady ein ziemlich albernes Snoopytattoo auf ihrem *Mons pubis* hatte, bekam ich einen coolen Spruch zu hören, als ich die Diagnose verkündete. »Da suchst nach Liebe und alles, was du bekommst, sind Chlamydien!«

Ich gönnte mir eine Tasse abgestandenen Kaffee und eine mit Marmelade gefüllte Empanada im Büro, als unser rätselhafter ärztlicher Leiter mit zwei Patientenakten hereinkam und mir diese in die Hand drückte.

»Das ist eher was für dich. Zwei Intoxikationen mit Insektiziden, also nichts für einen Chirurgen. Sind außerdem Landsleute von dir und sprechen miserables Englisch.«

Ich las die Namen auf den Aktendeckeln. Angelika Eberl-Hutter und Wilfried Eberl-Hutter. Beide Fragebogen waren mit der gleichen weiblichen Handschrift ausgefüllt, und bei Beschwerden war auf Englisch eingetragen: *Vergiftung durch Insektenschutzmittel/Taubheitsgefühl in den Händen/Halbseitige Lähmung links.* Mir schwante Böses.

»Ich habe kurz mit ihnen gesprochen. Sie haben gestern mit ihrem Wohnmobil am Strand gehalten und sind dabei mit einem Insektizid eingesprüht worden«, klärte mich der Kollege auf und kratzte sich dabei ständig am Handballen. »Ich hätte sie ja behandelt, aber als ich die Vorerkrankung bei dem Mann gelesen habe, habe ich ihnen mitgeteilt, dass wir einen Spezialisten für diese seltene Abnormität im Hause haben.«

Warren sah mich mit diesem bestimmten Blick an, von dem ich mittlerweile wusste, dass er das Äquivalent für schallendes Gelächter bei einem emotional normal entwickelten Menschen war, und verließ den Raum. Ich las den Eintrag. Wilfried litt unter *Heart Insolvency.*

»Danke, Doktor Chandler!«, rief ich ihm hinterher. Ich trank meinen Kaffee aus und machte mich auf den Weg in den Warteraum, in dem jetzt nur noch wenige Patienten warteten. Meine ehemaligen Nachbarn saßen mit verschlungenen Händen auf der Holzbank und sahen mich hoffnungsvoll an, als sie mich erblickten. Ich räusperte mich. »Familie Eberl-Hutter.«

Die Lahmen und Betäubten kamen für ihre Beschwerden recht zügig auf mich zu und Wilfried fragte: »Sie sprechen Deutsch?«

»Ja, Brandstätter mein Name.«

Keiner der beiden schien mich wiederzuerkennen. »Gott sei Dank, dass wir einen deutschen Arzt gefunden haben. Wir sind es nämlich leid, alles in Englisch oder Spanisch erzählen zu müssen.« Dann schilderte sie mir, noch ehe ich mich mit ihnen in einen Behandlungsraum zurückziehen konnte, was ihnen am Vortag so Schreckliches widerfahren war und dass sie den Schweden, der für ihr Elend verantwortlich war, anzeigen und verklagen wollten und deshalb ein ärztliches Attest bräuchten.

»Aha, aha.«

Ich nahm das aufgebrachte Paar mit in Kabine 1. Unterwegs erklärte mir Angelika in blumigen Worten, dass ihr Mann am Morgen sogar gekrampft habe. Die Giftattacke hätte ihren Gatten mit seinem schwachen Herzen mit Leichtigkeit töten können, meinte sie. Sie würden am nächsten Tag mit der Polizei bei dem langhaarigen Freak in Manzanillo vorbeifahren und dafür sorgen, dass er hinter Schloss und Riegel kam. Ich fuhr mir mit der Hand über meinen frischen Stoppelkopf und wusste jetzt, warum mich keiner mit dem schwedischen Umweltsünder in Zusammenhang brachte.

Ich merkte nicht nur am inflatorischen Gebrauch des medizinisch völlig unsinnigen Begriffes *Herzinsolvenz*, dass das clevere Paar die Beschwerden gegoogelt haben musste, um zu einem Attest zu kommen, mit dem sie den armen schwedischen Hausbesitzer auf Schmerzensgeld zu verklagen gedachten.

»Hirninkontinenz?«, fragte ich differentialdiagnostisch aus dem Vollen schöpfend.

Das Ehepaar nickte, begeistert von meinem Vorschlag: »Seit gestern. Beide!«

»Aha, aha.« Ich heuchelte Mitgefühl, veranlasste jede Menge Laboruntersuchungen und checkte sämtliche Vitalwerte. Ich machte jede erdenkliche neurologische Untersuchung, die mir in den Sinn kam und die wir den Simulanten in Rechnung stellen konnten, sowie ein EKG.

Nachdem mir die Laborwerte, die völlig unauffällig waren, vorlagen, nahm ich Herrn und Frau Doppelname mit in eine Behandlungskabine und erklärte, dass ich absolut keinen Hinweis auf eine Vergiftung feststellen konnte.

»Das kann unmöglich sein. Meinem Mann und mir ist seit der Giftattacke nur noch schwindelig, wir müssen uns ständig übergeben und die Taubheit in den Fingerspitzen wird schlimmer«, jammerte Angelika.

Ich packte Angelikas Patschehändchen. Der Ehering war fest eingewachsen – Frau Eberl-Hutter hatte wohl seit dem Tag der Eheschließung ein paar Kilo zugenommen. Ich drehte die Hand um und fuhr mit dem scharfen Ende einer Einmalkanüle über die Fingerspitzen und den Daumenballen. »Spüren Sie das?«

Das Anschlagsopfer schüttelte mit tränenfeuchten Augen den Kopf. »Überhaupt nichts – völlig gefühllos.«

»Aha, aha.« Ich packte die Hand der Patientin, sah ernst in ihre taubenblauen Augen und stach beherzt zu.

»Au! Das tut doch weh!« Angelika zog quietschend ihre Hand weg.

Ich lächelte. »Spontanheilung. Wie erfreulich. Da kann ich Ihnen natürlich kein ärztliches Attest mehr ausstellen.«

Frau Eberl-Hutter schien weniger erfreut.

»Dann probieren wir doch mal bei Ihnen, ob das Taubheitsgefühl auch weg ist.« Ich packte eine frische Kanüle aus und zeigte sie Wilfried. »Darf ich um Ihre Hand bitten?

Herr Eberl-Hutter hatte Schweißperlen auf der Stirn und weigerte sich, seine Pfote von mir untersuchen zu lassen.

Seine Frau ergriff die Initiative: »Es ist wohl besser, wir suchen einen Spezialisten auf, mein Mann und ich.«

»Wenn Sie meinen. Der Patientenwille ist mir Gesetz.«

Um sicherzugehen, dass das Paar nicht vergaß, die Rechnung zu bezahlen, geleitete ich sie persönlich zur Aufnahme und setzte mich auf eine selbst gedrehte Zigarette zu Pablo in einen der Rollstühle neben dem Eingang.

Herr und Frau Eberl-Hutter liefen eine Viertelstunde später grußlos an uns vorbei. Trotzdem sang ich ihnen zum Abschied leise ein Lied, das mir spontan eingefallen war: »*Aber Karl der Käfer wurde nicht gefragt, man hat ihn einfach fortgejagt!*« Ich war zweifellos der romantischste Notfallmediziner, den ich kannte.

# Besuch & Betrug

Rainer hatte am Morgen angerufen und für den Abend seinen Besuch angekündigt. Raya war mit Freundinnen ein paar Tage nach Miami geflogen, um nach seinen Angaben sein Geld auf den Kopf zu hauen und neue Schuhe zu erstehen.

Ich besaß genau vier Paar Havaianas in verschiedenen Abnutzungsstadien, ein Paar Laufschuhe, dunkelbraune Chucks für halboffizielle und dunkelbraune Lederschuhe für offizielle Anlässe sowie ein Paar Panama Jacks, wenn festes Schuhwerk benötigt wurde. Ich hatte die Stiefel vor Jahren im Internet bestellt. Ricky hatte sie als *Fick-mich-Stiefel* bezeichnet, weil scharfe Männermodels oft welche trugen und dabei sehr sexy aussahen. Meine dünnen Beinchen ließen eher das Bedürfnis, mich zu füttern, als das Verlangen, mich zu pimpern, aufkommen, hatte meine freche Frau gemeint. Ich sehnte mich so oft nach Rickys witzigen Bemerkungen. Was hätte ich dafür gegeben, nur noch einmal »Stell dich nicht so an, Brandstätter!« aus ihrem Mund zu hören.

Das Bier stand kalt, Yoani hatte ihr berühmtes Chili mit jeder Menge höllisch scharfer Jalapeños gemacht.

Rainer brachte als Gastgeschenk eine Flasche *Oban* mit, die er mir mit den Worten »*Happy Birthday*« in die Hand drückte.

»Mein Geburtstag ist aber schon ein paar Tage her.«

»Und, habe ich dir was geschenkt?«

»Nö.«

»Siehst du? Das habe ich hiermit nachgeholt.«

»Dann mal vielen Dank.«

»Außerdem werde ich die Hälfte eh selbst trinken.«

»Dann mal halben Dank.«

»Schon recht.«

Meine Nervosität legte sich in dem Maße, in dem der Promillegehalt in meinem Blut stieg. Nachdem zwei Stunden später das Geburtstagsgeschenk halb geleert war und ein paar Dosen Bier gegen den Durst hinterhergeschüttet waren, war ich fast so locker wie eh und je.

»Schmeckt nach Karamell und Vanille.« Rainer schmatzte und betrachtete den Inhalt in seinem Whiskybecher mit aufgesetzter Kennermiene.

»Komplex hast du vergessen.« Ich fragte mich, ob Rainer schon immer so ein Wichtigtuer gewesen war oder ob ich durch das Verhältnis mit seiner Angetrauten ein neues Bild von ihm bekommen hatte.

»Ich denke, ich werde demnächst mal ein Whiskytasting veranstalten.«

Mein Gast hatte meine Spitze nicht mitbekommen. Ich legte noch eines drauf: »Whiskytastings sind die Tupperabende der Akademiker.«

Rainer grunzte indifferent, schob eine Hand unter sein klein kariertes Kurzarmhemd und tätschelte seinen Bauch. Rainer trug konsequent Hemden, aus denen man besser Geschirrtücher gemacht hätte statt Herrenbekleidung. Ich hatte ihm deswegen insgeheim den Spitznamen *Tea Towel* gegeben.

»Du hast etwas zugelegt die letzten Wochen.«

Mein Besucher hob sein Hemd prüfend hoch. »Stimmt, muss wieder mehr surfen. Ich finde einfach keine Zeit mehr, seit Raya zurück ist vom Familienbesuch.«

Ich hatte keine Lust, mit Rainer über die Frau zu sprechen, die wir uns teilten, und versuchte, das Thema zu wechseln. »Wusstest du, dass du, um ein Kilogramm Körperfett abzubauen, zehn Stunden surfen musst?«

»Dann könnte ich locker ohne Proviant nach New York kommen.«

»Mach mal Grönland draus.«

»Wie viele Kalorien verbraucht vögeln?«

»Keine Ahnung.« Falsches Thema.

»Da müsste ich nämlich gertenschlank sein.«

Ganz falsches Thema. Ich schwieg störrisch, starrte auf das Glas in meiner Hand, schwenkte die bernsteinfarbene Flüssigkeit hin und her und wartete ab.

Rainer störte sich nicht an meinem Schweigen: »Seitdem Raya mit aller Gewalt ein Baby möchte, krieg ich es genial oft besorgt, mein Freund. Sogar morgens, obwohl mein Schatz ein Morgenmuffel ist.«

Mir war, als hätte jemand eine heiße Nadel in meine Eingeweide gebohrt und stocherte damit herum. Ich trank aus und verzog das Gesicht, so als hätte mir der Inhalt nicht geschmeckt.

Rainer vertiefte das Thema: »Seit einem halben Jahr geht das so. Ich bin so ein glückliches Schweinderl, sage ich dir.« Er sah lächelnd in die Ferne, wo das Meer und der weiße Strand unter einem honiggelben Vollmond gut zu sehen waren. »Aber das ist für dich nichts Ungewöhnliches. Du vögelst ja alles, was jung genug ist und einen Rucksack schleppen kann.« Rainer lachte dreckig und ich hätte ihm gerne die Fresse poliert, meinem zukünftigen Ex-Freund, der immer noch nicht kapiert hatte, dass er besser nichts mehr sagte. »Aber mit der eigenen Frau ist das doch was anderes. Raya ist ein Traum im Bett. Einfallsreich. Auch wenn sie es jetzt meist nur auf dem Rücken liegend macht, wegen der kleinen Soldaten, damit die nicht wieder rausflutschen.«

Ich hätte nie im Leben so über meine Frau und unsere Rituale im Bett gesprochen. Rainer war ein Arsch und Raya hatte mich die ganze Zeit benutzt.

»Das macht man wohl so.« Ich war plötzlich stocknüchtern und musste alleine sein, um irgendetwas kaputt zu machen, als Ersatzhandlung dafür, Rainer zu vermöbeln.

»Oder *Doggy Style*. Finde ich echt geil. Eisprungsex.«

»Ich glaube, ich bin müde.«

»Ich nicht. Komm, mach nicht schlapp, wann habe ich mal frei und wir beide die Gelegenheit, Männergespräche zu führen?«

»Stimmt. Ich hole uns mal Nachschub.« In der Küche lehnte ich mich an das Spülbecken und unterdrückte einen Schrei. Ich packte Yoanis Kochmachete, die in der Spüle lag, und hieb sie mit voller Kraft in das dicke, hölzerne Schneidebrett, wo sie stecken blieb. Rainer sprach unbeirrt weiter über seine Begattungsversuche. Jedes einzelne Wort wie ein winziger Glassplitter, der unter meine Haut getrieben wurde.

Es war Zeit, das Thema zu wechseln. »Wo habt ihr euch kennengelernt?«, rief ich ins Wohnzimmer.

»In Barcelona. Mein Schatz hat Tourismus studiert und in dem Hotel, das ich damals geleitet habe, gejobbt. Sie war Anfang zwanzig und unerfahren, aber sehr, sehr lernbegierig.«

Erneut dieses widerliche Lachen. Ich vögelte ziemlich willen- und wahllos, aber ich machte keine dummen Sprüche darüber und zog das, was wir taten, oder die Frauen selbst nicht ins Lächerliche. In Stuttgart hätte ich mit Rainer Krach angefangen und ihm gesteckt, was für ein Dreckschwein er war. In einem winzigen Ort wie Manzanillo zettelte man keinen Streit mit dem Nachbarn an. Ich suchte den Marmormörser, den mir meine Mutter bei ihrem letzten Besuch mitgebracht hatte, weil zerstoßener Pfeffer wesentlich besser schmecke als gemahlener. Meine Mutter und ihre Luxusprobleme.

»Wir mussten wegen der Familie schnell heiraten. Alle streng katholisch. Diese Latinomädels tragen einen Heiligenschein, wenn sie aus dem Haus gehen, aber wehe, alle Türen und Fenster sind geschlossen. Gassenengel nennt man das bei mir zu Hause in Frankfurt.« Er schwieg eine Sekunde. »Raya tendiert dazu, laut zu werden, besonders, wenn es dem Ende zugeht. Etwas *tricky* bei den dünnen Wänden und den offenen Fenstern. Man muss ja Rücksicht auf die Hotelgäste nehmen. Hast du uns auch schon gehört?«

*Hast* du *uns schon gehört, du Wichser?,* dachte ich. Mein seit Monaten schlechtes Gewissen war mit einem Schlag verschwunden. Rainer hatte es nicht besser verdient, als betrogen zu werden. Außerdem hatte sich herausgestellt, dass er nicht der Einzige war, der von Raya hinters Licht geführt worden war. Im Geiste zog ich eine 50-Milliliter-Spritze mit Adrenalin auf und rammte diese meinem Ex-Freund mitten ins Herz. Eine Sache von Sekunden und dann ab in den Atlantik mit ihm. Mit etwas Glück würde ihn die Strömung aufs offene Meer tragen. *I would do anything for love but I won't do that,* sang Meat Loaf exklusiv in meinem Schädel.

Ich rührte Rainers Whisky um und prüfte im Licht der Deckenlampe, ob die Flüssigkeit trüb war. Nope, alles klar. Ich holte die gelbe Tupperschüssel aus dem obersten Küchenschrank, an den Yoani, der Haushaltszwerg, nicht ohne Leiter kam.

Ich stellte Rainer das Glas ohne Eis hin. In meinem *Oban* schwamm ein einzelner Eiswürfel.

Ich stieß mit Rainer an. »Auf Shane!«

»Warum denn auf den?«

»Ich mag ihn einfach und in einigen Bereichen ist er sogar mein Vorbild«, antwortete ich und durchbohrte Rainer mit meinem Blick.

*Tea Towel* zuckte mit den Schultern und schüttete den Whisky in sich hinein.

»Probiere mal von den Keksen, die hat Yoani frisch gebacken. Mit Kokosnuss.«

Rainer langte zu. »Magst du keine?«

»Nein, ich vertrage keine Kokosnuss«, log ich.

»Warum backt die dann welche?«

»Yoani tut oft Dinge, die kein Mensch versteht.«

»Die schmecken ziemlich fad und muffig. Wie lange liegen die schon?« Trotzdem futterte der Hotelier noch einen weiteren Keks.

Zusammen mit der zerstoßenen Schlaftablette, die ich im Whisky aufgelöst hatte, wirkten die Haschkekse schneller als erwartet, und Rainer pennte auf meiner Couch bis zum nächsten Morgen durch.

Mir gingen tausend Gedanken durch den Kopf und Natalie Merchant sang leise und eindringlich: »*I've been treated so wrong, I've been treated so long as if I'm becoming untouchable. I'm the slow dying flower, I'm the frost killing hour. The sweet turning sour and untouchable.*« Ich schlief kaum und sah ständig auf mein Handy, ob Raya sich gemeldet hatte. Ich hatte ihr vor dem Zubettgehen eine Nachricht geschrieben, dass ich sie dringend sprechen müsse. Gelesen hatte sie diese recht bald, aber es kam keine Antwort.


So STAND ICH, als Yoani anreiste, bereits frisch geduscht mit einem fertigen Latte für sie in der Küche.

Die Laserbrille sah mal wieder alles. »Warum liegt dein Freund faul rum und schnarcht?«

»Er hat wohl gestern etwas zu tief ins Glas geblickt und ist ausgerastet.«

»Hat er mein Brett kaputt gehauen?« Mein costaricanischer Racheengel sog wütend an dem Trinkhalm in ihrem Latte.

Bei meinem Versuch, das Messer aus dem Brett herauszuziehen, war es in zwei Teile gespalten. Ich wusste, das würde Ärger geben.

»Sieht so aus. Er meinte, deine Kekse würden fad schmecken.«

»Wie kann er so was behaupten? Der Mann hat doch keine Ahnung.« In ihrem Ärger über Rainer kam es meiner Küchenhexe überhaupt nicht in den Sinn, dass sie noch nie Kekse für mich gebacken hatte. Sie ging hinüber ins Wohnzimmer und rüttelte Rainer unsanft wach. »Dir schmeckt mein Essen also nicht, he?«

Rainer war nach meinem genialen Drogencocktail noch nicht in der Lage, zu kommunizieren, und blinzelte Yoani nur ratlos an.

»¡*Madre de Dios!* Ihr deutschen Männer vertragt überhaupt nichts. Mach, dass du nach Hause kommst. Ich muss hier meine Arbeit machen, und das Schneidebrett ersetzt du mir! Das ist ein Erbstück meiner Mutter selig.«

Mit der Tasse in der Hand sah ich zu, wie Rainer versuchte aufzustehen. Mein freundliches Angebot, doch in aller Ruhe einen Kaffee zu trinken, hatte er dankend abgelehnt, weil ihm speiübel sei und er dringend nach Hause müsse. Er schaffte es noch, die vierzig Dollar für das zerstörte Küchenutensil aus dem Geldbeutel zu fischen und sie Yoani zu geben, ehe er durch die Patiotür hinausschlich. Diesen Hangover würde er wohl nicht so schnell vergessen. Ach, ich mischte so gerne Drogen.

»Das Geld behalte ich. Das Ding war sowieso zu groß und unhandlich. Die Hälfte reicht auch. Jetzt habe ich eben zwei Kleine«, meinte meine verschlagene Haushälterin.

Ich streckte ihr die offene Handfläche hin.

»Was?«, fragte die *Tica.*

»Halbe-halbe. Von wegen Erbe deiner Mutter. Wenn ich mich richtig erinnere, ist das mein Schneidebrett, das ich von meinem Geld bei Walmart gekauft habe.«

»Geizhals.«

»Schlimmer! Schwabe, *woisch.*«

MITTWOCHFRÜH KLOPFTE ES an meine Patiotür. Ich war seit fünf Uhr wach, weil ich nach Rainers Besuch keine Ruhe mehr fand. Mit der Tasse Kaffee in der Hand sah ich nach, wer da war. Raya stand im Laufoutfit vor der Tür. Ich ließ sie herein. Sie küsste mich flüchtig auf den Mund und nahm mein Angebot für einen Kaffee an.

Raya folgte mir in die Küche, setzte sich auf die Arbeitsplatte und sah mir mit baumelnden Beinen zu. Ich reichte ihr den Cappuccino und wir sahen uns beim Trinken in die Augen. Raya hatte mich seit meiner Radikalschur vor einigen Wochen nicht mehr gesehen. Die Haare waren ein Stück nachgewachsen, aber immer noch sehr kurz.

»Es sieht besser aus als auf deinem Selfie«, meinte sie und lächelte.

Ich ignorierte die Bemerkung und fragte: »Wie war es in Miami?«

»Es war lustig mit meinen Freundinnen.«

»Aha, aha. Hier war es nicht so lustig mit meinem Freund.«

»Wie schade.«

»Ich hatte Besuch von Rainer. Wir haben viel getrunken und noch mehr geredet.«

»Das tun Freunde doch von Zeit zu Zeit.«

»Stimmt. Er hat viel von dir gesprochen, dein Gemahl«, sagte ich mit brüchiger Stimme.

»Ich hoffe, nur Gutes«, erwiderte Raya mit aufgesetzter Koketterie, rutschte vom Küchenschrank herunter und stellte sich unmittelbar vor mich.

»Kommt immer auf den Standpunkt an.«

Raya wich meinem Blick aus, schwieg und hakte den Ringfinger in meinen elastischen Hosenbund.

Ich stellte die Frage, die mir so schwer über die Lippen ging und die ich in den vergangenen Tagen so oft in Gedanken geübt hatte: »Benutzt du mich, um schwanger zu werden?« Ich war erstaunt, wie fest meine Stimme klang. Ich hatte leichtes Stottern erwartet.

Raya stellte die Tasse ab und hob ihre Hand. Ich war schneller und packte sie am Handgelenk, ehe sie zuschlagen konnte.

»Probier das nie wieder!«, warnte ich sie.

»Und du frag mich nie wieder so etwas. Du kennst mich doch überhaupt nicht«, warf sie mir vor, und der Gesichtsausdruck, als sie das sagte, raubte Raya ihre ganze Schönheit.

»Das kommt daher, weil du ab und zu ohne Vorwarnung hier auftauchst, mit mir vögelst, wenn ich Glück habe zum Essen bleibst und einfach wieder abhaust. Wie soll man da einen Menschen kennenlernen? Deinen Körper kenne ich in- und auswendig, aber wer sich dahinter verbirgt? Keine Ahnung! Die Fremde in meinem Bett.« Ich lachte ungläubig, schüttelte den Kopf und trank meine Tasse leer.

»Ich bin verheiratet, Ben, das wusstest du von Anfang an.«

»Das ist noch lange kein Grund, mich nach Lust und Laune zu benutzen.«

»Ich dachte, du wolltest es auch so. Unverbindlich. Ohne Verpflichtungen und Bindung.«

»Woher willst du wissen, was ich möchte? Hast du mich ein einziges Mal danach gefragt? Haben wir uns je über mehr als Rotweine und *Sacacorchos* unterhalten?« Nach all der Zeit in Costa Rica fiel mir das spanische Wort für Korkenzieher nicht nur ohne nachzudenken ein, ich sprach es auch so schludrig aus, dass die Einheimischen es verstanden.

»Ich bin keine Frau für tiefsinnige Gespräche. Ich will Spaß mit einem Mann haben. Was ist falsch daran?« Jeder Satz ein weiterer Glassplitter.

»Man kann sehr viel Spaß miteinander haben – gerade bei tiefsinnigen Gesprächen. Es macht zum Beispiel unglaublichen Spaß, sich gegenseitig kennenzulernen, Zeit außerhalb des Bettes miteinander zu verbringen.«

»Dazu brauche ich keinen Mann, das mache ich mit meinen Freundinnen.«

»Im Idealfall wird der Sexualpartner der beste Freund.«

»Männer und Frauen können keine Freunde sein.«

»Hast du gestern *Harry und Sally* gesehen?«

»Wen?«

Es wunderte mich nicht, dass Raya einen meiner Lieblingsfilme nicht kannte.

»Vergiss es.« Ich stellte meine Tasse ab. »Was jetzt? Vögeln wir weiter in unregelmäßigen Abständen, ohne uns näherzukommen? Ist es das, was du willst?«

Sie schüttelte mit dem Kopf. »Nein, ich kann das nicht mehr tun.«

»Weil Rainer mein Freund ist? Das kann man schnell ändern.« Ich versuchte einen etwas moderateren Ton anzuschlagen. Trotz allem wollte ich Raya nicht verlieren. »Gib uns doch eine Chance, mehr aus der Beziehung zu machen.« Jetzt stotterte ich leicht und lächelte krampfhaft, obwohl mir zum Heulen zumute war. »Ich möchte noch so viel über dich erfahren, mehr Zeit mit dir verbringen.«

»Gut, wenn du mehr über mich wissen möchtest, sage ich dir jetzt das Wichtigste: Ich bin schwanger.«

Ich hatte das Gefühl, jemand hatte mir in die Eier getreten und gleichzeitig mit beiden Fäusten in den Magen geboxt. Ich lächelte mit verzerrtem Gesicht und war nicht in der Lage, etwas zu sagen.

»Ich war in Miami beim Gynäkologen. Er hat es bestätigt.«

»In der wievielten Woche?« Ich lächelte weiter zwanghaft und stotterte deutlich, meine Stimme bröselte wie trockene Kekse.

»Schön, dass du lächelst. Ich hatte schon gedacht, du bist böse auf mich.«

Raya hatte nicht die geringste Ahnung von mir. Ich lächelte immer, wenn die Dinge so schlimm wurden, dass ich sie nicht mehr ertrug. Wenn das Lächeln aufhörte, würden die Tränen kommen. Weinen wollte ich vor Raya auf keinen Fall.

»Wievielte Woche?«, wiederholte ich meine Frage.

»Du bist nicht der Vater.« Sie blickte konzentriert auf eine Stelle neben meinem linken Fuß.

»Woher weißt du das so genau?«

»Eine Frau spürt so was.«

Jetzt war es an mir, Raya eine reinhauen zu wollen. Ich hatte die Nase voll von trivialen Sätzen wie aus einem Schundroman. »Wievielte Schwangerschaftswoche?«

»Ben, das spielt keine Rolle. Du bist nicht der Mann, den ich mir als Vater für mein Kind vorstellen kann.«

Ein weiterer Faustschlag, dieses Mal voll aufs Herz, das für einen Moment sogar stehen zu bleiben schien. Ich hatte das Gefühl, keine Luft mehr zu bekommen.

»Warum tust du mir das an?«, stotterte ich atemlos.

»Ich tue dir gar nichts an. Ich bin mit Rainer verheiratet und möchte das auch bleiben. Tut mir leid, Ben, aber daran wird sich nichts ändern«, sagte sie und ging aus der Küche, durchs Wohnzimmer, über den Strand mit einem Teil von mir in sich davon.

Ich nahm meine Kaffeetasse vom Tresen und warf sie an die Wand. Das bisschen Restkaffee hinterließ einen schmutzig braunen Fleck an der Küchenwand. Egal, ich hatte das Karibikgrün sowieso satt. Kurzerhand warf ich Rayas halb volle Tasse hinterher. Die beiden Flecken liefen ineinander über. Ich war heilfroh, dass ich das kitschige Foto der Muttergottes knapp verfehlt hatte, welches Yoani an prominenter Stelle in der Küche aufgehängt hatte. Ich verließ die Küche mit einer Flasche *Bruichladdich*, legte eine selbst gebrannte CD mit Chansons von Víctor Jara ein, dem chilenischen Sänger und Gitarristen, der mit einundvierzig Jahren im Gefängnis umgebracht worden war, nachdem man ihm in beiden Händen sämtliche Knochen gebrochen hatte. Ich stellte den Player auf Dauerrepeat. *La vida es tan dura.*

# COUCH & CHAOS

ICH HATTE SEIT ZWEI TAGEN außer den restlichen Haschkeksen nichts gegessen und das Sofa nur zum Hunde füttern, Getränkenachschub holen und Notdurft verrichten kurzfristig verlassen. Das Handy hatte ich ausgeschaltet und am zweiten Tag in die Palmen hinterm Haus geworfen, weil ich einen dieser dümmlich zwitschernden, ewig gut gelaunten Kolibris treffen wollte, die ständig hier herumflatterten. Gomez hatte gedacht, wir spielen, und es brav apportiert. Seitdem lag das Telefon mit einer Mischung aus getrocknetem Hundespeichel und Sand bedeckt unter dem Couchtisch. Als am Morgen des dritten Tages in meinem Mikrokosmos die Haustür aufgeschlossen wurde, wurde mir bewusst, dass ich nicht alleine auf der Welt war. Ich hatte vergessen, Yoani zu kündigen.

Diese stand Sekunden später in der ganzen Pracht ihrer anderthalb Meter, mit frisch onduliertem Haar und zwei prall gefüllten Plastiktüten bepackt, vor mir und jammerte: »*¡Madre de Dios!* Wie sieht das hier aus!«

Meine Haushälterin verschwand in der Küche, jaulte ein zweites Mal, noch lauter, als sie die Flecken an der Wand sah. Anschließend herrschte Stille bis auf die Geräusche, wenn jemand Einkäufe verstaut.

»Ich räum das alles gleich auf«, nuschelte ich. Mein Alkoholpegel lag wohl seit Tagen beständig bei geschätzten 2,5 Promille – was ohne jegliche Nahrungsaufnahme gar nicht so leicht zu halten war. Ich rutschte intermittierend immer wieder leicht über diese Marke.

Yoani kam aus der Küche und stemmte beide Hände in die üppigen Hüften. Ich versuchte, mich möglichst klein zu machen. Den Impuls, die Strickdecke meiner Mama, die ich von Stuttgart mitgenommen hatte, schützend über mich zu ziehen, unterdrückte ich. Ich fühlte mich schuldig, hatte ich doch Yoanis gepflegtes Heiligtum besudelt.

»Wer ist für dieses ganze Chaos verantwortlich?« Der Laserstrahlblick ging tief.

Ich zuckte mit den Schultern, sah mich um und zitierte mit einer ausladenden Bewegung meiner Arme, die das zuvor erwähnte Chaos umfasste, eine passende Liedzeile: »*Schuld war nur der Bossa Nova.*« Wieder einmal griff die musikalische Früherziehung durch Oma Ruth und den Süddeutschen Rundfunk in einer schwierigen Lebenslage.

Yoani setzte sich so nah neben mich, dass sich unsere Schenkel beinahe berührten. Das hatte sie noch nie getan. Sie setzte sich noch nicht mal an den Esstisch, um eine Tasse Kaffee mit mir zu trinken.

»Wer ist dieser Bossa Nova und was hat er dir getan?« Yoanis sonst blecherne Stimme klang ungewohnt sanft und weich.

»Niemand – vergiss es. Purer Selbstzerstörungstrieb«, versicherte ich ihr.

»Ben, ich habe vier Söhne großgezogen. Glaubst du, ich erkenne nicht, wenn einem meiner Schützlinge wehgetan worden ist?«

Mein Panzer begann zu bröckeln und ich grinste wieder blöd vor mich hin. Ich hatte die letzten achtundvierzig Stunden geflucht, gesoffen und gekifft, aber geheult hatte ich nicht. Es war, als hätte ich keine Tränen mehr übrig.

Yoani nahm meine Hand fest in ihre und streichelte sie mit der anderen Hand. Ihre Haut war kaffeebraun und dünn wie Papier, meine ebenfalls gebräunt und mit von der Sonne und dem Salzwasser hell gebleichten Härchen bedeckt – in Deutschland waren sie immer dunkel gewesen, fast so schwarz wie mein Bart. Endlich brach der Damm. Dicke Tränen tropften auf unsere Hände.

»Was ist passiert, *Querido*?«

»Die ganze Welt hat sich gegen mich verschworen«, schluchzte ich und fühlte mich wie fünf, als ich aus dem Kindergarten gekommen war und meiner Mama heulend gebeichtet hatte, dass mir Wotan Berger aus der Eichhörnchengruppe meine nagelneue Trinkflasche mit Ernie und Bert darauf abgenommen hatte. Nur war der Schmerz jetzt ungleich größer.

»Das Leben ist nicht gerecht, Ben. Aber du bist nicht alleine. Du hast doch jetzt mich. Yoani passt schon auf dich auf.«

Ich war gerührt und weinte leise weiter. Meine Ersatzmutter zog ein gebügeltes Stofftaschentuch aus ihrer Schürzentasche und reichte es mir. Ich schnäuzte mich geräuschvoll und knüllte das Taschentuch in meiner Faust zusammen.

»Dein Freund Dobro hat mir von deiner Frau erzählt. Damals, als ich so dumm gewesen war, dich zu fragen, ob Blut an dem Geld klebt, mit dem du das Haus gekauft hast.«

»*¡Idiota!*«

»Wenn du mich damit meinst, hast du recht, wenn du Dobro meinst, nicht. Er ist ein guter Freund.«

»Judas!«

»Rede nicht! Weißt du, wie oft mein Herz geblutet hat, wenn ich den traurigen Ausdruck in deinen Augen gesehen habe? Aber ich hatte keine Ahnung, was nicht mit dir stimmt. Wen hätte ich fragen sollen? Jetzt weiß ich Bescheid.« Yoani nahm mich an der Schulter und drückte mich fest an sich. »Mein armer Junge.«

»Ich bin doch selbst an meinem Elend schuld. Ich mache alles falsch und habe offensichtlich nichts dazugelernt in all den Jahren. Außerdem lerne ich immer die falschen Frauen kennen. Entweder sie sind völlig bescheuert und nutzen mich nur aus oder sie sterben einfach so.« Wenn ich die Wahl zwischen zwei Übeln hatte, entschied ich mich konsequent immer für beide.

»Ah, ich verstehe. Das bolivianische Flittchen war da.«

Ich sah erstaunt hoch: »Woher weißt du das wieder? Auch von Dobro?«

»Nein, das hat er mir verschwiegen. ¡Idiota!« Yoani rollte die Augen und fuhr fort. »Die Gegend ist ein Dorf, hier weiß jeder alles.«

»Warum hast du nichts gesagt?«

»Hättest du auf den Rat einer älteren Frau gehört und das Ding da zwischen deinen Beinen im Zaum gehalten, bloß weil ich dich gewarnt hätte, he?« Sie machte eine vage Handbewegung in Richtung meines Unterleibs.

»Wahrscheinlich nicht«, schniefte ich und putzte mir noch mal die Nase.

Yoani erhob sich schwerfällig von der Couch und forderte mich im Stehen auf: »Geh duschen und dir was Frisches anziehen. Du stinkst zum Himmel. Ich mache dir erst mal was Anständiges zu essen.«

»Auflauf mit Bananen?« Ich war immer noch fünf und wollte keinen Tag älter sein. Meine Mutter hatte damals die Trinkflasche bei Wotans Mama innerhalb einer Stunde zurückerobert samt einer Tafel *Ritter Sport Rum Trauben Nuss* als Entschädigungszahlung. In meiner Jugend machte sich noch niemand Gedanken über mögliche schädliche Nebenwirkungen von in Alkohol getränkten Rosinen bei Kindern.

Yoani nickte und machte sich auf den Weg in die Küche. Als ich frisch gereinigt aus dem Bad kam, waren die leeren Flaschen aus dem Wohnzimmer weggeräumt, die Schweinerei vom

Küchenschrank gewischt und ein Latte nebst einem Sandwich stand für mich bereit. Im Ofen buk der Auflauf und verströmte einen wunderbaren Duft. Meine Küchenhexe war ein Multitaskingwunder.

»Setz dich, iss und erzähl.«

Ich setzte mich, konnte Yoani aber nicht erzählen, wie Raya mich sprichwörtlich am Schwanz herumgeführt, mich benutzt und aufs Abstellgleis befördert hatte, weil ich nicht der Typ war, den sie sich als Vater für ihr Kind vorstellen konnte. Sie hatte mir noch nicht einmal die Chance eingeräumt, mich zu entscheiden. Eiskalt abserviert, Brandstätter. Ich trank gierig den Kaffee und genoss das angenehm warme Gefühl, das das heiße Getränk in meiner Speiseröhre hinterließ. In den letzten Stunden war nur alkoholhaltige Flüssigkeit in mich gegangen. Dann fiel mir ein, dass Yoani mir zuliebe ihre Abneigung gegen die Teufelsmaschine überwunden hatte. Mein Magen fühlte sich nach wenigen Bissen bereits voll an, aber ich wollte meine Trösterin nicht enttäuschen und aß das ganze Sandwich auf.

Yoani hatte sich selbst einen Latte gemacht und an der Längsseite des Küchentischs Platz genommen. »Sie bekommt ein Kind, diese *puta*«, verkündete mein persönlicher Racheengel mit unheilverkündendem Ausdruck, als würde Raya das Kind des Teufels in sich tragen.

Ich zuckte mit den Schultern. »Puerto Viejo ist echt ein Dorf.«

»Eine Frau sieht so was.«

Ein Arzt normalerweise auch, wenn er nicht blind vor Liebe und Lust schwanzgesteuert durchs Leben läuft. »Sieht wohl so aus«, antwortete ich.

»Ist es deines?«

»Könnte gut sein.«

»¡*Madre de Dios!* Dieses Haus ist übersät mit verbotenen Gummitütchen. Du kannst keinen Schrank aufmachen, ohne dass dir welche entgegenfallen. Warum benutzt du die Dinger nicht, he?«

»Sie hat gesagt, sie wird nicht schwanger.«

Yoani schlug mir mit der flachen Hand auf den Hinterkopf: »¡*Idiota!* Nicht zu glauben, dass du Medizin studiert hast!«

»Au!«, rief ich, musste ihr aber insgeheim recht geben. Ich war ein verliebter, hirnrissiger Volltrottel gewesen und jetzt musste ich dafür büßen.

»Was nun, *hijo?*«, wollte meine Leihmutter wissen.

»Nichts, ich bin ihr wohl nicht gut genug als Vater.« Ich zuckte mit den Schultern.

»Aber machen durftest du es, he?« Sie stand auf, holte den Auflauf aus dem Backofen und stellte zwei gefüllte Teller auf den Tisch. »Iss! Das hilft.«

Wir aßen eine Weile schweigend, bis Yoani erklärte: »Das ist keine Frau für dich. Du hast etwas Besonderes verdient. Eine gute Frau, die sich um dich sorgt, sich um dich kümmert und für dich kocht und putzt.«

Ich lächelte – Yoani, die alte Pragmatikerin. Sie und Ricky hätten sich blendend verstanden und mich gemeinsam wahrscheinlich völlig untergebuttert – aber was hätte mir mit diesen beiden Frauen in meinem Leben jemals noch Böses zustoßen können?

»Ich hab doch dich«, meinte ich kleinlaut.

Die *Tica* sah mich von der Seite an: »Ben, du bist kein Mann für mich. An dir ist ja nichts dran. Ich brauche Substanz. Nicht so einen mageren Kerl.«

»Ich hatte das alles schon. Nur mit dem Putzen, das war nicht so ihr Ding.«

»Wofür bin ich denn da?« Yoani räumte die leeren Teller zusammen und tätschelte erneut meine Hand, die auf der Tischplatte lag, und betrachtete nachdenklich den Ring mit dem Brillantenband in der Mitte. »Du findest das wieder. Glaube mir! Bald! Du hast es verdient.«

Danach stand sie auf und brachte das Geschirr in die Küche. »Wenn ich das nächste Mal wiederkomme und diese Schweinerei an der Wand ist noch da, kündige ich.«

Ich lächelte und machte mich auf den Weg nach Limón, Wandfarbe kaufen.

»Pistazie!«, rief mir Yoani hinterher, als ich im Flur den Autoschlüssel vom Brett nahm.

»Nicht schon wieder Grün!«

»Grün ist die Hoffnung, Ben!«

# UNFÄLLE & ZUFÄLLE

AUS DEM HALBEN TAG Mitarbeit im Health Post waren mittlerweile zwei ganze Tage geworden. Auf Bezahlung verzichtete ich, nachdem ich Einblick in die maroden Finanzen der kleinen Station bekommen hatte. Frieso hätte mich mit Müh und Not für einen Tag bezahlen können, aber dann hätte er an etwas anderem sparen müssen. Außerdem hatte ich mit einem Mal wieder Spaß an meinem erlernten Beruf. Die Patienten des Health Posts litten unter einem breiten Spektrum an Krankheiten und jeder Tag war eine willkommene Abwechslung.

An Diensttagen stand ich morgens sehr früh auf, ging eine Runde surfen und machte mich spätestens gegen neun auf den Weg. Ich pickte am Straßenrand oft jemanden auf, der nach Puerto Limón unterwegs war und mich mit dem neuesten Tratsch versorgte. Heute früh war ich spät dran, weil ich wegen der grandiosen Breaks länger als üblich draußen gewesen war. Trotzdem fuhr ich gemächlich. Kein Mensch erwartete von mir, dass ich pünktlich war. Costa Rica war durch und durch gechillt. In Stuttgart war das frühe Aufstehen und der Weg zur Arbeit ein einziger, auf Dauer ermüdender, Kampf gewesen.

Kurz vor Limón musste ich an einer einspurigen Brücke anhalten, weil ein Kühllaster Vorfahrt hatte. Ich hielt im entsprechenden Abstand vor dem *CEDA*-Schild. Der Fahrer hupte als Dankeschön, als er an mir vorbeifuhr. Ich legte den Gang ein und wollte losfahren, als von vorne ein Motorrad mit einem Affenzahn über die Brücke gerast kam. Unser Jesus konnte zwar nicht übers Wasser gehen, versuchte jedoch immer wieder mit seinem Polizeimotorrad die Gesetze der Schwerkraft zu überlisten. Auf meiner Höhe machte die schwere Maschine plötzlich ein markerschütterndes Geräusch, als ob Metall auf Metall kratzte, und geriet in Schräglage.

Ich drehte mich um und sah das Motorrad wie in Zeitlupe nach rechts in den Straßengraben rauschen und Jesús in die andere Richtung über die Straße vor einen in knallbunten Farben lackierten VW-Bus älteren Baujahres, der mit Vollbremsung anhielt. Zwei Profiboards, die auf dem Dach festgeschnallt waren, flogen auf mich zu. Ich duckte mich instinktiv. Die Bretter fielen mit sattem Sound wenige Zentimeter hinter meinem Wagen herunter. Ich sprang aus dem Auto und eilte zu Jesús, der regungslos vor dem Bus lag. Am Steuer des Bulli saß mein Freund Jérôme, neben ihm eine mir unbekannte Frau in den Vierzigern mit riesiger Sonnenbrille, das feuerrote Haar von einem zitronengelben Stirnband gehalten. Jérôme blieb mit schreckgeweiteten Augen sitzen, während die Rothaarige gerannt kam und Jesús' Puls am Hals fühlte.

Ich kniete mich neben sie und erklärte in Englisch, dass ich Arzt sei und mich kümmern würde. Der Janis-Joplin-Verschnitt antwortete mit dem schwer verständlichen Akzent eines Aussies, dass sie Krankenschwester sei und mir helfen könne. Jesús trug einen Nussschalenhelm ohne Visier und hatte seine verspiegelte Sonnenbrille auf. Ich nahm ihm die Brille ab, um zu sehen, wie die Pupillen auf das Sonnenlicht reagierten. Sie verengten sich gleichzeitig. Ich überprüfte, ob die Atemwege durch Blut oder Erbrochenes verstopft waren. Dem war nicht so, der Rachenraum war frei.

Mittlerweile war Jérôme zu uns gekommen und stand hilflos herum. Die australische Krankenschwester hatte Jesús' Hemd geöffnet. Ich bemerkte sofort, dass sich der Brustkorb des Polizisten beim Atmen ungleichmäßig hob. Die linke Seite hing deutlich nach, ein Zeichen für einen Pneumothorax. Vermutlich hatte er eine Rippenserienfraktur.

»Der Puls rast und ist kaum tastbar«, informierte mich Jérômes Begleiterin, die unter ihrem Surf-Shirt keinen BH trug. Ein Blick reichte, um mich über die Qualität ihrer Brüste zu informieren. Sie war barfuß und aus den Ärmeln des Shirts wuchs jeweils ein tätowierter Flügel mit großen, schwarzen Schwungfedern. Die Lady hatte offensichtlich kein besonders gutes Bindegewebe am Oberarm, ihre Flügel hingen schwer herab. *Chicken Wings.* Ich verscheuchte den Gedanken und tastete Jesús' Bauch ab, der zum Glück weich war. Das Becken schien intakt zu sein.

»Der Puls wird immer schwächer. Soll ich ihm den Helm abnehmen?«, fragte die Australierin.

»Nein, lass ihn besser auf. Der ersetzt uns beim Transport die Cervicalstütze. Den Kopf so wenig wie möglich bewegen, bis wir wissen, was mit der Halswirbelsäule los ist. Ich vermute einen Spannungspneumothorax.«

Dieser musste schnellstens entlastet werden, damit die im Brustkorb eingeschlossene Luft, die sich mit jedem Atemzug vermehrte, nicht noch mehr auf die beiden Hohlvenen drückte und die Blutzufuhr zum Herz gänzlich unterbunden wurde. Den Kreislauf stabil zu bekommen, war jetzt das Wichtigste.

»Hast du einen Kugelschreiber?«

Meine geschickte Helferin drehte sich um und rief Jérôme, der immer noch regungslos wie ein erschrecktes Kaninchen neben uns stand, zu: »*Pumpkin,* auf dem Armaturenbrett liegt einer, hol den mal und bring den Rum mit.«

Ich holte aus dem Handschuhfach des Jeeps mein Schweizermesser und nahm den Verbandskasten mit. Wie MacGyver in seinen besten Zeiten bastelte ich aus dem Kugelschreiber, dem kleinen Finger eines Einmalhandschuhes und Klebepflaster ein Einwegventil, sodass nur Luft aus dem Brustkorb herausgelassen wurde, aber keine neue hineingelangen konnte. Die offensichtlich geübte Krankenschwester hatte Jesús' Oberkörper mit fünfzigprozentigem weißen Rum aus einer Literflasche desinfiziert und schüttete jetzt etwas über meine Bastelarbeit sowie das Messer.

Mit den Fingern suchte ich die richtige Stelle über der dritten Rippe, machte mit der Klinge eine Inzision in die Haut und stieß die Behelfskanüle vorsichtig in den Pleuraspalt, bis die erste Luft entwich und das provisorische Rückschlagventil aus dem Handschuhfinger sich aufblähte.

»Ich heiße übrigens Barbra«, meinte die Rothaarige.

Ich nickte. »Ben.«

»Sein Puls wird kräftiger und langsamer.«

»Er klart auf.«

In der Zwischenzeit hatten einige weitere Wagen gehalten und eine größere Gruppe bekannter Gesichter und Touristen beobachtete unser Treiben. Nach kurzer Zeit schlug *our own personal Jesus* die Augen auf und versuchte aufzustehen.

»Woah, junger Mann, nicht bewegen.« Barbra hielt ihn auf dem Boden fest.

»Was ist passiert?«, wollte der gefallene Polizist wissen.

»Du hattest einen Unfall mit dem Motorrad. Aber keine Sorge, wir haben das im Griff, der heiße Doktor und ich.« Die Krankenschwester schien selbst in Krisensituationen Humor zu bewahren.

Unser Notfallpatient schlug wieder die Augen zu. Sein Atem ging jetzt regelmäßiger. Die eine Brustseite hing immer noch nach.

»Ich denke, es ist das Beste, wir bringen ihn in den Health

Post, in dem ich arbeite, er braucht eine Thoraxdrainage. Eine Tetanusauffrischung und Röntgen wären auch nichts Dummes. Ist eine Viertelstunde Fahrzeit.«

»Im Bus hinten ist ausreichend Platz, um ihn liegend zu transportieren«, schlug Barbra vor.

Ich sah mich um: »Jérôme, hol mal das größere von den beiden Boards.«

Der Surflehrer sprintete los und kam mit einem völlig zerdellten Surfbrett zurück. Wir hievten Jesús darauf, fixierten ihn über dem Motorradhelm und dem Becken mit Panzertape, das ich aus meinem Werkzeugkasten geholt hatte, und trugen ihn mit Hilfe einiger Umstehender in den VW-Bus. Beim Anblick des mit Klebeband gefesselten Jesús überkam mich eine tiefe Befriedigung. Mein Karma war mies, aber es liebte anscheinend Überraschungen und sorgte regelmäßig dafür, dass meine engsten Widersacher wehrlos in meine Hände gerieten. Man musste für alles dankbar sein im Leben.


Im Health Post half uns Pablo, das Surfboard mit dem festgezurrten Jesús in den Behandlungsraum zu tragen. Nachdem die Röntgenaufnahme gezeigt hatte, dass der Polizist auf der linken Seite eine Rippenserienfraktur von der zweiten bis zur fünften Rippe hatte und der linke Oberarmknochen direkt unter dem Schultergelenk gebrochen war, legte ich eine Thoraxdrainage. Der Bruch war glatt, nicht disloziert und musste nicht sofort operativ versorgt werden. Es würde vorerst reichen, den Arm mit einer Orthose ruhigzustellen. Noch nie in meinem Leben hatte ich mit so viel Vergnügen einen Blasenkatheter gelegt wie bei dem Mann, der mich bei jeder Gelegenheit, die sich ihm bot, kontrollierte und schikanierte. Allein dafür hatte sich mein Medizinstudium gelohnt.

Während wir an dem Unfallopfer herumdokterten, stand

Pablo die ganze Zeit still in einer Ecke, beobachtete uns und tippte auf seinem Smartphone herum. Rosa kümmerte sich weiter um Jesús, den wir in eines unserer zwei Stationszimmer abgeschoben hatten. Aus Mangel an Personal konnten wir derzeit noch nicht mal im absoluten Notfall jemanden stationär aufnehmen. Ich ging mit Barbra in den Eingangsbereich, wo Frieso sich mit Pablo unterhielt. Das hieß, der Pater redete auf Pablo ein und sah sich die getippten Antworten auf dessen Handy an.

Als Frieso mich erkannte, kam er auf mich zu: »Pablo meint, du hättest Jesús überfahren.«

»*Bullshit!*«, bemerkte Barbra ziemlich laut. »Er hat ihn gerettet. Zusammen mit mir.« Sie streckte ihren rechten, geflügelten Arm aus und reichte dem Missionsleiter entschlossen die Hand. »Barbra Kowalski.«

»Frieso Klokjes.«

In diesem Moment rauschte eine große, sehr beleibte dunkelhäutige Schönheit unbestimmten Alters herein und stellte sich breitbeinig vor Pablo hin: »Wo ist mein Kind?«

Pablo nahm die resolute Dame am Ellbogen und führte sie weg.

»*Sorry*, das darf ich jetzt nicht verpassen«, entschuldigte ich mich bei Barbra und Frieso. Ich stellte mich abwartend in den Türrahmen des Stationszimmers. Der Mörderblick, den der coole Cop mir zuwarf, als ihn seine Mutter *mi bébé* nannte und mit Küssen übersäte, machte mich glücklich. Ich lächelte beseelt.

Anstatt mich diskret zurückzuziehen, stellte ich mich neben das Bett und klärte Señora Nuria in aller Ausführlichkeit darüber auf, was an ihrem gefallenen Sohn denn physisch so alles kaputt war. Dass sein Selbstbewusstsein gerade völlig am Arsch war, behielt ich gnädigerweise für mich. »Keine Sorge, wir bekommen Ihr *Baby* schon wieder hin. Mit der Drainage und der Gehirnerschütterung werden wir ihn mindestens eine Woche hierbehalten müssen. Wenn Sie Hilfe oder sonst etwas brauchen, einfach den Klingelknopf am Bett drücken, Señor Nuria. Wenn ich da sein sollte, bringe ich die Bettpfanne selbstverständlich persönlich vorbei.«

Man sah Jesús' sonst eher ausdrucksarmem Gesicht deutlich an, dass er just in diesem Moment begriffen hatte, dass er für die nächsten Tage zur Verrichtung seiner Notdurft auf Hilfe angewiesen sein würde. Ich tätschelte den gesunden Arm des Patienten und ging aus dem Zimmer. Die Giftpfeile in meinem Rücken, die aus Jesús' Augen auf mich abgeschossen wurden, schüttelte ich ab wie lästige Fliegen. Ich summte leise die Melodie von *Who Did That to You* aus dem Film *Django Unchained*.

Frieso stand noch immer angeregt mit Barbra plaudernd an der Anmeldung. Jérôme war verschwunden, Rosa telefonierte und Pablo tippte in einer Ecke, auf seinen Besen gestützt, wieder auf dem Handy herum. Die filterlose Kippe im Mundwinkel war fast bis auf die Lippen abgebrannt. Die Patienten, die wegen des Unfallopfers warten mussten, hörten interessiert zu. Ich stellte mich dazu, um meiner geflügelten Hilfsschwester zu danken und mich von ihr zu verabschieden, als über unseren Köpfen der Rotorenlärm eines sehr niedrig fliegenden Hubschraubers zu hören war. Neugierig sahen alle durch die weit offen stehende Eingangstür.

Der an der Küste allseits bekannte, schwarz-gelbe Helikopter von Manuel Higuera war auf dem betonierten Fußballplatz gelandet. Ehe die Rotorblätter langsamer werden konnten, sprang Costa Ricas Antwort auf Saul Goodman heraus. Manuels Firmenanwalt, Randall R. Quepo, der Dobro und mich damals aus Polizeigewahrsam befreit hatte, eilte gebückt und mit Aktentasche bewaffnet auf den Health Post zu.

In der Tür stoppte Randall und stellte die Frage, die mich schon seit frühesten Kindertagen instinktiv in Deckung gehen ließ: »Wer ist hier der Verantwortliche?« Wunderbarerweise zeigten alle Anwesenden inklusive mir spontan auf den Gottesmann aus Holland und Señor Quepo baute sich vor Frieso auf.

Der Geistliche sah lässig auf den kleinen Mann im Maßanzug herunter und lächelte sein Haifischlächeln. »Wie kann ich dir helfen, mein Sohn?«, wandte der *Padre* erneut den fiesen Trick mit der familiären Anrede an.

Der junge Anwalt mit dem schütteren Haar erklärte in dem schnellsten Spanisch, das ich in meinem Leben gehört hatte, dass er hier sei, um dafür zu sorgen, dass es dem armen Jesús an nichts fehle und er die allerbeste Behandlung bekäme, die man für Geld kaufen kann. Randall sah zu Frieso, und als dieser nicht reagierte, fügte er nach einer kleinen Pause *Padre* hinzu. Er legte seine auf Hochglanz polierte rotbraune Krokodillederaktentasche auf den Tresen der Anmeldung, holte einen Scheckblock heraus, füllte den obersten Scheck aus und drückte ihn dem Missionsleiter in die Hand.

»Sollte der Betrag nicht reichen, kann ich die Summe jederzeit erhöhen.« Randall hatte die Hände in die Hüfte gestemmt und sah insgesamt sehr dynamisch aus.

Der Seelenhirte blickte eine ganze Weile stumm und scheinbar unbeeindruckt auf den Scheck. »Nun, für eine Woche dürfte das genug sein. Ich muss immerhin zusätzliches Personal einstellen, damit wir den Patienten rund um die Uhr betreuen können.«

Der Gottesmann hatte die Stirn in Falten gelegt und wiegte nachdenklich den Kopf, als wäre dies eine Aufgabe, die ihn die nächsten Tage den Schlaf kosten würde.

Randall öffnete erneut seine Aktentasche und stellte einen zweiten Scheck aus, den er Frieso reichte. »Wenn ich den Patienten einmal sehen dürfte«, bat er.

»Selbstverständlich, ich führe Sie zu ihm.«

Ehe Frieso mit dem Anwalt im Flur verschwand, legte er

die zwei Schecks vor Rosa auf den Schreibtisch: »Lass die gleich auf unser Konto gutschreiben.«

»Aber ich kann doch hier nicht alles stehen und liegen lassen. Die Sprechstunde hat doch sowieso verspätet begonnen«, maulte Rosa.

Unser, manchmal sehr weltlicher, Chef wiederholte »*¡Ahorita!*« und verschwand mit Randall in Jesús' Krankenzimmer.

Rosa, die es hasste, wenn ihr Tagesplan durcheinandergeriet, blickte mit missmutig zusammengezogenen Augenbrauen auf die Schecks, die sie in der Rechten hielt. Plötzlich fasste sie sich, nach Luft schnappend, mit der linken Hand an den Hals. »*¡Dios mío!*« Selbst ihre Brille drohte vor Schreck von der Nase zu rutschen.

Ich nahm ihr die beiden Schecks aus der Hand, warf einen Blick darauf und pfiff anerkennend. Alleine die Summe des ersten hätte ausgereicht, um den Patienten ein halbes Jahr in einem Luxushotel an der Küste unterzubringen inklusive Benutzung der Minibar. Das klerikale Schlitzohr hatte hoch gepokert und den *Jackpot* abgeräumt.

»Dann schau mal, wo du seidene Bettwäsche und Kaviar für unseren Gast herbekommst«, bemerkte ich.

Rosa packte ihre abgewetzte Kunstlederhandtasche und machte sich mit Pablo als Bodyguard im alten, klapprigen japanischen Pick-up der Station auf den Weg zur Bank in Limón.

Frieso hatte Randall bei Jesús zurückgelassen und kam auf mich zugeeilt. »Du wolltest doch die ganze Zeit ein neues Ultraschallgerät. Jetzt brauchen wir nur noch eine Nachtschwester.«

»Ich würde den Job machen«, meldete sich Barbra, die bislang nicht viel gesagt hatte. »Ich bräuchte mal wieder etwas Geld für die Reisekasse.«

Der Pfarrer sah die Krankenschwester lange und abschätzend an. »Wir sind eine christliche Einrichtung. Deshalb bin ich gehalten, nur gläubige Mitarbeiter einzustellen.«

»Wie mich?«, fragte ich.

»Du bist wenigstens getauft und hast die heilige Kommunion empfangen. Selbst wenn du später auf Abwege geraten bist, hast du den Heiligen Geist empfangen. Der geht danach nicht mehr so einfach weg, auch wenn du das gerne hättest. *Denn die Liebe Gottes ist ausgegossen in unsere Herzen durch den Heiligen Geist, der uns gegeben worden ist.* Römer 5,5.«

Barbra drehte sich um, hob das Shirt und entblößte ihren halben Rücken. Vorne mussten beide Brüste gut zu sehen sein. Lupe, ein älterer Bauarbeiter, der auf einem der Stühle wartete, pfiff anerkennend durch die Zähne. Señora Pimente, einer achtzigjährigen Patientin, die regelmäßig zum Blutzuckertest vorbeikam, fiel der Unterkiefer herunter. Ich staunte nicht schlecht, auf Barbras Rücken prangte eine flächendeckende, knallbunte Madonnenfigur mit blondgelocktem Kindlein im Arm. Marias Augen waren leidvoll gen Himmel gedreht. Zwei blonde Locken des kleinen Jesus sahen merkwürdigerweise aus wie Hörner. Ehe ich einen zweiten Blick darauf werfen konnte, hatte Barbra das Oberteil wieder heruntergezogen.

»Ist das christlich genug?«, fragte sie, während sie sich umdrehte. »Außerdem heiße ich Kowalski. Meine Vorfahren waren alle Polen und wir waren schließlich mal Papst.«


WENIGE STUNDEN SPÄTER konnten wir über eine neue Krankenschwester verfügen und der Health Post hatte innerhalb eines Tages sein Jahresbudget fast verdoppelt. Ehe ich nach Hause fuhr, sah ich noch einmal nach Jesús, dessen Mutter kurz nach Hause gegangen war, um das Abendessen für den Sohn zu richten.

Der Patient schlief sehr unruhig. Ich spritzte nochmals ein Opiat zur Schmerzlinderung über den Infusionsschlauch nach. Barbra, die ab sofort die Nachtschichten übernehmen sollte, brachte Jérôme nach Hause und wurde erst gegen acht zurückerwartet. Rosa saß an der Anmeldung und sah sich eine Telenovela an. Frieso hielt die Abendandacht in der Kirche. Man hörte das Murmeln eines gemeinsamen Gebetes aus den offenen Fenstern über den Hof. Irgendwo bellte der übliche Hund und ein Radio plärrte in der Ferne das schmalzige Liebeslied eines mir unbekannten Latinobarden.

Ich setzte mich einen Moment neben den schlafenden Polizisten. Ich war seit sechs Uhr auf und der Tag war nicht nur für costaricanische Verhältnisse turbulent gewesen. Ich musste in dem bequemen Sessel kurz eingenickt sein und schrak hoch, als ich eine Hand warm auf meiner Schulter spürte. Die Hand gehörte zu meinem Freund Manuel, der, wie von mir erwartet, an das Krankenlager seines Liebhabers geeilt war.

»Wie geht es ihm, Benny?«

Ich klärte Manuel über den Zustand des Patienten auf. »Schickst du bei jedem Staatsdiener, der einen Unfall hat, deinen Anwalt mit dem Etat einer Kleinstadt los und kommst persönlich hinterher, um nach dem Rechten zu sehen?«, schloss ich meine Erläuterungen ab.

Der Geschäftsmann ignorierte meine Anspielung. »Ist er bewusstlos?«

»Nein, er schläft. Ich habe ihn zugedröhnt. Ist besser so für ihn.«

»Danke, dass ihr euch um ihn kümmert.« Manuel stand mit hängenden Schultern neben mir.

»Das ist schließlich unser Job.« Ich stand auf. »Ich lasse euch mal alleine.«

»Danke.« Manuel sah mir dabei tief in die Augen. Wer hätte gedacht, dass unser Bananenmogul und der Bilderbuchcop ein trautes Paar waren? »*Love, you don't need a saviour to someone who'll fight with you by your side*« – die Zeilen aus *Love is a Stranger* von Gus Black fielen mir im Gehen ein.

Jesús blieb zehn Tage in stationärer Behandlung. Die Gottesmutter verließ an den ersten beiden Tagen dessen Seite nur, um ihm etwas in der Küchenecke im Labor zu kochen. Der Kühlschrank quoll über vor Lebensmittelvorräten. Sie schlief auf dem Nachbarbett und beobachtete jede Handlung, die man an ihrem Sohn vornahm, mit Argusaugen. Den Hintern wischte die resolute Frau ihrem Sprössling persönlich. Jede neue Infusionsflasche und jedes Pflaster wurden von ihr zuvor begutachtet und danach mittels eines Amuletts und eines Büschels aus Federn und seltsamen Hölzern gesegnet. Señora Nuria schien neben dem Katholizismus noch einer pragmatischeren Religion zu huldigen. Der Glaube an Hexen und Zauberer war an der Karibikküste unter den Nachfahren der ehemaligen Sklaven aus Afrika weit verbreitet.

Egal, wie ihre Götter hießen, Almeria Nuria ging uns mit ihrer permanenten Anwesenheit und dem religiösen Getue auf den Geist. Am dritten Abend sah ich, wie die Muttergottes gegen Ende der Sprechstunde, sich bekreuzigend und leise vor sich hin murmelnd, aus dem Krankenzimmer eilte und klappernd in der Küche ihre Vorräte und Kochtöpfe zusammenpackte. Die sonst eher behäbige Frau verließ beinahe fluchtartig die Station, nachdem sie Rosa verkündet hatte, dass sie zukünftig nur noch tagsüber hier sein würde, wenn die *bruja* nicht da sei.

Die Wurzel des Übels, sprich die Hexe, kam mit einem vollen Urinbeutel aus Jesús' Zimmer und grinste vergnügt vor sich hin.

»Was hast du mit Jesús' Mama gemacht, Barbra?«

»Ich habe ihr mein Rückentattoo gezeigt.«

»Das mit Maria und dem Kinde?«

»Eben dieses.«

»Was war daran so schlimm?«

»Du hast es nie ganz gesehen?«

»Nein. Zeig her.«

Die Krankenschwester zog die Arbeitshose mit dem Gummibund ein Stück herunter. Barbra gehörte zu den Frauen, die Stringtangas trugen, bemerkte ich. Angesichts der Füße des kleinen Jesuskindes wurde mir klar, warum die Mama unseres persönlichen Jesus das Weite gesucht hatte. Barbras tätowiertes Jesulein hatte einen normalen Fuß, das andere Bein endete in einem gespaltenen Huf. Zwischen den fetten Beinchen ringelte sich ein Schwänzchen mit Dreizack als Spitze. Hatte ich beim ersten Mal doch richtig gesehen, dass das Jesuskind auf Barbras Rücken kleine Hörner zwischen den blonden Löckchen gehabt hatte. Blasphemie pur.

»Warum hast du es ihr überhaupt gezeigt?«

»Zum einen hat sie mich genervt mit ihren Ratschlägen, ewigem Rumgebete und dem Gefuchtel mit diesem Federdingsbums. Zum anderen hat mir Manuel Higuera für jede Nacht, in der sie nicht da ist und er seinen *Lover* besuchen kann, fünfzig Dollar geboten.«

Wie sich herausstellte, war Jesús für den Health Post und alle Beteiligten ein gutes Geschäft. Der Obstgroßhändler belohnte jeden großzügig, der sich um den verunglückten Polizisten kümmerte. Rosa schleppte neuerdings statt ihrer billigen Kunststoffhandtasche ein Teil von Michael Kors durch die Gegend und Pablo tippte seine Nachrichten auf einem brandneuen iPhone. Eines Morgens stand ich auf und an meiner Patiotür lehnte ein Surfbrett von Rick Lungstrom, einem der derzeit besten und begehrtesten *Shaper*, der nur für Profis seiner Wahl Boards fertigte. Ich hätte mir nie träumen lassen, jemals in den Besitz eines seiner Bretter zu kommen. Wer der Absender war, war auch ohne Grußkarte eindeutig.

Nachdem der Traumapatient nach Hause entlassen worden war, kehrte im Health Post wieder der normale Alltag ein. Dank einer weiteren großzügigen Finanzspritze des Multimillionärs konnten wir uns ein neues, hochmodernes Ultraschallgerät leisten und Barbra für drei Monate weiterbeschäftigen.

Nach Jesús' Unfall konnte der Health Post angesichts seiner erheblich verbesserten finanziellen Situation eine zusätzliche Schwester halbtags einstellen. Joaquina saß an der Anmeldung und machte die Laboruntersuchungen. Dadurch konnte Rosa Routinearbeiten übernehmen und wir Ärzte wurden entlastet. Barbra assistierte weiterhin bei chirurgischen Eingriffen und in den Behandlungsräumen. Sie hatte sich mit ihrem Bus häuslich in einer Ecke des Grundstücks niedergelassen, weil das eingezäunte Gelände der Missionsstation ein sicherer Abstellplatz war. Das war entschieden besser, als wild am Strand zu campieren. Sie benutzte der Einfachheit halber die Sanitäranlagen und die Waschmaschine der Station und hatte zu Pablos Leidwesen den Wachhund zu ihrem eigenen gemacht. Tagsüber lag das Tier neuerdings neben dem Bulli und nachts schlief er vor Barbras Bett.

Die Gynäkologin kam, seit wir das hochmoderne Ultraschallgerät hatten, zwei Tage die Woche und brachte neue Patientinnen mit. Kurzum, es ging bergauf mit dem abgetakelten Health Post. Frieso hatte wieder mehr Zeit und Muse, sich um das Seelenheil seiner Schäfchen zu kümmern, ohne sich permanent Gedanken darüber zu machen, woher die finanziellen Mittel kommen sollten. Ich erhielt für meine Arbeit nach wie vor keine Bezahlung, obwohl ich von Monat zu Monat mehr Stunden ableistete. Ich tat es trotzdem gerne, weil es mir half, nicht allzu viel über Raya und das Kind, das in ihr wuchs, zu grübeln.

Das Verhältnis unseres anal fixierten Topchirurgen aus den USA und dem blasphemischen Janis-Joplin-Verschnitt aus Australien war: *kompliziert.* Rein menschlich waren die Krankenschwester und der Arzt zwei völlig verschiedene Sportarten, fachlich dagegen respektierten sie einander. Das Problem war: *Keiner würde das je zugeben.* Im Gegenteil, *Schwester Kowalski*, wie der Kollege Barbra nannte, und *das giftgrüne Chamäleon*, wie wir alle insgeheim unseren *Iron Man* wegen seines eng anliegenden Radsportdress bezeichneten, gifteten sich an, sooft sich eine Möglichkeit bot.

Der Dialog dieses Morgens im OP bei einer Appendektomie war beispielhaft:

»Wenn Sie noch langsamer nähen, ist die Wunde vor Nahtende zugranuliert«, provozierte Barbra den Chirurgen, der wie immer äußerst sorgfältig und bedächtig vorging.

»Schwester Kowalski, ich darf Sie bitten, Ihre unqualifizierten Bemerkungen für sich zu behalten.«

»Ich bin ja schon still. Hören Sie, wie ich nichts sage, Doktor Chandler?«

Schließlich fing sie leise an, eine Melodie zu summen.

Ich erkannte den Titel und wunderte mich, dass Barbra, die sonst auf Kaliber wie Judas Priest und Whitesnake stand, etwas von den Doobie Brothers kannte. Ich sang den Text: »*No wise man has the power to reason away. What seems to be is always better than nothing. There's nothing at all...*«

»*... but what a fool believes he sees*«, sangen Barbra und ich unisono – wegen des Mundschutzes klangen wir wie Muppets.

Warren schüttelte fast unmerklich den Kopf. Irgendwie hatte ich das Gefühl, dass der Gemüsetaliban insgeheim Spaß mit uns hatte.


DIE OFFIZIELLE SPRECHSTUNDE war vorüber und wir saßen noch bei einer Tasse Kaffee in dem kleinen Büro zusammen. Mein asketischer Kollege schlürfte einen Becher des rätselhaften Heißgetränkes, das er in seiner Thermoskanne mit sich schleppte. Die wöchentliche Teambesprechung hatte ich ins Leben gerufen, um allen Angestellten gleichermaßen die Möglichkeit zu geben, sich einzubringen und Probleme und Verbesserungsvorschläge im Gespräch schnell und effektiv zu lösen beziehungsweise umzusetzen. Wir warteten, bis die Gynäkologin ihre letzte Patientin verabschiedet hatte. Dakota Miller Gonzalez war eine attraktive, sportliche US-Amerikanerin, die an eine in die Jahre gekommene Darstellerin aus dem Film *Coyote Ugly* erinnerte. Dakota war mit einem costaricanischen Arzt, der im Hospital als Internist arbeitete, verheiratet. Sie hatte eine eigene Praxis und arbeitete kostenlos im Health Post mit, dafür ließen wir sie den Kreißsaal benutzen und versorgten ihre Patientinnen nach den Geburten.

Schließlich kam die Ärztin herein, nahm sich Kaffee aus der Kanne, warf zwei Süßstofftabletten in den Becher und trank, ohne umzurühren.

»Man glaubt es nicht, was manche Menschen für Überzeugungen haben. Im Zeitalter von Internet und maximaler Aufklärung«, stellte sie in den Raum.

An den Fatalismus der *Ticos* hatten wir uns alle gewöhnt. Es kam, wie es kommen musste. Jegliches Schicksal war sowieso vom *Herrn* vorausgeplant, also warum sich anstrengen und Mühe geben, gegen den göttlichen Plan kam man nicht an. *Pura vida.*

»Ich habe meiner letzten Patientin, die ihr erstes Kind erwartet, nach dem Ultraschall mitgeteilt, dass sie ein Mädchen bekommen wird. Daraufhin sagt die doch glatt zu mir, das könne nicht sein. Sie und ihr Mann hätten bei der Zeugung aufgepasst, es müsste ein Junge werden.« Dakota fischte mit dem Zeigefinger die beiden Tabletten vom Grund der Tasse und lutschte sie ab. »Ihre Mutter hat ihr den Tipp gegeben, beim Verkehr den linken Hoden des Mannes abzubinden, weil da die weiblichen Spermien drin sind.«

»Kann man daraus schließen, dass Linksträger prozentual mehr Mädchen produzieren?«, stellte Barbra in den Raum und sah mir unverhohlen zwischen die Beine.

»Gute Frage«, meinte Dakota und sah mich ebenfalls herausfordernd an.

»Wenn die anwesenden Damen damit aufhören könnten, mir begehrliche Blicke zuzuwerfen, würde ich gerne mit Punkt eins der Tagesordnung beginnen«, bemerkte ich trocken.

Plötzlich war von draußen das Quietschen einer Autobremse zu hören. Der Pseudowachhund neben Barbras Bus schlug an, was er gewöhnlich nie tat, weil ihm schlichtweg egal war, wer das Grundstück betrat. Eine Autotür schlug zu und ein Motor heulte laut auf. Ich lief zum Fenster. Ein Pick-up entfernte sich rasend schnell vom Grundstück. Der Hund, den Barbra auf den Namen Lemmy getauft hatte, nach ihrem Idol, dem verstorbenen Sänger von Motörhead, zerrte wie wild an seiner Kette. Vor den Stufen des Health Posts lag ein lebloser männlicher Körper mit dem Gesicht im Staub.

Barbra und ich knieten neben dem Mann und drehten ihn auf den Rücken. Beim ersten Kontakt bekam ich eine Gänsehaut am ganzen Körper. Meine Aversion gegen Leichen ließ mich intuitiv spüren, was die oberflächliche Untersuchung zeigte: Der Mann, dessen unbekleideter Oberkörper zahlreiche, sehr tiefe Machetenschnitte aufwies, war definitiv tot.

Ich schüttelte den Kopf. Während Barbra aufstand und sich den Staub von den Händen klopfte, war Warren an unsere Seite gekommen und fühlte ebenfalls den Puls.

»Der Patient scheint tot zu sein. Was tun wir jetzt, Ben?«

Mein US-amerikanischer Kollege war der ärztliche Leiter des Health Posts und im Gegensatz zu mir bekam er ein monatliches festes Gehalt. Mein Kollege war im OP und beim Nähen oder Richten von dislozierten, gebrochenen oder zermatschten Körperteilen ein absolut cooler Vollprofi. Ich hatte in meiner ganzen Laufbahn als Anästhesist selten einen so versierten Chirurgen gesehen. Sobald es um internistische und endokrinologische Erkrankungen ging, war er oft erstaunlich unsicher und holte eine Zweitmeinung, also meine, ein. Ein toter Patient passte nicht in sein *Nip/Tuck*-Weltbild, in dem man alles und jeden wiederherstellen und sogar verbessern konnte.

Pablo zeigte mir auf seinem Handy eine Notiz: *Ich kenn den Mann. Trinker und Spieler. Nicht schade. Picaro.*

»Dann bin ich ja beruhigt. Lasst ihn uns schnell hineintragen, ehe die Kinder vom Hort abgeholt werden. Wir müssen wohl die Polizei informieren«, verkündete ich.


WÄHREND WIR AUF die Hüter des Gesetzes warteten, die sich wegen eines Toten nicht sonderlich zu beeilen schienen, erledigte ich den Schriftverkehr, der schon seit einer Woche liegen geblieben war. Barbra saß mit Pablo auf den Stufen vorm Eingang und rauchte Kette. Dakota hatte sich verabschiedet, weil sie noch ein paar Hausbesuche zu erledigen hatte. Rosa tat so, als würde sie arbeiten, verfolgte jedoch auf dem Fernsehgerät im Warteraum eine Telenovela. Warren hatte sich umgezogen und machte mit zwei vollen Fünf-Liter-Wasserkanistern im Nebenraum Krafttraining, weil er wegen des Vorfalls sein Schwimmtraining hatte streichen müssen. Er ächzte und stöhnte, als hätte er Sex. Was bei mir die Frage auslöste, ob mein affektarmer Kollege überhaupt jemals vögelte – und wenn: Hatte er Spaß daran oder war es nur Triebabbau?

»Warren, kann ich dich mal was fragen?«

»Señora Müller ist draußen«, unterbrach Rosa meinen investigativen Anflug.

»Nein, nicht nach so einem Tag! Was will sie denn schon wieder? Soll ich mir ihre Hämorrhoiden anschauen?«, jammerte ich.

Aus dem Nebenraum kam ein glucksendes Geräusch, das entfernt wie Lachen klang. Das letzte Mal, als uns Miss Kitty Marple besucht hatte, war ihr Analbleaching, das sie sich in einem Kosmetikstudio in San José hatte machen lassen, etwas zu heftig ausgefallen. Wir hatten damals mit Streichhölzern gelost, wer die Ehre haben würde, sich Bertha Müllers verätzte

Rosette ansehen zu dürfen. Ich hatte verloren und warf einen unvergesslichen Blick auf Miss Marples frisch gebleichten Hinterausgang, während ich von ihr schonungslos über die Vorzüge von Analsex während der Menstruation aufgeklärt wurde.

»Nein, sie hat eine Platzwunde über dem Auge.« Rosa zog wieder ab.

Ich erhob mich schwerfällig und trabte hinter ihr her. In Kabine 1 lag der Tote, in der nebenan lag Bertha – zur Abwechslung mal völlig angezogen und in unsexy Badelatschen. Über ihrer rechten Augenbraue verlief eine etwa acht Zentimeter lange Platzwunde, die sehr stark geblutet haben musste. Die dunklen Flecken auf Miss Marples Leinenzelt stammten auf jeden Fall nicht von Rotwein.

»Was haben Sie denn gemacht?«, fragte ich, als ich die Wunde vorsichtig untersuchte. Unterhalb des rechten Auges konnte ich einen knöchernen Druckschmerz feststellen.

»Ich hatte Krach mit meinem neuen Freund, einem Kalifornier, den ich vor drei Monaten im Internet kennengelernt habe. Hank hat mich besucht und mich völlig unmöglich behandelt. Diese Amerikaner sind alles wilde Tiere und den Umgang mit Damen nicht gewohnt. Genau wie dieser Chirurg. Der Kerl hatte mir Avancen gemacht, als ich vor Ihrer Zeit zur Behandlung hier war. Als ob ich mit einem kokainabhängigen Junkie, der seine Schönheitsklinik nur zum Schein hatte, aber in Wahrheit mit allen möglichen Drogen gedealt hat, etwas anfangen würde. Ich schätze Menschen, die ihr Geld auf anständige Art und Weise verdienen«, meinte die Lady, die jahrelang mit gefaktem Stöhnen Männern das Geld aus der Tasche gezogen hatte.

Aha, aha. Wieder ein neues Gerücht um den sagenumwobenen Doktor Chandler. »Das kann ich mir jetzt wiederum nicht vorstellen.« Ich sah verschwörerisch hinter mich und flüsterte: »Der Kollege ist definitiv homosexuell. Hardcore sogar. Er musste seine Klinik schließen, weil er Liebesspiele mit einem

Medizinstudenten und einer offenen Colaflasche gemacht hat. Ich sage nur: *Vakuum!* Ich habe die Röntgenaufnahmen gesehen. Seitdem hat er einen künstlichen Darmausgang und kann nur noch begrenzte Zeit am OP-Tisch stehen.«

»Nein!«, entfuhr es Kitty Marple.

»Doch, aber kein Wort.«

Bertha schüttelte mit dem Kopf. Ich ging mit ihr zum Röntgen. »Sie haben mir immer noch nicht erzählt, wie das passiert ist. Hat der Kalifornier zugeschlagen?« Die Aufnahmen ließen keinen Zweifel zu, der rechte Orbitaboden war gebrochen und disloziert.

»Nein, ihn trifft keine Schuld. Also nur indirekt. Ich habe die schwere Nachttischlampe mit dem Glasschirm nach ihm geworfen und mich dabei selbst verletzt.«

Mir war schon bekannt, dass Mädchen genetisch bedingt nicht sonderlich gute und treffsichere Werferinnen waren, aber wie man sich dabei selbst verletzen konnte, war mir rätselhaft. Ich sah Bertha fragend an.

»Na ja, ich hatte vergessen, den Stecker zu ziehen.« Sie zuckte entschuldigend mit den Schultern und ich musste sämtliche Selbstbeherrschung aufbringen, um mir nicht lachend auf die Schenkel zu klopfen.

Als ich ihr verkündete, dass der dislozierte Orbitaknochen möglichst gleich von unserem homosexuellen plastischen Chirurgen unter Vollnarkose gerichtet werden musste, begann Miss Marple leise zu weinen und flehte mich an, ich sollte sie ja keinen Moment alleine mit diesem unheimlichen Arzt lassen und dafür sorgen, dass ihr Antlitz nach der Operation nicht entstellt sein würde. Sie konnte ja nicht wissen, dass ich der unheimlichere der beiden anwesenden Ärzte im OP sein würde.

# KOMPLIKATIONEN & KINDER

DER MORGEN IM HEALTH POST war ohne besondere Vorkommnisse verlaufen. Wir hatten das tägliche Routineprogramm in der Ambulanz abgespult, ohne dass sich Barbra und Warren in die Haare bekommen hatten. Ich hatte meinen Rucksack gepackt und machte mich, nachdem ich umgezogen war, auf den Weg aus dem Gebäude. Ich wollte nach Hause fahren, schauen, was Yoani am Herd gezaubert hatte, und danach eine Runde in meiner Hängematte verdauen. *Pura vida.*

Barbra saß mit Rosa an der Anmeldung, beide löffelten Chili aus emaillierten Blechtellern. Wenn alle Kinder und die Erzieherinnen satt waren, wurde das übrige Essen aus dem Kinderhort großzügig verteilt. Seit Manuels Geldspritze musste nicht mehr jeder Colón dreimal umgedreht werden. Unser Rohkostfanatiker aß zu Mittag nach wie vor sein frisch geraspeltes Gemüse. Vor Barbra qualmte im Aschenbecher die geschätzte zwölfte Kippe des Tages. Sie sahen sich eine dieser idiotischen *Gameshows* auf dem an der Wand montierten Fernsehapparat an, der ständig lief. Da keine lärmenden Patienten mehr anwesend waren, war der Moderator gut zu verstehen. Der grau melierte Herr im zweireihigen Anzug überschlug sich fast beim Ankündigen eines Hauptpreises, einer US-amerikanischen Toploader-Waschmaschine. Im Kinderhort war Ruhe eingekehrt. Die ganz Kleinen hatten sich mit ihren Erzieherinnen nach dem Mittagessen hingelegt und die Großen waren noch nicht von der Schule gekommen.

Mein *¡Adiós!* im Vorbeigehen wurde mit stummem Nicken beantwortet, ohne den Blick vom Bildschirm zu nehmen. Barbra hob wenigstens die Hand mit dem Löffel zum Gruße. Vor der Tür empfing mich das gleißende Mittagslicht. Ich setzte meine Sonnenbrille auf, ehe ich die zwei Stufen hinunterging und endgültig in der unbarmherzigen Sonne stehen würde. Aus Pablos Schuppen roch es nach scharf angebratenem Knoblauch. Mir lief das Wasser im Mund zusammen.

Mein Laredo hatte einen Schattenplatz unter einem ausladenden Baum, der am Rande des eingezäunten Grundstücks stand. Ich tätschelte Lemmys Kopf, der neben Barbras Bus döste, und stieg in meinen Wagen. Ich wollte zurücksetzen, als ich Rainers Landrover vor dem Eingang halten sah. Er stieg aus und eilte die Treppen hoch. Auf dem Beifahrersitz konnte ich Raya ausmachen, die mit halb geschlossenen Augen schwer atmend dasaß. Ich stellte den Motor ab und sah auch schon Rainer zusammen mit Rosa und Barbra aus dem Haupthaus auf das Auto zueilen. Nach über zehn Jahren als Arzt überlegte man nicht mehr, wenn man einen Notfall sah. Man reagierte instinktiv. Ich stellte den Motor ab und lief zu Rainers Wagen.

Barbra informierte mich: »Vorzeitiger Blasensprung in der einunddreißigsten Schwangerschaftswoche und starke Blutungen seit einer Stunde.«

Barbra konnte nicht wissen, dass ich genau wusste, in welcher Schwangerschaftswoche die Patientin sich befand. Ich hatte die vergangenen Monate regelmäßig den Kalender von Dakota, der Gynäkologin, die wöchentlich Sprechstunde im Health Post abhielt, gecheckt und mich ferngehalten, solange Raya zur Untersuchung hier war. Was mich jedoch nicht davon abgehalten hatte, mir in aller Ruhe heimlich die Ultraschallbilder des Embryos auf dem PC anzusehen. Seit letztem Monat wusste ich definitiv, dass es ein Mädchen werden würde. Dakota war ausgerechnet diese Woche mit ihrem costaricanischen Mann auf Urlaub bei der Familie in Wyoming.

Raya war bei Bewusstsein, reagierte aber nicht auf Ansprache und schien desorientiert. Der Puls war nur schwach zu fühlen und ihr Atem ging sehr flach. Mit Barbras Hilfe brachte ich meine Ex-Geliebte dazu, auszusteigen und sich in den Rollstuhl zu setzen, den Rosa herangeschoben hatte. Rosa schob Raya in den gynäkologischen Untersuchungsraum, in dem hinter einem Vorhang der Geburtsstuhl stand. Rainer lief mit dem typischen starren Blick aus weit aufgerissenen Augen, den ich schon so oft bei Angehörigen von Notfallpatienten gesehen hatte, nebenher und versuchte, die Hand seiner Frau zu halten.

Barbra schloss die Patientin an die Überwachungsmonitore an, ich legte zwei venöse Zugänge und verabreichte eine Infusionslösung. Ich zögerte einen Moment, die Kanüle in Rayas Hand zu platzieren. Seit jeher fiel es mir schwer, bei Personen, zu denen ich einen persönlichen Bezug hatte, die Haut zu durchstechen. Warren begann mit der Ultraschalluntersuchung. Auf dem Monitor konnte man ganz deutlich den schwarzen Hämatomschatten hinter einer abgelösten Plazenta erkennen.

»Okay«, informierte er die Umstehenden. »Ich denke, wir machen eine Notsectio. Ben, bereite du bitte die Narkose vor, während wir uns fertig machen.«

Er verließ mit Barbra den Raum, um sich für den Eingriff umzuziehen und steril zu machen. Rainer hielt noch immer Rayas Hand, die leise wimmernd mit verschwitzem Haar und aufgesprungenen Lippen vor uns lag. Ich warf einen Blick zu Rosa, die sofort verstand und versuchte, Rainer hinauszukomplimentieren. Mittlerweile heulte der Kindsvater hemmungslos.

Er sah mich an und fragte: »Was läuft schief, Ben?«

Ich räusperte mich: »Die Plazenta hat sich vorzeitig abgelöst und wir holen das Kind per Kaiserschnitt. Das ist in dieser Schwangerschaftswoche kein Problem. Du musst dir keine Sorgen machen, wir bekommen das hin. Aber bitte geh jetzt hinaus. Wir müssen alles für die Operation vorbereiten.«

Wie von Zauberhand stand Pablo in der Tür, nahm Rainer am Ellbogen und führte ihn hinaus. Rosa bereitete die Patientin routiniert vor, desinfizierte den OP-Bereich und deckte den Körper mit Laken ab. Raya hatte in den letzten Monaten sehr viel zugenommen, die ehemals sportlichen Beine waren aufgeschwemmt. Es gab Frauen, die während der Schwangerschaft wunderschön wurden, Raya gehörte eindeutig nicht dazu. Es erinnerte nicht mehr viel an die Frau, mit der ich so leidenschaftlichen Sex gehabt hatte – bis auf das Kind in ihr.

Während ich OP-Kittel, Handschuhe und einen Mundschutz überzog, kam mir das Bild meines Vaters im Schockraum der Margarinenklinik in den Sinn. Jetzt lagen gleich zwei Personen vor mir, die mir viel bedeuteten. Ich setzte Raya eine Atemmaske auf, die helfen sollte, den Sauerstoffanteil in ihrer Lunge zu erhöhen. Meine Ex-Geliebte öffnete kurz die Augen, schien mich aber nicht wahrzunehmen. Rayas früher makellose Haut war von unzähligen Pusteln verunstaltet. *Karmapickel.* Es schien doch so etwas wie höhere Gerechtigkeit zu geben, wenn auch nur im Nanobereich.

Der Blutdruck der Patientin fiel. Ich spritzte Ephedrin nach, um ihn zu erhöhen. Vollnarkosen bei Schwangeren waren aus vielerlei Gründen *tricky*. Jede Minute, die die Narkose zu lange dauerte, konnte dem Kind schaden. Warren und Barbra betraten in OP-Kluft den Raum. Barbra richtete die sterilen Instrumente. Ich gab Raya Propofol zum Einschlafen, ein Muskelrelaxans sowie Ketamin, damit die Patientin keine Schmerzen spürte. Ein Opiat konnte ich frühestens nach dem Abnabeln einsetzen.

Mein Kollege nickte mir zu und ich nahm die Sauerstoffmaske ab. Jetzt musste alles sehr schnell gehen. Wie zu erwarten,
war die Rachenwand ödematös und der Tubus ging nur sehr
schwer einzuführen. Noch ehe ich den Beatmungsschlauch mit
Pflaster fixiert und Beatmungsgas zugegeben hatte, hatte er mit
der Sectio begonnen. Ich konzentrierte mich auf die Monitore
und Rayas Gesicht, das vor kaltem Schweiß wächsern glänzte.
Der Beatmungsschlauch war eingeklemmt zwischen diesen Lippen, die ich so gerne geküsst hatte und die jetzt spröde und
rissig waren.

Der Amerikaner und die Australierin, die sich außerhalb
des OPs um jede Kleinigkeit stritten wie die Kesselflicker, waren
ein perfektes Team, sobald es ernst wurde. Fast wortlos zogen sie
den Eingriff durch. Warren übergab Barbra ohne Kommentar
das kleine, blutverschmierte Wesen. Die Schwester hielt es mir
kurz hin, ehe Rosa ihr das Mädchen abnahm und wegtrug. Vor
der Tür verkündete Rayas Kind der Welt lautstark, dass es jetzt
da war. Ich schluckte und mir liefen unvermittelt die Tränen die
Wangen hinunter.

Barbra fragte: »Woah, Ben. Hat dich das Wunder des
Lebens überwältigt?«

Der Chirurg blickte mich verwundert an, sagte aber nichts.

»Ja, schon lange bei keiner Geburt mehr dabei gewesen.«
Ich beobachtete den Monitor – eine reine Übersprunghand-
lung. Dann gab ich ein Opiat und entfernte bei ausreichender
Spontanatmung den Tubus.

Eine Viertelstunde später schob ich mit Warrens Hilfe das
Bett meiner ehemaligen Geliebten in eines der Stationszimmer,
in dem ihr Mann schon wartete.

Ich informierte Rainer: »Alles gut gegangen. Es ist ein Mädchen.«

Er nahm mich unvermittelt in den Arm und drückte sämtliche Luft aus mir heraus. Ich hätte bei der Berührung schreien

können, tat aber nichts dergleichen, sondern lächelte mein Verlegenheitslächeln und befreite mich aus der Umarmung. Rainer setzte sich zu Raya und nahm ihre Hand. Ich verließ den Raum, weil ich es nicht ertrug, mit den frischgebackenen Eltern zusammen zu sein.

Im Flur traf ich Barbra, ihr Atem roch nach Zigarette.

»Kannst du mir einen Gefallen tun und nach der Patientin sehen, bis sie voll da ist? Ich warte an der frischen Luft, falls ich gebraucht werden sollte.«

Die Krankenschwester zuckte gleichgültig mit den Schultern. »Kein Problem, ich habe heute nichts Besseres mehr vor.«


Rosa hatte das Mädchen sauber gemacht und in ein Handtuch gewickelt. Die Kleine schrie jetzt nicht mehr, sondern betrachtete mit weit offenen, tiefblauen Augen eine ihr noch völlig unbekannte Welt.

»¡*Que linda!*«, meinte Rosa, als ich neben sie trat, das noch runzelige Vollmondgesicht des Säuglings betrachtete und nach Ähnlichkeiten suchte.

Das gut ausgebildete Grübchen im Kinn ließ mein Herz einen Moment aussetzen. Ich streckte meine Arme aus und Rosa gab mir das Neugeborene, das sich federleicht anfühlte.

»Ist sie nicht wunderschön?« Rosa schob seufzend ihre Brille hoch.

Ich biss mir auf die Unterlippe und nickte nur.

»Ganz die Mama. Der Papa ist ja keine Schönheit. Sag mir, was eine junge Frau an so einem Mann findet, Ben? *No solo es feo, es antipático.* Wenn ich so aussehen würde …« Rosa ließ das Ende des Satzes offen und eilte ans Telefon an der Anmeldung, das schon seit geraumer Zeit klingelte.

Das Menschlein auf meinem Arm war perfekt. Die winzigen Fingerchen bewegten sich und es sah mir in die Augen. Der eventuelle Kindsvater heulte jetzt ungebremst.

»Hey, du Zwerg«, flüsterte ich, küsste das Mädchen auf die Stirn und sog ihren pudrigen Geruch ein, den ich sicher nie in meinem Leben wieder vergessen würde.

Ich fühlte mich wie von einem Lkw angefahren. Ich hätte vorher nicht geglaubt, dass mir der Anblick meiner mutmaßlichen Tochter so einfach den Stecker ziehen konnte. Dahin war plötzlich alle Abgebrühtheit, die ich sonst in schwierigen Situationen an den Tag legen konnte. Das schaffte dieses frisch geschlüpfte Wesen mit nichts als seinem unschuldigen Geruch und dem ersten magischen Körperkontakt.

Ich spürte Panik in mir aufsteigen. Ich würde sie nicht wie andere Väter jeden Tag so halten können, würde ihr erstes Plappern, ihre ersten Schritte und alle anderen Meilensteine verpassen und sie nicht vor der gemeinen Welt beschützen können.

»Verdammt, mir bleiben nur einige Sekunden, um dir das Wichtigste mitzugeben.«

Meiner Meinung nach hatte Leonard Cohen die perfekte Antwort zur Lösung aller Fragen nach der Quintessenz des Lebens und der Wahrheit des Universums gefunden. Ich sang leise: *Dudamdamdam Dedudamdam.* Ich hoffte inständig, dass mein Töchterchen mit einem ähnlich schrägen Humor gesegnet sein würde wie ich und aus Cohens Weisheit den richtigen Schluss ziehen würde, nämlich immer mit einem Lächeln und viel Humor auf die Welt zu schauen.

Im Flur war das Quietschen von Warrens OP-Schuhen zu hören. Ich murmelte noch ein »*Te quiero mucho*«, legte den Säugling zurück auf die Wickelunterlage, zog die Nase hoch und wischte die Tränen mit dem Handrücken ab. Der Chirurg stellte sich an meine Seite und betrachtete das Kind mit schief gelegtem Kopf.

»Gratuliere, Ben, unsere erste gemeinsame Notsectio. Komplikationslos und glatt abgewickelt. Gute Teamarbeit.«

Ich wollte nicht mit Warren oder irgendjemandem reden. Ich wollte das Baby nehmen und zu mir nach Hause fahren und es die nächsten zwanzig Jahre für mich behalten. Ich nickte: »Ja, hat gut geklappt.«

Er sah mich kurz an und dann wieder das Mädchen. »Interessant. Ein Grübchen am Kinn. Rezessiv vererbbar.«

»Ich glaube, darüber streitet die Wissenschaft noch.« Meine Nase und Augen liefen immer noch über und ich wischte mit dem Ärmel drüber weg.

»Tut sie das?« Wieder dieser misstrauische Blick von der Seite. »Im Mittelalter glaubte man, Kinder mit einem Grübchen am Kinn hätten eine besondere Gabe.«

Zum Glück waren Rosas Schritte hinter uns zu hören.

»So, dann wollen wir dich deinen Eltern vorstellen, du Schöne.« Rosa nahm das Neugeborene lachend hoch. »Sag *adiós* zu den beiden Ärzten, die geholfen haben, dich auf die Welt zu bringen.«

Warren nickte kühl und ich lächelte schmerzverzerrt. Mein Kollege beobachtete mich weiter mit zusammengekniffenen Augen. Ich hielt seinem Blick stand, *Pokerface* war seitdem ich in der Schule feststellen musste, wie verletzlich einen ein offenes Gesicht und Ehrlichkeit machen konnten, mein dritter Vorname.

»Die Mutter ist noch nicht wach. Ich habe ein Auge auf sie. Bleib aber in der Nähe, falls wir dich brauchen, Ben.«

»Das wäre gut. Danke.«

Ich ging noch einmal in den OP zurück, vorbei an dem Zimmer, in dem Raya lag. Rainer und Rosa priesen unisono die optischen Vorzüge des Kindes und ich hörte das erste Mal den Namen des neuen Erdenbürgers. *Madalena.*

Schniefend suchte ich den Eimer für den Bioabfall, den Pablo abends auf einem freien Brachland ein Stück die Straße runter, das offiziell zur Müllverbrennungsanlage des ganzen

Viertels deklariert worden war, entsorgte. Der Gestank von brennenden Reifen oder noch Üblerem zog bei ungünstigem Wind durch die ganze Missionsstation. Sehr zum Ärger von Warren. Der Kontrollfreak und Umweltschützer hatte deshalb regelmäßig die Polizei angerufen, die aber kam nach dem zweiten Anruf nicht mehr vorbei. Müll verbrennen war in Costa Rica kein Verbrechen, sondern Bürgerpflicht.

Ich griff mir eine Verbandsschere sowie eine Plastiktüte, suchte mir aus dem Eimer, was ich brauchte, beschriftete die Tüte mit meinem Namen und deponierte sie im Kühlschrank neben Barbras Bechern mit Waldmeistergötterspeise. Ich nahm eine Dose aus dem Sixpack *Heineken*, der ebenfalls Barbra gehörte. Ich verließ das Gebäude und setzte mich auf einen rostigen Stuhl unter dem weit ausladenden Jacarandabaum, unter dem Barbras Bus stand. Lemmy hob kurz den Kopf und winselte kaum vernehmlich. Wie gerne wäre ich nach Hause gefahren, um hemmungslos zu schluchzen und mich zuzuschütten, aber ich musste warten, bis die Patientin vollständig wieder da war.

Nach der ersten Hälfte des Bieres kam Barbra auf mich zu und ließ sich auf den zweiten verrosteten Drahtsessel fallen. Sie trug löchrige Jeans und eines dieser *Muscle-Shirts*, die permanent einen seitlichen Blick auf ihre nicht unerheblichen Möpse freigaben. Was auch wieder von Vorteil war, weil die Brüste von ihren unrasierten Achselhöhlen und den hängenden Oberarmflügeln ablenkten. Barbra war körperlich alles andere als fit, eine beachtliche Hüftspeckrolle war zwischen Hosenbund und dem Saum des knappen Shirts zu sehen, aber ihre Titten standen wie eine Eins.

Die Australierin zündete sich eine Kippe an und stellte ihre nackten Füße auf meine Lehne. »Die Delgado ist noch nicht voll da. Der *Iron Man* hat ein Auge auf sie. Sah aber alles top aus, als ich gegangen bin.« Sie spielte mit den Zehen.

Barbra hatte zierliche, sehr schöne Füße, fiel mir auf. Für Fußfetischisten sicher ein Highlight – ich mochte Füße nicht wirklich. Ihre Beine waren unrasiert, aber von Natur aus nur dezent behaart, wofür ich in dem Moment dankbar war. Die Nägel waren blutrot lackiert und sahen aus wie frische, glänzende Wunden.

»Endlich mal wieder ein Kind auf die Welt gebracht.«

»Ja.« Ich trank einen Schluck und hoffte, Barbra mit meiner Schweigsamkeit zu langweilen, damit sie mich in Frieden ließ. Mein Plan schien nicht aufzugehen.

»Hast du Lust, das mit mir zu feiern?«, schlug Barbra vor.

Warum eigentlich nicht, änderte ich spontan meine Meinung. Es war gänzlich egal, wo und mit wem ich versuchen würde, den Weltschmerz zu betäuben. »Wo?«

»Hier. Ich habe jede Menge Rum und Limetten in meinem Bulli. Coke dürfte im Kühlschrank stehen.«

»Bin dabei.«

Der VW-Bus parkte neben meinem Jeep am Rande des betonierten Fußballplatzes. Barbra warf die Kippe auf den Boden und bewegte sich mit wiegenden Hüften darauf zu. Ich stand auf und lief hinüber zum Klinikgebäude. Wir trafen uns wenig später mit allen Zutaten. Die Krankenschwester mixte zwei *Cuba Libre*, mit denen wir anstießen.

»Auf den Weltfrieden«, scherzte Barbra.

»Auf Körbchengröße 85D.«

Barbra sah an sich herunter und lachte laut und kehlig. Sie hatte zwei tiefe Grübchen an den Wangen und ihr Mund war voll und herzförmig. Das war mir zuvor nie aufgefallen.


ICH ERWACHTE MIT dem Gestank kalter Zigarettenasche in der Nase. Ich lag auf der Seite, direkt vor meinen Augen standen zwei Frauenfüße mit blutroten Nägeln. Für einen Moment schloss ich die Augen und öffnete sie erneut. Barbra saß splitterfasernackt neben mir auf der Matratze in ihrem Bulli. Sie hatte die Beine angezogen und die Knie umfasst. Vor ihren Füßen stand ein voller Aschenbecher. Wie ich vermutet hatte, war Barbra nicht nur in den Achselhöhlen unrasiert. Treffer und versenkt. Ein Vollbär! Ich versuchte mich auf ihr Gesicht zu konzentrieren.

Die maximal behaarte Krankenschwester lächelte mich munter an. »Endlich wach, *Pumpkin?*«

Wenn ich nicht antwortete, würde sie sich vielleicht in einer qualmenden Rauchwolke auflösen oder wenigstens angezogen sein. Apropos angezogen. Ich blickte an mir hinunter und sah, was ich nicht sehen wollte. Meine Beine waren bis zu den Knien in ein Laken mit indischem Pfauenmuster gewickelt, der Restkörper war hüllenlos. Ich zog das Tuch über mich und versuchte mich aufzusetzen. Mein Mund war staubtrocken und ich hatte einen widerlichen Geschmack auf der Zunge.

»Sind wir morgens schüchtern?« Barbra lachte und zündete sich eine neue Kippe an. Sie inhalierte und blies den Rauch an die Decke. Trotzdem wurde mir bei dem Geruch schlagartig übel. Ich schaffte es, in das übergroße Laken eingehüllt, nur bis neben den Bulli und übergab mich heftig.

Lemmy setzte sich hin und wedelte freudig erregt mit dem Schwanz. Endlich mal was los in seinem Umfeld.

Barbra rief von innen: »Sollte man nicht denken, was ihr Ärzte für schwache Mägen habt.« Dann klapperte Geschirr und eine Schranktür fiel zu.

Ich sah hoch. Vor mir stand staunend eine kleine Gruppe *Chicos* im Vorschulalter mit Vega, ihrer Erzieherin, die voller Sarkasmus meinte: »Und so, liebe Kinder, kann man enden, wenn man in der Schule nicht aufpasst, seinen Teller nicht leer isst und nicht genug schläft.«

Die Kids, die ich alle vom Sehen mehr oder weniger gut kannte, kicherten laut. Flor, mein erklärter Liebling in der Gruppe, kam auf mich zu und umschlang meine Beine. »Ich habe ihn aber lieb, unseren schönen Doktor.«

Ich tätschelte den Kopf des Mädchens. Na also, es gab doch weibliche Wesen, die selbst in schlechten Zeiten zu mir hielten!

»Diese Meinung wird sich noch ändern, wenn du etwas älter wirst, *Querida*«, hetzte Vega.

Bruno, der Pausenclown, der dem kleinen Benny in der schwäbischen Kleinstadt so sehr ähnelte, umfasste meine nackten Beine von der anderen Seite. »Du stinkst«, meinte er frech und rannte zu den anderen Kindern zurück, die jetzt lieber wieder Fußball spielten, als einen kotzenden Arzt zu bewundern.

»Geh wieder spielen, Flor.« Ich beugte mich zu ihr hinunter, um ihre Hände von meinen Beinen zu lösen. Blitzschnell erfasste die Kleine die Gelegenheit und hing mit den Armen an meinem Hals, die Beine um meine Taille geschlungen.

Das Mädchen drückte ihren Kopf an meine Wange und kicherte: »Du bist aber kratzig.«

Flor war bildhübsch, mit Mandelaugen und braunen Locken. Sie war das fünfte uneheliche Kind von Mira Isidro, einer dreiunddreißigjährigen Prostituierten. Wenn Flors Großmutter sich nicht kümmerte und die Enkelin jeden Morgen zum Hort brachte, würde das Mädchen wahrscheinlich vollkommen verwahrlosen. Die unvermittelten Liebesbeweise der häufig geistig und körperlich vernachlässigten Kinder der *Ticos* im Hort machten mich in der Regel sprach- und ratlos. An einem Morgen wie diesem war ich kurz davor zu verzweifeln. Vega schien mein Dilemma zu spüren und nahm mir Flor ab. Sie warf mir einen tadelnden Blick zu und schnalzte missbilligend mit der Zunge.

Ich schlich zurück in den Bus. Barbra stand jetzt in Arbeitsklamotten am Gasherd und brühte frischen Kaffee auf.

»Komm, setz dich und trink eine Tasse. Danach geht es dir besser.«

Auf dem kleinen Klapptisch stand eine Plastikflasche mit Wasser. Ich spülte erst mal den üblen Geschmack in meinem

Mund herunter. Barbra stellte die Kaffeekanne vor mir ab, dazu Zucker und setzte sich mir gegenüber.

»Stört es dich, wenn ich rauche?«

Das fragte sie jetzt, wo alles schon zu spät war? Ich dachte: *Es würde mich im Moment noch nicht mal stören, wenn du brennen würdest,* sagte aber: »Schon. Ich möchte nicht noch mal reihern. Wegen der Kinder. Vega macht mir den Kopf runter.«

»Kann gut sein.«

Wir tranken unseren Kaffee in Schweigen, das Barbra schließlich unterbrach. »Wie sieht es mit deinem Erinnerungsvermögen aus?«

»Du meinst die letzte Nacht?«

»Eben die.«

»In meinem letzten greifbaren Bild saß ich mit dir friedlich unterm Baum – wir haben einträchtig und völlig harmlos miteinander *Cuba Libre* getrunken.« Ich nahm einen Schluck Kaffee. »Da war ich noch völlig angezogen.« Ich lachte verlegen und erinnerte mich. Pablo war irgendwann dazugestoßen und hatte uns selbst gebackenes Kokosbrot und zwei Zigarillos geschenkt. Er war für zwei Drinks geblieben, danach musste er weiter.

»Möchtest du wissen, wie du hierhergekommen und deine Kleider losgeworden bist?«

»Ist es eine schöne Geschichte?«

»Total romantisch.«

»Happy End?«

»Allerdings. Du bist erstaunlich leistungsfähig, selbst im volltrunkenen Zustand. Respekt, *Pumpkin*, das muss dir erst mal einer nachmachen.«

Ich heulte innerlich auf. Das war genau das, was ich nicht hören wollte.

»Keine Sorge, ich verhüte.«

»Sehr beruhigend.« Nichts war beruhigend. Ich hatte mich mit einer Angestellten bis zur Besinnungslosigkeit besoffen und mit ihr gepoppt. Das war schon in einer Großstadt wie Stuttgart in einer Klinik mit über fünftausend Angestellten nicht immer einfach gewesen. Hier auf dem Land, wo jeder jeden kannte, würde es nicht unbedingt leichter sein, mit den Folgen zu leben.

Barbras gute Laune schien anzuhalten. Es schien tatsächlich Menschen zu geben, die Geschlechtsverkehr nachhaltig glücklich machte. Ich gehörte definitiv nicht dazu.

»*Pumpkin,* ich könnte hier ewig mit dir sitzen und anschließend eine dritte Runde mit dir vögeln, aber ich muss zum Dienst.«

Ich verschluckte mich, als ich *dritte Runde* hörte.

Barbra stand auf und klopfte mir auf den Rücken. »Keine Sorge, von mir erfährt niemand was.« Mit diesen Worten sprang sie aus dem Bus.

Ich wollte keine Sekunde länger mehr bleiben und suchte meine Kleider. Sie lagen zusammengeknüllt mit einem weinroten G-String auf dem Fahrersitz. Mir war nie zuvor aufgefallen, dass der VW-Bus ein Rechtslenker war. Ich schüttelte den Damenslip raus, zog mich an und sprang aus dem Bulli. Weil mein Karma mies hoch zehn war, fuhr in diesem Moment Warren in seinem giftgrünen Sportdress auf dem Fahrrad an mir vorbei. Er grüßte mich nicht, aber ich wusste, er hatte mich gesehen. Doktor Chandler registrierte immer jede Kleinigkeit, also auch einen ein Meter siebenundsiebzig großen Exilschwaben, der frühmorgens völlig strubbelig gevögelt und verkatert aus dem Wohnmobil einer Angestellten kam.

Pablo stand zahnlückern grinsend auf dem asphaltierten Weg und schüttete Kies in ein Schlagloch, das seit ich denken konnte an der Stelle war. Er grüßte mich fröhlich und lief pfeifend zu seinem Schuppen zurück, wo sein Handy lag. Damit war die Verbreitung der Neuigkeit in kürzester Zeit gewährleistet.

# COHIBAS & CORTISON

NACHDEM ICH fast zehn Stunden geschlafen hatte, stand ich auf, probierte von der Fischsuppe, die Yoani am Vortag gekocht hatte, und beschloss, zum Pub zu fahren, um etwas Musik zu machen. Ich packte die Gitarre und machte mich mit Gomez an Bord auf den Weg nach Puerto Viejo.

Der Laden war voll, alle Tische waren besetzt, aber es waren nur wenige vertraute Gesichter darunter, die meisten Gäste waren Touristen. Ich stellte mich an den Tresen.

»*Guinness?*«

Ich forderte mein Schicksal heraus: »*Kilkenny?*«

»Haben wir nicht.« Shane sah mich misstrauisch an.

»Verdammt, wie schade, dann halt ein *Pilsen.*«

Der Wirt stellte die Dose vor mich und fragte: »Auch gekommen, das große Ereignis zu feiern?«

»Was ist denn Großartiges passiert, während ich den Schlaf der Gerechten und Schönen geschlafen habe?«

»Rainers Tochter kam gestern zur Welt. Ich dachte, du warst bei der Geburt dabei. Er hat alle eingeladen. Dich etwa nicht?«

Ich schaltete mein Handy ein. Drei verpasste Anrufe von Rainer und eine Nachricht, dass ich um acht im Pub sein sollte zur *Babylokalrunde.*

Bis dahin war noch eine gute halbe Stunde Zeit. Mir war danach, mir die Seele aus dem Leib zu singen. Ich setzte mich auf den Hocker, der auf der Bühne stand, stöpselte meine Gitarre ein und begann das Stück von Leonard Cohen zu spielen, das ich Madalena gestern vorgesummt hatte: *Tower of Song.*

Cohens Worte passten perfekt auf mein Leben – auch mein Haar wurde immer grauer, meine beste Freundin war für immer gegangen, ich hatte keine Wahl, denn ich war mit einer außergewöhnlichen Stimme geboren und irgendwo saß jemand mit meiner Voodoopuppe und steckte permanent kleine Glassplitter hinein. Ich hatte dieses Lied oft mit Ricky gesungen – ich die Solostimme und sie mit ihrem rauchigen Sopran den Backgroundchor. *Dudamdamdam Dedudamdam.* Wäre ihr Verlust besser zu verkraften gewesen, hätte sie eine kleine Ricky hinterlassen, die die lebhafte Art, die Augen und den wunderbar schrägen Humor der Mutter gehabt hätte? Ich würde es nie erfahren.

Ich beschloss, bei Cohen und seinen sentimentalen Songs zu bleiben. Die leisen Lieder gingen zwar in der lauten Menge im Pub unter, aber eigentlich spielte ich mehr für mich und für Ricky auf ihrer Wolke und für das kleine Mädchen, das ein Stück den Strand runter in ihrer Wiege lag. Wir hatten von Cohens Tod auf einer Tauchsafari im Roten Meer erfahren und waren tagelang traurig gewesen. Eines unserer erklärten Lebensziele war, zusammen auf ein Konzert dieses außergewöhnlichen Künstlers zu gehen. Waren Cohen und meine Frau im selben Himmel? Als zweiten Titel wählte ich *Ain't No Cure for Love.*

Bei *Who By Fire* kamen die ersten bekannten Gesichter herein. Joey und Baby Clara, gefolgt von Jérôme und Gonzo, der sich mit einem Bier zu mir auf die Bühne gesellte und mich auf den Bongotrommeln begleitete. Wir spielten *Bird on a Wire,* als Rainer breit grinsend hereinkam. Er hatte eine Holzschachtel kubanischer Zigarren der Marke *Romeo y Julieta* unter dem Arm, verteilte den Inhalt an die Umstehenden und verkündete großspurig eine Lokalrunde. Der stolze Papa ließ kein Klischee aus. Nachdem wir mit dem Stück fertig waren, kam er auf die Bühne, steckte Gonzo eine Zigarre in die Tasche des Jeanshemdes und versuchte mir eine hinter das Ohr zu klemmen. Ich drehte meinen Kopf weg.

Rainer stutzte einen Moment und rief mir zu: »Komm, spiel mal dieses Lied aus der Bierwerbung. *Ein schöner Tag*, oder wie das heißt.«

»Kann ich nicht«, log ich und versuchte mich an den Griffen für *Locomotive Breath*. Ich murmelte ins Mikrofon: »*Here's for the alltime loser.*« Rainer hatte nicht richtig zugehört und prostete mir mit seiner Bierdose zu. Die Stelle »*His woman and his best friend in bed and having fun*« betonte ich so, dass selbst Gonzo stutzig wurde. Mein ehemals bester Freund verstand die Anspielung nicht wirklich.

Ich sah nach dem Song auf mein Handy, schüttelte betrübt den Kopf, nahm die Gitarre, stand auf, verließ die Bühne und verkündete meinen Immigrantenfreunden, dass ich leider, leider in den Health Post zu einem Notfall musste. Sie gaben mir ein Bier und gute Ratschläge mit auf den Weg, die Zigarren waren alle. Ich verließ den Pub, begleitet vom übermütigen Grölen meiner Freunde.

Rainer kam mir hinterhergerannt und hielt mich am Arm fest. »Mist, Ben. Gerade mit dir hätte ich gerne angestoßen auf mein süßes Töchterchen«, meinte der falsche Kindsvater und boxte mich spielerisch auf den Arm.

»Warum das denn?«

»Das fragst du noch? Ohne dich hätten die beiden es vielleicht nicht geschafft. Ich wollte, dass du Taufpate wirst, aber du weißt ja, wie diese Katholiken sind. Man muss selber in der Kirche sein und da haben wir uns für Rayas jüngere Schwester entschieden. Die Sippe kommt in zwei Wochen zur Taufe geschlossen aus Bolivien. Du bist natürlich trotzdem herzlich eingeladen.«

»Da sag ich doch nicht Nein. Aber ich muss jetzt echt los. Die brauchen mich.«

»Klar.« Rainer drückte mich noch einmal so fest wie im Health Post und verschwand im Innern des Pubs.

Ich setzte mich hinters Steuer und legte die Stirn aufs Lenkrad, ehe ich losfuhr. Gomez war weit und breit nirgends zu sehen, aber der fand auch ohne mich zurück nach Hause über den kürzeren Weg am Strand entlang.

ICH SASS RATLOS und mental völlig erschöpft hinter dem Steuer meines Jeeps. Gomez war doch noch nachgekommen und saß auf dem Rücksitz.

»Na, Kumpel, was machen wir beide mit diesem überflüssigen Tag?«

Mein Hund legte den Kopf auf die Pfoten und überließ die weitere Gestaltung des Abends seinem Herrchen. Das war einer der seltenen Momente, wo mir die Großstadt mit ihren Ablenkungen fehlte.

»Was meinst du, soll ich nächste Woche ein paar Tage freimachen und nach Miami fliegen? Neue Schuhe kaufen und durch die Bars ziehen?« Gomez schloss die Augen. »Ich nehme das mal als *Nein*. Hast ja recht, würde uns wieder mal alles an Frauchen erinnern.«

Ricky und ich hatten unsere Karibiktörns immer in Miami begonnen, weil dort die Segelboote am günstigsten zu chartern waren und Ricky eine Shopaholic war, die sich mit dem Eifer eines Eichhörnchens vorm Winter in den riesigen Malls und Outletcentern mit Klamotten eindeckte. Ricky war ungeschlagene Meisterin darin gewesen, in Florida günstige Skiklamotten aufzutreiben. Wir flogen mit einem leeren Koffer hin – auf einem Boot brauchte man nicht besonders viel zum Anziehen – und mit mindestens drei Koffern und achtzig Kilogramm Nutzlast zurück. Die versierte Wortjongleurin hatte es immer geschafft, keinen einzigen Cent für Übergepäck zu bezahlen. Bei unserem letzten Rückflug hatte sie dem Bodenpersonal beim Einchecken vorgerechnet, dass wir beide zusammen lediglich einhundertfünfundzwanzig Kilogramm wiegen würden, was der Herr, der vor uns eingecheckt hatte, wohl ganz alleine auf die Waage bringen würde. Sie könne gerne alle überzähligen Kleider aus dem Koffer herausholen und übereinander anziehen, das würde im Endergebnis vom Gewicht auf dasselbe herauskommen.

»Einverstanden, dann gehen wir nach Hause und sehen uns einen Männerfilm an. Was hältst du von *Fight Club?*«

Ich startete den Motor, bog links ab auf die Hauptstraße Richtung Manzanillo. Im Autoradio sang Mercedes Sosa mit ihrer unglaublich klaren, kraftvollen Stimme die gefühlvolle Ballade *Gracias a la vida*. Ich hatte gerade keine Lust, für mein Leben dankbar zu sein, und schaltete die Musik aus.

Direkt hinter Puerto Viejo hinkte ein jämmerlich aussehendes, kurz vor dem Hungertod stehendes Wesen mit verklebtem Fell, das man im weitesten Sinne unter den Begriff *Hund* zählen konnte, auf drei Beinen am Straßenrand entlang. Der rechte Hinterlauf baumelte am Körper herunter. Ich brachte den Jeep langsam zum Halten und stieg aus. Die cremefarbene Hündin mit den großen, hellbraunen Kuhflecken im Fell duckte sich und klemmte den Schwanz noch fester zwischen den Hinterläufen ein. Ich seufzte. Das Tierelend in Costa Rica war schwer verdaulich für mich. Gomez kam zu uns und schnüffelte freundlich an dem Straßenhund rum. Ich hatte aus dem Kofferraum ein Hanfseil geholt, das seit ewigen Zeiten darin rumlag, und ging vorsichtig auf das Tier zu. Das zitternde Häufchen Haut und Knochen drückte sich auf dem Asphalt platt. Aha, aha. Sie sah nicht nur geprügelt aus, sie war es wohl auch. Ich redete dem erschöpften Tier leise zu und legte ihr behutsam den Strick um den Hals. Ich hob die federleichte Hündin hoch, setzte sie auf den Rücksitz und band sie mit dem Seil fest. Sie ließ die ganze Prozedur zitternd, ohne einen Ton von sich zu geben, über sich ergehen. Gomez sprang neben sie und leckte eine wunde Stelle an ihrer Seite.

Eigentlich hatte ich genug Ketamin zu Hause, um das Hüftgelenk in Narkose zu reponieren und die Wunden zu versorgen. Da die Hündin aber extrem unterernährt war, traute ich mich nicht, sie in den Schlaf zu versetzen. Das Risiko, dass ich das Narkotikum überdosierte, war mir zu hoch. Ich wendete auf der Straße und fuhr zurück nach Cahuita, wo der nächste Tierarzt wohnte.

Doktor Esteban Yago Ulez hatte Gwen und Gomez sterilisiert, als ich sie vor zwei Jahren ebenfalls auf der Straße aufgelesen hatte. Doktor Ulez hatte die Sterilisationen damals in T-Shirt und Bermudas durchgeführt. Das Oberteil hatte ein abstraktes, postmodernes Design aus frischen und ausgewaschenen Blutspritzern – an einem klebte sogar ein winziges Stück Fell. Der Tierarzt hielt nicht nur von steriler Kleidung wenig, er trug auch keine Handschuhe. Er wusch sich lediglich die Hände mit Seife und tränkte alles in Sterilium.

Bei Gomez war der Eingriff eine kleine Angelegenheit gewesen, zwei Schnitte in die Hoden, Eierchen rausgedrückt, Ligatur und Samenleiter durchtrennt. Bei Gwen musste der Bauchraum eröffnet werden. Der Bauch der Hündin war zwar rasiert und desinfiziert, aber es wurde nichts steril abgedeckt. Die Instrumente für die OP hatte der Arzt zuvor aus einem winzigen Autoklaven geholt, in dem alles kunterbunt durcheinander lag. Das Ganze erinnerte mich an ein Feldlazarett aus der Serie *M*A*S*H* und meine Zeit in Afrika. Der Doktor erklärte mir auf Nachfrage, dass er so schon seit vierzig Jahren arbeite und es noch nie zu Wundinfektionen gekommen sei. Selbst Streptokokken und gemeine Bakterien schienen *pura vida* zu leben.

Hier auf dem Land waren Tierärzte noch rund um die Uhr erreichbar. Doktor Ulez wohnte direkt über der Praxis. Man klingelte einfach und bekam aufgemacht, wenn jemand da war, wenn nicht, hatte man, beziehungsweise der tierische Patient, Pech.

Ich hatte Glück, der Veterinärmediziner öffnete mir, als ich gerade wieder gehen wollte. Doktor Ulez sah mich aus blutunterlaufenen Augen an, die Unterlider hingen schwer herab und die dünnen Haare waren auf einer Seite völlig verstrubbelt. Er roch nach Alkohol. Das weiße T-Shirt mit Grauschleier war heute ohne Blutspritzer, aber man konnte den Speiseplan der letzten Tage daran ablesen.

»Ah, der junge Kollege aus der Humanmedizin«, wurde ich begrüßt.

Ich grüßte zurück, erklärte kurz die Sachlage und holte die Hündin aus dem Jeep. Gomez war verschwunden, Cahuita erobern.

Die selbst für costaricanische Verhältnisse heruntergekommene Praxis bestand aus einem einzigen großen Raum mit einem Holzstuhl in der Ecke, als Wartezimmerersatz. Hinter einem Vorhang stand ein Röntgengerät, das, wie das restliche Mobiliar, aus den Sechzigerjahren des letzten Jahrhunderts übrig geblieben war.

Ich setzte die ängstlich winselnde Hündin auf den antiquierten Behandlungstisch, den der Tierarzt frisch mit einem Desinfektionsmittel eingesprüht hatte. Den Baumwolllappen zum Nachwischen warf er achtlos in ein Waschbecken, in dem diverse Instrumente in einer abgestandenen Seifenbrühe vor sich hin gammelten. Esteban Ulez roch nicht nur nach Alkohol;

wenn man ihm nahe genug kam, wehte ein Hauch von Urin aus seinen weiten Bermudas. Der Tierarzt trug offensichtlich Windeln, die gewechselt gehörten. Ich tippte auf Inkontinenz nach Prostata-OP.

Doktor Ulez untersuchte den Hinterlauf, sah in Maul und Ohren. »Ey, ey, ey. Da ist einiges zu tun. Halten Sie sie gut fest.«

Die Hündin, die ich wegen ihrer Kuhflecken kurzerhand Milka getauft hatte, zitterte wie einer dieser teuren Massagesessel, jaulte kurz auf, als sie die Spritze spürte, und dämmerte rasch weg.

»Der Hinterlauf ist aus der Gelenkpfanne. Wahrscheinlich wurde sie von einem Auto angefahren. Aber das bekomme ich wieder hin. Der Fangzahn oben links ist abgebrochen, den werde ich ziehen, und die Ohren sind voller Milben. Das Gesäuge ist entzündet. Zu dem Zustand des Fells muss ich ja wohl nichts sagen.« Doktor Ulez Augen waren gerötet mit deutlich injizierten Gefäßen. Mit einem geübten Griff packte er den Hinterlauf und renkte ihn mit einem festen Ruck ein.

»Sie haben nicht geröntgt?«

»Wozu sollte ich? Die Diagnose war doch klar.« Der Veterinär zuckte mit den Schultern. »Außerdem ist das Röntgengerät kaputt. Es lohnt nicht, das alte Ding zu reparieren.« Er schien sich über seine Aussage köstlich zu amüsieren. »Das Tier ist völlig dehydriert. Noch ein paar Tage und wir hätten sie nicht mehr retten können. Man sollte ihr in den nächsten Wochen jede Menge Zusatznahrung einflößen. Außerdem würde ich sie gerne über Nacht hierbehalten und ihr intravenös Flüssigkeit zuführen.«

»Sie ist mir zugelaufen, sie gehört mir nicht.«

»Ist schon in Ordnung, Sie müssen nichts für die Behandlung bezahlen.« Der Satz klang wie ein lang gezogenes, resigniertes Seufzen.

Wenn ich den Zustand der Praxis betrachtete, schien es mir,

als würde Doktor Ulez auf keinen Colón verzichten können. »Darum geht es mir nicht, ich bezahle auf jeden Fall. Schauen Sie, dass Sie sie wieder hinbekommen. Geld spielt keine Rolle.«

»Geld spielt keine Rolle!« Plötzlich ging ein Lächeln über das bis dahin müde Gesicht. »Geld spielt keine Rolle!« Den Satz wiederholte der Tierarzt wie ein Mantra, mit verschiedenen Betonungen, während er Milkas Ohren mit Wattestäbchen reinigte. Diese waren schwarz vor Milben und Schmutz. Ich durfte nicht daran denken, wie es das Tier gejuckt haben musste.

Doktor Ulez zog Milkas Eckzahn mit einer Zange aus dem Autoklaven-Instrumentensarg und sprühte die offenen Wunden an ihren Flanken mit einem Zinkspray ein. Die Hündin sah jetzt aus, als wäre sie in ein Galvanisierbad gefallen. Abschließend spritzte er Cortison und ein Antibiotikum, wie er mir erklärte.

»Ist das Cortison wirklich nötig?«

Doktor Ulez warf mir einen einschätzenden Blick zu. »Wollen Sie, dass sie schnell wieder auf die Beine kommt, oder nicht?«

Ich zuckte mit den Schultern. »Sie sind der Fachmann.«

»Dann wär's das. Bringen Sie die Hündin doch bitte hoch in meine Wohnung, da kann sie ihren Rausch ausschlafen.«

Ich nahm das Tier auf den Arm, jeder Knochen war deutlich zu spüren, und stieg hinter dem Tierarzt die Treppe in den ersten Stock hoch.

»Vorsicht, meine Bibliothek ist etwas beengt!«, warnte der Bücherfreund mich.

Die Treppe war höchstens einen Meter breit und auf jeder Stufe lag ein Stapel Bücher. Je höher ich kam, umso aufdringlicher wurde ein Duftgemisch aus Schimmel, altem Staub und kaltem Fett.

Doktor Ulez stand in einer Ecke seines Wohnzimmers und hängte eine Infusionflasche mit Ringerlösung an einen Haken in der Decke. Auf dem Boden lag eine karierte Decke, die zwar schon oft, aber schon lange nicht mehr gewaschen worden war. Widerwillig legte ich Milka darauf ab und sah zu, wie der Tierarzt auf Anhieb durch das Fell am Vorderlauf die Vene traf und einen Zugang legte. Mochten die hygienischen Zustände katastrophal sein, der alte Arzt verstand etwas von seinem Handwerk.

Nachdem er die Kanüle mit der Flasche verbunden und die Tropfgeschwindigkeit reguliert hatte, wandte er sich an mich: »Würden Sie mir die Ehre erweisen, einen Schluck mit mir zu trinken? Ich habe einen ausgezeichneten Rum aus Jamaika.«

Er deutete auf das fadenscheinige, speckige Sofa, das umgeben von Bücherstapeln in der anderen Wohnzimmerecke stand. Der Couchtisch war mit Zeitschriften zugemüllt. Entweder hatte Doktor Ulez neulich erst ziemlich viel Besuch gehabt, oder er hatte die letzten Tage seine Gläser nicht weggeräumt. Ich zählte acht verschiedene.

Der Tierarzt schien meinen Blick bemerkt zu haben: »Bitte entschuldigen Sie die Unordnung, aber meine Frau ist bei den Kindern in Florida und ich habe das mit dem Haushalt nicht im Griff.« Er begann die Gläser einzusammeln.

Jeder wusste, dass Doktor Ulez' Frau seit fast acht Jahren bei den Kindern in den USA war. Es schien ihm wichtig, die Illusion aufrechtzuerhalten, dass sie jederzeit wieder zurückkommen konnte. Tief in meinem Innersten sträubte sich alles, mich auf das abgewetzte Möbel zu setzen und den Abend mit einem Blick in eine mögliche Zukunft zu verbringen, der mir nicht nur aus olfaktorischen Gründen den Atem nahm, aber ich brachte es nicht übers Herz, die Einladung abzulehnen.

»Warten Sie, ich helfe Ihnen.« Ich packte die restlichen Gläser und brachte sie in die kleine Küche, die an das Wohnzimmer grenzte. Auch hier bot sich ein desaströser Zustand. Auf allen Flächen standen schmutziges Geschirr und leere Flaschen. Überall lagen aufgerissene Verpackungen. Der Anblick erinnerte mich vage an meine Singlewohnung in Stuttgart, als ich Wochenarbeitszeiten von sechzig Stunden und mehr gehabt hatte. Aber ich bezweifelte, dass der Zustand in Doktor Ulez' Wohnung auf Arbeitsüberlastung zurückzuführen war.

»Soll ich meine Haushälterin fragen, ob sie jemanden kennt, der Ihnen zur Hand gehen kann, bis Ihre Frau zurück ist?«

»Hm. Geld spielt keine Rolle, nicht wahr?« Doktor Ulez schien amüsiert über seine Bemerkung und lachte glucksend in seinen Bauch.

Ich verkniff mir eine Antwort. Mein Gastgeber spülte zwei Whiskygläser unter fließendem Wasser, tauchte einen Schwamm in den Becher mit dem Spülmittel und wischte kurz darüber, ehe er sie erneut mit Wasser abspülte. Das Geschirrtuch war schmutzig und grau. Er griff nach einer Flasche braunen Rum auf dem Küchentisch und ging wieder zurück ins Wohnzimmer. Esteban stellte Flasche und Gläser zwischen den Zeitschriften auf dem Couchtisch ab und setzte sich selbst auf den Korbstuhl gegenüber. Ich atmete erleichtert aus. Hätte ich in einer Urinwolke neben ihm sitzen müssen, wäre meine Höflichkeit arg strapaziert worden.

Mein Gastgeber schenkte ein und reichte mir ein trübes, korrodiertes Glas. Der Rum hatte einen satten Honigton und eine weiche, runde Karamellnote. Ich sah mir das Etikett genauer an. *Plantation Rum Jamaica Old Reserve Jahrgang 2001*. Offensichtlich spielte bei den Getränken Geld tatsächlich keine Rolle.

Wieder schien der Arzt meine Gedanken lesen zu können. »Manuel Higueras Vater und mein ältester Sohn waren sehr gute Freunde bis zu dem Absturz. Ich habe mich danach etwas um Manuel gekümmert, er war ja wie ein Enkel für mich. Dafür bekomme ich regelmäßig eine Lieferung feinster Spirituosen frei Haus.«

»Aha, aha.« Ob Manuel wohl wusste, wie es um seinen Ziehopa bestellt war? Mir war bekannt, dass Esteban drei Söhne hatte, die alle in den USA lebten und die er seit Jahren nicht mehr gesehen hatte. Anscheinend schützten Kinder nicht zuverlässig vor Einsamkeit im Alter. Milka jammerte auf ihrem Lager leise vor sich hin. Die Narkose schien nachzulassen.

»Sie haben keine eigenen Tiere?« Mir war aufgefallen, dass die Wohnung frei von Viehzeug war.

»Nein, nein. Ich mag keine Tiere«, hörte ich zu meiner Verblüffung. »Das hätte mir noch gefehlt, nach den Sprechstunden von einem Hund schwanzwedelnd begrüßt zu werden.« Er trank einen Schluck und gluckste lachend. »Zum Glück bin ich kein Gynäkologe geworden.«

»Warum sind Sie überhaupt Veterinär geworden?« Eigentlich war die Frage überflüssig: Wie viele meiner Kollegen hassten Menschen und hatten trotzdem Humanmedizin studiert?

»Weil ich Menschen noch weniger mochte.« Doktor Ulez sah gedankenversunken in das Glas in seiner Hand und fuhr fort: »Die Wahrheit ist, mein Vater war Tierarzt und ich hatte damals keine andere Wahl, als in seine Fußstapfen zu treten. Ich musste die Praxis übernehmen. Meine Frau hat das alles verabscheut. Lydia war eine richtige Dame aus einem reichen Elternhaus in Liberia. Ranchbesitzer.« Sein Blick wanderte ziellos durch das Wohnzimmer.

Ich konnte mir nicht vorstellen, wie eine Dame aus reichem Haus in einer solchen Bruchbude glücklich sein konnte.

»Sie hat mich geliebt und sie hat sich für mich, den kleinen Landtierarzt, entschieden und drei Kinder mit mir großgezogen.«

Diese selbstlose Liebe war wohl nicht für alle Ewigkeit bestimmt gewesen.

»Ich muss unbedingt etwas aufräumen, ehe Lydia zurückkommt.« Der verlassene Ehemann nickte, als müsse er sich selber Mut machen.

Unter seinem Sessel kam eine dieser widerlichen Riesenkakerlaken hervorgekrochen und schwenkte suchend ihre Fühler. Sie saß direkt neben Doktor Ulez' Füßen, er schien sie aber nicht zu bemerken. War es unhöflich, Schaben zu killen, wenn man eingeladen war? Meine Tierliebe verwandelte sich angesichts von Kakerlaken in abgrundtiefen Hass. Das Insekt verschwand ebenso rasch wieder unter dem Sessel, wie es aufgetaucht war. Ich widerstand der Versuchung, meine Füße, die in Havaianas steckten, hochzuziehen – unter der Couch lagen todsicher einige ihrer Kumpels in Lauerstellung.

Ich trank noch ein weiteres Glas des feinen Rums, hörte den Schilderungen aus Estebans bewegtem Leben zu und verfluchte den körperlichen Verfall, dem selbst ein Mensch wie er nicht ausweichen konnte. Ich war mir sicher, ich würde für mich selbst einen Ausweg suchen, ehe es so weit kommen konnte. Wir sprachen über Bücher. Es gab keinen Klassiker der Weltliteratur, den der Mann mit dem schwindenden Verstand nicht gelesen hatte. Meine literarische Bildung war viel flacher, was ich offen zugab.

Doktor Ulez seufzte und meinte: »Ihr jungen Menschen lernt nicht mehr, zu lernen, weil ihr alles nachschlagen könnt.« Sein Gesichtsausdruck änderte sich und der alte Mann rezitierte aus dem Kopf: »*Ich liebe es, wenn man irrt! Der Irrtum ist das Einzige, was die Menschheit vor allen anderen Lebewesen voraushat. Wenn man irrt, gelangt man zur Wahrheit! Ich bin deshalb Mensch, weil ich irre. Zur reinen Wahrheit kann man nicht gelangen, ohne vierzig Mal geirrt zu haben, oder auch hundertvierzig Mal, und das ist ehrenvoll in seiner Art. – Irre nur, aber irre auf deine Weise! In der eigenen Weise zu irren ist fast besser als Wahrheit auf fremde Weise. Im ersten Falle ist man Mensch, im zweiten ein plappernder Papagei. Die Wahrheit wird nicht davonlaufen, aber man wird nicht verstehen, sie zu finden.*«

»Tolstoi?«, tippte ich ins Blaue.

»Nicht ganz. Dostojewski, *Schuld und Sühne*.«

»Aha, aha. Das muss ich wohl auf meine Wunschliste setzen.«
Nach einer guten Stunde verabschiedete ich mich. Milka
hatte sich in der Ecke aufgerappelt und Doktor Ulez entfernte
den Zugang, ehe sie ihn sich selbst herausreißen konnte.

»Warten Sie, ich hole Ihnen noch eben die englische Ausgabe von *Schuld und Sühne*. Es geht nicht an, dass Sie das Buch
nicht gelesen haben.«

Er setzte zwei Bücherstapel an der Wand zur Küche um,
kam schließlich mit einem dicken, vergilbten Wälzer auf mich
zu und drückte ihn mir in die Hand. Das Buch war aufgequollen und fühlte sich schleimig an. Der beißende Uringeruch war
jetzt, wo ich dem Veterinär direkt gegenüberstand, beinahe un-
erträglich. Ich versprach, Milka am nächsten Tag abzuholen
und die Rechnung zu begleichen.

Im trüben Licht der Lampe über der Eingangstür sah ich
mir das Buch genauer an. Der Rücken war dick mit schwarzem
Schimmel überzogen. Ein krönender Abschluss für einen total
beschissenen Tag.

ALS ICH AM NÄCHSTEN TAG nach dem Dienst Milka bei Doktor
Ulez abholte, war dieser zwar gekämmt, hatte ein sauberes T-Shirt
an und roch unauffällig, aber er sah mich mit dem hilflosen Blick
eines Demenzkranken an, der seine eigenen Kinder nicht mehr
erkennt. Dafür erkannte mich Milka, die mit eingeklemmter
Rute auf mich zugelaufen kam. Der Arzt ihres Vertrauens schien
nicht mehr zu wissen, was er die Nacht zuvor behandelt hatte.
Ich erklärte es ihm und er rechnete auf einem alten Texas-Instru-
ments-Taschenrechner aus, was ich ihm schuldete. Die Summe
war lächerlich gering und ich rundete großzügig auf.

»Nochmals danke für den Rum«, bemerkte ich zum
Abschied.

»Rum? Habe ich Ihnen eine Flasche geschenkt?«

»Nein, wir haben ein Glas zusammen getrunken.«

»Ah, ja. Das ist aber schon eine ganze Weile her, weil ich mich nicht mehr daran erinnern kann.«

»Stimmt, das ist eine Ewigkeit her.«

Doktor Ulez schlug mir die Tür vor der Nase zu. *What a difference a day makes.*

Ich legte einen Zwischenstopp in der Apotheke ein, um hochkalorische Erdnusspaste für Milka zu kaufen und um Señor Zuela über den Veterinär auszuhorchen. Die beiden durften etwa im gleichen Alter sein.

»Ich habe Esteban seit Wochen nicht mehr gesehen«, begann der Apotheker. »Seltsam, sonst hat er seine ganzen Medikamente bei mir geholt. Das war einmal ein feiner Mann, sehr belesen und gebildet. Lydia, seine Frau, war eine absolute Schönheit, grazil wie eine Gazelle mit sehr guten Manieren. Die beiden hatten bildhübsche, kluge Kinder und wohnten damals in dem großen Anwesen hinter der Praxis. Das Haus ist ja verkauft an diese zweifelhafte Person aus Deutschland.«

Mir fiel nur eine zweifelhafte Person aus Deutschland ein, die in Cahuita wohnte. »Bertha Müller?«

»Genau, die macht zwar auf vornehm, aber nicht jeder, der sich ein vornehmes Haus leisten kann, ist selbst vornehm. Neureiches Gesindel.« Señor Gustavo Zuela legte die Stirn in zornige Falten und winkte ab.


ICH MACHTE MICH MIT DEM Familienzuwachs auf den Weg nach Hause, wo wir von Gwen freudig begrüßt wurden. Ich mischte großzügig von der kalorienreichen Erdnusspaste unter Milkas Futter, die trotz des großen Hungers, den sie haben musste, ganz manierlich und langsam fraß.

»Wäre doch gelacht, wenn wir den Hungerhaken nicht auch fett bekommen würden, was Gwen?«

Gwen grinste zustimmend und zeigte Milka ihren Lieblingsplatz hinter der Couch, wo die beiden friedlich nebeneinander einschliefen.

Ich wärmte das vorgekochte Abendessen auf und räumte anschließend das Geschirr in die Spülmaschine – das Bild von Doktor Ulez' Wohnung hatte sich wie eine permanente Mahnung in meine Netzhaut eingebrannt. Ich schenkte mir Wein nach und rief meinen Freund Manuel an, der mir versprach, nach seinem Ziehgroßvater zu sehen und mir bei Gelegenheit eine Flasche des jamaikanischen Rums mitzubringen.

MILKA LEGTE SICH eine Woche nach ihrem Einzug bei uns unter Mama Miras Stuhl, während ich im Laden ein paar Besorgungen machte, und war nicht mehr dazu zu bewegen, mit mir zurückzufahren. Sie erschien auch an den nächsten Tagen nicht mehr zu Hause, sondern blieb an der Seite der Seniorin, die ihre Mahlzeiten und zugesteckten Süßigkeiten mit der Hündin teilte.

»Warum verlassen mich immer alle Frauen, zu denen ich gut bin, Häschen?«, fragte ich auf der Rückfahrt meine Diamant gewordene Gattin und bekam wie üblich keine Antwort.

Yoani erzählte mir ein paar Wochen später, dass Doktor Ulez jetzt in einem exklusiven Altersheim in Naples, Florida, USA lebte.

»Darum hat sich Jesús gekümmert. Der hat Kontakt mit dem Sohn, der Zahnarzt *en Estados Unidos* ist, aufgenommen und dem ordentlich die Leviten gelesen. Daran kannst du dir mal ein Beispiel nehmen«, erklärte sie mir, während sie den Boden im Wohnzimmer aufwischte. »Der vertut seine Zeit nicht damit, tagsüber auf dem Sofa herumzulungern und Krieg zu spielen.«

»Der putzt bestimmt seine Wohnung ganz alleine«, vermutete ich, glaubte es aber nicht wirklich, wenn ich daran dachte, wie Jesús' Mama ihren Sprössling im Krankenhaus verwöhnt hatte.

»Davon kannst du ausgehen.«

»Dann fange ich jetzt damit an, mir ein Beispiel an ihm zu nehmen. Du bist gekündigt. Ich mache ab sofort auch selbst sauber.«

»*¡Idiota!*«, meinte meine Perle und verschwand mit Putzeimer und Feudel im Schlafzimmer.

»*Victory is mine!*« Ich hatte eine entscheidende Schlacht bei *Clash of Clans* gewonnen und beschloss, mich für den Sieg mit einem Mittagsschläfchen in der Hängematte zu belohnen.

# GLÜCK & UNGLÜCK

DER NACHMITTAGSDIENST MIT BARBRA war sehr ruhig gewesen. Wir hatten hauptsächlich mit den Folgen der ungesunden und einseitigen Ernährung der *Ticos* zu kämpfen gehabt. Zivilisationskrankheiten wie Diabetes, Übergewicht, Bluthochdruck plagten die Bewohner Costa Ricas – also die Folgen von falscher und nicht von mangelnder Ernährung.

Das Highlight war ein Surfer aus Gelsenkirchen gewesen, der sich beim Rollerfahren das Schlüsselbein gebrochen hatte, als er einem Schwein ausweichen musste, das über die Straße gelaufen war. Seine Freundin hatte sich eine kleine Platzwunde am Haaransatz zugezogen und ich konnte endlich mal wieder nähen. Das junge Paar stritt sich während der ganzen Behandlung darüber, wer schuld an dem Unfall war. Mein Einwurf, einfach das Schwein dafür verantwortlich zu machen, wurde geflissentlich überhört. Liebe musste wunderschön sein.

Alle Patienten waren versorgt und Rosa räumte den Behandlungsraum auf, damit die Putztruppe es später einfacher hatte. Ich nahm mir ein *Heineken* aus dem Kühlschrank, setzte mich auf der vorderen Veranda auf den Boden, streckte meine Füße aus und lehnte mich an die Wand. Selbst nach über einem Jahr in Costa Rica faszinierte es mich, dass alle Oberflächen sonnenwarm waren. Ich schloss die Augen und trank. Der erste Schluck schmeckte immer am besten. Ich hielt mir die eiskalte Dose an die Stirn, seufzte und sah mich um.

Vom Hort wurden die letzten Kinder abgeholt. Die Mütter winkten mir im Vorbeigehen freundlich zu, den herumzappelnden Nachwuchs an der Hand. Ich erkannte Flor und ihre Großmutter. In der Ferne bellten Hunde, irgendwo jaulte eine Motorsäge immer wieder auf.

Neben mir bewegte sich etwas. Barbra hatte sich, ebenfalls ein Bier in der Hand, neben mich gesetzt. Die Schwester trug noch immer ihre Dienstkleidung, wie üblich ohne Schuhe. Ihre Zehen mit den auf das Stirnband farblich abgestimmten blutroten Nägeln waren ständig in Bewegung.

»Wollen wir über neulich reden, Ben?«

»Was, wenn ich Nein sage?«

»Dann wird das anstatt eines Dialogs ein Monolog.«

»Aha, aha. Schieß mal los. Ich erinnere mich sowieso an nichts mehr.« Ich machte im Kopf eine Überschlagsrechnung, wie viele Stunden meines Lebens einer Aftersuff-Amnesie zum Opfer gefallen waren.

»Mir ist schon bewusst, dass ich nicht der Typ Frau bin, auf den du stehst. Zu alt, zu verlebt.«

Ich wusste, ich hätte jetzt antworten und Barbra anstandshalber erklären müssen, dass sie weder zu alt noch zu verlebt war. Aber meine Empathie wurde gerade neu geladen und war derzeit nicht verfügbar. Also schwieg ich. Barbra sprach unbeirrt weiter.

»Ich wollte immer Pocahontas sein, als ich ein Kind war. Von dem Traum ist nur das Stirnband geblieben.«

»Ich wollte *Der mit dem Wolf tanzt* sein, bin aber wohl nur *Der mit dem Schwanz wedelt* geworden. Gar nicht so leicht, ein richtiger Indianer zu sein.«

Sie lachte. »Man erzählt so einiges über dich an der Küste. In den Bars.«

Barbra sah mich von der Seite an. Ich zog die Schultern hoch. Mit dem Ruf als promiskuitives Schwein hatte ich schon in Stuttgart zu kämpfen gehabt, bis ich Ricky kennengelernt hatte. Treue machte tatsächlich Spaß, wenn man jemand liebte.

»Du stehst auf diese jungen Dinger mit ihren perfekten Körpern und eine Frau in meinem Alter guckst du normalerweise mit dem Arsch nicht an. Aber es ist nun mal passiert.« Sie trank einen Schluck. »Gleich zweimal in einer Nacht. Also kann es nicht so verkehrt gewesen sein.«

Ich fühlte mich genötigt, etwas zu sagen. »Hör mal …«

»Nein, sei still, das ist mein Monolog«, unterbrach sie mich. »Ich weiß wohl, dass du nur mit mir geschlafen hast, weil du total besoffen und anscheinend verzweifelt warst in der Nacht. Das werfe ich dir nicht vor, mich hat ja niemand gezwungen. Was man so hört, haben selbst die jungen Dinger nur eine kurze Halbwertszeit, bis sie ausgetauscht werden.«

Ich spielte mit den beiden Ringen, die ich jetzt an einem Lederband um meinen Hals trug. Seitdem ich regelmäßig in der Klinik arbeitete, hatte ich sie vom Finger genommen. Bei der Arbeit konnte ich sie schlecht tragen, aber sie immer dabei zu haben, war mir wichtig. Ich wollte nicht antworten. Sollte Barbra doch weiter der Meinung sein, ich sei menschlich mit sechzehn im Partykeller stehen geblieben oder nach einer kurzen Stippvisite in der Welt der erwachsenen, verantwortungsbewussten Männer wieder dahin zurückgekehrt.

»Ich weiß zu wenig aus deinem Leben und warum du bis an die Schmerzgrenze rumvögelst und bindungsscheu bist. Aber wenn ich was gelernt habe, dann, dass alle, die es an die Küste verschlagen hat, ein mehr oder weniger großes Päckchen mit sich rumtragen. Das dürfte bei dir nicht anders sein.«

»Warren hat einen halb blinden, betagten Kuschellöwen in einem Tierreservat in Südafrika erschossen, danach musste er seine Schönheitsklinik in Boca Raton schließen, weil er bei seinen Patientinnen unten durch war«, versuchte ich mit einem erfundenen Gerücht über unseren Musterchirurgen von mir abzulenken.

Barbra zündete sich eine Kippe an und inhalierte. »Logisch, weil keine von diesen scheinheiligen Charityschlampen Pelz trägt.«

Vor uns kämpften zwei geflügelte Insekten böse summend ums Überleben. Egal, an welchem Ende der Nahrungskette man stand, das Leben war ein ständiger Kampf.

»Als ich so jung war wie diese *Girls*, hatte ich noch einen perfekten Körper und konnte mir in dem kleinen Kaff in New South Wales, in dem ich aufgewachsen war, heraussuchen, welchen Mann ich haben wollte. So wie du jetzt.«

Die kleine, bernsteinfarbene Fliege hatte verloren. Das größere, schwarze Insekt machte sich daran, das unterlegene Tier zu verspeisen.

»Ich habe in Brisbane eine Ausbildung zur Krankenschwester gemacht und wurde mit neunzehn ungeplant schwanger. Der Vater war der schärfste Typ in der Kneipe, in der wir nach der Arbeit immer abhingen. Wir haben sofort geheiratet, Jonah kam gesund zur Welt. Ich hatte meinen Job als Intensivschwester in der Klinik, wo es einen tollen Kinderhort gab, Bruce arbeitete in einer Kfz-Werkstatt. Alles war gut. Die perfekte kleine Familie. Wie die Waltons früher. *Gute Nacht, John Boy, gute Nacht, Elizabeth.* Du weißt schon.«

*Da warst du ja immerhin schon ein Stück weiter als ich. Ich habe es nur bis zur perfekten Ehe gebracht. Ein Kind hat gefehlt,* dachte ich mir, war aber nicht in der Lage, es auszusprechen, weil ich Barbras Fragen und meine Antworten darauf fürchtete. Stattdessen blödelte ich: »Ich fand die Bundys immer besser als die Waltons. *Wir müssen alle mit unseren Enttäuschungen leben, ich muss sogar mit meiner schlafen«,* zitierte ich mein großes Vorbild, den Gottvater aller Schuhverkäufer, Al Bundy.

»Du Spinner.« Barbra hatte die Dose zur Seite gestellt, zog jetzt wieder die Knie an und hielt sie mit den Armen fest, wie sie das so oft tat, wenn sie wo saß. Möglichst klein machen. Tiefenpsychologisch äußerst interessant. Ich selbst saß mit ausgestreckten Beinen da und brauchte doppelt so viel Platz.

»Dann wurde bei mir Brustkrebs diagnostiziert. Ein triple negatives Mammakarzinom in der linken Brust, höchst aggressiv und schnell wachsend. Zum Glück keine Metastasen, die Lymphknoten waren ebenfalls unauffällig.«

Womit geklärt war, warum Barbras Brüste im Gegensatz zum Restkörper so außergewöhnlich gut in Schuss waren.

»Das tut mir leid«, murmelte ich.

»Muss es dir nicht, du kannst ja nichts dazu. Außerdem habe ich alles gut überstanden. Ist ja auch schon ein paar Jahre her. Dadurch hat sich alles für mich geändert. Mein Mann konnte nicht damit umgehen, dass seine Frau richtig krank war und plötzlich falsche Brüste hatte. Daraufhin hat er bei einer Spedition als *Trucker* angeheuert und war oft wochenlang unterwegs mit einem dieser Riesenlaster. Die liebe Barbra blieb mit ihrem Arschlochkrebs, ihrer Verzweiflung und einem Kleinkind alleine in der Großstadt zurück.«

An uns lief gemächlich ein kleiner Leguan mit auffällig rotem Kehllappen vorbei und stoppte, als er die schwarze Fliege sah, die vorhin den Kampf gewonnen hatte. Er leckte das Insekt mit der Zunge auf, ehe er breitbeinig weiterging. Jede winzige Ameise, die ihm über den Weg lief, wurde verspeist. Plötzlich schien das Reptil sich bewusst zu sein, dass es direkt vor unseren Füßen war, und flüchtete mit einer schnellen Bewegung und einem gewagten Sprung in die Büsche vor der Veranda. Das Tier konnte nicht wissen, dass Leguane nicht in unser Beuteschema passten.

»Von da an war mein Leben die Hölle. Ich legte alle Behandlungen so, dass Jonah im Kindergarten war. Wenn Bruce daheim war, war es auch nicht besser, weil ihn der Job so mitgenommen hatte, dass er nicht in der Lage war, in seiner freien Zeit den Haushalt zu machen und sich um Jonah zu kümmern. Er ging lieber wieder zu seinen Kumpels in den Pub und kam betrunken heim, wenn er denn überhaupt nach Hause kam.«

Pablo lief mit seinem Lieblingshahn in einem Käfig an uns vorbei. Wenn der *Tico* zum Hahnenkampf ging, trug er ausnahmsweise nicht die Gummistiefel und den grünen Arbeitsoverall, sondern auf Hochglanz polierte, schwarze Schnürschuhe zu einem schwarzen Anzug mit Weste, die Haare streng nach hinten gegelt. Dann rauchte unser Hausmeister keine selbst gedrehten Zigaretten, sondern dünne Zigarillos und erinnerte mich an einen Mafiaboss. Der costaricanische Pate grüßte mit der freien Hand.

»Nachdem Bruce sich so gut wie verpisst hatte, arbeitete ich nur noch nachts. Ich verließ das Haus um acht, nachdem ich Jonah ins Bett gebracht hatte. Ich kam um sechs zurück, machte Frühstück für meinen Sohn, brachte ihn in den Kindergarten und später in die Schule. Danach habe ich mich ein paar Stunden selbst hingelegt. Anschließend Hausarbeit, Besorgungen, Kochen. Wenn Jonah von der Schule kam und mir von seinem Tag berichtet hat, bin ich regelmäßig fast eingeschlafen.«

Barbra zündete sich eine Zigarette an, die dritte, seit wir hier saßen, und steckte Schachtel und Feuerzeug in die Seitentasche ihres Kittels zurück.

»Mein Körper war dank Cortison total aufgeschwemmt gewesen. Männer haben sich für mich keine mehr interessiert, abgearbeitet und aufgedunsen, wie ich aussah. Wenn sich mal einer interessiert hat, war es nur wegen der Brüste. Bruce fand sie scheußlich und hat sich das, was ein Mann so braucht, um glücklich zu sein, auf seinen Fahrten geholt oder im Pub.«

Jetzt zog auch ich die Beine an. Kein Grund mehr, so raumgreifend männlich hier rumzusitzen.

»War ja egal, ich hätte sowieso keine Zeit für einen Mann gehabt und Lust auf Sex schon ewig nicht mehr. Weil ich bei lebendigem Leib am Sterben war. Kannst du das verstehen, Ben?«

Ich nickte und räusperte mich.

»Schließlich kam der Tag, an dem Jonah mit seiner Freundin zusammenzog. Bruce war wie immer unterwegs und ich saß völlig alleine, körperlich nur noch ein Schatten meiner selbst, viel zu fett, mit grauem Haar und tiefen Sorgenfalten im Gesicht, in diesem elenden Loch. Ich habe mir einen Tablettenmix zusammengestellt, eine Flasche Rotwein aufgemacht, *Physical Graffiti* von Led Zeppelin aufgelegt und einen Abschiedsbrief an meinen Sohn geschrieben.«

Ich rechnete nach, wenn Barbra mit neunzehn schwanger geworden war und sich achtzehn Jahre später das Leben nehmen wollte, war sie gerade mal achtunddreißig gewesen, als sie sich alt und verbraucht gefühlt hatte. Ich hatte in dem Alter mit dem gleichen Gedanken gespielt, aber durch einen wunderbaren Zufall Ricky kennengelernt und alles war anders geworden.

Barbra ließ die Kippe in die leere Bierdose fallen, nachdem sie die nächste daran angezündet hatte. Ich nahm Barbra die Zigarette aus der Hand, nahm einen Zug und gab sie ihr zurück.

»Bei dem Stück *In My Time of Dying* habe ich die Musik lauter gedreht und mit Trinken angefangen.« Barbra lächelte in sich hinein bei dem Gedanken, wie sie in ihrem Wohnzimmer in Brisbane gesessen hatte und ihrem Leben ein Ende setzen wollte. Ich war gespannt, was sie gerettet hatte. Ich schwankte zwischen einer Marienerscheinung und einem schwachen Magen, der sie alles wieder hatte auswürgen lassen.

»Ehe ich die erste Ladung Pillen einwerfen konnte, fiel mein Blick auf die Tageszeitung, in der die Gewinnzahlen für die Lotterie standen. Ich spielte seit Jonahs Geburt – mein und sein Geburtsdatum.«

Ich nahm ihr die Fluppe aus der Hand und rauchte sie zu Ende. »Du willst mir doch jetzt nicht sagen, dass du dich wegen eines Sechsers im Lotto nicht umgebracht hast?«

»Es waren nur fünf Richtige, aber mit dem Verkauf der Möbel und meines alten Autos konnte ich mir den Bulli leisten und ab durch die Mitte. Die beste Entscheidung, die ich in meinem ganzen Leben getroffen habe.«

Ich zog einen ungeöffneten Brief aus meiner Hosentasche, den ich seit gestern mit mir herumtrug. »Könntest du den für mich aufmachen und lesen? Ich traue mich nicht. Was da drin steht, könnte mich aus den Latschen kippen lassen.«

Barbra nahm den Umschlag, riss ihn mit dem Zeigefinger auf und las aufmerksam. »Was willst du jetzt von mir hören, Ben?«

»Dass da steht, dass ich unmöglich als Vater des Kindes infrage kommen kann, dass unsere DNA dafür nicht ausreichend übereinstimmt.«

Barbra sah mir in die Augen, legte den Kopf schief, verzog den Mund für eine Millisekunde zu einem Lächeln, das alles andere als lustig aussah, und flüsterte mit der Stirn auf meiner Schulter: »Warren hat gar keinen Löwen erschossen.«

»Ich weiß, er hat bei der Frau eines Mafiabosses eine Fettabsaugung gemacht, die schiefging, und seitdem meidet er die USA«, erwiderte ich, nahm den Diamantring in die Faust und lächelte verzweifelt vor mich hin. Ein weiterer Glassplitter unter meiner Haut.

# MUTTERMALE & VATERFREUDEN

Mit einem gepflegten Nachmittagslatte saß ich an meinem Lieblingstisch auf der überdachten Veranda des Pubs. Weil außer mir keine Gäste da waren, hörte Shane in voller Lautstärke Heavy Metal. Die Jungs von Manowar schworen mit ihrem martialischen Gesang, dass sie der Hammer der Götter waren sowie der Donner, der Wind und der Regen. Die drei schwarzen Truthahngeier, die auf dem Dachfirst gegenüber saßen, störten sich nicht an dem Krawall und dösten friedlich in der Sonne. Wahrscheinlich warteten sie, bis der musikalische Kampf zu Ende war und sie sich an die Opfer ranmachen konnten.

Gegenüber hielt der Überlandbus aus San José und brachte Backpacker-Frischfleisch aus der Hauptstadt. Eine Horde männlicher Franzosen machte sich schwer bepackt in Richtung Ortsmitte auf den Weg, zwei Englisch sprechende Mädels kamen in die Kneipe, setzten sich an einen der hinteren Tische, packten ihre Reiseführer aus und beratschlagten leise, wo sie sich für die Nacht einmieten sollten.

Shane drehte die Lautstärke runter, nahm die Bestellung auf, brachte die Cappuccino und hockte sich mit einer Dose *Pilsen* auf den Stuhl neben mich.

»*Cheerio.*« Er trank das Bier mit wenigen kräftigen Schlucken und spielte mit der leeren Dose in seinen riesigen Pranken.

Ich sah verwundert auf die Dose: »Du trinkst *Pilsen*? Wo ist dein Nationalstolz geblieben?«

»Kostet ein Schweinegeld, *Guinness* zu importieren, kann mir nicht leisten, das selbst zu trinken.«

»Aha, aha.« Wir schwiegen uns eine Weile an, wie das richtige Männer und Freunde nun mal tun.

»Doc, kann ich dich mal um deinen Rat fragen?« Shane gehörte zu den Menschen, die dich nicht ansahen, wenn sie mit dir sprachen. Er hatte einen Punkt über der Bushaltestelle in einem Baum fixiert.

»*Shoot.*«

»Du weißt, ich liebe meine Kinder mehr als mein Leben.« Der Wirt machte eine kurze Pause und betrachtete jetzt den Bodenbelag vor seinen Füßen. »Aber ehrlich gesagt, reichen mir die vier.«

»Aha, aha.«

»Shannon sieht das ähnlich.«

»Dann seid ihr euch ja einig.«

»Wir schon. Aber Gott nicht.«

»Bitte?«

»Wir sind streng katholisch aufgezogen worden und da ist verhüten immer noch nicht erlaubt. Ich würde es ja mal probieren mit Kondomen, aber Shannon fürchtet sich davor, dass der Familie etwas passiert. So eine Art höhere Strafe für die begangene Sünde.«

Ich dachte kurz nach. War mein Karma deswegen so mies, weil ich schon mehrere Hundert Großpackungen Durex in meinem bisherigen Leben verbraucht hatte? Eine Theorie, die nicht so ganz von der Hand zu weisen war.

»Blöde Situation«, antwortete ich. »Hast du mal mit Pater Luis oder Frieso drüber gesprochen? Die sind doch sehr realistisch. Vielleicht kannst du dir nachträglich Absolution mit der Beichte erkaufen. Oder du stiftest einen Silberleuchter für den Altar. Ich bin schon lange nicht mehr in dem Verein; keine Ahnung, was man als reuiger Sünder heutzutage so tun muss.«

»Ich habe daran gedacht, mich sterilisieren zu lassen.«

»Das ist doch eine praktikable Lösung. Zwei Schnitte und Schluss mit den kleinen Rackern.«

»Es muss aber wie ein Unfall aussehen – also für Shannon und für Gott.«

Shane sagte das mit völlig ernster Miene. Ich konnte ein Grinsen nur schwer unterdrücken.

»Wie stellst du dir das vor? Möchtest du dir die Eier einklemmen und wir montieren sie in der Klinik ab? Aber so ganz ohne Hoden wirst du keinen Spaß mehr mit deiner Lady haben.«

»Das Risiko möchte ich nicht eingehen.«

»Eben wird's schwierig. Ich kann zwar jemanden für dich so erledigen, dass es wie ein natürlicher Tod aussieht, aber zwei Samenstränge zufällig gezielt zu beschädigen, ohne dass deine Nüsse mitleiden müssen, ist eine ganz andere Baustelle. Außerdem muss da ein Chirurg ran. Ich kann das zwar theoretisch, praktisch habe ich es noch nie gemacht.«

»*Shit.*« Der große Mann fiel in sich zusammen und steckte die Hände samt Dose zwischen seine nackten Oberschenkel, die in Shorts steckten und mit blondem Kräuselhaar bedeckt waren. »Dann werden es wohl noch ein paar Plagen mehr werden. Oder ich verzichte ganz darauf, mit Shannon zu schlafen.« Shanes Blick, als ihm diese Möglichkeit in den Sinn kam, tat mir als Mann in der Seele weh.

»Was ist das da auf deinem linken Schenkel, Shane?«

»Wo? Ach so, das ist ein Muttermal, das hatte ich schon immer.«

»Sieht komisch aus. Sollte man mal danach schauen.«

Shane sah sich die fast centgroße Stelle an und rieb daran herum. »Form und Farbe gefallen mir nicht. Du kommst besser im Health Post vorbei.«

»Ich habe doch dazu keine Zeit.«

»Das könnte durchaus ein gefährlicher Hautkrebs werden. Google mal *Malignes Melanom*.«

»Hör auf.« Er spuckte auf seinen Zeigefinger und rieb kräftiger an dem Leberfleck. »Aber wenn du meinst.«

»Sollte man entfernen und das Gewebe histologisch untersuchen. Ehe es anfängt zu streuen. Im ganzen Körper.«

»Daran kann man doch nicht sterben, oder?«

An einem Malignen Melanom konnte man sehr wohl sterben, an Begriffsstutzigkeit leider nicht. Ich seufzte. »Schon. Aber nicht, wenn man es frühzeitig entfernt. Vielleicht rutscht der Chirurg dabei mit dem Skalpell ab und es passiert ein Unglück.«

»Hör auf! Dann lasse ich das doch lieber sein, wenn das so riskant ist.«

Ich schloss für einen Moment die Augen. »Wenn es ganz dumm läuft, könntest du keine Kinder mehr zeugen. Verstehst du das jetzt?«

Plötzlich ging sichtbar eine ganze Straßenbeleuchtung in Shanes Schädel an. »Aaaahhhh! Sooooo! Dann gehe ich lieber mal zu Shannon und sage Bescheid, dass ich dringend zum Arzt muss, weil ich vermutlich Hautkrebs habe.«

Eine der Backpackerinnen verlangte nach der Rechnung, der Hüne erhob sich und das skurrile Gespräch war damit beendet.

Eine Woche später saß Shane, wie ein überdimensionierter Fremdkörper, blass und riesig zwischen den kleinen, dunkelhäutigen Costa Ricanern und einer Touristin und wartete nervös, bis er dran war.

Die zierliche Italienerin hatte sich beim Öffnen einer Kokosnuss ein Fingerendglied mit einem Hammer gequetscht. Die Knochen hatten nichts abbekommen und so zog sie mit einem Verband und einer Salbe wieder ab. Mit einem Lächeln hatte sie beim Abschied erwähnt, in welchem Hostel in Cahuita sie zu finden war. Ich lächelte zurück; grundsätzlich war ich einem Hausbesuch nicht abgeneigt.

Warren sah mich misstrauisch an, als die Patientin gegangen war und Barbra eine kurze Zigarettenpause machte. »Warum ist eigentlich ein Anästhesist den ganzen Nachmittag an meiner Seite? Ich habe keine chirurgische Sprechstunde oder OP-Termine geplant.«

Normalerweise verbrachte ich so wenig wie möglich Zeit mit dem Kollegen und suchte, sobald ich nicht mehr gebraucht wurde, das Weite. Der Unterhaltungswert des Mannes mit der ungeklärten Vergangenheit war gleich null – er sprach kein überflüssiges Wort. Doktor Chandler hatte neben seinem Tick die unangenehme Angewohnheit, ständig seinen linken Handballen mit dem Daumennagel der rechten Hand zu bearbeiten, was bei seiner extrem trockenen Haut ein schabendes Geräusch machte.

Ich räusperte mich. »Der letzte Patient ist ein Freund von mir. Er hat ein ganz spezielles Problem, das erklärungsbedürftig ist. Deshalb bin ich geblieben.«

»Welches wäre?«

»Er hat genug Kinder, ist katholisch und möchte Gott nicht bescheißen.«

»Was geht mich das an?«

»Also, eine Vasektomie wäre das Mittel der Wahl, wenn es nicht unchristlich wäre.«

»Das ist doch Unsinn. Ich bin überzeugter Christ und habe mich direkt nach dem Studium freiwillig sterilisieren lassen.«

Schön, wenn einer von sich aus einsah, dass er sich auf keinen Fall vermehren sollte, dachte ich und sagte: »Er ist Katholik und abergläubisch und denkt, dass ihn der göttliche Zorn trifft, wenn er sich bewusst unfruchtbar machen lässt.«

»Könntest du bitte mal Klartext reden? Ich möchte heute noch die Strecke für den *Iron Man* schwimmen.«

»Offiziell ist er hier, um einen dysplastischen Nävus am Oberschenkel untersuchen zu lassen. Den sollte man entfernen und eine Biopsie machen. Bei der Gelegenheit könnte …«

»Gut, bei der Gelegenheit machen wir gleich die Vasektomie mit.« Warrens linkes Auge zuckte entschlossen.

»So einfach ist das nicht. Es darf keine Absicht sein, sondern mehr ein Missgeschick. Du könntest zittern oder nießen müssen und …«

»Ben, ich bin plastischer Chirurg, und zwar ein außerordentlich guter. Ich rutsche mit dem Skalpell nicht ab. Weder bei einem Erdbeben noch bei einem Apoplex. Schon gar nicht zweimal. Das ist doch jetzt absurd.«

Ehe wir das Gespräch weiterführen konnten, betrat Barbra mit Shane im Gefolge den Behandlungsraum. Warren bat den Patienten in seiner knappen, direkten Art, sich frei zu machen, und sah sich das Muttermal an.

»Mir erscheint der Nävus regulär und nicht dysplastisch, Herr Kollege«, sprach der Chirurg mich an. »Aber die beiden Stellen hier am Skrotum sehen verdächtig aus. Wenn du mal schauen würdest.« Der Chirurg ließ mich einen Blick auf Shanes beachtliches Gemächt werfen. Shannon musste eine sehr glückliche Frau sein.

»Aha, aha« und »Ja, doch.« Ich versuchte kompetent dreinzuschauen.

Barbra blickte über meine Schulter und konstatierte: »Also, ich kann da nichts Auffälliges sehen.«

Warren drehte sich zu ihr um: »Schwester Kowalski, wollen Sie etwa behaupten, dass zwei ausgebildete, erfahrene Mediziner sich irren?« Das linke Auge zuckte in bedenklich kurzen Abständen.

»Ja, tut mir leid, ich kann da wirklich nichts erkennen.«

»Das ist auch nicht Ihre primäre oder sekundäre Aufgabe, etwas zu erkennen. Dazu sind Doktor Brandstätter und meine Wenigkeit da.«

»Ich sage ja nur, was ich denke, und da ist absolut nichts«, zischte Barbra.

»Da Sie fürs Denken nicht bezahlt werden, verlassen Sie jetzt bitte meinen OP, Schwester Kowalski. Sofort!«

Barbra war von unserem Rohkostfan viel gewohnt, es gab kaum einen Tag, an dem sie sich nicht stritten, aber das war zu viel des Guten. Sie rauschte mit ihren geflügelten Armen ab und ließ ein »*Zadufany!*« zurück.

»Das war Polnisch!«, zitierte ich den legendären Spruch aus *Die Sendung mit der Maus*, die der US-Amerikaner nicht kennen konnte.

»Jetzt können wir hoffentlich ungestört weitermachen. So, Mr. O'Reilly, ich werde von den beiden betreffenden Hautpartien Proben nehmen. Das wird vorher lokal betäubt von meinem Kollegen, dann macht seine Anwesenheit endlich Sinn. Der Eingriff ist völlig schmerzfrei. Das Problem ist, bei der Probenentnahme an diesen Stellen kann es zu irreparablen Verletzungen der Samenleiter kommen, weil die direkt unter der Haut verlaufen. Ist Ihnen das bewusst?«

Shane nickte eifrig.

»Gut, Sie bestätigen mir noch schriftlich, dass ich Sie ausführlich über die Risiken des Eingriffes aufgeklärt habe und dass Sie niemanden in diesem Raum und ebensowenig den Health Post dafür haftbar machen, danach können wir anfangen.«

Der gute Katholik nickte wieder.

»Ben, rasierst du den Patienten beziehungsweise bittest Schwester Kowalski, das zu tun und machst die Lokalanästhesie? Ich gehe eben das entsprechende Formular bei Rosa holen.«

Meinem Kumpel war es sichtbar peinlich, dass ich den

dichten Busch um seine wertvollsten Teile entfernen wollte, und bot mir an, es selbst zu machen. Ich ließ ihn in dem Falle gerne gewähren.

Nachdem der Ire mit seiner Unterschrift bestätigt hatte, dass er niemand verklagen würde, sollte seine Zeugungsfähigkeit danach eingeschränkt sein, zog der brillante Chirurg routiniert eine Vasektomie durch und entließ Shane mit dem Rat, den Bereich in den nächsten Stunden ausreichend zu kühlen. Ich bot meinem Kumpel an, ihn nach Hause zu fahren. Während dieser sehr vorsichtig und breitbeinig zu meinem Wagen ging, sah ich noch mal bei Warren vorbei, der im Büro an der Anmeldung Schreibkram erledigte.

»Danke.«

»Bitte.«

»Barbra hasst dich jetzt. Ich werde ihr morgen alles erklären.«

»Schwester Kowalski hasst mich so oder so. Also spar dir die Mühe, Ben. Aber du schuldest mir was. Verstanden?«

»Verstanden«, antwortete ich und fuhr den frisch entmannten Iren nach Hause.


An diesem Sonntagabend musste ich mit Joey und Barbra alleine auf der Bühne zurechtkommen. Eine junge Peruanerin, die auf den schönen Namen Samantha hörte und die mich während der ersten Pause gefragt hatte, ob sie mich stimmlich begleiten dürfe, sang *At Last,* den Standard aus den Vierzigerjahren, der durch Etta James bekannt geworden war. Barbra holte sich in der Zeit ein Bier und unterhielt sich angeregt mit Pater Frieso, der uns regelmäßig mit seiner Anwesenheit beehrte.

Samantha traf die richtigen Töne, hatte aber weder Kraft noch Wärme in der Stimme und sang mit deutlich spanischem Akzent. Ihr Freund, der an der Theke saß, hörte voller Stolz zu und applaudierte begeistert wie ein Seehund im Zirkus, als das Lied zu Ende war.

Meine Liebe war nicht gekommen und meine einsamen Tage waren nicht vorbei, mein Leben war wie ein trauriges, melancholisches Lied und der Ehemann meiner letzten Liebe kam zu allem Überfluss in diesem Moment in den Pub. Rainer war seit der *Babylokalrunde,* die ich so früh verlassen hatte, nicht mehr hier gewesen. Auch sonst hatten wir keinen weiteren Kontakt gehabt. Samantha bedankte sich schüchtern für den Applaus und wollte aufstehen, als ich sie aufforderte, noch eine Zugabe zu geben. Ich hatte weder Lust, selbst zu singen, noch von der Bühne zu gehen und mich unweigerlich mit Rainer unterhalten zu müssen. Samantha sah mich ratlos an.

»*Valerie?*«, schlug ich vor. Die Mädels hatten den Song von Amy Winehouse immer alle drauf – was nicht hieß, dass sie ihn tatsächlich singen konnten.

Wie zu erwarten, nickte Samantha. Ich bat Barbra wieder auf die Bühne, weil ich mir sicher war, dass etwas Hintergrundlärm nicht schaden konnte, und zählte Samantha ein. Das Lied war tatsächlich eine Nummer zu groß für die Südamerikanerin, aber auf Barbra war Verlass – sie trommelte begeistert alle Missklänge nieder. Ich spielte mechanisch vor mich hin und beobachtete Rainer, wie er Pater Frieso, Shannon und Shane Fotos auf seinem Handy zeigte. Den verzückten Gesichtsausdrücken nach zu urteilen, war auf den Bildern etwas unglaublich *Süßes* zu sehen. Der Wirt schlug Rainer zustimmend auf die Schulter und ging weiter seiner Arbeit nach. Shannon schien nicht genug zu bekommen und Frieso ließ sich zu einem Whisky einladen, ehe er weiter Fotos ansah.

Schließlich war der Song zu Ende und wir machten Pause. Rainer begrüßte uns mit Handschlag, bestellte bei Shane *Wodkashots* für alle und fragte, ob wir Fotos von seiner *Familie* sehen wollten. Gonzo schien nur mäßig begeistert von dem Vorschlag und verzog sich zum Rauchen auf die Veranda.

Barbra warf mir einen kurzen Seitenblick zu. »Klar, lass mal sehen.«

Mein Herz begann wie wild zu schlagen, als ich die Fotos meiner pausbäckigen Tochter betrachtete, die in allen möglichen pastellfarbenen, niedlichen Outfits auf allen erdenklichen Unterlagen herumlag oder auf dem Schoß ihrer Mutter saß, die fast wieder so schön und schlank war wie vor der Schwangerschaft.

Ich lächelte mit schmerzverzerrtem Gesicht, als ich Rainers Kommentar hörte: »Ganz der Papa, nicht?«

»Allerdings«, meinte Barbra und fasste mich am Arm.

Shane stellte die *Wodkashots* vor uns auf den Tresen und Rainer verteilte sie. »Auf meinen äußerst gelungenen Nachwuchs. Das muss mir erst mal einer von euch *Losern* nachmachen.«

Ich kippte den Wodka hinunter. Rainer schlug mir auf den Rücken, ehe ich das Glas abgesetzt hatte, und meinte: »Ben, schau doch nicht so griesgrämig. Freu dich lieber mit mir. Oder bist du neidisch auf meine beiden Frauen?«

Barbras Griff um meinen Arm wurde fester. Ich schüttelte den Kopf und lächelte.

»Wer weiß, wie viele kleine Bens rumlaufen, von denen du keine Ahnung hast, bei deinem Frauenverschleiß.« Rainer lachte sein dreckiges Lachen. »Ein Mann ist doch erst ein Mann, wenn er ein Kind gezeugt hat, was, Pater?«

»*Und durch deinen Samen sollen alle Völker auf Erden gesegnet werden.* 1. Buch Mose 22,18.« Frieso lachte dröhnend.

Rainer fuhr fröhlich fort, sich danebenzubenehmen: »Ist schon was anderes, wenn die kleinen Soldaten mit richtigen Patronen schießen und nicht mit Platzpatronen. Oder, Shane?«

Der Ire, dessen Vasektomie nur wenige Wochen her war, sah mich an. In seinen Augen blinkte kurz Angst auf. Ich schüttelte den Kopf, Rainer konnte das unmöglich wissen.

»Klar«, meinte der Vater von vier Söhnen und räumte die leeren Gläser ab.

Rainer boxte mir spielerisch in den Bauch. Barbras Griff um meinen Oberarm tat langsam weh.

»Ihr beiden wärt doch ein Traumpaar – sie hat dich ja zumindest schon fest im Griff.« Er sah Barbra und mich mit zusammengekniffenen Augen an. »Der Schöne und das Biest.« Wieder dieses unangenehme Lachen. »Kinder könnt ihr bestimmt welche adoptieren.«

»Komm, wir spielen weiter.« Barbra versuchte mich am Arm wieder auf die Bühne zu ziehen.

»*Shut the fuck up!*«, presste ich aus zusammengekniffenen Lippen heraus und löste mich aus ihrem Griff.

»Ach komm, wo ist denn dein Humor geblieben, alter Schwabe? Irgendwann ist es auch bei dir aus mit den jungen Backpackerinnen, dann bist du froh, wenn du überhaupt noch jemanden ins Bett bekommst.«

Ohne Vorwarnung nahm Rainer meinen Kopf in den Schwitzkasten. Der scharfe Geruch seines Achselschweißes löste bei mir spontanen Brechreiz aus. In mir kamen Kindheitserinnerungen hoch an die Zeit, als Oliver Bechthold, ein Bully aus der 5b, mir mit seinen besten Kumpels regelmäßig auf dem Nachhauseweg von der Schule aufgelauert hatte. Damals hatte ich mir vor Angst beinahe in die Hosen gemacht. Nach vielen Jahren Karateunterricht fürchtete ich mich nicht mehr vor den Schikanen anderer, dennoch kochte die unterdrückte Wut in mir.

»Lass mich sofort los«, warnte ich Rainer. Mein Puls raste bedenklich.

Alle Umstehenden, bis auf Barbra und Shane, lachten laut. Rainer hörte nicht auf, sondern drehte weiter auf. Er rubbelte mit den Knöcheln seiner freien Hand auf meinem Kopf herum. »Wird der liebe Onkel Doktor sonst böse und haut mir seine Gitarre über den Schädel?«

Ich fasste nach hinten, setzte einen gezielten Schlag mit der Handkante auf Rainers Hals und befreite mich aus dessen Griff. Er hielt sich die getroffene Stelle und ich versetzte ihm einen weiteren Schlag mit der flachen Hand auf die Brust. Rainer taumelte zurück, schlug mit dem Hinterkopf auf den Thekenrand und ging anschließend in die Knie.

Rainer sah mich verblüfft an und tastete seinen Hinterkopf ab. Die Hand war voller Blut.

Shane war hinter der Theke vorgekommen und stellte sich mit erhobenen Händen vor mich: »Hey, Doc. Lass gut sein.«

Ich drehte mich um, ging zu meinem Wagen, stieg ein und fuhr los.


Zu Hause angekommen, fütterte ich Gwen, zündete sämtliche Kerzen an, schenkte mir einen *Classic of Islay* ein, wählte die Playlist *Deceased*, die ich für verstorbene Musiker reserviert hatte, als Hintergrundmusik und verkroch mich mit meiner Mamadecke auf der Couch. Ich schmetterte mit Prince im Duett: »*I never wanted to be your weekend lover. I only wanted to be some kind of friend, hey. Baby, I could never steal you from another. It's such a shame our friendship had to end. Purple rain, purple rain!*«

Meine Hündin hatte sich zu mir gelegt und schlief, bis ein Geräusch, das für meine Ohren nicht zu hören war, sie aufweckte. Gwen hob den Kopf und sah zur Patiotür. Ich bemerkte das silberne Kreuz und die beiden Brillengläser im Wiederschein des Kerzenlichts, ehe ich das blasse, bärtige Gesicht erkannte.

»Darf ich hereinkommen?«, fragte Frieso auf Englisch.

»Die Tür ist offen.« Ich blieb sitzen und hielt mich an meinem Whiskybecher fest.

Frieso bückte sich, wie alle großen Menschen, automatisch, als er durch die Patiotür hereinkam. »Du hast deine Gitarre vergessen.« Der Geistliche hielt die Gibson ungeschickt am Hals hoch, legte sie auf den Esstisch ab und stellte sich vor den Couchtisch.

»Dann mal schönen Dank und einen noch schöneren Abend, *Padre.*« Ich hob mein Glas.

»Ich würde gerne mit dir reden.«

»*Sorry,* aber nach diesem Abend habe ich absolut keine Lust auf eine Gardinenpredigt.«

»Das soll auch keine werden. Ich bin hier als Freund und Arbeitgeber und nicht als Pfarrer.«

»Bei der Gelegenheit sollte ich doch mal meinem Arbeitgeber gegenüber das Thema *Gehalt* ansprechen, denke ich. Das gehört nämlich normalerweise zu einer Arbeitsstelle dazu. Sonst nennt man das Sklaverei.«

Frieso zuckte gleichgültig mit den Schultern. »Dich zwingt niemand zu irgendetwas. Du kannst jederzeit aufhören. Dann nennt man das, was du tust, ein gutes Werk.«

Ich sah meinen Arbeitgeber aus zusammengekniffenen Augen an. »Warum könnt ihr mich in diesem Kaff nicht in Ruhe lassen?«

»Weil man dich in diesem Kaff und in all den anderen bis Limón schätzt und gernhat, deshalb.«

»Dann hab mich jetzt mal richtig gern und geh!«

Frieso schüttelte den Kopf. »Es ist meine Christenpflicht, zu bleiben. *Was ihr für einen meiner geringsten Brüder getan habt, das habt ihr mir getan.* Matthäus 25,40.«

Mir war danach, mein Glas an die Wand zu werfen. Ich unterdrückte den Impuls, weil es eines von denen war, die mir Ricky zu meinem vierzigsten Geburtstag geschenkt hatte. Meine einfallsreiche Gattin, die in einem früheren Leben sicher ein Hamster gewesen war, hatte die sechs Whiskybecher über Monate in einer Stuttgarter Bar hinter meinem Rücken zusammengeklaut, nachdem ich bei einem Besuch erwähnt hatte, wie sehr sie mir gefielen.

»Abkaufen wäre nicht gegangen?«, hatte ich damals nachgefragt, worauf die Kleinkriminelle, die ich geehelicht hatte, spontan geantwortet hatte, dass ihr das zu unsportlich gewesen wäre. Mir fiel ein Bibelzitat ein, das die atheistische, aber durch und durch opportunistische Ricky damals zu ihrer Selbstverteidigung verwendet hatte: »*Ihr werden viele Sünden vergeben werden, weil sie viel geliebet hat.*«

Der Priester nickte anerkennend. »Lukas 7,47. Was willst du mir damit sagen?«

Ich schüttelte heftig den Kopf, auch um die aufsteigenden Tränen zu unterdrücken. »Nichts, *Padre.*« Meine Erinnerungen an Ricky gehörten alleine mir.

Frieso setzte sich neben mich. Ich beobachtete ihn aus dem Augenwinkel und trank leer.

»Barbra ist mit Rainer in den Health Post gefahren, die Wunde muss genäht werden.«

»Wäre sie mit dem lieben Rainer direkt in die Hölle gefahren, würde es mich nicht kümmern. Auch einen Whisky, wenn du schon so gemütlich sitzt, *Padre?*«, fragte ich aus reiner Pietät, hob das Glas vors Auge und betrachtete, nicht mehr ganz nüchtern, den Geistlichen durch die bernsteinfarbene Flüssigkeit. »Hilft, die gemeine Welt und ihre garstigen Bewohner in einem schöneren Licht zu sehen.«

»Warum eigentlich nicht? *Darum sprach er zu ihnen: Geht hin und esst fette Speisen und trinkt süße Getränke und sendet davon auch denen, die nichts für sich bereitet haben; denn dieser Tag ist heilig unserm Herrn.* Nehemia 8,10.«

»*Alkohol ist der schlimmste Feind eines Mannes, aber die Bibel sagt: Liebe deine Feinde!* Sinatra 19,79.« Ich erhob mich ächzend und holte aus der Küche ein Glas für Frieso: »Es darf doch bestimmt ein Doppelter sein, oder?«

Der abgebrühte Gottesmann, an dem mein Sarkasmus rückstandslos abperlte, nickte. »Mach einfach halb voll. Ich werde es schon runterkriegen.«

Ich ließ mich schwer in die Polster fallen und stieß mit

Frieso an: »Auf gute Freunde, die aufopferungsvoll helfen, meine Alkoholvorräte zu vernichten, und selbstlose Arbeitgeber, die mir Arbeit schenken.«

Der Seelenhirte antwortete: »*Ein Zyniker ist ein Mensch, der den Preis von allen Dingen kennt, aber nicht deren Wert*«, und sah mich aus wasserblauen Augen durchdringend an.

»Auf Zitate von Oscar Wilde habe eigentlich ich das Copyright. Aber wenn wir beim Thema sind: *Zyniker sind verletzte Romantiker.*«

»Kluger Mann, dieser Herr Wilde.«

»Das war von Voltaire.«

Frieso seufzte. »Willst du wissen, warum ich Theologie studiert habe?«

»Hat es was mit Alkohol zu tun?«

Frieso nickte.

»In dem Fall möchte ich es nicht hören. Ich möchte weiter an das Gute und Reine in dir glauben, *Padre*.« Ich intonierte leise einen Titel von Oleta Adams und starrte dabei in mein Glas. »*What if God was one of us? Just a stranger on a bus, trying to make his way home.*«

»Es ist mir letztendlich gleich, ob und als was sich Gott manifestiert. Das tut meinem Glauben keinen Abbruch. Dir würde es auch nicht schaden, wenn du an etwas anderes als an Whisky und Weiber glauben würdest.«

»Ich glaube außerdem an den Weltfrieden und daran, dass die Erde eine Scheibe ist auf dem Rücken von vier Elefanten, die auf dem Rücken einer Schildkröte stehen.«

Frieso ging nicht auf meine Anspielung auf Terry Pratchetts *Scheibenwelt* ein. Ich versuchte es mit einem anderen Kultbuch: »Und selbstverständlich an *42, Padre*.« Meine verstorbene Seelenverwandte und ich hatten uns regelmäßig einen Spaß daraus gemacht, in Florida die überdimensionalen Reklametafeln der Kirchen am Straßenrand mit Sprühfarbe kreativ umzutexten.

Wenn da stand: *Jesus is the answer!*, hatten wir *Jesus* durchgestrichen und frei nach Douglas Adams und seinem grandiosen Romanzyklus *Per Anhalter durch die Galaxis* durch die Zahl *42* ersetzt.

Ich seufzte bei der Erinnerung. Ricky und ich waren mehr als Seelenverwandte gewesen, Ricky war ein Spiegel meiner selbst, hübsch verpackt in einem weiblichen Körper. Mit ihr die Welt zu bereisen war das Allergrößte gewesen. Wir wussten, was der andere sagen würde, sobald dieser einen Satz begonnen hatte, weil unsere Gedankengänge identisch waren. Trotzdem war keine Sekunde an Rickys Seite langweilig gewesen. Im Gegenteil, unsere Gespräche waren bereichernd und endlos mit druckreifen Dialogen gewesen. Würde ich so was jemals wieder mit einem anderen Menschen erleben dürfen?

»Wenn du mich fragst, war der Urknall der Moment, in dem alle Götter, inklusive deinem, explodiert sind.«

Frieso überhörte auch diese Provokation. Anscheinend war er in einer echten Friedensmission unterwegs. Ich hingegen war definitiv auf Krawall gebürstet.

»Und wenn du denkst, du kannst mir jetzt die Beichte abnehmen, hast du dich getäuscht. Ich behalte meine düsteren Geheimnisse für mich.«

»Das brauchst du nicht. Andere haben für dich mitgebeichtet, *mein Sohn.*«

»*Holy shit.* Yoani! Ich schmeiße sie raus. Endgültig dieses Mal.«

»Wunderbar, dann stelle ich sie ein.«

»Ich dachte, ihr dürft nicht weitertratschen, was ihr im Beichtstuhl erfahren habt?«

»Tue ich doch nicht, aber ich weiß, was ich gehört habe.«

Ich lehnte mich in die Kissen zurück und suchte Gernot an der Decke, konnte den Gecko aber nirgendwo finden. Meine Hunde hatte ich in Puerto Viejo zurückgelassen und noch keiner war heimgekehrt. »Hattest du jemals profanen Geschlechts-verkehr, ehe du dich für das hochgeistliche Leben entschieden hast?«

»Hatte ich.«

»Und, wie war es?«

»Toll.«

»Warum hast du es aufgegeben?«

»Ich sehe doch, was Sex aus den Menschen macht. Sieh doch nur mal dich an.«

Frieso zwinkerte mir zu und ich musste lächeln.

»Auch wieder wahr.« Ich dachte einen Augenblick nach. »Weißt du, wovor ich mich fürchte, *Padre*?«

»Impotenz? Haarausfall?« Der Gottesmann schenkte sich aus der Flasche auf dem Tisch großzügig nach.

»Nein, dass Rainer irgendwann herausbekommt, dass Madalena nicht seine leibliche Tochter ist, und sie darunter leiden lässt und ich nichts dagegen tun kann. Ich bekomme diesen Gedanken nicht mehr aus dem Kopf.« Vorm Haus raschelte es in den Büschen laut, etwas quiekte, dann waren wieder nur die Brandung und das Rascheln der Palmblätter im Wind, das wie Regen klang, zu hören. »Ich werde sie nie vor der Welt beschützen können, und dabei wächst sie in meiner unmittelbaren Nähe auf. Ich werde nie die Typen, die sich an sie ranmachen, mit einer geladenen Waffe an der Tür empfan-gen können und ihnen ein wenig drohen, wenn sie mit ihr aus-gehen wollen.« Ich hielt Frieso mein Glas hin und er füllte es zur Hälfte. »Ich werde ihr nie zeigen können, wie man Robo-ter aus Styropor bastelt. Was soll meine Tochter da drüben lernen? Wie man Weinflaschen aufmacht und aus Servietten das Opernhaus von Sydney faltet? Sie wird anstatt mit Zorro, Robin Hood und Batman mit Ennisa Amani und Niloofar Irani oder anderen Schnecken mit unaussprechlichen Namen als Vorbilder aufwachsen.«

»Wer hat dich beschützt und dir singen und Karate beigebracht?«

»Meine Mutter hat neben ihrem Fulltimejob getan, was sie konnte. Aber am Ende braucht ein Junge auch männliche Vorbilder. Mein Erzeuger hatte nur seinen Job im Kopf und konnte mit uns Jungs überhaupt nichts anfangen. Also suchte ich mir andere Ideale, denen ich nacheifern konnte. Ernst, mein Karatelehrer, wurde zum väterlichen Freund. Singen und Gitarre spielen habe ich mir mit Freunden selber beigebracht.«

»Bei den Voraussetzungen hättest du leicht auf den falschen Weg geraten können. Aber du hast was aus dir gemacht. Alle besonderen Menschen machen was aus sich, anstatt über ihre verpfuschte Kindheit zu jammern und ewig einen Schuldigen für ihr späteres Versagen zu suchen. Weil solche Menschen später nicht versagen. Weil sie aus einem inneren Antrieb erfolgreich werden. Weil so viel Potenzial in ihnen steckt, dass was aus ihnen werden muss. Serienkiller und Tierquäler haben alle eine kalte Lötstelle im Kopf, die hast du nicht. *Wer leben will, der kämpfe also, und wer nicht streiten will in dieser Welt des ewigen Ringens, verdient das Leben nicht.*« Frieso holte Luft. »Meine Mutter war Hausangestellte bei einer Bankiersfamilie in Amsterdam und mein Vater hat als Verkäufer bei einem Herrenausstatter gearbeitet. Ich musste, bis ich in die Schule gekommen bin, in ihrem Zimmer schlafen und sie haben es jede Nacht miteinander getrieben. Meine Eltern haben gerammelt wie die Kaninchen und ich lag in meinem Bett und habe mir die Ohren zugehalten, weil ich dachte, sie kämpfen miteinander. Was mich immer gewundert hat, war, dass sie sich bei Tag so gut verstanden haben und sich immer anlächelten. Mir hat erst ein Freund in der zweiten Klasse erklärt, was da abging.«

»Sind wir nicht alle die Früchte ungezügelter Lenden?«, fragte ich. »Meine Eltern haben sich kein einziges Mal angefasst, geküsst oder gestreichelt. Sie haben nicht mal miteinander gekämpft. Sie haben all die Jahre nebeneinander her gelebt und mein Bruder und ich waren die lebendigen Störfaktoren zwischendrin.«

»Das beweist doch, dass aus Kindern selbst bei nicht artgerechter Haltung was werden kann. Meine drei älteren Brüder sind alle Handwerker geworden. Ich war das erste Kind, das in unserer Familie studiert hat. Obwohl ich Legastheniker bin.«

»Dagegen gibt es doch Tabletten«, meinte ich.

Frieso sah mich irritiert an: »Hör auf!«

»Nein, war ein Scherz.« Ich verteilte den Rest der Flasche auf unsere Gläser. »In aller Freundschaft, was stimmt wirklich mit Warren nicht – bis auf die kalte Lötstelle im Kopf?«

Frieso schien sichtbar mit sich und dem Beichtgeheimnis zu ringen und meinte schließlich: »Sein einziger Sohn wurde bei der Bärenjagd in Kanada versehentlich von einem Besoffenen erschossen. Daraufhin hat sich Warrens Frau am Abend der Beisetzung mit seinem teuersten Jagdgewehr das Leben genommen. Er hat am Tag vor ihrer Beerdigung seine gesamten Waffen und Alkoholvorräte in einer spektakulären Aktion in Boca Raton in einem Kanal versenkt und verkündet, dass seinetwegen nie wieder ein Lebewesen sterben muss. Die Aktion wurde von einem Kabelsender live übertragen. Daraufhin ist unser Chirurg vorübergehend in der Klapse gelandet. Waffen zu vernichten, ist in den USA ein Sakrileg. Also hör jetzt endlich auf mit deinem Selbstmitleid und deinem Geiz und mach noch eine Flasche auf.«

»Du bist nicht wirklich Alkoholiker, *Vader?*«

»*Je, mijn zoon?*«

Das war die Frage, die ich mir seit Rickys Tod permanent stellte und die ich nicht ohne zu zögern mit *Nein* beantworten konnte. »Ich mach uns mal einen Kaffee.«

»*Beter is dat.*«

# FRAUEN & FIEBER

VORM HAUS GING EINER dieser schweren tropischen Regenschauer nieder, die ich so mochte. Alles tropfte, gurgelte und war hinterher wie frisch aus der Waschanlage. Ich saß mit meinem iPad auf dem Sofa, als die Haustür aufgeschlossen wurde. Montagfrüh, Yoanizeit. Meine Perle unterhielt sich im Flur mit einem weiblichen Wesen, das schlecht Spanisch sprach. Dem Akzent nach zu urteilen eine Deutsche, die einen Sprachfehler hatte, was das S betraf. Schließlich standen die beiden Frauen im Durchgang zum Wohnzimmer. Yoani mit den üblichen gelb-weiß gestreiften Einkaufstüten aus Hernandos Laden, die junge Frau mit einem riesigen Rucksack und triefendem, hüftlangem Haar. Ich sah erwartungsvoll hinüber, weil mir keine Besucherin angekündigt worden war.

Yoani erklärte: »Das ist Kia. Sie kommt aus Dänemark und braucht ein Zimmer für ein paar Nächte.«

Kia lächelte verlegen und ich sagte: »Aha, aha.«

Yoani fuhr fort: »Ich habe sie mitten auf der Straße bei dem Unwetter aufgelesen und mitgebracht. Unser Gästezimmer ist doch nicht belegt.«

»Nein, ist es nicht.«

»Geh und zeig der jungen Frau das Zimmer. Ich habe

gesagt, wir bekommen zehn Dollar inklusive Frühstück.«

Ich sah Yoani an und fragte mich, ob sie Samstag in der Kirche zu viel Weihrauch eingeatmet hatte. Zum einen war das mein Haus und ich bestimmte, wer zu welchen Bedingungen wie lange in meinem Gästezimmer zubrachte. Frühstück gab es nur für Freunde, Familienmitglieder und Mädels, denen ich ein solches schlecht verweigern konnte, nachdem ich die Nacht mit ihnen verbracht hatte. Kia war schlichtweg nicht mein Typ. Die junge Frau war zu üppig um die Hüften, dafür war sie obenrum nicht sonderlich gut ausgestattet. Die Blonde hatte etwas nordisch Nobles an sich und ich stand eher auf südlichere Temperamente – gerade frauentechnisch.

Yoani musste eindeutig was geraucht haben, denn sie fuhr fort, ohne meine Antwort abzuwarten: »Ben zeigt dir dein Zimmer. Wenn du trocken bist, komm wieder rüber, ich mache dir gleich das erste Frühstück.«

Kia hatte bislang nichts weiter gesagt, ich ebensowenig.

Dafür plapperte Yoani ungebremst weiter: »Ja, worauf wartest du noch? Eine schriftliche Einladung? Das Mädchen ist klitschnass. ¡Vamos!«

Ich flüsterte im Vorbeigehen zu Yoani: »Wir beide sprechen uns noch«, und forderte Kia auf, mir zu folgen. Den kiloschweren Rucksack schulterte ich, dann doch ganz der perfekte, wenn auch übertölpelte, Gastgeber.

Kia nahm mein Angebot, dass sie Englisch sprechen könne, dankend an, behauptete aber stolz in diesem wunderbaren Akzent, mit dem Dänen Fremdsprachen aufpimpen: »Iss kann aber ganss gut Deutss.«

Na ja, ein »Sch« konnte sie schon mal nicht. Also erklärte ich ihr auf Deutsch, wie alles funktionierte. Kia bedankte sich höflich, erwähnte, wie glücklich sie sei, eine bezahlbare, so schöne Unterkunft zu haben, nachdem sie in Puerto Viejo nichts gefunden hatte, das für einen längeren Zeitraum erschwinglich sei.

Ich stutzte: »Längerer Zeitraum ist in Tagen?«

»Yoani meinte, ich kann so lange bleiben, wie ich möchte.«

»Und das wäre wie lange?«

»Ich dachte, ich komme an der Karibikküste erst mal ein wenig zur Ruhe. Ich bin jetzt schon ziemlich lange unterwegs und die Anreise von Bolivien war echt anstrengend.«

»Zur Ruhe kommen?« Das Misstrauen musste aus jedem Muskel meines ausdrucksvollen Gesichts sprechen.

»So etwa eine Woche.« Das klang sehr zögerlich.

»Müsste gehen. Bis gleich im Haus. Und bring deinen Pass mit, für die Registrierung.«

»Ja, bis gleich.«

Yoani hatte mir eine Backpackerin ins Haus geschleift zu einem unterirdisch günstigen Preis und ihr dazu noch Frühstück versprochen. Zehn Dollar war der Preis für Frauen, an denen ich sehr spezielles Interesse hatte. Kia war zwar hübsch, aber *Chico* war null interessiert. In der Küche briet die Küchenhexe Pancakes mit Mango. Ich sah die verschlagene *Tica* von der Seite an, sagte aber nichts.

»Was?«, fragte das Unschuldslamm scheinheilig.

»Du hast mein Zimmer mit Frühstück vermietet. Seit wann bin ich ein Hotel und du die Rezeptionistin? Und dazu noch eines, das fast nichts kostet?«

»Ach, stell dich nicht so an, die anderen essen doch auch immer mit.«

»Richtig, nachdem sie mir in der Nacht zuvor das Gefühl gegeben haben, ich schulde ihnen ein Frühstück.«

Ich war die Kochmachete vor meiner Nase so gewohnt, dass ich nicht mehr mit der Wimper zuckte. »Du lässt deine Pfoten von ihr! Das ist ein anständiges Mädchen.«

»Aber sehr gerne lass ich die Pfoten von ihr, und das Frühstück kannst du ihr jeden Morgen selbst machen, ich werd's nämlich nicht tun. Ich füttere nur, was ich streicheln darf.«

»Pah!«, trotzten die anderthalb Meter Mensch vor mir.

Ich widmete mich wieder meinem iPad und chattete mit meinem Bruder, der sich verlobt hatte und jetzt aus der Ferne allen Ernstes etwas so Reaktionäres wie ein Verlobungsgeschenk erwartete. Die Wunschliste bei einem Internethandel lag vor mir. Was mich störte war, dass es kein Geschenk unter zweihundertfünfzig Euro gab.

KURZE ZEIT SPÄTER kam meine Low-Budget-Mieterin frisch geduscht, mit noch nassem Haar, in sauberen Shorts und frischem Leinenhemdchen zur Patiotür herein, Gwen im Gefolge, die sich über ihr neuestes Rudelmitglied offensichtlich tierisch freute. Yoani forderte Kia auf, am Tisch Platz zu nehmen und kräftig zuzulangen, Kaffee oder Tee wahlweise. Die Dänin sah die chromblinkende italienische Kaffeemaschine und fragte, ob es möglich wäre, einen *richtigen* Latte macchiato zu bekommen.

»*¡Claro que sí!*«, meinte Yoani und zu mir gewandt: »Ben, mach unserem Besuch doch so einen Kaffee mit der Maschine und Schaum. Ich werde einen mittrinken, ausnahmsweise.«

Yoani hatte vor zwei Dingen Respekt. Eines davon existierte, für uns alle unsichtbar, vom Anbeginn der Zeit im Himmel und hatte auf Erden jede Menge selbst ernannte Stellvertreter, die oft Unfug in seinem Namen trieben. Das zweite war meine italienische Kaffeemaschine mit Mahlwerk und Milchaufschäumer. Meine technikfeindliche Haushälterin bediente die Maschine nur im äußersten Notfall, trank aber für ihr Leben gerne einen guten Cappuccino oder einen Latte. Ich erhob mich und holte zwei Gläser aus dem Küchenschrank, setzte den Milchbehälter aus dem Kühlschrank ein, drückte zweimal und stellte sogar einen Trinkhalm in den fast schnittfesten Milchschaum.

»Ui, sogar mit Röhrchen!« Die patente *Tica,* die mit beiden Beinen in einem nicht immer leichten Leben stand, konnte sich über Kleinigkeiten freuen wie ein Kleinkind. Yoani schüttete sich und ihrem persönlichen Gast jede Menge Rohrzucker in das Gebräu und schlürfte mit glücklichem Gesichtsausdruck, der sich schlagartig änderte, als sie mich ansah. »Trinkst du nicht mit uns?«

»Nein, ich fahre jetzt nach Limón zur Arbeit, die ich versprochen habe, ohne Entlohnung zu leisten, weil meine Haushälterin nicht ihre Klappe halten kann.«

»¡*Madre de Dios!* Als ob ein halber Tag Arbeit die Woche einen erwachsenen Mann umbringen kann!«, jammerte sie laut.

Kia aß ihre Pancakes mit dick Butter und Unmengen Ahornsirup und schlürfte voller Genuss ihren Kaffee dazu. Unsere Unterhaltung überhörte sie höflich oder tat zumindest so. Danach erklärte ihr Yoani in ratterndem Spanisch, was für eine faule Sau ich sei und dass ich mein Talent als Arzt in den Gulli geworfen hätte, bis sie dafür gesorgt habe, dass ich wenigstens ab und zu Gutes tat. Kia sah man an, dass sie nur einen winzigen Prozentteil davon verstand. Ich füllte derweil den Meldebogen aus. Kia hieß mit vollem Namen Saskia Brigitte Mortensen, war im letzten Monat dreißig geworden und wohnte in Kopenhagen. Anhand der zahlreichen Stempel in ihrem Pass schloss ich, dass sie seit vielen Monaten nicht mehr in ihrer Heimat gewesen war.

ALS ICH SPÄTABENDS von meinem freiwilligen Dienst in der Missionsstation in Limón zurückkehrte, hing Kia in der Hängematte rum und las mit einer Grubenlampe auf dem Kopf in einem Buch. Gwen schlief unter der Matte, kam aber zum Haus, als sie mich hörte. Ich war müde, hatte Hunger und wollte mich auf keinen Fall unterhalten. In dem offenen Haus hatte ich jedoch keine Chance, mich unbemerkt zu bewegen. Kia hatte mich gesehen und winkte von der Hängematte her. Ich winkte zurück und machte mir ein Sandwich zum Abendessen, nachdem ich Gomez und Gwen versorgt hatte. Letztere wollte sofort nach dem Fressen wieder zurück zum Rudel. Ich legte mich auf die Couch und las selbst, bis mich der Schlaf übermannte.

Ich wachte erst gegen halb zehn wieder auf. Weder Gwen noch die blonde Dänin waren zu sehen. An diesem Abend würde ich kein Hasch brauchen, um einschlafen zu können. Ein Glas Rotwein und ein Whisky würden ausreichen. Tatsächlich nickte ich wenig später erneut auf dem Sofa ein. Nachdem mich meine Blase geweckt hatte, wechselte ich gegen ein Uhr in der Nacht in mein Bett über.

KIA ENTPUPPTE SICH als extrem angenehmer Gast. Sie lag meist lesend in der Hängematte oder am Strand, wenn sie überhaupt zu sehen war. Sie hatte darauf verzichtet, jeden Tag Frühstück vorgesetzt zu bekommen, und machte sich an den Tagen, an denen Yoani nicht arbeitete, selbst etwas. Woraufhin meine Haushaltsvorsteherin äußerst großzügig meinte, dass die Übernachtung an diesen Tagen nur acht US-Dollar kosten würde, weil das Frühstück wegfiele. Aus meinen Augen schossen Pfeile, die an Yoanis mütterlichem Brustpanzer abprallten.

Ab und zu unterhielt Kia sich im Vorübergehen mit mir, aber ohne aufdringlich oder anhänglich zu werden. *Chico* schwieg nach wie vor, selbst wenn Kia mit wehendem Amazonenhaar im knappen Bikini zum Meer vorbeistiefelte. Wir bevorzugten eher den sportlichen Typ Frau. Kia war zwar schlank, aber mit zu gebärfreudigen Hüften für meinen Geschmack. In ihrem dicken, fast hüftlangen, echt hellblonden Haar hätte ich von Zeit zu Zeit doch gerne mal gewühlt. Nachdem sie vierzehn Tage zu Gast gewesen war, hätte ich sie trotzdem gerne weiterziehen sehen. *Chico* brauchte dringend etwas Ablenkung und Training – schwer zu realisieren, solange das Gästezimmer belegt war.

Beim Aufstehen hatte ich beschlossen, dass ich mit Kia ein ernstes Wort über unsere gemeinsame Zukunft sprechen musste. Ich ging an diesem Morgen früh zum Surfen und blieb lange draußen, die Wellen kamen fast eine Stunde in perfektem Abstand. Anschließend machte ich mir etwas Obst zum Frühstück und die Teufelsmaschine spendierte einen Cappuccino dazu. Nebenbei schrieb ich meinen Freunden in Deutschland. Obwohl ich von Monat zu Monat eine größere Distanz zu ihnen fühlte, wollte ich den Kontakt nicht einschlafen lassen. Einige hatten ihren Besuch angekündigt, ich konnte mich jedoch nicht aufraffen, verbindliche Termine zu vereinbaren.

Ich sah Gwen aus dem Augenwinkel an der Patiotür stehen und hinter meiner Hündin die sehr blasse Kia, deren ansonsten immer frisch gewaschenes Haar strähnig im Mittelscheitel über ihre hohen, sehr ausgeprägten Wangenknochen fiel. Die Augen der Dänin waren, wie bei einer Katze, leicht schräg gestellt, was ihr einen interessanten Gesichtsausdruck verlieh.

»Hey! Guten Morgen«, grüßte ich zuerst.

»Ebenfalls einen guten Morgen. Kann ich reinkommen?« Kia kam nie ins Haus, wenn Yoani nicht da war.

»Die Tür ist offen, wie immer.«

Gwen stürmte herein, schnüffelte kurz an meinen Beinen und lief zum Fressnapf. Ich fragte Kia, ob sie auch einen Kaffee wolle.

»Nein, lieber nicht. Mir geht's grad nicht so gut vom Magen her. Ich war schon ein paar Mal auf dem Klo.«

»Soll ich dir einen Tee machen? Schwarz oder Kamille hätte ich im Angebot.«

Sie zögerte einen Moment mit der Antwort. »Ja, das wäre toll. Ich habe ziemlichen Durst und kein Wasser mehr da.«

Ich stellte den Wasserkocher an und füllte nebenbei Gwen Futter nach. Gomez hatte mal wieder nichts übrig gelassen für seine Mitbewohnerin.

»Hast du dir den Magen verdorben?«

»Wahrscheinlich was Falsches gegessen.« Die Dänin war mir in die Küche gefolgt und lehnte sich erschöpft an die Arbeitsplatte an.

»Ich tippe auf unser Wasser. Nimmst du es zum Zähneputzen?«

Kia nickte und fragte plötzlich hektisch, ob sie meine Toilette benutzen könne, und verschwand danach blitzartig durch das Schlafzimmer in mein Bad. Super! Genau das wollte ich nicht, dass Fremde ihre Darmbakterien auf meiner Klobrille hinterließen. Kia kam recht schnell zurück und hatte den gehetzten Gesichtsausdruck eines Menschen, der es mit letzter Kraft aufs Töpfchen geschafft hatte. Sie setzte sich schwer schnaufend auf einen Stuhl am Esstisch und nahm dankbar die Tasse Tee an, die ich ihr hinstellte.

»Ob du was essen möchtest, brauche ich wohl nicht zu fragen.«

Kia schüttelte nur mit dem Kopf. »Mir ist übel und ich habe Krämpfe. Das war bestimmt der Reis mit Kokosnussmilch gestern Abend.«

»Eher das Wasser. Es hat in der Nacht heftig geregnet, dann ist unser Leitungswasser noch schlechter als sonst.«

»Es hat so komisch gerochen beim Zähneputzen.« Kia hielt sich den Bauch. »Irgendwie muffig.«

»Krämpfe?«

»Ja, echt übel. Hättest du vielleicht etwas gegen Durchfall da? Ich glaube nicht, dass ich es zur Apotheke schaffe.« Sie lächelte verlegen und wischte sich mit dem Handrücken den kalten Schweiß von der Stirn.

»Du brauchst nichts gegen den Durchfall. Je schneller das Zeug draußen ist, umso besser. Ich gebe dir was gegen die Krämpfe, und du solltest viel trinken. Joghurt hilft, die Darmflora wieder aufzubauen. Hast du welchen?«

»Ich habe fast nichts Essbares mehr und wollte später einkaufen gehen.« Die junge Frau hatte anscheinend wieder krampfende Schmerzen, saß mit geschlossenen Augen und schmerzverzerrtem Gesicht da.

»Okay, ich schaue mal, was ich da habe. Musst du dich übergeben?«

»Nein, ich habe nur ständig das Gefühl, ich müsste.«

Ich holte Buscopan aus meinem Medizinvorrat und gab Kia zwei Tabletten. Meine Untermieterin schluckte die Pillen brav und rannte wieder auf die Toilette. Danach war sie schweißgebadet und entschuldigte sich wortreich für die Unannehmlichkeiten.

»Macht doch nichts. Hast du Fieber?«

»Ich weiß nicht, ich habe kein Thermometer dabei. Mir ist manchmal heiß, dann friere ich wieder erbärmlich.«

Als ich Kias Temperatur mit dem In-Ohr-Thermometer gemessen hatte, zeigte es 39,2 Grad an. Ich hielt es für besser, sie im Auge zu behalten, bis der Wert wieder in einem unkritischeren Bereich war. Die Patientin schien nicht sonderlich begeistert, war aber zu krank, um meine Hilfe abzulehnen. Ich richtete Kia auf der Couch ein Lager ein, versorgte sie mit Wasser und fuhr in die Apotheke, um Elektrolytlösung zu kaufen, sowie Joghurt und Wasser bei Hernando. Als ich zurückkam, schlief Kia tief und fest unter der Bewachung von Gwen, die den Kopf hob, um zu sehen, wer das Haus betrat. Die Kranke wachte den Tag über gelegentlich auf, trank etwas und verschwand kurz darauf auf dem Klo. Gegen Abend war das Fieber etwas gesunken, dank des Spasmolytikums waren die Darmkrämpfe nicht mehr ganz so schlimm, aber alles, was sie zu sich nahm, ging nach wie vor extrem schnell durch ihren Verdauungstrakt hindurch.

Aus Rücksicht auf meine Patientin gab es nur ein paar Sandwiches zum Abendessen. Eigentlich war geplant, Lammsteaks zu braten. Ich setzte mich nach dem Essen mit einem Glas Rotwein auf den freien Teil des Sofas. Kia schlief. Ich nahm *Drop City* von T. C. Boyle vom Couchtisch und versank völlig in der Geschichte über eine Hippiekommune in Kalifornien. Ich musste das Buch unbedingt Barbra empfehlen, beschloss ich. Draußen wurde es langsam dunkel, die Zikaden begannen, ihre abartig lauten Motoren anzuwerfen, und die ersten lautlosen Fledermäuse lösten die zwitschernden Kolibris ab. Das Meer schimmerte wie flüssiges Silber im Licht der untergehenden Sonne. Meine Lieblingsstunde war angebrochen.

Als ich mir von dem Wein nachschenkte, schlug Kia die Augen auf. Sie sah immer noch fiebrig aus, die Haut mit einem Schweißfilm bedeckt. Ich holte ihr aus dem Bad ein nasses Tuch und bat sie, sich das Gesicht abzuwaschen.

»Das tut gut, das Kühle«, meinte sie. Wir hatten uns nun doch darauf geeinigt, auf Englisch miteinander zu reden.

»Möchtest du etwas Joghurt essen? Löffelweise dürftest du ihn ganz gut vertragen.«

»Ich probiere es einfach.«

Ich holte einen der völlig überteuerten Becher Naturjoghurt, die ich am Mittag in Hernandos Laden erstanden hatte. Gezuckerte und mit Farbstoff versehene Fruchtjoghurts waren wesentlich günstiger, wie ich zu meiner Verwunderung feststellen musste. An der Kasse kam mein billiger Scherz, dass ich nur etwas Joghurt kaufen wolle und keine ganze Kuh, bei den Mädels sehr gut an. Das costaricanische Publikum war echt genügsam. Kia löffelte den Becher leer und trank Tee in kleinen Schlucken dazu.

»Was liest du?«, fragte sie und deutete mit dem Löffel auf das Buch in meiner Hand. Nachdem ich *Drop City* beendet hatte, war mir nach einem völlig anderen Genre.

Ich drehte das Buch um und sah aufs Cover, obwohl ich genau wusste, wie der Roman hieß. »Von Patrick Rothfuss. *Die Königsmörder-Chronik.*«

»Kenne ich noch nicht. Ist das gut?«

»Ich bin schon beim zweiten Band. Gefällt mir sehr gut.«

»Ich habe leider keine Bücher mehr. Ich habe alle nach dem Lesen verschenkt, die sind so schwer zu schleppen. Gibt es welche in Puerto Viejo zu kaufen?«

»Die Auswahl ist sehr beschränkt. Meist Groschenromane in Spanisch oder aus den USA. Ich bestelle meine im Internet.«

»Okay.«

»Möchtest du den ersten Band lesen?«

Mit einem Mal huschte ein schüchternes Lächeln über Kias Gesicht, das sie ganz reizend aussehen ließ, trotz der verklebten Haare und ungesunden Hautfarbe. »Das wäre schön. Ich lese so gerne richtige Bücher.«

Ich holte den Roman aus dem Schrank im Schlafzimmer, der gut belüftet war, damit meine geheiligten Bücher nicht anfingen aufzuquellen oder gar zu schimmeln. Bislang war das gut gegangen. Ich konnte mich immer noch nicht richtig daran gewöhnen, alles als E-Book zu lesen. Kia stützte sich das Kissen unter den Kopf. Wir beide lasen in trauter Eintracht, bis sie kurz nach zehn die Segel strich und in ihr Zimmer gehen wollte.

»Ich messe noch mal deine Temperatur«, verkündete ich. Kia strich ihr glattes, dickes Haar hinters Ohr. Die Dänin hatte riesige Ohrläppchen für eine Frau, mit winzigen, bunten Steckern darin. *Millefleurs* nannte man das filigrane Muster – so was wusste ich, weil ich meine halbe Kindheit in einem Handarbeitsladen mit Bastelbedarf verbracht hatte. »38,8 Grad. Nicht berauschend. Mir wäre es lieber, du würdest hier schlafen, so bekomme ich mit, wenn es dir in der Nacht schlechter gehen sollte.«

»Das ist extrem lieb von dir.«

Ich sah das erste Mal bewusst in Kias Katzenaugen und mir stockte der Atem. Ihr linkes Auge war stahlblau, das rechte olivgrün. Iris-Heterochromie. Das gab es nicht allzu oft, aber anscheinend öfter, als mir lieb war. In mir kam die Erinnerung hoch an einen Patienten, den ich in der Notaufnahme der Margarinenklinik behandelt hatte. Der Notfallpatient war Rickys früherer Freund gewesen, der zwei unterschiedliche Augenfarben hatte und der der Auslöser dafür war, dass Ricky den Kontakt zu mir vorübergehend abgebrochen hatte.

»Passt schon«, meinte ich irritiert und ging mit dem Wein ins benachbarte Schlafzimmer, das nur einen Durchgang, aber keine verschließbare Tür zum Wohnzimmer hatte. Ich trank die Flasche leer und fiel in einen unruhigen Schlaf.

Kia rannte in der Nacht nur einmal an meinem Bett vorbei ins Bad. Rickys Ex-Lover, David, war in der Nacht, in der ich ihn behandelt oder, ehrlich gesagt, misshandelt hatte, des Öfteren zur Toilette unterwegs gewesen. Daran war damals ich alleine schuld. »Ein Zeichen, Priscilla?«, fragte ich in Richtung Rickys Dekowolke. Es kam wie üblich keine Reaktion. Ricky hatte sonst immer zuverlässig auf meine Nachrichten geantwortet. Selten musste ich länger als eine Stunde darauf warten. Wir hatten fast ein halbes Jahr nur von chatten und telefonieren gelebt, ehe wir uns auf der Beerdigung meines Vaters wirklich und wahrhaftig gegenüberstanden. Nachdem wir zusammengezogen waren, schickten wir uns permanent Nachrichten, sobald wir räumlich getrennt waren. Ich vermisste meine Frau jeden Tag in den stillen Stunden wie verrückt. Ihre Stimme, ihr Lachen, ihr Geruch, wie sich ihr Haar zwischen meinen Fingern anfühlte – all das fehlte mir sowohl körperlich als auch seelisch. Wieder einmal liefen mir lautlos die Tränen übers Gesicht, bis ich einschlief.

AM NÄCHSTEN MORGEN übernahm Yoani nach kurzer Einweisung Kias weitere Pflege. Sie fütterte die Kranke mit Wassermelone, was zusammen mit dem Joghurt ein kleines Wunder bewirkte. Kia erholte sich recht schnell. Die Temperatur war am späten Nachmittag bei 37,8 Grad und die Krämpfe hatten ganz aufgehört. Als ich von meiner abendlichen Surfrunde kam, waren die Laken zusammengelegt und das Kopfkissen abgezogen. Kia saß lesend daneben und trank frischen Pfefferminztee, den ihr Yoani in einer großen Karaffe gemacht hatte. Ich hatte völlig vergessen, dass die Pfefferminzpflanze, die am Eingang wuchs, nicht nur für Mojitos, sondern auch noch für Tee gebraucht werden konnte.

»Hey, da ist ja jemand wieder fit«, bemerkte ich.

»Sieht nicht übel aus. Ich war seit Stunden nicht mehr auf der Toilette. Ich denke, ich kann wieder in mein Zimmer gehen. Das Buch nehme ich mit, wenn ich darf.«

»Klar, mach doch. Aber du kannst gerne noch bleiben. Ist doch mit deiner erhöhten Temperatur hier an der frischen Luft angenehmer als in deinem Zimmer.«

»Ich gehe nur rasch unter die Dusche, dann würde ich wiederkommen.« Es klang mehr nach einer Frage als nach einer Feststellung.

»Du bist jederzeit willkommen.«

Ich duschte ebenfalls. Kia las, während ich schließlich die Steaks briet und einen Gurkensalat anmachte. Ich setzte mich an den Tisch und die Dänin gesellte sich mit einer Tasse Tee zu mir.

»Es isst sich zu zweit doch angenehmer«, meinte sie.

Ich lächelte. »Das stimmt. Nimm dir doch noch einen Joghurt aus dem Kühlschrank.«

Beim Essen berichtete die studierte Mathematikerin aus Kopenhagen von ihrer zurückliegenden Reise durch Südamerika, wo sie ihren jetzigen Freund kennengelernt hatte. Sie waren zusammen zwei Monate durch Bolivien und Argentinien gereist. Jan war weiter nach Brasilien gezogen, was zu teuer für Kia war. Sie hatte es nach Panama und schließlich nach Costa Rica verschlagen. Jan sollte demnächst kommen und sie wollten zusammen nach Nicaragua. Zum ersten Mal, seitdem ich Backpackerinnen bei mir zu Gast hatte, interessierte mich, was diese über ihre zurückliegenden Abenteuer erzählten. Kia hatte eine besondere Art, ihre Reiseberichte auszuschmücken und einen perfekten Spannungsbogen aufzubauen. Ich fühlte mich blendend unterhalten, ohne Sex mit ihr haben zu wollen. Eine ganz neue Erfahrung.

Später räumten wir das Geschirr zusammen weg und zogen um auf die Couch. Kia berichtete mir von ihrer Arbeit bei einem Softwareentwickler und ihrem letzten Freund, der sie nach fünf Jahren Beziehung gegen ein zehn Jahre jüngeres Modell ausgetauscht hatte, wie sie das bezeichnete. Dieses *untreue Arschloch* (meine Worte) war zudem ihr Kollege gewesen. Darum musste sich Kia nicht nur ein neues Zuhause suchen, sondern fühlte sich auch an ihrem Arbeitsplatz nicht mehr besonders wohl.

»Deshalb hast du deinen Job aufgegeben und bist in die weite Welt gereist?«

»Nicht ganz, ich hatte einen schweren Unfall und danach habe ich mein Leben neu sortiert.«

»Was war?«

»Ich bin betrunken über eine Absperrung in eine Baugrube gefallen und habe mir gleich vier Halswirbel gebrochen. Seitdem trinke ich keinen Schluck Alkohol mehr.«

»Wie ist denn das passiert?«

»Keine Ahnung, ich habe keinerlei Erinnerung mehr daran.«

»Alles gut verheilt?«

»Physisch schon, aber psychisch hat sich viel in mir verändert. Ich habe jetzt eine neue Perspektive für mein Leben.«

Ich deutete auf die Narbe über meinem Auge: »Besoffen vom Fahrrad gefallen. Kann mich ebenfalls an nichts mehr erinnern. Trinke aber weiter tapfer Alkohol – ohne Perspektivwechsel.«

»Super verheilt«, meinte Kia nach einem prüfenden Blick.

»Hat auch ein Profi genäht.« Ich grinste breit.

»Hör auf! Du willst mir doch nicht erzählen, dass du da selbst dran warst.« Kia sah noch mal genauer hin: »Na ja, bei näherer Betrachtung erkennt man doch den Gelegenheitschirurgen.«

»Hey, ich pflege dich gesund und du beschimpfst mich!«

Wenn Kia lachte, war sie so viel hübscher, als wenn sie ernst dreinsah. »Tut dir die Narbe noch weh?«

»Nee, gar nicht, wie kommst du darauf?«

»Weil du ganz oft mit dem Daumen darüberstreichst. Als würdest du sie spüren.«

»Ich mache das nicht bewusst.« Ich stotterte leicht, wie ich das oft tat, wenn ich emotional wurde.

»Unbewusst macht man oft die wichtigsten Dinge.« Kia sah mich voller Wärme an. »Dein Mund verändert sich, wenn du emotional wirst. Er wird ganz weich und bewegt sich so seltsam. Sonst hast du eher einen harten Zug um den Mund.«

»Da schaut ja jemand ganz genau hin«, bemerkte ich flapsig, war aber innerlich aufgewühlt. Ricky hatte diese Eigenheit immer nachgemacht, ihren Unterkiefer hin- und hergeschoben und mit übertriebenem schwäbischen Akzent gesprochen, bis wir beide lachen mussten.

»Willst du mir die Geschichte mit der Narbe erzählen?«

Ich schüttelte den Kopf und wollte aufstehen, um Kias fragendem Blick, der mir etwas zu tief ging, zu entkommen. »Möchtest du ein Glas Whisky?«

Kia lächelte. »Wenn es dir hilft, trink einen für mich mit.«

Als ich mit den zwei *Ardbeg* zurückkam, las Kia wieder in ihrem Buch. Sie nahm ein Glas ab, stieß mit mir an, schüttete den Inhalt in meines und wir lasen in trauter Gemeinsamkeit weiter.

Gegen elf stand Kia auf und verabschiedete sich: »Danke für deine Pflege, den schönen Abend, das Buch und überhaupt.«

»War mir ein Vergnügen«, erwiderte ich und meinte es auch so.

Sie ging gefolgt von Gwen aus der Patiotür heraus und verschwand in der Dunkelheit. Ich genehmigte mir noch einen weiteren Whisky und ging selbst zu Bett. In dieser Nacht träumte ich das erste Mal seit langer Zeit einen neuen Traum. Ich konnte Ricky körperlich spüren. Sie lag in meinen Armen und drückte sich so fest an mich, dass ich vom intensiven Gefühl, dass diese eingebildete Berührung bewirkte, aufwachte. Ich war traurig, dass sie nicht wirklich da war, aber alles war besser, als sie Nacht für Nacht in Flammen aufgehen zu sehen.

# NIVEAU & NOVOCAIN

ICH SASS AM Gemeinschaftsschreibtisch im Büro des Health Posts und tippte eine E-Mail an meinen kleinen Bruder, der mittlerweile als Oberarzt an der Margarinenklinik arbeitete. Nach einer extrem kurzen Verlobungszeit planten Björn und Tanja die baldige Hochzeit, um sich demnächst standesgemäß und mit Gottes Segen fortpflanzen zu können. Ich sollte unbedingt Trauzeuge sein, war aber noch nicht bereit, nach Deutschland zurückzukehren, auch nicht für wenige Tage. Darüber war in den letzten Tagen ein heftiger schriftlicher und telefonischer Streit mit ihm und meiner Mutter entbrannt. Beide warfen mir vor, ich hätte die Familie komplett vergessen. Das hatte ich nicht, ich ertrug nur keinerlei Familienidylle mehr. Meine Frau war tot, meine kleine Tochter lebte mit ihrer Mutter, die keinen Ton mehr mit mir sprach, im Haus nebenan, hätte aber genauso gut in Japan oder auf Helgoland sein können. Ich bekam sie noch nicht mal aus der Ferne zu sehen, dafür sorgte Raya mit Fleiß. Selbst die Taufe war im allerengsten Familienkreis gefeiert worden, nur um nicht in die Verlegenheit zu kommen, mich einladen zu müssen.

Wir hatten den ganzen Morgen operiert. Der Gemüsejunkie machte seine Rohkostmittagspause seit Neuestem am

Strand, der bei Ebbe über einen Trampelpfad in nur wenigen Minuten von der Station zu erreichen war. Wegen des Personalzuwachses im Health Post konnte er keinen ruhigen Raum mehr finden, um mit seinem Gemüse und den Früchten vor deren Verzehr zu meditieren.

Barbra kam zur Tür herein, machte vor dem Schreibtisch halt, wirbelte mit beiden Händen alle ordentlich sortierten Gegenstände auf der Schreibtischplatte durcheinander und ging wieder hinaus. Das machte sie regelmäßig als Rache, wenn sie von unserem ärztlichen Leiter angepflaumt worden war. Kurze Zeit später kam Barbra mit einem Plastikteller Suppe wieder herein, setzte sich auf den Besucherstuhl, legte die nackten Füße über Kreuz auf die Schreibtischplatte und begann zu essen.

Ich deutete auf das Chaos auf dem Schreibtisch: »Du weißt, dass Warren mich in Verdacht hat, ständig seine Ordnung zu zerstören?«

»Arschloch«, meinte Barbra und löffelte verbissen weiter Suppe in sich hinein.

»Ich habe dich auch lieb.«

»Nicht du, das grasgrüne Chamäleon.«

»Aha, aha.« Streit zwischen dem Chirurgen und der Schwester war nichts Aufregendes mehr.

»Ich habe mir erlaubt zu fragen, ob ich noch ein paar Tupfer holen soll, dann sagt doch dieser Arsch: ›Schwester Kowalski, wenn man operieren kann, blutet das nicht. Ihre unqualifizierten Kommentare und Vorschläge zu meiner Operationstechnik stören mich nur in meiner Konzentration und bringen mich kein Stück weiter‹«, äffte sie Warrens harten New Yorker Akzent mit den irgendwo im Rachen erzeugten und für europäische Ohren unmelodisch klingenden *Rs* nach.

Rosa kam zur Tür herein. »Tut mir leid, wenn ich störe, aber Señora Müller ist da. Sie hat seit einer Stunde ein völlig taubes Gefühl im Mund, der eine Mundwinkel hängt und sie glaubt, sie hätte einen Schlaganfall beim *Du-weißt-schon-was* gehabt.« Rosa machte eine eindeutige Handbewegung.

Aha, aha, Miss Marples letzter Kopulationsversuch war wohl schiefgegangen. Barbra spuckte vor Lachen Suppe über den Schreibtisch. Zwei Nudeln blieben mitten auf dem Rezeptblock kleben. Ich seufzte, stand auf und folgte Rosa in Behandlungsraum 2, wo Bertha Müller mit leidvoller Miene im roséfarbenen, sehr durchsichtigen Negligé saß. Das edle Dessous hatte zahlreiche dunkle Flecken auf der Brust. Miss Kitty sah wieder mal aus, als käme sie direkt aus einem Edelpuff, wie man sie aus alten Westernserien kannte – es fehlten nur die Netzstrümpfe. Über ihre knuffigen Wangen rannen Tränen, die dank der vielen Wimperntusche pechschwarz waren. Die Dramaqueen tupfte jede einzeln mit einem Tuch aus unserem Kleenexspender ab und warf das Papier achtlos neben sich auf die Liege.

In der Ecke lehnte der dazugehörige Cowboy. Der dunkelhaarige Mann um die fünfzig hatte eine Halbglatze und die dünnen Resthaare zu einem mickrigen Pferdeschwanz gebunden, wie er in den Neunzigerjahren *in* gewesen war. Seine Cowboystiefel mussten in ihrem früheren Leben eine Schlange gewesen sein. Eine schwarze Lederhose, darüber eine passende Lederweste, aus der jede Menge Brusthaar quoll, machten das *Outlaw-Outfit* perfekt. Ich hätte mir an seiner Stelle die Brusthaut auf den Kopf verpflanzen lassen. Warren beherrschte solche chirurgischen Kunststücke bestimmt.

»Was ist denn passiert?«, fragte ich die propere Dame mit dem für ihre fortgeschrittenen Jahre sehr glatten Gesicht. Jede Falte schön sorgfältig mit einem Stück Torte ausgestopft. Was die Sahnetorten nicht geschafft hatten, hatte garantiert ein Schönheitschirurg mit Eigenfett aus Frau Müllers beachtlichem Hinterteil korrigiert.

Bertha schluchzte laut auf und erklärte mir, dass sie im Mund nichts mehr spüre und dass der Rotwein, den sie hatte trinken wollen, wieder heraus und auf ihr sündhaft teures Seidennegligé gelaufen sei. Beim Erzählen hing der linke Mundwinkel sichtbar nach.

»Wie lange ist Ihr Zustand schon so?«

»Seit etwa einer Stunde.« Die Telefonsexgöttin im Ruhestand nuschelte leicht.

»Haben Sie Sehstörungen oder Schwindel? Sehen Sie Doppelbilder?«

Miss Marple schüttelte den Kopf, der fast übergangslos in ihre Schultern überging, ohne allzu viel Hals dazwischen.

»Haben Sie Lähmungen an Armen oder Beinen?«

Duracell-Bertha streckte als Antwort ihre gut gepolsterten Extremitäten aus und wedelte und strampelte demonstrativ damit.

»Wissen Sie, welchen Wochentag wir haben und wo Sie sind?«

»Montag und ich bin in besten Händen, hoffe ich doch«, bemerkte die Pornoqueen im Ruhestand und blinzelte mir zu.

»Können Sie mir Ihr Geburtsdatum sagen?« Ich war gespannt, ob der Westentaschencowboy wusste, wie alt Miss Marple tatsächlich war.

»Das kann ich schon, aber danach müsste ich Sie umbringen.« Die Patientin war für ein Schlaganfallopfer schlichtweg zu keck.

»Wie ist Ihr Name?«

»Bertha Müller.« Sie sprach ihren urdeutschen Namen mit französischer Betonung auf der zweiten Silbe aus. Das war zwar idiotisch, aber pathologisch unbedenklich.

»Ist Ihnen übel, oder haben Sie Kopfschmerzen?«

Auch das verneinte Frau Müller. Ich prüfte die Pupillenreflexe, die Hirnnerven, die Sensibilität und ihre periphere Motorik. Fokalneurologische Defizite waren keine festzustellen und aufgrund der funktionierenden Stirn- und Lidmotorik konnte ich eine Fazialisparese ebenfalls ausschließen.

»Ich werde Ihnen gleich Blut abnehmen, dann schauen wir mal, was die Laborwerte sagen. Am besten wäre es, Sie würden ins Hospital fahren und ein CT beziehungweise MRT machen lassen. Wir können das hier leider nicht.«

»Ich vertraue Ihnen aber mehr als dieser öffentlichen Klinik. Sie sind ein anständiger deutscher Arzt und nicht so ein Macho wie diese Einheimischen.«

»Aha, aha.« Wie schön, dass es noch eine Frau gab, die mich für anständig hielt. »Haben Sie andere Medikamente genommen als die üblichen?«

Aus der Krankenakte wusste ich, dass die Lady freiwillig ein ganzes Sammelsurium an Blutdruckmitteln, Schmerztabletten, Stimmungsaufhellern, einen Betablocker sowie Benzodiazepin gegen Schlafstörungen einwarf. Diese Medikamente bekam sie regelmäßig von einem befreundeten Arzt aus Deutschland geschickt. Dazu kamen diverse Vitaminpräparate und Nahrungsergänzungsmittel, die sie laut ihrer Aussage gegen vorzeitige Hautalterung und Alzheimer zur Prophylaxe einwarf. Wer weiß, was die beiden sich Neues ausgedacht hatten, um das Leben von Bertha Müller zu verlängern und die Dame zu konservieren.

»Nein, nichts. Ich bin an sich kerngesund, das wissen Sie doch, Herr Doktor.«

»Stimmt, davon kann ich mich monatlich persönlich überzeugen«, bemerkte ich sarkastisch, aber Bertha schien nicht in der Stimmung für geistreiche Konversation auf hohem Niveau.

»Jerry und ich«, dabei sah sie den Cowboy in der Ecke verliebt an, »hatten traumhafte Fellatio, als ich fühlte, wie mein Mund taub wurde. Ich konnte Jerrys Penis nicht mehr spüren.«

Die Vorstellung, wie Miss Marple oder besser Miss Kitty dem schweigsamen Cowboy einen geblasen hatte, brachte mich einem Hirninfarkt bedrohlich nahe. Ich versuchte vergeblich, das Bild aus meinem Kopf zu verscheuchen.

»Dann haben wir selbstverständlich sofort aufgehört und sind hierher gefahren. Nicht wahr, Schatz?«, fragte sie Jerry, der sicher Gerhard hieß und in Pforzheim einen Fetischladen betrieb. Bertha half mir auf die Sprünge. »Jerry ist mein Physiotherapeut. Er behandelt meine Spannungskopfschmerzen.«

»Aha, aha.« Interessante orale Schmerztherapie, dachte ich und wandte mich an den Herrn: »Sie sind ausgebildeter Physiotherapeut?«

Gerhard wechselte lässig das Standbein und steckte beide Hände in die engen Hosentaschen. »Ich bin Fliesenleger.«

Doch kein Fetischladen und sein Akzent klang eher nach Dallmayr-Bayerisch als nach Mittelbaden. »Ich hatte Probleme mit den Knien und habe eine Umschulung zum Wellnesstherapeuten gemacht. Ich bin sehr erfolgreich in meinem Beruf, nicht zuletzt, weil ich neue Wege gehe, um meine Patienten von chronischen Verspannungen zu heilen.«

Einen Wellnesstherapeuten mit einem Physiotherapeuten zu vergleichen war, als würde man Duschen durch einen Spaziergang im Regen ersetzen.

»Dazu gehört angewandte Sexualtherapie«, erklärte der Mann mit dem heilbringenden Penis mit bierernster Miene. »Beim Oralverkehr werden sämtliche Regionen im Mund stark durchblutet und der Zungenmuskel gelockert, was letztendlich gegen Spannungskopfschmerzen hilft.«

Sauber, dachte ich, fürs Pimpern bezahlt werden und sich als großer Heiler feiern lassen. In Zukunft würde ich bei Schmerzen anstatt Paracetamol oder Ibu einmal Poppen verordnen.

»Wie es aussieht, hat es dieses Mal mit der Entspannung nicht so ganz geklappt.« Mir war nach Provokation, weil ich zugegeben etwas neidisch war, dass mir so ein gewinnbringender Schwachsinn nicht selbst eingefallen war. Welche ungeahnten Möglichkeiten taten sich gerade bei meinem Beruf für einen Mann auf.

»Vielleicht haben wir es etwas übertrieben. Jerry hat sich etwas auf den Penis gemacht, damit die Therapie länger dauert. Ich mache das ja so einmalig gut mit dem Blasen und deswegen ist er immer so früh gekommen«, verkündete die korpulente Sexpertin mit stolzgeschwellter Riesenbrust. Erstaunlich, wie sich die sanften Hügelchen junger Frauen im Laufe eines Lebens in Gebirgsmassive verwandelten.

Das schmerzvolle Ziehen hinter meinem linken Augapfel verstärkte sich, als mir ein unheilvoller Gedanke kam: »Was haben Sie sich auf den Penis getan?«

»Novocainsalbe«, antwortete der Schmalspurcowboy.

Ich hielt mir im Geiste eine imaginäre Waffe an den Kopf und drückte ab. Nach dieser Aussage war alles klar. Der Wellnesstherapeut hatte sich ein Lokalanästhetikum auf den Dödel geschmiert, um seine Performance zu verbessern, welches Bertha schön brav abgelutscht hatte. Leistung durch Leidenschaft plus Vorsprung durch Technik sozusagen. Ich hätte die beiden beruhigt nach Hause schicken können, in wenigen Stunden würde Berthas Taubheitsgefühl verschwunden sein, aber so viel Dummheit gehörte meiner Meinung nach bestraft und der Health Post brauchte ein neues Röntgengerät.

Ich setzte meinen bühnenreifen, sehr besorgten Stirnfaltenausdruck auf. »Wir werden alles Menschenmögliche tun, um Sie wieder hinzubekommen«, versprach ich und hatte dabei nicht mal gelogen.

Drei Stunden später, nach eingehender Untersuchung und jeder Menge Labordiagnostik, wurde Bertha als geheilt entlassen. Diagnose: *Verdacht auf allergische Reaktion auf Novocain.* Die exorbitant hohe Rechnung bezahlte sie mit einem glücklichen Lächeln, das mittlerweile nicht mehr an einer Seite herunterhing.

»Dass Sie mich so schnell geheilt haben, das werde ich

Ihnen nie vergessen, Herr Doktor. Aber ich wusste, wenn es jemandem gelingt, mir zu helfen, dann Ihnen.«

Ich würde Bertha Müller und ihren penisschwingenden Wellnesstherapeuten ebenfalls nie vergessen und hoffte, ich würde irgendwann Enkel haben, denen ich diese Geschichte erzählen könnte.

# TAMPONS & TEAMS

DIE VERGANGENE WOCHE hatte ich sterbend im Haus verbracht, weil mich die Steigerungsform eines Männerschnupfens, der Medizinerschnupfen, geplagt hatte. Yoani hatte mich mit antiquierten Hausmitteln wie stinkenden Zwiebelpackungen auf der Brust heilen wollen. Meine mangelnde Bereitschaft, mir bei meiner Atemnot auch noch dampfendes Gemüse auf den Oberkörper packen zu lassen, verstand die resolute *Tica* nicht wirklich. Meine selbst ernannte Krankenpflegerin war für eine Woche mein einziger menschlicher Kontakt gewesen. Kia fürchtete sich davor, sich anzustecken, und hatte mir nur gelegentlich durch die Gitter meiner Behausung zugewunken. Nach zwei Tagen Yoani-Intensivpflege war ich mir gar nicht mehr sicher, ob es sich bei ihr um ein menschliches Wesen handelte, oder um eine Begegnung mit der dritten Art.

Nach dieser Nahtoderfahrung musste ich dringend unter Menschen. Mein Kopf fühlte sich zwar immer noch an, als wäre er in Watte gepackt, aber wenigstens kamen keine bunten Sensationen mehr aus meinem Hals und meinen Nebenhöhlen. Ich beschloss, zum Pub zu fahren. Die Sonntagabende waren mittlerweile zu richtigen Jamsessions gereift, wie ich sie aus Stuttgart kannte. Joey war meist mit seiner Geige da und unterstützte uns mit seinem Gefiedel. Vor einigen Wochen hatte unser Wirt von einem Hostelbesitzer günstig ein Paar Bongotrommeln erstanden, die ein Gast mit Zahlungsschwierigkeiten statt Geld dort gelassen hatte. Es hatte sich herausgestellt, dass Barbra über unglaublich viel Taktgefühl und Rhythmus verfügte. Hatten wir erst Mal angefangen, fand sich immer der eine oder andere Tourist, der eine Mundharmonika oder ein anderes Instrument dabeihatte. Gustavo Zuela, unser Apotheker, besaß einen Kontrabass und begleitete uns gelegentlich, wenn sein Bandscheibenvorfall ihn nicht zu sehr plagte. Die Krönung war letzte Woche ein Jurastudent aus Münster gewesen, der tatsächlich eine Jazz-Trompete mit auf Reisen hatte und spielte wie ein junger Til Brönner.

Zum Leidwesen der Einheimischen und Lokalbetreiber hatte sich sonntagabends am Strand eine öffentliche *Funday-Sunday-Party* etabliert. Wie von Zauberhand gesteuert, trafen sich bei Sonnenuntergang meist sehr junge Backpacker am Strand und sahen dem Verschwinden der Sonne im Westen noch relativ still und gesittet zu. Sobald der Planet am Horizont verschwunden war und die erste Beatbox dröhnte, wurden diverse mitgebrachte Alkoholika und andere Betäubungsmittel ausgepackt und die Sitten verrohten. So war zwar jeden Sonntagabend am Strand bis zum Tagesanbruch etwas los, dafür herrschte in den Bars gähnende Leere. Mit Ausnahme des Supermarktes hatte niemand im Ort etwas von dem Hype. Montagmorgens stank ganz Puerto Viejo nach Erbrochenem. *Funday-Sunday-Puke.*

Der Pub war die einzige Bar, die dank der Livemusik trotzdem recht voll wurde. Als ich gegen halb acht ankam, waren noch kaum andere Gäste da. Vom Strand hörte man das laute Wummern eines Ghettoblasters. Die Party, die man nur mit einem Promillepegel über 1,8, einem IQ unter 80 und/oder einem Geburtsjahrgang nach 1995 ertragen konnte, schien voll im Gange.

GONZO SASS ALLEINE am Tresen, aß eine Portion Fisch mit Bohnen und Reis und trank sein Bier. Ich setzte mich dazu und beobachtete aus dem Augenwinkel zwei Backpackerinnen unbekannter Herkunft, die an einem Tisch direkt an der Bühne saßen. Die eine blond und unauffällig, die andere ein Hingucker mit brünettem langem Haar. Gonzo, dessen Tischmanieren unterirdisch waren, leckte seinen Teller tatsächlich sauber.

Als er meinen angewiderten Blick bemerkte, meinte der Tischsittenverweigerer: »Mann, mach dich locker. Du bist so typisch deutsch. Das hier ist Costa Rica. *Pura vida!*« Er deutete auf die beiden Mädels. »Geiles Publikum. Die Dunkelhaarige ist mal richtig heiß. Findest nicht?«

Der Schmalspurmusiker nutzte seinen zweifelhaften Ruhm öfter, um eine Touristin klarzumachen. Das Objekt seiner Begierde hatte einen kleinen Schönheitsfehler, den er anscheinend nicht mitbekommen hatte: »Du meinst die ohne linke Hand?«

Gonzo sah noch mal genauer hin und musste jetzt ebenfalls bemerkt haben, dass bei der jungen Frau der linke Arm kurz unterhalb des Ellbogengelenkes endete. Kein Amputationsstumpf, sondern eine Fehlbildung von Geburt an. »Boah, du hast recht. Tatsächlich, nur eine Hand. Würde mich nicht stören? Dich etwa?«

Ich musste nicht lange überlegen: »Nö, überhaupt nicht. Man kann auch mit nur einer Hand putzen.«

Gonzo schlug mir auf den Rücken, lachte und meinte: »Wenigstens hast du einen außergewöhnlichen Humor für einen Deutschen.«

Wir besprachen, was wir spielen wollten, und Gonzo ging voraus. Obwohl ich unbestritten der bessere Sänger und Gitarrist war, war der Engländer der Chef auf der Bühne. Ich überließ ihm gerne das ganze Gequassel und die Liedankündigungen. Ich verzichtete bei Gigs sogar auf humorige Bemerkungen.

Ich wollte nur meine Musik machen. Gonzo hatte *Knockin' on Heaven's Door* zum Warmsingen vorgeschlagen. Unser Gesang war streckenweise einstimmig, manchmal ungewollt zweistimmig, wenn Gonzo die Töne mal wieder kreativ versemmelte.

Ich sah Barbra mit Jérôme hereinkommen und nickte ihnen zu. Barbra holte sich am Tresen ein *Imperial* und setzte sich an die Bongotrommeln. Während wir *Red, Red Wine* von UB40 spielten, gesellte sich unser Apotheker mit seinem antiken Bass dazu. Anschließend versuchte ich mich an einer blueslastigen Version von *Feeling Good.*

Die jungen Frauen waren nach wie vor unsere einzigen Zuhörer und schienen sehr interessiert. Da ich dank Kia seit einiger Zeit sexuell auf dem Trockenen saß, war ich mehr als nur interessiert an dem Pärchen. Die silikonverstärkten Brasilianerinnen an Weihnachten waren mir immer noch in bester Erinnerung. Ich lächelte meinem Publikum zu und wollte die Pause später nutzen, um meine Chancen auszuloten. Ich brauchte dringend Sex, von mir aus im Doppelpack.

Entgegen meiner Gewohnheit machte ich vor dem nächsten Stück eine Ansage: »Heute ist das Publikum zwar übersichtlich, aber dafür offensichtlich qualitativ hochwertig. Den nächsten Song widme ich den Ladys vor der Bühne. Heißt eine von euch zufällig Valerie?«

Beide schüttelten den Kopf.

Gonzo sprach in sein Mikrofon: »Kommt, verratet uns eure Namen. Wir sind Gonzo und Ben.«

»Janette Mae« und »Celeste«. Die Nationalität war somit geklärt. Sie hatten eindeutig einen US-amerikanischen Akzent – so weich und melodisch, wie sie ihre Namen aussprachen, tippte ich auf Südstaaten. Wunderbar, die Vereinigten Staaten von Amerika schickten regelmäßig Scharen total enthemmter, für alles offener Girls in die weite Welt hinaus.

»*So, this one's for Janette Mae and Celeste*«, die hoffentlich ein nettes, sauberes Doppelzimmer in einem Hostel hatten, wohin sie mich später mitnehmen konnten, und nicht in einem Dorm-Gemeinschaftssaal schliefen.

Ich begann *Valerie* zu singen, ein sehr schwieriger Titel, an dem sich viele vergeblich versuchten und bei Gekreische endeten, wo die verstorbene Miss Winehouse satten Soul geliefert hatte. Meine Zuhörerinnen behielt ich dabei immer im Auge. Die Nacht schien gerettet. Sie applaudierten frenetisch, wobei die Einhändige auf die Tischplatte schlug, um ihre Begeisterung auszudrücken.

Ich hatte meine Woche in Quarantäne dazu genutzt, neue Titel einzuüben. Der erste war *99 Problems* von Hugo, einem alternativen amerikanischen Songwriter mit britisch-thailändischen Wurzeln. Den eingängigen Refrain *I got ninetynine problems but a bitch ain't one*« sangen die *Bitches* im Publikum schnell mit. Barbra trommelte begeistert und erinnerte mich mit dem flammend roten Haar und ihrem wilden Gezappel an das *Tier* aus der *Muppet Show*. Beim zweiten Song, *Who Are You Waiting For*, einer gefühlvollen Ballade von Melissa Etheridge, war ich alleine auf der Bühne. Danach war eine Pause geplant.

Celeste schmachtete mich mittlerweile offen an und ich warnte sie: »*It's obvious now that I'm damaged goods, can't seem to find love don't know if I could.*«

Die attraktive Südstaatlerin lächelte trotzdem verzückt weiter.

Bei der letzten Zeile des Liedes: »*I've been waiting for ...*«, sah ich ihr in die Augen, und als ich das letzte *You* ganz leise und intim ausklingen ließ, war ich mir ziemlich sicher, *Chico* würde diese Nacht endlich wieder was zu tun bekommen.

Die wenigen neu hinzugekommenen Gäste klatschten Beifall, ich stellte meine Gitarre ab, um mich bei einem frischen Bier mit Celeste und Freundin zu unterhalten. In dem Moment stürzten zwei junge Typen zur Bar herein und fragten auf Spanisch mit starkem französischen Akzent: »*¿Hay un médico en esta ciudad?*«

Shane antwortete in Englisch: »Da auf der Bühne steht einer.«

Der Kleinere der beiden, die sich zum Verwechseln ähnlich sahen, meinte hektisch in dem typischen Englisch, wie es Frankokanadier sprechen: »Verarsch uns doch nicht, das ist ein Notfall.«

»Nein, ich bin wirklich Arzt. Was ist denn passiert?«

Aufgeregt berichteten sie von Mädchen, die bei der Party am Strand innerhalb kürzester Zeit sturzbesoffen waren, rumtorkelten und jetzt allesamt bewusstlos am Strand lagen.

Ich holte meine Notfalltasche aus dem Jeep und ging mit Barbra hinter den beiden Jungs die paar Schritte hinunter zum Strand. Die Menge hatte einen Halbkreis um fünf weibliche Teenager gebildet. Ich fluchte im Geiste. Diese jungen Komasäuferinnen waren mir während meiner Zeit in der Notaufnahme der Margarinenklinik bereits übel aufgestoßen mit ihrem unkontrollierten Umgang mit Alkohol, für den wir in der Notaufnahme unsere Arbeitszeit opfern mussten. Ich war Arzt geworden, um Menschen zu helfen, die krank wurden oder einen Unfall hatten, nicht um enthemmten Nachwuchsalkoholikern beiderlei Geschlechts das Händchen zu halten. Ich war der Letzte, der keinem seinen gepflegten Rausch gönnte, aber bitte schön immer so, dass man Dritten nicht allzu sehr zur Last fiel, war meine Devise.

Die Mädels waren tatsächlich allesamt komplett weggetreten und nicht mehr ansprechbar. Ich probierte an der Nasenscheidewand, ob sie auf Schmerzreize noch reagierten. Negativ. Barbra fühlte den Puls, der bei allen ähnlich raste. Wir sahen nach, ob der Rachenraum frei von Erbrochenem war, und brachten sie in eine stabile Seitenlage, falls sich eine doch noch übergeben sollte.

»Was machen wir mit ihnen?«, fragte mich Barbra.

»Keine Ahnung. Die sind offensichtlich jenseits von Gut und Böse, aber wie viel sie intus haben, ist schwer zu sagen ohne Labor. Wir könnten sie in den Health Post bringen, aber dort wären wir auch alleine mit ihnen. Oder wir karren sie ins Hospital nach Limón.«

Die überfüllte Notaufnahme in dem öffentlichen Hospital war mit ein Grund, warum unser Health Post von vielen Einheimischen frequentiert wurde, obwohl die Behandlung nicht gratis war.

Ich drehte mich um und fragte die beiden, die uns alarmiert hatten: »Wisst ihr, was die getrunken haben?«

Der Größere antwortete: »Keine Ahnung. Die hatten eine Flasche Wodka dabei, den sie rumgehen ließen, die war noch ganz voll und jede hat nur einen Schluck genommen. Da, die steht noch neben dem Rucksack der einen.«

Die Flasche *Smirnoff* war tatsächlich noch mehr als halb voll.

»Wahrscheinlich haben sie ordentlich vorgeglüht«, bemerkte Barbra.

»Nein, die waren noch völlig nüchtern, als wir sie trafen. Sie waren bis Sonnenuntergang baden und haben mit uns geredet, als sie sich abgetrocknet und angezogen haben. Mehr als zwei, drei Schluck haben die nicht getrunken. Wir waren doch die ganze Zeit dabei. Wir haben angeboten, Bier im Supermarkt zu holen und noch Wodka mitzubringen. Die meinten aber, das brauchen wir nicht, die eine Flasche würde reichen und Bier wollten sie keines«, meinte der Größere der beiden.

»K.-o.-Tropfen?«, fragte Barbra.

»Glaube ich nicht. Wer sollte ihnen die gegeben haben? Wenn es die beiden da waren, warum haben sie uns alarmiert und sind nicht mit ihnen abgezogen?«

Die Jungs sahen uns entgeistert an. Der Größere sprach wieder: »Wir haben denen nichts gegeben. Wirklich nicht. Die sind noch zusammen auf die Toilette gegangen und kurz nachdem sie zurückkamen, haben sie angefangen zu schwanken und zu lallen.«

Ich nahm die Flasche und probierte aus der Handfläche. Es schmeckte nach purem Alkohol. Meine kurzfristige Überlegung, ob die Girls sich die Flasche auf dem Klo hinter die Binde gegossen und mit Wasser aufgefüllt hatten, war vom Tisch.

»Andere Drogen?« Barbra schien investigativer Grundstimmung zu sein.

Ich zog die Schultern hoch. »Was weiß ich, was die eingeworfen haben.«

»Ich sehe mir mal die Rucksäcke an, vielleicht werde ich fündig.«

»Kann nicht schaden.«

»Die haben wahrscheinlich einen Schwächeanfall, weil sie so viel Blut verloren haben«, tönte ein blond gelockter Australier neben mir, und die Menge johlte im Gruppenzwang überdrehter, angetrunkener Partygäste.

»Wieso Blut verloren?«

»Die menstruieren. Ich stand vorhin im Supermarkt hinter denen. Die haben außer dem Wodka und einer Tüte Chips nur noch eine Packung Jumbotampons gekauft. Die extra saugfähigen.« Das Gejohle war noch etwas lauter und der Strand-Comedian drehte voll auf: »Das monatliche Blutbad.«

Barbra hielt die Packung Tampons in der Hand. »Wo er recht hat, hat er recht, mein charmanter Landsmann. Entweder hat eine 'ne Mörderperiode oder sie menstruieren, wie alle guten Freundinnen, zusammen. Da fehlen bereits fünf Stück.«

Ihr Kommentar führte bei dem leicht zu unterhaltenden Publikum um uns herum zu Szenenapplaus. Barbra packte die Schachtel wieder in den Rucksack und wühlte weiter. Mir schoss ein Gedanke durch den Kopf.

»Kannst du mal nachsehen, ob die tatsächlich alle einen Tampon benutzen, Barbra?«

Mrs. Kowalski sah mich erstaunt an, und noch ehe sie antworten konnte, meinte der schmalbrüstige Nachwuchskomiker aus dem Outback: »Ey, *Dude*, lass mich mal ran. Ich bin Spezialist für Frauenleiden.«

»Dann mach!«, forderte ich das Großmaul auf.

»Wie jetzt?« Das dämliche, siegessichere Grinsen war einem noch dämlicheren, unsicheren gewichen.

»Mach schon und sieh ihnen ins Höschen, ob sie alle einen Faden zwischen den Beinen haben. Ich erlaube es dir ganz offiziell. Dürfte doch ein Fest für dich sein.«

»Mann, bist du pervers!« Der australische Maulheld wandte sich ab und ging mit seinem Gefolge ein Stück weiter den Strand herunter. Der Rest der Menge wartete weiter gespannt ab, was passieren würde.

Ich kniete mich neben Barbra. »Sieh du bitte nach und stell die Dinger sicher. Wenn ich das mache, kommt Jesús und verhaftet mich wegen Unzucht mit Minderjährigen.«

»Okay.«

Die versierte Krankenschwester erledigte die Aufgabe unter Gepfeife und Gejohle der umstehenden Menge. Ich wäre sie gerne alle los gewesen, wusste aber nicht wie. Wie von Gott geschickt, stand urplötzlich, aus dem Nichts materialisiert, sein zweiter Sohn auf Erden breitbeinig neben mir und fragte, was los sei. Jesús' devoter Hilfssheriff Oscar hielt sich dezent im Hintergrund. Ich klärte den Polizisten auf und er schaffte es mit Oscars Hilfe in nur wenigen Minuten, dass die Gaffer gebührenden Abstand hielten, alle lärmenden Musikquellen abgeschaltet wurden und die Party beendet war. Währenddessen hatte Barbra die Tampons in einer leeren Wasserflasche gesammelt. Sie waren vollgesaugt und aufgequollen, aber völlig farblos, kein einziges rotes Blutkörperchen in ihnen.

Ich roch an der Flasche und fluchte: »Diese dummen Hühner!«

Jesús und Barbra sahen mich an.

»Tampons in Wodka getränkt. Das Dümmste, was man mit Alkohol tun kann – knallt wesentlich schneller als oral. Der Stoff geht – weil die Leber erst mal umgangen wird – ohne vorher teilweise abgebaut zu werden, direkt ins Hirn. Ich dachte, das machen nur völlig bescheuerte Ami-Teenies während des *Spring Break*, die in puncto Hirn eh nicht mehr viel zu verlieren haben.«

»Was geschieht jetzt mit ihnen, Doktor?«, wollte Jesus von Limón wissen.

»Wir lassen sie ihren Rausch ausschlafen und passen auf sie auf, oder, Barbra?«

»Ich bin dabei. Wollte schon lange mal wieder eine romantische Nacht am Strand mit 'nem scharfen Doktor verbringen. Die letzte ist ja schon einige Zeit her.«

Ich verstand die Anspielung auf unseren *One-Night-Stand* nach Madalenas Geburt und grinste. »Dieses Mal ist der Doc aber bei Sinnen, also wird es nicht ganz so romantisch werden.«

»Apropos, ich hole aus dem Bus Decken und bei Shane was zu trinken. Soll ich dir was mitbringen, um deine Stimmung zu verbessern?«

»Superidee. Bring Celeste mit und sag Señor Zuela Bescheid, er soll uns so viele Flaschen Elektrolytlösung bringen, wie er hat. Die Mädels brauchen Flüssigkeit.«

»Wer ist Celeste?«

»Schau einfach nach 'ner Frau mit nur einer Hand, die bring mit.«

»Wird gemacht.«

Barbra ging und Jesús verabschiedete sich auch.

»Wenn Sie Hilfe brauchen, rufen Sie mich an. Ich kann ja nichts weiter tun, nehme ich an.«

Ich schüttelte den Kopf und das ungleiche Polizistenpaar zog ab.

Bis Barbra zurückkam, sah ich noch mal nach den Patientinnen, legte jeder einen venösen Zugang mit einer Butterflykanüle und setzte mich unter eine Kokospalme, die keine Früchte trug. Ich wollte nicht an einem Schädeltrauma dank einer heruntergefallenen Kokosnuss sterben müssen.

Barbra brauchte nicht lange. Sie hatte neben Decken, mit denen wir die Teenies zudeckten, damit sie nicht zu sehr auskühlten, eine Kühltasche bei sich, in der Shane einige Dosen Bier für uns gerichtet hatte.

»Ich konnte im ganzen Pub keine Einarmige finden, *sorry.*«

»Schon gut«, seufzte ich. »Ich stehe eh nicht so auf *Sex on the Beach.*«

»Ich schon.« Barbra holte zwei Dosen aus der Kühltasche und reichte mir eine.

Wir stießen an: »Auf uns.«

»*The Medical Dream Team!*« Barbra grinste frech.

»Auf jeden Fall.« Ich vergrub meine nackten Zehen im feinen, noch sonnenwarmen Sand.

»Auch wenn du dich nicht mehr erinnern kannst, wir waren sogar im Bett ein *Dream Team.*« Barbra hatte eine eigenartige Art zu trinken, sie sog an der Flüssigkeit, anstatt sie in sich reinlaufen zu lassen, wie das die meisten Menschen taten. Das war rückblickend vielversprechend.

»Hast du mir einen geblasen in der Nacht?«

Die geflügelte Australierin lachte kurz auf: »Bei kleinen Jungs pustet man Schmerz weg, bei großen Jungs muss man ihn schon wegblasen. *That's the law.*«

»Sehr kryptisch.«

Wir schwiegen eine Weile, hingen unseren Gedanken nach und starrten aufs Meer, das weit draußen an den Strand schwappte. Ebbetiefststand und ganz geringe Dünung. Puerto Viejo war nicht der beste Surfplatz in der Gegend. Zwischen den Palmen flogen Fledermäuse lautlos hin und her.

»Hat sich Jesús bei dir bedankt für die Rettung damals?«, wollte Barbra wissen.

»Nope, Gottes Sohn zu retten, ist eine Gnade. Außerdem hat sich sein Lover mehr als genug bei uns allen bedankt.«

»Das stimmt allerdings. Wobei ich nicht verstehe, was ein so gebildeter, feiner Mensch wie Manuel Higuera an einem solchen groben Holzklotz wie unserem Bikercop findet.«

»Vielleicht bläst er toll.«

»Muss wohl.«

Ehe wir das Thema *Blowjob* vertiefen konnten, waren Gonzo, Jérôme und Shannon mit Instrumenten und einem Korb zu uns gestoßen.

»Wir haben gedacht, wir machen aus der Nachtwache ein Happening«, verkündete Letztere und packte die mitgebrachten Snacks aus dem Korb aus.

Kurz nach ihnen kam der Apotheker mit zwei Flaschen Kochsalzlösung und einer Flasche Vollektrolyte, die wir den Patientinnen im Laufe der Nacht abwechselnd gaben. Die Infusionsflaschen hingen wie gläserne Früchte in dem ausladenden Meertraubenbaum, unter dem die Teenager ihren Rausch ausschliefen.

Nachdem der Pub geschlossen war, kam Shane mit einer Flasche *Talisker* dazu, die Kids wurden per Babyphone überwacht. Wir aßen, erzählten und musizierten, bis sich Jérôme als Letzter um kurz vor drei verabschiedete. Barbra und ich schliefen abwechselnd jeder eine Stunde. Die Mädels kamen im Morgengrauen langsam zu sich und übergaben sich in Reihe. Wir flößten ihnen Wasser ein und entfernten die intravenösen Zugänge.

Es stellte sich heraus, dass die Tampongirls Teil einer neuseeländischen Hockeymannschaft waren. Sie bedankten sich verlegen und schlichen zu ihrer Unterkunft. Meine Helferin und ich tranken bei Shane eine Tasse sehr schwarzen Kaffee und aßen von den noch ofenwarmen *Cinnamon Rolls,* die Joey jeden Morgen lieferte, ehe wir uns zusammen in den Health Post aufmachten, um die reguläre Sprechstunde abzuhalten.

Wie sang Bryan Adams so schön: *Let's make a night to remember, from January to December.* Ich hätte mich viel lieber an meine erste Nacht mit einer einhändigen Frau erinnert, aber ich hatte Freunde, die sogar eine Nachtwache erträglich machten, und das war mehr wert als dreihändiger Sex.

AN DIESEM TAG war ich lange vor Sonnenaufgang mit Manuel auf dessen Boot zum Hochseefischen hinausgefahren. *Big Game Fishing* war eines der letzten verbliebenen analogen Abenteuer in dieser digitalisierten Welt. In Deutschland hatte ich in jungen Jahren einen Angelschein gemacht, weil der Vater meines besten Freundes uns sonntags oft zum Angeln an den Neckar mitgenommen hatte. In Costa Rica hatte ich mir gleich in der ersten Woche eine Harpune gekauft und holte mir meinen Fisch beim Schnorcheln vor der Haustür.

Manuel und ich hatten uns schon oft darüber unterhalten, was für ein Gefühl das ist, am anderen Ende eines ausgelegten Köders zu sitzen, über sich und die Welt nachzudenken, bis endlich ein Fisch anbiss, mit dem der *Mann* sich mitunter einen zähen Kampf lieferte. Leider hatten wir es wegen Manuels dichtem Zeitplan bisher nie geschafft, zusammen angeln zu gehen.

Angeln ist im Grunde wie Anästhesie: *Hours of boredom and seconds of thrills.* Im OP sind solche Stunden des Wartens verschenkte Lebenszeit, die man absitzen muss. Beim Fischen ist das Herumsitzen und Warten ein Geschenk, weil man schnell das Gefühl bekommt, ein Teil der Natur zu sein. Der Blick auf eine permanent sich bewegende Wasseroberfläche, das Erwachen oder Einschlafen von Flora und Fauna lässt einen in der eigenen Mitte ruhen. Zudem haben alle Beteiligten beim

Fischen eine faire Chance auf den Sieg – wobei der Fisch zugegebenermaßen mehr zu verlieren hat als der Angler, der nach dem Zweikampf meist einen lohnenden Fang an Bord ziehen kann – umgekehrt hat man das eher selten.

Jetzt lag ein zweiundfünfzig Kilo schwerer Blue Marlin in meinem Jeep auf Eis, den ich zerlegen und unter meinen Freunden verteilen wollte. Der Tag auf dem Meer und der Kampf mit dem großen Fisch waren körperlich sehr anstrengend gewesen. Ich war immer noch vollgepumpt mit glücklich machenden Endorphinen und strahlte wie eine Hundert-Watt-Birne kurz bevor der Glühfaden durchbrannte.

Mit Alvarez' Hilfe brachte ich den *Catch of the Day* in die Küche des Pubs. Shannon versorgte die wenigen Gäste, ihr Mann machte Besorgungen in Limón und die Kids spielten vorm Haus mit ihren Freunden Fußball. Ich setzte mich zum Runterkommen auf die Veranda. Nach all den testosterongeschwängerten Aktivitäten war mir nach einem metrosexuellen Latte macchiato. Die Wirtin hatte für die passende Musik gesorgt. Robbie Williams sang *Sexed Up.*

Shannon stellte die Tasse vor mich hin und meinte: »Wenn Hemingway das sehen könnte, der würde sich im Grab rumdrehen. Bist du dir sicher, dass du keinen Whisky möchtest?«

»Sehr sicher sogar. Hätte der gute alte Ernest öfter mal zum Milchkaffee gegriffen anstatt zum Whisky, würde er noch leben.« Zufrieden streckte ich meine Füße aus und beobachtete das Treiben auf der Straße, während ich meine Freunde per WhatsApp darüber informierte, dass ihr Abendessen gesichert war.

Nach und nach trudelten Barbra, Joey und Señor Zuela ein, setzten sich zu mir an den Tisch und hörten sich meine Story an. Alvarez gesellte sich, nachdem er ein deutsches Ehepaar an den Flughafen nach Limón gefahren hatte, wieder zu uns und wartete auf seinen Anteil an dem großen Brocken. Selbst Shane hockte sich für ein Viertelstündchen dazu und trank mit uns einen Espresso, nachdem er zurück war. Seine Sprösslinge saßen derweil in der Bar und verfolgten auf dem TV-Gerät über der Bühne eine Folge *SpongeBob*.

Ich sah die zwei Mädchen von Weitem die Straße vom Strand hochkommen und erkannte sie gleich wieder, obwohl sie heute frisch und munter aussahen im Vergleich zu neulich, als sie sturzbesoffen am Strand gelegen waren und wir Nachtwache bei ihnen gehalten hatten.

Sie mussten mich auch erkannt haben und hielten verlegen vor dem Pub an. Die Blonde mit dem frechen Gesichtsausdruck und den tollen blauen Augen fragte: »Sie sind doch der Arzt, der uns geholfen hat?«

Shane übernahm mal wieder das Sprechen für mich: »Ja, genau, hier sitzen eure Lebensretter und die gesamte Mahnwache.«

»Wir haben uns etwas überlegt, also Britney und die anderen. Als kleines Dankeschön.« Sie bissen sich vor Verlegenheit auf die Unterlippe und sahen mich hoffnungsvoll an.

Ich zuckte mit den Schultern. »Wäre zwar nicht nötig gewesen, aber wenn ihr meint.« Wie oft hatte ich in meiner Laufbahn als Mediziner die Gesundheit oder das Leben anderer gerettet und wie wenig hatte ich dafür bekommen, außer der persönlichen Bestätigung, dass ich meinen Beruf nicht nur gewählt hatte, um Geld zu verdienen?

»Ja, haben wir. Sitzen Sie noch eine Weile hier?«

»Jupp, das dauert noch.« Wir hatten spontan beschlossen, einen Teil des Blue Marlins gemeinsam im Pub als Festmahl zu verdrücken. Der Rest würde in Joeys *Smoker* landen und morgen Mittag verteilt werden.

»Gut, wir holen noch die anderen und unseren Coach und sind gleich wieder zurück. Okay?«

»Ich harre der Dinge, die da kommen.« Mein Tag war bislang absolut perfekt gewesen, was ich jetzt noch brauchte, war ein guter Wein, eine warme Mahlzeit und später etwas gediegenen Beischlaf als krönenden Abschluss. Da war ein kleines Dankeschön minderjähriger Hockeyspielerinnen aus Kiwiland praktisch die Petersilie auf der Suppe, wie meine Oma Ruth immer zu sagen pflegte. Heutzutage wohl eher das Basilikumblatt auf dem Pesto beziehungsweise das Kakaoherz auf dem Cappuccino.

Kurz nachdem die Mädels gegangen waren, kamen Kia und Yoani mit Gwen und Gomez im Dienstwagen angefahren und setzten sich zu uns. Gomez und Gwen gingen ihre Freunde im Ort besuchen und neue Reviermarkierungen setzen. Meinen beiden Hunden gehörte ihrer Meinung nach halb Puerto Viejo.

Der Ire wollte aufstehen, um die Messer für das große Schlachtfest zu wetzen, als ich im Augenwinkel sah, wie circa zwanzig Mädels im Hockeydress mit kurzen Faltenröckchen und Schlägern bewaffnet sich auf der Straße näherten. An ihrer Seite lief ein sehr sportlich aussehender Mann Ende zwanzig, der ein Poloshirt mit der Aufschrift *Coach* trug. Shane setzte sich wieder hin.

Die Mädels bauten sich auf der Straße vor der Terrasse in zwei Kreisen um den Trainer auf, packten sich an den Schultern und schrien sich gegenseitig an. Schließlich lösten sie den Kreis auf und es begann ein wunderliches Schauspiel, das mich sowie alle Umstehenden zutiefst berührte. Unsere Tamponmädels führten mit ihren Teamkolleginnen zu unseren Ehren einen neuseeländischen *Haka* auf. Ich kannte diesen rituellen Tanz der Maori von Sportübertragungen, wenn sich die *All Blacks* vor Länderspielen damit auf das Spiel einstimmten. Aber das rhythmische Stampfen, sich auf die Brust schlagen, Zunge herausstrecken und Backen aufpusten zusammen mit den urtümlich klingenden Lauten und Worten live und in Farbe zu sehen, war Emotion in Reinkultur.

Ich war mit einigen Talenten gesegnet, Tanzen gehörte noch nicht mal ansatzweise dazu. Meine wunderbar boshafte Partnerin hatte mich, der ich völlig hüftsteif war, oft aufgezogen, wenn ich in Klubs das eine oder andere Mal versucht hatte, mich zur Musik zu bewegen: »Pass auf, Brandstätter, hier sind Waldorfschüler, nicht dass du aus Versehen wieder Beleidigungen tanzt.« Dann hatte sie ihren Worten mit diesem umwerfenden Lachen die Spitze genommen und tapfer weiter an meiner Seite ausgeharrt. Ich hätte jetzt so gerne ihre warme Hand in meiner gehalten und wäre nach dem Fischessen mit ihr eingeschlafen. Kleines Löffelchen, großes Löffelchen.

Ich sah zu Kia, die das Treiben lächelnd beobachtete. Yoani fasste sich ergriffen an den Hals und Barbra heulte wie ein Schlosshund. Ich fragte mich insgeheim, was ein Waldorfschüler aus dem Tanz der Mädels lesen würde.

Das Spektakel dauerte fast fünf Minuten. Danach lagen sich die Mädels der Hockeymannschaft in den Armen und Barbra flennend mittendrin. Grenzautistischer Schwabe, der ich nun mal war, drückte ich allen die Hand und lud die ganze Mannschaft zu unserer Fischparty ein. Die stolzen Kriegerinnen verwandelten sich recht schnell in albern kichernde Gören, als ich meine Einladung mit dem Satz beendete: »Aber die Tampons bleiben draußen!«

Wenn ich mich für einen Tag in meinem Leben ohne Ricky entscheiden müsste, den ich immer wieder erleben wollte, dann definitiv diesen Tag, an dem ich einen kapitalen Blue Marlin bezwungen hatte und Sportlerinnen Lobpreisungen für mich getanzt hatten. *Benny happy again.*

# PRÄVENTION & PRÄZISION

KIA WOHNTE BEREITS mehr als zwei Monate in dem kleinen Appartement. Jan hatte es immer noch nicht geschafft, Brasilien zu verlassen, und ohne ihn wollte die weit gereiste Dänin nicht nach Nicaragua oder sonst wohin. Bis auf die Tatsache, dass mein Sexleben völlig auf dem Nullpunkt angekommen war, genoss ich ihre Anwesenheit. Es machte Spaß, sich wieder mit einem Menschen über Bücher und Filme austauschen zu können. Ich lud Kia ab und zu zum Essen ein und sie revanchierte sich damit, dass sie auf ihrem einfachen Gaskocher Rezepte ihrer ungarischen Großmutter kochte und mir von den scharfen Eintöpfen abgab.

Kia arbeitete zur Aufbesserung ihrer Reisekasse seit Kurzem in Rainers Hotel als Mädchen für alles. Ich hatte in der Nacht beschlossen, sie zu fragen, ob sie nicht dort unterkommen konnte, weil ich Besuch von Freunden erwartete und das Zimmer selbst brauchte. Das war gelogen, aber ich wollte Kia nicht verletzen, und noch einige Wochen ohne Geschlechtsverkehr waren für einen Mann in der Blüte seines Lebens untragbar. Ich hatte erst neulich eine Studie gelesen über den präventiven Einfluss der Ejakulationshäufigkeit auf die Entstehung von Prostatakarzinomen. Ich war immer für Prävention und sollte deshalb nachhaltig mal wieder etwas für meine Gesundheit tun.

Es war bereits später Nachmittag und ich suchte den Horizont nach Wellensets ab, für die es sich lohnen würde, ins Wasser zu gehen. Das Meer war seit Tagen sehr ruhig gewesen und ich hatte Nachholbedarf. Ein paar unverzagte Optimisten dümpelten vor Rainers Lodge sowie am öffentlichen Strandzugang im Wasser. Ich wollte schon umkehren und nach Puerto Viejo fahren, um bei Shane auf der Veranda einen Kaffee zu trinken, als ich Kias birnenförmige Silhouette am Strand entdeckte. Meine Dauermieterin kam auf mich zugelaufen, balancierte ein Kleinkind auf ihrer ausladenden Hüfte und winkte.

Obwohl ich meine elf Monate alte Tochter nur selten bis nie zu Gesicht bekam, weil der Kontakt zu Raya ganz und zu Rainer so gut wie abgebrochen war, kannte ich ihr Gesicht doch in- und auswendig. Yoani hatte ihre Nichte, die Zimmermädchen bei den Schillers war, beauftragt, wöchentlich ein neues Foto aufzunehmen und ihr aufs Handy zu schicken. Yoani leitete die Fotos kommentarlos an mich weiter. So hatte ich mittlerweile eine beachtliche Bildersammlung meiner Tochter. Sie hatte meine Augen und das verräterische Grübchen am Kinn. Madalena trug ihr haselnussbraunes Haar in zwei winzigen Rattenschwänzchen.

Madalena hüpfte fröhlich auf Kias Arm auf und ab und wollte offensichtlich heruntergelassen werden. Kia setzte sie ab und das kleine Mädchen kam über den nassen Strand auf mich zu gerobbt. Ich war wie versteinert. Seit der Geburt war ich ihr nicht mehr so nahe gewesen. Der Zwerg setzte sich zu meinen Füßen hin, untersuchte ein Stück Treibholz mit den Händen, steckte es in den Mund, verzog das Gesicht, als es nicht schmeckte, und begann damit im Sand zu buddeln. Ich sah mit idiotischem Verlegenheitsgrinsen zu.

»Hey, Ben. Ich passe jetzt jeden Nachmittag auf Madalena

auf, damit Raya in Ruhe Dinge erledigen kann.«

»Aha, aha.«

Gwen kam aus dem Nichts angerannt, begrüßte zuerst Kia und wuselte danach aufgeregt um Madalena herum. Die Kleine jauchzte vor Vergnügen, als sie den Hund sah, packte beherzt eines von Gwens Schlappohren und zog daran. Das Muttertier war begeistert und ließ es sich gefallen.

»Ich finde Kinder in dem Alter sterbenslangweilig. Aber wenn ich mit ihr den Strand entlanglaufe, treffe ich immer jemand, der mit ihr spielen will oder mit mir quasselt. So geht die Zeit schneller rum«, stöhnte Kia.

Ich hatte nur Augen für das kleine Mädchen, das Gwen jetzt am Hals umarmte und versuchte, sich hochzuziehen. Die Hündin leckte begeistert das Gesicht meiner Tochter.

»Oh, *shit*, wenn die Kindsmutter mitbekommt, dass ihr kostbares Baby im Dreck hockt, Sand frisst und von bakterienverseuchten Hunden angesabbert wird, bin ich den Job los. Du glaubst nicht, was die für einen Fimmel mit Desinfektionsmitteln und Hände waschen hat. Lass uns lieber hineingehen. Magst du Madalena nehmen, Ben?«

Ich hob meine Tochter hoch und hätte vor Glück platzen können, als ich mein Fleisch und Blut auf den Armen ins Haus trug. Das Mädchen spielte mit meiner Nase und steckte ihre sandigen Hände in meinen Mund, aber das war mir gleich. Alles, was zählte, war, dass ich Madalena hören, spüren, riechen und sehen konnte. Sie drückte ihre zarte Wange an mein unrasiertes Gesicht, erschrak bei der kratzigen Berührung und sah mich erstaunt an, ehe sie mit ihren Händchen neugierig meinen Dreitagebart erkundete. Spätestens jetzt war ich ihr völlig hilflos erlegen.


NACH EINER STUNDE brach Kia wieder auf. An der Tür meinte sie: »Wenn du nichts dagegen hast, kommen wir dich öfter besuchen.«

Ich musste mit den Tränen kämpfen und schüttelte lächelnd den Kopf. »Ich habe absolut nichts dagegen. Im Gegenteil.«

»Yoani meinte, es sei keine gute Idee, mit Madalena vorbeizukommen. Weil es für dich umso schlimmer ist, wenn du sie irgendwann nicht mehr sehen kannst.« Kia biss sich auf die Unterlippe. »Sie hat mir alles erzählt, die Geschichte mit Raya und dir. Sei nicht sauer. Sie meint es nur gut.«

»Ich bin nicht sauer. Es ist alles in Ordnung. Du hast das schon richtig gemacht.«

»Komm, Madalena, sag *adiós* zu Ben.«

Madalena winkte und gluckste: »Aga, aga.« Ich war von Stolz erfüllt, das Kind hatte einen ähnlichen Wortschatz wie ich.


NACH EINEM UNSPEKTAKULÄREN Vormittag im Health Post, in dem Warren ein paar geplante, kleinere chirurgische Eingriffe vorgenommen und ich die Ambulanz betreut hatte, kam kurz vor Ende der Sprechstunde Aitana Trochez zur Tür herein. Ich saß neben Rosa an der Anmeldung und aß von den süßen, mit Marmelade gefüllten Empanades, die es als Nachtisch für die Kleinen gegeben und die eine der Köchinnen vom Kinderhort rübergebracht hatte.

Aitana war für eine mittelamerikanische Frau mit ihren einsfünfundsechzig recht groß und versuchte sich ständig unauffällig und klein zu machen, indem sie leicht nach vorne gebückt saß oder lief. Mir blieb die Empanada im Hals stecken, weil mir diese Demutshaltung eines geschlagenen, misshandelten Wesens schon bei den Katzen und Hunden Mittelamerikas in der Seele wehtat. Bei einer attraktiven Frau Mitte dreißig jaulte meine Seele laut auf. Aitana Trochez hatte ihren kleinen Sohn Enyer dabei und hielt den rechten Arm vor dem Brustkorb fest. Sie atmete flach und schien bei jedem Atemzug Schmerzen zu haben. Das dichte Haar, das sie sonst immer ordentlich zu einem Dutt gebunden hatte, war offen und ungekämmt.

Rosa reagierte sofort und nahm sie mit in einen Behandlungsraum. Enyer, der sich bei uns heimisch fühlte, ging unaufgefordert in die Ecke mit dem Spielzeug und den Malbüchern und beschäftigte sich selbst.

Die Röntgenaufnahmen zeigten, dass bei Señora Trochez nicht nur beide rechte Unterarmknochen gebrochen waren, sondern auch noch die dritte bis sechste Rippe auf der rechten Seite. Glücklicherweise lag kein Pneumothorax vor.

Rosa und ich versorgten die Brüche – wir hängten den Arm aus und ich reponierte die Knochen. Beim Eingipsen bot ich der Patientin an, dass sie bei uns übernachten könne, was diese strikt ablehnte.

»Ich muss gleich wieder nach Hause. Ich habe das Abendessen noch nicht gemacht«, erklärte sie mit leiser Stimme.

Rosa schnalzte mit der Zunge, wie sie dies oft tat, wenn ihr etwas nicht passte. Ich atmete hörbar aus.

»Sie können unmöglich mit diesen Verletzungen die nächsten Wochen kochen oder sonst etwas im Haushalt machen«, klärte ich sie auf.

»Die Kinder und mein Mann müssen doch versorgt werden.«

»Aber nicht von Ihnen. Das ist schlecht möglich.«

»Dann wird mein Mann ärgerlich, weil ich so ungeschickt war und er jetzt alles selbst machen muss.«

»Aitana«, schaltete sich Rosa jetzt ein. »Du wirst doch nicht zurück wollen zu diesem *Cabrón*. Hast du gar keinen Stolz?«

Die ewig Geprügelte zuckte bei Rosas harten Worten zusammen: »Ich weiß doch nicht, wo ich sonst hin soll, und die Kinder kann ich nicht alleine mit ihm lassen. Er kümmert sich doch überhaupt nicht um sie. Schon gar nicht, wenn er was getrunken hat.«

Es folgte die längste Rede, die ich aus Rosas Mund je gehört hatte über das Arschloch, das Aitana geheiratet hatte, und darüber, dass es endlich Zeit sei, die Konsequenzen zu ziehen und von dem brutalen Kerl wegzugehen. Bei der wütenden Rede war ihre Brille auf die Nasenspitze gerutscht und wurde entschlossen mit dem Zeigefinger zurück in Ausgangsposition geschoben.

Señora Trochez begann zu weinen. Warren, der mit Barbra eben noch drei faustgroße Lipome auf dem Rücken eines Arbeiters aus Manuels Plantage entfernt hatte, betrat neugierig den Behandlungsraum und sah sich Aitanas Röntgenaufnahmen an. Sein rechter Daumennagel schabte trocken über die linke Handfläche.

»Hat Herr Trochez mal wieder zugeschlagen?«, fragte der Chirurg. Sein Tick war heute extrem.

Señora Trochez' bislang lautloses Weinen ging über in ein verzweifeltes Schluchzen. Rosa warf unserem ärztlichen Leiter einen bitterbösen Blick zu und ich meinte: »Sieht leider so aus.«

»Ich muss nach Hause.« Die Patientin stand unvermittelt auf.

»Gut, dann bringen wir Sie«, meinte mein Kollege und sah mich an. »Du müsstest fahren, ich habe ja bekanntlich kein Auto.« Sein linkes Auge zuckte mittlerweile im Sekundentakt.


OHNE UNS UMZUZIEHEN, packten wir Aitana und ihren Sohn in den Jeep auf den Rücksitz und fuhren los. Warren hatte einen großen, braunen Briefumschlag auf seinem Schoß, den er aus der verschlossenen Schreibtischschublade geholt hatte, für die nur er einen Schlüssel besaß. Das kleine Haus der Familie Trochez war nur wenige Fahrminuten vom Health Post entfernt, was erklärte, warum die Patientin immer zu Fuß kam, wenn etwas mit ihr war.

Vor dem Haus der Familie parkte ein betagter amerikanischer Pick-up mit viel Chrom, der als Highlight an der hinteren Stoßstange ein Paar beachtliche, ebenfalls verchromte und auf Hochglanz polierte *Cojones* baumeln hatte. Man konnte davon ausgehen, dass Autobesitzer, die dermaßen deutlich auf ihr Geschlecht hinweisen mussten, einfach wenig Hirn besaßen, auf das sie ähnlich demonstrativ hätten verweisen können. Als ich mit meinem Wagen daneben hielt, ging die Haustür auf und die beiden älteren Brüder Enyers bestürmten und bewunderten den Jeep. Sie hielten eine Sekunde inne, als sie registrierten, dass der Arm ihrer Mutter in Gips war, kletterten dann aber fröhlich in mein Auto, das Enyer ihnen stolz erklärte.

»Vielen Dank für das Bringen, *Doctores,* aber ich gehe besser alleine hinein, sonst wird Guillermo noch ärgerlich.«

»Es wäre doch unhöflich von uns, wenn wir dem Herrn des Hauses nicht Guten Tag sagen würden, wo seine Frau doch dank ihm Stammgast bei uns ist, oder, Doktor Brandstätter?«

Warren ging ohne meine Antwort abzuwarten an Aitana vorbei ins Haus und rief nach ihrem Mann, der, eine Zigarette qualmend, auf der Couch lag und ein Baseballspiel im Fernsehen verfolgte. Eine Hand hatte er in den Hosenbund gesteckt, wie Al Bundy in seinen besten Zeiten. Guillermo setzte sich auf und wollte aufstehen, als ihn der durchtrainierte Nordamerikaner hart vor die Brust stieß, sodass er wieder zurück in die Polster fiel. Aus der Küche waren die zwei Töchter der Familie Trochez gekommen. Isabel, mit sechzehn das älteste von Aitanas Kindern, balancierte die kleine Oleta auf der Hüfte. Die Jugendliche hatte bereits einen ähnlich verängstigten Gesichtsausdruck und eine demütige Haltung wie ihre Mutter.

»Señora, würden Sie bitte mit den Kindern in die Küche gehen? Wir beide haben ein Wort mit Ihrem Mann zu reden«, bat Warren mit wild zuckendem Auge.

Gehorsam verschwand Aitana in der kleinen Küche

nebenan. Eine Tür gab es nicht, aber es lief ein zweites Fernseh-gerät und die Kinder machten genug Lärm, um uns zu über-tönen.

Warren setzte sich auf Tuchfühlung neben Señor Trochez, nahm die Fernbedienung, stellte den Ton ab und begann mit leiser, ruhiger Stimme zu sprechen: »Hör zu, du dummes, fieses Schwein. Der Herr dir da gegenüber und ich haben beide einen schwarzen Gürtel in Karate. Also bleib brav sitzen und schau dir die Fotos an. Sonst werden wir ungemütlich. Stimmt doch, Doktor Brandstätter?«

Ich nickte zustimmend und verschränkte die Arme vor der Brust, um imposanter zu wirken, hatte jedoch keine Ahnung, was der Kollege plante. Dieser holte aus dem Umschlag diverse großformatige Fotos. Ich ging einen Schritt auf die beiden zu, um besser sehen zu können.

»Da, schau, du Arschloch. Das hier ist ein Löwe. Das hier ist ein Elefantenbulle. Das hier ist ein Wasserbüffel.« Er hatte die Fotos nebeneinander auf den Couchtisch gelegt. »Sieh mal genau hin, du Pisser, und sag mir, was alle Fotos gemeinsam haben.«

Ich war erstaunt, wie viele Schimpfwörter mein Kollege kannte, der Barbra regelmäßig aus dem OP zu werfen drohte, wenn sie nur das Wort *shit* gebrauchte.

Señor Trochez sah kurz hin. »Du bist auf allen mit drauf?«

»Richtig, du Schnellmerker. Ich bin auf allen mit drauf. Ich und mein großes Gewehr. Weiter, was noch?«

»Die Viecher sind alle tot.«

»Wieder richtig, die sind alle tot. Und warum sind sie wohl tot?«

»Keine Ahnung. Vielleicht sind alle vor Schreck krepiert, als sie dich gesehen haben. Oder du hattest stinkende Füße.« Guillermo Trochez war nicht nur ein Drecksack, er hatte auch ein schmieriges Lachen.

»Wo bleibt dein Respekt, *cara de pincho?*«, tadelte Warren den typischen *Tico*. »Nein, die sind alle tot, weil ich sie kaltblütig mit dieser wahnsinnig teuren, absolut zielsicheren, großkalibrigen Waffe erschossen habe. Da, schau, das Zielfernrohr obendrauf. Etwas Besseres gibt es auf dem Markt nicht.« Mit einem Seitenblick auf mich sagte er im überzogenen Wehrmachtston: »*Deutsch!*«

»Was geht mich das an, verdammt noch mal?«, regte sich Señor Trochez auf.

»Das kann ich dir genau sagen. Sollte ich noch ein einziges Mal davon hören, dass du Wichser Hand an deine Frau oder eines der Kinder gelegt hast, werde ich dieses Gewehr herausholen und der smarte Herr Doktor, der da so nutzlos rumsteht, wird anschließend ein Foto von mir machen. Mit dir, mir und dem Gewehr.«

»Du kommst ins Gefängnis, wenn du mich erschießt.«

»Wer hat denn was von Erschießen gesagt? Ich habe lediglich gesagt, dass ich nach deinem Ableben gerne ein Foto für meine Trophäensammlung hätte. Weil ausstopfen lassen und dich an die Wand hängen möchte ich dich hässlichen Zwerg nicht. Der Doktor da ist Anästhesist, und mit dem legt man sich besser nicht an. Der kann machen, dass es wie eine natürliche Todesursache aussieht. Stimmt doch, oder?«

»Meine leichteste Aufgabe«, steuerte ich zu dem Gespräch bei.

»Gut, dann wäre das geklärt.« Der Großwildjäger packte seine Fotosammlung wieder ein, stand auf und rief in die Küche: »*¡Adiós, Señora Trochez!*« Und noch mal zu ihrem Gatten: »Ich werde einmal die Woche vorbeikommen und nach deiner Frau sehen, und wehe, sie hat auch nur einen blauen Fleck. Außerdem ist sie arbeitsunfähig, bis der Gips abkommt. Sieh zu, wie du sie und die Kinder versorgt kriegst.«

Als ich den Wagen rückwärts vom Grundstück der Familie

Trochez gesetzt hatte und wir auf der Straße fuhren, meinte ich: »Großes Kino, Warren.«

»Wehe, du erzählst jemandem, dass ich wirklich einen Löwen erschossen habe, dann bist du auf dem nächsten Foto mit drauf. *I mean it.*«


IM HEALTH POST setzte ich den Chirurgen ab, machte mich auf die Suche nach Pablo und fand ihn schließlich in dem kleinen Werkstattraum, hinter dem das geheime Zimmer lag, in dem der *Tico* kochte und schlief. Wie es in diesem Bretterverschlag aussah, wusste niemand so genau, Pablo hielt die Tür immer abgeschlossen. Das winzige Fenster an der Seite war mit Brettern zugenagelt. Auf der chaotischen Werkbank stand eine kleine, in schreienden Farben bunt bemalte Muttergottes, die einen Rosenkranz und eine billige Plastikperlenkette um den Hals geschlungen hatte – vor ihr brannte eine Votivkerze. Der Hausmeister hatte einen Stuhl aus dem Wartebereich im Schraubstock festgeklemmt und werkelte mit einem Akkuschrauber daran herum. Eine selbst gedrehte Zigarette baumelte im Mundwinkel. Als er mich eintreten sah, legte der Hausmeister das Werkzeug zur Seite und sah mich fragend an.

»¡*Hola, Pablo!* Hast du einen *Cortapernos?* Je größer, je besser.« Ich hoffte, er würde meine spanische Übersetzung für *Bolzenschneider* verstehen.

Pablo holte eine überdimensionale Zange aus einem Schrank hinter sich und reichte sie mir. Er tippte auf seinem Handy und ließ mich die Notiz lesen.

*Wozu brauchst du?*

»Ich will jemandem die Eier abschneiden.«

Pablo lachte keckernd, zog an seiner Zigarette und widmete sich wieder seinem Stuhl.

Als ich die Werkstatt verließ, fuhr Warren in seinem chamäleongrünen Sportoutfit grußlos auf dem Fahrrad an mir vorbei. Mit Doktor Chandler konnte man Pferde stehlen, aber dann war man wieder auf sich gestellt.

AM NÄCHSTEN MORGEN schenkte ich Warren die *Cojones,* die ich von Señor Trochez' Stoßstange abgeschnitten hatte, mit den Worten: »Für deine Trophäensammlung.«

Mein Kollege wog das verchromte Prachtstück in einer Hand. »Wenn das ein Versuch sein soll, sich mit mir anzufreunden, muss ich dich warnen: Ich hätte Bambi erschossen.«

»Und ich hätte es gegessen.«

Der leise Anflug eines Lächelns zeigte sich im linken Mundwinkel, ehe der Nordamerikaner die verchromten *Cojones* vor sich auf den Schreibtisch legte und weiter an einem Arztbrief schrieb.

NACHDEM KIA MINDESTENS einmal pro Woche mit Madalena bei mir vorbeikam, hatte sich die Frage, ob sie ausziehen sollte, erledigt. Die Zeit mit meiner Tochter tröstete mich über mein nicht vorhandenes Sexualleben hinweg. Solange Kia der einzige Weg war, um Madalena nicht nur im Vorbeigehen zu sehen, konnte ihre Nanny bleiben, bis die Hölle zufror.

Der einzige Luxus, den ich meinem Körper noch gönnte, waren gelegentliche Massagen bei einer der Ladys, die ihre Liegen am Strand aufgebaut hatten und gegen kleines Geld Touristen von Kopf bis zum Zeh bearbeiteten. Rita, meine Lieblingsmasseuse, war immer freitagmittags da. Weil ich ihrer siebenjährigen Tochter einen Seeigelstachel aus dem Fuß operiert hatte, wurde ich zum Freundschaftspreis durchgewalkt.

Ich hatte mir eine halbstündige Massage gegönnt und das klebrige Öl im Meer abgespült. Die Dünung war extrem unruhig und man hatte das Gefühl, in einer Waschmaschine zu stecken. Überall platzten prickelnde Sauerstoffblasen auf der Haut. Kurzum, der Mann in mir war geweckt, aber hatte mal wieder nichts zu tun. Selbst Hand an mich zu legen, war für mich noch nie ein attraktives Mittel der Wahl gewesen.

Kia lag in der Hängematte und las *Tschick* von Wolfgang Herrndorf, eines meiner Lieblingsbücher, das ich ihr geliehen hatte: »Hey, Ben. Was geht?«

»Ich komme gerade vom Massieren am Strand und habe mich noch etwas in der Waschbrühe eingeweicht. Bin jetzt total locker und reif für einen Mittagsschlaf.«

»Warum bezahlst du Geld dafür? Ich kann dir das umsonst machen. Mit der Massage, meine ich.« Fräulein Mortensen hatte diesen speziellen Blick drauf, den Frauen sich aufsparten für den Moment, in dem man ihnen an die Wäsche durfte.

»Aha, aha.« Ich war willenlos und saß seit Wochen auf dem Trockenen.

Kia kugelte sich aus der Hängematte auf ihre eigene, sehr komisch wirkende Art. Es gab Frauen, die sich aus diesem Teil dermaßen porno herausschälten, dass ich sie auf dem Weg zum Haus schon halb ausgezogen hatte. Kia war zweifellos eine Frau, wenn manchmal auch eine sehr ulkige. »Komm, ich zeig's dir.«

Ich folgte meiner Mieterin ins Haus, duschte das Salzwasser von der Haut und brachte aus dem Bad, wie verlangt, ein Fläschchen Babyöl mit, das seit Kias Einzug unbenutzt auf dem Regal stand. Meine zweite Massage an diesem Tag war mit vollem Körpereinsatz und Happy End.

Als ich mich schwitzend und keuchend von Kia heruntergerollt, mich neben sie gelegt und die schützende Strickdecke über meinen Körper gezogen hatte, meinte ich ein paar erklärende Worte sagen zu müssen: »Hör mal …«

»Schon gut. Wir brauchen nicht darüber zu reden. War ja nicht der Rede wert. Ich bin schon wieder weg.« Kia stand auf und zog sich an.

»Wie jetzt – nicht der Rede wert?« Ich fühle mich in meiner Ehre leicht gekränkt. »Hat es dir denn nicht gefallen?«

»Doch schon, war nicht schlecht. Können wir gerne mal wieder tun.« Die Dänin war fertig angezogen und schlüpfte in ihre Flip-Flops. »Aber kein Grund, große Diskussionen zu führen. Du weißt, Jan kommt nächsten Monat aus Brasilien hoch. Außerdem muss ich jetzt zum Dienst ins Hotel. Bin an der Rezeption bis Mitternacht.« Mit diesen Worten ließ sie mich zurück.

Ich schüttelte den Kopf. Ich hätte mein Haus verwetten können, dass Kia der Typ Frau war, der nach dem Beischlaf kuscheln wollte und zu klammern anfing. Dieser unkomplizierte Abzug war völlig überraschend.

DER GESTRIGE ABEND war ein voller Erfolg gewesen. Manuel hatte seit Langem wieder eine Pokernacht veranstaltet. Rainer durfte seit Madalenas Geburt nicht mehr an diesen Runden teilnehmen, weil es Raya nicht verkraftete, nach Sonnenuntergang alleine mit dem Kind zu Hause zu sein. Keiner verstand dieses Argument bei einer Frau, die in einem Hotel mit zig Angestellten und Gästen schlief, wirklich. Wie man so hörte aus dem Hause Delgado-Schiller, hing der Haussegen ziemlich schief und Raya hatte das Regiment mit eiserner Hand übernommen. So gesehen konnte ich froh sein, dass sie mein Flehen nicht erhört und ich sie nicht an der Backe hatte. Manuel kannte genug andere interessante Menschen, um die winzige Lücke, die Rainer hinterließ, zu füllen. So war dieses Mal ein Bestsellerautor aus der Schweiz eingeladen, dessen Bücher ich als junger Erwachsener verschlungen hatte. Zuerst hatte er mir zwei Bücher signiert, die ich von ihm im Bücherschrank gehabt hatte, und danach hatte er mich im Spiel um zweihundertzehn Dollar reicher gemacht. Der Schriftsteller hatte Manuel als

Gastgeschenk jede Menge feinste Schweizer Schokolade mitgebracht, die mein Freund mir zum Abschied in einer Kühltasche von Jorge überreichen ließ.

»Ich bin allergisch gegen Schokolade«, erklärte der Unternehmer.

»Wie traurig, aber gut für mich.«

In Costa Rica war, außer im Duty Free am Flughafen, praktisch nicht an gute Schokolade heranzukommen. Meine Schätze aus Kakao, Fett und Zucker warteten im Weinkühlschrank auf mich, den ich mir kurz nach dem Einzug zugelegt hatte, weil meine teuren Rotweine oft so warm waren, dass sie mich an Glühwein erinnerten. Ich suchte mir eine der gut temperierten Flaschen aus und dazu die passende Tafel des Süßzeugs. Dieser Abend sollte ein Genuss für meinen Gaumen werden. Auf der Packung stand *Fair gehandelte Schokolade* – die sollten lieber mal Schokolade erfinden, die den menschlichen Körper fair behandelte.

Ich legte die CD *Endless Love* von Sivert Høyem in den Player und machte es mir auf dem Sofa gemütlich. Meine Hunde waren seit dem Nachmittag beide verschwunden, Kia war vor einer Stunde mit dem Bus nach Puerto Viejo gefahren. Sie hatte sich mit einer Backpackerin aus Österreich angefreundet und zog mit der abends öfter durch die Kneipen. Nach der Massagesession war es zu keiner weiteren sexuellen Begegnung gekommen. Dafür hatte ich am Nachmittag mal wieder eine ganze Stunde mit meiner kleinen Tochter spielen können. Kia hatte die Zeit genutzt, um in ihrem Zimmer mit Jan zu skypen, den ich mittlerweile *das Phantom* nannte, weil er trotz zahlreicher Ankündigungen nie auftauchte. Ich hatte beim Skypen einen zufälligen Blick auf den brilletragenden Nerd mit dem Hipsterbart werfen können und fand ihn leider sympathisch, hätte das aber gegenüber Kia nie zugegeben.

Ich hatte Madalena, die bereits kurze Sätze sprach, ein

neues Wort beigebracht: *Prost* – beziehungsweise *Post*, denn meine Tochter konnte kein R sprechen. Wir hatten das Anstoßen mit Plastiktrinkbechern und Orangensaft geübt. Bei der Gelegenheit war mir eingefallen, dass unsere Treffen demnächst ein Ende haben würden, sobald sie ihrer Mutter selbst von dem netten Nachbarn erzählen konnte, bei dem sie mit Kia so oft zu Besuch war. Ein ziemlich großer Glassplitter unter der Haut.

Meinen Versuch, ein Buch zu lesen, gab ich auf, nachdem ich eine Seite viermal gelesen hatte, ohne zu wissen, was geschah. Irgendwann musste ich ebenfalls eingeschlafen sein. Als mein Telefon klingelte, war es kurz vor Mitternacht. Die Nummer auf dem Display war die vom Pub.

»Wer stört meinen Schönheitsschlaf?«, fragte ich mit belegter Stimme.

»Hey, Doc. Ich bin's, Shane. Diese naive Dänin ohne Titten und mit Haaren bis zum Arsch, die gehört doch zu dir, oder?«

Ich räusperte mich: »Irgendwie schon. Was hat sie denn angestellt?« Kia war ein Ausbund an Vernunft – etwas Schlimmes konnte es nicht sein. Ich trank den Rest aus meinem Glas, um den schalen Geschmack im Mund wegzubekommen, und steckte eine halbe Rippe von der Zartbitterschokolade hinterher.

»Die liegt ausgeknockt bei mir rum. Könntest du mal nach ihr sehen und sie mitnehmen?«

»Warum das denn?« Ich war alarmiert, ging den Autoschlüssel holen, nahm meine Notfalltasche und schlüpfte in ein Paar Havaianas.

»Die hat den ganzen Abend mit diesem Cowboyverschnitt abgehangen, der sich neuerdings hier rumtreibt, und mit dem getrunken. Dann war sie urplötzlich blau und jetzt ist sie nicht mehr ansprechbar.«

Ich setzte mich hinters Steuer und ließ den Wagen an. »Sie trinkt doch keinen Schluck Alkohol.«

»Stimmt, ich habe ihr keinen Tropfen gegeben, und Davina

hat ihr auch nur Bitter Lemon ausgeschenkt. Deswegen kam es mir merkwürdig vor, dass die so daneben ist. Kommst du?«

»Bin schon unterwegs, bis gleich.«

Als ich den Pub eine Viertelstunde später betrat, war weder von Shane noch von Kia etwas zu sehen. Alvarez, unser Taxiunternehmer, saß an einem Tisch und trank ein *Imperial*. Neben ihm saß Miss Marples persönlicher Wellnesstherapeut, den Oberkörper und die Arme auf dem Tisch, und regte sich nicht.

»Shane ist mit der Señorita im Hinterzimmer. Die liegt da rum und kotzt«, informierte Alvarez mich. »Ich passe auf diesen *hijo de puta* auf, bis mein Neffe kommt.«

Der kleine Raum hinter dem Tresen diente als Warenlager und Büro. In der Ecke stand eine Pritsche für gute Gäste, die nicht mehr in der Lage waren, nach Hause zu laufen. Der Ire war ein sehr umsichtiger Kneipier. Auf eben dieser Pritsche lag Kia mit geschlossenen Augen. Shane kam mit einem Plastikeimer herein. Ich checkte Kias Puls, der bei 130/min lag.

»Hey, Doc. Sie hat gerade gekübelt. Jetzt ist sie wieder bei den Engeln. Wie sieht es aus?«

»Wenn sie sich übergeben und alles ausgewürgt hat, funktionieren ihre Schutzreflexe anscheinend noch. Das ist kein schlechtes Zeichen.«

»Ich bin mir sicher, der Typ hat ihr was ins Glas gegeben. So plötzlich, wie die von nichts besoffen war, da stimmt was nicht. Vor allen Dingen wollte er sie mitnehmen und angeblich nach Hause bringen. So was Ähnliches hat der letzte Woche mit einer alleinreisenden Backpackerin aus Tschechien gemacht, die war ebenfalls in Nullkommanichts hinüber und der *Bugger* hat sie mitgenommen. Wir haben uns nichts gedacht dabei. Davina hat mit der am nächsten Tag gesprochen, die konnte sich an rein gar nichts mehr erinnern. Totaler Blackout. Ich mache den

Job seit zwanzig Jahren, da spielt man kein *Bullshit Bingo* mehr mit mir, und so viele Zufälle gibt es nicht«, erklärte der gestandene Wirt mit fester Stimme und holte ein Medikamentenfläschchen aus der Hose. »Das haben wir in seiner Westentasche gefunden.«

Leider war das Tropffläschchen nicht beschriftet und der Inhalt roch unauffällig. »Das klingt schon verdächtig. Danke fürs Aufpassen.«

»Gerne doch. Ist doch fast eine von uns, das Mädchen. Aber auch, wenn sie es nicht wäre, bei Shane schüttet man niemandem was ins Glas, damit das klar ist.« Der Baum von einem Mann hatte sich mit vor der Brust verschränkten Armen neben der Pritsche aufgebaut. »Verstehe sowieso nicht, was die den ganzen Abend mit dem Typen zu reden hatte.«

»Warum liegt er auf dem Tisch und regt sich nicht?«

Er rümpfte die Nase. »Was der kann, kann Shane schon lange.«

Ich musste lachen: »Bei Shane schüttet niemand jemand was ins Glas, außer Shane selber, was?«

»Du hast es erfasst, mein Freund«, sagte der Riese bestimmt. So gutmütig er wirkte, richtigen Streit wollte ich mit dem Iren nicht haben.

»Ich denke, Kia wird wieder. Sie ist ja schon halbwegs wieder ansprechbar. Ich nehme sie mit und werde später eine Blut- und Urinprobe nehmen und prüfen lassen, was das für Tropfen sind. Wenn wir etwas nachweisen können, kann man den Kerl anzeigen. Aber das wird nicht so einfach sein. Ich muss ein Labor finden, das die Diagnostik machen kann.«

»Den brauchst du nicht anzuzeigen. Wir haben das alles bereits in die Wege geleitet. Wir warten nur noch auf Ernesto, den Neffen von Alvarez. Der erledigt den Rest.«

Ich legte meine Stirn in Falten: »Ihr werdet euch doch nicht versündigen? Ich werde mal nach ihm sehen«, meinte ich, weil ich dann doch zu sehr Arzt war, um einem Menschen in Not die Hilfe zu verweigern.

»Du weißt doch, wir sind alle katholisch und wollen nicht in der Hölle landen«, antwortete der Ire.

»Was habt ihr mit ihm vor?«, fragte ich, als ich den Puls des menschlichen Neunzigerjahre-Relikts fühlte.

Alvarez hob an: »Ernesto, mein Neffe, der mit dem Glasauge, der bei Rosario in der Schreinerei arbeitet, wollte sowieso einen Ausflug nach San José machen, um seinen Bruder Carlos zu besuchen. Die beiden haben sich seit Monaten nicht mehr gesehen und du weißt ja, wie wichtig uns die Familie ist.«

»Schon, aber was hat das mit dem Cowboy hier zu tun?«

»Ernestos Auto hatte gestern einen Motorschaden. Muss erst repariert werden. Da passt es doch, wenn er das Auto des *Cabrón* nimmt und ihm San José zeigt.« Alvarez lachte heiser. »Glaube mir, wenn der eine Nacht mit seiner Karre alleine im richtigen Barrio steht, ist er alles los, was er so bei sich trägt, inklusive Auto. Wir müssen uns doch nicht selbst die Finger mit so jemandem schmutzig machen.«

»Ich verstehe, das kann man so unter *höhere Gewalt* verbuchen.«

»Nenn es Schicksal, Ben. Wenn er Glück hat, nehmen sie ihm nur den Geldbeutel weg und lassen ihn ausschlafen. Wenn er Pech hat...« Alvarez hob die Schultern, ließ das Ende des Satzes offen und erinnerte an Marlon Brando in *Der Pate,* als dieser den legendären Satz sagte: *Wir haben ihm ein Angebot gemacht, das er nicht ablehnen konnte.*

»Apropos Geldbeutel. Sieh mal nach, wie viel er dabeihat. Er hat die Zeche noch nicht bezahlt«, meinte Shane. Nachdem sie die dicke Geldbörse aus Jerrys Hosentasche gezogen hatten: »Ja, hoppla, was haben wir denn da? Eine goldene Kreditkarte und zweihundertfünfzig Dollar in bar.«

Alvarez nahm das Bargeld und meinte: »Ihr seid alle Zeugen, dass er Ernesto gebeten hat, er möge ihn für zweihundertfünfzig Dollar nach San José fahren, weil er zu blau ist, um das selbst zu tun. Nicht wahr?«

»Sind wir, Alvarez. Du hast mitbekommen, dass er eine Lokalrunde nach der anderen ausgegeben hat, bis ich meinte: ›Mensch, lass gut sein, du hast schon siebenhundertfünzig Dollar auf dem Bierdeckel.‹«

Der *Tico* lachte und zündete sich eine Zigarette an, während Shane die Kreditkarte des Wellnesstherapeuten belasten ging.

Kopfschüttelnd ging ich zurück zu Kia. Wie einfach konnte das Leben doch sein, wenn man es geschickt in die eigenen Hände nahm. Meine dänische Privatmasseuse hatte die Augen offen, schien mich aber nicht zu registrieren. Es war Zeit, aufzubrechen.

Ich rief Shane. »Hilf mir mal, Kia ins Auto zu tragen.«

Der Wirt nahm Fräulein Mortensen, die nicht viel kleiner als ich und nicht gerade zierlich war, wie ein Federgewicht hoch und trug sie vor mir aus der Kneipe. Beim Hinausgehen fiel mein Blick beiläufig auf die *Wall of Shan(m)e,* an die an prominenter Stelle ein handgefertigter Cowboystiefel aus feinstem Schlangenleder am Schaft festgenagelt war. Ich schüttelte lachend den Kopf. Die Jungs verloren wirklich keine Zeit.

Der Ire hatte Kia, die vor sich hin stöhnte, mit dem Gurt bereits festgeschnallt, und ich fuhr los. Ich verfrachtete die Dänin zu Hause auf die Couch, legte einen Zugang, hängte eine Flasche Vollelektrolytlösung an und verabreichte eine Ampulle Vomex gegen die Übelkeit.

Ich las und wartete mit Gwen, bis Kia um kurz nach drei in der Nacht wieder voll da war. Das unfreiwillige Drogenopfer stöhnte, öffnete die Augen und fragte, wie es hierhergekommen sei und warum es einen intravenösen Zugang hatte. Ich erklärte ihr, was passiert war, und die ansonsten toughe Blondine begann zu heulen.

»Komm, nicht flennen, es ist doch nichts Schlimmes passiert. Warum gibst du dich mit so einem Typen ab? Ich dachte, du seist mit dieser gestörten Österreicherin unterwegs.«

»Bettina hat mich versetzt, weil sie am Strand einen Judolehrer aus Krakau kennengelernt hat, und es war sonst keiner da, den ich kannte.«

»Dann sprichst du mit dem schmierigsten Typen in der ganzen Bar?«

»Er hat mir erzählt, er sei Wellnesstherapeut und er suche eine Mitarbeiterin für seine Praxis. Das habe ich mir angehört.«

Ich erzählte Kia von meiner Begegnung mit Jerry und Miss Marple und der Sache mit dem Novocain auf dem Schwanz, davon, dass er diese Nacht in einem der übelsten Viertel von San José verbringen würde, und dass ihn der ganze Spaß bislang tausend US-Dollar gekostet hatte, ohne die Folgeschäden an seinem Auto. »Ach ja, und die *Wall of Shan(m)e* ziert jetzt ein dunkelbrauner Cowboystiefel!«

Sie lachte. »Ich werde euch Bescheuerte ziemlich vermissen, wenn ich in Nicaragua bin, Ben.«

»Glaube ich nicht. Du wirst mit dem *Phantom* so viel Spaß haben, dass du uns sehr schnell vergessen wirst. Nicaragua ist toll.«

Kia sah mich an und legte ihre Hand auf meinen Oberschenkel. »Nein, dich und Yoani werde ich niemals vergessen, Ben. Ich hatte so eine schöne Zeit bei euch.«

»Ja, wenn das so ist. Dänen lügen bekanntlich ja nicht«, bemerkte ich auf Deutsch.

Kia war die Otto-Version des Schlagers *Tränen lügen nicht* anscheinend unbekannt, wie ich an ihrer gerunzelten Stirn erkennen konnte. Ich entfernte den Zugang und nahm das Häufchen Elend mit in mein Bett, damit ich noch etwas

Schlaf bekam und trotzdem mitbekommen würde, wenn sich ihr Zustand wieder verschlechtern sollte. Meine Patientin war sofort wieder eingeschlafen, schnarchte laut und tanzte Polka neben mir.

Beim Wegdämmern hatte ich *With a Little Help from My Friends* von den Beatles im Kopf und beschloss, es demnächst mal wieder selbst zu singen.

# PHANTASIEWELTEN & PHANTOME

AN DIESEM NACHMITTAG legte ich nach dem Einkaufen eine Pause bei Shane auf der überdachten Veranda ein, gönnte mir eine Tasse Kaffee und beobachtete das Strand- und Dorfleben mit weit von mir gestreckten Beinen. Mein ganzes Leben lang hatte ich, wann immer möglich, nach dem Motto von Astrid Lindgren gehandelt: *Und dann muss man ja auch noch Zeit haben, einfach dazusitzen und vor sich hin zu schauen.* Seitdem ich in Costa Rica lebte, konnte ich das mit schöner Regelmäßigkeit und sehr ausgiebig tun. Im Pub fand sich meist der eine oder andere Bekannte oder völlig Unbekannte ein, der oder die sich an den Tisch zu mir gesellte und mich unterhielt. So ganz nebenbei liefen hier ärztliche Konsultationen und Vorgespräche für Behandlungen im Health Post. *Pura vida.*

Heute war das Wetter für einheimische Verhältnisse mies gewesen. Die Sonne hatte sich den ganzen Tag hinter dicken Regenwolken versteckt, die sich jetzt entluden und die Straße vor dem Pub in einen flachen Bachlauf mit tiefen Wasserlöchern verwandelten. Sobald der Regen angefangen hatte, kamen Gomez und Gwen vom Strand heraufgelaufen, schüttelten sich und legten sich unter den Tisch ins Trockene.

Neben meinen dösenden Hunden drehte sich ein Käfer,

dem ein Hinterbein fehlte, beständig im Kreis, bis Gomez mit der Pfote draufhieb und dem Leiden ein Ende bereitete.

Von der Familie O'Reilly war keiner zu sehen. Dafür stelzte Davina durch den Pub. Die Aushilfskellnerin mit den endlos langen Beinen und schottischen Wurzeln mochte mich aus unerfindlichen Gründen nicht und stellte mir den bestellten Latte macchiato wort- und röhrchenlos hin. Wenn ich ehrlich war, wusste ich genau, warum Davina nicht sonderlich gut auf mich zu sprechen war. Ich hatte vor ein paar Monaten eine Nacht in ihrem Bettchen geschlafen und war danach aus vielerlei Gründen nicht bereit gewesen, diesen nächtlichen Besuch zu wiederholen. Ein Grund war, dass Davinas Brüste unterschiedlich groß waren und eine etwas tiefer hing als die andere. Dieser Umstand irritierte mich so, dass ich tatsächlich Probleme gehabt hatte, mich auf das Wesentliche zu konzentrieren.

Der andere, nicht mindere Grund war, dass sie ein T-Shirt mit Minnie Mouse trug – es war für einen überzeugten Donald-Duck-Fan nicht leicht, eine Frau mit Minnie Mouse über den Brüsten ohne Leistungsabfall zu poppen. Darüber hinaus hatte Davina mir erklärt, dass sie alles von *World Disney* liebe.

Der Klugscheißer in mir musste sie korrigieren: »Der Typ, der das alles erfunden hat, hieß *Walt Disney.*«

Davina hatte mich damals ausgelacht und die Existenz des kongenialen Mannes, der hinter den Disney-Figuren steckte, strikt geleugnet. Der Witz sei eben, erklärte sie mir, dass die Vergnügungsparks *World Disney World* hießen. Ich zog mich daraufhin aus *Davina's World* zurück.

»Könnte ich bitte ein Röhrchen für den Latte haben?« Mir war danach, meinen Kaffee zu saugen und langbeinige Schottinnen im Feldversuch zu provozieren.

»Haben wir nicht.« Mein Studienobjekt wischte mit einem Tuch über den sauberen Tisch vor mir, als hätte ich ihn durch meine pure Anwesenheit beschmutzt.

»Ich komme schon seit gut zwei Jahren her und ich weiß genau, dass es Strohhalme gibt.«

»Schon, aber die sind nur für Longdrinks, Cocktails und Kids. Wenn ein Kerl so Kaffee trinkt, wie sieht denn das aus?«

»Das ist doch mein Problem, wie das aussieht. Bring mir doch einfach einen. Ich übernehme die volle Verantwortung.«

»Das kann ich nicht, das ist so nicht in der Registrierkasse eingegeben. Am Schluss fehlt eines und ich darf es zahlen.«

»Bring mir *bitte* ein Röhrchen, ich zahle was dafür.« Die Diskussion war lächerlich, aber ich hatte nichts Besseres zu tun. Auch das war Costa Rica, für den größten Schwachsinn Zeit zu haben.

»Ich weiß nicht, was ich für eines verlangen soll.« Ihre Augen zuckten gefährlich und sie erwürgte den feuchten Lappen mit beiden Händen.

Ich beschloss, es auf die Spitze zu treiben. »Gib mir einfach eines und schreibe einen Blankoschuldschein aus. Shane kann den korrekten Betrag später einfügen und ich zahle nachträglich. Wenn du möchtest, hinterlege ich eine Kaution.« Ich fischte einen Zehn-Dollar-Schein aus meinem dicken Geldbündel, das aus einer Kreditkarte und aus mit einem Gummi drum herum gepackten Dollarnoten und Corones bestand.

Daraufhin stapfte die Aushilfsbedienung auf ihren gebräunten Flamingobeinen, die trotz ihrer geschätzten zweiundvierzig Jahre top in Schuss waren, zur Theke, riss einen Halm aus dem Vorratsbehälter, kam zurück und knallte ihn ziemlich uncharmant vor mir auf den Tisch.

»So, ist es jetzt gut?«

»Den Schuldschein müsste ich noch unterschreiben.« Ich lächelte übertrieben freundlich.

Davina war kurz davor zu platzen, dann fiel ihr anscheinend etwas Geniales ein. Sie nahm lächelnd den Trinkhalm und verschwand damit hinter der Theke. Als sie zurückkam, war mit schwarzem Permanentmarker *Asshole* darauf geschrieben. Sie steckte es in den Milchschaum mit den Worten: »Da, schenke ich dir. Das kann man spülen und du kannst es wiederverwenden.«

»Du weißt schon, dass ich mehr der Einmaltyp bin?«, konterte ich und wartete gespannt die Reaktion ab. Davinas Hautkolorit verfärbte sich ziemlich ungesund.

Leider kam in diesem Moment Roberto, der Bäcker aus Limón, mit seinem Sohn Ramón herein, um das bestellte Brot vorbeizubringen. Die beiden grüßten mich und setzten sich unaufgefordert zu mir an den Tisch. Ramón, acht Jahre alt und mit Down-Syndrom geboren, holte sein Handy heraus und spielte darauf.

Roberto orderte bei Davina: »Für Ramón einen Orangensaft und für mich das Gleiche wie das, was mein Freund hat.« Dabei zeigte er auf mich.

Davina rauschte ab und kam wenig später mit den bestellten Getränken zurück. Ramón nahm sein Glas, ohne von seinem Spiel aufzusehen, zielsicher in die Hand und trank seinen Saft. In beiden Gläsern steckten zu meinem Erstaunen Trinkhalme. Noch vor wenigen Minuten hätte man meinen können, die Dinger seien rationierte Mangelware.

»Bekommt man den Kaffee hier auch schon mit diesem schwulen Accessoire?«, fragte Roberto verwundert.

Ich zuckte mit den Schultern.

Er stutzte, las die Aufschrift, drehte sich um und fragte: »Warum steht auf meinem Röhrchen *Asshole,* Davina?«

»Du wolltest doch das Gleiche wie dein Freund, oder nicht?«, antwortete diese zickig.

Der Bäcker sah mich verwirrt an.

Ich zuckte nur mit den Schultern. »Weiber.« Ich saugte an meinem Strohhalm und grinste. Mein Tag war gerettet.

Der Tag im Health Post war anstrengend und lang gewesen. Im Anschluss an die Sprechstunde besprachen Frieso, Warren und ich, was wir als Nächstes in Angriff nehmen würden, um die klinische Versorgung unserer Patienten zu verbessern und festzulegen, in welche Richtung wir uns weiterentwickeln wollten. Wir waren uns einig, dass wir endlich einen vernünftigen OP brauchten und noch einen weiteren Arzt, damit die Patienten nicht mehr so lange warten mussten.

Müde, aber zufrieden war ich nach Hause gefahren, hatte zuvor in Limón im Supermarkt noch meine Einkäufe erledigt und wollte mir jetzt zwei Portionen meiner Lieblingschickenwings *Hot and Spicy* in den Ofen schieben. Yoani war nicht da gewesen und zum Kochen hatte ich keinen Bock.

»Jemand zu Hause?«, hörte ich meine Dauermieterin von der Patiotür her rufen.

»Komm doch rein.«

Kia hatte zwei volle Einkaufstüten bei sich und stellte sie in der Küche ab. »Lust auf ein Abendessen der Extraklasse und eine anschließende Massage von einer erotischen Dänin?«, fragte sie frei heraus.

»Was würde die Dänin denn Erotisches kochen?«

»Ich habe Tortillas, Hackfleisch, jede Menge Jalapeños, Tomaten, Bohnen, Sour Cream und Cheddarkäse.«

Genau wie Boone Daniels, der Held aus den Romanen meines Lieblingsautors Don Winslow, war ich der Auffassung: *Everything tastes better on a tortilla.*

Gemeinsam machten wir uns daran, eine Füllung für die Teigfladen zu brutzeln. Kia rührte und ich schnippelte das Gemüse.

»Komm, wir ssprechen Deutss. Damit iss ein bissen in Übung bleibe.« Kias Akzent war nicht unsexy und für das, was wir danach vorhatten, somit förderlich.

»Geb mal die Pfeffermühle rüber«, forderte sie mich auf.

Der Erbsenzähler in mir konnte nicht anders: »Der Imperativ im Deutschen wird mit i gebildet, Brigitte.«

Die Getadelte dachte kurz nach und fragte mit aufgesetzter Unschuldsmiene: »Wichsse dein Ssurfbrett!?!«

Ich musste lachen: »Du bist nicht schlecht, Mortensen.«


NACH DEM ESSEN landeten wir ganz ohne vorangegangene Massage im Bett und sprachen wieder Englisch. Kia kuschelte nach dem Sex nicht gerne, zumindest nicht mit mir. Ob sie es grundsätzlich nicht wollte oder wegen Jan ein schlechtes Gewissen hatte, wusste ich nicht.

Wir wechselten angezogen auf die Couch. Ich schenkte mir ein weiteres Glas von dem chilenischen *Shiraz* ein und Kia trank ihr übliches Bitter Lemon.

»Ich bin meinen Job als Nanny los«, informierte sie mich.

»Aha, aha.« Mir war klar gewesen, dass meine Tage mit Madalena gezählt waren, aber ich hatte immer gehofft, ich hätte noch eine kleine Abschiedsparty für uns schmeißen können, mit Luftballons, Seifenblasen, selbst gebackenem Kuchen und Weisheiten fürs Leben mitgeben. Ich hatte bislang einen schönen Abend gehabt und der Glassplitter ging ausnahmsweise nicht so tief.

»Die Kindsmutter hatte ein Problem damit, dass ihre kleine, unschuldige Tochter durch das feine Hotel rennt und voller Begeisterung › *Watch me explode*‹ grölt. Man hat beschlossen, dass nur ich ihr das beigebracht haben konnte. Ich konnte ja schlecht zu meiner Verteidigung erklären, dass der bescheuerte echte Kindsvater der Frucht seiner Lenden anstatt *Itsy, bitsy spider* Hardrock beibringt.«

Bei Madalenas letztem Besuch hatten wir ein paar Songs von AC/DC angehört und zusammen gerockt. Ihr Hüftschwung mit voller Windel war beeindruckend. Dass das Kind sich die besten Refrains merken würde, konnte ich nicht ahnen, erfüllte mich aber mit Stolz.

»Mach dir nichts draus, irgendwann wäre es sowieso nicht mehr gegangen. Alles im Leben hat seine Zeit«, meinte ich.

Mir spukte das Lied *Turn, Turn, Turn* von Pete Seeger im Kopf herum, das Bibelstellen des weisen Königs Salomon zitierte*: A time to embrace, and a time to refrain from embracing. A time to get, and a time to lose; a time to keep, and a time to cast away.* Sei weise, Brandstätter, und nimm also auch dieses Schicksal klaglos hin. *Pura vida.*

»Das ist doch absoluter Mist. Warum lässt die *Bitch* dich das Kind nicht sehen?«, fragte die Ex-Nanny.

»Weil sie eine *Bitch* ist.«

»Logisch, hätte ich selbst drauf kommen können.«

Ich sah zum Deckenventilator hoch, der sich geräuschlos in der Zimmermitte drehte. Über ihm saß Gernot, der alte Spanner, und beobachtete uns. »Sei's drum, wenn ich sie nicht mehr sehe, kann ich mir ja jederzeit ein Neues machen«, sagte ich mit leichtem Stottern. Im Geiste hörte ich *Wie soll ein Mensch das ertragen* von Philipp Poisel. Je emotionaler ich wurde, desto mehr Hintergrundmusik spielte in meinem Kopf.

»Willst du noch was Blödes hören?«, fragte Kia und nahm eine der Bitterorangen, die in einer Schale auf dem Tisch standen, weil ich ihren Geruch so gerne mochte. Der Baum stand direkt neben dem Schlafzimmerfenster und seine Blüten verbreiteten ein umwerfendes Aroma. Kia warf die feste Frucht von einer Hand in die andere.

Gernot war mittlerweile an der Decke weiter gen Küche gelaufen und hielt keckernd am Durchgang inne.

»Nein, eigentlich reicht das für heute. Sag lieber mal was Nettes«, bat ich.

»Die Kindsmutter hat seit der Geburt Schwangerschaftsstreifen am Bauch und Riesendellen am Arsch.«

»Danke, das war jetzt sehr nett.«

»Bitte, gerne. Bekomme ich zur Belohnung ein Stück von dieser geilen Schweizer Schokolade?«

»Ist alle. Habe ich neulich gegen Weltschmerz aufgefuttert.«

»Blöd.«

»*Sorry*, soll nicht wieder vorkommen. Kennst du Mon Chéri? Diese legendäre deutsche Köstlichkeit mit der Piemontkirsche, die es nur in den Wintermonaten gibt?«

»Natürlich! Ich habe eine Tante in Hamburg, da gab es die immer an Weihnachten. Ich hatte als Kind mal einen Schlag, weil ich fünf auf einmal genascht hatte. Ich habe im Strahl gekotzt, kann ich dir sagen.«

Fräulein Mortensen neigte zu unfeinen Ausdrücken, was mich etwas störte an ihr.

»Würde ich gerne mal wieder essen. So Kleinigkeiten fehlen mir in Costa Rica manchmal. Ist eines der letzten Rätsel der Menschheit, warum manche von den Pralinen eingepackt sind und andere nicht und warum immer die ohne Papierchen zuerst gegessen werden.«

»Über so einen Scheiß machst du dir ernsthaft Gedanken?«

»Jupp, wenn ich dahintersteige, verstehe ich vielleicht den Sinn des Lebens oder woher wir alle kommen und wohin wir gehen.«

»Du hast 'ne Meise, Ben.«

»Ich kann aber auch so Sätze wie: *Wir haben verlernt, auf die leisen Töne der Liebe zu hören.*« Ich dachte kurz nach: »Oder: *Wer keinen Penis hat, muss mit dem Herzen denken. Oder: Du hast einen konstitutionellen Varus.*«

»Das klingt übel. Was ist das?«

»O-Beine.« Ich lachte versonnen vor mich hin.

Kia betrachtete ihre Beine, die sie auf dem Tisch liegen hatte. »Ich habe gar keine O-Beine, die sind kerzengerade. Ich kann nicht so gut mit Worten umgehen. Aber ich kann jonglieren, soll ich es dir zeigen?« Sie stand auf, nahm noch zwei weitere Pomeranzen und jonglierte geschickt damit. »Weißt du, was ich nicht verstehe: Wieso starrt mir keiner von diesen *Ticos* auf den Busen? Diese Machos gaffen doch sonst allem hinterher, pfeifen und machen anzügliche Bemerkungen. Ich bin kurz davor, Minderwertigkeitskomplexe zu bekommen.«

Der Tastbefund hatte zwar keine Zweifel zugelassen, aber ich sah sicherheitshalber unauffällig noch mal nach und sagte: »Das kommt wahrscheinlich davon, dass du keinen hast.«

Eine der Bitterorangen kam in meine Richtung geflogen. Ich fing sie auf und warf sie zurück. Kurz darauf landeten wir ein zweites Mal an diesem Abend gemeinsam im Bett. Dieses Mal war der Sex wesentlich leidenschaftlicher und inniger als beim ersten Durchgang und ich empfand den Orgasmus völlig anders. Nicht so animalisch und technisch wie noch wenige Stunden zuvor. Ich empfand beim Höhepunkt ein tiefes Gefühl der Liebe für Kia, die mir dabei in die Augen sah.

Wir standen danach nicht auf, sondern blieben liegen. Ich war am Einschlafen, als ich Kia auf Deutsch flüstern hörte: »Jan kommt nisst, er hat Ssluss gemacht. Per WhatssApp.«

Ich zog sie im Halbschlaf an mich heran und flüsterte in ihr Ohr: »Du hast doch mich. Wozu brauchst du ein *Phantom*?«


DIE SPRECHSTUNDE WAR zu Ende und ich saß mit Barbra auf den beiden Rollstühlen, die auf der Veranda neben dem Eingang standen, und rauchte eine Zigarette. Ich wartete auf Kia, die seit letzter Woche als Betreuerin für die Schulkinder nachmittags im Kinderhort arbeitete. Ihren Job im Hotel hatte die studierte Mathematikerin aufgegeben, weil sie sich mit der Chefin des Hauses nicht nur über Kindererziehung uneinig gewesen war.

»Diese Raya ist eine solche Tussi«, war ihr abschließendes Urteil. »Du wärst niemals glücklich mit der geworden.« Dann wollte Kia wissen, was ich an Raya gefunden hatte. Ich wusste es selbst nicht mehr.

»Rosarote Brille vom Vögeln gehabt?«

»Rosarote Dauerkontaktlinsen trifft's wohl eher«, musste ich gestehen.

Barbra schrieb mit Christopher, ihrem neuesten Lover, einem rotblonden kanadischen Biker Anfang zwanzig, der seit Monaten die Panamericana auf dem Motorrad von Nord nach Süd bereiste und einen längeren Aufenthalt in Costa Rica geplant hatte, um Surfen zu lernen.

»Ihr habt doch die ganze Nacht zusammen verbracht, was habt ihr euch so Wichtiges zu erzählen?«, fragte ich, mehr um Konversation zu machen, als dass es mich interessierte.

»Schweinkram. Ich sage dir, diese Jungs in den Zwanzigern können ständig und überall.«

»Die Mädels ebenso.« Ich grinste.

»Sieht aber so aus, als hättest du dich festgelegt.« Barbra deutete mit dem Kopf zum Kinderhort, steckte ihr Handy weg und die nächste Zigarette an.

Ich ließ meine Kippe in die fast leere Dose fallen, wo sie zischend ausging. »Keine Ahnung, hat sich einfach so ergeben.«

»Was passt nicht an ihr?«

»Irgendwie zu wenig Titten für meinen Geschmack«, meinte ich.

»*Irgendwie* nehme ich dir das nicht ab, dass du so oberflächlich bist.«

»Glaube es lieber. Ich habe meine Frau wahnsinnig gemacht, weil ich zu Hause nur die Blumen gegossen habe, die mir gefallen haben. Den Rest habe ich eiskalt verdursten lassen.«

»Du erzählst nie von deiner Frau. Was war sie für ein Mensch?«

Barbra wusste, dass ich Witwer war, aber ich hatte noch nie mit ihr über Ricky gesprochen und wollte es auch nicht.

»Ricky hat ständig mit vollem Mund gesprochen, Schluchten in die Butter gekerbt, Tuben von der Mitte her ausgedrückt, und ihre Haare haben den Abfluss in der Dusche verstopft.«

»Jetzt kenne ich wenigstens ihren Namen. Aber wenn das ihre einzigen Fehler waren, kann es ja nicht so schlimm gewesen sein.«

Mit Ricky war nichts schlimm gewesen. Mit Ricky machte es sogar Spaß, am Frühstückstisch über die Verstümmelung eines Butterwürfels zu streiten und ihr nach dem gemeinsamen Zähneputzen am Abend die misshandelte Zahnpastatube hinterherzuwerfen. Die Kette um meine Brust begann sich schmerzhaft zuzuziehen. »Wie fühlen sich eigentlich deine Ersatzteile an?«, lenkte ich vom Thema ab.

Barbra sah an sich hinunter: »Meine falschen Brüste?«

»Eben die.«

Barbra stieß hörbar Luft aus. »Ich trage halt permanent zwei prall gefüllte Silikonbackformen auf der Brust mit mir herum und vom Dekolleté bis zur Unterbrustfalte bin ich komplett gefühllos. Hat 'ne Weile gedauert, bis ich mich an die neuen Dimensionen und veränderten Abstände gewöhnt hatte. Hatte vor der OP nur zwei Igelnasen in Größe A, die ich selbst mit Triple-Push-up-BHs nicht wirklich überzeugend von *sportlich* auf *atemberaubend* pimpen konnte. Kommt aber immer noch gelegentlich vor, dass ich mir die tauben Möpse in Schranktüren oder beim Essen am Tisch einklemme. Direkt nach dem Einsetzen bin ich mit einem schwarzen Kompressions-BH rumgerannt. War irgendwie cool. Sah mit schwarzer Sonnenbrille aus, als hätte ich ein SWAT-Team geleitet. Mittlerweile lasse ich den Teilen ihre Freiheit.«

»Da kommt meine Ablösung.« Ich deutete auf den weißen Toyota Camry, der langsam auf der Zufahrtsstraße herankam und in dem Xavier Octavio Kubala, unser medizinischer Neuzugang, saß. Der junge Mann war frischgebackener Arzt und

394

dies seine erste Stelle. Der Achtundzwanzigjährige war noch voller ungesundem Enthusiasmus und knuffigem Babyspeck, weshalb ihn Barbra nur *The Juicy*, den Saftigen, nannte. Warren hatte den jungen Arzt gleich vom ersten Tag an in Beschlag genommen und für den Rest der Mannschaft verdorben. Wir hatten resigniert aufgegeben, ihn von der dunklen Seite der Macht weg ins Licht der Auserwählten holen zu wollen.

»*¡Buenos Días!*«

Wir nickten dem jungen Arzt freundlich von unseren Rollstühlen zu, als er an uns vorbeieilte – er würde uns nie verstehen.

Hinter Pablos Schuppen krähte einer seiner siegreichen Kampfhähne dreimal. Der Herr der Hähne war vor einer Stunde mit dem Pick-up und seinem besten Hahn verschwunden und seitdem nicht mehr aufgetaucht. Langsam kamen die ersten Mütter, um ihre Kinder aus dem Hort abzuholen. Die meisten kannte ich mittlerweile vom Sehen, alle winkten uns lächelnd zu. *Pura vida.*

»Ich färbe mir die Haare wegen Chris.«

Ich betrachtete Barbras üppige, feuerrote Mähne, die sie mit einer Spange am Hinterkopf lässig hochgesteckt hatte.

»Ich sehe da keinen Unterschied. Die waren doch schon immer so.«

»Nein, nicht *diese* Haare. Meine *anderen* Haare, willst du mal sehen?«

»NEIN!« Ich hoffte, mein *Nein* war deutlich genug. Alleine die Vorstellung, dass die üppigen Haarbüschel an Barbras Körper jetzt auffällig rot waren, führte dazu, dass ich mich in einem geschützten, warmen Raum mit geschlossenen Augen für Stunden zusammenrollen wollte.

»Warum nicht? Chris macht das an. Ist voll im Trend, sich die Achselhaare und so zu färben.«

»Tut mir leid, ich bin bei dem Trend stehen geblieben, dass man sich sämtliche Behaarung, außer auf dem Kopf, abrasiert. Gib mir noch 'ne Zigarette, ich brauche etwas für die Nerven.«

»Du stellst dich aber auch an wegen der paar Haare.«

Mich schüttelte der Gedanke an die Zeit, als ich meine ersten Gehversuche als Mann gemacht und rasieren sich noch nicht allgemein durchgesetzt hatte. Noch immer überkommen mich lebhafte Jugenderinnerungen der besonderen Art, wenn ich lästige Mangofasern zwischen den Zähnen habe. Barbra hatte mir die Zigarette angezündet und sich gleich eine mit.

Das nächste Auto, das in den Hof fuhr, war ebenfalls kein Unbekanntes. Der anthrazitgraue S-Klasse-Mercedes aus den frühen Neunzigern gehörte Felipe Perez, dem Besitzer einer der übelsten Hafenspelunken in ganz Puerto Limón, in der es regelmäßig Schlägereien, Alkoholabstürze sowie Lebensmittelvergiftungen gab. Da der Health Post die nächste medizinische Versorgungsstation war, landeten die Opfer meist bei uns.

Aus der großen Limousine stieg, neben Felipe selbst, eine wasserstoffblonde Frau in den Dreißigern, die, den Klamotten nach zu urteilen, ihr Geld zumindest teilweise im Liegen verdienen musste. Die Lady hielt sich ein blutiges Taschentuch ans Kinn. Señor Perez öffnete die hintere Wagentür und half einer im wörtlichen Sinn alten Bekannten heraus.

»Señora Ortega!« Barbra hatte die Sechsundachtzigjährige gleich erkannt und stand auf, um den Rollstuhl an den Wagen zu fahren.

Olivia Parejo Ortega trieb sich trotz ihres Alters gerne im zwielichtigen Milieu herum und trank schon zum Frühstück oft einen über den Durst. Leider wurde sie aggressiv und handgreiflich, sobald ihr Alkoholspiegel im Blut anstieg. Die Seniorin wehrte sich gegen die helfende Hand des Kneipenbesitzers und versuchte alleine auszusteigen, fiel jedoch mehrmals wieder auf den Rücksitz zurück. Ehe noch etwas Schlimmes passierte, beschloss ich einzugreifen. Ein Knochenbruch in diesem Alter heilte im Zeitlupentempo, wenn überhaupt.

Ich ging hinunter und reichte Señora Ortega meine Hand, die sie huldvoll annahm. Die betagte Patientin hatte mir bei der zweiten Behandlung, als ich eine Schnittwunde an ihrem Daumenballen genäht hatte, die sie sich an einem zerbrochenen Glas geholt hatte, ihre Liebe gestanden.

»*Chico*, seit 1957 ist kein Mann mehr so zärtlich zu mir gewesen und damals war das Fidel selbst. Ich habe in einer Zigarrenfabrik in Havanna gearbeitet und war die beste Deckblattwicklerin. Ganz nach alter Schule habe ich die Zigarren auf meinen blanken Oberschenkeln gerollt. Das ergibt diesen besonderen Geschmack, den Männer so lieben, musst du wissen.«

»Fidel wie in Fidel Castro?« Ich traute meinen Ohren nicht, aber der schlitzohrigen Greisin war alles zuzutrauen.

»*¡Sí, claro!* Er hat mir sogar die Ehe angeboten. Aber ich wollte mich damals nicht fest binden. Schon gar nicht an so einen Herumtreiber und Habenichts. Wer konnte ahnen, dass aus dem Kerl mal was werden wird? He?«

Aha, aha, also war Frauenschweiß das Geheimnis einer guten Zigarre. Ich hakte nach, aber die *Tica* wollte aus Gründen der Loyalität zu ihrem verstorbenen Exliebhaber nicht mehr über das Techtelmechtel erzählen. Ich hätte gerne mehr erfahren über meinen berühmten, zärtlichen Vorgänger und Olivias wilde Zeiten als Kurtisane im kubanischen Widerstand an der Seite des *Máximo Líder*.

»Ah, endlich kommen die richtigen Ärzte!«, begrüßte sie mich jetzt. Barbras ausgestreckte Hand schlug die wehrhafte Seniorin weg. »Wir brauchen keine Hilfe«, befand sie und rückte resolut ihre Handtasche auf dem Schoß zurecht.

Felipe Perez berichtete, dass es zwischen seiner *Bardame* Martha und Señora Ortega zu einer tätlichen Auseinandersetzung wegen eines Gastes gekommen war. Woraufhin die rüstige

Barbesucherin wohl mit ihrer Handtasche zugeschlagen und ihre Gegnerin am Kinn getroffen hatte.

Ich rollte Olivia, die mir erklärte, dass sie von der *Puta* am Arm gebissen worden sei, an der Anmeldung vorbei, an der unser Nachwuchsarzt mit der besagten *Puta* stand. Als die Kampfhennen sich sahen, brach sofort ein Tumult aus. Martha ging blitzschnell auf Señora Ortega los, zog an deren Haaren, woraufhin die alte Widerstandskämpferin in übelstes Geschrei ausbrach. Xavier packte die jüngere der beiden Kontrahentinnen und versuchte sie an der Taille wegzuziehen, bis ihn der verhängnisvolle Schlag von Olivias Killertasche punktgenau an der Schläfe traf. Xavier ging bilderbuchmäßig zu Boden.

Barbra packte die keifende Bardame beherzt am Arm, drehte ihn ihr im Polizeigriff auf den Rücken und bugsierte sie in den Behandlungsraum 1. Ich rollte Olivia in den anderen Behandlungsraum und sah nach meinem ausgeknockten Kollegen, der sich langsam wieder aufrappelte und verlegen entschuldigte.

»Hat dir das niemand beigebracht, dass man sich nicht einmischt, wenn Damen sich streiten?«, fragte ich das Häufchen Elend, das vor mir saß.

Der junge Kollege schüttelte verwirrt den Kopf: »Da, wo ich aufgewachsen bin, verprügeln sich *Damen* nicht gegenseitig.« Er rappelte sich auf, wankte benommen in Kabine 1 und versorgte die Platzwunde am Kinn der blonden Martha.

Die Bisswunde an Señora Ortegas Unterarm war nicht besonders tief und musste nicht genäht werden, dafür lag der gemessene Alkoholgehalt in ihrem Blut bei 2,4 Promille.

»Um was ging es denn bei dem Streit?« Ich hängte meiner sternhagelvollen Patientin fürsorglich eine Flasche Vollelektrolytlösung an.

»Ich habe mir und meinem jungen Begleiter etwas zu essen bestellt. Das hat die *Puta* dann auch gebracht. Aber der Fisch hat zum Himmel gestunken. Dann habe ich gefragt, ob er frisch sei. Dann hat sie gemeint, der sei auf jeden Fall frischer als ich. Das freche Ding. Dann habe ich mit der Tasche ausgeholt und sie ist auf mich los und hat mich gebissen. Wer weiß, was ich jetzt alles an Geschlechtskrankheiten bekommen werde.«

»Wo ist der sagenhafte junge Begleiter abgeblieben?«

»Vertrieben hat sie ihn, das Miststück. Der war erst sechzig und total in mich verschossen. Jetzt ist er weg. Ein Lastwagenfahrer aus Guanacaste. Da wäre was gelaufen, glaub mir. Das Essen hätte er auch bezahlt.« Sie nickte zuversichtlich.

Die Vorstellung, wie der runzelige Körper von Olivia Ortega sich in wilder Ekstase unter einem korpulenten, schwitzenden Lkw-Fahrer mit Bierbauch windet, war zu viel Kopfkino für diesen Tag.

»Ich hätte das Geld gut gebrauchen können.«

Ich musste mich verhört haben: »Sie wollen doch nicht etwa behaupten, der hätte bezahlt für den Sex?«

»Was denn sonst? Ich hatte das letzte Mal *Cohibitacion*, ohne Geld dafür zu verlangen, da war Ulate noch Präsident, junger Mann.«

»Gut, dann sind Sie jetzt entlassen und können Ihrem Gewerbe weiter nachgehen.«

Ich schüttelte den Kopf – ich wollte nur noch nach Hause. Kubas verhinderte First Lady machte jedoch keine Anstalten, aufzustehen.

»Wenn ich schon da bin, hätte ich noch ein anderes Problem. Ich habe so komische Dinger am Hintern, vielleicht könnte mal jemand danach sehen.«

Mir kamen spontan Klabusterbeeren in den Sinn, aber ich glaubte an das Gute im Menschen und fragte nach: »Sie meinen Hämorrhoiden?«

»Was weiß ich? Ich kann da ja nicht hinschauen oder hinfassen. So gelenkig bin ich nicht mehr.«

»Tja, dann sehen wir uns das doch mal an. Also ich.« Warum musste der Tag so enden? Hätte nicht eine junge, knackige Touristin vom Pferd fallen können, sich das Schultergelenk ausrenken und mich dafür, dass ich es fast völlig schmerzfrei wieder reponiert hatte, mit körperlicher Zuwendung belohnen wollen?

»Lieber soll Rosa das machen. Das wird doch sicher nicht leicht für Sie sein, meiner Anziehungskraft zu widerstehen, wenn Sie mein nacktes Hinterteil direkt vor Augen haben«, sagte die betagte Patientin mit Schalk in der Stimme und zwinkerte mir zu. »Das hat *El Presidente* mit seinen eigenen Händen versohlt. Das hat ihn angemacht, meinen Fidel.«

Aha, aha – etwas aus der Rubrik: *Was Sie garantiert nicht über den gefeierten Helden Fidel Castro wissen wollten!*

»Ich muss Sie leider enttäuschen, Señora Ortega, aber ich habe seit einem Jahr heimlich was Festes laufen mit Mama Mira von Hernandos Laden.«

»Pah, diese jungen Dinger nehmen einem die besten Männer weg.« Die Seniorin lachte heiser und herzhaft. Im Unterkiefer fehlten fast alle Schneidezähne, und die Backenzähne wiesen oben und unten zahlreiche Lücken auf.

Ich pfiff leise durch die Zähne, als ich die krustigen Wucherungen um Señora Ortegas After sah, und rief in den Flur: »Xavier!«

Der übermotivierte Kollege war sofort an meiner Seite: »Was gibt es, Doktor?«

»Ein wunderbarer Fall von *Condylomata acuminata perianal*. Du bist doch unser Facharzt für *Anales*. Viel Spaß. Ich habe seit einer Stunde frei und gehe jetzt.«

»Was mache ich da?«, fragte der junge Arzt, den ich gleich in seiner ersten Woche bei uns Miss Marples Enddarm hatte manuell ausräumen lassen. Diese hatte nach einem Kurzbesuch in ihrer rheinischen Heimatstadt eine Diarrhoe fünf Tage lang selbst mit Imodium behandelt und war genauso lange nicht auf dem Topf gewesen. Diese Intensivbehandlung hatte Arzt und Patientin anscheinend enger zusammengeschweißt, als es beabsichtigt gewesen war. Seit jenem Tag war Xavier Berthas neuer Liebling und ich spielte nur noch die zweite Geige.

»Wenn du ein iPhone hast, frag einfach Siri, ansonsten google es.«

Entschlossen packte ich Kia, die bei Rosa an der Anmeldung wartete, an der Hand und zog sie zum Auto.

»Lass uns etwas besonders Schönes machen, Brigitte«, sagte ich, als ich den Jeep zurücksetzte.

»Ficken?« Die Dänin liebte deutliche Ansagen. Bei ihr war man nie in der Verlegenheit, zwischen den Zeilen lesen zu müssen, was ich eigentlich bei Frauen furchtbar gerne tat.

»Nein. Alles, nur das nicht! Lass uns ein paar alte Folgen *Ein Colt für alle Fälle* schauen.«

Früher hatte ich die Serie um den Stuntman Colt Seavers hauptsächlich wegen Heather Thomas geguckt, die mit blonder Föhnfrisur und Traumfigur meine frisch erblühte Männlichkeit mit visuellem Input und sexueller Stimulation versorgt hatte. Die beiden riesigen Poster von ihr, die direkt über meinem Bett hingen, waren nicht nur da, um das hässliche Tapetenmuster zu verbergen. Mit Anfang vierzig sah ich die in die Jahre gekommene Serie an, weil ich herrlich dabei abschalten konnte und das Gute letztendlich immer über das Böse siegte.

Wie sich herausstellte, teilte Kia meine Empfindungen, was Colt Seavers und Co. anbelangte, nicht und wir landeten schließlich doch zusammen im Bett.

# Blowjobs & Bootsnamen

ICH STAND an die Küchenzeile gelehnt, die Hose bis zu den Knöcheln heruntergelassen. Kia kniete vor mir und beschäftigte sich ausgiebig mit *Chico*. Eigentlich bevorzugten wir geordnetes Kopulieren im Bett, aber irgendwie waren wir beim gemeinsamen Spülmaschine einräumen nach dem Frühstück aneinandergeraten. Ich hatte die Augen geschlossen. Weil ich beim Sex gerne die Oberhand behielt, hatte ich in der Vergangenheit bei all den Mädchen, die ich in meinem Haus in Costa Rica beglückt hatte, darauf verzichtet, mir einen blasen zu lassen. *Blowjob* bedeutete in meinen Augen Kontrollverlust und totale Hingabe meinerseits. Die Letzte, der ich mich so hingegeben hatte, war Raya gewesen. Danach war mein Vertrauen in die Weiblichkeit völlig zerstört. Raya hatte verbrannte Erde zurückgelassen, die Kia langsam wieder in blühende Landschaften verwandelte.

Im Wohnzimmer lief das Radio sehr laut und ich musste mir keine Gedanken machen, ob man mein Gestöhne am Strand hören konnte. Die Fenster in Costa Rica waren alles andere als schalldicht.

Mit einem Ohr hörte ich, wie sich Adele fragte, ob sie aufgeben oder lieber weiter auf Bürgersteigen rumrennen solle, auch wenn es zu nichts führe. Ihr Schlussseufzer war verklungen, als ein Akkordeon und ein Beat im Vierviertertakt zu hören waren. Ich erstarrte plötzlich *zu Salzsäure*, wie Ricky immer zu sagen pflegte. Ich öffnete die Augen und hörte genauer hin. Da war er, der magische Name, den ich seit Jahren nicht mehr gehört hatte.

»Hör auf!«, befahl ich Kia, die mich jetzt ansah, aber meinen Penis nicht aus ihrem Mund nahm. Im Prinzip ein Bild, das mein Blut noch mehr in Wallung geraten ließ, aber ich hatte es plötzlich sehr eilig, ins Wohnzimmer zu kommen. »Lass sofort meinen Schwanz los!«

Sie tat, wie ihr geheißen, und fragte: »Ist es nicht schön, oder was?«

»Doch, spektakulär.« Ich beeilte mich, meine Hose hochzuziehen, und stürzte ins Wohnzimmer, wo mein Handy lag.

Kia kam entgeistert hinter mir her. »Ben, geht's noch? Du kannst doch nicht einfach beim Ficken abhauen und telefonieren!«

»Pst!« Ich suchte die richtige App und tippte auf *Zuhören*.

»Bist du noch zu retten?«

»Bitte sei einen Moment still, ich erkläre dir gleich alles.«

Kia baute sich mit in den Hüften gestemmten Händen vor mir auf. Yoanis schädlicher Einfluss trat immer mehr zutage. Endlich kam die Anzeige auf dem Handy.

»Jupp!«, brüllte ich. »Ich hab's!«

»Soll ich dich alleine lassen mit deinem Handy? Willst du es dir selber machen?«, kam es giftig aus der ansonsten sehr gelassenen Dänin.

»Nein, komm und setz dich zu mir. Ich muss dir was vorspielen.«

Kia setzte sich neben mich und faltete demonstrativ die Hände im Schoß. Ich schaltete mit der Fernbedienung das Radio aus und verband mein Handy über *Bluetooth* mit den

Boxen. Wir hörten uns zusammen *The Downeaster Alexa* von Billy Joel an. Kia schien ziemlich genervt – ich las dagegen voller Begeisterung die angezeigten Lyrics mit.

»*Shit*, es geht um ein Fischerboot. Ich dachte immer, dass Alexa ein Pferd sei, auf dem der Typ gen Osten reitet.«

»Toll!« Die nordische Schönheit beherrschte im Ansatz auch Sarkasmus. »Wünscht der Herr, dass ich weitermache, oder hören wir uns noch weiter Songs über Schiffe an? Törnt dich das neuerdings an?«

»Quark. Ihr Frauen seid so *one track minded!* Tz!« Ich drückte auf Replay und ignorierte Kias Seufzen. Ich sang die sehr eingängige Melodie mit.

»Weißt du, wie lange ich schon darauf warte, dass ich das Lied mal wieder höre?«

Die Musiklegasthenikerin zuckte gleichgültig mit den Schultern. »Nach dem Theater, das du aufführst, eine Million Jahre?«

»Ich habe das während einer Klassenfahrt nach London im Bus gehört, kurz hinter Stuttgart. Da war ich siebzehn. Der Busfahrer hatte SWR 3 drauf und kein Mensch im Bus konnte mir sagen, wer das gesungen hat und wie der Titel heißt. Ich habe es danach nur noch ein einziges Mal gehört, als mich meine damalige Freundin im Auto an den Flughafen gefahren hat, als ich für ein halbes Jahr nach Afrika gegangen bin. Den ganzen Flug über sind mir die Melodie und der Name im Kopf rumgesponnen.«

»Gut, jetzt weißt du es ja. Wollen wir weitermachen? Ich bin nämlich echt geil auf dich.« Sie rückte zu mir rüber, packte meinen Penis erneut aus und machte sich dran zu schaffen.

Ich lehnte mich zurück und schloss die Augen. »Das Lied hat mich auf jeden Fall so beeindruckt, dass ich meine Tochter immer Alexa nennen wollte. Komisch, nicht?« flüsterte ich mit vor Erregung rauer Stimme. »Billy Joel! Und kein Gaul, ein Schiff. Unglaublich!«

Kia hatte schließlich Erfolg mit ihren Wiederbelebungsversuchen und wir zogen um ins Schlafzimmer.

MEINE LETZTE PATIENTIN an diesem Nachmittag war eine achtundzwanzigjährige Hausfrau aus Limón gewesen, deren künstlicher Fingernagel des Ringfingers ein schwarzer Sparschäler zierte. Der Fingernagel hatte sich beim Gurken schälen in dem Küchenutensil festgeklemmt und ging nicht mehr raus. Da der künstliche Nagel erst wenige Tage alt war, war ein Verlust desselben wohl nicht hinzunehmen. Alba Gordo wurde von einer Freundin begleitet, die die ganze Zeit beschwichtigend auf das arme Gurkenschäleropfer einsprach.

Ich hatte in meiner Laufbahn als Notarzt bereits mehrere gefühlte schwer traumatische Unfälle mit künstlichen Fingernägeln erlebt und erklärte der Patientin dementsprechend einfühlsam: »Ich muss den Nagel runtermachen.«

Señora Gordo brach daraufhin in Schluchzen aus. Wie gesagt, Unfälle mit künstlichen Fingernägeln waren emotionaler Sprengstoff. Die Freundin funkelte mich unter einem dicken Lidstrich, der weit über das Lidende hinausging, bitterböse an.

»Da muss es doch noch eine andere Möglichkeit geben«, herrschte sie mich mit schriller Stimme an.

Der behandelnde Arzt hatte selbstverständlich sofort eine andere Lösung parat: »Wir haben einen versierten Chirurgen im Haus, der könnte amputieren.«

»Amputieren?« Alba schaffte aus dem Stegreif ein zweigestrichenes *A*, was den Sänger in mir etwas neidisch werden ließ.

»Der müsste nur das oberste Fingerglied abnehmen, so können Sie sogar Ihren Ehering weiter tragen.«

Anscheinend fanden die Freundinnen meine Bemerkung nicht ganz so tröstend wie ich selber und verließen grußlos die Behandlungskabine. Die Art und Weise, wie zornige Frauen ihre Handtaschen packten, war überall auf der Welt die gleiche. Ein Beweis, dass es bei Frauen ein Handtaschen-Gen geben musste, das wir Männer nicht besaßen. Ich seufzte und ging an die Anmeldung, wo Barbra auf der Tastatur des Rechners herumhackte.

Sie sah zu mir hoch. »Was hast du wieder angestellt?«

»Keine Ahnung. Irgendwie wird das von Jahr zu Jahr schwieriger mit den Señoras.« Ich sah mich um, es waren keine weiteren Patienten da und ich konnte Feierabend machen. »Kannst du mir mal eine Kippe leihen, Barbra?«

»Warum leihen? Hast du mir jemals eine zurückgegeben?« Jetzt sah auch Barbra mich kampfeslustig an.

»Dann schenke mir eben eine.«

»Ben, ich leihe oder schenke dir in der Woche mindestens eine Schachtel. Meinst du, du könntest dir nicht selbst mal ab und zu welche kaufen? Nur mal so, als Vorschlag?«

»Ich denke nicht daran, die Tabakindustrie zu unterstützen.«

Barbra zeigte mir den Mittelfinger und tippte weiter. Ich ging vor die Tür auf die Veranda und holte eines der Mini-Päckchen Gummibärchen aus der Tasche meines Arztkittels. Meine Mutter versorgte mich mit regelmäßigen Luftfrachtsendungen, seit ich im Health Post arbeitete. Die Gummibärchen waren ein ideales Mittel, um aufgeregte Kinder bei der Behandlung von ihren Ängsten und Schmerzen abzulenken. Ich setzte mich auf die oberste Stufe der Betontreppe, entschied mich für ein grünes Bärchen und biss ihm den Kopf ab.

Auf dem asphaltierten Sportplatz spielten die Schüler, die noch nicht abgeholt worden waren, Fußball. Ich erkannte Flor und ihre Freundin Claudia, die zusammen im Tor standen. Die übrigen waren Feldspieler, wobei nur das eine Feld benutzt wurde. Am linken Pfosten des unbenutzten Tores lehnte Bruno und schien alles andere als glücklich zu sein. Der kleine Kerl war vielmehr den Tränen nahe, hatte den Kopf gesenkt und die Arme trotzig vor der Brust verschränkt. Ich stand auf und schlenderte zum Spielfeld hinüber. Die Kinder grüßten, unterbrachen ihr Spiel aber nicht. Es hatte mich und die Erzieherinnen viele Wochen Arbeit gekostet, den *Chicos* klarzumachen, dass sie sich nicht jedes Mal, wenn sie mich sahen, auf mich stürzten und mich anbettelten. Den ersten Monat im Health Post hatte ich keinen Schritt außerhalb des Gebäudes machen können, ohne von den Kleinen belagert zu werden.

Ich lehnte mich an die andere Seite des Pfostens und fragte den Jungen: »Hey, was gibt's? Keine Lust mitzuspielen?«

Bruno schüttelte energisch den Kopf, scharrte mit den Füßen und schien kurz davor zu sein, loszuheulen.

Ich hielt dem kleinen Trotzkopf eine Tüte vor die Nase: »*Gummibärchen*?« Das deutsche Wort hatte sich eingebürgert.

Bruno nahm die Süßigkeiten, sagte leise »*Gracias*« und riss die Packung auf.

»*¡De nada!* Warum spielst du nicht mit den anderen?«

Das Kind antwortete mit trotzig vorgeschobener Unterlippe: »Die lassen mich nicht mehr mitspielen.«

»Warum nicht?«

Bruno zog die Schultern hoch und stopfte sich ein weiteres Gummibärchen in den Mund.

»Hast du sie geärgert?«

»Nein.« Der Junge steckte die Tüte in die Hosentasche und sah mich mit einem leidvollen Blick an, für den jeder Trickfilmanimateur bei Disney eine Oscar-Nominierung bekommen hätte.

Ich wollte zu einer weiteren Frage ansetzen, als auf dem Spielfeld ein Mädchen laut heulte. Claudia lag im Tor und hielt sich das rechte Knie.

»*Sorry*, Bruno. Ich glaube, ich werde gebraucht.«

Bruno zog gleichgültig die Schultern hoch. Sein Gesichtsausdruck, eine Mischung aus Trotz und Verzweiflung, ging mir zu Herzen.

»Willst du mir helfen?«

Ein Kopfschütteln als Antwort. Ich kannte Bruno nur als vorlauten, lustigen Pausenclown. Sein Verhalten war merkwürdig.

»*Doctor* Ben, Claudia ist verletzt«, hörte ich Flor vom anderen Tor her rufen. »*¡Ven aquí!*«

Ich ging hinüber und sah mir die Schürfwunde an Claudias Knie an. »Das ist nicht so wild. Wir gehen rüber und machen ein Pflaster drauf.«

Claudia rappelte sich auf, ich nahm sie bei der Hand und ging mit dem schniefenden Kind über den Platz. Flor hatte uns nach wenigen Schritten eingeholt und nahm freudestrahlend meine andere Hand.

»Bekommen wir auch Gummibärchen, wenn Claudia nicht weint?«

Mir kam ein unheilvoller Gedanke. »Wie ist das passiert? Warum bist du hingefallen, Claudia?«

»Flor hat mich gestoßen.«

»Aha, aha.« Flor war ein bildhübsches Mädchen mit dem Gesichtsausdruck eines Engels, aber sie war mit allen Wassern gewaschen. Um Aufmerksamkeit zu bekommen, schien sie ohne Skrupel dazu bereit, die Gesundheit der besten Freundin zu opfern.

»Hast du das absichtlich gemacht, Flor?«

Dieser unschuldige Augenaufschlag unter dem frechen Pony würde in wenigen Jahren so manches männliche Wesen um den Verstand bringen, wurde mir schlagartig bewusst.

»Nein, ich wollte einen Ball auffangen«, meinte die kleine Hexe voller Überzeugung.

»Da war kein Ball, Flor«, erwiderte Claudia vorwurfsvoll.

Während ich die Wunde reinigte und desinfizierte, fragte

ich die beiden Mädchen, von denen jedes eine Minipackung Gummibärchen vertilgte: »Warum darf Bruno nicht mehr bei euch mitspielen?«

»Der ist doch dumm«, meinte Flor kauend.

»Was heißt hier *dumm*?«

»Der kann halt nicht richtig lesen und schreiben.«

»Und deswegen kann er nicht Fußball spielen? Im Sommer hat er doch noch mit euch rumgetobt. Was ist passiert?«

Flor und Claudia zuckten mit den Schultern. Ich klebte ein Pflaster auf Claudias Knie und die Kinder rannten auf den Sportplatz zurück. Bruno stand nicht mehr am Torpfosten. Anscheinend hatte ihn seine Mutter abgeholt. Ich seufzte. Der Gedanke an meine eigene Schulzeit, als ich für einige Monate das erklärte Opfer einer Gruppe Mitschüler war, die mich ausgrenzten und mobbten, schmerzte in der Erinnerung nach all den Jahren noch.


Nach dem Abendessen saß ich mit Kia, die sich wie eine Raupe durch meine Bibliothek fraß und von der ich hoffte, dass irgendwann ein Schmetterling aus ihr werden würde, auf dem Sofa. Sie hatte ihre Füße unter meine Oberschenkel geschoben, las konzentriert und futterte nebenbei eine Orange.

»Was ist mit Bruno los, Brigitte?«

Kia schob sich den letzten Orangenschnitz in den Mund und fragte mit vollem Mund: »Wer?«

»Der kleine Bruno aus dem Kinderhort. Der stand vorhin abseits, während alle anderen Fußball gespielt haben.«

»Hm, vielleicht hatte er keine Lust.« Kia sah immer noch nicht von dem Buch hoch.

»Erde an Brigitte, Erde an Brigitte!« Ich nahm ihr das Buch aus der Hand und klappte es zu. »Nein, er sagte, er darf nicht mehr mitspielen.«

»Hey, ohne Lesezeichen! Da muss ich ewig suchen, wo ich war«, protestierte sie.

»Na und? Du bist doch hier auf Urlaub und hast nicht viel anderes zu tun, Brigitte!«

Unwirsch nahm sie mir das Buch aus der Hand und blätterte es durch. »Der spielt auch im Hort immer alleine. Und hör auf, mich Brigitte zu nennen. Wie heißt du eigentlich mit zweitem Vornamen?«

»Ich habe keinen«, log ich und fuhr fort im Text: »Das kommt dir nicht komisch vor? Flor meinte, er darf nicht mitspielen, weil er dumm ist, Brigitte.«

»Bruno ist echt dumm. Lustig, aber dumm.« Sie hatte die Stelle gefunden und machte einen Knick in die linke obere Ecke des Buches.

Diese Angewohnheit, die Buchseiten zu knicken, und das mangelnde Einfühlungsvermögen der Dänin an meiner Seite brachten mich auf die Palme. Ich merkte, wie es in mir zu brodeln anfing. »Dann lässt man ihn einfach links liegen, so als Erzieherin?«

»Ben, du weißt doch, dass das nur ein Job für mich ist und ich mit Kindern nicht viel anfangen kann. Erst wenn die anfangen, komplexe Algebraaufgaben zu lösen, wird's spannend. Bruno wird nie auch nur einfache Rechenaufgaben gebacken bekommen. Der ist eben etwas zurückgeblieben. *When dyscalculia meets dyslexia.*«

»Dann hoffe ich für dich, dass du nur hochbegabte Kinder in die Welt setzt.«

Gwen, die die ganze Zeit friedlich vor der Couch gedöst hatte, spitzte die Ohren und beobachtete besorgt ihre Rudelmitglieder. Die studierte Mathematikerin nahm sich eine weitere Orange aus der Schale vom Tisch und schälte sie.

»Ich achte immer peinlich darauf, dass der mögliche Kindsvater einen hohen IQ hat.« Sie sah mich provokativ an. »Jan hatte immerhin einen Doktor in Physik.«

»Dann fühlt sich der Doktor der Medizin doch sehr geehrt, dass er deinen hohen Anforderungen entspricht und mit dir ohne vorherigen IQ-Test und ohne Kondom vögeln darf.«

»Gern geschehen. Ich weiß überhaupt nicht, ob ich eigene Kinder möchte.«

Ich war mittlerweile richtig sauer auf Kia. »Nicht jede Frau mit gebärfreudigen Hüften scheint eine geborene Mutter zu sein.«

Mein Dauergast schob sich einen Orangenschnitz in den Mund und fragte kauend: »Willst du damit sagen, dass du meinen Arsch zu dick findest?«

»Nein, Brigitte, damit möchte ich sagen, dass deine emotionale Intelligenz anscheinend weit unter deiner mathematischen liegt und dass dein Körper eine biologische Mogelpackung ist.«

Kia sah mich mit seltsamem Ausdruck an. »Hey, komm mal wieder runter. Nur weil ich Bruno dumm finde? Du gehst mir auf die Nerven mit deinem Helfersyndrom.«

»Ich habe kein Helfersyndrom, ich bin Anästhesist, das schließt sich gegenseitig aus. Es ärgert mich, dass du zusiehst, wie das Kind gedisst wird, und nichts dagegen unternimmst, nur weil er deinen Qualitätsstandards nicht entspricht.« Jetzt war ich richtig laut. »Hast du eigentlich eine Ahnung, wie es sich anfühlt, wenn man als Kind von allen ausgegrenzt und gemobbt wird, du dumme Kuh?«

Kias schmale Katzenaugen wurden zu Schlitzen. »Nein, das habe ich nicht. Weil ich nie ausgegrenzt worden bin. Ich war super beliebt als Kind. Du anscheinend schon, sonst würdest du nicht so einen Aufstand machen. Aber woher soll ich das wissen, wo du kein einziges Wort über dich, deine Vergangenheit und deine Gefühle von dir gibst? Ich bin keine Hellseherin. Du sitzt immer noch auf dieser beschissenen Wolke 7, auf der dich deine Frau verlassen hat. Die ist mittlerweile auf Wolke 1007, also unerreichbar für dich. Wahrscheinlich macht sie da oben mit Kurt Cobain oder so rum – die Auswahl ist ja mittlerweile sehr groß. Du kannst dich ruhig mit uns Normalos auf den unteren Wolken abgeben, dann verstünden wir dich vielleicht auch besser, du abgehobener Arsch!«

»Wenn, dann würde sie mit Cohen rummachen.«

»*Fuck you*, Ben!« Kia warf mir die Schalen und die halb gegessene Orange ins Gesicht, stürmte aus dem Patio und ließ mich zurück. Ich schäumte vor unterdrückter Wut. Gwen wollte folgen, war aber nicht schnell genug, und die Tür fiel scheppernd vor ihrer Nase zu.

Ich tröstete meine Hündin, die mir einen verzweifelten Blick zuwarf, mit einer Dose Nassfutter, das es nicht allzu oft gab. Mir genehmigte ich einen doppelten *Bunnahabhain* und seit Langem mal wieder eine Tüte Gras.

Kurz bevor ich einschlief, kam eine Nachricht von meiner Untermieterin, dass sie zum Ende der Woche ausziehen werde und mit sofortiger Wirkung den Job im Kinderhort kündige.

Ich antwortete mit einem versöhnlichen: »Mach doch, was du willst!«, und fuhr am nächsten Morgen, ohne sie mitzunehmen, zum Dienst.

In der Mittagspause setzte ich mich mit einem Thunfisch-Sandwich und einer Dose *7 Up* auf den Boden der Veranda. Kurz darauf gesellte sich Barbra zu mir. Die Australierin war neuerdings dazu übergegangen, sich ihre Zigaretten selbst zu drehen, weil ihr die hiesigen Zigarettenmarken nicht schmeckten. Sie packte ihre Utensilien aus und rollte die Kippen tatsächlich auf ihren Oberschenkeln, allerdings trug sie dabei OP-Hosen.

Ich erinnerte mich an Olivia Ortegas Worte: »Du musst die Zigaretten auf den bloßen Schenkeln drehen, dann schmecken sie besser.«

»Wer behauptet das denn?«

»Die Ex-Geliebte des verblichenen *Máximo Líder*.«

»Na ja, ich rolle gelegentlich nach dem Masturbieren, ohne mir vorher die Hände zu waschen.«

»*Shit,* damit bist du mich als Kunden endgültig los.«

»*Bullshit.* Wenn einer weiß, wie meine intimsten Regionen schmecken, dann du, *Pumpkin.*« Die Krankenschwester lachte und streckte mir die Zunge heraus.

Diese Nacht wird mir wohl ewig anhängen, befürchtete ich, nahm mir eine Kippe vom Stapel, zündete sie an und pickte einen Tabakkrümel von der Zungenspitze. »Schmecken wirklich leicht nach Lebertran.«

»Möchtest du wissen, wie du schmeckst, *Pumpkin?*«

»Intelligent höchstwahrscheinlich.«

»Wie schmeckt denn Intelligenz?«

Ich überlegte kurz: »Nach einer Mischung aus Bücherstaub, seicht borkigen Zigarren und *Octomore.*«

Barbra verschluckte sich beinahe an dem inhalierten Zigarettenrauch. »Du bist schon unvergleichlich, *Pumpkin.*«

Während unseres Gesprächs waren die Erstklässler aus der Schule gekommen und hatten sich auf dem Fußballfeld versammelt. Flor und Claudia wählten gerade Mitspieler aus. Ich suchte nach Bruno und fand ihn nicht am Spielfeldrand, wie vermutet, sondern mitten im Getümmel. Der Junge boxte sich spielerisch mit Leon, ehe er von Flor für ihre Mannschaft auserwählt wurde. Von Abgrenzung überhaupt keine Spur mehr. Ich schüttelte lachend den Kopf und drückte die Zigarette auf dem Fliesenboden aus. Kinder waren so unberechenbar.

»Bin eben mein eigener Maßstab.« Ich stand auf.

Barbra sah mich von unten an: »Na ja, ein sehr kleiner Maßstab.« Sie lachte sich einen Ast über ihre hämische Bemerkung.

Ich ging zurück in das Gebäude und übernahm die nächste Patientin, eine sechsundvierzigjährige Kassiererin in einem

Supermarkt, die sich beim Aufschneiden eines Kartons mit Trockenfrüchten den halben Nagel des linken Daumens abgeschnitten hatte. Warren war nicht da und so durfte ich den Restnagel abnehmen. Das schien der Tag des Nagels zu sein.

Wenn ich an Yoanis Arbeitstagen nach Hause kam, wartete normalerweise eine kulinarische Köstlichkeit im Kühlschrank oder im Backofen auf mich. Heute fand ich lediglich einen Zettel auf der Arbeitsplatte:

> *Wenn das Mädchen geht,*
> *gehe ich auch!*
> *Yoani (La Criada!!!)*

Ich schob mir, wie zu meinen Stuttgarter Zeiten, eine Tiefkühlpizza in den Backofen, die mir aber nicht schmeckte. Ich verfütterte die Hälfte an Gomez und ließ ihn hinaus. Anschließend rief ich Warren an und erklärte, dass ich ein paar Tage Auszeit brauchte. Ich wählte die Nummer des Obstgroßhändlers meines Vertrauens und fragte, ob ich den Blanko-Helikopter-Gutschein einlösen dürfe, den Manuel mir nach Jesús' Rettung ausgestellt hatte. Der Bananenmogul weilte derzeit in Mexiko und brauchte das Teil nicht. Unter Yoanis Schmierzettel schrieb ich:

> *Von mir aus!!!*
> *Ich bin dann mal weg.*
> *Füttere die Hunde, oder nicht.*
> *Ben (El Jefe!!!)*

Am nächsten Morgen fuhr ich lange vor Sonnenaufgang zum Flughafen von Limón, wo mich Manuels Pilot bereits erwartete. Meine freie Woche verbrachte ich auf Bastimentos, in der Provinz Bocas del Toro, einem traumhaft schönen Inselarchipel an der Küste Panamas. Ich mietete mich in einem kleinen Hotel ein, dessen *Cabañas* auf Pfählen mitten in der karibischen See standen, und erkundete nicht nur die Unterwasserwelt mit Damina Venegas Roja, einer neunundzwanzigjährigen taubstummen Tauchlehrerin mit Traumkörper. Ich fand ihr Handicap sehr benutzerfreundlich und verabschiedete mich ohne Wehmut von der jungen Frau, mit der ich innerhalb der vergangenen Tage und Nächte nur mittels Handzeichen und Körpersprache kommuniziert hatte.

BEI MEINER RÜCKKEHR parkte Yoanis Dienstwagen vor dem Haus. Tony Vega schmetterte die Schnulze *Ella Es.* Kia hatte Yoani gezeigt, wie sie über Bluetooth ihre Latinoschmachtfetzen auf meiner teuren Bose-Anlage abspielen konnte, und seitdem putzte die *Tica* mit musikalischer Unterstützung. Im Innern roch es nach frischem Bohnerwachs und Zitronenreiniger. Auf dem Regal im Wohnzimmer stand eine dieser furchtbaren Plastikpflanzen, die Yoani regelmäßig ins Haus schleifte und die ich hinter ihrem Rücken genauso regelmäßig wieder verschwinden ließ. *La Criada* stand in der Küche und zerpflückte frischen Koriander.

»Ich habe deine Abwesenheit genutzt, um das Haus mal richtig sauber zu machen und aufzuräumen«, meinte meine Küchenhexe zur Begrüßung.

»Man riecht es.«

»Ich mache Reis mit Fisch und Koriander.«

»Auch das riecht man.«

»Gomez und Gwen geht es gut.«

»Freut mich. Was macht dein menschlicher Schützling?«

»Die ist bei der Arbeit.«

»Aha, aha. Ich dachte, sie hat im Kinderhort gekündigt.«

Ich hatte nebenbei zwei Latte macchiato gemacht, tat Zucker und das obligatorische Röhrchen hinein und drückte Yoani ihren in die Hand. Der Mexikaner Marco Antonio Solís hatte seinen puertoricanischen Kollegen abgelöst und fragte jammernd, wo sein Frühling geblieben sei.

»Sie hilft seit vorgestern bei Señor Zuela in der Apotheke. Ihn plagt der Rücken und er kann kaum noch stehen, geschweige denn laufen.« Yoani nuckelte an ihrem Trinkhalm und sah mich durch dicke Laserbrillengläser an.

»Und wo wohnt sie?«

»Was ist das wieder für eine Frage? In ihrem Zimmer natürlich.« Yoani rollte mit den Augen. »Ich weiß ja nicht, was du in den letzten Tagen getrieben hast, aber es scheint dir nicht gut bekommen zu sein.« Meine Leibköchin drehte sich wieder um und widmete sich ihren Zutaten.

ICH PACKTE MEIN SURFBRETT und verbrachte die nächste Stunde hinter der Brandungslinie vor meinem Haus. Fräulein Mortensen gesellte sich eine halbe Stunde vor Sonnenuntergang zu mir. Wir schafften jeder noch einen anständigen *Ride*, ehe die Dunkelheit einbrach.

Während wir die Boards unter der Außendusche schrubbten, fragte Kia: »Nimmst du die blöde Kuh zurück, du Arsch?«

»Nein, tue ich nicht. Aber ich könnte mich dafür entschuldigen.«

»Verbal?«

»Oral!«

Danach besudelten wir mein von Yoani frisch bezogenes Bett. Gwen lag zufrieden auf dem Teppich davor und freute sich, dass ihr Rudel wieder vollzählig war.

# Bauarbeiten & Beatmung

Obwohl Warren und ich im Akkord arbeiteten, war der Wartebereich nach einer ganzen Stunde noch zum Bersten voll. Momentan grassierte ein trockener, hartnäckiger Reizhusten plus Norovirus an der Küste.

Die Bauarbeiten für den neuen OP-Trakt, der dank einer weiteren Spende von Manuel hinter dem alten angebaut wurde, waren im vollen Gange. Das Dröhnen der schweren Baumaschinen und der Betonlaster, die den ganzen Vormittag schon Material für die Bodenplatte angekarrt hatten, und dieses Piepsen, wenn sie rückwärtsfuhren, nervte zusätzlich.

Mein letzter Patient war ein siebenundfünfzigjähriger Tankwart und guter Bekannter von Pablo, der seit Tagen über starke Schluckbeschwerden klagte, aber, wie das Männer nun mal so tun, nicht auf die Idee gekommen war, zum Arzt zu gehen. Pablo hatte ihn an der Tankstelle aufgelesen, als er den Pick-up des Health Posts aufgetankt hatte, und ihn praktisch gezwungen, sich untersuchen zu lassen.

Seit letztem Monat verfügte der Health Post über ein Endoskop, mit dessen Hilfe ich erst vergangene Woche bei einem anderen Fall von Schluckbeschwerden ein Adenokarzinom im Frühstadium bei einem Hotelbesitzer aus Cahuita entdeckt hatte, das Anfang der Woche im Hospital in Limón entfernt worden war.

Ich staunte nicht schlecht, als ich in der Speiseröhre des *Ticos* anstatt eines bösartigen Geschwulstes einen gutartigen Kronkorken einer weltweit bekannten Limonadenmarke entdeckte. Ich holte den Flaschenverschluss mit der Fremdkörperpinzette heraus und präsentierte ihn dem überraschten Señor Forlán, welcher sich partout nicht erklären konnte, wann und wie dieses Teil in seiner Speiseröhre gelandet war. Er trank täglich Cola und machte eigentlich immer den Kronkorken von der Flasche ab, ehe er trank, meinte er nachdenklich. Ja, klar mit den Zähnen, womit sonst, beantwortete er meine Frage. Kopfschüttelnd verabschiedete ich den Patienten, der im Wartebereich der staunenden Menge seine Geschichte und das Corpus Delicti präsentierte.

Am Ende der letzten Bank entdeckte ich Aitana Trochez. Ich hatte die Patientin, seitdem Warren und ich mit ihrem Ehemann ein ernstes Gespräch geführt hatten, nur noch ein weiteres Mal bei uns gesehen, als ich den Gips entfernt hatte. Aitana war damals nicht sehr gesprächig gewesen, aber anscheinend ließ ihr Mann sie in Ruhe. Die mehrfache Mutter sah nicht sonderlich gut aus, ihre Hautfarbe war grau und ihr Haar saß unordentlich, aber ich konnte keine sichtbaren Verletzungen erkennen.

Die beiden nächsten Patienten waren Noroviruskandidaten, wobei die dreiundachtzigjährige Señora Casillas so dehydriert war, dass ich ihr intravenös Elektrolytlösung zuführte. Als ich den Zugang gelegt und die Flasche angehängt hatte, gab es im Warteraum einen Tumult. Ich hörte schnelle Schritte und dann Rosa im Nebenraum Anweisungen geben. Anscheinend war jemand im Wartezimmer zusammengebrochen. Das kam häufiger vor, war aber in der Regel nicht so dramatisch, wie es sich anhörte. Ich entschuldigte mich bei Emilia Casillas und sah nach dem Rechten.

Aitana Trochez lag mit grauem Hautkolorit und bläulichen Lippen auf der Liege im Nebenraum. Ihre Atmung ging schnell und war flach. So sah jemand aus, der richtig krank war.

Rosa klärte mich auf: »Sie ist ganz normal in die Sprechstunde gekommen vor einer halben Stunde. Sie sah zwar blass, aber noch relativ unbedenklich aus und klagte über Atemnot, weswegen sie die vergangene Nacht kaum hat schlafen können. Sie ist ohne Vorwarnung von der Bank gekippt.«

Mittlerweile war Barbra zu uns gestoßen, damit Rosa wieder zurück an die Aufnahme konnte. Joaquina, die sonst die Patienten aufnahm, hatte früh angerufen und sich wegen einer Diarrhoe krankgemeldet.

Ich informierte die Krankenschwester: »Dyspnoe seit gestern Abend.«

Daraufhin gab Barbra der Patientin die Sauerstoffmaske und steckte ihr den Pulsoxymeter auf den Finger. Der Wert von SpO2 81 % passte zu Aitanas Haut- und Lippenfarbe. Ich begann, mir ernsthaft Sorgen zu machen. Beim Abhorchen fiel eine Spastik beim Ausatmen auf. Der Puls raste mit 150/min und war nur schwach tastbar. Man konnte förmlich zusehen, wie sich der Zustand der Patientin verschlechterte.

Barbra sah mich ratlos an und ließ Aitana ein Mittel zur Erweiterung der Bronchien einatmen. Ich zuckte mit den Schultern. In meinem Kopf ratterten Differentialdiagnosen. Der Zustand verschlechterte sich weiter und die Patientin begann wegzudämmern. Eine nochmalige Auskultation zeigte feine, feuchte Rasselgeräusche über beiden Lungen, was nicht auf Asthma hindeutete.

Ich informierte Barbra: »Ein Lungenödem.«

»Warum?«

Das war eine mehr als berechtigte Frage, die ich mir auch stellte. »Kann ich leider nur Vermutungen anstellen. Kardial bei angeborenem Herzfehler oder Herzmuskelschwäche? Fulminante Lungenembolie? Wenn man jetzt ein Herzechogerät hätte, wäre man schlauer.«

Nachdem ich Aitana einen intravenösen Zugang gelegt und eine Vollelektrolytlösung angeschlossen hatte, war ihr Puls peripher am Handgelenk nicht mehr tastbar. Ich schüttelte voller Unverständnis den Kopf und verabreichte ihr bolusweise Adrenalin.

»Die Sauerstoffsättigung wird schlechter statt besser«, konstatierte Barbra. »Sie dämmert immer weiter weg.«

»Ich werde intubieren«, beschloss ich und gab Aitana Ketamin und Dormicum. Die Intubation verlief problemlos. Ich schloss den Tubus an das Beatmungsgerät an.

»Rosa soll im Hospital anrufen, wir brauchen einen Rettungswagen und ein Intensivbett.«

Barbra kam schnell wieder zurück. »*Sorry*, Ben, die haben momentan keinen Wagen und kein Intensivbett frei. Sie können die Patientin höchstens normal stationär aufnehmen, wenn sie jemand bringt.«

»Dann muss wohl wieder dein Bus dran glauben. Könntest du ihn vorfahren?«

Wenige Minuten später hievten wir mit Hilfe einiger Patienten die Trage und die 50-Liter-Sauerstoffflasche in den Bulli. Der heftige Gewitterregen, der niederging, erschwerte uns die Arbeit. Ich setzte mich klitschnass an Aitanas Kopf, um diesen zu halten und sie weiter per Hand zu beatmen. Wir fuhren los. Nach wenigen Metern stoppte der Bus. Barbra drückte wie wild auf die Hupe und fluchte laut.

»Was ist los?« Der Regen trommelte so heftig auf das Wagendach, dass wir schreien mussten, um uns zu verständigen.

»Einer dieser verdammten Betonlaster steht in der Einfahrt und blockiert sie. Ich komme nicht durch.« Barbra stieg aus und diskutierte mit dem Fahrer, während ich permanent Sauerstoff in Aitanas Lunge pumpte.

Barbra sah zur Tür herein. »Er sitzt fest. Getriebeschaden. Wir müssen warten, bis ein anderer Laster kommt und ihn abschleppt.«

»Okay.« Nichts war okay, Aitana musste schnellstmöglich auf eine Intensivstation, damit sie eine Chance hatte, diesen Tag zu überstehen.

Ich gab der Patientin mehr Ketamin plus Dormicum für die Narkose und Adrenalin für den Kreislauf, während wir warteten. Barbra löste mich am Beatmungsbeutel ab und ich versuchte selbst, mit dem Fahrer des Betonmischers zu reden. Da konnte man nichts machen, das mehrere Tonnen schwere, mit Beton beladene Fahrzeug blockierte die Zufahrt zu der Missionsstation wie ein massiver Felsbrocken.

Frieso kam mit Pablo durch den Regen angerannt, um zu sehen, was los war. Ich erklärte ihm die Situation.

»Ben, kommst du?«, hörte ich Barbra aus dem Bus rufen. »Die Flüssigkeit aus den Lungen steigt in den Tubus.«

Ich schickte Pablo das kleine Absauggerät mit der Fußpumpe aus dem Health Post holen und saugte damit die Flüssigkeit ab. Es kamen jedoch immer mehr Schaum und Flüssigkeit. Die Beatmung war nur noch mit immensem Druck auf den Beutel möglich.

Frieso streckte den Kopf herein. »Das mit dem Abschleppen geht erst, wenn der ganze Beton draußen ist. Aber wenn sie den so einfach ablassen, wird der Weg für die nächste Zeit völlig unpassierbar. Das heißt, sie müssen ihn mit Schubkarren wegschaffen. Das dauert leider.«

»Wenn die Patientin nicht demnächst komplex intensivmedizinisch betreut wird, sehe ich schwarz für sie«, informierte ich Frieso. »Kann man nicht irgendwo den Zaun aufschneiden und einen anderen Weg nehmen?«

»Das habe ich mir mit Pablo auch schon überlegt. Aber der Health Post ist von allen Seiten von Marschland umgeben, da würdet ihr nicht weit kommen. Der asphaltierte Weg ist der einzige befahrbare Teil bis zur Hauptstraße.«

Jetzt, wo er es sagte, fiel mir wieder ein, dass ich gelesen hatte, dass die Gründer der Missionsstation das Gelände aufgeschüttet und dem Meer abgetrotzt hatten. Bei Fluthochstand war die kleine künstliche Insel vollkommen von Wasser umgeben. Das hatte in früheren Zeiten zum Schutz vor marodierenden Eingeborenen gedient, die keine Chance hatten, durch den zum Teil dichten Mangrovensumpf das ehemalige Kloster anzugreifen.

Mir kann ein Gedanke und ich suchte auf meinem Handy die Telefonnummer von Manuels brasilianischem Piloten, Pino Ulan Ramirez. Pino ging sofort an den Apparat, musste mich aber enttäuschen. Leider stand der Helikopter des Bananenmoguls in dessen Hinterhof an der Pazifikküste und es hätte für Aitana zu lange gedauert, bis er in Limón gewesen wäre. Ich bedankte mich und fluchte leise vor mich hin.

»Was tun wir jetzt? Zurück und wieder an das Beatmungsgerät anschließen?«, fragte Barbra.

»Nein, das macht keinen Sinn mehr. Mit dem zusätzlichen Zeitverlust und ohne ein sicheres Intensivbett … So lange wird sie hier mit den begrenzten Mitteln nie durchhalten. Fahr den Bus zurück.«

Als der Bus stand, diskonnektierte ich den Beutel vom Tubus. Der Puls der Patientin war kaum noch zu spüren. Ich gab Aitana die restlichen Narkosemittel und wartete, ihren Puls tastend, bis dieser schwächer und schwächer wurde. Ich suchte die *Arteria carotis* und sah auf die Uhr meines Handys. Es dauerte exakt zwei Minuten und vierunddreißig Sekunden, bis kein Puls mehr zu tasten war. Es war ein eigenartiges Gefühl, einen Menschen so sterben zu lassen. Trotz des Wissens, ihr so am Ende Leiden durch sinnlose Therapie ohne Hoffnung erspart zu haben, schlich ich betrübt und mit gesenktem Kopf wieder zum Health Post und ließ den geschundenen Körper im Bus zurück. Der Regen hatte aufgehört und die asphaltierten Flächen dampften im Sonnenlicht.

Warren stand an der Anmeldung und sah hoch, als er mich kommen hörte.

Ich schüttelte den Kopf. »War nichts mehr zu machen. Kannst du dich mit dem Arschloch von Ehemann in Verbindung setzen? Ich glaube, ich würde dem heute die Fresse polieren, wenn ich ihn zu sehen bekäme«, bat ich ihn.

»Mache ich.«

»Können wir für eine Nacht tauschen? Du bekommst den Jeep und ich nehme mir dein Fahrrad? Ich muss dringend nach Hause.«


MITHILFE DER BAUARBEITER schob ich Warrens federleichtes Fahrrad unter dem Betonlaster durch und robbte selbst hinterher. Ich radelte, völlig verdreckt, wie ein Irrer. In meinem Kopf schmetterten die rockigen Beats von *Boulevard of Broken Dreams* der Punkgruppe Green Day. »*My shadow's the only one that walks beside me. My shallow heart's the only thing that's beating. Sometimes I wish someone out there will find me. 'Til then I walk alone.*«

Die Sonne war bereits untergegangen, als ich auf den Weg zu meinem Haus einbog. Die Luft roch nach Erde, Moder und Verwesung, was wunderbar zu meiner Stimmung passte. Gomez begrüßte mich und begleitete mich ins Haus. Ich stellte Doktor Chandlers Heiligtum im Flur ab, aktivierte Bluetooth, wählte auf meinem Handy die Playlist *Weltschmerz XXL* und drehte die Lautstärke meiner Anlage fast bis zum Anschlag auf. Anschließend duschte ich eine Viertelstunde und schenkte mir einen doppelten achtzehn Jahre alten *Laphroaig* ein.

Mit dem Glas in der Hand ging ich im Dunkeln an den

Strand hinunter. Der Mond war noch nicht aufgegangen, aber ich kannte den Weg an der Hängematte vorbei mittlerweile blind. Ich setzte mich in den warmen Sand. Vor mir rauschte der Atlantik, hinter mir erklang Musik. Über mir glänzten die Teelichter der Göttin. Irgendwo in diesem Universum zwischen Meeresrauschen, irdischer Musik und der absoluten Stille des Himmels musste Rickys Seele ein neues Zuhause gefunden haben. Aber da das Weltall unendlich weit war, wie wir alle spätestens seit *Raumschiff Enterprise* wussten, war es schier unmöglich, dass sich unsere Seelen, die so unglaublich perfekt zueinander gepasst hatten, ein zweites Mal begegnen würden.

Im Haus sang Lukas Graham: »*Soon I'll be sixty years old, will I think the world is cold, or will I have a lot of children who can warm me?*« Ich kippte den Whisky hinunter, stand auf, ging ums Haus herum und klopfte an die Tür des Gästeappartements. Meine Dauermieterin öffnete sofort, als hätte sie hinter der Tür gewartet, Gwen raste an mir vorbei zum Strand.

Ich streckte meine Hand nach Kias aus: »Komm mit.«

»Nicht, wenn du so drauf bist.«

»Wie bin ich denn drauf?«

»Dieser todtraurige, lebensmüde Blick und diese gruselige Musik so laut. Du willst doch wieder nur Verzweiflungssex.«

Ich schluckte die aufsteigenden Tränen hinunter. »Ich bin nicht lebensmüde, im Gegenteil. Komm mit mir an den Strand. Kein Sex, versprochen. Nur reden. Bitte.«

Ich zog Kia an der Hand hinter mir her. Wir setzten uns in den warmen Sand und ich nahm ihre Hand fest in meine.

»Mir ist eine Patientin gestorben, die ich in der Vergangenheit sehr oft behandelt hatte, weil sie von diesem Wichser von Mann geschlagen und misshandelt worden war. Vor wenigen Wochen hat das aufgehört, nachdem der Typ ihr den Arm gebrochen hatte und Warren und ich ihm einen Besuch abgestattet haben. Heute kam sie mit akuter Atemnot in die

Sprechstunde und ist im Warteraum zusammengebrochen. Es ist deprimierend, dass ich nicht herausfinden konnte, was ihr fehlte. War es ein angeborener Herzfehler, ein Infarkt, Tako-Tsubo? Ich habe keine Ahnung.«

»Ist doch nicht deine Schuld, Ben.« Kia nahm meine Hand und verflocht ihre Finger mit meinen.

»Wir wollten noch mit ihr ins Hospital fahren, aber dann hat dieser verfickte Betonlaster die Zufahrt versperrt. Die Aussichten, dass sie das Ganze überlebt und noch was vom Leben danach gehabt hätte, wurden von Minute zu Minute schlechter. Schließlich habe ich sie bewusst sterben lassen. Schlimmer noch, ich habe sie vollgepumpt mit Narkosemittel und ihr die Hauptschlagader zugehalten. Das war aktive Sterbehilfe. Ich habe mich zum Mittäter des Todes gemacht, ganz bewusst. Verstehst du?«

Kia schüttelte den Kopf. »Ich muss das nicht verstehen oder gutheißen. Ich persönlich habe ein großes Problem mit jeglicher Art von Sterbehilfe. Ich kann dir aber zuhören und da sein für dich. Und das werde ich, Ben. Jetzt und solange es irgend geht.«

Wir schwiegen eine Weile und hörten Coldplay zu. »*Lights will guide you home and ignite your bones. And I will try to fix you.*«

»Elvis«, sagte ich, als das Stück zu Ende war.

»Das war Coldplay, das weiß sogar ich.«

»Mein zweiter Vorname ist Elvis.«

Kia nahm mich in den Arm und drückte mich fest an sich: »Kein Wunder, dass du als Kind gemobbt wurdest.«

Als das Stück zu Ende war, erzählte ich zum ersten Mal all die Geschichten, die in mir verschlossen waren. Vom Tod meines Vaters im Schockraum, von meinem wunderbaren, kurzen Leben mit Ricky, von Rickys Tod und der schrecklichen Leere, die er hinterlassen hatte. Ich erzählte von der Welt ohne Ricky, die mir so oft nicht mehr lebenswert erschien. Kia hörte still zu, ohne mich etwas zu fragen. Irgendwann ging der Mond auf und wir gingen gemeinsam mit den beiden Hunden im Schlepptau ins Haus zurück und legten uns schlafen. Ich wusste in diesem Moment, Wolke 7 erreicht man nur einmal in seinem Leben, aber auf Wolke 4 zu sein war nach all dieser Zeit, in der ich vergeblich versucht hatte, Rickys Dekowolke zu finden, mehr, als ich erhofft hatte.

# EPILOG

KIA WAR KEINE allzu große Musikliebhaberin. Sie hörte mir zwar gerne beim Singen zu oder saß lesend neben mir, wenn ich sang oder mich fremdbeschallen ließ, aber sie wäre nie selbst auf die Idee gekommen, sich das Radio anzumachen oder eine CD aufzulegen. Deshalb wunderte ich mich, dass schon in der Einfahrt laute Musik zu hören war, als ich mit Yoani vom Großeinkauf in Limón zurückkam. Kia hatte keine Lust gehabt, uns zu begleiten.

Billy Joel sang gerade, dass sie gestern in Montauk Diesel getankt hätten, als wir das Haus schwer beladen mit unseren Einkaufstüten betraten. Kia drehte die Lautstärke geringfügig runter und half uns beim Auspacken. Inzwischen lief die vierte Wiederholung von *Downeaster Alexa*. Kia fragte, ob wir ebenfalls einen Latte wollten. Wir wollten und sie machte sich an der Kaffeemaschine zu schaffen. Yoani trank beim Kochen, wir gingen rüber ins Wohnzimmer und setzten uns auf die Couch.

»Schön, Brigitte, dass du auch mal ohne mich Musik hörst, aber das mit der Anlage hast du nicht richtig kapiert, du hast aus Versehen *Dauerrepeat* eingestellt.«

»Nein, das ist schon in Ordnung so. Ist schon ein besonders schönes Lied und eine coole Geschichte. Sowohl die von Billy

427

Joel als auch deine. Kann ich nicht oft genug hören.«

Mr. Joel brachte diesen kristallklaren Jodler am Schluss und dann begann schon wieder das Akkordeonspiel mit dem ersten Paukenschlag.

Kia sah mich verträumt lächelnd an und erinnerte mich an die tätowierte Muttergottes auf Barbras Rücken. Ich war wegen dieser Assoziation kurzfristig irritiert und verkündete: »Ich geh schnell duschen, bin völlig verschwitzt von der Fahrt.«

Kia nickte gnädig, und als ich nach zehn Minuten wieder zurückkam, saß sie immer noch rätselhaft lächelnd, andächtig der Musik lauschend, auf dem Sofa.

Ich setzte mich wieder zu ihr. »Warst du zu lange in der Sonne beim Surfen? Sollen wir dir so ein adrettes Käppchen kaufen mit Ohrenklappen, damit dein hübsches Köpfchen geschützt ist vor der bösen Sonne?«, neckte ich sie.

»Nein, mit mir ist alles in Ordnung. Besser könnte es nicht sein.«

»Das freut mich und ich liebe dieses Lied, aber könnten wir vielleicht mal was anderes hören?«

»Nein, können wir nicht«, sagte sie sehr entschlossen, aber freundlich. Dann war wieder Sendepause.

»Aha, aha.« Ich ertrug dieses Schweigen nicht. »Hast du deine Tage, Brigitte?«

»Nein.«

»Aha, aha.« Mir fiel ein, dass ich schon seit Längerem aus Kias Mund das monatliche Rumgenöle – dass sie unerträgliche Kopfschmerzen habe, dass sie schwitze und ihr die guten Tampons, die sie in Belize gekauft hatte, langsam ausgingen und sie auf keinen Fall diese *Torpedos,* die es in Costa Rica geben würde, benutzen wolle – nicht mehr gehört hatte.

»Aha, aha«, sagte ich erneut und beobachtete Kia aus dem Augenwinkel. Sie schlürfte zufrieden ihren Latte und summte die Melodie mit. Fräulein Mortensen bemerkte, dass ich sie beobachtete, und lächelte mich breit mit geschlossenen Lippen an. Mir fiel mit einem Schlag ein, wann ich dieses spezielle Lächeln das letzte Mal bei einer Frau gesehen hatte. Das war in der Nacht gewesen, als eine Patientin in der Notaufnahme gestorben war und Fatima mir verkündet hatte, dass sie schwanger sei. Ich bekam ein Gefühl der Enge im Brustkorb.

»Wann hattest du das letzte Mal deine Periode?«, fragte ich misstrauisch.

»Vor zweieinhalb Monaten.«

»Aha, aha.« Ich räusperte mich. Die imaginäre Kette um meine Brust schnürte sich immer weiter zu. »Mehr hast du nicht dazu zu sagen?«

»Nein, ich könnte höchstens was dazu singen.« Kia strahlte wie ein Honigkuchenpferd und sang schließlich fröhlich und grottenfalsch mit ihrer unglaublich tiefen Altstimme: »*Wanna see our daughter Alexa*?«

»Falsche Tonart. Der Song ist in C-Dur, nicht c-Moll. Plus falscher Text«, sagte ich und sah Kia an. Mir schossen in der Sekunde, die sie brauchte, um zu antworten, eine gefühlte Million Gedanken durch den Kopf. »Aber für einen Anfänger nicht schlecht«, stotterte ich.

»Nein, nein, richtiger Text.« Sie holte unter einem Buch, das auf dem Beistelltisch lag, eine Ultraschallaufnahme hervor und drückte sie mir in die Hand. Rechts oben stand Dakota Miller Gonzalez und Health Post Limón, links oben stand *Saskia Brigitte Mortensen,* ihr Geburtsdatum und das gestrige Datum. Auf dem Foto waren die Fruchthöhle deutlich zu erkennen sowie ein circa sieben Millimeter großer Embryo. »Zumindest hoffe ich, dass es eine Tochter wird und sie meinen IQ erbt.«

Mit einem Mal war kein einziger Gedanke mehr in meinem Kopf, nur noch völlige Leere. Ich starrte auf den Fleck auf dem Foto, der ein Teil von mir war. In diesem Entwicklungsstadium war der Herzschlag meist schon im Ultraschall zu sehen, wenn auch noch nicht zu hören. Ich hatte Madalenas Herzschlag vor der Geburt nie hören können und lebte nur von den im Computer gespeicherten Ultraschallfotos in Rayas Patientendatei. Jetzt bot sich mir die Chance, das Wunder, wie sich ein kleiner Mensch mit meinen Genen entwickelte, von Anfang an und mit allen Sinnen zu verfolgen.

»Ich werde verrückt!«

Kia sah mich abschätzend an: »Wenn du denkst, du kannst dich mit Wahnsinn vortäuschen vor den Alimentenzahlungen drücken, kannst du es vergessen.«

»Ich weiß, ich bin hier nur *La Criada* und habe keine eigene Meinung zu haben, aber wenn dieses Gegröle nicht bald aufhört, kündige ich«, verkündete Yoani, die in ihrer Lieblingspose, mit in die Hüfte gestemmten Händen samt Kochmachete, im Durchgang zur Küche stand.

Kia und ich hatten Englisch gesprochen, Yoani hatte also nicht die geringste Ahnung, worüber wir uns unterhalten hatten.

»Das geht nicht«, meinte ich.

»Warum soll das nicht gehen, he? Ich bin so schnell weg, so schnell könnt ihr beiden nicht gucken.« Sie wiegte beim Sprechen lebhaft den Kopf hin und her.

»Das geht deswegen nicht, weil wir beide keine Ahnung von Babys haben und eine fähige Babysitterin brauchen«, erklärte Kia.

»Wozu? Wollt ihr euch noch einen Hund anschaffen? Dann kündige ich erst recht und nehme mein Baby Gwendolina mit, die wird sowieso vernachlässigt in diesem Haushalt.«

Ich stand auf und reichte Yoani das Ultraschallbild: »Bei den Eltern ist es genetisch unwahrscheinlich, dass ein kleiner Hund daraus wird.« Mein Stottern war so deutlich wie selten zuvor.

Yoani nahm das Foto, betrachtete es ganz lange, fasste sich

an den Hals und setzte sich neben Kia: »*¡Madre de Dios!*« *La Criada* brach in Tränen aus und strich immer wieder mit dem Daumen zärtlich über das Foto. »Schon wieder ein Mädchen?«

Kia nahm die schluchzende Frau in den Arm und drückte sie lachend an sich. »Man muss nehmen, was kommt, Yoani.«

Ich nahm mein Handy und suchte einen Kontakt heraus, dem ich schon so lange nichts mehr geschickt hatte.

13:12 Nachricht an Ricky Brandstätter

Du hattest so recht, Häschen, am Ende wird alles gut und wenn es nicht gut ist, ist es nicht das Ende!

Zeitfracht Medien GmbH
Ferdinand-Jühlke-Straße 7
99095 Erfurt, Deutschland
produktsicherheit@kolibri360.de

Druck:
CPI Druckdienstleistungen GmbH
im Auftrag der
Zeitfracht Medien GmbH
Ein Unternehmen der Zeitfracht - Gruppe
Ferdinand-Jühlke-Str. 7
99095 Erfurt